# L'ARGENT DU MONDE
## (Volume 1)
### LES GESTIONNAIRES DE L'APOCALYPSE –2

# L'ARGENT DU MONDE
## (Volume 1)

JEAN-JACQUES PELLETIER

www.quebecloisirs.com

UNE ÉDITION DU CLUB QUÉBEC LOISIRS INC.
© Avec l'autorisation des Éditions Alire
© 2001, Les Éditions Alire inc. et Jean-Jacques Pelletier
Dépôt légal — Bibliothèque nationale du Québec, 2002
ISBN  Q.L. 2-89430-526-5
(publié précédemment sous ISBN 2-922145-46-8(v.1))

Imprimé au Canada

*À mon père
qui n'a eu avec l'argent,
au cours de sa vie,
que des rapports épisodiques et discrets.*

.

Pourquoi acheter les gens un par un ? Il est beaucoup plus économique – et beaucoup plus pratique – d'acheter ceux qui les dirigent.

Leonidas Fogg,
*Pour une gestion rationnelle de la manipulation.*

J'ai très vite compris que la littérature, si elle voulait continuer, devait prendre en elle toutes les connaissances nouvelles que l'on pouvait avoir.

Jean-Paul Sartre,
*Entretien avec John Gerassi.*

## AVERTISSEMENT AU LECTEUR

Certains lieux, certaines institutions et certains personnages publics qui constituent le décor de ce roman ont été empruntés à la réalité.

Toutefois, les événements qui y sont racontés, de même que les actions et les paroles prêtées aux personnages, sont entièrement imaginaires.

# TABLE DES MATIÈRES

# PLAN D'AFFAIRES

## *43 000 001 RAISONS DE SE SUICIDER*

> Toute société est un ensemble de mécanismes qui a pour fonction de déterminer qui vit et qui meurt. Qui a accès aux moyens permettant d'assurer la prolongation, la sécurité, le bien-être de son existence… et qui n'en a pas les moyens.
>
> Le contrôle de cette répartition et des mécanismes qui la régulent s'appelle l'exercice du pouvoir.
>
> Lorsque les formes du pouvoir se décomposent, la société entière se désintègre. La représentation dramatique de cette désintégration sociale a pour nom l'apocalypse.
>
> LEONIDAS FOGG, *Pour une gestion rationnelle de la manipulation,* 1- Gérer l'apocalypse.

## 4 AOÛT **1986**

### MONTRÉAL, 1 H 17

Le paysage tournoyait comme s'il était tout à coup pris de folie.

Stephen Semco se rappela la dernière fois qu'il avait accompagné son fils dans les manèges de La Ronde. La grande roue, la catapulte…

Puis son esprit dériva.

Il revit le visage de Dominique. Passa mentalement le bout des doigts sur sa joue. Recréa dans son esprit la forme particulière de ses yeux. Le dessin de ses lèvres… Avec l'argent de l'assurance, elle n'aurait plus besoin de travailler au bar. Elle pourrait vivre de façon confortable. Même en s'occupant d'Yvan… Elle serait une bonne mère pour lui. Il n'en doutait pas… Et puis, elle pourrait compter sur Claude.

Brusquement, une autre image s'imposa à sa mémoire : la grève. Près du chalet où ils avaient passé leur première fin de semaine d'amoureux… Il pouvait sentir l'odeur du fleuve. Entendre le bruit des vagues. Les cris des oiseaux… Sous ses doigts, il retrouva le contact dansant de ses reins…

Des larmes coulaient maintenant sur ses joues. Il ne savait pas pourquoi. Était-ce le souvenir de ses premiers moments avec Dominique ? La pression du vent dans ses yeux ?

Devant lui, un point se mit à grossir à toute vitesse.

Semco songea brièvement à ce qu'on avait l'habitude de dire sur ce genre d'expérience. La vie entière qui défile. Les souvenirs… Il ne s'était presque rien remémoré. Seulement Dominique. Yvan… Peut-être était-ce…

Le contact avec le sol émietta brutalement ses questions… Sur l'asphalte, son corps reproduisait de façon grossière un idéogramme chinois.

## 1 h 18

Claude Brochet demeura immobile. Ses jumelles collées contre les yeux, il observait la forme étendue sur l'asphalte. La chute l'avait surpris.

Curieux, songea-t-il. Normalement, le corps aurait dû tomber plus loin de l'édifice.

Il leva la tête en direction du toit de la tour d'habitation, comme s'il essayait de résoudre cette énigme. Puis, après un moment, il rangea les jumelles dans leur étui qui pendait à son cou et tourna les talons. Il lui restait du travail à faire.

De toute façon, le cadavre ne pouvait pas aller bien loin, songea-t-il en fermant la portière de l'auto. D'ici quelques heures, un passant découvrirait le corps et alerterait les policiers.

Il jeta un dernier regard vers la ruelle, à l'autre bout du parc de stationnement. Démarra le moteur. Puis une pensée le fit sourire. Le mois précédent, Semco avait signé un formulaire de don d'organes. Dans l'état où il était maintenant, il y avait peu de chances qu'il reste quelque chose d'utilisable !

Le trajet prit une dizaine de minutes. Brochet entra dans l'édifice par le stationnement souterrain, en utilisant la porte qu'il avait pris soin de laisser déverrouillée en sortant, deux heures plus tôt.

Il monta au dix-huitième étage, pénétra dans les locaux de GPM Investments et se dirigea vers le bureau de Semco.

Avant d'entrer, il enfila des gants de latex.

Il fouilla dans le premier tiroir du classeur jusqu'à ce qu'il retrouve l'enveloppe blanche que son associé y avait cachée, sous des dossiers reliés à leur dernier investissement en Argentine.

Brochet ouvrit l'enveloppe, jeta un coup d'œil à la lettre qui déclarait Semco atteint d'un cancer du foie et qu'il lui restait seulement quelques mois à vivre, puis il se dirigea vers la cuisinette. Après avoir fait brûler les feuilles au-dessus de l'évier, il ouvrit le robinet et laissa couler l'eau pour faire disparaître les cendres.

Il retourna ensuite dans le bureau de Semco, ouvrit l'ordinateur, tapa le mot de passe de son associé – désormais ex-associé ! – et effaça le contenu du disque dur.

Il introduisit alors dans le PC la série de disquettes qu'il avait préparées pendant la soirée. Au terme de l'opération, le contenu du disque dur serait rétabli, mais avec deux différences majeures.

D'une part, la comptabilité des six derniers mois serait remplacée par une comptabilité fictive. La ruine de GPM Investments n'apparaîtrait plus causée par une incroyable suite de malchances financières – malchances que Brochet avait minutieusement orchestrées dans l'ombre –, mais par une série de fraudes et d'investissements désastreux réalisés par Semco, à l'insu de son associé.

Deuxièmement, la lettre d'adieu qu'il avait écrite pour Dominique aurait disparu. Elle serait remplacée par une autre, que Brochet avait lui-même rédigée.

Lorsqu'il eut fini de trafiquer le contenu du disque dur, Brochet fit imprimer la fausse lettre d'adieu, en ayant soin de modifier temporairement l'horloge de l'ordinateur pour que le texte paraisse avoir été imprimé en fin d'après-midi.

Il plongea ensuite la main dans la poche intérieure de son veston, sortit l'enveloppe que Semco lui avait demandé de remettre à la jeune femme, procéda à la substitution des lettres et retourna dans la cuisinette pour brûler l'original.

Il déposa la nouvelle lettre d'adieu bien à la vue, sur le clavier de l'ordinateur.

Quand on la découvrirait, on comprendrait que Semco avait ruiné la compagnie avec des opérations financières douteuses, que les petits investisseurs qui lui avaient accordé leur confiance se retrouvaient désormais sans le sou et que, pour éviter de faire face à la justice, le président de GPM Investments préférait se suicider. La perspective de la mort lui paraissait moins effrayante que celle de la prison.

Dans le dernier paragraphe, Semco déclarait à Dominique ne l'avoir jamais vraiment aimée. Elle était une compagne de lit agréable, certes, il ne regrettait pas le temps passé avec elle, mais il était préférable qu'elle sache la vérité : cela lui éviterait de trop le regretter. Mieux valait qu'elle l'oublie le plus vite possible et qu'elle aille de l'avant avec sa vie.

En post-scriptum, il lui demandait de prendre les dispositions qu'elle jugerait utiles pour l'avenir d'Yvan, son fils de onze ans. Comme ce dernier serait désormais seul au monde, Semco espérait qu'elle s'occuperait de lui.

Brochet rajusta ensuite l'horloge de l'ordinateur, se rendit dans son propre bureau et téléphona à un contact, aux Bahamas : on lui assura que tous les montants avaient bien été transférés selon ses directives. Dans son compte, à la Free Trade & Commerce Bank, le total faisait maintenant quarante-deux virgule neuf millions de dollars américains. Il s'agissait, à quelques milliers de dollars près, de l'ensemble des fonds que GPM Investments avait supposément engloutis dans différents projets d'exploration minière, en Argentine et au Chili.

Avant d'appeler l'ascenseur pour descendre, Brochet enleva ses gants et les mit dans son attaché-case. Il songea un instant à les jeter dans une poubelle, sur le chemin du retour, puis il décida de s'en débarrasser dans un endroit plus sûr.

Dans l'entrée de l'édifice, il salua le garde de sécurité et signa le registre. Il prit soin d'échanger quelques blagues avec lui et de s'informer de l'heure, pour que l'homme puisse témoigner, si besoin était, qu'il était demeuré au bureau jusqu'à deux heures dix.

Puis il sortit.

La nuit serait brève et les heures de sommeil peu nombreuses avant son retour au travail, le lendemain matin. Mais cela ne l'empêchait pas d'avoir le sourire aux lèvres. Il avait manipulé Semco comme un enfant.

## 5 H 22

Le sergent Gonzague Théberge et son acolyte, le constable Magella Crépeau, n'eurent aucune difficulté à identifier le cadavre : dans son portefeuille, le permis de conduire était au nom de Stephen Semco. Sa carte d'affaires précisait qu'il était président de GPM Investments.

Des fenêtres hermétiques, songea Théberge en levant les yeux pour examiner la façade de l'édifice. Était-il tombé du toit ? En général, les résidents n'avaient pas accès au toit des édifices.

Pour Crépeau, le suicide faisait peu de doutes. Plus méfiant, Théberge voulait d'abord savoir d'où exactement l'homme avait sauté.

Ils attendirent l'arrivée de l'équipe technique puis ils se dirigèrent vers l'entrée de la tour d'habitation.

Le préposé au poste de garde les accueillit froidement. Il ne voyait pas comment un cadavre découvert dans la ruelle, à l'arrière de l'édifice, pouvait être relié aux habitants des luxueux appartements dont il avait pour tâche de filtrer les visiteurs.

Quand Théberge lui demanda si un certain Stephen Semco figurait au nombre des locataires, le cerbère accusa le coup. Son visage se voila d'une ombre de contrariété.

— Nous comptons effectivement monsieur Semco parmi nos hôtes, finit-il par répondre.

— Vos hôtes ?

— Ça fait moins impersonnel que locataires.

— D'après ce que j'ai pu voir, les fenêtres ne peuvent pas être ouvertes ?

— En effet. Elles sont toutes scellées.

— Le toit ? Comment y accède-t-on ?

La contrariété voila de nouveau le visage du gardien.

— À cette heure-ci…

— À cette heure-ci, habituellement, je dors. Alors, si vous persistez à faire dans la réticence elliptique, je vais donner pour ma part dans l'onomatopée religieuse et tonitruante.

Quelques minutes plus tard, les policiers avaient appris qu'il y avait une terrasse avec piscine sur le toit. Seuls les résidents des derniers étages y avaient accès. Des appartements de luxe, précisa le gardien, comme si la chose impliquait que rien de répréhensible, ni même de suspect, ne pouvait y survenir.

— Vous pouvez nous indiquer le chemin ? demanda Théberge.

— Est-il vraiment nécessaire que vous montiez sur le toit ? répondit le gardien, visiblement troublé par cette éventualité.

— Vous avez des objections ?

— Nos hôtes sont très attachés à leur tranquillité. Au respect de leur vie privée.

— Et alors ?

— Plusieurs profitent des premières heures du jour pour faire du jogging sur la piste aménagée autour de la terrasse. De voir débarquer la police…

— Nous aurons peut-être la chance de tomber sur un témoin du crime, répliqua Théberge.

Le gardien s'abstint de répondre, mais son expression disait sa désapprobation entière pour ce genre d'humour.

Au dernier étage, la porte qui donnait accès à la terrasse était entrouverte.

— Un dispositif de sécurité stupéfiant ! grommela Théberge.

Crépeau le suivit en silence, attentif à ne pas perturber sa prise de contact avec la scène probable du suicide.

— Aucun adepte de l'immersion matutinale ! reprit Théberge, après s'être assuré que la piscine était bien déserte jusqu'au fond.

Puis il ramena son regard vers la piste de jogging, également déserte.

— Aucun obsédé du piétine-bitume intensif !

Une bande de gravier séparait la piste de jogging du muret qui bordait le toit. Théberge examina le sol avec attention. À un endroit, le gravier avait été remué. C'était probablement de là que Semco avait sauté.

— Quand l'équipe technique aura terminé, en bas, tu leur diras de monter.

— Entendu.

— Viens, on va aller voir son appartement.

Dans l'appartement de Semco, les deux policiers ne découvrirent rien de significatif. L'endroit avait l'air inhabité.

Ils redescendirent.

Théberge décida d'aller déjeuner et de passer au bureau avant de se rendre aux locaux de GPM Investments. Il faudrait aussi aviser les proches de la victime.

— Tu m'attends dans la voiture, dit-il à Crépeau en lui tendant les clés. Moi, je retourne dire deux mots au cadavre.

Crépeau acquiesça d'un hochement de tête. Il y avait longtemps que les lubies de son supérieur avaient cessé de l'étonner.

## 8 h 41

Aux bureaux de GPM Investments, Théberge et Crépeau furent accueillis par un petit homme rondouillet à lunettes de corne qui se présenta comme le vice-président de la compagnie.

— Claude Brochet, dit-il.

Théberge le trouva immédiatement antipathique mais songea que c'était probablement parce qu'il ressemblait à un curé défroqué qui lui avait jadis enseigné la comptabilité.

Le sosie défroqué du comptable parut profondément affecté en apprenant le décès de Semco. Non, il ne voyait aucune raison à son suicide. Au contraire, tout allait bien pour lui. La situation de la compagnie, bien que difficile au cours des derniers mois, venait de se rétablir. GPM était sur le point d'annoncer des développements majeurs !

Côté personnel, Semco avait une petite amie qu'il fréquentait depuis plus d'un an. Bon, c'était une danseuse. Dans un bar de danseuses, précisa Brochet avec une moue désapprobatrice… Mais enfin, c'était sa vie… Une fille très particulière, la danseuse, au demeurant. Des yeux… On aurait dit des yeux de chat… Non, il ne se rappelait pas son nom. Mais il savait qu'elle se produisait au Palace, un bar du centre-ville.

Brochet guida ensuite les policiers vers le bureau de Semco. Théberge vit tout de suite l'enveloppe en évidence sur le clavier de l'ordinateur. Comme elle n'était pas cachetée, il l'ouvrit et parcourut rapidement la lettre qu'elle contenait.

— Vous m'aviez dit que vos problèmes financiers étaient réglés, fit-il en relevant la tête vers Brochet.

Les yeux ronds du petit homme s'agrandirent derrière le verre épais des lunettes.

Dix-sept minutes plus tard, après avoir examiné les dossiers contenus dans l'ordinateur de Semco, Brochet se laissait aller contre le dossier de la chaise, l'air totalement abattu.

— Je n'arrive pas à y croire, dit-il. On est complètement ruinés.

— Et vous ne vous êtes aperçu de rien ?

— Il tenait deux comptabilités : une vraie et une autre de façade, pour moi et les clients... C'était lui, l'expert en chiffres.

— Et l'argent ?

— Disparu.

— Vous voulez dire qu'il l'a détourné ?

— Non. D'après ce que je peux voir, il l'a vraiment perdu. Des investissements dans des compagnies dont les actions n'ont plus de valeur, ou qui ont carrément fait faillite... Il a même spéculé sur le marché à terme de Chicago ! Les céréales, les *pork bellies*...

— Il ne reste rien ?

— Plus il perdait d'argent, plus il prenait de risques pour essayer de se rétablir. À la fin, il a tout perdu... Je vais tout revérifier.

## BERNE, 15 H 32

Darius Petreanu leva les yeux du recueil de poésie japonaise, le déposa sur la petite table, à côté de son fauteuil, et baissa le volume de la chaîne stéréo à l'aide de la télécommande. La voix de basse du soliste s'atténua jusqu'à devenir un murmure à peine audible.

Il saisit le combiné après la deuxième sonnerie.

— Oui ?

— La transaction s'est déroulée comme prévu.

— L'argent ?

— Tout est aux Bahamas.

— Vous me voyez ravi de votre succès. Il ne vous reste qu'à m'apporter personnellement un rapport de l'opération, signé de votre main, pour que cette affaire soit définitivement derrière vous.

— Je serai en Suisse à la fin de la semaine. J'ai encore quelques détails à régler.

— Très bien. Je vous attends. Nous discuterons des modalités de notre future collaboration.

— J'y serai sans faute.

Petreanu raccrocha avec un sourire amusé. On pouvait presque entendre l'avidité dans la voix de Brochet !

Il n'aurait pas à chercher très loin les ficelles qui permettraient de contrôler son nouvel adjoint. Dans l'âme du petit homme joufflu, l'avarice occupait une telle place qu'on pouvait sérieusement douter que d'autres passions puissent y survivre. Même à l'état rachitique !

Le financier eut un geste de la main, comme pour chasser de son esprit toute pensée reliée à Brochet. Il avait une réunion avec des membres du Club de Londres dans moins de deux heures.

Encore trente minutes de poésie japonaise et il serait dans un état d'esprit propre à la rencontre.

## Montréal, 9 h 35

Brochet raccrocha. Il lui restait quatre choses à faire.

La première serait rapide : contacter la compagnie d'assurances pour déclarer le décès de Semco. Une fois les formalités expédiées, il hériterait d'un autre million de dollars.

À l'instant de se jeter dans le vide, Semco croyait que Dominique serait la bénéficiaire de sa police d'assurance. Mais, deux semaines auparavant, Brochet avait téléphoné à l'assureur en se faisant passer pour son associé. Il voulait changer le bénéficiaire de son assurance-vie, avait-il expliqué. Il voulait également les informer d'un changement d'adresse.

Après les questions d'usage pour confirmer son identité, on lui avait assuré qu'il recevrait le formulaire chez lui. Il n'aurait qu'à le remplir, le signer et le retourner par courrier… ce que Brochet avait fait quelques jours plus tard, après avoir reçu le document à l'appartement qu'il avait loué au nom de Semco.

La deuxième tâche qui attendait Brochet consistait à remplir une pétition de faillite pour que la liquidation de l'entreprise soit confiée à un syndic. Moins il serait mêlé à ces transactions, mieux cela vaudrait.

Il entreprendrait ensuite sans délai des procédures juridiques contre Semco pour fraude, abus de confiance… – tout ce qu'il pourrait trouver, finalement – afin de s'établir lui-même dans le camp des victimes.

La quatrième tâche, quant à elle, ne nécessiterait qu'un coup de fil au médecin pour lui fixer un rendez-vous.

Resterait Dominique.

Idéalement, il attendrait le lendemain pour lui parler. Il lui exposerait alors la situation sur un ton rempli de prévenance, mais sans lui épargner aucun détail.

Au terme de leur discussion, il lui annoncerait son départ pour l'Europe. Même s'il était innocent, le fait d'avoir été associé à Semco ferait de lui un individu marqué dans les milieux financiers. Par un hasard providentiel, un groupe suisse venait de lui offrir un emploi : il entendait bien saisir sa chance et accepter leur offre.

## BERNE, 17 H 01

Par principe, Petreanu arriva le dernier au Pelican's Club. Les trois autres membres l'attendaient dans un petit salon. Un Américain, un Hollandais et un Allemand. Ils représentaient trois des plus gros investisseurs du Club de Londres.

Constitué sur le modèle du Club de Paris, celui de Londres était un regroupement de prêteurs réunis en syndicat pour financer des prêts aux pays en voie de développement. À la différence du premier, cependant, il s'agissait d'investissements privés : les prêts n'étaient pas consentis ou garantis par des États.

Pour protéger leurs intérêts, les banques et institutions financières membres du Club comptaient sur la vigilance du Fonds monétaire international et de la Banque mondiale, qui vérifiaient le respect des conditions posées aux pays emprunteurs.

— J'ai de bonnes nouvelles, annonça d'emblée Petreanu. Notre ami africain est revenu à de meilleurs sentiments. Il accepte maintenant toutes nos conditions.

L'ami africain en question était le président d'un pays qui avait sollicité un prêt du Club de Londres. Depuis plus de six mois, il contestait les termes du contrat.

— Il est d'accord pour un prêt à court terme en dollars US ? demanda le représentant de la banque allemande.

— Pour le prêt à court terme et aussi pour un prêt à long terme à taux flottant.

Les quatre hommes se regardèrent en souriant. C'était l'étape cruciale.

Avec le montage financier qui lui était proposé, le pays avait peu de chances de pouvoir s'acquitter de ses engagements. Dans deux ou trois ans, la dévaluation de sa monnaie, la détérioration de son économie et la croissance explosive de sa population rendraient la situation intenable.

Pour éviter d'être en défaut de paiement et de voir son nom inscrit sur la liste noire des organisations d'aide internationale, il lui faudrait alors obtenir de nouveaux prêts. À des conditions qu'il ne pourrait plus vraiment négocier. Il n'aurait pas le choix de consentir aux nouvelles réformes économiques qui lui seraient proposées. Lesquelles créeraient de nouveaux problèmes. De nouveaux besoins d'emprunts. Dont l'obtention serait liée, cette fois, à des réformes sociales… En moins de dix ans, la structure budgétaire du pays serait transformée en une véritable machine à paiements au service des investisseurs, comme l'avait candidement expliqué Petreanu.

— Il ne reste qu'un petit problème, reprit ce dernier.

Les regards posés sur lui se firent interrogateurs, mais personne ne formula de questions. Petreanu prit le temps d'enlever une poussière du revers de son veston.

— Avant d'autoriser de nouveaux frais d'implantation, dit-il, j'ai jugé préférable de vous consulter. Je ne crois pas que vous ayez d'objections, mais… pour des raisons de transparence…

— Combien ? demanda le représentant de la banque américaine.

— Trois millions et demi. Deux pour le Président, qui seront versés dans un compte numéroté, en Suisse. Le reste pour le ministre des Finances et différents hauts fonctionnaires.

— C'est tout ?

— Oui. Il promet que les papiers seront signés la journée même de l'arrivée des fonds.

— Je n'ai aucune difficulté avec ce petit bakchich, fit l'Allemand.

— Moi non plus, renchérit l'Américain.

— Et vous ? demanda Petreanu en se tournant vers le Hollandais.

— Je vous fais confiance, bien sûr, répondit ce dernier avec un large sourire.

Le Hollandais représentait un investisseur qui désirait demeurer inconnu et qui réalisait toutes ses transactions à travers un réseau complexe de compagnies à numéro. Petreanu était le seul membre du Club à connaître cet investisseur : le mystérieux Leonidas Fogg.

— Alors, messieurs, je crois que nous pouvons passer au dîner.

### Montréal, 21 h 42

Comme il entrait dans le bar de danseuses, suivi par le constable Crépeau, le sergent Théberge fut intercepté par le portier.

Théberge montra son insigne.

— C'est pour le travail, dit-il en continuant d'avancer.

— Vous avez un mandat ? répliqua le portier en le retenant.

— Ce n'est pas une perquisition, je viens remettre des papiers à quelqu'un.

— Si vous n'avez pas de mandat, il faut payer.

Théberge réprima l'impatience qui bouillonnait en lui.

Il réexpliqua d'un ton très calme qu'il ne venait pas « consommer » : il venait simplement remettre une lettre à une personne qui travaillait dans le bar.

— Tout le monde paie, insista le portier.

— Je ne vais certainement pas payer pour annoncer un décès à quelqu'un !

L'armoire à glace s'approcha de Théberge et le regarda dans les yeux du haut de ses deux mètres, avec un sourire rempli d'assurance.

— C'est le même règlement pour tout le monde, dit-il.

Théberge explosa.

— Espèce de pithécanthrope hydrocéphale ! Remue les masses adipeuses qui te servent de cerveau et va téléphoner à Dupré ! Il lui donna un numéro et fit un geste en direction du téléphone public, dans l'entrée.

— Explique-lui que j'essaie de faire mon travail de façon discrète. Mais que, s'il me faut un mandat, je vais aller en chercher un. Et que je vais revenir faire une vraie descente. Que je vais saisir du matériel, arrêter des clients… Explique-lui ça ! Et tant qu'à y être, rappelle-lui qu'il me doit toujours vingt dollars pour notre dernier pari de pêche !

Dans les yeux du pithécanthrope à costume rayé, la lueur vacilla un instant. Son sourire se rétracta de façon ostensible.

— Vous connaissez personnellement monsieur Dupré ?

— Non, je viens d'inventer ça pour meubler la discussion !… Mais qu'est-ce que tu crois ? Que le chef de l'escouade de la moralité peut prendre sa retraite et investir ses économies dans un bar de danseuses au centre-ville sans que ses deux principaux amis le sachent ? Tu nous prends pour des imbéciles ?

— À qui vous voulez parler ?

La voix de Théberge se radoucit.

— Je n'ai pas son nom, dit-il. Je sais seulement qu'elle est danseuse et qu'elle a des yeux de chat.

— Dominique ! Elle n'est pas danseuse, elle est *shooter girl*... Venez. Je vais vous placer à une table et je vais vous l'envoyer.

Aussitôt la porte franchie, leurs oreilles furent prises d'assaut par la musique, rapidement dominée par une voix d'annonceur.

*C'était la charmante Charlène !... Charlène !...*

L'éclairage ultraviolet rendait l'atmosphère irréelle, transformant tous les vêtements pâles en taches lumineuses.

— Vous voulez une table ou une place au bord du *stage* ? demanda le portier en se penchant vers Théberge.

— Je vous ai dit qu'on était ici pour le travail.

— D'accord, suivez-moi.

*Je vous rappelle que nos charmantes danseuses sont disponibles pour danser à vos tables ! Profitez de notre spécial : deux danses pour le prix d'une ! Il vous reste encore quarante minutes...*

— Ce ne sera pas long, fit le portier après les avoir amenés dans un coin, au fond de la salle.

La voix plaintive et syncopée de Mick Jagger attaqua le début de *Angie*.

*Et maintenant, pour la deuxième partie de son spectacle, la toute ravissante Audrey !... Une bonne main d'applaudissement pour Audrey...*

La danseuse monta sur la scène avec une couverture dans les mains, l'étendit par terre et se coucha. Puis elle se releva d'un mouvement brusque et se figea dans une pose théâtrale pour amorcer sa prestation.

Le regard de Théberge oscillait entre la scène et les spectateurs. Il remarqua que les yeux de son adjoint, eux, étaient rivés en permanence sur la danseuse. Il imagina la réaction de sa femme, si elle avait pu voir l'air de profonde fascination incrusté sur le visage de Crépeau. Le policier aurait eu de la difficulté à convaincre son volcan d'épouse italienne qu'il était là uniquement pour le travail.

Théberge fut tiré de ses pensées par l'arrivée d'une jeune femme vêtue d'un T-shirt sans manches qui lui arrêtait au nombril et d'un short ultracourt. À la taille, elle portait un ceinturon de cuir auquel étaient fixées plusieurs bouteilles de boissons fortes. Mais c'étaient ses yeux que le policier ne pouvait s'empêcher de fixer. À chaque éclat de lumière, ses pupilles verticales se rétrécissaient, comme celles des chats, jusqu'à devenir deux minces traits.

— Victor m'a dit que vous vouliez me voir, dit-elle sur un ton légèrement enjoué.

Théberge mit quelques secondes à répondre. Il ne pouvait détacher ses yeux du visage de la jeune femme.

— Je puis vous offrir quelque chose ? reprit-elle.

— Excusez-moi, finit par dire le policier. Vous me voyez pantois et sidéré, au bord du bredouillement et de la confusion mentale. Pour un bipède ordinaire, condamné à la morne normalité et à la banalité soporifique du tout-venant, c'est l'éblouissement, la stupéfaction radicale et définitive.

Le sourire de la jeune femme s'élargit.

— Je suis Dominique Weber. Victor m'a dit que vous aviez quelque chose pour moi.

— En effet. Mais j'aurais d'abord quelques questions à vous poser. Est-ce que vous connaissez un certain Stephen Semco ?

— Oui…

— Est-ce trop indiscret de vous demander quels étaient vos rapports avec lui ?

— Quels « étaient » ?… Il lui est arrivé quelque chose ?

Théberge s'en voulut. Mais il était trop tard pour se reprendre. Autant être bref et direct.

— Oui. Il lui est arrivé quelque chose.

— Il est… ?

— Mort, oui.

La jeune femme prit une longue respiration et ferma les yeux. Quand elle les rouvrit, une froide détermination pouvait se lire sur ses traits.

Théberge avait déjà observé ce phénomène. Après l'hystérie, c'était une des réactions les plus fréquentes. Les gens se « refroidissaient », comme s'ils coupaient tout contact avec leurs émotions, afin de pouvoir composer avec les exigences de la situation. La réaction viendrait plus tard, probablement quand elle serait seule.

— C'est arrivé quand ?

— Cette nuit.

— Un accident ?

— Je ne crois pas que ce soit un accident.

— Je pensais... Il travaillait souvent tard, le soir. Quand il conduisait...

— À votre avis, est-ce qu'il y a des gens qui avaient intérêt à sa disparition ?

— Non. Pas que je sache. Est-ce qu'il a été... ?

— Il a sauté du toit de l'édifice à logements où il avait un appartement.

— Stephen, suicidé ! C'est impossible...

— Je sais que ça peut paraître difficile à accepter.

La jeune femme faisait des signes de dénégation avec la tête. La nouvelle du suicide paraissait l'avoir plus ébranlée que celle de la mort de Semco.

— C'est impossible, reprit-elle. Il n'a pas d'appartement.

— Que voulez-vous dire ?

— On habite ensemble depuis un an. Le seul appartement qu'il lui reste, c'est un pied-à-terre dans une maison du Vieux-Longueuil. Un deux pièces et demie.

*C'était la toute séduisante Audrey. Dans quelques instants, Charlène nous revient pour la seconde partie de son spectacle... Entre-temps, je vous rappelle que...*

— Le gardien a confirmé qu'il avait un appartement dans l'édifice, reprit Théberge.

— Je suis certaine que c'est une erreur.

— J'ai rencontré l'associé de votre ami, tout à l'heure...

— Brochet ?

Le visage de la jeune femme s'était fermé, nota Théberge. Sa voix était devenue plus froide. Elle ne devait pas avoir de grandes réserves de sympathie pour l'associé de Semco.

— Oui, dit-il. Brochet. Je lui ai mentionné à quel endroit les choses s'étaient passées et il n'a pas du tout paru surpris.

— Ça n'a aucun sens! Brochet, lui, a un appartement en ville! Stephen lui en a cherché un pour lui rendre service, il y a trois mois… C'est sûrement ça.

La jeune femme avait maintenant de la difficulté à garder sa contenance.

— Qu'est-ce qui vous fait croire qu'il ne s'est pas suicidé? demanda Théberge.

— On devait se marier le mois prochain. Il voulait donner une famille normale à son fils, Yvan.

— Il était très près de lui?

— Il l'adorait. Un vrai père poule.

Théberge songea à la mention que Semco faisait de son fils, à la fin de sa lettre. Si c'était cela, un père affectueux…

— Il semble qu'il ait eu des difficultés financières, dit-il.

— Depuis deux semaines, il disait que tout était en train de s'arranger.

— Selon son associé, la compagnie est en faillite.

— Brochet vous a dit ça?

Les traits de la jeune femme s'étaient de nouveau durcis.

— Oui, se contenta de répondre Théberge.

Il n'élabora pas davantage, espérant que le silence la pousserait à poursuivre.

— C'est une belle petite merde, celui-là! finit-elle par dire.

— Si vous m'expliquiez…

— Ils étaient ensemble quand je les ai rencontrés. Ça faisait cinq soirs de suite que Brochet venait au bar. Chaque fois, il me demandait de sortir avec lui. Le sixième soir, il est arrivé avec Semco. Celui-là, il aurait pu avoir n'importe quelle fille dans la place… Une semaine plus tard, quand Brochet a appris qu'on sortait ensemble, il est venu me piquer une crise pendant que je travaillais. Le lendemain, il m'a envoyé des fleurs avec un mot d'excuse.

— Il est revenu au bar, par la suite?

— Non. Mais il venait parfois à la maison avec Stephen. Il était toujours très poli. Aucune remarque déplacée… La dernière fois, pourtant, il y avait quelque chose de particulier dans ses yeux. À un moment donné, il m'a regardée et il a eu une expression… de triomphe, je dirais. Puis il a repris son visage normal… Vous devriez vous méfier de lui.

— En tout cas, pour ce qui est de la compagnie, il semble qu'il ait raison. Nous allons demander à un expert de vérifier, mais si ce que Brochet a découvert dans l'ordinateur de Semco est vrai, ils étaient vraiment ruinés.

— Je ne comprends pas. Pourquoi est-ce que Stephen m'aurait dit, la semaine dernière, que tout s'était arrangé?

Théberge songea au contenu de l'enveloppe, dans la poche intérieure de son imperméable. Le texte de Semco laissait peu de doutes sur son suicide ainsi que sur ses motifs. Il était également assez brutal sur sa relation avec la jeune femme.

— C'est pour vous, dit-il en lui tendant l'enveloppe. Il vous a laissé un message.

La jeune femme ouvrit l'enveloppe, déplia les feuilles et commença immédiatement à lire.

Crépeau profita de la pause dans la conversation pour se concentrer sur la scène centrale. La voix rauque de Kim Carnes rythmait les gestes de la danseuse, qui enveloppait son corps de gestes langoureux.

Théberge donna un coup de coude discret à son collègue.

— Ça ne se peut pas, murmura la jeune femme, sans lever les yeux du texte. Ce n'est pas Stephen qui a écrit ça. Juste la façon dont il parle d'Yvan. On dirait qu'il me demande de prendre soin de son chien !

— Nous avons trouvé la lettre sur son bureau. Il y en avait une copie informatique dans son ordinateur.

— Ce n'est pas signé. Il n'y a pas de preuves que c'est lui qui l'a écrite.

— Je comprends votre réaction. Mais, si ce n'est pas lui, qui est-ce que ça peut être ?

Théberge avait plusieurs fois constaté ce refus de l'évidence lorsque les gens se retrouvaient face à l'intolérable.

— Qui d'autre aurait pu avoir accès à son ordinateur ? reprit-il.

— Brochet.

— Admettons que Brochet ait pu écrire la lettre. Ça n'explique pas la situation de la compagnie... le suicide...

— Je suis certaine que c'est lui qui est derrière tout ça. C'est Brochet qui l'a tué !

Une demi-heure plus tard, le policier quittait les lieux en promettant à la jeune femme de l'informer de tout nouveau développement.

Entre-temps, Dominique s'occuperait de prévenir les parents de Stephen, qui vivaient dans une maison pour personnes âgées. Ils étaient très malades et elle ferait de son mieux pour leur apprendre la nouvelle le moins brutalement possible.

Semco avait aussi une sœur cadette. Compte tenu de son état, il était cependant inutile d'aller la voir : des complications, au moment de la naissance, avaient lourdement affecté son cerveau. Son âge mental n'atteignait pas celui d'un enfant de trois ans.

Jusqu'à maintenant, les sociétés humaines ont expérimenté quatre types de pouvoir.

La société dite naturelle prétend trouver la source du pouvoir à l'intérieur de la personne. L'équilibre social y résulterait de la libre expression négociée des passions et des intérêts de chacun.

La société de guerre reconnaît le pouvoir du plus fort. Le pouvoir autoritaire du tyran s'y appuie sur la force des armes.

La société marchande s'incline devant le pouvoir du plus riche. Les élites financières y exercent une domination économique par le jeu de la libre concurrence.

La société de droit, naturel ou divin, aspire à répartir le pouvoir de façon équitable. Les partis politiques et les églises y justifient leur contrôle institutionnel de la société, ainsi que leur gestion des droits et devoirs des individus, en se fondant sur des croyances religieuses ou des convictions morales.

Ces quatre moyens ont échoué.

Leonidas Fogg, *Pour une gestion rationnelle de la manipulation*, 1- Gérer l'apocalypse.

## 5 AOÛT 1986

### MONTRÉAL, 11 H 08

Clément Marquis se présenta à l'adresse que lui avait indiquée Brochet et appuya sur le bouton de la sonnette vingt-deux minutes avant l'heure du rendez-vous.

«Le petit médecin est pressé de toucher la deuxième partie de ses honoraires», se dit Brochet.

S'il avait su ce qui l'attendait, Clément Marquis aurait probablement été moins pressé. Dans quelques instants, il ne serait plus en mesure de raconter pour qui il avait rédigé un faux rapport médical concernant Stephen Semco. En fait, il ne serait plus en mesure de raconter quoi que ce soit. Avec lui disparaîtrait le dernier indice permettant de relier Brochet au suicide de Semco. L'agence Vacuum faisait disparaître les problèmes sans laisser de traces. Petreanu le lui avait assuré.

Au début, Brochet avait hésité. La facture de Vacuum pour les « frais de nettoyage » était passablement salée. Dépenser tout cet argent pour une simple précaution lui semblait excessif. Mais, depuis qu'il avait parlé au policier, il ne regrettait pas sa décision.

Ce Théberge lui avait semblé étrangement soupçonneux. Brochet n'avait pas aimé de devoir répondre longuement à ses questions. Comme si le policier avait eu des doutes sur le suicide de Semco.

Désormais, il pourrait poser toutes les questions qu'il voudrait. Avec la disparition du médecin s'évanouirait le dernier élément de preuve. Ce serait amusant de le voir s'empêtrer.

### Montréal, 14 h 29

— Baisse le volume, cria Dominique, il y a quelqu'un à la porte.

Depuis le matin, Yvan était enfermé dans sa chambre avec sa musique. Malgré le fait qu'elle n'appréciait pas particulièrement les décibels d'Iron Maiden et de Metallica, Dominique s'était contentée de lui demander de fermer sa porte de chambre. C'était sa façon de réagir à la mort de son père. Comme chaque fois qu'il avait quelque chose de difficile à affronter, il commençait par se noyer dans la musique. Cela pouvait durer quelques heures, quelques jours… Ensuite, il serait prêt à faire face à la situation… Du moins, elle l'espérait.

Quand la musique de *Kill Them All* se fut atténuée, Dominique ouvrit la porte.

— Vous !

— Je ne vous dérangerai pas longtemps, s'empressa de répondre Brochet.

Il avait une boîte en carton dans les bras.

— Qu'est-ce que vous voulez ?

— Stephen a laissé des affaires personnelles au bureau… alors j'ai pensé…

Dominique prit la boîte que Brochet lui tendait.

— Ce n'est pas grand-chose, poursuivit-il. Mais la valeur sentimentale… Pour les livres, je les ferai transporter…

— Tout ça est arrivé à cause de vous.

— Je sais que mon comportement n'a pas toujours été correct. S'il faut que je vous répète mes excuses…

— À cause de vous !

— … tout ça est du passé…

— C'est à cause de vous qu'il s'est tué ! Je suis certaine que c'est vous qui l'avez ruiné !

— La douleur vous égare.

— Je veux que vous partiez d'ici ! Partez tout de suite !

— Comme vous voulez.

— Je ne veux plus jamais vous voir !

— Vous serez exaucée, je pars pour l'Europe.

— Allez-vous-en !

— Il faut me comprendre, continua Brochet, imperturbable. Après ce qui est arrivé, je ne peux plus me trouver d'emploi ici. On va m'associer à Semco… Ma réputation…

La boîte toujours dans les mains, Dominique referma la porte avec son pied.

En se retournant, elle se retrouva face à face avec Yvan. Il tendit les bras pour prendre la boîte et alla la déposer sur la table de la cuisine sans dire un mot.

Dominique le suivit. Subitement, sa colère était tombée.

— Tu as entendu ? demanda-t-elle.

— Oui.

— J'ai probablement exagéré. Il n'y a pas de preuves qu'il soit responsable.

— Pourquoi est-ce qu'il s'est excusé ?

— C'est lui qui m'a présenté ton père. Quand il a appris qu'on était ensemble, il est venu m'engueuler au bar. Il a menacé de me faire tuer…

— Te faire tuer !

— Il m'avait demandé à plusieurs reprises de sortir avec lui. J'avais toujours refusé…

— Tu lui en as déjà parlé ?

— À ton père ? Non… Le lendemain, Brochet m'a envoyé un bouquet de fleurs extravagant avec des excuses. Il disait qu'il avait perdu la tête… J'ai préféré ne rien dire. Pour ne pas créer de problèmes entre eux. La pression qu'ils avaient avec leur entreprise était suffisante sans que j'en rajoute.

Yvan ouvrit la boîte et commença à sortir les objets. Il les déposait sur la table un à un.

La photo encadrée de Dominique. Une autre d'elle et de son père, prise par un touriste rencontré dans la rue, à Rome.

Son diplôme du CFA.

Sa trousse pour nettoyer ses verres de contact. Son agenda.

Un paquet de cigarettes.

— Je pensais qu'il avait arrêté, dit Yvan.

— Son dernier paquet, expliqua Dominique. Il le gardait ouvert sur son bureau depuis… cinq mois, maintenant. Pour tester sa volonté.

Le jeune garçon sortit ensuite un coupe-papier. Puis une photo de l'équipe de hockey dans laquelle il jouait une fois par semaine, pendant l'hiver.

— As-tu vu sa montre ? demanda Dominique.

— Non.

— Il ne l'avait pas sur lui. Je pensais qu'il l'avait laissée au bureau.

Semco détestait porter une montre-bracelet. « Des menottes de bureaucrates », avait-il l'habitude de dire.

Un jour, il avait remarqué une montre de poche dans une vitrine. Il avait trouvé que c'était un bel objet. Dominique la lui avait offerte.

Yvan fouilla dans la boîte.

— Elle n'est pas là, dit-il.

Quand ils eurent terminé l'inventaire des objets contenus dans la boîte, Yvan se tourna vers Dominique et lui demanda à brûle-pourpoint.

— Est-ce que je vais continuer à rester avec toi ?

— Bien sûr.

Elle le prit dans ses bras.

— Il n'est pas question que tu partes, ajouta-t-elle.

Ils restèrent un moment immobiles, sans parler.

— Quand je serai plus vieux, dit tout à coup Yvan, tu ne manqueras jamais d'argent. Je te le promets.

— Pourquoi est-ce que tu dis ça ?

— Parce que, sans argent, on ne peut pas se défendre.

### 6 AOÛT 1986

### MONTRÉAL, 10 H 34

Gonzague Théberge entra dans la pièce avec deux cafés. Il en tendit un à Crépeau.

— Toujours aussi mauvais ? demanda ce dernier en prenant une des tasses.

— Toujours. Ça aide à lutter contre le stupre, le vice et toute autre forme d'accoutumance jouissive. En plus, ça stimule le système immunitaire.

Il s'installa dans le fauteuil pivotant, derrière son bureau.

— Alors, quoi de nouveau ? demanda-t-il.

— Un meurtre au parc Lafontaine. Pour le reste, une nuit tranquille.

— Écoute !

— Quoi ?

— Chut !… Écoute.

Crépeau s'immobilisa comme si cela devait lui permettre de mieux entendre.

— Tu n'entends rien ? demanda Théberge au bout d'un moment.

— Rien.

— Essaie encore…

— Je n'entends vraiment rien, répondit Crépeau, qui prit une gorgée de café.

— Avec un peu d'imagination, je suis sûr que tu serais capable.

— Capable de quoi ?

— D'entendre saliver les journalistes. Imagine… un meurtre !

— Gonzague, tu débloques dans les grandes largeurs.

— C'est qui, le cadavre ? Un drogué ?

— Un médecin. Un nommé Marquis.

Une ride supplémentaire se creusa dans le front de Théberge.

— Marquis, tu dis ?

— Oui.

Théberge saisit son agenda sur le coin du bureau et le déposa devant lui en prenant soin de ne rien laisser échapper.

À l'intérieur du poste, ses agendas faisaient partie de la mythologie à laquelle tous les nouveaux étaient initiés… Tu cherches quelque chose ? Demande à Théberge de regarder dans son agenda.

Non seulement chacune des pages était-elle remplie de notations de différentes grosseurs, écrites dans tous les sens, soulignées avec des marqueurs de couleurs variées, mais il s'y ajoutait une quantité de mémos téléphoniques, de bouts de papier de toutes les dimensions attachés aux feuilles avec des trombones…

À la fin de l'année, l'agenda avait habituellement triplé ou quadruplé d'épaisseur, en plus d'avoir acquis un pourtour irrégulier dessiné par tous les papiers qui dépassaient des pages dans toutes les directions. Il devait alors avoir recours à plusieurs bandes élastiques pour regrouper les pages par paquets et faire tenir l'agenda fermé.

— Clément Marquis, tu disais ?

— Oui.

— Merde.

— Tu le connais ?

— Non. Mais je voulais l'interroger pour une autre affaire… Le suicide, il y a deux jours.

— Je pensais que c'était classé.

— Il y a un détail qui me chicote.

— *Oh boy !…* C'est reparti.

Les « détails » de Théberge étaient également légendaires. Il pouvait remuer ciel et terre pendant des mois, quand un détail le chicotait.

— Crépeau, je vous prierais instamment de réfréner vos élans satiriques à l'endroit de votre supérieur !

— C'est quoi, le détail ?

— Au bureau de Semco, il y avait un papier coincé entre le mur et le classeur à tiroirs.

— Un bout de papier…

— Il y avait un nom sur le papier : Clément Marquis. Avec une date : le 11 juin. Et une heure : quatorze heures trente… Comme un rendez-vous chez le médecin, justement… Et il meurt lui aussi. Presque le même jour que Semco… Ça me dérange.

— Comme vous l'avez déjà dit, la réalité a souvent cette propriété, fit remarquer Crépeau.

— Quelle propriété ?

— De déranger les gens.

Théberge écarta la remarque d'un vague geste de la main.

Semco et le médecin étaient morts tous les deux. En l'espace de deux jours. Un suicide faisant suite à une faillite et un meurtre relié au trafic de la drogue. Pouvait-il y avoir un rapport ?

Théberge se mit à interpeller mentalement Semco.

*Peux-tu bien me dire ce que tu es allé foutre sur le toit de cet édifice ? Et pourquoi t'as écrit ce genre de torchon à ta femme ?… Tu es chanceux qu'elle continue de te défendre comme elle le fait. Si c'est toi qui as écrit ça, tu ne méritais pas une femme comme elle… Mais si ce n'est pas toi, qui est-ce que ça peut être ?*

*Brochet? Le gardien de nuit?... Oublie le gardien
de nuit: c'est une blague. Mais Brochet... Je sais, il a
l'air du type qui vole des cerfs-volants aux enfants pour
aller vendre le papier à la récupération... Mais bon, tu
as travaillé avec lui pendant trois ans. Il ne devait pas
être aussi affreux qu'il en a l'air... Et ça n'explique pas
la faillite. Qu'est-ce qui t'a pris de bousiller tout cet
argent? Confondre le placement et le poker, ce n'est
pas très fort!*

— Euh... Sergent Théberge...

— Oui?

— Vous étiez...

Crépeau ne termina pas sa phrase. Théberge n'aimait
pas que son adjoint lui dise qu'il était « perdu dans sa
tête ».

— Je réfléchissais, oui.

— J'ai un message de la part de l'inspecteur-chef
Rancourt.

— Il a des problèmes avec mes comptes de dépenses?

— Il veut vous voir. Je pense que c'est pour la répartition des dossiers.

— Je sens que de sombres nuages s'accumulent sur
nos têtes, Crépeau mon ami.

— On va encore se taper des heures supplémentaires?

— Pire! Bien pire!

### CBC, 12 h 03

... DE RADIO-CANADA A APPRIS QUE LA FIRME GOLD & PRECIOUS
METALS INVESTMENTS, PLUS CONNUE SOUS LE NOM DE GPM
INVESTMENTS, SE SERAIT PLACÉE SOUS LA PROTECTION DE LA LOI SUR LA
FAILLITE.
S'IL FAUT EN CROIRE CLAUDE BROCHET, L'ASSOCIÉ DE STEPHEN SEMCO,
CE DERNIER AURAIT DILAPIDÉ L'ACTIF DE LA COMPAGNIE DANS DES PLACE-
MENTS ILLÉGAUX ET FINANCIÈREMENT DOUTEUX.
MONSIEUR BROCHET, QUI A LUI-MÊME ÉTÉ RUINÉ PAR LES MANŒUVRES
FRAUDULEUSES DE SON ASSOCIÉ, EXAMINE ACTUELLEMENT LA POSSIBILITÉ
D'ENTREPRENDRE DES POURSUITES JUDICIAIRES CONTRE LA SUCCESSION DE
SEMCO POUR RÉCUPÉRER...

## Montréal, 15 h 41

— Je m'en occupe tout de suite. À bientôt, mademoiselle Weber.

Théberge raccrocha l'appareil et se mit à engueuler mentalement Semco.

*Non mais!... À quoi tu as pensé? Est-ce qu'il fallait, en plus, que tu la mettes dans la rue?...*

Il reprit le combiné, jeta un coup d'œil au numéro qu'il avait pris en note et téléphona à l'Union Life.

Heureusement, il avait un contact au bureau des fraudes de la compagnie : cela lui éviterait d'avoir à franchir le filtre de paperasse et de bureaucratie que la compagnie utilisait, sous couvert du respect des droits des individus, pour décourager la curiosité des policiers.

— Wayne? Gonzague!

— Qu'est-ce qui me vaut l'honneur?

— Tes statistiques viennent de frapper un trou d'air.

— En langage clair, ça veut dire quoi?

— Un de tes clients a décidé de passer l'arme à gauche.

— Ça fait partie des probabilités. Il était assuré pour combien?

— Un million.

— Tu penses que la veuve a donné un coup de pouce à la nature?

— Non. Ce que je me demande, c'est pourquoi il a changé le nom du bénéficiaire de la police deux semaines avant de se jeter en bas de la tour d'habitation où il demeurait.

— C'est quoi, le nom de ton client?

— Semco. Stephen Semco.

— Tu n'aurais pas son numéro de dossier?

Théberge jeta de nouveau un coup d'œil au numéro qu'il avait griffonné dans son agenda et le répéta au responsable des fraudes.

— Je te rappelle dans dix minutes, fit ce dernier.

Dix minutes plus tard, à la seconde près, le téléphone sonnait sur le bureau de Théberge.

— Est-ce que tous les actuaires sont aussi obsessi-
vement ponctuels ? fit le policier en guise d'accueil.

— Seulement les meilleurs.

— Alors ?

— J'ai fait sortir son dossier. Il y a quelque chose
qui va t'intéresser, je pense.

— Je t'écoute.

— Dans nos contrats, il y a une clause selon laquelle
les primes d'assurance-vie ne sont pas payables en cas
de suicide, si cela fait moins d'un an que le client est
couvert.

— Oui…

— Ton type a signé le contrat le 2 août 1985.

— Ça fait donc… un an et deux jours, si je compte
bien.

— Exactement.

— Vous allez payer ?

— À moins que tu me donnes une raison de ne pas
le faire.

— Une raison comme quoi ?

— Quelqu'un qui l'aurait poussé pour toucher la
prime.

— À ta place, je ne compterais pas là-dessus.

— Où est la police, quand on a besoin d'elle ?

— Ce qui m'intéresse, c'est le changement de bénéficiaire.

— J'ai regardé. Tout est légal. Il n'avait pas de bénéficiaire irrévocable.

— As-tu vérifié la signature ?

— Oui. Ça s'écarte un peu de celles qu'on a en
archives, mais pas assez pour qu'on puisse en tirer
quelque chose.

— Qui est le nouveau bénéficiaire ?

— Un associé dans sa compagnie.

— Claude Brochet !

— Tu es devin, maintenant ?

— Non. Je laisse ça à ceux qui font des prédictions
de taux d'intérêt ou de mortalité pour les quarante prochaines années.

— Tu exagères grossièrement. Ce n'est pas de la divination.

— Qu'est-ce que c'est, alors ?

— Du pessimisme mathématiquement fondé.

### 7 AOÛT 1986

### MONTRÉAL, 9 H 41

Le titre faisait plus de la moitié de la première page de *La Presse*.

### FAILLITE DE GPM INVESTMENTS
#### DES CENTAINES D'ÉPARGNANTS RUINÉS

Suivait un article d'un tiers de page sur le nouveau scandale financier.

À partir d'une entrevue réalisée avec Claude Brochet, « associé et principale victime du fraudeur », le journaliste racontait comment Semco avait dilapidé, en moins de six mois, la totalité des fonds administrés par la compagnie. Plus de quarante-trois millions de dollars étaient partis en fumée.

Théberge posa le journal sur son bureau pour accueillir Brochet.

— Je vous remercie de vous être déplacé, dit-il en faisant signe au petit homme bedonnant de prendre place dans un fauteuil.

— Je suis heureux de collaborer avec la justice.

— Et avec les médias, à ce que je vois, compléta Théberge en montrant le journal.

— Avec les médias aussi. Remarquez, je n'avais pas tellement le choix.

— Pour quelle raison ?

— Si je refuse d'accorder une entrevue, ça accrédite l'idée que j'ai quelque chose à cacher. Que je suis peut-être complice de… ce qui s'est passé.

— Vous ne vous en tirez tout de même pas si mal.

— Je ne comprends pas.

— Vous allez recevoir un million de l'assurance, si mes informations sont exactes.

— Oh, ça…

— Je sais, c'est seulement un million. Mais tout de même…

Brochet le regarda à travers ses petites lunettes pendant plusieurs secondes avant de répondre.

— Le million dont vous parlez, dit-il finalement, il est déjà dépensé. Un emprunt que j'ai contracté à titre personnel pour sauver la compagnie… J'ai hypothéqué ma résidence, donné tous mes placements de retraite en garantie… Semco devait réinstaurer madame Weber comme bénéficiaire quand la compagnie m'aurait remboursé. Mais… avec ce qui s'est passé…

## MONTRÉAL, 12 H 10

Dominique Weber entra à la Rapière, parcourut la salle du regard, repéra Théberge et se dirigea vers sa table, escortée du serveur.

— Je suis surprise, dit-elle en s'assoyant. On dirait un repaire pour hommes d'affaires qui sortent leurs clients.

De fait, le costume élimé de Théberge et son nœud de cravate descendu contrastaient avec les complets trois pièces sombres qui constituaient l'essentiel de la clientèle.

— La clientèle laisse un peu à désirer, répliqua le policier en jetant un regard vers une table d'hommes d'affaires qui discutaient du cours de la Bourse, mais c'est un excellent restaurant.

— Je ne m'attendais pas à ce genre d'invitation.

— Vous rencontrer en mangeant va me permettre de terminer ma journée un peu moins tard ce soir.

— À l'heure où la mienne commence…

Ils parlèrent d'abord du restaurant, que Théberge avoua fréquenter de façon semi-régulière, selon les aléas de son budget. Puis de la nourriture en général, sujet sur lequel le policier démontra des connaissances inattendues.

— Un policier gastronome ! Vous m'étonnez.

Ils furent interrompus par le serveur qui vint prendre leur commande. Après son départ, Théberge demanda à la jeune femme s'il pouvait lui poser une question personnelle.

— Ça dépend de la question.

— Vos yeux… c'est naturel ?

— Oui.

— Et vous n'avez aucun problème de vision ?

— Aucun. Je suis même chanceuse. À part les yeux, je n'ai presque aucune des infirmités de ma maladie.

— C'est une maladie ?

— Une forme de problème génétique. Le syndrome des yeux de chat. Il y a toutes sortes de symptômes associés à ça. J'en ai seulement trois et les trois sont mineurs.

— À part les yeux…

— … qu'est-ce que j'ai ? fit la femme, complétant la question inachevée de Théberge.

— Oui. Si ce n'est pas trop…

— Pas du tout… Un de mes reins est un peu plus petit. J'ai aussi une courbure plus prononcée du bas de la colonne vertébrale…

— Et si vous n'aviez pas été chanceuse ?

— Des problèmes cardiaques, une fissure dans le palais, la mâchoire atrophiée… Les malformations peuvent toucher à peu près tous les organes. Plusieurs des victimes ont un léger retard mental… Vraiment, je m'en tire bien.

Le serveur arriva avec le potage.

— Pour l'assurance, dit Théberge, je n'ai pas de bonnes nouvelles.

— Je n'aurai rien ?

— Votre ami a changé le nom du bénéficiaire peu de temps avant de mourir.

— Je ne comprends pas. Il m'en aurait parlé.

— J'ai vérifié avec quelqu'un qui travaille à la compagnie d'assurances.

— Vous savez qui est le nouveau bénéficiaire ?

— Brochet.

— Lui !

— Il a fait un emprunt personnel d'un million pour sauver la compagnie. La police d'assurance a servi de caution. Ça devait être temporaire. Ce qui était prévu, c'était que vous redeveniez bénéficiaire quand la compagnie aurait remboursé Brochet.

— Et c'est Brochet qui va tout avoir ?

— Le montant va servir à rembourser l'hypothèque sur sa maison et le reste de ses dettes.

— Je ne comprends pas que Stephen ne m'ait rien dit.

— Peut-être qu'il ne voulait pas vous inquiéter. Qu'il attendait d'avoir tout remboursé pour vous en parler.

— Peut-être.

Entre le confit de canard et la crème brûlée, Théberge demanda à Dominique des nouvelles du jeune Yvan.

— Il ne parle pas beaucoup, répondit-elle. Il s'enferme des heures pour écouter de la musique.

— Si jamais c'était utile, je connais une psychologue. Elle est spécialisée dans ce genre de problèmes.

— Je vous avoue qu'à court terme, ce qui m'inquiète le plus, c'est de savoir si je vais pouvoir le garder avec moi.

— Pour quelle raison est-ce que ça vous inquiète ?

— C'est le fils de Stephen, mais ce n'est pas le mien. On vivait ensemble depuis un an seulement.

— Lui, qu'est-ce qu'il en pense ?

— Yvan ? C'est lui qui me l'a demandé. Je lui ai dit oui. Mais avec l'endroit où je travaille…

— Je connais quelqu'un qui devrait pouvoir s'occuper de ça.

— Pour chaque problème, vous connaissez quelqu'un, si j'ai bien compris.

— C'est toujours utile d'avoir des contacts.

## Montréal, 16 h 19

Théberge s'étira et saisit le téléphone sur le coin de son bureau avec un soupir de résignation. Sans doute un nouveau crime qui allait, une fois encore, l'empêcher de rentrer à la maison dîner avec sa femme. Pourquoi fallait-il que les victimes des meurtres soient toujours découvertes au milieu de la nuit ou juste avant l'heure des repas ?

— Sergent Théberge à l'appareil.

— Ici Dominique Weber.

— Mademoiselle Weber !

La voix du policier avait pris un ton plus joyeux.

— Je vous appelle parce qu'il est arrivé quelque chose de bizarre, tout à l'heure.

— Chez vous ?

— Non. Au logement de Stephen, à Longueuil. Il avait gardé un pied-à-terre là-bas. Un petit appartement au deuxième étage.

— Celui dont vous m'avez parlé l'autre jour ?

— Oui. J'ai trouvé une enveloppe dans la boîte aux lettres. Selon le cachet de la poste, elle a été expédiée il y a trois jours. C'est une sorte de rapport médical.

— Concernant Semco ?

— Oui. C'est une lettre d'un médecin pour lui donner les résultats de tests qu'il avait passés.

— Qu'est-ce qu'elle dit, cette lettre ?

— Que son bilan hépatique est négatif. Qu'avec de tels résultats, il serait surprenant qu'il ait le moindre problème au foie. En tout cas, certainement pas un cancer avancé. À son avis, il devait y avoir une erreur dans la première série de tests. Ou bien on avait confondu son dossier avec celui d'un autre.

— Semco vous avait-il déjà dit qu'il pensait avoir un cancer ?

— Non.

— Ça pourrait expliquer le suicide. S'il se croyait mourant...

— Il n'avait pas l'air mourant du tout. Un peu fatigué, peut-être, parce qu'il travaillait douze heures par jour... Vous pensez vraiment qu'il aurait pu se suicider à cause de ça ?

— C'est difficile de dire ce que les gens peuvent faire. Est-ce que vous pouvez me donner le nom du médecin qui lui a envoyé cette lettre ?

— Proulx. Bernard Proulx… À la fin, il lui recommande de retourner voir le premier médecin et de faire une nouvelle série d'examens pour en avoir le cœur net.

— Est-ce qu'il nomme ce premier médecin ?

— Juste son nom de famille. Le docteur Marquis.

— Clément Marquis, probablement…

— Vous le connaissez ?

— Il est lui-même décédé le lendemain.

— Le lendemain de la mort de Stephen ?

— Oui.

Un silence suivit.

— Vous pensez que ça peut être lié ? finit par demander la jeune femme.

— Pas à première vue. On l'a retrouvé dans son auto. Il restait des emballages de médicaments, sur le siège, à côté de lui. C'est un quartier où il y a pas mal de trafic. J'ai l'impression que le bon docteur revendait des médicaments à des trafiquants.

— Vous ne trouvez pas ça louche ?… Je veux dire…

— Moi aussi, je déteste les coïncidences. Mais je ne peux pas faire d'enquête sur la mort de votre ami sans motif valable.

— Mais… tous les détails dont vous avez parlé !

— Je n'ai rien d'assez solide pour ouvrir une enquête criminelle.

— Je suis certaine qu'il ne s'est pas suicidé !

— Écoutez, je veux bien faire quelques vérifications supplémentaires, mais il va falloir trouver quelque chose de plus solide que des convictions intimes… Déjà, au bureau, ils trouvent que je néglige mes autres dossiers.

— Je sais. Je vous remercie de ce que vous faites.

— Je communiquerai avec vous dans quelques jours pour vous informer de ce qui arrive.

Après avoir raccroché, Théberge resta un long moment songeur, puis il jeta un regard en direction de Crépeau.

— Je sais, dit-il. Rancourt va encore râler en voyant notre feuille de temps.

— Moi, je n'ai rien dit.

— On s'arrangera pour en faire une partie pendant nos heures libres.

Crépeau se contenta de hocher la tête, comme s'il n'arrivait pas à trouver les mots pour traduire son découragement. Une fois encore, son supérieur allait mobiliser l'essentiel de ses loisirs parce qu'un «détail» le chicotait.

— Juste deux ou trois petites choses à vérifier, promit Théberge, dans un effort pour rassurer son collègue.

... les charniers se multiplient, la pollution ravage la planète et la dignité de l'être humain est partout bafouée. Rien ne sert de le nier. Il faut prendre acte de la situation et exploiter les possibilités d'évolution qu'elle recèle.

L'humanité doit franchir une nouvelle étape. Il faut intégrer les acquis du passé à l'intérieur d'une synthèse qui leur donne un sens nouveau. Le moyen et la forme de cette intégration seront la gestion rationnelle. Seul un groupe qui contrôle à la fois les plaisirs (la satisfaction des passions), la force, l'argent et le droit aura les moyens d'imposer une répartition rationnelle des moyens d'existence entre les individus selon leur utilité collective.

LEONIDAS FOGG, *Pour une gestion rationnelle de la manipulation,* 1- Gérer l'apocalypse.

## 8 AOÛT 1986

### MONTRÉAL, 6 H 41

Le sergent-détective Théberge pénétra dans le hall de la tour d'habitation et se dirigea vers le poste de garde, son fidèle Crépeau sur les talons.

Le policier n'avait guère aimé se lever « aux aurores », selon l'expression de Théberge, mais ce dernier voulait interroger le gardien sans le prévenir, à un moment où la fatigue risquait de diminuer sa vigilance. D'où leur expédition matinale, juste avant le changement de quart de travail.

— Il semble que l'on soit destinés à se rencontrer, fit d'emblée Théberge.

— Encore vous !

— Soyez rassuré, il n'y a pas de nouvelle victime.

Le soulagement se peignit sur le visage du gardien.

— Mais alors…

— Quelques questions supplémentaires.

— Je vous ai dit tout ce que je savais.

— Tout ce que vous pensiez savoir, corrigea le policier. C'est ce que vous savez sans le savoir qui m'intéresse.

L'autre le regarda d'un air peu convaincu.

— J'ai une photo à vous montrer, reprit Théberge. Le reconnaissez-vous ?

Le gardien examina longuement la photo que lui présentait le policier, comme pour s'assurer qu'elle ne contenait rien qui puisse porter atteinte à la tranquillité des résidents dont il avait la charge de veiller au bien-être.

— C'est effectivement monsieur Semco, finit-il par dire.

— L'appartement était bien loué à son nom ?

— C'est le nom qui apparaît sur la liste des locataires.

Théberge rangea la photo dans une enveloppe, laquelle disparut dans la poche intérieure de son veston.

— Est-ce que vous connaissez un certain Claude Brochet ? reprit-il.

— Monsieur Brochet ? Bien sûr.

— J'aimerais que vous me parliez de lui. Comment était-il physiquement ?

— Que voulez-vous dire ?

— Pouvez-vous me le décrire ?

— Plutôt petit. Un mètre soixante-cinq, un mètre soixante-dix. Un peu enveloppé. Des cheveux châtain foncé avec une raie sur la gauche. Les sourcils légèrement tombants. Des yeux bruns. Des lunettes de corne brun foncé avec des verres relativement épais. Une bouche petite et charnue. Les joues légèrement tombantes. Toujours bien habillé. Des complets sobres et bien coupés, en général brun ou gris foncé… Une Rolex. Véritable, je dirais…

Théberge ne put dissimuler une certaine surprise.

— Vous êtes remarquablement précis, dit-il.

— J'ai déjà travaillé comme physionomiste dans un casino. J'ai une mémoire presque photographique.

— À quel endroit ? demanda Théberge, l'air subitement passionné par la chose.

— Vegas, bien sûr.

— Comment êtes-vous arrivé ici ?… Je veux dire, connaissant le salaire que peut faire un physionomiste là-bas… Si ce n'est pas trop indiscret.

— Vegas n'est pas une ville pour élever des enfants. Je suis revenu il y a deux ans… L'idéal, ce serait qu'il y ait un casino à Montréal. Mais je n'ai pas à me plaindre. Avec ce que j'ai économisé là-bas et mon salaire ici, nous vivons bien.

— Brochet venait souvent ?

— Je l'ai vu à plusieurs reprises. En général, il venait en fin de soirée. Monsieur Semco lui avait laissé une clé. Il venait porter ou chercher des choses pour lui.

— Vous travaillez toujours de nuit ?

— Oui. De dix-neuf heures à sept heures.

— Douze heures !

— Quand le gardien de nuit est parti, on s'est partagé son quart de travail.

— Semco, lui, vous l'avez vu souvent ?

— Une seule fois, si je me rappelle bien. Quand monsieur Brochet et lui sont venus visiter l'appartement… Même pour le bail, maintenant que j'y pense, c'est monsieur Brochet qui est venu chercher les papiers et qui les a rapportés avec les signatures. Et c'est lui qui a apporté le chèque pour le loyer de la première année.

— Ça ne vous a pas paru étrange ?

— Je pensais que monsieur Semco était un homme d'affaires très occupé. Que monsieur Brochet était en quelque sorte son secrétaire exécutif. Maintenant, bien sûr…

— Maintenant quoi ?

— Après avoir lu les journaux…

— Savez-vous si monsieur Semco venait souvent pendant la journée ?

— Aucune idée. Mais je peux téléphoner au gardien de jour. C'est un ami.

Quelques minutes plus tard, le préposé à la sécurité raccrochait le combiné, l'air perplexe.

— Rien, dit-il.

— Rien… ?

— Il n'a jamais vu votre monsieur Semco. Ni Brochet, d'ailleurs. À sa connaissance, personne n'est jamais venu à l'appartement pendant qu'il était de garde.

— À sa connaissance ?

— Il y a toujours la possibilité qu'un autre locataire de l'édifice ait eu la clé.

— Vous pensez à quelqu'un de particulier ?

— Non. Je parlais théoriquement.

— Vous ne trouvez pas ça étrange ?

— Quoi ?

— De n'avoir presque jamais vu Semco.

— Ce n'est pas si rare, vous savez. Il y a plusieurs hommes d'affaires qui louent des appartements où ils ne mettent à peu près jamais les pieds. Ils les prêtent à des invités aux frais de la compagnie, ils en font bénéficier leur maîtresse ou des amis…

— À votre avis, c'est ce qui s'est passé avec monsieur Brochet ?

— Ça m'étonnerait. Il venait toujours seul et il ne restait jamais longtemps… À chaque visite, il prenait le temps de me dire quelques mots. Quelqu'un de très bien élevé, ce monsieur Brochet.

— Je n'en doute pas.

— Il venait porter des papiers ou des boîtes à monsieur Semco, il venait chercher des dossiers pour lui.

— On peut donc dire que l'appartement était loué pour monsieur Semco ; qu'à votre connaissance il n'y a jamais mis les pieds ; mais que Brochet venait lui porter des papiers ou chercher des dossiers pour lui ?

— Présenté de cette façon, j'avoue que c'est assez troublant.

### Radio-Canada, 15 h 04

> … SCANDALE QUI A TROUVÉ AUJOURD'HUI UN ÉCHO SUR LE PARQUET DE L'ASSEMBLÉE NATIONALE. PRESSÉ DE QUESTIONS PAR L'OPPOSITION OFFICIELLE, LE MINISTRE DES FINANCES A REFUSÉ DE DIRE SI LE GOUVERNEMENT ALLAIT DÉDOMMAGER LES VICTIMES.
> IL A TOUTEFOIS INDIQUÉ QU'UN GROUPE SPÉCIAL DE TRAVAIL SERAIT CONSTITUÉ, À LA DIRECTION DES INSTITUTIONS FINANCIÈRES, POUR FAIRE TOUTE LA LUMIÈRE SUR CETTE TRISTE…

### Montréal, 15 h 43

— Je vous en prie, assoyez-vous, fit Théberge.

Brochet prit place dans le fauteuil que lui indiquait le policier.

— J'avoue que votre invitation m'a intrigué, dit-il. Je croyais cette malheureuse affaire réglée.

— Quelques détails à vérifier avant de fermer le dossier… Normalement, je n'aurais pas insisté, mais compte tenu de votre empressement à collaborer avec la justice…

— Qu'est-ce que je peux faire pour vous ?

— Peu de choses, en fait. Quelques éléments pour clore le dossier… et m'assurer qu'il reste fermé.

— Si je puis être d'une quelconque utilité. Mais je dois vous prévenir que je n'ai pas énormément de temps : je pars pour la Suisse demain.

— Ce ne sera pas long. Permettez-moi d'abord de vous présenter le constable Crépeau, qui travaille avec moi.

Théberge eut un geste en direction de l'autre fauteuil, où son adjoint était demeuré assis, presque immobile, depuis l'arrivée de Brochet.

Ce dernier salua Crépeau d'un bref hochement de tête.

— Le constable Crépeau, reprit Théberge, a la tâche ingrate de se faire l'avocat du diable. Lorsque nous travaillons ensemble à une enquête, son rôle est de soulever les indices, de mettre en valeur les faits qui pointent vers une conclusion différente de celle à laquelle semble nous mener l'enquête. Il doit s'assurer que nous ne négligeons aucune piste, que nous ne nous laissons pas aveugler par de fausses évidences. Il est en quelque sorte notre garde-fou… Vous me suivez ?

— Je crois, oui.

— Alors voilà. Dans toute cette histoire, j'ai des problèmes avec Crépeau.

Théberge ponctua son affirmation d'un regard en direction de son adjoint, qui continuait de se taire.

— Je compatis avec vous, fit Brochet, mais je ne vois pas très bien…

— Remarquez, il n'a l'air de rien, comme ça, Crépeau. Mais c'est un esprit minutieux, remarquablement méthodique. Comme beaucoup de gens de son espèce, il a besoin de calme, d'un climat serein qui lui permette de réfléchir à son rythme. Dans le feu d'une discussion, il est plutôt mal à l'aise pour faire valoir son point de vue ; il perd rapidement ses moyens. Aussi, je me ferai son porte-parole…

— Je ne vois toujours pas…

Théberge poursuivit sans tenir compte de l'interruption.

— Il suffit qu'une question le turlupine, qu'un fait lui semble incongru, pour qu'il s'acharne à vouloir comprendre. Qu'il refuse de lâcher le morceau. Jusque-là, remarquez, ça ne crée aucun problème. Mais quand il veut que je donne des réponses aux questions qu'il se pose, que je résolve les incongruités qu'il soulève… quand il me harcèle… là, je finis par trouver la chose contrariante. Surtout si je n'ai pas de réponses aux questions qu'il me pose… C'est pour dissiper cette contrariété que je compte sur votre aide.

— Je voudrais bien vous aider, mais j'avoue que…

— Permettez que je vous brosse un tableau de ce que mon bon ami Crépeau trouve irritant. Il y a d'abord le comportement de Semco. Les différents témoignages que nous avons pu recueillir ne concordent pas du tout avec ce que laisse deviner de froideur et d'irresponsabilité la lettre d'adieu que nous avons trouvée à son bureau.

— Je comprends. Je dois admettre que moi aussi…

— Cette lettre aurait été écrite par quelqu'un d'autre que mon ami Crépeau n'en serait pas autrement surpris.

— Mais… nous l'avons trouvée ensemble !

— Je vous le concède. Mais nous n'avons pas de preuves hors de tout doute que ce soit lui qui l'ait écrite.

— Il y en avait une copie dans son ordinateur !

— Je sais. Cependant, nous n'avons retrouvé aucune empreinte digitale sur la lettre. Sur l'enveloppe, oui, mais pas sur la lettre. Comment a-t-il fait pour la plier et la mettre dans l'enveloppe ?… Avouez que c'est étrange.

— Il n'y a aucune… ?

— Inutile de dire que ce détail titille singulièrement mon ami Crépeau. Mais passons. Il y a autre chose qui intrigue mon fidèle collaborateur : la police d'assurance.

— Je vous ai déjà expliqué comment ça s'est passé.

— Bien sûr. Mais pourquoi n'en a-t-il rien dit à la principale intéressée ? Ça non plus, ça ne cadre pas avec son comportement habituel.

— Peut-être attendait-il que la situation soit rétablie avant de lui dire ce qu'il avait été obligé de faire ?

— C'est possible, je vous l'accorde. J'y ai d'ailleurs moi-même songé. Mais le constable Crépeau – qui a l'esprit tordu, je le reconnais – m'a fait remarquer que, là encore, tout s'est passé par courrier et par téléphone… Et il s'est alors demandé si quelqu'un pouvait avoir changé le nom du bénéficiaire en se faisant passer pour Semco.

— Est-ce que vous m'accusez ?

— Au contraire ! Il pourrait très bien s'agir d'une stratégie de diversion pour faire dévier les soupçons sur vous !

— Vous croyez ?

Brochet ne semblait pas du tout convaincu par la réponse de Théberge.

— Mais il y a autre chose, enchaîna immédiatement ce dernier.

— Quoi encore ?

— L'appartement.

— Qu'est-ce qu'il a, l'appartement ?

— Mon diligent collègue a procédé à quelques vérifications. Semco n'a été vu qu'une seule fois à cet
appartement – si on oublie son suicide, bien sûr – et
c'est lorsqu'il l'a visité avec vous. Par la suite, tout s'est
fait par votre intermédiaire… La remise du bail dûment
signé et du chèque pour le loyer, les différentes commissions que vous y avez faites pour lui… Mon ami
Crépeau s'est demandé à quel moment Semco avait
bien pu y résider, comment il avait pu y apporter des
effets personnels…

— C'est vrai que j'ai été à plusieurs reprises à l'appartement. Mais, je tiens à le préciser, c'était toujours à
sa demande.

— Pour y porter des dossiers ?

— Entre autres.

— Vous l'avez donc vu dans cet appartement…

— Non. Je dois dire que non.

— Mais… les papiers que vous lui apportiez ?

— Je les laissais sur son bureau. La fois suivante,
quand j'apportais d'autres dossiers, ils étaient rangés
dans le classeur.

— Vous ne l'avez jamais rencontré dans cet appartement ?

— Jamais.

— Ça ne vous a pas paru étrange ?

— Un peu. Mais il avait l'habitude de s'absenter du
bureau pendant des journées complètes. Je me disais…

— Ce qui est embêtant, c'est que, pour établir la présence effective de Semco à l'appartement, nous n'avons
que votre témoignage. Même pour le bail, c'est vous
qui avez servi d'intermédiaire.

— Avoir su qu'accepter de lui rendre service serait
un jour retenu contre moi !

— Il n'y a rien de retenu contre vous, se dépêcha de
répondre Théberge, sur un ton rassurant. Ce que se
demande mon bon Crépeau, c'est pourquoi Semco vous
a fait louer un appartement où, semble-t-il, il ne s'est
jamais rendu.

— Peut-être n'en a-t-il pas eu le temps.

— Possible.

— Il m'avait parlé d'une femme qu'il venait de rencontrer. Compte tenu du genre de fille qui semblait l'intéresser… Remarquez, je n'ai rien contre mademoiselle Weber. Mais peut-être Semco envisageait-il d'installer une nouvelle maîtresse dans cet appartement? Ça expliquerait pourquoi il s'absentait du bureau pendant la journée.

— Et il aurait loué l'appartement plus de deux mois à l'avance?

— Qui sait? En ces matières, les choses ne se déroulent pas toujours comme prévu. Peut-être est-ce une des raisons pour lesquelles il s'est suicidé?

— Vous êtes dur pour mon pauvre ami Crépeau. Au lieu de l'aider à résoudre ses problèmes, vous lui assénez d'autres questions.

Toujours muet, Crépeau prit un air franchement désolé.

— Je suis certain qu'il saura s'en remettre, répliqua Brochet. Avec votre aide…

### CKAC, 16 H 02

> … ET PROPOSER DES CORRECTIFS AFIN DE S'ASSURER QU'UNE TELLE AFFAIRE NE PUISSE PAS SE REPRODUIRE.
> DÉÇU PAR LA RÉPONSE GOUVERNEMENTALE, LE REGROUPEMENT DES ÉPARGNANTS VICTIMES DE GPM INVESTMENTS A DIT ENVISAGER LA POSSIBILITÉ D'ENTREPRENDRE UN RECOURS COLLECTIF CONTRE…

### MONTRÉAL, 16 H 07

— Il y a un autre détail qui fait faire des insomnies à mon vaillant second, reprit Théberge. Le médecin.

— Quel médecin?

— Le docteur Marquis.

— Qui est-ce? demanda Brochet, incapable de dissimuler un certain agacement.

— Clément Marquis. Nous avons retrouvé son nom sur un mémo.

— Un mémo? répéta Brochet, feignant de façon caricaturale d'être intéressé. Vraiment?

— Avec un numéro de téléphone. Il s'était glissé entre le mur et le côté de son classeur.

— C'est sidérant ! Mais j'avoue que je ne comprends toujours pas.

— Mon ami Crépeau non plus ne comprend pas. C'est d'ailleurs ce qui le chagrine. Il trouve étrange que ce brave docteur Marquis soit décédé le lendemain de la mort de Semco.

— Une coïncidence.

— Je vais vous faire un aveu : mon fidèle Crépeau déteste les coïncidences. Au cours des années, il en a fait un ennemi personnel. Crépeau et les coïncidences, c'est Achab et Moby Dick : il les traque de façon obsessive.

— Il faudrait peut-être le faire soigner.

— J'y ai songé, répondit benoîtement Théberge, j'y ai songé… Mais il se trouve que Semco a reçu une lettre d'un autre médecin qui l'avisait que les tests étaient négatifs. Qu'il n'avait aucune trace de cancer. Nous avons parlé avec le deuxième médecin. Il devait y avoir eu cafouillage quelque part dans les premiers tests… Le bon disciple d'Esculape lui recommandait de se soumettre à une troisième série de tests. Pour en avoir le cœur net. Mais, à son avis, la chose était entendue : il n'y avait pas de petites cellules malignes qui lui grignotaient l'intérieur.

— Et vous pensez que… ?

— Moi, je ne pense rien. C'est mon brave Crépeau qui s'en charge.

— Et il pense quoi, votre brave Crépeau ?

— Il s'est demandé si ce docteur Marquis n'était pas celui qui lui avait fait passer les premiers tests. Et, tout de suite après, il a commencé à trouver curieux que ce brave médecin soit décédé le lendemain de la mort de Semco. Il a alors envisagé l'hypothèse que Semco se soit suicidé parce qu'il se croyait atteint d'un cancer en phase terminale… Mais, là encore, il a buté sur une difficulté.

— Il faut que je vous demande laquelle, je suppose ?

— Ce n'est pas indispensable, répondit Théberge. Mon fidèle Crépeau peut très bien sécréter ses propres questions. Par exemple, une chose qui le tracasse, c'est le fait que Semco ait abandonné son fils et son amie, surtout qu'il les ait abandonnés en ne leur laissant rien. Ce n'est pas cohérent avec ce que nous savons du caractère de Semco. Si la police d'assurance avait été au nom de mademoiselle Weber, bien sûr, la chose eût été différente, mais…

— … elle était au mien.

— Elle était au vôtre.

— Pour le dossier médical, vous n'avez qu'à aller au bureau de ce docteur… comment l'appelez-vous, déjà?… Marquis?

— Oui. Nous y sommes allés. Il n'y a pas de dossier au nom de Semco. Dans les cliniques et les hôpitaux de la région, nous n'avons retrouvé aucune trace des premiers tests…

— On dirait que votre ami Crépeau va se retrouver avec une foule de questions sans réponses.

— C'est précisément ce que je crains.

— Peut-être ses questions sont-elles trop tordues?

— C'est possible. Mais Crépeau n'est pas doué seulement pour les questions tordues. Il est aussi un spécialiste des explications tordues.

— J'aimerais comprendre pourquoi vous m'expliquez tout ça.

Brochet avait de la difficulté à ne pas montrer son agacement.

— Ça ne change rien au fait qu'il a ruiné la compagnie, reprit-il. Et qu'il se soit suicidé en laissant tous les problèmes aux autres. Parfois, la réalité est plus simple qu'on pense.

— Sans doute, oui… Mais je vais quand même vous exposer – brièvement, bien entendu – les hypothèses qu'a échafaudées mon brave Crépeau.

— Puisqu'il le faut…

— Peut-être, s'est-il dit, toutes ces incohérences, toutes ces questions sans réponses s'expliquent-elles par le fait que quelqu'un s'est joué de Semco ?

— Se jouer de lui ? Je ne vois pas.

— Peut-être quelqu'un l'a-t-il ruiné ? Et peut-être cette personne a-t-elle ensuite trouvé une façon de se débarrasser de lui ?

— Je vois mal comment ce mystérieux quelqu'un aurait pu ruiner la compagnie à sa place sans qu'il s'en aperçoive. Et je vois encore moins comment il aurait pu le « suicider ».

— Cela fait partie des questions qui turlupinent mon bon Crépeau.

— Et vous pensez que je suis impliqué dans ce complot ?

— Avouez que ce n'est pas impossible…

— Est-ce que vous m'accusez ?

Le ton de Brochet s'était fait plus sec, presque hostile.

— Vous ne voyez pas que vous êtes la victime idéale ? reprit Théberge. Peut-être qu'on veut vous faire porter le chapeau.

La perplexité envahit la figure de Brochet.

— Il a des preuves pour appuyer cette hypothèse, votre « brave » Crépeau ?

— Seulement des questions sans réponses, des coïncidences étranges, des comportements qui sortent du profil psychologique du suicidé…

— En cour, j'imagine que ce ne serait pas très solide.

Le sourire de Brochet était maintenant ouvertement moqueur.

— En effet, répondit Théberge.

— Vous allez classer l'affaire ?

— C'est ce que désire mon supérieur. À moins que des faits nouveaux…

— Je ne comprends toujours pas pour quelle raison vous m'avez exposé ces… suppositions.

— Pour avoir votre avis. Vous êtes une des personnes qui connaissiez le mieux Semco. Peut-être avait-il des ennemis ?

— Pas que je sache… Maintenant qu'il a ruiné tous les investisseurs, bien sûr, la situation est probablement différente. Mais à l'époque…

— Si seulement j'avais une bonne raison de croire que les choses se sont vraiment déroulées comme elles le paraissent…

— Des raisons, vous en avez quarante-trois millions. Vous ne trouvez pas que c'est suffisant ?

— Je trouve ça excessif. Mais enfin… Si jamais vous apprenez quelque chose…

— Je ne manquerai pas de vous en informer.

— Le constable Crépeau vous en serait reconnaissant.

— Vous aussi, j'imagine. Quelque chose me dit que vous n'êtes pas étranger à toutes les supputations de votre collègue.

— Dans un sens, vous avez raison. J'ai toujours soutenu qu'il était utile de développer le Crépeau en soi.

Quand Brochet fut sorti, Théberge se tourna vers son adjoint.

— Alors ?

— Il est impliqué. Comment, je ne sais pas, mais il est impliqué.

— C'est aussi mon avis. Mais ça m'étonnerait qu'on arrive à prouver quoi que ce soit.

Crépeau se contenta d'acquiescer d'un hochement de tête.

Un peu plus tard, en sortant du bureau, Théberge songeait à Dominique Weber et au jeune Yvan Semco. Deux autres victimes pour qui la justice ne pourrait pas grand-chose. Sans compter Semco lui-même. Il devait bien y avoir moyen de faire quelque chose pour eux…

Plus il avançait dans sa carrière, plus le sergent-détective Théberge comprenait ceux qui étaient tentés de prendre la justice en mains. Il comprenait leur besoin d'agir, de faire quelque chose lorsque les ratages des institutions devenaient trop fréquents ou trop évidents.

Bien sûr, cette attitude amenait plus de problèmes qu'elle n'en réglait. Mais, au moins, elle permettait de lutter contre le sentiment d'impuissance que produisaient les lourdeurs, les aberrations et les échecs répétés de la machine judiciaire.

Les institutions démocratiques ne sont pas un luxe. Les élus sont plus qu'un mal nécessaire. Ils remplissent une fonction en apparence décorative, mais néanmoins essentielle au fonctionnement du système : ils justifient l'exercice du pouvoir et ils canalisent l'insatisfaction des gens pour des maux réels ou ressentis.

Il est capital que les foules sentent qu'elles ont du pouvoir sur quelqu'un, qu'elles puissent identifier des responsables pour leurs maux et qu'elles puissent les sanctionner. C'est une garantie de docilité et de stabilité sociale.

LEONIDAS FOGG, *Pour une gestion rationnelle de la manipulation,* 1- Gérer l'apocalypse.

## 9 AOÛT 1986

### MONTRÉAL, 13 H 43

— Allô ?

— Dupré ? Ici Théberge.

— Qu'est-ce que tu veux ? Tes vingt dollars ?

— Le message s'est rendu, à ce que je vois !

— Faut pas lui en vouloir. S'il ne faisait pas son travail, j'aurais tous les flics de la ville dans le bar tous les soirs.

— Je t'appelle pour une des danseuses.

— Des problèmes ?

— Non. Je me disais seulement qu'un bon samaritain comme toi sauterait sur l'occasion de faire œuvre pie et charitable.

L'homme éclata de rire.

— Il y a une danseuse qui t'intéresse ?

— Tu divagues.

— Le vertueux sergent Théberge ! Le monument de fidélité conjugale ! L'exemple qu'on donne aux recrues pour leur montrer qu'une vie de famille reste possible, même pour un policier !… C'est tout un moyen de chantage que tu me donnes là, Gonzague ! S'il fallait que la douce madame Théberge apprenne que son mari batifole avec une danseuse !

— Arrête ton cirque, ce n'est pas ce que tu crois.

— Qui est l'heureuse élue ?

— Elle s'appelle Dominique.

— *My, my…* Ne viens pas dire que tu n'es pas sensible à son regard hypnotisant !

— Tu peux remballer tes scénarios lubriques. C'est pour le travail.

— Vraiment ?

La voix de Dupré avait subitement pris un ton plus froid.

— Elle n'est pas impliquée dans quelque chose de louche, au moins ?

— Elle serait plutôt du genre victime.

— Et tu veux que je fasse quoi ?

— Que tu l'aides à s'en sortir.

— Tu veux m'enlever une de mes meilleures danseuses ?

— Non. Mais elle a eu des coups durs, ces derniers temps. Ce serait bien que les choses se mettent à mieux aller pour elle.

— Je vais voir si je peux arranger quelque chose.

— Je fais confiance à ta créativité.

— Tu ne peux rien me dire de plus, je suppose ?

— Je préfère attendre d'en savoir davantage moi-même.

## AU-DESSUS DE L'ATLANTIQUE, 22 H 54

Dans l'avion qui l'amenait à Francfort, Brochet commanda le meilleur champagne. Mentalement, il porta un toast aux années de fortune qui l'attendaient.

Sa vie au Québec avait représenté sa période de vaches maigres. Dans le milieu financier, tout le monde lui avait fermé les portes. Seul Semco avait accepté de lui donner sa chance.

Au fond, c'était dommage pour ce dernier que les choses aient mal tourné. Ils auraient pu faire une bonne équipe, tous les deux. Si seulement Semco avait accepté ses suggestions… Mais il avait des principes. Trop de principes pour devenir riche rapidement. En réalité, son associé avait été victime de ses propres choix. Et des circonstances.

« À tes principes ! » dit-il mentalement en lui portant un toast. « Et à Petreanu ! » ajouta-t-il, après un instant.

Petreanu. L'homme qui lui avait fait entrevoir ce qu'était la véritable richesse.

## 10 août 1986

### Montréal, 18 h 47

Quand Théberge se présenta au Palace, le portier le reconnut et ouvrit les lèvres d'une manière qu'on pouvait, sans trop d'imagination, prendre pour un sourire.

— Ce soir, elle travaille au bar, dit-il. Si vous voulez me suivre.

Théberge lui emboîta le pas.

— On dirait que vous êtes devenu un habitué de la maison, reprit le portier en tournant la tête vers lui. Il va bientôt falloir que je vous demande le *cover charge* !

Théberge accepta de sourire pour récompenser sa tentative d'humour et il suivit le mastodonte endimanché jusqu'au bar.

La lumière pulsait au son de la batterie répétitive de *Every Breathe You Take*. Couchée sur le bord de la scène, face à un groupe de clients, la danseuse faisait du *lipsync* sur la voix rugueuse de Sting en regardant un des hommes dans les yeux.

— Une promotion ? demanda Théberge en s'adressant à Dominique derrière le bar.

La jeune femme tourna les yeux vers lui en souriant et Théberge sentit de nouveau le choc de son regard. Ses pupilles droites et verticales au centre d'un iris doré avaient toujours le même effet.

— Le patron veut que je me familiarise avec le travail derrière le bar et avec la caisse. Dans un mois, je vais devenir assistante-gérante.

La créativité de Dupré n'avait pas tardé à se manifester, songea Théberge.

— Je vous sers quelque chose ? demanda la jeune femme.

— Puisqu'il faut que je me fasse violence pour passer inaperçu au milieu de la foule assoiffée… Une Molson Ex.

— Tout de suite.

— J'ai revérifié auprès de l'assureur, reprit Théberge lorsque Dominique revint avec sa bière.

— Et alors ?

— La signature diffère un peu du modèle qu'ils avaient dans leurs classeurs, mais pas assez pour justifier un recours.

— Ça veut dire que c'est Brochet qui va hériter du million ?

— Je ne vois pas comment on peut l'en empêcher.

— Et il n'y a rien pour mettre en doute qu'il s'agit d'un suicide ?

— Rien.

— L'appartement, vous avez vérifié ?

— J'ai vu les papiers : le bail est bien à son nom. Le propriétaire de l'édifice et le responsable de la sécurité confirment tous les deux la version de Brochet.

— C'est impossible… Et l'hypothèque de Brochet ?

— Il en avait bien une. Le mois dernier, il a obtenu un prêt d'un million, dans une banque aux Bahamas. Il a donné sa maison et tous ses placements en garantie.

— Aux Bahamas…

— Écoutez, je n'aime pas Brochet plus que vous. Moi aussi, il y a beaucoup de détails qui m'agacent dans cette affaire. Mais sans preuves…

— Je suis certaine que Stephen ne s'est pas suicidé. Et je suis certaine qu'il n'a fait aucune fraude.

— Les experts financiers que nous avons consultés sont d'un avis contraire. C'est un cas classique de détournement de fonds. Il a effectué des placements risqués avec les fonds des clients pour faire un coup d'argent rapide. Mais l'aventure a mal tourné : au lieu de pouvoir rembourser ses clients avec un profit raisonnable et garder le reste pour lui, il s'est retrouvé avec rien dans les mains et des dettes qui venaient à échéance.

*Une bonne main d'applaudissement pour la séduisante Josiane !… Josiane !…*

La musique de Queen prit la relève. *Another One Bites the Dust.*

*Accueillons maintenant la toute sensuelle Véronica pour la première partie de son spectacle !… Spécialement pour vous, messieurs !… Véronica !…*

— Est-ce que j'ai une chance de récupérer quelque chose ? demanda Dominique.

— C'est préférable de ne pas compter là-dessus. Vous aviez investi combien ?

— La moitié de mes économies. Je ne suis pas dans la rue, mais je comptais sur cet argent-là pour continuer mes études.

— En quoi ?

— Socio.

— À l'université ?

— J'ai l'équivalent d'un trimestre et demi de fait.

— Je vous en félicite.

— Vous seriez surpris du nombre de filles qui dansent et qui sont allées à l'université.

— Il y en a tant que ça ?

— Le problème, c'est que la plupart abandonnent en se disant qu'elles vont continuer plus tard.

— Mais elles ne continuent pas ?

— Pas très souvent, non.

— L'université le jour et le bar le soir : ça ne crée pas des problèmes d'horaire ?

— Ce n'est pas pire que les étudiants qui travaillent de nuit dans des dépanneurs. Et c'est plus payant… Le seul problème, c'est quand on tombe sur des profs.

— Comme clients ?

— Oui. Ou sur des étudiants.

— J'imagine.

— Vous, maintenant, qu'est-ce que vous allez faire ?

Théberge prit un air embarrassé.

— Le dossier a été fermé cet après-midi, finit-il par dire.

— Pourquoi ?

— L'inspecteur-chef Rancourt m'a énuméré les crimes non résolus qui s'empilent sur son bureau. Il a ajouté que, si je manquais de travail, il pouvait me donner trois ou quatre dossiers de plus.

— Il n'y a vraiment rien à faire ?

— Pour citer mon inénarrable supérieur, pourquoi s'acharner à transformer un suicide en meurtre quand on a déjà sur les bras une dizaine d'assassinats qu'on n'arrive pas à éclaircir ?

— Je reviens dans quelques minutes, dit alors Dominique en se levant.

Elle se dirigea vers les toilettes, au bout du bar. Elle n'était pas aussitôt partie qu'une danseuse venait s'asseoir à côté de Théberge.

— Moi, c'est Natacha.

— Gonzague Théberge.

— Vous voulez que je vous fasse une danse ?

— Je n'ai rien contre la chose, mais je doute que Dominique trouve l'initiative très heureuse.

— Oh !… Désolée !

Lorsque Dominique revint, il n'y avait plus aucune trace des larmes qu'il avait vues poindre dans ses yeux.

— Pour l'enquête ? demanda-t-elle. Il ne reste vraiment pas de chances ?

— On ne sait jamais. Dans mes temps libres, je vais continuer à vérifier des choses… Mais, si j'étais vous, je ne garderais pas trop d'espoir.

— Hier, Brochet m'a appelé avant de partir pour la Suisse. Il m'a demandé si je m'occuperais du fils de Semco… Quand je lui ai dit que la question ne se posait même pas, il m'a dit que ce ne serait pas facile de poursuivre mes études, avec la charge d'un enfant. Il a ajouté qu'il était désolé de ne pas pouvoir m'aider.

— Toujours aussi sympathique.

— J'avais l'impression de revoir son expression de triomphe…

— Si cela peut vous servir de réconfort, sachez que je suis d'accord avec vous. Je ne suis pas sûr que Semco soit responsable de la fraude qui lui est imputée. Et je ne crois pas qu'il se soit suicidé. Tout ça ne cadre pas avec ce que j'ai appris de lui.

— Selon Brochet, il avait quarante-trois millions de raisons de se suicider. C'est une des dernières choses qu'il m'a dites au téléphone.

— Quarante-trois millions plus une, si on ajoute le rapport médical.

— Mais le rapport était erroné.

— Oui…

— Et si le rapport était erroné…

— Exactement.

— Quarante-trois millions d'autres raisons…

— … toutes aussi fausses.

— Mais on ne peut rien prouver.

— Rien.

— Et sans preuves…

— Brochet gagne sur toute la ligne.

— Pour l'instant.

# TRIMESTRE 1

## *L'HOMME QUI PARLAIT AUX CADAVRES*

... en matière de contrôle de l'information, le maître mot est « simplicité ». Des mots simples. Des phrases simples. Des idées simples. Une vision du monde simple que tout le monde aura l'impression de comprendre facilement. D'autant plus facilement qu'il ne sera pas nécessaire de la comprendre, mais simplement de la reconnaître, parce qu'elle exprimera les idées et les préjugés les plus courants, formulés dans un langage qui réduit toutes les différences à la structure du cinéma western : en termes de bons et de méchants.

Leonidas Fogg, *Pour une gestion rationnelle de la manipulation*, 1- Gérer l'apocalypse.

<br>

## JEUDI, 25 MARS 1999

### MONTRÉAL, 5 H 51

Son habitude de parler aux cadavres, l'inspecteur-chef Théberge l'avait développée très tôt. C'était sa façon de prendre contact. De refuser à la victime le statut de chose brisée. De persister à la voir comme un être humain.

— Bonjour, Mylène... Moi aussi, j'aurais préféré qu'on se rencontre dans d'autres circonstances. Mais on ne choisit pas toujours... En tout cas, maintenant, il n'y a plus rien qui peut t'arriver.

Agenouillé sur le siège avant de la Cressida verte, les coudes appuyés sur le dossier, il regardait le corps allongé sur la banquette arrière.

— Moi, c'est Gonzague, poursuivit-il. Je ne sais pas si c'est important pour toi, mais je vais faire mon possible pour trouver celui qui t'a fait ça. Je te le promets... À deux, on devrait réussir. Parce que je vais avoir besoin de ton aide. Il va falloir que tu viennes avec moi. Dans ma tête…

Théberge lui parlait pour entrer dans son univers. Pour la comprendre. Comme il le lui avait dit, il allait essayer de résoudre le mystère de sa mort. Avec son aide. Alors, autant prendre le temps de faire connaissance.

Au début de sa carrière, Théberge se contentait de regarder longuement le cadavre en silence. Tout se passait à l'intérieur de sa tête. Puis il avait commencé à faire quelques remarques à voix haute. « Pour être poli », avait-il expliqué à Crépeau, son inséparable collègue. « Pour traiter la dépouille de façon convenable. »

Ensuite la discussion s'était allongée. Progressivement. Jusqu'à devenir cette espèce de dialogue monologué, cette conversation à une voix qui lui permettait de prendre contact avec la victime.

— Ce que je voudrais que tu me dises, c'est comment tu as fait pour te retrouver comme ça, avec deux trous dans la gorge et la peau d'un albinos passé à l'eau de Javel. Le teint, remarque, ça peut toujours aller, mais les trous… Est-ce que c'est quelqu'un que tu connais qui t'a fait ça ? Parce que, si c'est le cas, tu fréquentes du drôle de monde… Si seulement tu pouvais me donner un indice. Me dire où tu l'as rencontré. Quelque chose…

Théberge resta un moment silencieux, les yeux fixés sur le corps de la jeune femme, comme s'il écoutait ce qu'elle avait à lui apprendre.

— Je comprends, finit-il par dire. Tu n'as pas encore eu le temps de t'habituer à ton état. Je veux bien te donner un peu de temps… Je sais, toi, tu as tout le temps, maintenant. Mais moi, plus on attend, moins j'ai de chances de trouver celui qui t'a fait… ça. Avec tes deux trous, on dirait vraiment que tu es tombé sur un vampire. Les médias vont être hystériques. Ça ne va pas nous simplifier le travail.

Parmi les policiers, la rumeur s'était vite répandue : Théberge parlait aux cadavres ! La hiérarchie s'en était inquiétée. Mais, comme il avait le meilleur pourcentage d'efficacité de toute l'histoire du SPCUM, sa manie était rapidement devenue une simple excentricité. Puis une méthode. Dans un congrès de psychologie, il y avait même eu une communication sur la méthode Théberge.

Des études étaient en cours, lui avait-on dit. Sur les applications possibles de sa méthode. Pouvait-elle aider les policiers exposés à des situations de violence à gérer leur stress ? Pouvait-elle aider les familles à intégrer la mort d'un être cher ? Il y avait même une recherche sur son efficacité strictement policière : cette technique d'immersion, axée sur l'intuition et l'empathie, pouvait-elle permettre de lire de façon plus efficace la scène d'un crime ?

— En tout cas, celui qui t'a fait ça, il ne l'a pas fait ici. Tout est trop propre... Moi, ce que j'aimerais savoir, c'est pourquoi il t'a laissée dans cette auto ! Pour que tu sois facile à trouver ? C'est pour ça qu'il a laissé tes papiers avec tes vêtements dans le coffre ? Parce qu'il voulait que tu sois identifiée ?... Mais veux-tu bien me dire pourquoi il les a mis dans le coffre ? Pourquoi est-ce qu'il ne les a pas simplement posés sur le siège, à côté de toi ? Est-ce qu'il avait peur qu'ils soient volés ?... Non, ce n'est pas ça. Il tenait à la mise en scène ! Oui ! Tu as raison ! Il ne s'est pas « débarrassé » de toi : il t'a mise en scène ! Il t'a exposée ! Pour qu'on voie bien les deux trous dans ta gorge. Ta blancheur... Et il a pris soin de cacher ton sexe avec tes mains jointes. C'est pour ça qu'il a laissé un message. Tu es la vedette de son spectacle !

Théberge resta de nouveau silencieux pendant un certain temps. Du regard, il parcourut l'intérieur de la voiture.

— Une autre chose que je ne comprends pas, reprit-il finalement, c'est l'auto. Il va falloir que tu m'expliques. Est-ce qu'elle fait partie de la mise en scène, elle aussi ?... Et pourquoi cette auto-là ? Est-ce que c'est une auto volée ?... Ça, remarque, je peux m'en occuper.

Suivre la trace d'une auto, c'est facile. Mais toi… Quelles traces as-tu laissées avant de mourir? Qui as-tu rencontré? À qui as-tu dit tes derniers mots? À celui qui t'a tué?… Et lui? Qu'est-ce qu'il t'a dit? T'a-t-il expliqué que tu allais mourir?

Théberge se leva.

— Il faut que tu prennes le temps de t'habituer, dit-il. Je te laisse penser à ça. Si t'as besoin de parler, je ne serai pas loin.

En sortant de la voiture, il fut abordé par Crépeau.

— J'ai vérifié avec le central. L'auto est enregistrée au nom d'Yvan Semco.

— Yvan Semco, répéta Théberge sur un ton légèrement incrédule.

— Domicilié au…

— 4508, Christophe-Colomb.

— Vous le connaissez? Est-ce qu'il a un dossier?

— Pas à ma connaissance.

L'inspecteur-chef Théberge regarda le ciel, essayant de deviner d'après les nuages de quoi aurait l'air la journée.

— Tu peux me montrer encore une fois le papier qu'elle avait dans les mains?

Crépeau s'empressa d'aller le chercher dans sa voiture. Théberge le relut à travers le polythène du sac dans lequel l'avait rangé son collègue.

> *Les profiteurs qui sucent le sang du peuple paieront*
> *avec leur sang. Prostituées, commerçants et financiers:*
> *même engeance!*
> *Il n'y a pas de petits exploiteurs, il n'y a que des*
> *exploiteurs. Tous les vampires seront vampirisés.*
>
> *Jos Public, vengeur du peuple.*

Théberge redonna le message à Crépeau.

— Sur ça, c'est l'embargo total. Toi, moi et personne d'autre.

C'était l'avantage de travailler depuis longtemps avec la même personne. Pas besoin d'expliquer que ce serait leur filtre.

Si jamais le meurtrier communiquait avec les policiers, le message permettrait de vérifier son identité. Et puis, il y avait toutes les chances que le crime soit le premier d'une série. C'était du moins ce que laissait entendre le message. Alors, fatalement, il y aurait des imitateurs. Des opportunistes qui voudraient profiter de l'occasion pour déguiser leur crime. Ce serait une façon de les reconnaître.

— Tu penses que c'est vraiment le Vengeur ? demanda Crépeau.

— Depuis quand tu crois tout ce qui est écrit ?

— Je me disais, aussi.

Théberge jeta un dernier coup d'œil aux nuages, s'étira lentement pour ménager son dos, puis il se dirigea vers la voiture banalisée de Crépeau.

— On peut y aller, dit-il. L'équipe technique va s'occuper du reste.

Il songea alors au stupide pari de pêche qu'il avait fait avec Lefebvre et qu'il avait perdu. Dans deux semaines, les clones débarqueraient. « Un stage dans un milieu propice pour parfaire leur expertise en matière d'homicide », avait expliqué Lefebvre, le plus sérieusement du monde… avant d'être submergé par une crise de fou rire.

Et ce serait à lui de les superviser. Neuf mois ! Deux cent soixante-quinze jours !

— On retourne au poste ? demanda Crépeau.

— On passe d'abord au 4508, Christophe-Colomb.

## Montréal, 6 h 43

Claude Brochet essuyait ses verres de façon distraite en examinant son visage dans le miroir.

En treize ans, ses joues s'étaient empâtées et sa bouche paraissait légèrement plus petite. Quand il baissait la tête, son double menton pendait un peu plus bas. Les deux rides, de chaque côté de sa bouche, s'étaient creusées. Pour le reste, il était toujours le même : en mieux. En beaucoup mieux.

Depuis qu'il avait quitté Montréal pour la Suisse, en 1986, il n'avait pas regretté un seul instant son association avec Darius Petreanu : sa fortune personnelle s'était considérablement accrue, mais ce n'était rien en comparaison du pouvoir que lui octroyait sa position.

Sa plus grande source d'étonnement avait été de découvrir que, dépassé un certain niveau de richesse, tout était gratuit. Vivant uniquement de ses comptes de dépenses et de biens appartenant à diverses compagnies, il y avait plus de dix ans qu'il n'avait pas dépensé un sou de sa fortune personnelle.

La suite qu'il occupait depuis une semaine, au Bonaventure, serait payée par une des nombreuses compagnies qu'il utilisait pour gérer les affaires de Petreanu. Il en était de même de ses billets d'avion et des traiteurs qui préparaient ses repas, partout sur la planète.

Comme elles lui semblaient loin, maintenant, les années de vaches maigres. Elles n'appartenaient pas seulement au passé, mais à un autre univers ! C'était cela que son association avec Petreanu lui avait apporté : le sentiment de vivre à un niveau de réalité supérieur, au-dessus de l'agitation futile de la foule, là où les vraies décisions se prennent.

Sans le savoir, les chrétiens avaient raison, songea-t-il avec un sourire. Il existe réellement un autre monde où on peut mener une existence de rêve, à l'abri des tracas et des vicissitudes de la vie quotidienne. Ce monde s'appelle la richesse.

Il remit ses verres et se dirigea vers la fenêtre pour regarder la ville. Le nouveau projet de son patron allait lui offrir l'occasion de multiplier sa fortune. Mais, surtout, il allait lui permettre de prendre sa revanche sur le milieu financier québécois.

Tous ceux qui lui avaient refusé un emploi, qui l'avaient méprisé ou ignoré, tous ceux-là qui n'avaient pas voulu le reconnaître, ils ne perdaient rien pour attendre. Dans moins de deux ans, lui, Claude Brochet, tiendrait leur sort entre ses mains.

Il remonta ses lunettes de corne avec le bout de son majeur, revint à son fauteuil et relut le dossier qui était demeuré ouvert sur la petite table. Il était au nom de Dominique Weber.

Elle était la clé du mécanisme de diversion qu'il avait monté pour égarer les policiers. Mais elle était aussi celle qui, quatorze ans plus tôt, lui avait préféré Semco. Ce serait intéressant d'observer les réactions de l'indépendante madame Weber : elle apprendrait à ses dépens qu'on n'échappe pas à son passé.

Brochet se mit ensuite à penser au cadavre de la jeune femme. Il était impatient de voir comment réagiraient les policiers en découvrant le corps. Et, surtout, il avait hâte de voir qui serait chargé de l'enquête. Si ses informations étaient justes, on ferait appel au GRADE, le groupe spécial d'intervention à l'intérieur de l'escouade des homicides. Ce groupe était dirigé par l'inspecteur-chef Gonzague Théberge.

Vraiment, la vie était belle.

## MONTRÉAL, 7 H 28

F rejoignit Horace Blunt à la Brioche Dorée, un café de la rue McGill College. Ils montèrent avec leur plateau à la salle du deuxième étage.

— Je suis surpris de vous voir ici, dit Blunt.

— Il faut bien que je vienne de temps en temps chez Ogilvy.

— Un voyage de plaisir ? Vraiment ?

— J'en ai quand même profité pour relire votre analyse sur le Consortium pendant le trajet.

— Je me disais, aussi.

— Vous avez probablement raison quand vous dites que le Québec les intéresse à cause de sa position stratégique. Leur démarche auprès de Poitras montrait clairement leurs intentions. Ce dont je suis moins certaine, c'est leur volonté de donner suite à leur projet après ce qui s'est passé. Du moins à court terme.

— Ça pourrait expliquer leur discrétion depuis la mort d'Art/ho et l'attaque contre Gabrielle. S'ils veulent s'établir au Québec, ils ont intérêt à se faire oublier.

— Toujours rien de nouveau du côté de Poitras ?

— Rien. Aucune offre d'achat ou de participation à l'entreprise. Aucunes représailles.

— Est-ce qu'il déteste toujours autant « jouer aux espions » ?

— Oui. Mais il déteste encore plus ceux qui s'en sont pris à Gabrielle. On peut compter sur lui.

— Il est toujours d'accord pour superviser la gestion de l'ensemble des fonds de l'Institut ?

— Oui. Tant que ça peut se faire par Internet et qu'il a seulement à envoyer des ordres de placement à des gestionnaires un peu partout sur la planète.

— Pour le programme de protection, est-ce qu'il a changé d'idée ?

— Il ne veut pas changer d'identité ni renoncer à son existence actuelle. Il estime que c'est un trop grand prix à payer pour le risque encouru.

— À votre avis, quelle est la probabilité qu'ils s'attaquent à lui ?

— Inférieure à deux virgule quarante et un pour cent, répondit Blunt avec un sourire.

Chaque fois qu'il lui faisait ce genre d'évaluation, à deux ou trois décimales près, F ne pouvait s'empêcher de penser à leur première rencontre, à Québec, lorsqu'elle l'avait recruté. Entre eux, c'était devenu un *running gag*.

— Ils ont besoin de lui vivant, reprit Blunt. Ils vont le surveiller pour voir s'il a des contacts avec l'Institut.

— Vous avez trouvé quelque chose ?

— On n'a détecté aucune surveillance jusqu'à maintenant. Mais on maintient les mesures de sécurité. Toutes nos communications se font par l'intermédiaire de Jones 1 et de Jones 2. Les rencontres directes sont réduites au minimum. Quand il y en a, on va le chercher dans le stationnement souterrain de son bureau avec une fourgonnette aux vitres opacifiées.

— À propos des Jones, vous avez rencontré maître Guidon ?

— Oui. Si on a besoin d'eux pour des missions particulières, ils sont disponibles.

F s'absorba un moment dans la contemplation de son espresso. Blunt jeta un rapide coup d'œil au journal abandonné, sur la table à sa gauche.

### ENFANTS IMPORTÉS DE ROUMANIE
#### Ex-ministre impliqué

Le démantèlement du réseau franco-belge de pédophiles continuait de faire les manchettes.

— Un de moins, fit Blunt.

— Jusqu'à maintenant, quatorze pays ont adopté notre processus d'identification des réseaux d'extraction par le biais des cliniques de greffe.

— Dans les pays en développement, par contre, ça piétine.

— Il faut être patient. La première étape visait les principaux marchés importateurs. C'est là que l'argent est. En s'attaquant à la demande, on rend l'offre moins rentable.

— Résultat ? Ils transportent les cliniques dans les pays en développement, là où se trouvent les réserves d'organes.

— Je sais. Mais il fallait d'abord montrer qu'on pouvait être efficaces – ce qu'on a fait. Aux États-Unis, on a fermé quatre grands réseaux de vente d'organes. En France, on a démasqué la plus grande filière de pédophiles depuis l'affaire Dutroux… La démonstration est faite de ce que l'Institut peut accomplir.

— Mais ils présentent partout les résultats comme le fruit du travail des autorités locales.

— C'est parfait. On ne veut pas de publicité. Du moment que les gens qui comptent, dans chacun des pays, sont conscients de ce qu'ils nous doivent…

— Au Japon, par contre…

— Là, j'admets que c'est différent. Il va falloir se résoudre à négocier avec la police, le gouvernement et les yakusas. Leur laisser le temps de décider qui va porter le blâme et qui va être épargné. Mais une fois que ce sera fait…

— Et si tout se déplace vers le tiers-monde ?

— Au lieu de suivre les extracteurs, on suivra les clients.

— Nos contacts américains ont mis à profit votre suggestion. Ils ont élaboré un protocole pour identifier les récepteurs potentiels parmi le un pour cent de la population le plus riche de la planète. Ils surveillent qui disparaît des listes d'attente sans avoir reçu d'organes.

— C'est déjà opérationnel ?

— Oui.

— Bien… Par eux, ils devraient pouvoir remonter aux fournisseurs, identifier les pays impliqués dans le trafic et les forcer à mettre sur pied des opérations conjointes pour débusquer les cliniques clandestines.

Blunt ne fit pas de remarque sur l'utilisation, par la directrice, du terme « forcer ». Il connaissait bien la vulnérabilité des pays en voie de développement face aux trafics en tous genres des grandes mafias internationales. Leur pauvreté et la faiblesse des salaires rendaient la corruption endémique. Par ailleurs, leur dépendance par rapport aux devises fortes les amenait à être peu enclins à surveiller la provenance des capitaux qui entraient dans leur pays.

Par contre, leur image publique était leur talon d'Achille : ils n'avaient pas le choix de la protéger – dans les limites souvent élastiques de leurs moyens, il va de soi – pour continuer à bénéficier des largesses de l'aide mondiale. Toute personne bien informée de leurs trafics possédait donc un moyen de chantage contre eux. C'était de cette information que F entendait se servir.

— D'ici quelques mois, reprit F, le modèle devrait être appliqué dans l'ensemble des pays du G-7 et la presque totalité des pays européens… Un autre modèle est en développement pour les bourgeoisies dominantes des pays en développement les plus avancés : Singapour,

Hong Kong, la Thaïlande... Plus près de nous, il y a le Brésil, l'Argentine et le Chili... Le Mexique, bien sûr...

— Ça risque d'être plus difficile, dit Blunt.

— Plus difficile et plus long, admit F. Mais le projet a emballé l'équipe conjointe du FBI et de la NSA.

— Une équipe conjointe FBI-NSA ? reprit Blunt. Et il n'y a pas encore de morts ?

— On m'a raconté qu'ils déposaient leurs armes à l'entrée des salles de réunion.

— Je me disais, aussi... Mais le problème, c'est qu'on ne réussit jamais à remonter très loin. Tous les réseaux sont compartimentés. On va bientôt avoir épuisé les pistes que peut fournir l'analyse statistique des transplantations...

— Je suis d'accord, il faut trouver autre chose.

— Du côté des œuvres de bienfaisance, il y a du nouveau ?

— Rien non plus. Dreams Come True s'est complètement volatilisé.

— On n'a vraiment pas le choix, il faut se concentrer sur la filière de l'argent.

— Est-ce que le programme de votre jeune ami est au point ?

— Il prétend qu'il reste des corrections à faire, mais la version roule depuis un mois sans aucun problème.

— Quel genre de corrections ?

— Pour employer ses termes, il n'est pas satisfait du quatrième cadenas.

— Ce qui veut dire ?

— La quatrième ligne de défense pour empêcher qu'on puisse remonter jusqu'à l'utilisateur.

— Il y a vraiment un danger ?

— Selon Chamane, il y a trois ou quatre personnes sur la planète qui pourraient peut-être déjouer la troisième ligne. Toutes des personnes qui font partie de son groupe et qui n'ont aucun rapport avec les institutions financières du Québec... Ce que je pense, c'est qu'il s'est trouvé un beau problème et qu'il ne veut pas le lâcher.

— Dites-lui de donner accès au programme à Hurt. À lui de s'arranger pour qu'il soit protégé.

— Vous allez confier la direction de l'opération à Hurt?

— La coordination opérationnelle. Vous continuerez à le superviser.

— Qu'en pense Segal?

— Il est satisfait de la façon dont il s'est comporté jusqu'à maintenant dans le travail contre Body Store. À son avis, lui donner plus de responsabilités va le motiver à poursuivre son intégration.

— Il n'a pas peur que Hurt craque?

— Tu connais les psychologues: il ne veut rien dire clairement! Mais il pense que le module Steel/Sharp/Nitro est suffisamment stable pour garder le contrôle en cas de crise.

— Qui est-ce qu'on va lui donner comme équipe?

— Chamane. Comme ils s'entendent déjà bien ensemble…

— Qui d'autre?

— On verra à mesure que ça se développe. Pour l'instant, il s'agit surtout de recueillir les informations et de dresser un portrait de la situation… En cas d'urgence, il y a toujours les Jones.

— Vous lui annoncez la nouvelle quand?

— Je le rencontre cet après-midi.

— D'accord, je m'occupe d'avertir Chamane.

## North-Hatley, 8 h 39

Hurt sortit de son état de rêve et demeura plusieurs minutes immobile, à revoir mentalement sa rencontre avec le Vieux.

Il y avait des années qu'ils discutaient à l'intérieur de ses rêves. À mesure que Hurt avait appris à rêver en demeurant conscient, leur relation s'était approfondie.

Un jour, quelque temps après l'agression contre Gabrielle, Hurt avait vu le visage du Vieux se métamorphoser, comme dans une séquence de *morphing*, en celui d'un Eurasien d'une trentaine d'années. À son réveil, il s'était précipité au fond du jardin, dans le domaine de F, et il avait retrouvé l'Eurasien, qui lui souriait. Ce dernier avait poursuivi le plus naturellement du monde la conversation à l'endroit exact où elle avait été interrompue à la fin du rêve.

Hurt avait mis plusieurs jours à se faire à l'idée que le personnage qui hantait ses rêves depuis des années était réel. Il avait alors voulu retourner le voir. Mais sans succès. Il n'avait pu le retrouver qu'en rêve. De nouveau sous les traits du Vieux. Pour le travail qu'ils avaient à faire ensemble, lui avait expliqué le vieil homme, il était préférable qu'ils se rencontrent de cette façon.

C'était le Vieux qui lui avait suggéré de regrouper ses personnalités internes en unités fonctionnelles. Il lui avait fait cette suggestion le lendemain du jour où Hurt avait accepté la proposition de Blunt de reprendre du service pour l'Institut. Puisqu'il acceptait ce travail, pourquoi ne pas concevoir sa vie comme un ensemble de tâches et ne pas regrouper sa foule intérieure en petites équipes affectées de façon plus particulière à ces différentes tâches ?

Le premier groupe à apparaître fut celui formé de Sharp, Steel et Nitro. Leur spécialité était le combat et la pensée stratégique.

Sweet, pour sa part, se retrouva dans l'équipe de la coutellerie d'art : souvent seul en apparence, il avait des rapports privilégiés avec Tancrède, l'archiviste. Il était aussi un de ceux qui réussissaient le mieux à calmer Panic Button. Ce dernier passait des heures à le regarder travailler.

Le Clown, Radio et Slick furent progressivement chargés des interactions avec les gens, tandis que Zombie se retira de plus en plus.

Pendant ses exercices de méditation, c'était souvent Tancrède qui prenait le devant de la scène, accompagné lui aussi de Panic Button, qui demeurait alors étrangement silencieux.

Certaines des personnalités de Hurt étaient cependant moins bien intégrées aux équipes et persistaient à surgir à l'improviste. C'était notamment le cas du Curé et, dans une moindre mesure, de Nitro.

Quant à Buzz, il allait et venait en marmonnant, refusant totalement de se mêler aux autres. Véritable joker, il avait surgi à deux reprises déjà, toujours au moment le plus inattendu, pour livrer des informations cruciales sur l'organisation mafieuse contre laquelle luttait l'Institut. Puis il était retourné à son bredouillement incompréhensible. Selon le docteur Segal, c'était lui qui avait hérité des informations que Hurt avait trouvées lors des événements tragiques de Bangkok.

Lorsqu'il avait découvert ses enfants vidés de leurs organes, l'équilibre précaire qui maintenait la cohésion des personnalités de Hurt avait été rompu. Il avait fallu des mois pour qu'il comprenne, puis qu'il accepte, ce qui lui était arrivé. Progressivement, il avait repris sa vie en main.

Puis était survenu l'attentat contre Gabrielle. L'Institut avait de nouveau craint de le perdre. Mais, paradoxalement, la structure éclatée de ses multiples personnalités l'avait aidé à absorber le choc. Ce qui, au fond, n'avait rien de très étonnant, cette structure étant née précisément pour lui permettre de survivre à de tels traumatismes.

L'Institut avait alors décidé, à la fois pour des motifs thérapeutiques et pour favoriser l'émergence des connaissances enfermées dans la mémoire de Buzz, de l'intégrer, lui et sa foule intérieure. On lui avait offert de participer au groupe qui dirigeait les opérations contre Body Store.

Par conséquent, on lui transmettait toute l'information sur le sujet pour voir si elle ne provoquerait pas une réaction dans la mémoire imprévisible de Buzz. Par ailleurs, l'équipe formée de Steel, Sharp et Nitro faisait un remarquable travail d'analyse, malgré les irruptions occasionnelles de ce dernier.

Jusqu'à maintenant, tout allait pour le mieux. Le seul point noir était le comportement de Buzz. Depuis l'affrontement avec Art/ho et Bréhal, il ne s'était manifesté qu'à une occasion, assez brièvement, pour inscrire le nom Consortium au-dessus d'un schéma représentant l'organisation criminelle internationale qu'affrontait l'Institut.

Le reste du temps, il continuait de murmurer de façon inintelligible. Heureusement, Hurt et ses multiples personnalités avaient appris à faire abstraction de son marmonnage incessant.

Avant de descendre à la cuisine pour déjeuner, Hurt passa à son bureau. Un message clignotait sur l'écran de l'ordinateur.

16 heures... Venez prendre le thé.

Il n'y avait aucune signature, aucune indication d'origine. Ce n'était pas nécessaire. À l'exception de Chamane, seule F avait un accès direct à son ordinateur. Et Chamane ne l'aurait jamais invité à prendre le thé.

## Montréal, 9 h 51

Brochet déposa délicatement le combiné. Un sourire releva un instant ses joues rebondies.

— L'inspecteur-chef Théberge, murmura-t-il.

Comme prévu, l'enquête avait été confiée au groupe spécial d'analyse et d'enquête que Théberge avait mis sur pied, à l'intérieur de l'escouade des homicides.

Les prochains mois seraient plus intéressants encore qu'il ne l'avait imaginé. La diversion qu'il allait organiser servirait non seulement à détourner les policiers de la véritable opération en cours : elle lui permettrait de régler de vieux comptes. Il savait maintenant de quelle manière il allait utiliser Dominique Weber. Et la beauté de la chose, c'était que le nouvel élément qu'il allait intégrer à son plan fonctionnerait comme une deuxième diversion à l'intérieur de la première.

Il se leva de son fauteuil, se dirigea vers le petit bureau, le long du mur, ouvrit un porte-documents et prit l'unique enveloppe qu'il contenait.

L'argent était déjà dans l'enveloppe. Il ne restait plus qu'à la poster. Dans deux jours, un certain Simon Ouellet, qui travaillait comme agent de bureau au Service de police de la CUM, recevrait deux cents dollars. Il estimerait que c'était bien payé pour avoir simplement informé Brochet de l'identité de ceux qui s'occupaient de l'enquête sur « la victime du vampire ».

Simon Ouellet n'avait jamais rencontré Brochet. Pour lui, c'était une voix au téléphone. La voix d'un journaliste qui désirait protéger son anonymat. Et, compte tenu de ce que ce dernier était en mesure de révéler sur sa vie privée, il n'avait pas le choix de collaborer.

## LONDRES, 15 H 22

Leonidas Fogg composa le message directement sur son ordinateur et l'envoya simultanément aux sept destinataires. Par ce simple geste, il venait de lancer le Consortium dans la deuxième phase de son existence.

Pour ceux qui se frottaient à lui, le Consortium donnait l'impression d'une organisation tentaculaire dont les ramifications couvraient l'ensemble de la planète. Ce qui n'était pas faux.

Mais le Consortium n'était pas seul. Pour construire son organisation, Fogg avait appliqué les principes de Sun Tzu. Prenez modèle sur l'eau, disait le maître chinois. Elle envahit d'abord les points de moindre résistance, les endroits les moins élevés, puis elle monte de façon graduelle, encerclant les places fortes, les endroits les plus élevés, jusqu'à ce qu'ils soient complètement isolés et sans défense.

Il avait donc soigneusement évité d'affronter les triades les plus puissantes, les groupes criminels les plus dangereux. Il s'était plutôt appliqué à conclure des alliances avec des groupes de petite puis de moyenne envergure, qui trouvaient avantage à se joindre à une organisation qui leur donnait un accès au marché international de la criminalité tout en leur octroyant une large part d'autonomie.

C'était de cette manière que le Consortium s'était construit au cours des années. De cette manière que les structures centrales, d'abord très souples, avaient pu progressivement se raffermir à mesure que l'organisation prenait de l'ampleur, jusqu'à devenir une véritable direction.

Fogg avait toujours pris soin de limiter la visibilité du Consortium. Il ne voulait pas attirer prématurément l'attention des plus grosses organisations, lesquelles auraient pu voir en lui un concurrent à éliminer.

Mais cette politique n'était plus possible. Le Consortium était devenu un joueur trop important. Les pieds qu'il devait désormais écraser pour se développer appartenaient aux organisations les plus puissantes. Il fallait passer à la phase II. Autrement, l'affrontement serait inévitable. Et, si solide que puisse être le Consortium, si importants que soient les capitaux et les appuis secrets dont il disposait, il n'était pas encore de taille à soutenir sans risque un affrontement simultané avec les principales organisations mafieuses de la planète.

Fogg ne voulait pas courir ce genre de risque. Il y avait trop en jeu.

Il releva les yeux de l'ordinateur et parcourut du regard les rayons de la bibliothèque. Les plus grands esprits de la planète y étaient représentés. Principalement des penseurs politiques. Certains largement reconnus : Hobbes, Sun Tzu, Machiavel, César, Stuart Mill… D'autres davantage réputés pour des aspects différents de leur œuvre : Swift, saint Augustin, Asimov, Ignace de Loyola, Shakespeare.

Les plus sous-estimés de ces penseurs, et ceux qu'il avait lus avec le plus de plaisir, étaient les Pères de l'Église, qui avaient souvent dû apprendre à diriger des évêchés ayant la dimension de véritables pays.

Mais c'était à des auteurs plus modernes qu'il consacrait maintenant l'essentiel de ses temps libres : des auteurs qui avaient établi leur domaine de recherche aux frontières de la biologie, des sciences sociales, du marketing et de l'analyse idéologique. Il s'intéressait en priorité aux chercheurs qui scrutaient de manière scientifique le fonctionnement de l'animal humain. À ceux qui voulaient découvrir les clés de son comportement collectif.

Si tout se déroulait comme il l'espérait, il aurait un jour sa place, lui aussi, dans cette bibliothèque. Il serait parmi les plus grands. Il aurait résolu le problème qui hantait l'humanité depuis sa naissance, celui de savoir quelle forme d'organisation collective donner à l'espèce humaine pour lui permettre de survivre.

## Montréal, 13 h 35

Le taxi avait quitté la circulation dense du centre-ville et roulait depuis plusieurs minutes vers Notre-Dame-de-Grâce.

> Le corps d'une jeune femme entièrement nue a été découvert tôt ce matin dans une voiture stationnée rue Christophe-Colomb, à la hauteur de Mont-Royal. La carotide de la jeune femme avait été perforée à deux endroits et le cadavre vidé de son sang.
> Les policiers ne peuvent dévoiler pour l'instant le nom de la victime, ses proches n'ayant pas encore été rejoints.
> Aucune hypothèse n'est avancée quant aux motifs de…

Le chauffeur baissa le volume de la radio. Jessyca Hunter lui donna un billet de dix dollars en lui disant de garder la monnaie et sortit en face du Spider Club.

Avant d'entrer, elle prit le temps de regarder l'annonce qui couvrait la façade. Une immense toile d'araignée lumineuse avec un corps de danseuse stylisé dans le coin supérieur gauche. Épars dans le reste de la toile, en beaucoup plus petit, des verres de différentes formes.

En entrant, elle prit la première porte à gauche pour monter à l'étage. Dans son bureau, elle récupéra la série de chemises cartonnées empilées à côté de l'ordinateur et se dirigea vers la salle de conférence.

Huit femmes l'attendaient autour de la grande table ovale.

— Mesdames, fit-elle en s'assoyant.

Devant elle, à l'autre bout de la table, le mur de verre permettait de voir l'ensemble du bar, une dizaine de pieds plus bas.

— L'opération Skin Game commence officiellement aujourd'hui, reprit-elle. J'ai apporté les premiers dossiers dont vous allez avoir à vous occuper.

Elle distribua les chemises cartonnées sur lesquelles étaient inscrits en lettres capitales huit noms d'araignées : lycose, mygale, recluse brune, tarentule…

— Vous trouverez dans les dossiers tous les renseignements nécessaires sur vos cibles : photos, situation professionnelle, financière et familiale, relations sociales, lieux fréquentés, profil psychologique, goûts, opinions politiques, religieuses et autres… Une évaluation de leurs principales vulnérabilités a été incluse à la fin. Vous avez deux mois pour vous infiltrer dans leur vie. On se revoit dans trois semaines pour un rapport d'étape. Bonne chasse.

Les huit femmes ouvrirent leur dossier. Ils concernaient sept hommes et une femme. Leur point commun était d'occuper un poste stratégique dans différentes institutions financières.

— J'ai une question, fit celle qui avait reçu le dossier intitulé Mygale.

— Oui ?

— Est-ce la seule cible que nous allons avoir ?

— Pour le moment, oui. Quand vous en aurez suffisamment le contrôle, je vous fournirai d'autres proies.

Quand elle rencontrait le Spider Squad, comme elle appelait ses filles, Jessyca Hunter utilisait volontiers le vocabulaire de la chasse. Toute la méthode d'infiltration et d'acquisition des cibles était d'ailleurs fondée sur le mode de chasse des araignées. La fabrication du piège, l'approche, la piqûre, la liquéfaction de la victime, l'appropriation par aspiration, la digestion, l'élimination de la coquille vide…

La liste de ces étapes était encadrée dans un tableau fixé sur le mur, derrière elle. Elle résumait à la fois la philosophie et le fonctionnement du Spider Club. C'était ce qu'elle enseignait à l'ensemble des danseuses, pour leur apprendre à vider les clients de leur argent.

Toutefois, pour les femmes autour de la table, la portée du symbolisme de l'araignée était plus grande. Le Spider Squad ne s'intéressait pas seulement à l'argent de ses victimes : le véritable enjeu était leur vie.

Toutes les femmes avaient été recrutées sur la base de leur profil psycho-biographique : au cours de leur enfance, la plupart avaient non seulement été violées, mais elles avaient subi des violences physiques répétées pendant de longues périodes.

S'inspirant de son expérience personnelle, Jessyca avait eu l'idée de tirer parti de leur rage inconsciente et de leur besoin de vengeance. Les filles avaient reçu une double formation, à la fois comme *call girl* de luxe et comme agentes de Vacuum. Leur entraînement avait duré plus d'un an.

Un autre avantage de leurs traumatismes passés était l'insensibilité qu'elles avaient dû développer pour survivre. Le résultat était une équipe d'agentes d'autant plus dangereuses et efficaces qu'elles n'étaient pas embarrassées de scrupules moraux ou de sensiblerie. De plus, elles bénéficiaient du préjugé populaire voulant que l'on imagine difficilement un assassin sous les traits d'une femme jeune, belle et vive d'esprit.

C'était à elles que Jessyca Hunter avait décidé de confier les tâches les plus délicates et les plus importantes dans l'infiltration du milieu financier.

— Le bar fera son ouverture officielle ce soir, reprit Jessyca Hunter. Je vous ai préparé un horaire allégé pour la première semaine. Vous aurez assez de travail pour vous familiariser avec la place, mais suffisamment de temps libre pour vous occuper de vos cibles. Par la suite, vous me soumettrez vous-mêmes vos horaires en fonction de vos besoins.

— Avec les motards, c'est arrangé ? demanda celle qui avait pour nom de code Lycose.

— J'ai acheté la paix pour deux semaines. D'ici là, on devrait avoir une solution permanente. De toute façon, en cas de problèmes, on peut compter sur la protection de l'organisation.

— Si jamais on est mal prise quelque part ?

— Vous appelez au numéro de téléphone inscrit à la dernière page de votre dossier et vous dites où vous êtes. Une équipe sera prête à intervenir en permanence.

Quelques minutes plus tard, les huit femmes se retiraient, laissant Jessyca Hunter seule dans la pièce.

Celle-ci se leva et se dirigea vers le mur vitré. De l'endroit où elle était, elle avait une vue plongeante sur l'ensemble du bar. De l'autre côté, par contre, on ne percevait qu'un immense miroir qui avait pour effet d'augmenter la dimension apparente de l'établissement. Tous les bars de l'organisation avaient été conçus selon le même principe.

Des bars de danseuses ! C'était la couverture idéale pour le Spider Squad. Qui songerait à y chercher une des succursales les plus efficaces de Vacuum ?

Jessyca Hunter retourna s'asseoir au bout de la table. Elle avait encore un peu de temps pour préparer son entrevue télé et revoir ses dossiers pour la réunion de Paris, le lendemain.

## Montréal, 14 h 08

Sur son extrait de baptême, à l'endroit réservé au nom, on pouvait lire : Michel Lavigne.

Toutefois, peu de gens le connaissaient sous ce nom.

Pour ses confrères d'école, il était Chamane. À cause de ses capacités précoces et fulgurantes dans l'utilisation des ordinateurs. On racontait qu'il leur parlait comme d'autres parlent aux arbres ou aux oiseaux. Qu'il les comprenait. À la blague, un de ses copains l'avait un jour traité de sorcier. D'autres avaient enchaîné en parlant de magicien, de faiseur de miracles, de dompteur de quincaillerie… Finalement, c'était le nom de Chamane qui lui était resté.

Sur le Net, sa réputation n'était plus à faire. Sous le nom de Chamane, il participait à plusieurs forums de discussion, à différents regroupements d'informaticiens et de *hackers*.

Toutefois, c'est en tant que Sneak Preview que Chamane était le plus connu. Sous ce pseudonyme se cachait le leader mythique d'un groupe non moins mythique de *hackers white hats* : les U-Bots.

Seul Blunt, Hurt et quelques autres personnes de l'Institut savaient que Chamane et Sneak Preview étaient une seule et même personne. Eux seuls avaient le numéro de téléphone qui permettait de le joindre.

> *A pill to make you dumb*
> *A pill to make you numb*
> *A pill to make you anybody else…*

Quand le symbole du Tao apparut et se mit à pulser dans le coin de l'écran, Chamane commença par cliquer sur l'icône de Coma White pour interrompre la voix de Marilyn Manson, puis il activa le logiciel de communication téléphonique.

— Salut l'espion ! dit-il dans le micro de son casque.

Chamane ne résistait jamais au plaisir de faire de l'esbroufe. Il voulait montrer à Blunt qu'il avait réussi à percer son système de protection et qu'il avait pu reconnaître son appel dans les secondes qui avaient suivi l'établissement de la communication.

— Salut pirate ! répondit Blunt. J'espère au moins que ta ligne est sécuritaire.

Il n'aurait servi à rien de l'engueuler. De toute façon, ce serait au jeune *hacker* qu'incomberait la tâche, dans les prochaines heures, de réparer la faille dans le système de protection. Système qu'il avait lui-même installé et qu'il tentait sans cesse de percer dans le but de l'améliorer.

— Qu'est-ce que je peux faire pour toi ? demanda Chamane.

— Les pouvoirs qui nous gouvernent ont décidé qu'il était temps de donner un accès total à ton copain Hurt. Y compris à ton nouveau joujou.

— Sneaky Bird ?

— Il va falloir que tu cesses de te comporter en enfant gâté et que tu acceptes de partager tes jouets.

— Mais…

— Je sais, le quatrième cadenas. Est-ce qu'il y aurait un moyen, pour Hurt, d'utiliser le logiciel de façon sécuritaire ?

— Si je lui organise un répertoire de branchements indirects aléatoires et qu'il ne surfe jamais plus de vingt minutes à la fois…

— Alors, c'est entendu. Tu le branches aujourd'hui… Il va aussi falloir que tu lui donnes un accès complet à la Poubelle.

La Poubelle était le surnom sous lequel Blunt et les autres utilisateurs désignaient la banque centrale de données de l'Institut.

— Est-ce que ça veut dire qu'il est complètement réhabilité ?

— Ça veut dire qu'il est censé être totalement opérationnel.

— Censé être… ?

— On ne pourra pas en être absolument sûr avant de l'avoir vu en action. Mais il ne devrait pas y avoir de problème.

— Il ne devrait pas… ?

— Quatre-vingt-dix-sept virgule quatre-vingt-quatre pour cent de probabilités. Avec un intervalle de confiance à six écarts-types.

— Un chausson, avec ça ?

Seul l'éclat de rire de Blunt lui répondit.

## MASSAWIPPI, 16 H 04

— Voilà tout ce dont vous aurez besoin, dit F.

Hurt regarda le portable posé devant lui, puis ramena les yeux vers le plateau de biscuits.

— Il ne faut pas vous gêner, reprit F. Gunther considère chaque bouchée comme un hommage à ses talents.

Gunther était l'énigmatique mari-cuisinier-architecte-homme à tout faire de F. Hurt ne l'avait vu qu'à quelques reprises, toujours brièvement, et toujours dans un vieux veston de tweed qui lui donnait l'allure d'un lord anglais retiré sur ses terres.

— Un PowerBook G3, répondit finalement Hurt.

— L'apparence est intacte, mais l'intérieur a été un peu modifié.

— C'est-à-dire ?

— Une caméra de surveillance qui filme en permanence l'utilisateur. Un GPS. Un cellulaire avec lien satellite et Internet. Un logiciel de crypto et un accès en temps réel à la presque totalité des ressources de l'Institut…

— La presque totalité des ressources de l'Institut… Ça veut dire quoi ?

La voix un peu plus froide et distante de Steel avait remplacé celle de Hurt.

— L'accès à la banque centrale de données avec les principaux moteurs de recherche internes. Les rapports des informateurs privilégiés à mesure qu'ils sont indexés. La possibilité d'interroger certaines banques de données des autres agences. La possibilité de joindre les membres de votre équipe en tout temps…

— Mon équipe ?

— Vous allez être le responsable opérationnel du projet Money Trap.

— Je m'occupe déjà du dossier Body Store. C'est ma priorité.

— Vous continuerez d'être informé de ce qui s'y passe. Mais il faut se rendre à l'évidence : on a beau fermer des réseaux, on n'arrive jamais à remonter très loin. Il faut trouver une autre piste.

— Et vous pensez que l'argent… ?

— Exactement. L'argent.

F lui expliqua par quel raisonnement Blunt en était arrivé à la conclusion que le milieu financier québécois serait la prochaine cible de l'organisation criminelle qu'ils combattaient. S'ils voulaient venir à bout de ceux qui se cachaient derrière les réseaux de trafic d'organes et de prostitution infantile, il fallait suivre la piste de l'argent.

Hurt ne répondit pas immédiatement, comme s'il prenait le temps de débattre intérieurement de la question.

— Pourquoi est-ce que ce n'est pas Blunt qui dirige cette opération ? demanda-t-il finalement.

— Dans la mesure où c'est possible, je veux qu'il se concentre sur la situation globale. Pour ça, il ne faut pas qu'il se laisse aspirer par les problèmes d'intendance d'une opération particulière. Remarquez, ça ne l'empêchera pas de superviser l'opération. Mais c'est vous qui allez en être le responsable.

— Je travaillerai avec qui ?

— Pour l'instant, Chamane.

— Il est au courant ?

— Il a déjà reçu des instructions en ce sens. Vous avez rendez-vous avec lui tout à l'heure.

— Est-ce que c'est seulement du travail d'enquête ?

— Dans une première étape.

— Et ensuite ?

— On aura l'occasion de voir jusqu'à quel point vous êtes rétabli.

— Vous n'avez pas peur ? Je veux dire, avec ce qui est arrivé…

— Avec vos capacités, vous ne pouvez quand même pas passer le reste de votre vie à coordonner de l'information.

— Qu'est-ce que Blunt en pense ?

— Il a revu son pronostic. Il vous accorde quatre-vingt-dix-sept virgule quatre pour cent de chances de réussite.

— Et le pourcentage restant ?

— Deux virgule six pour cent.

— De mourir ?

— De mourir.

— C'est quand même beaucoup.

— C'est moins que ceux qui ont le cancer de la prostate.

Dans tous les domaines du savoir, les plus grands progrès ont été réalisés lorsqu'une foule de phénomènes en apparence disparates ont été ramenés à un nombre réduit de causes et de lois générales. La manipulation des êtres humains n'échappe pas à cette règle.

Une fois dépouillé de la gangue émotive et morale qui le dissimule, le phénomène manipulatoire est relativement simple. En résumant, on peut dire qu'il n'y a qu'une façon de contrôler les gens : c'est la mort. Celle-ci peut toutefois prendre quatre formes : la mort de ce qu'on aime, la mort économique, la mort de l'esprit et la mort corporelle.

À ces quatre formes de mort correspondent les quatre grands vecteurs de manipulation : les passions, l'argent, les croyances et la survie.

En termes concrets, il s'agit : d'acheter la docilité, d'embrigader les volontés, d'asservir par les passions et de briser les résistances.

Leonidas Fogg, *Pour une gestion rationnelle de la manipulation*, 1- Gérer l'apocalypse.

### JEUDI, 25 MARS 1999 (SUITE)

### MONTRÉAL, 19 H 26

— J'ai des informations pour vous, dit Brochet.

— J'écoute, se contenta de répondre la voix dans le combiné.

— Ce sont des informations confidentielles. Pour Donald Crazy Boy Duchesne.

— Connais pas.

— Je vous donne un numéro de cellulaire. Dites-lui de rappeler s'il est intéressé à savoir ce qu'est devenue Dominique Weber.

— Qui ?

— Dominique Weber. Il a vingt-quatre heures pour me rappeler.

— Qui parle ?

Brochet ignora la question. Il se contenta de donner son numéro à deux reprises et raccrocha.

Il savait que Duchesne n'était plus au Québec. Mais il ne doutait pas que les Raptors aient les moyens de le joindre rapidement. S'il avait deviné juste, Duchesne le rappellerait dans l'heure qui suivrait. De toute façon, il avait le temps : son avion pour la France ne partait pas avant la fin de la soirée.

## NORTH-HATLEY, 20 H 44

Quand Hurt ouvrit les yeux, son regard se posa sur la forêt qui descendait jusqu'au lac. À l'exception des deux membres des Heavenly Bikes chargés de sa protection, Jones 1 et Jones 2, personne n'était jamais venu dans son refuge. Sauf Chamane.

Le jeune protégé de Blunt était venu une fois, de nuit, les yeux bandés, par un chemin détourné, et il était reparti avant l'aube. Il avait travaillé de façon ininterrompue, le casque d'écoute de son lecteur MP3 sur les oreilles, pendant les trois heures et demie qu'avait duré l'installation du matériel informatique. Il ne s'était arrêté que pour poser des questions nécessaires à son travail.

Hurt lui avait ensuite rebandé les yeux et un des Jones l'avait conduit à l'intersection, près de l'église de Notre-Dame de Hatley, où Blunt l'attendait dans sa propre voiture.

Par la suite, quand ses rapports avec le jeune *hacker* s'étaient multipliés, il avait pris l'habitude de le rencontrer dans un des restaurants du village, habituellement le Pilsen.

C'était justement là qu'il allait le rencontrer, dans moins de quinze minutes.

Au début, Chamane connaissait Hurt uniquement sous le pseudonyme de Steel. Il trouvait que le pseudonyme lui convenait bien. Rien ne semblait pouvoir le faire réagir. Sauf à certaines occasions. Dans ces moments-là, sa voix changeait brusquement et il laissait échapper quelques remarques cinglantes ou ironiques. Puis il reprenait son ton habituel. Un peu froid. Détaché.

Un jour, à la suite d'une intervention impromptue de Sharp, Chamane lui avait demandé s'il allait souvent dans les MUDs.

— Les MUDs ? avait demandé Hurt, intrigué.

— Multiple Users Domains. Des lieux de rencontre virtuels… des bars, des châteaux, des donjons… où ton avatar peut en rencontrer d'autres.

— Ton… avatar ?

— Un personnage virtuel que tu construis et qui te représente. Tu lui donnes les caractéristiques que tu veux et il se promène à ta place dans les domaines.

— C'est une sorte de jeu ?

— Avec ton avatar, tu entres en contact avec ceux des autres. Ce qui est plaisant, c'est que tu peux changer de sexe, d'âge, de couleur de peau, de religion, de métier… Tu peux essayer la personnalité que tu veux.

— Comment tu fais pour savoir à qui tu parles vraiment ?

— Tu ne peux pas le savoir. Moi, j'ai dix-sept avatars. Mais j'en utilise seulement trois ou quatre de façon régulière. J'ai un ami qui fait du théâtre et il utilise des avatars pour préparer ses rôles.

— Pourquoi est-ce que tu m'as demandé si j'allais dans les MUDs ?

— Des fois, j'ai l'impression que tu changes de personnalité. D'avatar, je veux dire. Moi, ça m'arrive quand j'ai trop de fenêtres ouvertes en même temps…

— De fenêtres ?

— Sur mon ordinateur. Il y en a toujours deux ou trois pour les projets auxquels je travaille. Dans d'autres, je « chatte » avec des amis sur ICQ… J'ai toujours un ou deux MUDs d'ouverts, aussi. Une fenêtre pour le lecteur de MP3. La TV dans un coin…

— Tout ça dans un seul écran ?

— J'ai un écran plat de vingt et un pouces au centre, avec un moniteur de dix-sept pouces de chaque côté. C'est un peu serré, mais avec de l'organisation…

— Tu n'es jamais perdu dans… tes fenêtres ?

— Non. Sauf en fin de journée, parfois. L'autre jour, un client m'a appelé. J'ai ouvert la fenêtre du téléphone, sur l'ordinateur, et je lui ai répondu d'aller se faire enculer… comme l'aurait fait mon avatar de *goon*, dans le MUD où j'étais. Mais ça m'arrive seulement quand je suis fatigué et qu'il faut que je réagisse vite.

Hurt lui avait alors parlé de ses multiples personnalités. Sans toutefois mentionner les événements qui avaient provoqué son éclatement. Il lui avait nommé quelques-uns des personnages de sa foule intérieure, comme il l'appelait. Il leur avait même brièvement donné la parole.

— *Cool, man !* avait alors répondu Chamane. Tu as des fenêtres sans avoir besoin d'ordinateur ! Il va falloir que tu m'apprennes comment tu fais ça !

Hurt lui avait expliqué que tout n'était pas aussi simple qu'il pensait. Et qu'il ne lui souhaitait surtout pas de devenir comme lui. Contrôler une foule intérieure n'était pas une sinécure !

— J'ai peut-être une idée, avait alors répondu Chamane. Je t'en parlerai quand ce sera plus clair.

Hurt n'avait pas insisté et Chamane n'avait pas réabordé le sujet.


— Qu'est-ce que tu écoutes ? demanda Hurt.

— Je me suis fait une compile de vieilles affaires. De la musique des années 60, 70 et 80. Mon *greatest hits* à moi !

— Tu en as combien ?

— Deux DVD. Une dizaine de gigs chacun. Écoute !

Il lui tendit ses écouteurs et appuya sur quelques touches du lecteur DVD. Hurt ajusta le casque d'écoute et ferma les yeux.

> *But then they sent me away*
> *to teach me how to be sensible*
> *logical*
> *oh, responsible*
> *practical...*

Hurt ouvrit les yeux, enleva les écouteurs et jeta un regard vers Chamane.

— Il me semble que je reconnais ça, dit-il.

— Supertramp. *Logical song.*

Hurt remit les écouteurs, ferma de nouveau les yeux et écouta pendant un moment encore. Chamane regardait le tableau de bord du lecteur de MP3. Lorsque Hurt vint pour enlever les écouteurs, il lui fit signe de les garder.

> *And then they showed me a world*
> *where I could be so dependable*
> *oh, clinical*
> *oh, intellectual*
> *cynical*

Une demi-minute plus tard, sur un signe de Chamane, Hurt enleva les écouteurs. Il regardait le jeune *hacker* avec un mince sourire.

— Tu as l'air content de toi, dit-il.

— Moi, je n'ai rien dit, protesta Chamane en ouvrant les mains en signe d'impuissance. Les paroles, c'est Supertramp.

— Oui, oui...

— J'ai pensé que, pour Steel, une chanson sur les ravages causés par le dressage rationnel...

— Le dressage rationnel ! ironisa Sharp. Écoutez qui parle ! Monsieur rationnel en personne !

— Moi ? Mais je ne suis pas rationnel ! Ce n'est pas parce qu'on sait faire fonctionner des machines qu'on est rationnel. Je passe la plupart de mon temps à me battre contre des systèmes de sécurité, à détester Bill Gates et ses clones et à purger le Net des débiles pour empêcher le Pentagone d'avoir un prétexte de prendre le contrôle et de tout censurer. Je suis en guerre contre la débilité, *man*! Et la guerre, c'est pas rationnel… Le problème, c'est que vous prenez les *hackers* pour des *nerds*. Internet, c'est la dernière place où on peut jouer à Donjon et Dragon grandeur nature. La dernière place où on peut choisir entre les forces du bien et celles du mal puis espérer faire une différence. La raison, *man*, c'est juste un outil. Faut pas trop tripper là-dessus. Y a juste les intellectuels qui ont besoin d'en faire un fétiche.

Un silence suivit.

Chamane reprit sur un ton plus calme, légèrement amusé.

— Wow! Ça faisait longtemps que ça ne m'était pas arrivé. On aurait dit Diogène 10-4.

— Dio… quoi?

— Un de mes anciens avatars dans un *newsgroup*. Je lui avais donné une personnalité de prof de philo qui trippe sur les sceptiques et qui est tout le temps en train d'engueuler ceux qu'il trouve «curés». Sa cible préférée, c'était les intellectuels qui pontifient à coups de citations et qui «prêchent» la rationalité avec la conviction des grands inquisiteurs.

Chamane fit une nouvelle pause. Hurt continuait de l'observer, comme s'il attendait la suite.

— C'est bien beau tout ça, finit par dire Chamane, mais il faudrait travailler.

### RDI, 21 h 06

> La victime, Mylène Guimont, vingt ans, travaillait comme danseuse au bar Le Palace, au centre-ville de Montréal.
>
> Selon le Service de police de la CUM, le crime ne serait pas relié à une affaire de drogue, ni à un règlement de compte impliquant des groupes de motards criminalisés. L'hypothèse d'une secte serait également exclue pour le moment, malgré les allégations en ce sens diffusées sur un autre réseau.
>
> Toujours selon le porte-parole de la police, la violence froide et calculée du crime laisse croire qu'il pourrait s'agir d'une vengeance perpétrée par une connaissance de la jeune femme.

## North-Hatley, 21 h 17

Chamane sortit un boîtier de sa poche et le tendit à Hurt.

— Tout est sur le disque, dit-il. Tu as seulement à le mettre dans l'ordinateur et ça s'installe tout seul.

— Qu'est-ce que c'est?

— Un protocole pour que tu puisses entrer dans Sneaky Bird.

— Je pensais que tu travaillais encore sur le quatrième cadenas, fit Hurt avec un sourire.

— Les ordres viennent d'en haut.

Chamane leva les yeux au ciel, comme s'il prenait à témoin les puissances supérieures qui gouvernent la destinée des humains.

— Ça te dérange que je sois responsable du projet? demanda abruptement Steel.

— Au début, ça m'aurait dérangé. Mais maintenant…

— Maintenant quoi?

— À mon avis, les autres font tout un plat de tes personnalités parce qu'ils sont incurablement mono. Moi, j'aime les gens stéréo.

La remarque décontenança légèrement Steel.

— Stéréo, répéta-t-il.

— Les gens qui ont des avatars, ceux qui sont à l'aise dans toutes sortes de rôles… toutes les sortes de multiples… Remarque, dans le fond, ils ne sont pas si mono que ça puisqu'ils te font confiance. Mais ils vont toujours trouver les gens comme nous un peu étranges.

Le ton du jeune *hacker* ne trompait pas. Il était tout à fait sincère dans sa façon de s'inclure avec Hurt dans la catégorie des stéréos. Pour lui, c'était la constatation d'une solidarité de fait.

— Il va falloir fixer plus clairement les modalités de nos rencontres, finit par dire Hurt. Déterminer des procédures.

— On parlera de ça par ordinateur. Avec le programme de crypto que j'ai installé sur ton nouveau portable, c'est plus sécuritaire que n'importe quelle conversation à haute voix.

— Avec le logiciel de surveillance, c'est quoi, le danger réel d'être repéré ?

— Il suffit de ne pas l'utiliser plus de vingt minutes de suite et de toujours respecter le protocole d'accès indirect. De toute façon, le logiciel comme tel n'est pas dans ton ordinateur. Tu fais uniquement te brancher en mode *user*.

— Où est-il ?

— Quelque part dans un ordinateur de l'Institut. Même moi, je ne sais pas exactement où. J'y ai accès par Internet pour faire l'entretien, le modifier… Quand je serai complètement satisfait de la sécurité, tu pourras dépasser la limite de vingt minutes.

— Pour l'utiliser, je fais quoi ?

— Le logiciel recueille les données dans les institutions qui t'intéressent et il les achemine au centre de traitement de l'Institut. Toi, tu te branches sur la banque centrale de données et tu as accès aux compilations à mesure qu'elles sont faites. Tu peux évidemment choisir une seule institution ou un groupe d'institutions. Tu peux aussi recevoir les informations dans ton ordinateur à mesure qu'elles sont transmises à l'Institut. C'est comme un abonnement à un *newsgroup*.

— Parfait.

— J'ai ajouté deux ou trois fonctions de recherche. Tu peux faire des recoupements par institutions, par types d'institutions… courtiers, gestionnaires, gardien de valeurs… par montants de transactions, par types de produits financiers, par partenaires de transaction. Tu peux aussi les regrouper par pays, par chiffres d'affaires… Et, si tu veux vraiment t'amuser, tu peux croiser toutes les variables.

— Tu avais peur que je m'ennuie ?

— Tu voulais un outil d'analyse… Rien ne t'oblige à tout utiliser.

— Et ça s'installe tout seul ?

— À condition de mettre le disque dans le lecteur. Remarque, j'aurais pu tout faire à partir de Montréal, mais j'ai décidé de ménager la paranoïa de Sharp et de ne pas fouiller dans ton ordinateur.

— À propos de paranoïa, ça ne t'inquiète pas que je puisse entrer dans le programme ?

— C'est *fool proof*. Au sens littéral.

— C'est réconfortant de sentir que tu me fais confiance.

— Au fait, pour ton problème de personnalités, je pense que j'ai trouvé quelque chose.

Hurt se contenta de le regarder fixement.

— Ce n'est pas encore tout à fait au point, reprit Chamane. Mais la solution, je pense, c'est de faire un modèle électronique.

— De quoi ?

— De l'ensemble de tes personnalités. Au fond, tu fonctionnes comme un immense contrôleur.

— Un contrôleur ?

— Un contrôleur électronique. Je t'en parlerai la prochaine fois.

— Si tu veux, répondit prudemment Hurt.

Chamane reprit son casque d'écoute et le remit sur ses oreilles.

— C'est tout ? demanda Hurt.

— Pour le moment.

— Je pensais que ce serait plus compliqué.

— L'efficacité, *man* ! Efficacité *is my middle name* !

## STUDIOS DE TVA, 23 H 04

— Ma prochaine invitée est quelqu'un d'assez particulier. Elle a une maîtrise en psychologie. Elle trippe sur les araignées. Et elle vient d'ouvrir une série de bars de danseuses... Mesdames et messieurs, accueillons mademoiselle Jessie Hunt !

Une grande femme drapée dans une robe moulante noire traversa le studio pour venir rejoindre l'animatrice. Ses cheveux roux flottaient sur ses épaules. Sur sa robe était imprimée une toile d'araignée gris pâle, dont le centre était sur sa hanche gauche.

Elle donna une poignée de main ferme à l'animatrice et prit place dans le fauteuil à sa droite.

— Vous, on ne peut pas dire que vous manquez de poigne ! fit l'animatrice quand les applaudissements se furent calmés.

Elle secouait ostensiblement sa main droite.

— Je suis désolée, fit la femme à la robe noire avec un sourire.

— Ça va… Dans deux semaines, il ne devrait plus y avoir de traces.

L'animatrice fit une pause pour laisser s'éteindre les rires.

— Dites-moi, mademoiselle Hunt, vous avez un diplôme en psychologie et vous collectionnez les araignées. Est-ce qu'il y a un rapport ? Je sais bien que tous les psychologues sont un peu tordus, mais…

— Je vais vous confier quelque chose, mademoiselle Snyder : les psychologues sont vraiment aussi malades que leurs patients…

— Ça, on s'en doutait !

Nouvelle salve de rires et d'applaudissements.

— Mais, reprit la femme en noir, eux, ils le savent. Et ils savent de quoi ils sont malades. C'est ce qui leur permet de se méfier… et d'en être moins victimes.

Les applaudissements reprirent de plus belle.

— *Oh boy !* On peut dire que je l'ai cherchée, celle-là !

— Mais non…

Après quelques secondes, l'animatrice reprit la parole.

— Vous parliez de maladie, tout à l'heure. Collectionner les araignées, entrez-vous ça dans les maladies ?

— Tout comportement de collectionneur révèle une nature obsessive. Peu importent les objets collectionnés. On n'est pas plus ou pas moins malade selon qu'on collectionne des pièces de monnaie, des *barbies*, des vieilles autos, des reliques de saints ou les CD de son chanteur préféré. Là où il peut y avoir pathologie, c'est quand cette activité nuit à la vie personnelle. Tant que ça sert à meubler les loisirs…

L'animatrice la regardait avec une expression figée, à mi-chemin entre l'amusement et l'étonnement.

— En tout cas, fit-elle, s'il y en a qui avaient des doutes sur le fait que vous êtes psychologue !

Très décontractée, la femme à la robe noire la regardait avec un sourire légèrement amusé, plein d'assurance.

— Mais dites-moi, reprit l'animatrice, les araignées, ça vous vient d'où ?

— Quand j'étais jeune – j'habitais en Roumanie, à l'époque – mes parents étaient trop pauvres pour acheter des jouets. C'était ce qu'on appellerait aujourd'hui la misère. À l'époque, c'était normal. Il y avait plein de gens, autour, comme nous. Alors, mon frère et moi, on s'est mis à capturer des araignées pour s'en servir comme jouets.

La femme laissa passer la vague de réactions qui parcourut la salle. Puis elle poursuivit.

— Au début, on a essayé de se monter chacun une armée et de faire des batailles, comme avec des soldats de bois. Mais on n'a pas eu beaucoup de succès.

— Qu'est-ce qui s'est passé ?

— Lorsque mon frère a ouvert sa boîte, ses araignées se sont enfuies partout dans la maison. La mienne… J'avais trouvé sans le savoir une araignée assez dangereuse. Quand j'ai ouvert la boîte, elle avait tué toutes les autres… Il a fallu inventer d'autres jeux.

L'animatrice la regardait, fascinée.

— Comme quoi ?

— On faisait des petits spectacles. On demandait aux autres enfants de nous donner des petites choses, s'ils voulaient nous voir manipuler les araignées.

— Quel genre de… manipulations ?

— Je me souviens d'une chose. Pour l'équivalent d'un ou deux sous, mon frère sortait sa langue et il en mettait une sur le bout. Pour l'équivalent de cinq, il gardait la bouche ouverte pendant cinq secondes.

— Ouach… L'horreur ! Juste d'y penser…

— Quand on le faisait pour des soldats, ça nous permettait d'avoir un peu d'argent pour aider nos parents à acheter de la nourriture.

— C'est effrayant !

— C'était normal de faire ça, à ce moment-là.

— Votre frère… est-ce qu'il fait encore ça ?

— Je ne sais pas. À huit ans, il a été raflé. Je ne l'ai jamais revu. Il a probablement été vendu à un réseau de pédophiles. Il y en avait plusieurs qui s'approvisionnaient en Roumanie, à l'époque. Bien sûr, à cette époque-là, on n'appelait pas ça de cette façon. Le mot n'était pas encore à la mode dans les médias. La Roumanie non plus, d'ailleurs.

L'animatrice regardait l'invitée avec un sourire légèrement désemparé, comme si elle n'était plus certaine de la manière dont elle devait réagir.

— C'est affreux, finit-elle par dire. À vous voir…

— Je n'ai pas l'air malheureuse ? Traumatisée ?

La femme à la robe noire la regardait avec le même sourire légèrement amusé.

— Pas vraiment, non !

— J'ai déjà lu quelque part que les comédies, ce sont les tragédies qui arrivent aux autres. Alors, il suffit de regarder ça de l'extérieur. Comme si ça arrivait à quelqu'un d'autre… C'est une question d'attitude.

— C'est comme ça que vous êtes devenue psychologue ?

— Probablement que ça a joué.

— Vous ne partez pas. Nous poursuivons cette conversation tout de suite après la pause.

## Montréal, 23 h 09

L'inspecteur-chef Théberge était assis au bar du Palace et il regardait la danseuse sur la scène. Sa tête battait discrètement la mesure au rythme de la musique.

— Encore en train de tromper votre femme en pensée ? se moqua Dominique, derrière le bar.

Le policier se retourna vers elle en souriant et la dévisagea pendant quelques secondes. Même s'il la connaissait depuis treize ans, il ne s'était jamais complètement habitué à ses pupilles verticales.

— J'ai fait vœu de fidélité, dit-il. Pas de cécité et d'impuissance imaginative !

— Tromper en pensée n'est pas moins tromper, insista Dominique en riant.

— Les fantasmes sont la nourriture de la libido. En tout état de cause, c'est madame Théberge qui y gagnera.

Depuis le suicide de Semco, Théberge avait maintenu le contact avec la jeune femme. Au début, il lui donnait des nouvelles des progrès de l'enquête – ou, plutôt, de l'absence de progrès. Puis d'autres liens s'étaient tissés entre eux.

Dominique était reconnaissante du coup de fil qu'il avait donné à Dupré en sa faveur. Théberge, pour sa part, appréciait le travail qu'elle effectuait pour garder les filles à l'abri de la drogue et aider celles qui en prenaient à se faire désintoxiquer.

À la blague, il l'appelait « l'assistante sociale ». De fait, Dominique servait de contact auprès de diverses organisations spécialisées dans l'aide aux danseuses et aux prostituées. Si une fille était liée par une dette de drogue ou si elle appartenait à un motard qui la faisait travailler dans une agence d'escortes ou dans un salon de massages, ces organisations l'aidaient à s'en sortir.

À plusieurs reprises, Théberge avait aidé Dominique à faire « disparaître » des filles. Avec ses amis de « l'escouade fantôme », un groupe de policiers à la retraite ou près de la prendre, il se chargeait de les protéger, le temps qu'on leur trouve un refuge et une nouvelle identité.

*... sensuelle Vicky ! Nous la retrouverons dans quelques instants pour la deuxième partie de son spectacle. Je vous rappelle que toutes nos charmantes demoiselles...*

— La fille dont tu voulais qu'on s'occupe, elle ne s'appelait pas Guimont, par hasard ?

Le visage de Dominique se figea.

— Mylène Guimont, précisa le policier.

— Ne me dis pas...

— On l'a retrouvée ce matin.

— Elle est morte ?

Théberge répondit d'un hochement de tête.

— Les motards ?

— Je ne pense pas qu'ils aient quelque chose à voir dans ce qu'il lui est arrivé. Elle était… complètement vidée de son sang.

— Tu veux dire que c'est d'elle qu'ils parlaient à la télévision ?

Théberge fit un signe de tête affirmatif.

— Tu la connaissais bien ? demanda-t-il.

— Pas beaucoup. Elle est venue me voir la semaine dernière. Elle dansait dans un bar des Skulls. Elle voulait se faire désintoxiquer. Ses dettes de drogue montaient à près de trois mille dollars. Je l'ai fait travailler un peu pour l'aider à tenir en attendant qu'on lui trouve une place en désintox.

— Aucune idée de qui a pu faire ça ?

— Non. On a seulement parlé de son problème, de ce à quoi elle devait s'attendre pendant la cure.

— Tu sais où est Yvan ?

— À Singapour, le chanceux. Un séminaire ou quelque chose du genre sur les placements. Il l'a trouvé, lui, l'emploi. Au moins cinq ou six invitations par année partout sur la planète. Et il appelle ça travailler !

— Il arrive bientôt ?

— Demain matin. Pourquoi ?

— La fille a été retrouvée dans son auto. Sur la rue en face de chez lui.

— Tu ne penses quand même pas…

— Disons que ça tombe bien qu'il ait été à Singapour. Tu lui dis de me contacter aussitôt qu'il arrive.

## STUDIOS DE TVA, 23 H 14

— Il y a une chose que je ne comprends pas, fit l'animatrice. Les bars de danseuses, qu'est-ce que ça vient faire avec les araignées et la psycho ?

— Pour vous répondre par une boutade, je vous dirais que les danseuses sont des araignées psychologues.

— Vous êtes sûre que vos filles vont prendre ça comme un compliment ?

— Quand elles dansent, elles tissent leur toile avec leurs gestes pour capturer l'œil des clients. Leur travail, c'est de séduire, de savoir sur quoi jouer pour les attirer, pour les amener à payer une danse à leur table ou une visite dans une loge…

— Je pensais que les loges étaient illégales !

— Ce qui est interdit, ce sont les danses contact. Pas les loges comme telles. Mais vous avez raison. Ce ne sont pas exactement des loges. Ce sont des tables dans une section un peu plus retirée, moins publique…

— Vous parliez du travail des filles…

— Au fond, ce sont des vendeuses. Et, comme n'importe quelle vendeuse, elles doivent être des expertes du langage corporel.

La femme à la robe noire avait dit la dernière phrase sur un ton mi-provocateur, mi-amusé qui ne manqua pas de déclencher les rires de la salle.

— Ça, pour le langage corporel…

— Se déshabiller sur scène compte pour très peu dans le succès d'une danseuse.

— Je sais, il faut aussi savoir bouger… Surtout à certains endroits !

Nouvelle vague de rires dans la salle.

— Je voulais parler du langage corporel du client, fit la femme à la robe noire. Savoir déceler dans un regard, dans un mouvement de la tête, s'il est vraiment inté-ressé. S'il a juste besoin d'un peu d'encouragement ou s'il vaut mieux passer à un autre.

— Si ça vaut la peine de s'occuper de lui, autrement dit ?

— Exactement ! Une fille qui sait lire les clients peut faire deux ou trois fois plus d'argent que celle qui en est incapable.

— Je ne sais pas comment les gars qui écoutent l'émission trouvent ça, mais, après vous avoir entendue, je me demande comment ils vont faire pour ne pas se sentir manipulés quand ils vont aller aux danseuses.

— Il y a des manipulations qui ne sont pas désagréables, répondit la femme avec un regard complice vers la salle.

Celle-ci éclata de nouveau.

— À vous entendre, reprit l'animatrice, on dirait presque qu'on parle d'une entreprise.

— Mais c'est une entreprise! Et le succès de n'importe quelle entreprise réside dans sa capacité de bien lire les besoins de la clientèle.

— Et de les satisfaire?

— Et de les satisfaire.

— Il y a une chose que je me suis toujours demandée: est-ce qu'il y a beaucoup de danseuses qui font la passe?

— Il y en a, oui. Mais moins qu'on pense. Et pour une raison très simple.

— Laquelle?

— C'est mauvais pour les affaires.

— Pourtant…

— Si vous faites une passe, le client prend son plaisir et s'en va. Pour la danse, c'est différent. Il n'y a rien qui vient éteindre son désir. La seule limite, c'est sa capacité de payer.

— C'est juste une question d'argent?

— Les filles rendent un service. Pour quelle raison ne seraient-elles pas payées?

— Vu comme ça…

— Ce qui ne les empêche pas d'être très professionnelles. Au contraire, même. Et puis, il y a un autre avantage. Dans un bar, tous les clients sont sur un pied d'égalité. Quel que soit leur niveau de puissance sexuelle, ils peuvent faire danser autant de filles qu'ils veulent. Autant de fois qu'ils veulent.

— À condition qu'ils aient de l'argent!

— Bien sûr… Je vous expliquais pourquoi danser est plus rentable que de faire la passe.

— Je pense que j'ai compris…

## MEXICO, 21 H 17

Miguel Acuna Ocampo plissa les yeux. Ce n'était pas à cause du soleil, comme lorsqu'il était enfant, à l'époque où il faisait les poches des touristes dans les rues de la ville. La température était agréable. Si elle ne l'avait pas été, les fenêtres à opacité variable et le système de climatisation de son bureau se seraient chargés de la rendre confortable.

Ocampo plissait les yeux pour se concentrer. Il relut le message qu'il venait de recevoir. Une simple liste. Sept noms.

Incluant le sien.

## STUDIOS DE TVA, 23 H 18

— Écoutez, je vois que le temps passe… Si vous nous parliez des bars que vous venez d'ouvrir.

— Ce sont des bars concepts. Les deux premiers ouvrent ce soir.

— Des bars de danseuses « concepts »… Je connaissais l'art concept, les spectacles concepts…

— Le Spider Club, qui est situé dans NDG, est conçu autour du thème de l'araignée. Tout le décor y fait référence. Les salles sont séparées par des toiles géantes. Les mini-scènes, pour les spectacles semi-privés, reproduisent l'intérieur des nids d'araignées. Les costumes des danseuses et les chorégraphies sont aussi inspirés de ce thème.

— Vous êtes sûre que les hommes vont vouloir entrer là-dedans ?

— Les hommes ont toujours été fascinés par le danger. Et qu'y a-t-il de plus fascinant que le danger dont on est sûr de triompher ? Regardez des émissions comme *Fort Boyard* !

— La psychologue qui ressort… Et l'autre bar ?

— Le Gothic. Il exploite le thème des fantômes, des zombies, des vampires, des morts vivants… Il est situé rue Sainte-Catherine, un peu à l'ouest d'Atwater.

— Il y en a d'autres de prévus pour bientôt ?

— Oui. Tout est prêt. On devrait recevoir les derniers papiers officiels d'ici quelques jours.

— Vous pouvez nous dévoiler leurs noms ?

— L'Engrenage. Rue Sainte-Catherine, lui aussi. Mais au centre-ville.

— L'Engrenage, ça fait référence à quoi ?

— L'engrenage du sexe, de la séduction… La machine à désirer. Pensez à un strip-tease. Chaque morceau de vêtement qui tombe, chaque morceau de peau dévoilé qui mène inéluctablement au suivant…

— Je vous dis que, vous, on ne doit pas s'ennuyer dans votre couple !

— Vous pensez ? se contenta de répondre la femme à la robe noire en riant.

— Vous avez parlé d'une série de bars. Est-ce qu'ils vont tous tourner autour d'une obsession ?… Mais d'abord, combien va-t-il y en avoir ?

— En plus de ceux que je vous ai nommés ? Au moins trois autres à court terme.

— Ce sont tous des bars concepts ?

— Tous. Il y a le Skin Game. Le Boom Club… Et le Donjon du sexe.

— J'aurais dû y penser !… Vous pouvez nous dire quelques mots sur chacun ?

— Tout n'est pas encore officiel.

— Vous pouvez au moins nous dire quels thèmes ils vont exploiter.

— Le premier est sur les jeux. Et sur la chasse. Le mot anglais « game » veut dire « jeu », mais aussi « gibier ».

— Je n'ose pas vous demander qui va être le gibier !

— Je ne vous en dis pas plus… Le deuxième a pour cible la clientèle des *baby boomers* qui ont envie de s'éclater.

— Ou de se faire sauter ?

— Pourquoi pas ! répondit l'invitée en riant. Pour ce qui est du troisième, je pense que vous pouvez facilement imaginer le genre de clientèle visée.

— C'est un vrai donjon ?

— Disons que c'est un décor très convaincant.

— Pour les amateurs de domination ?

— La thématique de l'endroit devrait les stimuler.

— Le Donjon du sexe ! Écoutez, avant d'aller à la pause, promettez-moi de revenir pour nous parler des autres bars, quand ils ouvriront.

— Ce sera avec plaisir.

— Ne partez pas, mesdames et messieurs, nous revenons tout de suite après la pause.

### Montréal, 23 h 54

En sortant du bar, Théberge se dirigea lentement vers sa voiture. Il s'assit avec précaution, pour ménager son dos. Puis, quand la douleur se fut calmée, il entreprit de converser à haute voix avec la jeune danseuse décédée.

— Pour le jeune Semco, dit-il, je n'avais pas vraiment besoin de ton aide. J'étais certain que ce n'était pas lui. Mais si tu veux qu'on trouve celui qui t'a fait ça... Comme je le disais à Dominique, ça ne ressemble pas à du travail de motard. C'est trop tordu. On dirait plutôt un truc de secte. Ou de malade. Si tu veux mon avis, on va avoir besoin de chance... À moins qu'il se mette à en tuer d'autres. Là...

### Montréal, 23 h 57

En entrant dans sa suite à l'hôtel Bonaventure, Jessie Hunt enleva sa perruque rousse et laissa ses cheveux noirs cascader sur ses épaules.

Elle entreprit ensuite d'enlever ses faux sourcils ainsi que la prothèse qui modifiait l'apparence de ses dents et la forme de sa bouche. Quand elle eut nettoyé son maquillage, son teint blanchâtre et rousselé avait cédé la place à une peau cuivrée.

À la fin, il restait peu de ressemblance entre le personnage de Jessie Hunt, qui dirigeait un réseau de bars de danseuses, et Jessyca Hunter, que l'on verrait bientôt fréquenter le cercle restreint de la haute finance québécoise.

Malgré les apparences, l'argent est un moyen plus abstrait que le désir. Il est l'outil de tous les désirs.

Avec de l'argent, on peut aussi bien combler son besoin de sécurité que s'octroyer les satisfactions les plus variées. On peut aussi éliminer ce qui nous dérange ou fait obstacle à nos désirs. On peut également acheter ceux qu'on désire et faire disparaître ceux qui s'opposent à notre satisfaction.

Globalement, l'argent peut être utilisé selon les cinq modalités suivantes : l'achat, le salariat, la loto, la ruine et l'illusion.

Leonidas Fogg, *Pour une gestion rationnelle de la manipulation*, 2- Acheter la docilité.

## VENDREDI, 26 MARS 1999

### MONTRÉAL, 9 H 11

Théberge entra dans le bureau de Rémi Gagnon, le directeur du Service de police de la CUM, et prit place dans un des fauteuils sans attendre d'y être invité.

— Comme ça, nous avons un vampire dans les rues de la ville ! fit d'emblée le directeur.

— Vous regardez trop la télévision.

— Le problème, c'est que je ne suis pas le seul. Vous avez vu les titres des journaux ?

Il montra d'un geste de la main ceux qui étaient étalés sur son bureau.

### LES VAMPIRES ATTAQUENT !
### VAMPIRES À MONTRÉAL !
### VAMPIRES ?

Même le très sérieux *Devoir* utilisait le terme, bien qu'en le faisant suivre d'un point d'interrogation.

— Les conclusions me semblent un tantinet précipitées, fit Théberge.

— Vous avez une piste ?

— Pas grand-chose.

— Le type à qui appartient la voiture, on ne pourrait pas le considérer comme suspect ? Au moins pour quelques jours… Ça occuperait les journalistes.

— Il était à Singapour depuis une semaine. Pour son employeur.

— Qui est-ce ?

— Hope Fund Management.

— Vous êtes sûr qu'il était bien là-bas ?

— J'attends une confirmation d'ici quelques heures.

— Et vous n'avez rien d'autre ?

— Non.

— Pas de témoins ? Pas d'indices du côté de l'équipe technique ?

— Rien. La fille travaillait dans un bar de danseuses. Elle avait demandé de l'aide pour aller en désintox et sortir du milieu. Le motard à qui elle appartenait n'a peut-être pas aimé ça.

— Voilà ! Vous l'avez, votre piste !

— Ce n'est pas tellement leur manière. D'habitude, ils sont plus expéditifs.

— Ils voulaient faire un exemple.

— Quand nos joyeux baroudeurs motorisés font un exemple, le résultat est habituellement moins esthétique.

— Parce que vous trouvez ça… esthétique ?

— À l'exception des deux trous dans la gorge, il n'y a aucune trace de violence sur le corps. Croyez-moi, quand les Raptors ou les Skulls font dans la pédagogie intensive, on a davantage de difficulté à identifier les victimes.

— Il faut que vous trouviez quelque chose pour contrer cette rumeur sur les vampires.

— Je ne demande pas mieux.

— On ne pourrait pas parler d'un acte de folie motivé par la vengeance?... Dire qu'on suit une piste, sans préciser de quoi il s'agit?

— Et s'il y a d'autres victimes?

— Vous ne pensez tout de même pas qu'il pourrait y en avoir d'autres!

Subitement, la voix du directeur était devenue plus inquiète.

Théberge s'était méfié de Gagnon dès leur première rencontre. Il avait peu de sympathie pour ce bureaucrate qui croyait que sa formation générale en gestion lui permettait de gérer n'importe quoi, dans n'importe quel domaine.

Bien entendu, le directeur n'avait aucune formation policière. Il s'en glorifiait presque. «Ce sera un atout», avait-il affirmé dans sa première conférence de presse. «La population se sentira davantage en confiance.»

Le ministre avait nommé Gagnon pour reprendre en main le service et lui redonner sa crédibilité entachée par les nombreux scandales. Le nouveau directeur s'était engagé à consacrer l'essentiel de ses énergies à cette tâche. En pratique, cela se traduisait par une ingérence systématique dans le travail de ses subordonnés et par une obsession pour «l'image du service».

— Vous pensez vraiment que c'est le début d'une série? reprit le directeur. Qu'est-ce qui vous fait croire ça?

Un instant, Théberge songea à lui parler du message. Puis il y renonça: Gagnon était capable de dévoiler l'information en conférence de presse juste pour avoir l'air de contrôler la situation et pour éviter de mal paraître aux yeux des journalistes.

— Mon intuition, répondit-il finalement.

— Votre intuition... Est-ce qu'il s'agit d'une intuition que vous avez eue en «discutant» avec la victime?

Le directeur ne faisait pas mystère de son opinion. Il n'aimait pas avoir pour responsable de l'escouade des homicides une tête forte qui «avait un problème avec

l'autorité » et qui, par-dessus le marché, faisait la conversation avec les cadavres dont il s'occupait. S'il avait pu,
il l'aurait mis sur une voie d'évitement.

Malheureusement, Théberge avait un dossier exceptionnel, tant comme enquêteur que comme responsable
du service. Depuis qu'il avait pris la direction de l'escouade des homicides, le taux de résolution des affaires
s'était amélioré, le nombre de bavures avait diminué de
façon importante et le déluge de plaintes syndicales s'était
calmé.

Son meilleur coup avait été la mise sur pied du
GRADE, le groupe d'analyse et d'enquête. Créé pour
s'occuper des cas les plus difficiles, cette petite unité
fonctionnait en dehors des règles hiérarchiques habituelles, avec des effectifs variables choisis en fonction
des enquêtes. Ainsi, bien qu'elle fût dirigée officiellement
par Crépeau, il arrivait que Théberge s'impliquât directement dans les affaires en cours : parfois pour mener
une opération, parfois à titre de simple enquêteur.

S'il fallait en croire les mauvaises langues, Théberge
avait créé ce groupe dans le seul but d'échapper au travail
de bureau. Sauf que le GRADE n'avait pas tardé à réaliser
plusieurs coups d'éclat. Et que la plupart d'entre eux
n'étaient pas étrangers au travail de terrain effectué par
Théberge.

Cette implication sur le terrain lui avait d'ailleurs
valu un de ses nombreux surnoms. À l'intérieur du service, les simples agents et les gradés de rang inférieur
faisaient souvent référence à lui en parlant du « boss qui
travaille ». Par opposition à ceux qui se contentaient de
brasser du papier.

De fait, depuis son arrivée à la direction de l'escouade
des homicides, l'inspecteur-chef Théberge n'avait
connu que des succès. Et le pire, songeait le directeur,
c'était qu'il n'avait pas la moindre formation en gestion !

— Il faut absolument donner quelque chose au service d'information, reprit Gagnon. Depuis le matin qu'ils
reçoivent des appels…

— Vous pouvez toujours leur parler des motards. Mais c'est une piste qui va s'éteindre assez vite, à mon avis.

— Si ça nous permet de gagner quelques jours.

Le directeur s'enfouit le visage dans les mains pendant plusieurs secondes, comme s'il se coupait du monde pour mieux réfléchir.

— C'est entendu, finit-il par dire en relevant la tête vers son interlocuteur. La ligne officielle sera la piste des motards… Inutile de vous dire que je compte sur vous pour régler ça au plus vite.

Comprenant que la rencontre était terminée, Théberge se leva.

— Au fait, lança tout à coup le directeur, elle a quel genre de voix ?

— Qui ? La victime ?

Le directeur répondit d'un hochement de tête suivi d'un bref grognement affirmatif.

— Il est encore trop tôt pour le savoir, répondit Théberge en se retournant. Je vous tiendrai au courant.

Puis il sortit.

Avec un peu de chance, il pourrait joindre Semco avant l'heure du dîner.

### ANKARA, 15 H 37

Alaatin Civan parcourut du regard les clients du café. C'était l'endroit où il rencontrait habituellement les représentants de l'armée pour échanger des informations, accepter des contrats, discuter de projets communs.

Il jeta de nouveau un regard sur la petite feuille de papier blanc qu'on venait de lui remettre. On aurait dit une feuille de bloc-notes.

— C'est tout ce que vous savez ? demanda-t-il.

L'homme à qui il s'adressait avait le rang de général. C'était lui, la plupart du temps, qui servait d'intermédiaire dans les échanges entre le rebelle kurde et l'armée.

— C'est tout ce que je sais, répondit le militaire. J'ai reçu le message à l'intérieur d'une enveloppe déposée chez moi, avec prière de vous transmettre son contenu.

— Il n'y avait rien d'autre ?

— Non.

Civan relut la liste des sept noms. Six étaient pour lui des inconnus. Le septième était le sien.

### Los Angeles / Montréal, 6 h 43

Donald Crazy Boy Duchesne réécouta le message enregistré la veille sur son répondeur. Quelqu'un avait appelé à Montréal pour lui parler. Il affirmait avoir des informations sur Devil's Eyes.

Le motard n'avait pas entendu ce nom depuis des années. Il jeta un coup d'œil sur le numéro qu'il avait griffonné sur une feuille, prit quelques secondes pour retrouver dans sa mémoire le visage de la femme, puis il souleva le combiné.

— Oui ? répondit une voix un peu traînante et affectée.

— Vous avez affaire à moi ?

— À qui ai-je l'honneur ?

— Dans votre message, vous parlez de Devil's Eyes.

— Ah, je vois… Je suis heureux de voir que votre français s'est bien conservé. Il y a quand même long-temps que vous êtes parti de Montréal.

Crazy Boy fit une pause.

— Qui êtes-vous ? demanda-t-il finalement.

— Qui je suis n'a qu'une importance anecdotique. Par contre, le fait que vous soyez Donald Crazy Boy Duchesne est d'une importance capitale pour l'affaire que j'ai à vous proposer.

— Quelle affaire ?

— Madame Weber. J'ai pensé que vous seriez intéressé à savoir ce qu'elle devient.

— Dominique Weber ?

— Vous en connaissez une autre ?

— Qu'est-ce que vous voulez ?

— Je me suis dit que l'information pouvait vous intéresser… si vous êtes bien qui je pense.

— Comment est-ce que vous avez eu mon nom ?

— Une confidence, il y a de cela des années. Un ami qui la connaissait.

— Qu'est-ce qui vous fait croire que ça peut encore m'intéresser?

— Une intuition. Je sens en vous quelqu'un qui déteste laisser les choses inachevées.

— Vous, dans tout ça, c'est quoi votre intérêt?

— Disons que je verrais d'un bon œil que la vie de cette personne devienne… comment dire?… plus compliquée.

— C'est tout?

— Il y a aussi une question d'argent.

— Combien?

— Vingt mille. US.

— Il n'y a pas une femme sur la planète qui vaut ça. Je vous donne deux cents.

— Vous m'avez mal compris: je vous « offre » vingt mille.

— C'est pour un contrat?

— Grand Dieu, non! Je veux simplement que sa vie devienne… préoccupante. Très préoccupante.

— Pour le moment, je suis pris.

— Vous m'en voyez désolé.

— Mais je vais penser à votre proposition.

— Vous pouvez me joindre vingt-quatre heures sur vingt-quatre sur mon cellulaire.

Après avoir noté le numéro, Crazy Boy raccrocha et alla se chercher un jus d'orange dans le réfrigérateur.

Il était hors de question qu'il annule ses engagements des prochaines semaines. Mais, depuis qu'il avait entendu le nom de Devil's Eyes, les souvenirs affluaient à sa mémoire. Et, avec ses souvenirs, la rage. Il la sentait monter en lui. C'était la seule fille qui avait jamais réussi à lui échapper. Le type avait raison quand il parlait de travail inachevé… Et puis, il y avait les vingt mille dollars américains.

Il reprit le combiné.

Il avait encore des amis à Montréal. Ce ne serait pas difficile d'en trouver un pour faire le travail. En échange de dix mille dollars américains, Tooth Pick ne demanderait pas mieux que de lui rendre service. Ce qui lui laisserait un profit de dix mille.

Et puis, tant qu'à faire, il en profiterait pour récupérer la fille. À son âge, elle ne pouvait probablement plus danser. On use vite, dans ce métier-là. Mais il ne manquait pas de bordels ou de salons de massage où elle pourrait encore servir.

## LONDRES, 16 H 54

Leonidas Fogg se leva de son fauteuil roulant pour aller s'asseoir derrière le bureau. Il franchit les trois mètres sans l'aide de sa canne.

Une fois assis, il appuya sur un bouton dissimulé sous le tiroir central. Une des bibliothèques murales coulissa, à sa gauche, et laissa apparaître un écran électronique de deux mètres sur trois.

Xaviera Heldreth observait le vieil homme avec des sentiments partagés. De toute évidence, le nouveau traitement avait produit des résultats encourageants. Fogg était maintenant en mesure de se lever pour des périodes de plus en plus longues. Sa vitalité s'améliorait. Pendant trois ans, peut-être cinq, il retrouverait des capacités suffisantes pour diriger activement le Consortium. Ensuite, la détérioration recommencerait. À quelle vitesse? On ne pouvait pas le savoir. Les expériences cliniques ne permettaient pas encore de conclure.

Fogg pianota sur le clavier thermosensible intégré dans la surface du bureau. Quatre mots apparurent sur l'écran.

> Restructuration
> Body Store
> Institut
> Toy Factory

— J'aimerais d'abord vous parler de ces quelques sujets, dit-il. Ensuite, nous pourrons faire entrer Petreanu.

— Comme vous voulez.

Fogg pianota de nouveau sur le bureau. La liste de mots fut remplacée par un organigramme.

```
                        Meat Shop

    Brain Trust                      Safe Heaven
                          FHB
    Candy Store                      Toy Factory

    Paradise Unlimited               Just Power

          General Disposal Service
```

— Votre protégée a fait du bon travail, dit Fogg. D'après ce que je comprends, la restructuration est terminée.

— Marie-Josée est très efficace.

Elle avait bien choisi en faisant confiance à Marie-Josée Coupal, songea Xaviera. Ce serait une alliée précieuse : en moins d'un an, elle avait regroupé toutes les opérations de Fun House et de Body Store à l'intérieur de sa nouvelle filiale. Pornographie, prostitution, tourisme sexuel, location et vente d'esclaves faisaient désormais partie d'une même organisation. Cela devrait permettre des synergies intéressantes.

Quant aux activités reliées au trafic d'organes, qui avaient fait l'objet d'une importante publicité négative et qui étaient déjà en bonne partie compromises par les raids de l'Institut, elles avaient été confiées en sous-traitance à un réseau d'intermédiaires, lesquels avaient le double avantage d'être à la fois étrangers au Consortium et facilement sacrifiables.

— Comme vous le voyez, reprit Fogg, j'ai baptisé la nouvelle organisation de madame Coupal. Sa filiale s'appellera Meat Shop.

— Et Candy Shop ?

— Nous le changerons pour Candy Store.

Fogg, avec son humour très particulier, avait toujours tenu à choisir personnellement le nom de chacune des composantes du Consortium.

— Un avantage marginal de la réorganisation est d'éliminer les noms de Fun House et de Body Store, qui sont connus de l'Institut, reprit Fogg.

— Avec Marie-Josée, je suis sûre que notre nouvelle filiale est entre bonnes mains.

— Je suis porté à vous croire. En isolant tout ce qui touche au trafic d'organes, elle a fait preuve de jugement. Ça mérite d'être souligné. Faites-lui savoir que j'apprécie son travail.

— Je n'y manquerai pas.

Fogg pianota à nouveau sur le clavier.

— Puisqu'on parle des résidus de Body Store, dit-il.

L'organigramme fut remplacé par une série de noms de villes.

| | |
|---|---|
| Amsterdam | Tel-Aviv |
| New York | Paris |
| Londres | San Francisco |
| Miami | Buenos Aires |
| Manille | Bruxelles |
| Johannesburg | Francfort |
| Sao Paolo | Bangkok |

Il n'eut pas besoin d'expliquer. C'étaient les villes où les succursales de Body Store avaient été démolies par les policiers.

— C'est une opération planifiée de façon globale, dit Fogg.

— J'ai examiné le mode d'intervention à chacun des endroits.

— Vos conclusions ?

— Dans chaque pays, l'opération a été menée par les forces policières locales. La présence de l'Institut, en support, a cependant été confirmée à trois endroits. Dans un cas, il s'agissait des fameuses unités locales autonomes. Dans les autres, les responsables des opérations ont eu des contacts avec l'Institut, surtout pendant la phase préparatoire.

— Nous avons des gens qui suivent cette piste ? demanda Fogg.

— Oui. Nous avons découvert quelqu'un qui pourrait correspondre à mademoiselle Maher.

— Bien.

— Tokyo est maintenant la seule tête de réseau qui n'a pas été touchée. On pourrait s'en servir pour arranger quelque chose.

— J'aime bien la façon dont vous pensez.

— Je suis sûre que ce serait un appât irrésistible.

— Je vous laisse le soin de préparer un plan.

Nouveau pianotement sur le bureau. La liste initiale réapparut.

— Nous n'avons toujours pas trouvé où se cachent nos amis de l'Institut, dit Fogg.

— Même notre contact dans l'entourage du Président l'ignore.

— Peut-être que nous avons tort de les chercher.

— Que voulez-vous dire ?

— Peut-être que nous avons tort de nous charger nous-mêmes de ce travail.

— Vous songez à qui ?

— Nos remarquables adversaires n'ont pas beaucoup d'amis parmi leurs collègues des autres agences. Il suffirait qu'on leur fournisse un prétexte.

— Pour qu'ils fassent le travail à notre place ?

— Imaginez que l'Institut devienne tout à coup un ennemi public.

— Pour la partie propagande, ça ne pose pas trop de problèmes : on a pas mal de gens aux bons endroits, y compris dans les agences de renseignements. Mais pour la fabrication des preuves…

— J'ai pensé à quelque chose. Je vous en parlerai tout à l'heure, quand nous en aurons terminé avec Petreanu.

Il fit un geste en direction de l'écran.

— Pour ce qui est du dernier point, enchaîna-t-il, j'aimerais savoir où en est votre réflexion.

— À mon avis, nous n'avons pas le choix. Toy Factory doit prendre ses distances vis-à-vis de Ben Laden.

Il y a trop de monde qui scrute son entourage à la loupe. Nous n'avons pas besoin de ce genre d'attention.

— C'est réglé, donc ?

— De toute façon, il ne représente pas un gros marché. Le terrorisme a son utilité pour préparer les guerres, mais, en lui-même, ce n'est pas un débouché très rentable.

— Est-ce qu'on continue de l'aider indirectement ?

— Bien sûr. Vous continuez de lui faire parvenir les informations que nous avons sur ce qui se trame contre lui. Tant qu'ils sont sur sa piste, nous avons la paix.

Les doigts de Fogg tambourinèrent à nouveau sur le bureau. L'écran s'éteignit. Quelques secondes plus tard, le mur de livres avait repris sa place.

## Montréal, 11 h 57

Entre les phrases brèves qu'il jetait dans le téléphone, Albert Labrie tentait de grignoter le reste de sa pointe de pizza. Pourquoi fallait-il toujours que tout le monde se mette à l'appeler pour lui donner des informations dès l'instant où il essayait de prendre ses quinze minutes pour dîner ?

— Oui, je suis au courant, dit-il. Le corps n'avait plus de sang.

— L'automobile dans laquelle il a été retrouvé appartient à un nommé Yvan Semco.

— Je sais.

— Il travaille…

— … dans une société de gestion. Si vous n'avez rien d'autre…

— Savez-vous qu'il connaissait la fille ? Savez-vous à quel endroit il la rencontrait ?

Le journaliste, qui allait raccrocher, retint son geste.

— Il la connaissait ? demanda-t-il.

— On tue rarement des inconnus.

— Et vous savez où ils se sont rencontrés ?

— À votre place, j'irais faire un tour au Palace, un bar de danseuses rue Sainte-Catherine.

## Montréal, 12 h 08

Gonzague Théberge avait finalement trouvé Yvan Semco à l'appartement d'un de ses amis. Alléguant qu'il était l'heure de se sustenter, le policier l'avait amené dans un petit restaurant italien du quartier.

— Dominique t'a mis au courant ?

— Oui.

— Tu es chanceux d'avoir été à Singapour. Ça simplifie les choses.

— Vous n'avez quand même pas pensé que j'aurais pu faire ça ?

— S'il y a une chose que j'ai apprise, c'est qu'un policier ne peut pas se permettre d'avoir d'opinion préétablie. Sur personne... De toute façon, je ne pourrais pas travailler à une affaire dans laquelle tu serais sérieusement soupçonné. Toi ou Dominique.

— Je suis officiellement éliminé comme suspect ?

— Il reste seulement à terminer les vérifications à Singapour.

— Pour savoir si je suis sorti du pays ?

— Oui.

— J'ai fait une excursion de trois jours en Malaisie.

Théberge le regarda directement dans les yeux.

— Quand ?

— Au milieu de la semaine. Mais c'était un truc organisé. Il y a des gens qui peuvent témoigner que j'étais là-bas.

Le serveur arriva avec deux soupes minestrones.

— Je ne pense pas que tu sois inquiété, fit Théberge après le départ du serveur.

— Il fallait que ça tombe sur mon auto !

— Es-tu certain qu'elle a été prise par hasard ?

— Qu'est-ce que vous voulez dire ?

— Si jamais ce n'était pas un hasard, ça voudrait dire que le coupable est quelqu'un que tu connais. Ou, du moins, qui te connaît.

— J'espère que vous n'allez pas raconter ça à Dominique !

— Bien sûr que non… D'ailleurs, c'est probablement un hasard. Mais si jamais il te vient quoi que ce soit à l'esprit, même si tu penses que c'est farfelu…

— D'accord. Je vous le dis.

— Et maintenant, mange ! Ça va refroidir.

Pendant le dîner, Théberge exposa à Semco sa théorie sur la gourmandise.

— Il faut se méfier des gens qui n'aiment pas manger, dit-il. Les lèvres pincées, les fesses serrées, les portefeuilles cousus, les estomacs rachitiques et les cerveaux barricadés, c'est tous parents. On ne peut pas faire confiance aux gens qui tuent leurs appétits. C'est la vie en eux qu'ils assassinent… et ils ne le pardonnent jamais aux autres !

— Vous exagérez !

— Ils deviennent aigris, que je te dis ! Et l'aigreur, comme chacun sait, mène à toutes les formes de méchanceté, de la remarque insidieuse à l'homicide insistant, en passant par les rapports d'impôt et la musique concrète.

— Les sages ont toujours prôné la modération, il me semble, répliqua Semco, qui s'amusait toujours en compagnie de Théberge.

— La modération, oui ! répliqua ce dernier. Pas l'anorexie ! Le Bouddha lui-même ne dédaignait pas d'afficher un certain embonpoint. La richesse corporelle dénote une nature bienveillante, épanouie, qui accepte un certain laisser-aller et n'a pas besoin de tout soumettre à son contrôle…

— Vous n'allez quand même pas faire l'apologie de l'obésité !

— Une certaine générosité dans les formes ne doit pas être confondue avec ces étalages excessifs de masses adipeuses qui défigurent les plages américaines… Ces tortellinis sont vraiment remarquables. Tes raviolis ?

— Très bons.

— Une certaine rondeur dans les formes va de pair avec une rondeur de caractère. Le savoir-vivre est synonyme de savoir arrondir les angles.

— Vous n'avez jamais rencontré d'exception ?

— Pas que je me souvienne.

— Et Brochet ? D'après ce que Dominique m'a dit de lui…

— Je l'avais oublié, celui-là.

Théberge se concentra un moment sur les rares tortellinis qui restaient dans son assiette.

— À propos, reprit-il, ton ami, celui avec qui tu étais tout à l'heure…

— Chamane ?

— Quel genre de type c'est ?

— Pourquoi ?

— Il a la taille d'une top-modèle qui a passé trois mois en Somalie.

Yvan éclata de rire.

— Il mange plus que vous et moi ensemble ! dit-il. Un autre trou dans votre théorie !

— Je demande à voir.

— Si vous l'invitez au restaurant, ça peut vous coûter cher.

— Tu le connais depuis longtemps ?

Semco cessa de manger et fixa Théberge.

— Vous ne le soupçonnez quand même pas ?

— Si jamais l'auto n'a pas été choisie par hasard…

— Elle était dans la rue, en face de l'appartement. N'importe qui pouvait la prendre.

— Elle n'était pas verrouillée ?

— C'est la meilleure façon d'éviter le vandalisme. Ceux qui s'intéressent aux radios et aux lecteurs CD ouvrent la porte et voient qu'il n'y a rien à prendre. Pas besoin de casser la vitre. C'est parfait, non ?

— Ce n'est pas parfait, c'est illégal ! Il est interdit de laisser sa voiture déverrouillée dans la rue.

— Illégal, illégal…

— Si tu te fais prendre, tu vas avoir une contravention.

— Je suis sûr que les flics ont des choses plus importantes à faire.

Le repas s'acheva par une crème brûlée à laquelle Théberge affirmait être incapable de résister.

— Votre estomac va faire de la résistance ! prophétisa le jeune Semco.

— J'ai pris des précautions, répondit Théberge.

Il lui montra un contenant de Zantac qu'il tira de sa poche de chemise.

## MONTRÉAL, 12 H 18

Dominique Weber saisit l'appareil après la quatrième sonnerie.

— Oui, dit-elle en se bouchant l'oreille gauche avec un doigt pour mieux entendre.

— Ici Albert Labrie, de TVA. Je voudrais parler au propriétaire du bar.

— À quel sujet ?

— Une simple vérification. Je voudrais savoir si Mylène Guimont travaillait bien au Palace. Il s'agit de la jeune danseuse qui…

— Je sais très bien de qui il s'agit. Et la réponse est oui : elle travaillait ici.

— Depuis longtemps ?

— Moins d'un mois.

— Si vous permettez, j'aurais une autre question. Il s'agit d'Yvan Semco. Pouvez-vous me dire…

## LONDRES, 17 H 21

— Et Petreanu ? dit Fogg. Qu'est-ce que vous en pensez ? Il se comporte tout de même assez bien, jusqu'à maintenant.

— Jusqu'à maintenant, admit Xaviera Heldreth.

— Vous êtes partiale. Vous avez un faible pour madame Coupal.

— C'est vrai, je suis particulièrement impressionnée par son travail.

— Admettez que Petreanu fait, lui aussi, de l'excellent travail sur le plan financier.

— Le problème, c'est qu'il ne se contente pas de faire son travail.

— Vous êtes injuste. Il est normal qu'il veuille contrôler les opérations dans lesquelles il est impliqué. Après tout, il est directeur de notre filiale financière.

— Ce n'est pas parce qu'il a le génie de la finance qu'il est nécessairement compétent pour gérer une filiale. Surtout pas une filiale de cette importance.

— Si je vous écoutais, il n'y aurait que des femmes dans notre organisation !

— Et vous, vous le protégez parce que vous faites partie de la même mafia financière !

— On en revient toujours à ça, conclut Fogg en riant. Chaque fois qu'on parle de Petreanu, on a la même conversation.

— Il y a une façon simple de régler ce problème.

— Oui, oui… ne plus en parler.

— Ce n'est pas ce que j'avais en tête.

— Je m'en doute ! Allez, faites-le entrer !

Quand Petreanu entra dans la salle, le fond de la pièce était dans l'obscurité. Il distinguait seulement une silhouette assise derrière un immense bureau.

— Bienvenue, monsieur Petreanu, fit une voix d'homme encore ferme, mais qui semblait appartenir à quelqu'un d'assez âgé. Excusez-moi de vous imposer cet excès de prudence ; vous comprendrez que c'est pour votre protection autant que pour la mienne.

La voix n'eut pas besoin de fournir davantage d'explications. Petreanu savait très bien que, moins il en savait sur le directeur du Consortium, moins il y avait de chances qu'on ait un jour besoin de l'éliminer pour s'assurer de sa discrétion.

— Je comprends et j'apprécie, dit-il.

— Madame Breytenbach devait se joindre à nous, reprit Fogg, mais elle a dû s'absenter. Une urgence sur le continent. Elle va en profiter pour rencontrer monsieur Brochet et madame Hunter, à Paris.

Petreanu songea qu'il avait probablement été écarté de la réunion de Paris pour donner aux deux femmes un meilleur rapport de forces. Seul, Brochet n'oserait pas leur tenir tête. Mais il se garda de faire part de ses réflexions.

— Nous désirons vous entendre sur l'implantation de notre centre financier à Montréal. Particulièrement sur l'opération de financement. Nous aimerions aussi savoir où en est le projet Y2-KEY…

### *LCN, 13 H 04*

> LE MYSTÈRE LE PLUS COMPLET ENTOURE LA MORT DE MYLÈNE GUIMONT, UNE JEUNE DANSEUSE DONT LE CORPS A ÉTÉ RETROUVÉ LA NUIT DERNIÈRE, VIDÉ DE SON SANG, DANS UNE AUTOMOBILE.
>
> LCN A PAR AILLEURS APPRIS QUE LE PROPRIÉTAIRE DE CETTE VOITURE, YVAN SEMCO, UN GESTIONNAIRE DE PLACEMENTS DE MONTRÉAL, SERAIT PRÉSENTEMENT INTROUVABLE. INTERROGÉ À CE SUJET, LE PORTE-PAROLE DU SERVICE DE POLICE DE LA CUM N'A PAS VOULU NOUS DIRE SI MONSIEUR SEMCO ÉTAIT CONSIDÉRÉ COMME SUSPECT.

### MONTRÉAL, 13 H 42

Maître Guidon sortit de sa méditation. Son regard parcourut les membres du groupe. Ils étaient assis en cercle, dans le local commercial désaffecté où se tenaient leurs réunions.

Depuis leur arrivée à Montréal, les Heavenly Bikes avaient beaucoup changé. Leurs motos étaient remisées, de même que leurs costumes blancs de motards. Chacun des membres avait trouvé un emploi ou une occupation compatible avec la tâche particulière que maître Guidon lui avait assignée.

À l'exception de cette tâche, ils avaient peu de contraintes. La seule activité obligatoire, pour ceux qui demeuraient à Montréal, était une présence de deux à trois heures par jour dans le local du groupe, pour des exercices de méditation et de détachement. Le reste du temps, ils apprenaient à se fondre dans leur existence d'emprunt.

Deux s'intéressaient aux arcanes de la gestion financière sous la supervision d'Ulysse Poitras. Ils avaient également pour tâche de le protéger. Deux autres travaillaient comme emballeurs dans un supermarché. Trois étaient devenus itinérants. Plusieurs avaient trouvé du travail dans le domaine de l'entretien. Deux travaillaient dans des agences de sécurité. Quatre avaient entrepris des études universitaires. Deux autres avaient ouvert une boîte de consultants en informatique. Il y en avait même un qui passait ses journées entières à se promener dans les rues de Montréal, en quête d'endroits pittoresques : sa tâche était de devenir un touriste professionnel.

Lorsqu'ils se retrouvaient entre eux, les Heavenly Bikes avaient abandonné leurs noms de motards pour adopter la désignation souple et polyvalente des Jones. Ainsi, Jones 1 et 2 travaillaient avec Poitras, Jones 7 demeurait avec Hurt, Jones 21 travaillait comme croupier au Casino de Montréal, Jones 55 jouait au touriste...

Quand chacun des membres fut sorti de sa méditation, maître Guidon prit la parole.

— Quand nous sommes arrivés à Montréal, nous nous sommes mis au service d'un vaste projet. Je vous ai dit que ce serait un bon exercice de détachement. Que vous y trouveriez des occasions intéressantes de vous libérer des rôles que vous associez inconsciemment à votre moi.

Les regards étaient maintenant tous tournés vers lui.

— Jusqu'à maintenant, quelques-uns d'entre vous ont eu la chance de profiter de cette occasion unique d'entrer dans un rôle imprévu. De se mettre au service d'un projet élaboré par quelqu'un d'autre.

Il fit une pause

— D'ici peu, reprit-il, plusieurs autres pourront participer à ce projet. Pour l'essentiel, il s'agira d'un travail de surveillance. Vous devrez obtenir accès à certaines compagnies, soit à titre de professionnels, soit comme travailleurs d'entretien, soit comme clients... Il s'agit surtout d'institutions financières susceptibles d'être reliées au crime organisé. Dans un premier temps, on ne vous demande rien d'autre que d'établir votre accès à ces compagnies. Je vous donnerai individuellement les détails de vos tâches.

Le groupe reprit ensuite sa méditation.

À plusieurs reprises, le silence intérieur de maître Guidon fut troublé par le souvenir d'une information qu'il avait vue à la télévision : il y était question d'une jeune femme qui travaillait dans un bar de danseuses et qui semblait avoir été victime d'un vampire.

La chose le laissa perplexe.

Le silence était maintenant pour lui un état dans lequel il pouvait se plonger à volonté. Si une image du monde quotidien réussissait ainsi à troubler sa méditation, c'était peut-être un signe.

Il décida de chercher des informations sur cette étrange affaire.

## PARIS, 19 H 56

Claude Brochet vérifia la propreté de ses verres puis se dirigea vers la terrasse pour admirer la vue sur la place de la Concorde. Il retrouvait toujours avec le même plaisir sa suite préférée au Crillon.

Quelques minutes plus tard, un coup de fil le tirait de sa rêverie : on lui annonçait l'arrivée de Ute Breytenbach. Il réajusta mécaniquement la position de ses verres. Un sourire apparut sur ses lèvres, à l'image de la bienveillance dont il voulait donner l'impression. Puis il se dirigea vers la porte.

— Il ne manquait plus que vous, dit Brochet en accueillant la déléguée spéciale de la direction. Madame Hunter est déjà au salon.

— Parfait. Nous allons commencer immédiatement. J'ai un rendez-vous en fin de soirée.

— Il n'y a qu'un seul point à l'ordre du jour, fit Ute Breytenbach en prenant possession du fauteuil rouge, face au divan où était assise l'autre femme.

— Le Centre financier, compléta Brochet.

Jessyca Hunter ouvrit le dossier qu'elle avait posé devant elle.

— La phase préparatoire vient de débuter avec l'ouverture des premiers bars. J'ai distribué les premiers dossiers aux filles. Elles sont déjà en chasse.

Ute Breytenbach se tourna vers Brochet.

— Pour le financement du projet?

— Je vois Provost après-demain.

— J'ai noté le nom d'une certaine madame Weber dans votre rapport. J'espère que vous n'êtes pas en train de confondre le travail et vos intérêts personnels.

— Pas du tout! Le responsable de l'escouade des homicides, Gonzague Théberge, est le policier qui avait enquêté sur le suicide de Semco. Au cours des ans, il est demeuré très proche de la famille. S'attaquer à elle, c'est une excellente façon de le perturber. Surtout que ce n'est pas nous qui allons nous y attaquer! Tout est déjà réglé! Il y a plusieurs étapes de prévues.

— Et vous êtes certain qu'il n'y a aucune motivation personnelle dans votre choix?

— Aucune. La meilleure façon de contrer les policiers est de les lancer sur de fausses pistes et, en même temps, de les déstabiliser avec des choses qui les touchent personnellement.

— Je suis d'accord avec le principe.

— Madame Weber remplit cette deuxième fonction.

— Et pour la diversion?

— Le premier test a débuté hier.

— Est-ce que vous avez toujours le même calendrier?

— La prise de contrôle comme telle s'enclenchera au début de juillet.

Ute Breytenbach se tourna vers l'autre femme.

— Du point de vue opérationnel? demanda-t-elle.

— Les filles du Spider Squad vont s'occuper des cas lourds. Elles travaillent toutes au Spider Club.

— Et les autres?

— Les Skin Squads. Elles sont dispersées dans les autres bars. Un Squad par bar. J'ai fait en sorte que les filles d'un groupe ne connaissent pas celles des autres groupes. Si jamais il y a des problèmes ou des fuites…

Ute Breytenbach approuva d'un signe de la tête puis elle se tourna vers Brochet.

— Finalement, le pigeonnier de Art/ho, vous en avez tiré quoi ?

— Dans les milieux financiers comme tels, trois accès. C'est toujours ça que les filles de madame Hunter n'auront pas à faire.

— Dans les médias et les milieux politiques ?

— Huit. Il y en a qu'on garde en réserve : il y avait plusieurs dédoublements.

— Dédoublements ?

— Des individus dont les compétences se recoupent et qui travaillent au même endroit.

— Et vous ? demanda Ute à l'autre femme. Comment réussissez-vous à concilier vos deux existences ?

— Pour tout le monde, je suis Jessie Hunt. Sauf pour les filles du Spider Squad. Jessyca Hunter va faire officiellement son apparition aux côtés de Brochet le jour de son entrée en fonction.

— Je continue de trouver ça imprudent, fit ce dernier.

— Imprudent ?

— Que les filles connaissent votre vraie identité.

— Je ne suis pas d'accord. Je pense au contraire que ça crée un élément de solidarité. Elles savent que je dois, tout comme elles, mener une double vie. Sans compter que si je leur mentais sur ça, elles finiraient par s'en apercevoir. Avec ce qu'elles ont vécu, elles ont développé une sorte de sixième sens pour ce genre de choses.

Brochet n'entendait pas renoncer aussi facilement.

— Tout à l'heure, reprit-il, madame Breytenbach parlait d'interférences entre le travail et la vie personnelle. Tout le truc des araignées : le club, le nom de code des filles… Vous ne trouvez pas que…

— Écoutez, Brochet, fit Ute Breytenbach. Je sais que vous et Petreanu n'êtes pas heureux de la manière dont les responsabilités ont été attribuées. Mais il faut vous y faire. Vous vous chargez des aspects financiers ; Jessyca s'occupe des opérations de terrain. C'est comme ça que l'accord a été signé entre Daggerman et Petreanu et c'est comme ça qu'il va être appliqué.

— Je ne remets aucunement en question notre mode de fonctionnement, protesta le petit homme. C'est que, connaissant l'intérêt de mademoiselle Hunter pour les araignées… Mais si vous pensez qu'il n'y a pas de problème…

Intérieurement, Brochet fulminait. Il aurait cependant été dangereux de le montrer. Il avait beau être horripilé par la place que prenait Jessyca Hunter, il n'en respectait pas moins ses capacités. Si elle avait été choisie par le Consortium pour diriger l'équipe « technique », il aurait été fou de la prendre à la légère.

— Si j'ai bien compris, fit Ute, dans votre nouveau calendrier, la phase de préparation de terrain a débuté hier, celle d'implantation commencera en juillet et la prise de contrôle effective sera terminée au plus tard en décembre.

— Exactement.

— Vous m'enverrez une copie détaillée du nouveau calendrier.

— Entendu.

— À quel moment prévoyez-vous réintégrer personnellement le milieu financier québécois ?

— J'hésite encore. Je pourrais sans doute le faire dans les prochaines semaines, mais ça limiterait ma mobilité. Je vais peut-être me contenter de contrôler les choses à distance pendant un certain temps. Tout va dépendre de la manière dont ça va se passer avec Hope.

— Peu importe le moment où vous ferez votre entrée, il faut que mademoiselle Hunter soit immédiatement intégrée à votre entourage. Ça suscitera moins de questions que si elle apparaît subitement plus tard.

— C'est ce qui est prévu.

— Je suis certaine qu'elle sera de bon conseil.

Ute Breytenbach pouvait presque voir les efforts de Brochet pour garder sa contenance. Il fallait lui donner ça, il savait encaisser.

Quatorze minutes plus tard, la réunion était terminée. Jessyca Hunter commanda immédiatement une limousine qui partit en direction de l'aéroport. Un avion l'attendait pour la ramener à Montréal.

En refermant la porte derrière les deux femmes, Brochet laissa échapper un long soupir. Chacune de ces rencontres était une épreuve. Heureusement, il n'y en avait plus pour très longtemps. Après l'opération Y2-KEY, Petreanu et lui seraient en position de s'affranchir du Consortium.

La façon la plus simple d'utiliser l'argent est d'en offrir beaucoup pour amener les gens à poser une action ou à céder quelque chose.

Les gens ainsi achetés ont souvent besoin de justifications pour accepter de l'être. De telles justifications peuvent être psychologiques (droit de penser à soi), idéologiques (avoir une cause juste) ou simplement pragmatiques (les conséquences sont mineures, cela ne fait de mal à personne).

Bien utilisées, ces justifications peuvent contribuer à diminuer sensiblement le prix d'achat.

Leonidas Fogg, *Pour une gestion rationnelle de la manipulation*, 2- Acheter la docilité.

### SAMEDI, 27 MARS 1999

### MONTRÉAL, 9 H 34

— Monsieur Blunt. C'est toujours un plaisir de vous voir.

Habillé d'un costume trois-pièces de la meilleure coupe, maître Guidon avait l'air radieux d'un banquier qui vient de doubler les frais de gestion de ses clients.

Le regard de Blunt s'attarda sur son habillement.

— C'est la journée homme d'affaires prospère, fit maître Guidon, répondant à la question muette qu'il sentait dans le regard de Blunt.

— Si vous le dites.

— L'animal humain a tendance à se laisser prendre à son déguisement. Alors, j'ai instauré une rotation. Chaque jour, j'adopte un nouveau costume : travailleur de la construction, employé de bureau, itinérant, présentateur de télé savamment décontracté, punk vieillissant, créateur de mode… Pour m'assurer de ne pas retomber dans la routine, je brasse les cartes, au début de chaque semaine, pour déterminer l'ordre des rôles.

— Vous êtes très convaincant. Votre technique est remarquable.

— Ce n'est pas une question de technique : il faut entrer dans le rôle, devenir intérieurement un homme d'affaires prospère dont la conscience est discrète et compréhensive.

— Moi, je n'ai qu'un seul rôle, comme vous dites, et ça me crée des problèmes.

— Cela n'a rien d'étonnant : vous essayez de changer de moi et vous espérez y être aussi attaché qu'au précédent. Le pire qui pourrait vous arriver serait de réussir ! Mais je présume que vous n'êtes pas ici pour avoir un exposé sur les techniques de comédie zen.

— J'ai parlé à F.

— Je sais. Je devrais pouvoir combler vos besoins de main-d'œuvre. Si vous voulez me suivre.

Il l'entraîna dans une salle assez grande où une dizaine d'hommes de différents âges étaient assis dans des fauteuils, l'un à côté de l'autre. Chacun avait un casque d'écoute et chacun regardait le poste de télévision devant lui.

La double rangée de postes et de fauteuils donnait une impression surréaliste. Blunt s'arrêta pour les observer.

— La télévision est un merveilleux outil de méditation, fit maître Guidon avec un sourire amusé.

— Qu'est-ce qu'ils font ?

— Chacun est concentré sur une des émissions qui l'intéresse le plus. Sa tâche consiste à ne pas se laisser absorber. À regarder la télé en demeurant sans cesse conscient de lui-même, de ses sensations corporelles et du fait qu'il regarde la télé. Pour apprendre à ne pas se laisser envoûter par les infinies séductions de la *maya*, c'est un exercice très efficace… On peut aussi faire l'exercice avec la lecture, mais je préfère la télévision.

C'est une meilleure image du cinéma qui se fabrique sans arrêt à l'intérieur de notre cerveau… Mais venez, c'est dans l'autre salle que je veux vous amener.

Cette fois, il y avait deux postes de télé par personne, séparés par environ trois mètres.

— À la base, c'est le même exercice, expliqua maître Guidon. Mais il faut se concentrer sur les deux télés en même temps. L'exercice a pour but de briser l'illusion d'unité et de fermeture individuelle causée par le sentiment d'être une personne unique, liée à un seul endroit et à un seul courant de pensée. Il s'agit de faire l'expérience de soi comme multiple.

Maître Guidon alla toucher un des téléspectateurs sur l'épaule et lui fit signe de le suivre.

— Je vous présente Jones 23, dit-il à Blunt pendant qu'ils se rendaient au petit salon, près de l'entrée.

Puis il se tourna vers celui qu'il venait d'aller chercher.

— J'ai un projet pour vous.

— Un projet?

— Un nouveau rôle.

D'un geste de la main, il désigna Blunt.

— Notre ami a besoin d'aide, dit-il. Il lui faudrait quelqu'un qui soit à l'aise dans le milieu des bars de danseuses et qui puisse se mêler de façon naturelle aux gens qui gravitent autour des clubs de motards.

Le regard de Jones 23 revint vers maître Guidon. Sa figure trahissait une certaine surprise.

— Vous êtes sûr que c'est une bonne idée que j'aille dans ce genre de milieu? demanda-t-il.

— Vous serez parfait.

Blunt se porta à sa défense.

— On ne peut pas envoyer n'importe qui. Il peut y avoir du danger. Ce n'est pas un simple exercice.

— Ne vous en faites pas pour lui, répondit maître Guidon. C'est un ancien motard qui trafiquait de l'ecstasy en Californie… Dans une vie antérieure, bien sûr, ajouta-t-il en riant.

— Mais…

— Sa réticence vient du fait qu'il ne pourra pas utiliser la nouveauté du contexte et du rôle pour se détacher. Il a peur de retomber dans de vieilles habitudes.

Jones 23 hocha la tête en signe d'assentiment.

— Mais c'est précisément le but de l'exercice, reprit maître Guidon. Lui faire revisiter son ancienne existence, son ancienne façon d'être, mais en étant conscient de ce qu'il fait, pour qu'il réalise que, ça aussi, ce n'était qu'un rôle.

Un sourire apparut sur le visage rond et bon enfant de Jones 23.

— Je comprends, dit-il.

— Pour vos autres besoins, reprit maître Guidon en s'adressant à Blunt, je crois avoir les candidats qu'il vous faut. Ils ont commencé à établir leur accès aux principales institutions financières. Au moment opportun, vous n'aurez qu'à m'informer des détails précis de leur tâche.

— C'est probablement Hurt qui va vous appeler. À moins que vous n'y voyiez un inconvénient…

— Bien sûr que non. Ils sont toujours les bienvenus, lui et toutes ses incarnations.

## PARIS, 15 H 08

— Monsieur Hope ! fit Brochet. Je suis heureux que vous ayez pu vous libérer ! Je vous en prie, entrez !

Christopher Hope était le principal actionnaire de Hope Fund Management, une firme québécoise de gestion de placements. Il en était aussi le fondateur. Malgré la taille réduite du marché québécois, il était parvenu à réunir, en quelques années seulement, un capital sous gestion de plus de six milliards.

Sa réussite en faisait une cible idéale pour le nouveau projet de centre financier.

— Votre invitation était très persuasive, répondit Hope. Un peu surprenante, même.

Il jeta un coup d'œil circulaire sur la suite qu'occupait Brochet.

— Notre objectif était d'attirer votre attention, fit ce dernier.

— Sur ce point, vous avez réussi.

Pour faire venir Hope à Paris, Brochet lui avait offert un séjour d'une semaine, toutes dépenses payées, dans un des hôtels les plus réputés de la ville, le Crillon. Le prétexte de la visite était un séminaire de haut niveau sur l'unification du marché économique européen, l'évolution des politiques budgétaires et fiscales des pays, le comportement probable de l'euro face aux autres devises refuges, les restructurations industrielles prévisibles, les résistances sociales et leurs impacts financiers…

Une seule condition était posée : une discrétion absolue sur leur rencontre.

— Pour commencer, dit Brochet, je dois vous préciser que je ne suis qu'un intermédiaire. Le client que je représente tient beaucoup à sa vie privée. Aussi, toutes les communications passeront par moi. Même si nous en arrivons à une entente, vous ne le rencontrerez jamais.

— Et qui est ce mystérieux client ?

— Cette information fait partie des choses qu'il préfère voir demeurer confidentielles.

La voix de Hope se fit plus froide.

— Je n'aime pas beaucoup la tournure que prend cette conversation.

— Rassurez-vous, ce que j'ai à vous proposer n'a rien d'illégal.

— Je préfère vous avertir tout de suite : je ne me prêterai à aucune transaction ou association qui pourrait entacher la réputation de ma compagnie.

— Cela va de soi. Pour éviter de vous faire perdre votre temps, je vais vous expliquer tout de suite ma proposition.

Hope nota mentalement qu'il s'agissait maintenant de « sa » proposition.

— Nous désirons vous confier six milliards, poursuivit Brochet. Ce montant sera augmenté si le rendement est à la hauteur de nos attentes.

Un tel contrat lui permettrait de doubler d'un seul coup son capital sous gestion, songea Hope. C'était trop beau. Il y avait certainement quelque chose de louche derrière tout ça.

— Vous vous attendez à quoi ?

— Un excellent rendement.

— J'imagine, oui… Et pourquoi moi ? Pourquoi Hope Fund Management ?

— Une saine diversification de nos gestionnaires. Le fait que vous soyez en Amérique, que votre firme soit jeune et dynamique, contrôlée par un petit nombre d'actionnaires… Vos excellents résultats… Tout cela a joué en votre faveur.

— Cet argent appartient à qui ? demanda Hope en s'efforçant de ne laisser paraître aucune réaction.

— Pour l'essentiel, à des investisseurs institutionnels européens… Vous comprenez qu'avec de tels mandats nous souhaitions participer au capital-actions de la compagnie.

— Pour pouvoir surveiller de l'intérieur la gestion des fonds ?

— Exactement.

— Vous songez à un investissement de quelle ampleur ?

— Une soixantaine de millions.

Cette fois, Hope ne réussit pas à masquer sa surprise.

— C'est une blague ?

— Nous croyons beaucoup à son potentiel de croissance.

— Vous voulez quoi, en retour de ces millions ? La totalité de la compagnie ?

— Nous nous contenterons de cinquante et un pour cent du capital-actions.

— C'est hors de question.

— J'ai oublié de préciser que vous demeurez président. À vie, bien entendu. Et que vous conservez le contrôle complet des stratégies d'investissement… D'après nos calculs, l'excellence de vos rendements nous permettra de récupérer notre mise de fonds en moins de quatre ans. Surtout si nous augmentons chaque année d'un milliard ou deux les fonds que vous allez gérer pour nous.

— Aucun gestionnaire sérieux ne peut vous garantir une performance comme celle que j'ai obtenue au cours des dernières années. Il y a toujours un risque.

— Nous sommes prêts à vivre avec ce risque.

— Et si jamais vous n'étiez pas satisfait de mon travail ?

— Si les performances ne sont pas à la hauteur, nous nous réservons le droit de reprendre une partie de notre investissement. Quatre-vingt-dix pour cent après un an, quatre-vingt après deux… Après dix ans, nous retirerons simplement les fonds sous gestion et nous vous laisserons tout le capital-actions. C'est le genre de risque que nous sommes prêts à courir pour nous assurer votre collaboration.

— C'est tout ?

— Il y a une dernière condition. J'ai un droit de veto sur toute transaction touchant la propriété de la compagnie. En termes clairs, vous ne pouvez pas vendre sans mon accord… Mais si jamais vous ou un de vos associés tenait à se départir de ses actions, je puis vous assurer que nous saurions trouver un terrain d'entente.

— C'est vraiment tout ?

Hope avait de la difficulté à croire qu'on puisse lui faire une telle proposition.

— Un dernier détail, fit Brochet.

— Il me semblait, aussi…

— Je deviens consultant pour la compagnie. À ce titre, je reçois des honoraires d'un demi-million de dollars par année. Plus un pour cent des profits.

— Qu'est-ce que vous apportez, en retour de ces honoraires ?

— Mon expérience, mes contacts. Je représente l'actionnaire majoritaire pour toute matière dont vous pourriez avoir besoin de discuter.

— Vos services sont plutôt coûteux, non ?

— Sans moi, il n'y a pas d'entente.

— Je vois…

— Nous souhaitons évidemment une réponse assez rapide, reprit Brochet, avec un sourire qui se voulait complice. Plus vite nos fonds seront gérés par vous, mieux ce sera pour notre rendement.

— Je vous le concède, votre proposition n'est pas sans intérêt. Je vais y réfléchir… Mais je ne peux rien vous promettre.

— Dès que vous serez assez convaincu pour examiner une proposition concrète, téléphonez-moi. Vous l'aurez dans les vingt-quatre heures. L'argent sera déposé en fiducie à votre nom, dans l'institution de votre choix.

— Il y a un point important dont nous n'avons pas parlé : les autres actionnaires de la compagnie.

— Si vous le désirez, nous pouvons répartir notre investissement entre l'ensemble des actionnaires, au prorata de leur participation actuelle dans la compagnie. La décision vous appartient.

— Et si un actionnaire s'opposait à la transaction ?

— Aurait-il le moyen de s'y opposer ? Vous avez la majorité des votes, me semble-t-il.

— Le vice-président, en tant que cofondateur, a un droit de veto sur toute modification à la structure de propriété de la compagnie.

— Vous prévoyez des difficultés ?

— Nous avons bâti la compagnie ensemble et il y est très attaché.

— Nous pourrions probablement consentir à un effort supplémentaire de quelques millions. Si c'était la seule chose qui manquait pour conclure une entente…

— La compagnie est la réussite de sa vie. Il en rêvait depuis l'âge de vingt ans. Je serais très étonné qu'il accepte votre proposition.

— Je comprends. Eh bien, nous traverserons ce pont quand nous y serons rendus.

En raccompagnant Hope à la porte, Brochet lui rappela la discrétion absolue qui devait entourer leur rencontre.

— Je vous demande de ne révéler aux autres actionnaires de votre compagnie que ce qui est indispensable pour vos discussions.

— Je leur ferai part de la proposition sans mentionner votre nom ni l'endroit où je vous ai rencontré.

— Excellent ! Pour être franc avec vous, j'ai hâte que cette affaire soit conclue. Je sens que nous allons former une équipe irrésistible.

— Je ne vous ai rien promis.

— Je fais confiance à votre sens des affaires. Allez, profitez de votre séjour ! Et bonne chance avec votre vice-président !

— Nous nous revoyons ce soir à la réception ?

— Ce sera pour une autre fois. Je prends l'avion dans quelques heures pour les États-Unis.

## *CKAC, 10 H 01*

... QUE LA VICTIME AVAIT DES LIENS AVEC LE MILIEU DES MOTARDS ET QU'IL POURRAIT S'AGIR DE REPRÉSAILLES.
DANS LES MILIEUX LIÉS À LA PROSTITUTION ET AUX SALONS DE MASSAGE, DES CHÂTIMENTS SPECTACULAIRES DE CE TYPE SERAIENT FRÉQUEMMENT INFLIGÉS À TITRE D'EXEMPLES AUX JEUNES FEMMES QUI VEULENT QUITTER LEUR TRAVAIL. C'EST CE QUE NOUS A DÉCLARÉ HIER, SOUS LE COUVERT DE L'ANONYMAT, UNE REPRÉSENTANTE D'UN GROUPE D'AIDE AUX TRAVAILLEUSES DU SEXE.

## MONTRÉAL, 11 H 52

— Combien de journalistes ? demanda Théberge.

— Trois, répondit Dominique Weber. Un hier soir au bar et deux ce matin, chez moi.

— Ils ont tous les trois parlé d'Yvan ?

— Oui.

— Et du fait qu'il a rencontré Mylène au bar?

— Oui. Les trois.

— Est-ce qu'Yvan la connaissait?

— Il l'a peut-être aperçue une fois ou deux. Rien de plus. Pourquoi?

— Je me demandais si ça pouvait venir d'une autre fille.

— Ça m'étonnerait. La fuite vient peut-être de chez vous…

— Au poste, il n'y a que Crépeau et moi qui sommes au courant des détails. Et je peux te dire que ce n'est pas du tout la piste qu'on suit.

— Où est-ce que les journalistes ont pu prendre ça?

— Il suffit qu'il y en ait un qui ait eu l'idée. En moins de deux heures, la rumeur a le temps de faire le tour les médias.

— Est-ce qu'il y a quelque chose qu'on peut faire?

— Peut-être. Laisse-moi faire quelques appels et je te reviens.

## BERNE, 18 H 57

Darius Petreanu leva les yeux du recueil de poésie japonaise, le déposa sur la petite table, à côté de son fauteuil, et appuya sur le bouton « PAUSE » de la télécommande. La voix de la soprano s'interrompit en plein milieu d'une phrase de la cantate.

Il activa ensuite le bouton « MAINS LIBRES » du téléphone.

— Oui? demanda-t-il sur un ton agacé.

Il ne prisait pas particulièrement cette interruption. *Falsche Welt, dir trau ich nicht* était une de ses cantates préférées.

— Je viens de rencontrer le gestionnaire de Montréal, fit la voix de Brochet.

— Et alors?

— Dans l'ensemble, tout a bien été, mais il risque d'y avoir un problème avec le vice-président de la compagnie.

— Je vous paie pour régler ce genre de détail, il me semble.

— Ce n'est pas une question d'argent.

— Dans ce cas, il faut vous adresser à mademoiselle Hunter. Elle et sa… « ménagerie » peuvent sûrement s'occuper de ce type de problème.

— C'est ce que je pensais faire. Je voulais simplement que vous en soyez informé.

— Et pour vos autres clients ?

— Je me rends à Houston dans quelques heures.

— Bien… Une dernière chose : si vous ajoutez des clauses particulières concernant votre rémunération au contrat que vous proposez à nos clients, vous les déduirez de ce que nous vous payons. Pour une fois que nous profiterons de vos initiatives…

Petreanu raccrocha.

« *Greedy little bastard* », songea-t-il en souriant, comme chaque fois qu'il discutait affaire avec son secrétaire exécutif.

Il remit le lecteur de CD en marche.

> *Die redlichkeit ist aus der Welt verbannt, Die Falscheit hat sie fortgetriben, Nun ist die Heuchelei An Ihrer Stelle Blieben. Der beste freude ist ungetreu, O jämmerlicher Stand !*

Mais le charme était rompu. Son esprit ne cessait de revenir à Brochet, que les membres du comité de direction désignaient sous le sigle de GLB, par référence à sa cupidité mesquine et tatillonne.

Petreanu n'avait aucune objection de principe aux petites magouilles de son subordonné, mais il tenait à lui rappeler de temps à autre qui était le maître.

Au cours des ans, il n'avait jamais regretté d'avoir récupéré ce petit comptable grassouillet, qu'il avait découvert au cours d'une conférence sur les investissements miniers. Il avait tout de suite flairé son potentiel. C'était un véritable professionnel de la traîtrise, doublé d'un travailleur acharné et méticuleux.

Pour mettre ses capacités à l'épreuve – et pour avoir du matériel susceptible d'être utilisé contre lui, si jamais besoin en était – il lui avait imposé un test: il devait trouver le moyen de mettre la main sur la part de son associé sans que ce dernier se doute de ce qui lui était arrivé.

Non seulement Brochet avait-il passé le test haut la main, mais il avait en plus trouvé le moyen de pousser son associé au suicide et de récolter un million supplémentaire en détournant à son profit la police d'assurance que la victime avait prise au bénéfice de sa conjointe.

Quelque part dans un coffre, Petreanu avait une confession manuscrite, signée de la main de Brochet, qui relatait tous les détails de l'opération. C'était la garantie de loyauté qu'il avait exigée du petit comptable pour le prendre à son service. La confiance était une chose, mais la prudence était infiniment plus rentable.

Petreanu reprit son livre, lut distraitement un des haïkus, puis il reposa le recueil sur la table de chevet.

Avant de se replonger dans la lecture, il lui restait un détail à régler.

## *LCN, 13 H 03*

> APRÈS ENQUÊTE, TVA A APPRIS QU'YVAN SEMCO, LE PROPRIÉTAIRE DE LA VOITURE DANS LAQUELLE ON A RETROUVÉ LE CORPS DE LA JEUNE FEMME, AURAIT CONNU LA VICTIME. IL L'AURAIT PRÉSUMÉMENT RENCONTRÉE À PLUSIEURS REPRISES AU PALACE, UN BAR DU CENTRE-VILLE OÙ ELLE TRAVAILLAIT COMME DANSEUSE NUE.
> FAIT À SOULIGNER, CE BAR EST ENREGISTRÉ AU NOM DE DOMINIQUE WEBER, LA MÈRE ADOPTIVE D'YVAN SEMCO.

## MARBELLA, 19 H 47

Ute Breytenbach avala deux comprimés pour calmer son mal de tête et se mit à feuilleter sans conviction l'album sur les araignées dont Jessyca Hunter lui avait fait cadeau.

Elle retardait l'heure de descendre à la salle de réception de l'hôtel. Mais c'était seulement un répit. Il faudrait qu'elle assiste au souper en l'honneur de Youri

Khlebnikov, un des membres de la nouvelle aristocratie mafieuse qui régnait sur l'ex-empire soviétique.

Le cynisme tapageur de l'individu ainsi que l'étalage ostentatoire de sa richesse l'ennuyaient au plus haut point. Mais les affaires étaient les affaires. Elle devait déterminer s'il y avait intérêt à s'entendre avec lui. Il était un des plus gros exportateurs de filles de la Russie et le Consortium devait décider si on pouvait lui faire confiance ou s'il était préférable de le faire disparaître, lui ainsi que le noyau de son organisation.

Grâce à des contacts dans le milieu de la mafia russe, elle avait fait en sorte d'être assise à côté de Khlebnikov. À la fin de la soirée, le responsable local de Vacuum attendrait le résultat de son évaluation. Si le Russe passait le test, l'opération serait annulée et il deviendrait un des principaux fournisseurs de Meat Shop pour l'ensemble de l'Europe.

Par contre, si elle avait la moindre hésitation, elle donnerait le feu vert au nettoyage. La nuit même, la famille du pourvoyeur de filles disparaîtrait dans l'explosion de son yacht, avec une partie de ses collaborateurs. Les autres seraient traqués par des agents de Vacuum. Dans les heures suivantes, des informations seraient transmises à un des rivaux de Khlebnikov, informations qui lui permettraient de mettre la main sur son organisation.

Quant à Khlebnikov lui-même, il serait interrogé en profondeur, après quoi Ute s'occuperait personnellement de lui. Peut-être réussirait-elle ainsi à faire disparaître le mal de tête qui la taraudait depuis une semaine.

Quand le téléphone sonna, elle espéra un moment que ce soit pour lui annoncer l'annulation du souper. Mais c'était impossible. Seules deux personnes avaient le numéro du cellulaire qu'elle gardait en permanence dans son sac : Jessyca Hunter et Darius Petreanu.

— Oui ?

— Comment allez-vous, très chère ? fit la voix onctueuse de Petreanu.

— En pleine forme. Je suis sur le point de me taper un dîner avec un assortiment de moujiks fraîchement enrichis.

— Je vous envie.

— Trêve de plaisanteries. Est-ce qu'il y a un problème ?

— Tout au plus un détail à préciser. Je voulais vous prévenir que votre équipe sera mise à contribution un peu plus rapidement que prévu.

— À Montréal ?

— Oui. Brochet doit contacter la responsable de votre ménagerie.

— Un peu de respect, sinon je les lance à vos trousses !

— Dieu m'en préserve. Si c'étaient de vraies araignées, j'aurais peut-être une chance, mais avec elles…

— De si adorables créatures !

Petreanu laissait rarement passer l'occasion de relancer Ute sur la « ménagerie » de sa protégée.

— Je n'aime pas cette contamination de sa vie professionnelle par sa vie privée, dit-il. Chez un opérateur, c'est souvent l'indice qu'il commence à devenir trop confiant. Et négligent.

— Madame Hunter n'a pas agi par caprice. Le modèle de l'araignée décrit très bien le mode de fonctionnement des filles.

— Je sais, je sais… à cause de la toile.

— La majorité des araignées ne tissent pas de toile !

— Je me souviens très bien de son exposé.

— De toute manière, vous, vous avez bien un poisson qui s'appelle Brochet !

— Il se prend même pour un barracuda !

— Il ressemble davantage à une anguille, si vous voulez mon avis. Mais assez plaisanté. Je suis certaine que votre temps est précieux. Si vous me parliez de votre « détail » ?

— Un vice-président qui se fait tirer l'oreille. Il va falloir user de persuasion.

— Et c'est pour ça que vous m'appelez ?

— J'ai pensé que vous auriez aimé en être informée.

— Je vous en remercie. Maintenant, si vous n'avez rien d'autre…

— Si vous le permettez, j'aurais encore quelques questions. Comme je vous ai au bout du fil…

— J'ai un dîner et je suis déjà en retard.

— Ce ne sera pas long. J'aimerais savoir où vous en êtes dans l'implantation.

— Presque tous les bars sont prêts à ouvrir. Il ne manque que les permis. C'est une question de jours.

— Et les motards ?

— Jessyca a eu la visite des Raptors au Spider Club. Elle leur a donné vingt mille dollars pour les deux premières semaines.

— Et pour les Skulls ?

— Même chose.

— Skinner a pris des arrangements pour rencontrer les deux groupes dans les jours qui viennent. Je vous appelle aussitôt que c'est réglé.

— Je compte sur vous.

— Et pour le groupe d'illuminés ?

— Il y avait déjà un noyau sur place. Leur chef est maintenant contrôlé par une des filles.

— Tout est parfait, donc. Je vous souhaite un dîner enrichissant.

— L'organisation va s'enrichir beaucoup plus que moi.

— N'est-ce pas la chose importante : contribuer à l'accroissement de la maison-mère et de ses œuvres ?

Quelques minutes plus tard, Ute Breytenbach se dirigeait vers la salle de réception en repassant dans sa tête les points qu'elle voulait vérifier dans sa conversation avec Youri Khlebnikov.

De son côté, Petreanu songeait au plan que Brochet avait élaboré.

Au moment des analyses préliminaires pour l'implantation du centre financier, il lui avait demandé une étude du milieu québécois : sur quelles institutions valait-il la peine de se concentrer ? Qui, à l'intérieur de chaque institution, fallait-il cibler pour avoir un contrôle effectif de la boîte ? À quoi étaient-ils vulnérables ?

Il lui avait aussi demandé un plan détaillé axé sur deux objectifs : prendre le contrôle d'une institution financière d'envergure, qui deviendrait le fer de lance de l'implantation du Consortium au Québec ; établir un réseau de contacts dans les autres institutions importantes.

Un mois plus tard, Brochet lui était arrivé avec un plan détaillé. Petreanu n'avait eu qu'un bref commentaire : intéressant, mais trop dispendieux. L'opération ne pouvait-elle pas s'autofinancer ? Et pourquoi tout acheter ? N'y avait-il pas des façons moins coûteuses de contrôler les gens ? Où était donc passée la belle créativité de Brochet ? Comme incitatif, il pourrait conserver un pourcentage des profits de l'opération. Le pourcentage serait déterminé en fonction de l'ampleur des profits.

Piqué au vif, le petit comptable s'était remis à la tâche. Deux semaines plus tard, il avait soumis un autre plan, que Petreanu avait accepté tel quel. Le bilan net de l'opération était un profit de six cent quatre-vingt-sept millions de dollars.

« *Greedy little bastard…* » songea-t-il en évoquant le souvenir de cette rencontre. On pouvait toujours compter sur lui. Il suffisait de lui promettre un pourcentage pour qu'il se mette à trouver des millions !

## Montréal, 15 h 17

Jessyca Hunter souleva le combiné à la quatrième sonnerie.

— Spider Club bonjour !

— Je voudrais parler à mademoiselle Jessyca Hunter.

— Je vous écoute, cher collègue. Vous avez besoin de mes services ?

À l'autre bout, la voix marqua une pause.

Jessyca Hunter savait que Brochet n'aimait pas travailler avec elle. Habitué à avoir les coudées franches, il tolérait mal que toute la phase préparatoire soit sous son contrôle à elle. Mais l'entente négociée entre Petreanu et Ute Breytenbach était claire : une fois la planification établie, elle avait la haute main sur les opérations. Brochet ne s'occupait que des aspects financiers et de certains détails liés à la diversion.

— Nous avons un petit problème, reprit Brochet.

— Ce problème a un nom ?

— Le vice-président de Hope Fund Management : André Doyon.

— Il s'oppose à la transaction ?

— Il y a toutes les chances qu'il le fasse.

— Vous pensez à une solution définitive ?

— Quelque chose qui serve d'exemple et qui mette un peu de pression sur le président par la même occasion. Quelque chose qui l'inciterait à collaborer.

— Et c'est urgent, je suppose ?

— Il a manifesté l'intention de faire des vagues.

— Je m'en occupe. Ce sera réglé demain.

Après avoir raccroché, elle chercha dans son agenda électronique pour trouver le numéro du répartiteur régional de Vacuum. Elle aurait préféré s'occuper de l'affaire elle-même, avec l'une ou l'autre de ses filles, mais l'urgence de la situation ne lui laissait pas le temps de mettre un piège en place : il valait mieux avoir recours aux méthodes plus classiques – et plus directes – de Vacuum.

### *RDI, 17 H 08*

> … A TENU À DÉMENTIR CATÉGORIQUEMENT LA RUMEUR, REPRISE DEPUIS HIER DANS LES MÉDIAS, SELON LAQUELLE YVAN SEMCO, LE PROPRIÉTAIRE DE L'AUTO DANS LAQUELLE A ÉTÉ RETROUVÉ LE CORPS DE LA VICTIME, PUISSE ÊTRE MÊLÉ À L'AFFAIRE.
>
> L'INSPECTEUR-CHEF THÉBERGE A CONFIRMÉ À NOTRE REPORTER QUE CE GESTIONNAIRE MONTRÉALAIS SE TROUVAIT EN ASIE DEPUIS UNE SEMAINE AU MOMENT OÙ LE CRIME A ÉTÉ COMMIS ET QU'IL EST ABSURDE DE LE MÊLER À CETTE HISTOIRE.
>
> SON VÉHICULE AURAIT ÉTÉ VOLÉ ALORS QU'IL ÉTAIT STATIONNÉ DEVANT…

## MONTRÉAL, 21 H 40

Assise derrière le bar, Dominique Weber terminait lentement son eau minérale. L'intervention publique de Théberge avait mis un terme au harcèlement des médias. Seul un journaliste de *La Presse* avait appelé ; et ce n'était pas pour s'informer de ses relations avec Yvan, mais pour obtenir des renseignements sur Mylène : il voulait tracer un portrait de la jeune fille pour « lui donner un visage » et la sortir de « l'anonymat du cadavre à sensation ».

Du coin de l'œil, Dominique surveillait Nadia, la danseuse qu'elle avait engagée au début de la semaine. Jusqu'à maintenant, celle-ci s'en tirait plutôt bien. Elle semblait sentir d'instinct la façon de capter les regards, d'adapter la danse à la réaction des clients.

Au début, par insécurité, elle avait voulu en faire trop. Une simple remarque avait suffi pour qu'elle cesse de confondre performance aérobique et danse de séduction.

Elle paraissait avoir compris que c'était davantage une question de façon d'être, d'intensité, de rythme dans les gestes.

Avec un peu de travail, elle pourrait facilement poursuivre sa carrière comme strip-teaseuse, une fois passées les quelques années où sa perfection corporelle et sa nudité lui suffiraient pour gagner sa vie.

Elle dansait pour deux hommes en complets-veston, à une table sur le bord de la scène. Pendant son spectacle, quelques minutes auparavant, elle les avait repérés comme des clients potentiels. Sans négliger le reste de la salle, elle avait subtilement établi une complicité de regards avec eux.

Après son numéro, elle était passée à côté de leur table pour leur donner l'occasion de l'interpeller. Un bon choix. Avec les timides qui tentent de se faire invisibles en se dissimulant le long des murs, une approche plus directe aurait été préférable. Mais ceux-là, il fallait leur laisser prendre l'initiative. Avec un peu de travail, elle pourrait les amener à tour de rôle dans la section VIP.

Avec deux clients en même temps, c'était toujours un peu plus compliqué. Il fallait répartir l'attention, mais en tenant compte de celui qui était dominant, qui avait le plus besoin de paraître avoir le contrôle.

Avec un groupe, c'était plus simple. Il suffisait de repérer celui qui paraissait le plus réceptif, le plus vulnérable, et de se concentrer sur lui en éparpillant les coups d'œil complices dans le reste du groupe. Habituellement, il y en avait un qui se dépêchait de lui payer une danse privée, juste pour le plaisir de le voir rougir.

Une fois la victime rendue dans la section VIP, une ou deux remarques suffisaient habituellement pour établir avec elle une complicité contre le reste du groupe. Il y avait alors toutes les chances que le client revienne quelques jours plus tard, seul cette fois, spécialement pour la voir. C'était de cette façon, lui avait expliqué une ancienne danseuse, à l'époque où elle commençait, qu'on se montait une écurie de «réguliers».

Plongée dans ses souvenirs, Dominique vit distraitement un homme s'approcher des deux clients et leur mettre la main sur l'épaule. Puis elle comprit ce qui allait se produire. L'attitude faussement nonchalante du nouveau venu ne laissait présager rien de bon.


— C'est ma table! fit le nouveau venu. J'ai réservé la danseuse pour la soirée!

Les deux clients se retournèrent. Celui que la danseuse avait identifié comme le dominant vint pour protester mais, voyant la grosseur de la main sur son épaule, puis la taille de celui qui leur parlait, il étouffa la remarque qu'il était sur le point de faire.

— Viens, dit-il à l'autre. On s'en va.

Pendant que les deux clients se dirigeaient vers la sortie et que le géant s'assoyait à leur table, Dominique aperçut le signe des Raptors sur le dos de sa veste sans manches. Elle appuya sur le bouton pour appeler le portier et marcha lentement vers l'intrus.

L'homme jeta un billet de cent dollars sur la table.

— Tu danses jusqu'à ce que je te dise d'arrêter, dit-il en s'adressant à la fille.

Il recula sa chaise, s'appuya confortablement sur le dossier et mit les pieds sur la table.

— Allez, danse ! répéta-t-il à la fille, qui le regardait, sidérée.

Dominique s'approcha de lui.

— Il y a un problème ? demanda-t-elle.

— Tiens, Devil's Eyes !

La remarque ramena à la mémoire de Dominique tout un lot de souvenirs. Il y avait des années qu'on ne l'avait pas appelée ainsi.

Elle réussit néanmoins à répondre sans rien laisser paraître.

— On se connaît ? demanda-t-elle.

— Moi, c'est Tooth Pick. C'est tout ce que tu as besoin de savoir.

— Bon, tu as réussi à attirer l'attention. Qu'est-ce que tu veux ?

— D'abord que tu m'amènes deux bières.

Il fouilla dans la poche de poitrine de sa veste et sortit un cure-dents.

— À partir de maintenant, j'installe un vendeur, poursuivit-il en mettant le cure-dents dans sa bouche. Comme ça va attirer la clientèle, je prends soixante pour cent des profits du bar. C'est une bonne compensation.

— *In your dreams !*

— Je vais mettre le vendeur au bout du bar, là-bas, proche des toilettes. C'est commode pour les clients : ils achètent leur dope et ils vont la prendre dans les toilettes.

— On a une entente.

— *Wake up !* C'est fini le temps des ententes. Maintenant, c'est moi qui décide.

Il la regarda quelques instants sans rien dire puis son sourire s'élargit.

— Est-ce que tu te souviens de Crazy Boy ? demanda-t-il.

Donald Crazy Boy Duchesne ! Pendant des années, elle avait vécu dans la hantise qu'il la retrouve. Et maintenant qu'elle pensait avoir réussi à mettre ces souvenirs derrière elle, voilà qu'un autre motard venait lui parler de lui.

— Je suis sûr que ça te rappelle quelque chose, insista le Raptor en continuant de la regarder dans les yeux.

— Je ne vois pas ce que ça vient faire dans la conversation, répliqua Dominique en s'efforçant de garder sa contenance.

— Il avait une dette de dope.

— Et alors ?

— Il m'a donné une de ses premières filles pour effacer sa dette. Une fille qui s'appelle Devil's Eyes… Mais je suis bon prince. Je te laisse jusqu'à demain pour te faire à l'idée. Allez, dégage !

Douze minutes plus tard, six policiers en civil débarquaient au Palace et sortaient le motard sans trop de ménagement.

Avant de partir, ce dernier se retourna vers Dominique.

— Ça, tu vas le regretter, dit-il.

## CBV, 22 H 02

… SE POURRAIT-IL QU'IL S'AGISSE VÉRITABLEMENT DE VAMPIRES ? SE POURRAIT-IL QU'UNE DE CES CRÉATURES DE LA NUIT AIT CHOISI LES RUES DE MONTRÉAL POUR SE MANIFESTER ?
C'EST LA THÈSE POUR LE MOINS SURPRENANTE QU'A SOUTENUE CE MIDI LE CONTROVERSÉ…

## MONTRÉAL, 22 H 46

Dupré s'installa au bar. Depuis des années, il n'y mettait presque plus les pieds. Pour l'administration, il faisait entièrement confiance à Dominique.

— Tout est arrangé, commença-t-il par dire.

— Qu'est-ce qu'ils ont fait avec le gars ?

— Ils l'ont amené pour l'interroger.

— Ils vont le garder longtemps ?

— Le temps que son avocat arrive pour le faire relâcher.

— Il me semblait que je n'avais pas à m'inquiéter des motards ! dit-elle. Qu'ils ne s'en prendraient jamais à un club contrôlé par un ex-policier !

Même si le bar était officiellement enregistré au nom de Dominique, il appartenait en réalité au policier à la retraite. C'était bien connu dans le milieu.

— En quatorze ans, c'est la première fois, répondit Dupré.

— C'est une fois de trop.

— J'ai parlé au directeur. Il va mettre des policiers en surveillance au cours des prochaines semaines.

— Où ?

— Dans le club.

— Merveilleux ! Les clients vont adorer ça !

— OK. Je vais contacter Théberge. Il va s'arranger pour que ce soient des types assez vieux. En civil. Des gars de l'escouade fantôme. Tu mettras leurs consommations dans les frais d'entretien.

— Et les pourboires ? Et les danses ?

— Tu diras aux filles que c'est leur contribution pour assurer la sécurité des lieux. Elles ont juste à faire la rotation.

— Je suis sûre qu'elles vont être emballées.

— Entre ça et travailler pour les motards, leur choix va être rapide.

Le plus souvent, les résistances des gens à se laisser acheter sont affectives (par exemple lorsqu'il s'agit de trahir un ami), morales (un geste jugé malhonnête) ou liées à la peur des conséquences (danger, perte de réputation). Ces différents types de résistances doivent être traités différemment, selon leur nature.

Les *réticences morales* ne servent bien souvent que de prétexte à faire monter les enchères ; il s'agit alors d'un problème de négociation. Normalement, ce sont les résistances les moins coûteuses à surmonter – sauf lorsqu'elles sont sincères, auquel cas il faut recourir à des moyens autres que l'achat.

Les *réticences affectives*, pour leur part, sont souvent plus ancrées et elles peuvent facilement entraîner des réactions aberrantes : il faut alors avoir recours à des moyens autres que financiers pour en venir à bout (une cause supérieure qui exige des sacrifices, des menaces contre des êtres chers…).

Leonidas Fogg, *Pour une gestion rationnelle de la manipulation*, 2- Acheter la docilité.

## DIMANCHE, 28 MARS 1999

### SAINTE-CATHERINE DE HATLEY, 9 H 46

La camionnette de Chamane était garée dans le stationnement spécialement aménagé pour les amateurs de paysage. L'affiche annonçait une vue imprenable sur le lac Massawippi.

Hurt sortit de sa voiture, entra dans la camionnette par la porte du passager, la referma et se cala dans le siège. Il tendit ensuite son ordinateur portable à Chamane.

— Tiens ! Amuse-toi !

— Ce ne sera pas long. Il faut seulement que je modifie les paramètres pour la communication satellite.

— Tu ne pouvais pas les modifier à partir de chez toi ?

— De toute façon, j'avais quelque chose à t'apporter.

Leur conversation fut interrompue par le thème de l'émission *X-Files*. Chamane regarda sa montre machinalement.

— Où tu as pris ça ? demanda Hurt.

— Une vieille Timex que j'ai bricolée. Il y a un logiciel sur Internet qui permet de reprogrammer son microprocesseur : tu as seulement à écrire les notes du thème musical à l'écran puis à le télécharger dans la montre.

— Une Timex ? Tu ne peux pas télécharger un programme dans une Timex !

— Le modèle 150. Tu passes par le port infrarouge.

— C'est la première fois que j'entends parler de ça.

— Il y a des *hackers* qui se spécialisent dans ce genre de choses. Ils reprogramment toutes sortes de processeurs incorporés aux objets courants. On appelle ça du *hacking* électronique.

— Comme quoi ? À part la montre, je veux dire.

— Les GPS. Prends celui-là, dit-il avec un geste de la main en direction du tableau de bord. C'est un vieux Garmin XL45. À l'époque, la compagnie le vendait moins cher parce qu'il était bloqué à cent quarante kilomètres à l'heure. C'était pour éviter que les gens s'en servent au lieu d'acheter des GPS faits spécialement pour les avions.

— Qui doivent coûter plus cher…

— Évidemment. Mais il suffit de craquer le code pour les déverrouiller. Comme ça, si je monte à cent soixante sur la 10, tout continue de fonctionner.

— C'est quoi, l'idée d'avoir un GPS dans une auto ?

— Tu peux mémoriser les trajets et savoir précisément à quelle distance tu es des repères que tu choisis.

— Tu es sûr que c'est vraiment utile ?

— J'aime bien savoir où je suis. Et si je branche le GPS sur mon ordinateur, je peux voir la trajectoire en temps réel sur la carte.

Depuis le début de la conversation, Chamane avait pianoté presque sans arrêt sur le portable de Hurt. À peine avait-il relevé les yeux à quelques reprises.

— Je vais finir par croire que tu es aussi schizo que moi, ironisa Sharp.

— Je ne suis pas schizo : j'ai un fonctionnement parallèle. Généralement, c'est la grande supériorité des ordinateurs sur les humains : le traitement multi-tâches des données… À propos, je t'ai apporté une esquisse.

— Une esquisse ?

— Du modèle électronique.

Il tendit le portable à Hurt.

— Tiens, dit-il, j'ai terminé la mise à jour.

— De quel modèle parles-tu ? demanda ce dernier.

— Du modèle pour le fonctionnement de tes personnalités. Regarde !

Il sortit de sa poche intérieure de manteau des feuilles de papier pliées en quatre.

— C'est juste un brouillon, dit-il. Mais ça donne une idée générale… Tu vois, ça, c'est un résumé hyper simplifié des principales composantes d'un ordinateur.

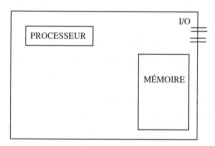

— Simplifié, tu dis ? continua d'ironiser Sharp.

— Il y a les entrées et les sorties, le processeur et l'information enregistrée en mémoire. En fait, dans le processeur, c'est aussi de l'information, mais sous forme d'instructions : ce sont les instructions de base. Dans la mémoire, ce sont surtout des données… Jusqu'ici, ça va ?

— Non, c'est trop compliqué, ironisa Sharp.

— Les données entrent (par exemple, il est six heures) et vont dans le processeur. Il les traite, souvent en utilisant des données qu'il va chercher dans la mémoire, puis il sort un résultat : ça peut être des nouvelles données qu'il emmagasine en mémoire (par exemple, il a fini de travailler à six heures) ou bien des instructions qui sortent vers l'extérieur (par exemple, j'allume la télé pour regarder les informations).

— Je ne vois toujours pas le rapport.

— C'est parce que ce schéma est trop simplifié.

— Tu es sûr ?

— Là où ça devient intéressant, c'est quand on distingue les sortes de mémoire.

Il lui montra la deuxième page.

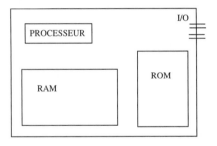

— En gros, il y a la ROM, la mémoire morte. On dit morte parce qu'on peut seulement la lire. Elle est gravée dans la tôle. Et il y a la RAM. Elle, on l'appelle mémoire vive parce qu'on peut non seulement lire son contenu, mais on peut le changer. C'est là qu'on stocke les nouvelles données.

— Je ne vois toujours pas le rapport.

— La personnalité de base est dans la ROM. Les personnalités secondaires dans la RAM.

— Si je comprends bien ton modèle, fit Sharp, la personnalité de base serait juste une question de génétique.

— Enfin, un éclair d'intelligence ! Je le savais bien que tu n'étais pas un cas désespéré ! Tu as mis le doigt sur le problème.

— Et alors ?

— Il faut faire une autre distinction ! répliqua Chamane en lui montrant la troisième feuille.

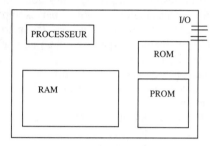

— Il y a la ROM et la PROM, reprit-il. PROM, c'est pour *programmable ROM*.

— Tu disais qu'on ne pouvait pas la programmer.

— Ça dépend avec quoi les informations ont été gravées. Il y en a dont on peut effacer les instructions pour les reprogrammer. Les EPROM peuvent être effacées à l'ultraviolet. Les EEPROM peuvent être effacées électriquement : c'est beaucoup plus rapide. On pourrait dire qu'on a ce qui est strictement génétique dans la ROM et que le paragénétique, le culturel profond, est dans la PROM.

— Comme la personnalité de base ?

— Exactement. Ça explique que, dans certaines circonstances, elle puisse être modifiée. Même si c'est assez rare.

— C'est beau tout ça, mais ma personnalité de base à moi, elle n'a pas disparu : elle s'est multipliée ! Même quand ce sont les personnalités secondaires qui prennent le devant de la scène, elle est encore là, en retrait.

— Comme une fenêtre sur un écran d'ordinateur. Tu réduis son espace pour garder uniquement la barre verticale. Elle est encore là, mais on ne peut rien voir de ce qui s'y passe. Tu peux même la fermer pour la faire réapparaître plus tard.

— Disons… Mais ton schéma n'explique rien des autres personnalités.

— C'est parce que j'ai une quatrième feuille.

— Il y en a encore beaucoup ?

— Je ne sais pas. Je n'ai pas encore terminé.

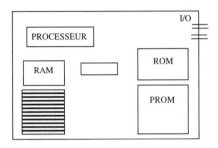

— Ici, reprit Chamane, une partie de la mémoire RAM est divisée en secteurs. On appelle ça une mémoire paginée. On peut dire que chaque secteur correspond à une personnalité. Normalement, il y en a seulement une à la fois qui peut être active.

— Et comment ça se décide, laquelle est active ?

— Il faut qu'il y ait un sous-programme quelque part. Je ne suis pas encore certain de l'endroit où il faut le mettre. Disons pour le moment que c'est le petit rectangle vide, au centre… les choses doivent se passer à peu près de la manière suivante : les données sur l'environnement entrent, le processeur les analyse, consulte le sélecteur de personnalité, décide laquelle est la plus appropriée pour l'environnement extérieur et il lui donne le contrôle… Ça manque de raffinement, mais je pense que ça doit être quelque chose du genre.

— Ce que je ne comprends pas, c'est pourquoi tu fais ça.

— Si tu comprends comment tu fonctionnes et que tu as un modèle valable, peut-être que tu vas pouvoir mieux contrôler tout ça, non ?

— Tu es sérieux ?

— La seule chose qui m'énerve autant que les trippeux rationalistes, c'est les trippeux irrationnels. Ceux qui passent leur temps à dire que jamais la science ne fera ceci, que jamais les maths ne pourront modéliser ça !

— Si je comprends bien, il y a beaucoup de monde qui t'énervent.

— Ben quoi ! C'est pas tout le monde qui a ta chance !

— Quelle chance ?

— D'avoir une équipe d'assistants, à l'interne, pour traiter en parallèle tout ce qui l'énerve !

### RDI, 10 H 03

JOS PUBLIC, LE MYSTÉRIEUX VENGEUR DU PEUPLE, A DE NOUVEAU FRAPPÉ LA NUIT DERNIÈRE. APRÈS AVOIR MIS LA MAIN SUR DES ÉQUIPEMENTS DE VOIRIE, L'HOMME ET SES COMPLICES SE SONT DIRIGÉS VERS LA RÉSIDENCE DU PREMIER MAGISTRAT DE LA VILLE.

ARRIVÉS SUR LES LIEUX, ILS ONT DRESSÉ DES BARRIÈRES POUR ISOLER LE PÂTÉ DE MAISON OÙ EST SITUÉE LA RÉSIDENCE, PUIS ILS ONT ARRACHÉ L'ASPHALTE ET CREUSÉ DES TROUS DE PRÈS D'UN MÈTRE DANS LA RUE.

LEUR TÂCHE ACHEVÉE, ILS SONT PARTIS EN ABANDONNANT LEUR ÉQUIPEMENT SUR PLACE.

L'OPÉRATION A ÉTÉ RÉVÉLÉE À LA SUITE D'UN COMMUNIQUÉ AUX MÉDIAS. LE VENGEUR Y AFFIRME VOULOIR FAIRE GOÛTER AU MAIRE LES CONSÉ-QUENCES DE SES PROPRES CHOIX ET LE SENSIBILISER À LA DÉTÉRIORATION DU RÉSEAU ROUTIER MONTRÉALAIS.

### NORTH-HATLEY, 10 H 07

— À propos de l'atelier, j'ai peut-être quelque chose pour toi, fit Chamane. De l'ayos. Ça t'intéresse ?

— Ça dépend.

— Du bobinga ?

— Où est-ce que tu as entendu parler de ça ?

— Sur le Net. Un ami d'un ami.

— La plupart des gens ne savent même pas que ça existe !

— J'ai pensé à toi, qui cherches toujours des maté-riaux rares pour tes manches de couteaux.

— Tu veux dire que tu peux en avoir ?

— Autant que tu veux. Il a de l'ébène aussi. Du noyer noir.

— Qui ça ?

— L'ami de mon ami.

— Ça m'intéresse. Tu me dis combien ça coûte et…

Chamane l'interrompit d'un geste évasif.

— Pour l'argent, on verra, dit-il… Ça t'intéresserait d'écouter des disques à partir de ton ordinateur partout dans la maison ?

— J'aime bien que mon ordinateur reste tranquille dans mon bureau. Qu'il n'envahisse pas toute la maison.

— Comme tu veux, *man*. Mais avec un casque sans fil relié à ton portable et une dizaine de gigs de MP3…

— Je songe plutôt à retourner aux disques de vinyle.

— Si tu t'ennuies du son vinyle, j'ai un logiciel pour donner un effet « vinyle » au son digital : il ajoute un *hiss* et des *scratchs* de façon aléatoire. T'as vraiment l'impression d'écouter un vieux vinyle usé !

— Est-ce que quelqu'un pourrait le mettre à *off* ? grinça Nitro.

— *Cool, man*, j'ai compris ! Je n'insiste pas.

Il mit son casque d'écoute sur ses oreilles.

— Mais il va falloir que tu te mettes à la musique moderne, reprit-il.

— Et quoi encore ?

— J'écoute bien la musique de ton époque. Pourquoi tu n'écouterais pas celle de la mienne ?

— Qu'est-ce que tu écoutes de si transcendant ? Rammstein ?

— Marilyn Manson.

— Le *work in progress* qui n'arrive pas à décider s'il veut être un homme, une femme ou le fils naturel de Kiss ? ironisa Sharp.

— Musicalement, j'aime bien. Et tu devrais écouter les paroles. C'est sûr que ce n'est pas de la critique écolo-gentille et romantico-désinfectée comme les chansonniers de ton époque, mais…

— Ça va, je vais l'écouter, ton clown hystérico-punk, continua de se moquer Sharp.

— *Cool!* Je vais t'envoyer les MP3 des meilleures chansons par courrier électronique.

— Sûrement.

## Amsterdam, 16 h 15

Skinner avait endossé ce qu'il appelait son déguisement néo-punk-nazi : jean noir, veston de cuir usé, bardé de fermetures éclair et de graffitis rouges ; bottes de cuir lacées jusqu'au genou ; tatouages sur la main gauche et dans le cou, du côté droit ; cheveux coupés à trois centimètres du crâne, collier de chien hérissé de pics de métal, l'œil gauche maquillé comme celui de Marilyn Manson…

Le seul élément qui tranchait avec le reste de son apparence était son attaché-case métallique. Il le posa délicatement sur la table du café-fumoir, commanda un gramme de jamaïcain et se prépara à attendre. Il aimait arriver en avance à ses rendez-vous.

Dans le café, trois de ses hommes faisaient semblant de fumer leur joint de marijuana en surveillant ce qui se passait. À l'extérieur, huit autres couvraient les abords de l'établissement. Leurs manteaux longs dissimulaient des Uzi et des pistolets-mitrailleurs. Un peu plus loin, deux camionnettes abritaient des hommes équipés d'armes lourdes. Ils étaient tous reliés par radio. Il suffisait d'un signal de Skinner ou du chef de groupe pour qu'ils interviennent.

Skinner était responsable de la sécurité de ses deux invités et il ne prenait pas cette responsabilité à la légère. Surtout que sa sécurité à lui pouvait également être en jeu.

Douze minutes plus tard, le premier invité arrivait, lui aussi en avance, presque aussitôt suivi par le deuxième. Ils représentaient respectivement les Raptors et les Skulls.

Les deux hommes portaient un complet-veston acheté dans une boutique grand chic. N'eussent été la largeur de leur cou et leur façon de remplir leur costume, on aurait difficilement pu deviner leur occupation.

— Je serai bref, dit Skinner. J'ai dans ma valise deux enveloppes contenant trois millions chacune.

Il les sortit sous le regard attentif des deux motards et les mit sur la table devant eux.

— En dollars US ? demanda le représentant des Raptors.

— Je négocie toujours en véritables devises.

— Quelle forme ?

— *Treasury Bonds*… En échange, vous foutez la paix aux bars de danseuses dont la liste est à l'intérieur de l'enveloppe.

Les deux motards se contentèrent de jeter brièvement les yeux sur l'enveloppe, sans y toucher.

— Et vous cessez votre guerre pour contrôler les bars de Montréal, poursuivit Skinner. Si vous tenez à vous entretuer, vous le faites ailleurs. L'Ontario, les États-Unis… où vous voulez. Mais pas au Québec.

— Et si on n'accepte pas votre proposition ? fit le représentant des Raptors.

— Le fait que vous soyez ici me rassure déjà sur vos bonnes dispositions. Mais vous demeurez entièrement libres. Évidemment, un refus de votre part pourrait entraîner des conséquences.

— Est-ce que ce sont des menaces ? demanda le représentant des Skulls en fixant son regard sur Skinner.

— Aucunement, répondit ce dernier. Je vous informe simplement du fait que des conséquences pourraient survenir. Par exemple, vous pourriez être sur la liste noire de tous les commerçants d'armes. Ou avoir les Chinois, les Jamaïcains et les Russes sur le dos.

Il se tourna vers le Raptor.

— Évidemment, toute importation de drogue en provenance de la Thaïlande…

Puis vers le Skull.

— … ou de l'Amérique du Sud…

Il prit la cigarette de marijuana devant lui, ferma les yeux et se concentra pour prendre une bouffée.

— ... serait interrompue, termina Skinner après avoir exhalé la fumée. Il y aurait aussi d'autres inconvénients que je ne prendrai pas la peine de mentionner.

— C'est du *bluff*! fit le Raptor.

Skinner le regarda pendant quelques instants avant de lui répondre. Il le fit sur un ton très calme, presque bon enfant.

— Écoutez, ce n'est pas parce que vous avez réussi à supplanter la mafia italienne et que vous faites à l'occasion du travail pour les services de renseignements qu'il faut vous croire parvenus.

Le regard des deux motards se durcit. Skinner s'empressa de faire un geste apaisant de la main.

— Comme je prévoyais votre réaction, dit-il, j'ai pris la liberté de préparer un petit exercice pédagogique – pour vous donner un exemple des problèmes que vous pourriez encourir.

Sous le regard méfiant de ses deux interlocuteurs, il fouilla dans son attaché-case et il en sortit deux chemises cartonnées noires sur lesquelles étaient inscrits un R et un S en lettres dorées.

— Les documents contenus dans ces chemises décrivent en détail trois contrats réalisés pour le compte de chacune de vos organisations au cours des douze derniers mois. S'ils devenaient publics, je suis sûr que vous auriez des embêtements.

— On a des avocats pour s'occuper de ça.

— Je ne parlais pas d'embêtements avec la justice. Je pensais aux groupes qui ont été la cible de ces contrats et qui se demandent toujours qui a bien pu les attaquer de cette façon.

Les deux hommes jetèrent un bref regard à leur dossier respectif.

— Qu'est-ce que vous voulez, au juste? demanda le Raptor.

— La paix. Pour deux ans. De toute façon, c'est plus rentable pour les affaires de tout le monde. Vous gardez les bars que vous avez, vous y vendez ce que vous voulez et si vous avez des comptes à régler, vous le faites ailleurs qu'à Montréal.

— En échange de quoi on a trois millions?

— Trois millions, approuva Skinner. Avec, en plus, des considérations futures.

— Comme quoi?

— Une clause de priorité pour vos commandes d'armes et de drogue chez vos fournisseurs respectifs. Un accès à un système de transfert et de traitement de l'argent partout dans le monde.

— Ça n'existe pas, fit le Skull.

— Pas encore, répliqua Skinner. Le système n'est pas encore tout à fait au point. Mais croyez-moi…

Il fit une pause pour les regarder à tour de rôle dans les yeux.

— … ce que nous pourrons vous offrir sera beaucoup mieux que le six pour cent de la Banco Internationale de Panama ou le sept pour cent de la Deutsche Credit Bank de Francfort.

Les deux hommes accusèrent le coup. S'il y avait une chose qu'ils prenaient soin de garder secrète, c'était l'identité de leur principal conduit pour leurs opérations de blanchiment d'argent. Même à l'intérieur de leur propre organisation, ils étaient quelques-uns seulement à connaître ces détails.

— Cela dit, reprit Skinner, nous n'avons aucune objection à ce que vous poursuiviez vos relations d'affaires avec vos partenaires respectifs. Mon exemple avait un but uniquement didactique.

Il se leva, écrasa dans le cendrier le reste de son joint de jamaïcain et les salua.

— La protection de ce local est assurée pour les trente prochaines minutes. Si vous désirez en profiter pour goûter les spécialités de la maison, libre à vous.

— Vous voulez une réponse quand? demanda le Raptor.

— Je tiens déjà pour acquis qu'elle est positive. Bien entendu, les dossiers que je vous ai donnés ne représentent qu'une faible partie des informations dont nous disposons.

Il regarda l'heure sur sa montre-bracelet.

— Faites en sorte de ne pas me décevoir, ajouta-t-il.

Puis il sortit et s'éloigna sans se retourner.

### MONTRÉAL, 14 H 02

L'inspecteur-chef Théberge s'était réfugié dans son bureau pour réfléchir. Même si c'était dimanche et qu'il avait dû affronter le regard désapprobateur de madame Théberge.

Juste une heure ou deux, lui avait-il promis.

Quand il avait besoin de réfléchir à une affaire, le policier s'arrangeait presque toujours pour le faire à l'extérieur de chez lui. Il ne voulait pas contaminer sa demeure avec le travail.

Le seul endroit de la maison où il acceptait, à la rigueur, de réfléchir aux affaires en cours, c'était dans son bain. Il avait alors l'impression de se nettoyer à mesure du travail et de ne pas le laisser envahir sa demeure. Mais il avait déjà pris un bain pendant l'avant-midi.

C'est pourquoi il marchait de long en large dans son bureau, allant de la fenêtre au petit réfrigérateur installé sur la rangée de classeurs. C'était le trajet le plus long qu'il pouvait effectuer. À chacun des deux endroits, il y avait un cendrier.

… DE CES RUMEURS PERSISTANTES. LE PORTE-PAROLE DU SERVICE DE POLICE DE LA CUM A ÉCARTÉ COMME FARFELUE CETTE HYPOTHÈSE SELON LAQUELLE LA JEUNE DANSEUSE AURAIT ÉTÉ VICTIME D'UN VAMPIRE. IL N'A CEPENDANT PAS VOULU INDIQUER…

Théberge baissa le volume de la radio, s'étira précautionneusement puis réintégra son fauteuil, derrière le bureau.

— Tu as entendu ça? dit-il à haute voix. Ils disent que tu as été attaquée par un vampire, maintenant. C'est juste une question de temps avant qu'ils parlent d'extra-terrestres !

Il prit le temps d'allumer minutieusement sa pipe, lança l'allumette de bois dans le cendrier le plus près et se cala dans son fauteuil.

— Remarque, je comprends que tu n'aies pas envie de parler de ça, reprit-il. Comme souvenirs, il y a mieux. Mais si tu m'aidais, ça rendrait les choses plus faciles. Tu pourrais me donner un indice… je sais pas, quelque chose… Plus le temps passe, plus ça va être difficile de le retrouver, celui qui a fait ça.

Il tira lentement une bouffée de sa pipe.

— Pourquoi « celui » ? dit-il, comme s'il répétait une question qu'il venait d'entendre… Parce qu'on imagine toujours que c'est un homme qui fait ce genre de choses. Mais tu as raison. Ça pourrait aussi être une femme… Ou plusieurs personnes.

## HOUSTON, 15 H 37

Gilles Provost joua son dernier coup roulé sur le dix-huitième trou du parcours de golf et se dépêcha de réintégrer le car. Le soleil devenait de plus en plus brûlant et il avait hâte de retourner au salon du club.

Deux semaines plus tôt, il avait reçu une invitation pour assister à un séminaire de formation sur les placements, qui se tenait à Houston. Le thème du séminaire était : *Custom Derivatives : the Next Eldorado.*

En tant que responsable de l'utilisation des produits dérivés sur les marchés internationaux à la Caisse de dépôt et placement du Québec, il recevait chaque année des dizaines d'invitations semblables. Toutefois, celle-ci, il l'avait reçue chez lui et elle était assortie d'un billet d'avion ainsi que d'un chèque de dix mille dollars. Américains.

Avant d'encaisser le chèque, on le priait d'utiliser le numéro de téléphone mentionné dans l'invitation pour confirmer sa présence.

Il avait appelé le lendemain. Ils étaient une dizaine de gestionnaires, de par le monde, lui avait-on alors appris, qui avaient été sélectionnés pour recevoir cette invitation. Tous des gens d'institutions majeures. C'était une façon, pour les organisateurs, d'assurer une participation de qualité.

Il apprit également que les dépenses reliées au séminaire (hébergement, repas, transport…) seraient entièrement assumées par l'organisation. Le chèque était une sorte de cachet destiné à le rémunérer pour son expertise. On se fiait à lui pour ne pas l'encaisser s'il décidait de ne pas participer à la rencontre.

On comptait également sur sa discrétion pour ne pas révéler aux autres participants son statut particulier, afin d'épargner les susceptibilités et de préserver la spontanéité des échanges.

Brochet vit Provost jeter des coups d'œil dans toutes les directions en entrant dans la salle. Il décida d'attendre quelques minutes avant de prendre contact pour avoir le loisir de l'observer.

Provost poursuivit son manège pendant quelques instants encore puis se dirigea vers une table éloignée de la baie vitrée. Ses bajoues paraissaient encore plus grosses que sur les photos que Brochet avait de lui. Sa respiration était courte et légèrement sifflante. L'effort pour parcourir les dix-huit trous, même en utilisant le car, semblait l'avoir épuisé.

Brochet lui avait dit par téléphone de jouer le parcours, qu'il le rejoindrait sur le terrain, ce qu'il n'avait jamais eu l'intention de faire. La fatigue et l'attente faisaient partie de la mise en condition du client.

Il se leva et se dirigea vers Provost, qui s'était finalement échoué à trois tables de la sienne.

— Claude Brochet, dit-il en lui tendant la main. Je suis désolé du retard. J'arrive tout juste de l'aéroport. L'avion a dû survoler la ville pendant une heure trente avant de se poser. Quand j'ai vu à quel point j'étais en retard, je me suis dit que j'avais toutes les chances de vous retrouver ici.

— Gilles Provost, répondit ce dernier en s'extrayant avec peine du fauteuil pour serrer la main tendue.

— Je vous en prie, vous pouvez demeurer assis, répondit Brochet, après avoir attendu que l'autre se soit complètement levé.

— Je dois dire que votre invitation m'a intrigué. Et plus encore votre coup de fil d'hier soir.

— Si je peux me permettre, je crois que vous n'êtes pas au bout de vos surprises. Mais réglons d'abord les questions d'intendance.

Il fit un signe au serveur qui passait.

— Une eau minérale pour moi, dit-il.

Puis il se tourna vers Provost.

— Et pour vous, dit-il, ce sera un scotch, si je ne m'abuse ? Johnny Walker bleu.

La surprise se peignit sur le visage bouffi.

— Excusez-moi, fit Brochet en riant. Je n'ai pas pu résister à la tentation de cette petite blague.

D'un geste, il confirma la commande au serveur. Puis il reprit, sur un ton redevenu sérieux.

— J'aime bien connaître les gens avec qui je fais affaire.

— Et que savez-vous de moi ? demanda Provost, subitement méfiant.

— J'en sais assez pour prendre le risque de vous dire de but en blanc la véritable raison de cette rencontre. J'ai une proposition à vous faire.

— Une proposition d'affaires ?

— Entre autres. Mais c'est votre vie entière qui sera transformée. Comment aimeriez-vous devenir très riche et gérer des milliards ?

— Je gère déjà des milliards.

— Quand je dis riche, je ne parle pas du salaire ridicule que vous recevez à la Caisse de dépôt.

— À la Caisse, je suis un des mieux payés.

— Je parle d'un vrai salaire, comme il en existe dans l'industrie.

Brochet songea à la politique salariale de la Caisse. Soumise aux aléas des luttes politiques et des mouvements d'opinion publique qui marquaient la vie de l'Assemblée nationale, elle était une véritable bénédiction pour ses compétiteurs. Aussitôt qu'un gestionnaire exceptionnel émergeait de ses rangs, c'était la curée, parmi les firmes privées, pour savoir qui se le paierait.

— De quel type de montant parlez-vous ?

— Plusieurs millions.

— De salaire ?

— Je qualifierais plutôt ça de boni de signature.

— Et j'aurais un salaire en plus ?

Provost ne parvenait pas à dissimuler sa surprise.

— Vous aurez le salaire si vous décidez d'accepter l'emploi à long terme que nous vous offrons. Si vous préférez vous en tenir à la première partie de notre offre, eh bien, vous pourrez profiter de votre fortune en vous promenant partout dans le monde pendant le reste de votre vie… J'ai parlé de millions, mais, en fait, il s'agit plutôt de quelques dizaines de millions.

— Écoutez, c'est une excellente plaisanterie, mais je crois qu'elle a assez duré.

— C'est une plaisanterie qui m'a coûté au bas mot vingt mille dollars. Et je n'inclus pas les frais d'organisation de ce séminaire. Alors, si vous voulez bien m'accorder quelques minutes encore…

Brochet avait légèrement haussé le ton.

— Je suis persuadé que vous ne le regretterez pas, reprit-il d'une voix radoucie.

Inutile de révéler à Provost que le séminaire aurait été organisé de toute façon. Que c'était une sorte de récompense pour des gens avec qui il maintenait des contacts, dans toute une série d'organisations.

— Je veux bien vous entendre, comme vous dites, fit Provost. Mais je ne vois pas quelle raison vous pourriez avoir de me faire une telle offre. Ni ce que vous pourriez avoir à y gagner.

— Ce sont des questions légitimes.

Brochet prit le temps d'essuyer ses verres.

— Vous avez été choisi pour deux raisons, reprit-il. La première tient à vos connaissances techniques, dont nous aimerions bénéficier. Nous croyons qu'elles sont sous-utilisées et nous voudrions vous offrir la possibilité de gérer des actifs à la mesure de votre talent.

— Et la deuxième raison ?

— Elle est liée à la position que vous occupez.

— Qu'est-ce que je dois faire, pour obtenir ce que vous me promettez ?

— Deux choses : la première est de trouver sept cent cinquante millions ; la deuxième est de disparaître.

— Sept cent cinquante millions !

— C'est la partie la plus facile. Laissez-moi vous expliquer l'ensemble du plan.

### AGENCE FRANCE-PRESSE, 22 H 53

UNE EXPLOSION A RAVAGÉ HIER SOIR UN YACHT DE PLAISANCE MOUILLÉ AU LARGE DU PORTUGAL, PRÈS DE MARBELLA. LE BÂTIMENT, PROPRIÉTÉ DE YOURI KHLEBNIKOV, A ÉTÉ COMPLÈTEMENT DÉTRUIT. QUATORZE PERSONNES ONT DISPARU DANS LE SINISTRE.

SELON UN RESCAPÉ QUI A GAGNÉ LA TERRE FERME QUELQUES MINUTES AVANT L'EXPLOSION, LE RICHE HOMME D'AFFAIRES RUSSE N'ÉTAIT PAS SUR LE YACHT AU MOMENT DE LA TRAGÉDIE. SA FEMME ET SES ENFANTS COMPTERAIENT CEPENDANT PARMI LES VICTIMES, DE MÊME QUE PLUSIEURS DE SES AMIS ET DE SES PROCHES COLLABORATEURS.

L'ATTENTAT A ÉTÉ REVENDIQUÉ PAR UN GROUPE ÉCOLOGISTE RADICAL QUI DÉNONCE LE SACCAGE DU LITTORAL PAR L'EXPLOITATION TOURISTIQUE OUTRANCIÈRE. LES AUTORITÉS ONT REFUSÉ DE DIRE S'IL S'AGISSAIT D'UNE PISTE SÉRIEUSE.

DES RUMEURS ONT ÉGALEMENT CIRCULÉ À L'EFFET QUE L'ATTENTAT PUISSE ÊTRE RELIÉ À LA GUERRE QUE SE LIVRENT LES MAFIAS RUSSES POUR LE CONTRÔLE DE LA PROSTITUTION EN EUROPE.

### HOUSTON, 16 H 05

Brochet acheva sa démonstration et prit une petite gorgée d'eau minérale. Provost avait depuis longtemps terminé son scotch.

— Et il me resterait deux cents millions ? demanda-t-il.

— À quelques millions près.

— Et les autres cinq cents millions ?

— Nous avons beaucoup de frais.

— Il y a un détail qui me tracasse.

— Oui…

— L'opération que je dois subir…

— Je peux vous assurer qu'il s'agit d'un désagrément mineur, si on le compare à ceux de votre situation actuelle. Pensez-y : plus de problème de divorce et de pension alimentaire ! Plus d'avocat pour se mêler de vos affaires ! Plus de patrons !… Ce n'est pas seulement de l'argent que je vous offre : c'est la liberté.

— Vous êtes vraiment sérieux !

— À votre place, je retournerais immédiatement à Montréal. Vous aurez beaucoup à faire dans les prochaines semaines.

— Je n'ai pas encore accepté.

— Avez-vous vraiment le choix ? Pour ma part, je me rends à Montréal dans moins d'une heure. Si vous voulez, je vous emmène. Nous pourrons discuter des détails de notre plan dans l'avion.

— Mais l'hôtel ?… Il est payé pour…

— Ne vous embarrassez pas de ces détails. Vous allez bientôt être plus riche que vous ne l'avez jamais été : il faut cesser de penser en fonctionnaire.

### Montréal, 20 h 57

— Je suis enceinte.

— C'est voulu ?

— Pas vraiment.

— Le père, est-ce qu'il le sait ?

— Oui.

— Comment il prend ça ?

— Il est aux anges.

— Profites-en. En général, ça ne dure pas longtemps.

Théberge se désintéressa de la conversation des deux danseuses assises au bar, à côté de lui, et se tourna vers Dominique qui arrivait, derrière le comptoir.

Elle mit une bière devant lui.

— Pour Yvan, ça s'arrange ? demanda-t-il.

— D'après ce qu'il m'a dit, oui. Mais tu sais comment c'est, dans ce milieu-là. Il suffit qu'il y ait des rumeurs pour que tout le monde se mette à faire toutes sortes de suppositions. Ça crée une drôle d'atmosphère de travail.

— J'imagine.

— Toi, au bureau, comment ça se passe ?

— On a eu droit à une crise du maire en fin d'après-midi à cause du Vengeur. Il veut des ré-sul-tats !

*Natacha ! Applaudissons la séduisante Natacha !...*
*Et n'oubliez pas : à minuit, nous avons le spectacle*
*de Summer Dawn, ex-miss Ontario nue et ayant*
*déjà apparu dans Penthouse !... Summer Dawn !*

— Elle vient d'où, celle-là ? demanda Théberge.

— Chibougamau. Mais *Penthouse* et miss Ontario nue, c'est plus *glamorous*.

— Juste dans les bars de Montréal, il doit passer une cinquantaine de « miss Ontario nue » par année !

*... N'oubliez pas notre spécial deux pour un jusqu'à*
*vingt et une heures !*

Théberge tourna la tête en direction de deux clients assez âgés qui faisaient danser une fille à une table.

— On ne peut pas dire qu'ils ne se fondent pas dans le décor, fit-il.

— Tu n'as pas dû manquer de volontaires.

— Ils le font en dehors des heures de travail. Ils ont tous connu Dupré. Au fait, comment il va ?

— Avec le type de cancer qu'il avait, ses chances de survivre, cinq ans après l'opération, sont de quatre-vingt-cinq pour cent.

— Ça doit faire près de cinq ans... ?

— Justement. Il a tendance à prendre ça comme si sa garantie venait à expiration. Il ne met presque plus les pieds au bar.

— Ça te donne beaucoup plus de travail ?

— Pas vraiment. Ça fait des années que je m'occupe de l'administration à peu près seule.

*... pour la première partie de son spectacle ! Vanessa !*

— Si tu me parlais de ton type, fit Théberge de but en blanc.

— Il n'y a pas grand-chose à dire. Il a fait fuir deux clients pour attirer l'attention et il m'a avertie qu'il installerait un vendeur ce soir.

— C'est tout ?

— Tu ne trouves pas que c'est assez ?

Son instinct de policier lui disait que Dominique lui cachait quelque chose. Mais il n'insista pas.

Dix minutes plus tard, un voyant s'allumait derrière le bar. Le portier signalait l'arrivée du motard.

Théberge fit un signe discret aux trois équipes dispersées dans la salle.

L'individu qui s'était identifié sous le nom de Tooth Pick entra, suivi d'un jeune qu'il envoya s'asseoir à l'extrémité du bar d'un signe de la main. Quant à lui, il se dirigea vers la barmaid et s'assit devant elle.

— Je vous sers quelque chose ?

— Un Chivas. Et dites à la patronne que je veux la voir, ajouta-t-il, assez fort pour être entendu de Dominique malgré la musique.

La barmaid s'empressa de lui servir un verre de Chivas. Dominique fit mine de ne pas avoir entendu. Le motard se tourna vers elle.

— Hey ! Je t'ai dit que je voulais te voir !

Dans la salle, quelques clients regardèrent dans sa direction.

— Il y a un problème ? fit Dominique en se dirigeant lentement vers lui.

— Au comptoir, là-bas, c'est mon vendeur, fit-il à voix plus basse. Passe le mot aux filles. Les clients, c'est lui qui s'en occupe. Et pour lui, tout est gratis. Pigé ?

— Il n'y aura pas de drogue dans ce bar.

— T'as le cerveau endormi ou quoi ? Je t'ai dit que c'est moi qui décide, maintenant. Le vendeur reste là où il est et toi, tu viens danser pour moi.

— Tu oublies à qui ça appartient, ici.

— Un ex-flic à moitié mort. Si tu penses me faire peur avec ça !

— Tu es en train de commettre une grosse bêtise.

Tooth Pick allongea le bras par-dessus le comptoir pour la saisir par le cou. Dominique évita sa main en se reculant.

— Ça, tu vas le regretter ! fit le motard.

Il se leva de son siège puis s'immobilisa. Deux policiers venaient de se matérialiser à côté de lui. Dans son dos, il sentit quelque chose de dur qui avait de bonnes chances d'être un revolver.

— OK, OK… On se calme, dit-il en levant légèrement les bras, paumes ouvertes.

Le jeune vendeur, à l'autre bout du bar, essaya de se porter à la défense de son chef, mais il fut intercepté à son tour par deux autres policiers.

— Il y a des gens qui veulent te parler au poste, dit un des policiers en lui passant les menottes.

— D'accord, je vous suis… Mais toi, ajouta-t-il en se tournant vers Dominique, tu ne perds rien pour attendre. Ne pense surtout pas que tu vas pouvoir m'échapper comme tu l'as fait avec Crazy Boy ! J'en ai déjà dompté d'autres !

Lorsque les policiers eurent emmené les deux hommes, Théberge se tourna vers Dominique.

— Crazy Boy ? fit-il.

— Une vieille histoire.

La musique de *In Bloom* envahit le bar.

*Et maintenant, la très jolie Nadine !*

… il existe un cas particulier de peur, qui est *la peur de la mort*. Dans un tel cas, la stratégie d'achat peut s'avérer inefficace, la peur pouvant induire des comportements déraisonnables qui échappent à tout calcul rationnel des avantages et des inconvénients.

Globalement, dans les cas de peur et de résistances émotives, la stratégie recommandée est d'utiliser une peur au moins équivalente pour contrer l'effet de la première, puis d'ajouter un avantage pécuniaire pour faire pencher la balance dans le sens désiré.

Leonidas Fogg, *Pour une gestion rationnelle de la manipulation*, 2- Acheter la docilité.

### LUNDI, 29 MARS 1999

### MONTRÉAL, 8 H 18

— Assoyez-vous, fit le directeur lorsque l'inspecteur-chef Théberge entra dans son bureau. J'ai des images à vous montrer.

— Je n'ose y croire ! La hiérarchie qui œuvre au rehaussement du niveau culturel de la piétaille qui peine sous ses ordres.

— Cessez vos commentaires et regardez. Ça vous concerne personnellement. Quand je dis vous, je parle de votre travail.

Le visionnement dura quatre minutes. Il s'agissait d'un montage d'informations télé parues à différentes chaînes. Elles concernaient une explosion qui avait ravagé la façade d'un bar de danseuses au cours de la nuit. Le Palace.

Un message transmis à CKAC affirmait qu'il s'agissait de représailles à cause du harcèlement que les policiers faisaient contre plusieurs bars de danseuses. Le message ajoutait que le but des policiers était de favoriser le Palace, qui appartenait à un de leurs collègues.

Théberge songea immédiatement à Tooth Pick. C'était sûrement lui, l'auteur du message.

— Que vous protégiez le Palace contre une prise de contrôle par les motards, reprit le directeur, je peux comprendre. Mais de là à partir une guerre !

— Nous avons simplement arrêté un motard pour l'interroger, puis nous l'avons relâché.

— Et son collègue ?

— Il avait cent grammes de cocaïne sur lui ! Qu'est-ce que vous auriez fait ?

— Je peux vous parler franchement ?

— Vous êtes sûr qu'il faut en arriver à de telles extrémités ?

— Épargnez-moi votre cynisme.

Théberge mit son sourire en veilleuse. Si le directeur envisageait de parler franchement, il devait croire la situation catastrophique.

— Si j'accepte de couvrir Dupré, poursuivit le directeur, c'est uniquement pour éviter qu'un autre scandale vienne ternir la réputation du service.

« Et parce qu'il n'a pas le choix », compléta mentalement Théberge, tout en se demandant ce que Dupré pouvait bien avoir déniché contre le directeur pour être en mesure de lui forcer la main. Deux jours à peine après la nomination de Gagnon, Dupré l'avait appelé pour lui dire qu'il avait pris les dispositions nécessaires et que tout continuerait comme avant.

— La question, continua le directeur, c'est de savoir ce qu'on va faire maintenant.

— Sans preuves, on peut difficilement intervenir.

— Si vous voulez mon avis, ce n'est plus une simple question policière : c'est une guerre.

Le visage de Théberge se fendit d'un sourire radieux.

— Auriez-vous connu l'expérience paulinienne du chemin de Damas ?

— Théberge, arrêtez de me prendre pour un imbécile.

— L'éveil, peut-être ? Le satori ?

— Je connais vos théories sur le « eux » et le « nous ». Mais elles ne sont pas publiquement acceptables.

— À quand remonte votre conversion ?

— Écoutez-moi, Théberge ! La société n'a pas envie de se faire dire que le crime organisé lui a déclaré la guerre. Elle veut croire qu'elle est en paix.

— La société ou les politiciens ?

— Les politiciens et les médias. Donc la société. Cela dit…

— Permettez que je salue au passage vos fortes convictions démocratiques. Il fait chaud au cœur de les voir exprimées avec autant de panache !

Le directeur poursuivit sans s'occuper de la remarque.

— Je n'ai pas envie qu'on se fasse ridiculiser, dit-il. Je sais aussi bien que vous que, si on laisse passer ça, tous les criminels vont croire qu'ils peuvent nous attaquer sans craindre de représailles. Les incidents vont se multiplier.

— La rectitude politique de vos propos me laisse un tantinet pantois.

— La ferme, Théberge !

— Vous proposez de leur faire la guerre tout de suite pour éviter qu'ils partent en guerre contre nous. C'est bien ça ?

— Je ne parle pas de guerre. Je veux que vous pensiez à une façon de régler le problème… sans que ça dégénère en guerre ouverte, justement.

## HONG KONG, 20 H 54

Wang Chung Ho relut le message qui venait de lui parvenir. Puis il relut le précédent.

Se pouvait-il que l'expéditeur se soit dissimulé en incluant son propre nom dans la liste ?

En tout cas, celle-ci n'était pas banale.

Qui pouvait bien avoir eu l'idée de regrouper ces noms les uns à la suite des autres, en ordre alphabétique, comme pour évacuer tout autre critère de comparaison entre eux ? Et dans quel but ?

## MONTRÉAL, 8 H 55

— Il y aurait un moyen, dit Théberge après avoir pris un moment pour réfléchir. J'ai des contacts à Québec, Hull et Sherbrooke. Si vous en aviez à Trois-Rivières, quelqu'un à qui vous pouvez vraiment faire confiance…

— Où voulez-vous en venir ?

— L'idée, c'est de frapper partout en même temps. Ce soir. Demain matin au plus tard.

— Frapper qui ?

— Les locaux des Raptors. Un peu partout dans la province.

— Il faut des semaines pour monter ce genre d'opération.

— Je ne parle pas de monter une opération, je parle de riposter à leur attaque.

— Au cas où vous l'auriez oublié, ça prend un minimum de preuves pour entreprendre ce que vous envisagez.

— On en a, des preuves. Tout le monde en a.

— Vous avez des preuves ! Et vous n'engagez pas de poursuites ?

— Je n'ai pas de preuves suffisantes pour obtenir une condamnation. Par contre, pour justifier une intervention…

— Je trouve votre distinction un peu… risquée.

Le bureaucrate politicien resurgissait à l'intérieur du directeur.

— Laissez-moi assumer ça, répliqua Théberge. Je vous garantis que j'aurai ce qu'il faut pour nous couvrir.

— Pour « vous » couvrir.

— D'accord, pour « me » couvrir.

— Vous êtes certain de savoir ce que vous faites ?

— Dans la mesure où un *homo* raisonnablement *sapiens* peut occasionnellement le savoir.

— S'il y a le moindre problème, je nierai avoir été au courant.

— N'est-il pas de la responsabilité première de toute autorité de protéger ses délicats appendices postérieurs ?

Au cours de la discussion, Théberge avait pensé à Lefebvre et à ses mystérieux « contacts ». Ils auraient peut-être des informations qui l'aideraient à donner à cette riposte l'allure d'une véritable opération.

— Pendant que nous y sommes, reprit-il, est-ce que vous avez signé les derniers papiers pour l'arrivée des inspecteurs Grondin et Rondeau ? L'entente financière pour que leur salaire demeure en partie à la charge du SPQ.

— C'est urgent ?

— Ils arrivent dans moins de deux semaines.

— Déjà ! Je me demande encore pourquoi j'ai autorisé un projet aussi saugrenu.

— Parce que ça règle une partie de notre problème de personnel. Vous devriez être heureux !

Théberge avait soigneusement évité de révéler à son chef que l'arrivée des clones au sein de l'escouade des homicides résultait d'un pari qu'il avait perdu.

— Et puis, ils pourront servir de diversion auprès des journalistes.

— Évidemment, ils seront sous votre responsabilité.

— J'avais pensé vous les prêter à titre d'adjoints personnels. Mais puisque vous insistez…

### *CBV, 8 h 53*

… SURVENU TÔT CE MATIN, DANS LE CENTRE-VILLE. L'ENGIN, LANCÉ CONTRE LA PORTE DE L'ÉTABLISSEMENT, N'A PAS FAIT DE DÉGÂTS IMPORTANTS, LE FEU AYANT ÉTÉ RAPIDEMENT CIRCONSCRIT.

CET INCIDENT, QUI LAISSE PRÉSAGER UN REGAIN DE TENSION DANS L'OFFENSIVE LANCÉE PAR LES POLICIERS CONTRE LES GROUPES DE MOTARDS CRIMINALISÉS…

## LISBONNE, 15 H 11

Claudia passa distraitement son doigt sur la petite cicatrice derrière son oreille gauche. Dans le miroir, elle ne reconnaissait plus son visage. Ses pommettes étaient devenues plus saillantes, ses yeux un peu bridés et ses lèvres plus charnues.

Ce nouveau visage répondait officiellement au nom de Sophie Dupras.

En plus de la chirurgie plastique, Claudia avait en effet hérité d'une nouvelle identité. Et, cette fois, il n'était pas question de Claire Mathers ou de Claude Matteau, avait précisé F: le changement devait être plus radical. Il n'était pas question qu'elle conserve les mêmes initiales ainsi qu'un prénom apparenté. Claudia n'avait pas eu le choix d'accepter. Pour le travail qu'elle faisait en Europe, c'était une protection minimale.

Il y avait deux mois qu'elle s'efforçait de retrouver Youri Khlebnikov. Et voilà qu'à peine deux jours après le premier contact visuel, le yacht du Russe explosait et on retrouvait son cadavre abandonné sur le bord d'une route, à quarante kilomètres de Lisbonne.

Une autre piste qui s'évanouissait entre ses doigts. Par chance, un des photographes de l'Institut avait eu le temps de prendre des photos de la réception à laquelle il avait assisté la veille. Il y avait là l'essentiel de la colonie russe de Marbella. Parmi eux se trouvaient probablement les responsables de son élimination. Leurs photos iraient garnir les banques de données de l'Institut.

Au moment de sa mort, Khlebnikov dirigeait un des principaux «pipelines rouges». Ces réseaux clandestins d'exportation branchés sur Moscou et les grandes villes de l'ex-empire soviétique servaient de conduit pour le trafic d'armes, de matières stratégiques, d'œuvres d'art, de savants... ou d'êtres humains normaux que l'on vendait pour leur simple valeur organique.

Selon certaines informations, le réseau de distribution de prostituées que contrôlait Khlebnikov avait des ramifications dans la plupart des pays méditerranéens.

Aussitôt qu'elle avait appris la mort du Russe, Claudia avait téléphoné à un informateur de l'Institut dans la police portugaise pour qu'il la tienne au courant des résultats de l'enquête. Il ne lui restait plus qu'à attendre.

Après un dernier coup d'œil à son nouveau visage, d'où toute trace d'enflure avait finalement disparu, elle se dirigea vers la table de travail et alluma le portable.

Pendant que le système d'exploitation se chargeait, elle laissa les index sur les touches d'identification thermosensibles. Après une dizaine de secondes, le sigle de l'Institut se mit à parcourir l'écran.

Lorsqu'il s'immobilisa, Claudia commença immédiatement à entrer son code d'accès. C'était un des raffinements apportés à la sécurité des portables par Chamane, le jeune ami de Blunt. Le logiciel ne réclamait aucun mot de passe et il n'y avait pas de signal pour indiquer quand taper son code personnel. Lorsque le sigle cessait de se promener, l'utilisateur disposait de huit secondes pour s'identifier.

Passé ce délai, le démarrage se poursuivait sans heurt, mais l'ensemble du contenu disponible par lien satellite devenait inaccessible. Il ne restait, sur le disque dur, qu'un ensemble d'informations suffisantes pour paraître crédibles mais incomplètes. Toute personne qui tenterait d'agir sur la base de ces informations serait rapidement repérée.

La phase d'identification terminée, Claudia activa le logiciel de conversation électronique. Elle avait hâte de voir ce que F penserait des nouveaux événements.

## *LCN, 10 H 16*

> UN HOMME S'EST COUPÉ LA MAIN, HIER SOIR, DANS DES CIRCONSTANCES POUR LE MOINS INSOLITES. C'EST L'ÉPOUSE DE CE DERNIER QUI L'A TROUVÉ DANS SON ATELIER DE BRICOLAGE, ALERTÉE PAR UN COUP DE FIL D'UN VOISIN QUI S'INQUIÉTAIT D'Y VOIR DE LA LUMIÈRE AU MILIEU DE LA NUIT.
> L'INDIVIDU AVAIT ABSORBÉ, SEMBLE-T-IL, UNE IMPORTANTE QUANTITÉ D'ALCOOL AVANT L'ACCIDENT. IL AURAIT EU UN GESTE MALADROIT EN TENTANT DE COUPER UNE PIÈCE DE BOIS SUR SON BANC DE SCIE.

INTERROGÉE CE MATIN PAR TVA, LA FEMME DE LA VICTIME A AVOUÉ SON INCOMPRÉHENSION. « IL LUI ARRIVE SOUVENT DE RENTRER TARD DU BUREAU, MAIS JAMAIS IL NE VA DANS SON ATELIER PENDANT LA SEMAINE. ET ENCORE MOINS LE SOIR. JE NE COMPRENDS PAS... »

### MONTRÉAL / PARIS, 11 H 52

Jessyca Hunter parcourait à l'écran le dossier dans lequel elle notait les progrès de chacune des membres du Spider Squad.

L'infiltration se déroulait comme prévu : Mygale, l'Araignée-loup, Recluse brune, Tarentule, l'Araignée-crabe, Lycose, l'Araignée d'eau, l'Araignée sauteuse... elles avaient toutes pris contact avec leur cible. Dans certains cas, le piège était en place et l'approche terminée ; elles en étaient à l'étape de la piqûre.

Elle ferma le dossier et téléphona à Ute pour lui faire rapport.

— Oui ?

— C'est Jessyca. Je te dérange ?

— Rien d'important.

— Ton mal de tête ?

— Guéri.

— Toujours le même remède miracle ?

— Oui, répondit Ute en riant.

— Deux choses : pour l'implantation, tout va bien. Par contre, nous avons un problème avec les motards.

— Je croyais que c'était réglé.

— Ils ont commis un attentat à la bombe contre un bar de la rue Sainte-Catherine. Au centre-ville.

— Je m'en occupe.

— C'est à cause de Brochet.

— Qu'est-ce qu'il a fait encore, celui-là ?

— Sa diversion est en train de bousiller nos plans.

— Explique.

— Le motard, au lieu de s'attaquer uniquement à la fille, a décidé de prendre le contrôle du bar.

— Et les flics n'ont pas apprécié, je suppose.

— Ils ont répliqué en l'arrêtant. La nuit dernière, le motard s'est vengé en lançant un cocktail molotov sur la façade de l'édifice. Les journaux parlent déjà de la reprise de la guerre des motards !

— Tu as parlé aux Raptors ?

— Ils disent que c'est un contrat privé entre Brochet et Crazy Boy. Qu'ils n'ont rien à voir là-dedans.

— Qui est Crazy Boy ?

— C'est un Américain. Un membre des Deadly Ones, leur section d'élite. C'est lui qui a pris le contrat. Il a ensuite engagé un des membres du chapitre pour faire le travail. Un nommé Tooth Pick.

— Tu tiens ça d'où ?

— D'une de mes filles qui s'est infiltrée chez les Raptors.

— Il faut tuer ça dans l'œuf.

— C'est ce que je me disais.

— Envoie-moi tout ce que tu as comme information par courrier électronique.

— C'est déjà prêt.

— Je vais en parler directement à Daggerman. Ça devrait se régler assez vite.

— J'attends de tes nouvelles.

— Toi, de ton côté, comment ça va ? Ta collection se porte bien ?

— Je viens de recevoir un spécimen d'Amérique du Sud.

— Une araignée grasse et poilue qui saute sur sa proie d'une distance de plus d'un mètre ?

— Pas du tout. C'est une petite chose toute menue et délicate qui est en voie de disparition !

— J'imagine, oui !

— Je te jure !

— Pour les motards, je t'appelle aussitôt qu'il y a du nouveau.

En raccrochant, Ute pensa à l'étrange passion de Jessyca Hunter. Plus qu'une passion, en réalité : une obsession. Qu'il s'agisse d'un travail pour Vacuum, de danseuses nues, d'opérations financières ou du développement d'une organisation, toute action, pour elle, s'interprétait en termes de stratégie arachnéenne.

Mais, après tout, ce n'était pas plus étrange que sa passion à elle pour la manipulation des crânes, songea-t-elle. Tous les gens devaient avoir de telles passions dans les replis de leur cerveau. La seule différence était qu'ils n'osaient pas les vivre. Ou même se les avouer.

### MONTRÉAL, 16 H 29

Gilles Provost feuilletait *The Quick and the Dead*, de Linda McQuaig, au café de la librairie Indigo. Brochet s'assit en face de lui.

— Désolé du retard, dit-il.

— Vous l'avez lu? demanda Provost en désignant le livre. Je suis surpris que Mulroney ait laissé publier ça. Elle montre comment il est à la solde des Américains depuis le début, comment il a livré le réseau de guichets automatiques aux banques américaines pour une bouchée de pain, comment le Canada s'est fait avoir dans les négociations de l'ALENA… Elle raconte même comment il dansait déjà sur la table, quand il était enfant, pour amuser les Américains!

— Et même si c'était vrai! Je ne vois pas ce que ça change pour vous.

— Si on prend les choses comme ça…

— Vous avez pensé à notre plan?

— Je n'arrive pas à penser à autre chose. Je n'ai presque pas dormi de la nuit.

— Qu'est-ce qui vous tracasse?

— Le bouc émissaire.

— On n'a pas le choix.

— Je le sais bien, mais…

— Ce n'est pas suffisant que vous disparaissiez, il faut quelqu'un pour porter le chapeau aux yeux du public. Ça va permettre de faire tenir les flics tranquilles.

— D'après vous, qu'est-ce qui va lui arriver?

— À Lavigne? Ça dépend de l'avocat qu'il va avoir. Au mieux, je dirais que sa carrière va être foutue.

— Et au pire ?

— Condamnation pour fraude, prison… Peut-être qu'il va se suicider. Pour nous, c'est ce qui pourrait arriver de mieux.

Provost resta un moment songeur.

— Je n'aime pas ça, finit-il par dire.

— Ne me dites pas que le sort de Lavigne vous empêche de dormir !

— Non… Je pensais à la chirurgie.

— C'est seulement un mauvais moment à passer.

— On voit que ce n'est pas vous qui allez passer sous le bistouri !

— Pour deux cents millions, vous pouvez bien supporter quelques jours d'inconfort.

— Quelques jours, vous dites ?

— Mettons une semaine. Vous allez voir, c'est vite passé.

— Et pour Lavigne ? Je veux bien m'occuper de la signature, mais le reste…

— Ça, je m'en charge. Votre rôle à vous se limite aux actions à l'intérieur de la Caisse de dépôt.

— Vous êtes sûr qu'ils ne pourront pas retrouver ma trace ?

— Faites-moi confiance.

Provost resta un moment silencieux, l'air de ruminer quelque chose.

— Il m'inquiète, dit-il finalement.

— Qui ? Lavigne ?

— Quand il va s'apercevoir que je ne suis plus là et que l'argent a disparu, il va tout de suite comprendre. Il va essayer de remonter la piste.

— Même s'il comprend, il ne pourra rien prouver. Le réseau de preuves contre lui sera trop fort.

Brochet s'interrompit pour laisser échapper un petit rire.

— S'il va en prison, reprit-il, vous pourrez lui faire porter des oranges. Sous un autre nom, bien sûr. Vous pourrez même lui envoyer des messages suffisamment ambigus pour l'incriminer. Faire des allusions à l'argent qui l'attend… Même après avoir purgé sa peine, il continuera d'avoir les policiers sur le dos. Ils vont vouloir retrouver les sept cent cinquante millions !… Vous pourrez suivre ce qui lui arrive dans les médias.

— Oui. Ce serait bien…

Pendant que Provost se laissait aller à imaginer les tourments futurs de son supérieur à la Caisse de dépôt, Brochet, lui, repassait dans sa tête les prochaines étapes de l'opération.

### NEW YORK, 16 H 33

Vittorio Masseria lut le message puis le donna à son second.

— Un autre, se contenta-t-il de dire. Qu'est-ce que tu en penses ?

> Vous savez un peu mieux de quel groupe vous faites partie. Mais vos vérifications n'ont pas eu le succès désiré. C'est normal. Si vous pouviez facilement trouver qui je suis, je n'aurais plus aucune crédibilité à vos yeux.

Le second jeta un regard au texte.

— Il se plante, dit-il, s'il s'imagine qu'on n'a pas réussi à trouver qui étaient les six autres.

— Il ne se plante pas. Nous n'avons aucune idée de qui il est, lui. Ni de ce qu'il veut.

— Ça ne peut pas être bien grave.

— Je ne sais pas si c'est grave, mais c'est agaçant. Je veux que tu fasses quelque chose.

### MONTRÉAL, 16 H 35

La réponse de Hull venait de rentrer. Avec les informations que Théberge leur avait transmises, ils avaient maintenant ce qu'il fallait pour participer à l'opération.

En milieu d'après-midi, Drummondville et Trois-Rivières avaient également donné leur accord. Eux aussi avaient profité des largesses de Théberge.

Pour la plupart, ces informations venaient des mystérieux amis de Lefebvre. Le policier de Québec avait tout de suite accepté de collaborer lorsque Théberge lui avait expliqué son plan. Puis il lui avait offert de contacter ses mystérieux amis : peut-être savaient-ils des choses qui pourraient les aider ?

Moins d'une heure plus tard, des informations avaient commencé à entrer dans l'ordinateur de Théberge, informations que le policier s'était empressé d'acheminer dans les différentes villes où les opérations étaient prévues.

— Toi qui doutais de leur volonté de collaborer ! fit Lefebvre.

— Ils doivent s'intéresser aux motards depuis pas mal de temps, répondit Théberge. Tu sais d'où viennent leurs informations ?

— J'ai reconnu des éléments que j'avais reçus de la SQ, il y a quelques mois. De la GRC…

— Moi aussi, j'ai reconnu des choses.

— Mais leurs informations sont plus complètes.

— Nos petits camarades provinciaux et nationaux nous avaient fait des cachettes, j'ai l'impression.

— Allez, je te laisse. Tu ne dois pas manquer de choses à faire.

— On se rappelle demain pour le bilan.

Après avoir raccroché, Théberge recula dans son fauteuil et se mit les mains derrière la nuque. Il ne restait à venir que la confirmation de Sherbrooke.

Malgré le bourdonnement d'activités qui l'accaparait depuis le début de l'avant-midi, une partie de son esprit continuait de penser à la petite danseuse.

— Je le sais, dit-il à voix haute. Ça fait quatre jours et on n'a pas encore de piste sérieuse. Mais il va falloir que tu patientes encore un peu. J'ai une urgence… Remarque, ça devrait se tasser assez vite. Je vais bientôt pouvoir m'occuper de toi.

Il reprit la lecture de l'article de *La Presse* qu'il avait interrompue.

... À NOTRE JOURNALISTE. LE CRIMINOLOGUE VINCENT BRÛLOTTE A
ÉVOQUÉ LA POSSIBILITÉ QUE LE CRIMINEL RESPONSABLE DE LA MORT DE
LA JEUNE MYLÈNE GUIMONT SOIT UN TUEUR EN SÉRIE.

SELON CET EXPERT, LE TRAITEMENT RITUALISÉ DE LA DÉPOUILLE CONS-
TITUE TOUJOURS UN INDICE IMPORTANT, DANS CE GENRE DE CRIME.
PLUSIEURS AUTRES CRITÈRES DOIVENT CEPENDANT ÊTRE VÉRIFIÉS
AVANT QUE L'ON PUISSE PARLER FORMELLEMENT DE MEURTRIER À CA-
RACTÈRE NARCISSO-SEXUEL. CES CRIMINELS, QU'ON APPELLE DE FAÇON
COURANTE TUEURS EN SÉRIE, FONT MAINTENANT L'OBJET D'ÉTUDES BIEN
DOCUMENTÉES.

SANS ALLER JUSQU'À PRÉDIRE QU'IL Y AURA DE NOUVELLES VICTIMES,
MONSIEUR BRÛLOTTE A ADMIS QU'UNE TELLE ÉVENTUALITÉ N'ÉTAIT PAS
INCOMPATIBLE AVEC LES INDICES RELEVÉS SUR LA SCÈNE DU CRIME...

## MONTRÉAL, 16 H 41

Christopher Hope se fraya un chemin dans le couloir
encombré de civières, jusqu'à celle où reposait André
Doyon, son ami d'enfance. Le vice-président de Hope
Fund Management y reposait depuis le milieu de l'avant-
midi, après que son état eut été stabilisé.

Il était hors de danger, mais on ne pourrait pas lui
recoudre la main : les tissus avaient été trop endom-
magés par la scie pour qu'on puisse restaurer les délicates connexions entre les nerfs, rattacher les tendons et
les ligaments, rétablir le réseau vasculaire...

On avait dit à Hope de se présenter un peu avant
dix-sept heures. Ce serait le moment où l'effet des
médicaments serait à son plus bas : il pourrait lui parler
quelques minutes.

Sur la civière d'à côté, un enfant hurlait pour avoir
sa mère, laquelle venait de s'absenter pour aller aux toilettes. Une vieille femme en chemise d'hôpital, visiblement confuse, s'approcha pour demander à Hope s'il
était l'heure de prendre son médicament. Elle avait peur
de passer tout droit, de l'oublier et de tomber en con-
somption.

Hope essaya de la rassurer pendant qu'un infirmier
s'amenait pour la prendre en charge. Il se pencha ensuite vers la civière de son ami.

— Claude… C'est moi, Christopher.

— Christopher ?… Est-ce que tu les as vus ?

— Vus qui ?

— Est-ce que tu les as vus ? insista le blessé. Ils veulent une réponse… Ils ont dit qu'ils voulaient une réponse !

— Qui ça ?

— Eux ! Ceux qui m'ont fait ça !

Visiblement, il délirait encore. L'effet des médicaments était plus fort que ce que lui avait annoncé l'infirmière.

— Qui, eux ?

— Les gens. Ceux que tu as rencontrés.

— Les gens que j'ai rencontrés pour quoi ?

— La compagnie.

— Quelle compagnie ?

— Pour l'investissement… les millions…

— Tu veux parler de ceux qui veulent investir dans notre compagnie ?

— Oui.

— Quel rapport y a-t-il ?

— Eux… Ce sont… eux.

— Je ne comprends pas le lien entre les gens qui veulent investir dans notre compagnie et…

— Ce sont… eux !

Doyon avait parlé suffisamment fort pour attirer l'attention de quelques visiteurs autour des autres civières qui encombraient le corridor.

— D'accord, d'accord, ce sont eux, concéda Hope sur un ton apaisant. Qu'est-ce qu'ils veulent ?

— Une réponse, fit Doyon d'une voix exaspérée. Ils veulent une réponse.

Hope regardait son ami sans parvenir à comprendre.

— C'est pour ça ! reprit le blessé en agitant son bras amputé. C'est pour ça !

Doyon paraissait tiraillé entre l'exaspération et ses efforts pour rester calme.

— Tu veux dire que ta main coupée, c'est à cause…

— Oui… Oui…

— Mais tu as eu un accident !

— Non.

— Tu avais trop bu.

— Non… Pas de scotch.

— Ils ont trouvé deux bouteilles par terre.

— Pas de scotch.

— Après avoir vidé un quarante onces…

Hope s'interrompit au milieu de sa phrase.

— Du scotch, reprit-il, l'air tout à coup effaré.

— Du scotch, répéta plus calmement Doyon.

Ce dernier détestait le scotch. Pendant des années, il avait refilé à Hope toutes les bouteilles qu'il recevait en cadeau de la part de courtiers, à Noël.

Partagé entre les brumes de la morphine et la douleur qui commençait à se frayer un chemin dans son cerveau, Doyon luttait pour demeurer attentif.

— Ils veulent… que tu signes.

— Et ils t'ont coupé la main pour ça ?

Doyon acquiesça d'un signe de tête.

— Il faut avertir la police !

— Non !

Une fois de plus, les regards des visiteurs se tournèrent vers eux. Doyon reprit, sur un ton plus suppliant.

— Nooon…

— Mais pourquoi ?

— Cette fois-ci… moi… Prochaine fois… Julie, Sébastien… Andrée.

— Tu veux dire… ?

— Promets.

— Tu veux que je signe avec ces gens ?

— Promets !

Doyon avait des larmes dans les yeux. Il était difficile de savoir si c'était parce que la douleur se faisait plus aiguë ou à cause de sa femme et de ses enfants.

— Ils n'oseraient pas, fit Hope.

Une infirmière s'approcha du lit.

— C'est l'heure de votre médicament, monsieur Doyon. Vous allez voir, ça ira beaucoup mieux.

Elle se tourna vers Hope.

— Si vous voulez nous laisser un instant, fit-elle.

— Promets, reprit Doyon d'une voix suppliante, presque désespérée. Promets !

— Promis, répondit-il par-dessus l'épaule de l'infirmière. Je vais signer. Et je ne dirai rien avant qu'on puisse en parler.

Il recula de quelques pas, puis chercha un endroit où s'asseoir pour digérer ce que Doyon venait de lui apprendre.

Il n'y avait aucune chaise de libre et la file d'attente, devant les toilettes, avait la longueur habituelle. Autant sortir prendre l'air. Après tout, peut-être n'était-ce là qu'un scénario construit par le délire de son ami… Mais il y avait la bouteille de scotch.

## LISBONNE, 22 H 53

Claudia était plongée dans sa méditation lorsque l'avertisseur vibra à sa ceinture. Dans son esprit, les formes du Tangram s'évaporèrent. Ses yeux se fixèrent sur le mur vide devant elle.

Elle se leva, procéda à la séquence d'identification sur son portable et activa le logiciel de conversation électronique. La voix de l'informateur qu'elle avait contacté se fit entendre.

— Information confirmée, dit-il.

— Indices ?

— Une référence à FC-44.

— Rien d'autre ?

— Peu de choses. Le rapport sera envoyé à l'endroit habituel.

L'endroit habituel, c'était une adresse électronique qui, par une série de relais coupe-piste, acheminerait le message jusqu'à la banque de données centrale de l'Institut. Quant à la référence à FC-44, c'était le nom de code d'un meurtrier sur lequel on avait peu de renseignements, à part le fait que ses victimes avaient toutes des craquelures dans les os du crâne, comme si ces derniers avaient été soumis à une forte pression.

Chez quelques-unes des victimes, le crâne avait effectivement éclaté. Chez les autres, il y avait simplement un réseau de fissures, conjugué à une rupture de la colonne cervicale. Quarante-quatre était le nombre de lézardes qu'on avait trouvées dans le crâne de la première victime répertoriée.

En France, où on avait découvert les six premières victimes, on avait d'abord cru avoir affaire à un tueur en série. Mais on n'était pas parvenu à établir de profil cohérent. En pratique, la signature se limitait aux craquelures des os du crâne : aucune mise en scène du cadavre, aucune manipulation *post mortem*, aucune ritualisation particulière de la scène du crime n'avaient jamais été constatées.

C'était mince pour reconstituer le scénario fantasmatique d'un tueur en série. Surtout que les craquelures crâniennes pouvaient tout aussi bien être un élément du mode opératoire et non du scénario. En effet, dans les quelques cas où le crâne avait complètement éclaté, la rupture de la colonne cervicale était absente, comme si elle était utilisée uniquement lorsque le premier moyen avait échoué.

Et sans scénario, il n'y avait pas de tueurs en série.

Quand les corps s'étaient mis à apparaître dans d'autres pays, l'hypothèse d'un tueur professionnel avait fait surface. Non pas tant à cause de la dispersion géographique, mais parce qu'il était devenu clair que plusieurs attentats avaient l'apparence d'éliminations commanditées par des groupes criminels.

Toutefois, un bon nombre de victimes n'avaient aucun lien avec le milieu du crime organisé. Peut-être s'agissait-il d'un assassin professionnel qui tuait aussi pour le plaisir ?… Ou pour brouiller les pistes ?

Une chose était certaine, s'il s'agissait d'un tueur en série, c'était un psychopathe très organisé qui avait trouvé le moyen de rentabiliser son obsession.

Claudia, pour sa part, était depuis longtemps persuadée de l'existence d'un lien entre cet assassin et

Body Store. Sept de ses victimes étaient reliées, d'une façon ou d'une autre, à l'organisation criminelle. La mort de Khlebnikov confirmait ce lien. Heureusement, la plupart des gens que le Russe avait rencontrés au cours de la dernière semaine avaient été photographiés. Dans le lot, il y aurait bien une ou deux pistes à remonter pour faire tomber le réseau d'importation de prostituées qu'il dirigeait. Peut-être y aurait-il même des indices sur l'identité du mystérieux assassin.

### Londres / Montréal, 23 h 18

Harold B. Daggerman ouvrit le livre de Gibbons et le regarda sans lire, se laissant bercer par le chœur du King's College. Un bon livre, écrit dans un anglais incomparable, et la musique vocale la plus apaisante qui soit. L'anglais n'avait décidément rien à voir, comme langue, avec l'américain. D'ailleurs, à la vitesse où l'argot des ghettos et de la rue envahissait la télé américaine et se répandait dans les émissions d'information, allant même jusqu'à contaminer le langage académique, il n'y aurait bientôt plus de confusion possible : les usagers des deux langues ne se comprendraient plus.

La sonnerie du téléphone vint fracasser les délicates arabesques vocales des chanteurs. Daggerman appuya sur la touche pause de la télécommande et se leva.

— Oui ?

— Skinner.

— Il semble que vos efforts de persuasion n'aient pas été suffisants.

— C'est ce que m'a expliqué votre… Spider Queen.

Skinner prononça le surnom de Jessyca Hunter avec un rien d'ironie.

Pour marquer qu'il partageait l'opinion de son interlocuteur, Daggerman se contenta d'émettre un petit gloussement. Ils ne seraient jamais du même milieu, mais il y avait moyen de s'entendre avec quelqu'un comme Skinner. Ils avaient beaucoup d'allergies en commun, à commencer par la mafia Heldreth-Breytenbach, comme il appelait le réseau de femmes qui tournaient autour des deux membres de la direction.

— Je suggère une autre intervention rapide, reprit Daggerman. J'ai fait transférer dans votre banque personnelle de données un certain nombre d'informations qui devraient permettre de régler le problème.

— Un instant, j'ouvre le dossier… Ça va. J'ai bien reçu votre envoi.

— Vous réglez le problème avec les motards et vous expliquez à Brochet d'être plus clair dans ses consignes.

— Je vais laisser à madame Hunter le plaisir de faire la mise au point.

— À votre guise.

Après avoir raccroché, Skinner passa en revue l'ensemble des informations que lui avait transmises Daggerman. Certaines touchaient les opérations de Candy Store. Les autres concernaient Meat Shop et Toy Factory.

Il fallait que l'enjeu de Montréal soit important pour que ces trois filiales du Consortium aient été mises à contribution dans des délais aussi courts.

Il lut à nouveau, plus lentement, l'ensemble du dossier. Puis il décida de la manière dont il allait procéder pour ramener les motards à la raison.

Ce serait une autre opération qui conforterait sa réputation, songea-t-il. Depuis qu'il avait été nommé responsable régional du secteur euro-américain, Skinner était en passe de devenir le principal *fixer* de l'organisation. De plus en plus, Daggerman faisait appel à lui pour régler des problèmes qui exigeaient plus que la simple élimination d'individus contrariants.

### Montréal, 19 h 25

Christopher Hope reçut l'appel de Brochet au moment où il venait d'entrer dans sa voiture.

— Il faut que je vous parle, dit Hope.

— Je vous écoute.

— Pas au téléphone.

— On peut se voir demain.

— Ce soir.

— Qu'est-ce qui peut bien être aussi urgent ? Je croyais que vous vouliez prendre le temps de réfléchir, éviter toute décision précipitée…

— C'est à propos de Doyon, le vice-président.

— J'ai appris ce qui lui était arrivé. Un accident provoqué par une trop grande consommation d'alcool, semble-t-il. Savez-vous s'il avait des antécédents ?

— Je ne veux pas parler de ça au téléphone. À quelle heure peut-on se rencontrer ?

— Ce soir ? Vraiment ?

— Nommez un endroit.

— Je connais un bar qui vient d'ouvrir, rue Sainte-Catherine. Au 1424 Ouest. Soyez-y à dix heures… Mais c'est bien parce que c'est vous.

## MONTRÉAL, 21 H 15

Blunt entra au Petit Portefeuille pour y retrouver son ami, Leopold Strange. Ce dernier travaillait au service de police de la CUM sous les ordres de l'inspecteur-chef Théberge. Il l'avait suivi lorsque ce dernier avait assumé la responsabilité de l'escouade des homicides en plus de diriger la section montréalaise de l'unité sur les crimes biologiques.

L'homme semblait mal à l'aise, assis tout seul à sa table.

— Tu as regardé le menu ? demanda Blunt en mettant une bouteille de vin sur la table.

Il avait de la difficulté à ne pas rire, tant l'inconfort de Strange était manifeste.

— Est-ce qu'on était vraiment obligés de venir dans cette sorte de restaurant ? demanda le policier à voix basse.

— C'est bien, non ?

— Je parie qu'ils n'ont même pas de steak !

— Tu te reprendras sur le vin.

Blunt avait connu Strange par l'intermédiaire de Kathy. Le policier était un des meilleurs amis de la jeune femme. Un des seuls qui connaissait non seulement l'existence de Blunt, mais sa véritable identité.

— Est-ce que c'est nécessaire de manger aussi tard ? continua de protester Strange.

— Il n'y avait plus de place au premier service.

— À Montréal, il ne manque pourtant pas de restaurants !

— Arrête de grogner, tu t'en viens comme ton patron, l'inspecteur.

— L'inspecteur-chef Théberge ne grogne pas.

— Ah non ? ironisa Blunt.

— Il maugrée de façon tonitruante.

— C'est une de ses expressions ?

— Oui. Celle-là, c'est Crépeau qui l'a notée.

Strange et Crépeau avaient entrepris depuis le début de l'année la rédaction du Petit Théberge de poche. Ils recueillaient tous les deux les tirades et les expressions les plus percutantes de leur chef. Blunt s'informait régulièrement des progrès de leur travail.

Le serveur arriva pour déboucher leur bouteille de Toar 1994 et remplit leurs verres.

— Mollo pour moi, fit Strange. Je travaille tout à l'heure.

— Cette nuit ?

— Tu vas voir ça aux informations, demain matin.

— Tu peux me donner un indice ?

— Une opération contre les motards.

— En collaboration avec qui ?

Dans ce type d'opération, l'escouade des homicides avait souvent à coordonner son travail avec l'unité des crimes majeurs et d'autres corps de police.

— Ce n'est pas une opération régulière.

Blunt le regarda, surpris.

— Qui est visé ? demanda-t-il.

— Les Raptors. Ils ont lancé une bombe devant le bar de Dupré, l'ancien responsable de l'escouade de la moralité.

— Il me semblait que vous aviez une entente et qu'ils ne touchaient pas aux bars contrôlés par les flics.

— Jusqu'à maintenant, il n'y avait jamais rien eu. Mais hier, ils ont essayé d'installer un de leurs vendeurs chez Dupré. La gérante nous a appelés. On a embarqué les deux motards qui étaient sur les lieux et on en a gardé un en dedans pour possession.

— Et c'est pour ça qu'ils auraient lancé le cocktail molotov ?

— C'est mon impression.

Strange prit une gorgée de vin et fit une moue d'appréciation.

— Il fallait que ça tombe sur un soir où je travaille, dit-il en faisant tourner le liquide rouge dans son verre.

— Les représailles, ça va donner quelque chose ? demanda Blunt.

— Peut-être… peut-être pas… Mais on n'a pas le choix : si on ne réplique pas, ils vont se croire tout permis.

— Vous faites une descente où ?

— Un peu partout dans la province. Officiellement, il n'y a rien de concerté… Je n'ai jamais vu une opération s'organiser aussi vite.

— Vous avez la collaboration de la SQ ?

— La SQ, les municipaux de quatre ou cinq villes. Selon la rumeur, Théberge a collecté toute une série de dettes. Il paraît que Lefebvre, à Québec, a donné un bon coup de main.

« C'était donc ça, les demandes de Lefebvre ! » songea Blunt.

— Tu penses vraiment que vous allez trouver assez de preuves pour les faire condamner ? demanda-t-il. Improviser une opération de cette envergure-là…

— On ne sait jamais. De toute façon, le but, ce n'est pas de trouver des choses pour aller en procès, c'est de faire passer le message… Si on trouve quelque chose, c'est du boni.

— Pour l'histoire du vampire, vous avez une piste ?

— Rien. Et Théberge est persuadé que c'est le début d'une série.

— J'ai lu la même chose dans le journal.

— Il va être enchanté de se savoir en aussi bonne compagnie : les journaux qui sont d'accord avec lui !

## Montréal, 21 h 53

— En arrivant devant le 1424 Sainte-Catherine Ouest, Hope eut la surprise de découvrir que l'endroit était en fait un bar de danseuses nues. Une murale représentant des zombies sur fond de cimetière couvrait l'ensemble de la façade. Le nom du club peint en lettres noires, dans le coin droit, semblait flotter dans les airs sous la pleine lune : Le Gothic.

Sur la porte, une affiche indiquait que l'endroit était ouvert depuis peu et que tout était à moitié prix pour le reste de la semaine.

Après avoir fait disparaître la pièce de deux dollars que Hope lui tendit, le portier le conduisit jusqu'à une table où l'attendait Brochet.

Les murs étaient couverts de peintures inspirées de films d'horreur, faiblement éclairées par de petites lampes situées sous les œuvres. Le reste de l'éclairage du bar était constitué uniquement d'ultraviolet, à l'exception des lampes intégrées dans le pied des tables en verre et des projecteurs orientés sur la scène.

— Assoyez-vous, fit Brochet. Je vous en prie.

Il se tourna ensuite vers la femme à côté de lui.

— Je vous présente Akasha, ajouta-t-il.

La femme tendit la main à Hope en fixant son regard dans le sien.

— Ça me fait plaisir, dit-elle. Claude m'a dit que vous allez travailler ensemble.

— Il n'y a encore rien de fait.

Le maquillage de la femme semblait sorti tout droit d'un film de vampires : les lèvres rouge sang finement cerclées d'un trait noir, le tour des yeux obscurci qui se détachait sur la pâleur extrême du visage, des cheveux longs et droits d'un noir bleuté. On aurait dit Mortitia dans *The Addams Family*. Ses longues mains avaient la même pâleur que le visage et ses ongles étaient peints en noir.

— Je vous laisse discuter, dit-elle en se levant. Je dois me reposer avant mon numéro.

Après qu'elle les eut quittés, Hope se tourna vers Brochet et s'approcha de lui de manière à se faire comprendre sans trop avoir à crier.

— C'est quoi, l'idée de venir ici ?

— Vous ne trouvez pas l'ambiance… stimulante ? Comme tout est à prix réduit, je me suis dit que ça valait la peine de venir voir ça. Regardez les serveuses !

Il parcourut le bar du regard. Des serveuses déguisées en mortes vivantes ou en vampires circulaient entre les tables. Le décor ressemblait à celui d'un party d'Halloween dont on aurait atténué les éléments orangés ou trop joyeux.

— La seule chose qui m'intéresse, répondit Hope, c'est ce qui est arrivé à Doyon.

— Il ne faut pas laisser un accident vous bouleverser de la sorte.

Brusquement, la musique de Nine Inch Nails s'interrompit pour être remplacée par un fond sonore qui semblait emprunté à la trame musicale d'un film à suspense. Sur la scène, la danseuse ramassa ses souliers, qu'elle avait laissés près d'un client, et elle disparut.

*Vous avez eu le plaisir de voir la troublante Spice.*
*It was the very sensuous Spice, for your pleasure !*

— Doyon dit que ce n'est pas un accident. Que des gens l'ont forcé à boire, puis qu'ils lui ont coupé la main.

— Et pourquoi, Grand Dieu, lui aurait-on fait subir un tel traitement ?

— À cause du contrat que vous voulez que je signe !

La musique de Sting envahit la salle : *Moon over Bourbon Street*. En même temps, un spot découpa un cercle de lumière au centre de la scène.

*Et maintenant, pour vous messieurs, la mystérieuse Elvira. And now, for you eyes only, the mysterious Elvira.*

— Écoutez, je comprends que le choc de cette nouvelle puisse vous bouleverser, mais je vous assure…

— Il dit que, s'il parle à la police, sa femme et ses enfants vont subir le même sort.

— Je vous assure que je ne suis au courant de rien…

Brochet tourna la tête vers la scène pendant quelques secondes avant de ramener son regard vers Hope.

— … mais si ce que dit votre ami est vrai, ce n'était pas très prudent de sa part d'en parler.

— Il tient à ce que la vente se fasse. C'est pour ça qu'il m'en a parlé : pour être sûr que j'accepte de vendre.

— Vous me voyez tout à fait surpris. Étonné… Je vous jure que je n'ai rien à voir dans toute cette histoire.

— Il n'a quand même pas inventé ça ! Si ce n'est pas vous, c'est votre client !

— Que voulez-vous que je fasse ? Que je vous accompagne à la police pour que nous fassions une déclaration commune ?

— Vous n'avez rien compris ! Si la police entend parler de quoi que ce soit, ils vont s'en prendre à sa femme et à ses enfants !

— Que suggérez-vous ?

— Je vais les signer, vos papiers. Mais dites-leur de ma part que ce sont des ordures.

— Je ne crois pas que ce soit un message très productif.

— Je veux une garantie qu'il n'arrivera rien à Doyon ni à sa famille.

— Comme je vous l'ai dit, je ne suis au courant de rien. Je ne peux donc rien vous garantir. Mais, avant la signature des documents, je ferai les représentations nécessaires pour m'assurer que ce dossier soit traité au mieux de vos intérêts – et de ceux de votre vice-président. Vous avez ma parole.

— Ça ne vous dérange pas plus que ça ! Je vous dis que votre client a fait couper la main de mon associé, qu'il menace sa famille du même traitement ou pire, et tout ce que vous trouvez à me dire, c'est que « vous allez traiter le dossier au mieux de mes intérêts » !

— Que voulez-vous que je fasse d'autre ? Je vous ai offert d'aller avec vous à la police et…

— Vous allez continuer de traiter avec ces gens comme si de rien n'était !

Brochet répliqua sur un ton plus sec.

— Je ne vois pas comment l'extériorisation de mes sentiments, comme vous dites, pourrait faire progresser le dossier. Pour ce qui est de traiter avec ces gens, il me semble que c'est dans votre intérêt – et dans celui de votre ami – que je le fasse, non ?

Hope le regarda un long moment sans rien dire. Brochet enleva ses verres et les nettoya minutieusement avec un chamois qu'il tira de son étui à lunettes.

— Ce que je désire, reprit Hope, c'est en finir au plus vite. Dites-leur que je suis prêt à tout vendre.

— J'ai bien peur que cela ne fasse pas partie de mon mandat.

— Vous n'imaginez tout de même pas que je peux travailler avec eux !

— Qui parle de travailler avec eux ? Selon les termes de la proposition, je suis la seule personne avec qui vous aurez des contacts.

Brochet réajusta ses lunettes.

— La gestion ne les intéresse pas, reprit-il. Pour eux, votre compagnie est un investissement comme un autre.

— Et la main de Doyon, ça fait partie des frais de transaction, peut-être ?

— Je tiens à souligner que je n'ai rien admis de tel. J'accepte simplement ce que vous me dites à titre d'hypothèse de travail. Si vous avez raison, je peux minimiser les inconvénients que vous pourriez subir dans la suite de vos opérations.

— Je vous regarde et je me demande lequel, de vous ou de votre employeur, est le plus tordu.

— Je comprends votre manque d'objectivité. Vous avez été soumis à une expérience traumatisante. Voici ce que je vous propose : je contacte mon employeur et on se revoit demain. Si les choses sont à votre convenance et que vous avez toutes les garanties que vous désirez, on procède à la signature des documents et on s'empresse de mettre cette histoire derrière nous. D'accord ?

— D'accord...

*Elvira. It was the mysterious Elvira. C'était la mystérieuse Elvira... Je vous rappelle que le premier spectacle d'Akasha, cette vedette de réputation internationale, aura lieu à minuit ce soir !*

Pendant que Hope se dirigeait vers la sortie, Brochet fit signe à une serveuse de lui apporter une autre eau minérale.

Le choix du lieu de rencontre avait été une bonne décision. Dans un endroit plus calme, les récriminations de Hope auraient duré plus longtemps.

Il était quand même étrange, songea-t-il, qu'un gestionnaire aussi aguerri, aussi habitué à déjouer les pièges du marché, ait avalé son histoire sans la moindre réserve. Au moment de leur prochaine rencontre, le lendemain, Hope aurait eu le temps de réfléchir plus calmement. Il aurait des doutes.

Il fallait qu'il trouve une parade, songea Brochet. Quelque chose qui désamorcerait la méfiance de Hope à son endroit.

Peut-être était-il temps qu'il se fasse plaisir...

Quand on ne prévoit pas avoir besoin d'une personne plus d'une fois, l'achat est souvent un bon choix. Dans le cas contraire, il a le double inconvénient de rendre la personne plus indépendante financièrement et de fixer plus haut le niveau des enchères au moment de la transaction suivante.

Pour cette raison, avec les gens qu'on prévoit devoir utiliser souvent, il est préférable d'avoir recours à une stratégie financière plus graduée. C'est le principe du salariat.

Employé de cette manière, l'argent combine les avantages de la récompense (l'obtention du salaire) et ceux de la menace (l'incertitude du prochain chèque de paie).

Leonidas Fogg, *Pour une gestion rationnelle de la manipulation*, 2- Acheter la docilité.

## MARDI, 30 MARS 1999

### NEW YORK, 1 H 18

— *Shit!*

Lorsque le message apparut sur son écran, ce fut le seul commentaire de Hans « The Brain » Schmidt. Puis il prit le temps de relire lentement l'ensemble du texte.

Un. La cargaison qui est en route pour le port de New York à bord du Dimitrios sera retardée de 24 heures. À moins d'une entente particulière avec l'expéditeur, un supplément de 1 % sera ajouté au coût de la marchandise à titre de frais de transport supplémentaires.

Deux. Vous avez été rayé jusqu'à nouvel ordre de la liste de clients de vos deux principaux fournisseurs d'armes.

> Trois. Le compte 0018-y3, à la World & Community Bank des Bahamas, sera gelé pour une période de deux semaines.
>
> Pour le moment, nous n'avons pas cru nécessaire de toucher aux comptes que vous avez dans d'autres institutions bancaires de ce pays, ni à ceux que vous avez au Panama, aux îles Caïmans ainsi qu'à Guernesey.

Schmidt éteignit le lecteur de disques qui diffusait le concerto numéro sept de Mozart, dans sa version pour deux pianos et orchestre.

Même s'il n'avait que le titre de conseiller spécial du chapitre de New York, Schmidt agissait officieusement comme coordonnateur mondial de l'organisation. Rares étaient les chapitres qui s'aventuraient à ne pas suivre ses conseils.

Il relut de nouveau le message.

Un pour cent de plus sur la livraison, ça faisait deux virgule cinq millions.

Qui pouvait ainsi s'attaquer aux Raptors ? Un pirate informatique qui avait eu le temps de parcourir les banques de données de l'organisation ? Elles avaient pourtant profité des meilleures protections sur le marché. Une équipe d'experts de Super Security System avait même pris un mois pour tout passer au peigne fin.

Peut-être était-ce de là que venait la fuite…

Avant qu'il ait eu le temps de réfléchir davantage à la question, le message disparut pour être remplacé par un autre, plus succinct.

> Votre réseau informatique est désormais bloqué.
>
> Toute tentative pour en reprendre le contrôle créerait des dommages irréversibles dans vos banques de données. Pour retrouver un accès à l'ensemble du réseau, téléphonez au numéro suivant.

Le motard nota les chiffres à mesure qu'ils apparaissaient à l'écran puis il se recula sur sa chaise. S'il fallait en croire l'indicatif international, on lui demandait de téléphoner à Londres.

## Montréal, 1 h 21

Claude Brochet descendit la rue Sainte-Catherine jusqu'à la hauteur du village gai, tourna dans la rue Beaudry et chercha un endroit où garer sa BMW.

Quelques minutes plus tard, il descendait un petit escalier sur le côté d'une maison et sonnait à une porte où il n'y avait pas de numéro. Une femme lui ouvrit. Elle l'amena sans un mot dans une petite pièce où il n'y avait qu'une chaise de métal pour tout mobilier.

Depuis la première fois qu'il était venu dans cette pièce, seize ans auparavant, rien n'avait changé. Les murs étaient du même gris-vert et la chaise était toujours au-dessus du drain, au centre du plancher de ciment.

Brochet s'assit et se laissa attacher les poignets aux bras de la chaise. La femme enroula ensuite une corde autour de son torse pour l'immobiliser contre le dossier et fixa ses jambes aux pattes de la chaise.

— Il y avait longtemps qu'on ne vous avait pas vu, dit la femme.

— Mes affaires m'amènent à passer beaucoup de temps à l'étranger.

— Même chose que d'habitude ?

— Oui. Norbert est encore ici ?

— Vous êtes chanceux, maintenant, il s'occupe uniquement des habitués. Il a été malade, l'année dernière. Il se ménage un peu.

— Je ne veux pas de fracture.

— Je lui dirai.

— Mais il faut qu'il y ait des marques. Que ça paraisse.

— Bien sûr.

Elle s'approcha et lui installa un bandeau sur les yeux.

— Soyez sage, dit-elle en sortant de la pièce. Sinon, vous allez être puni.

La phrase marquait le début du rituel proprement dit. Brochet se mit à fantasmer. Il se voyait au centre de la ligne offensive d'une équipe de football. Au signal du quart-arrière, les joueurs adverses se rueraient sur lui pour le piétiner.

Il eut le temps de répéter le scénario à plusieurs reprises dans sa tête, d'imaginer le contact avec les corps durs et musclés des joueurs avant que le premier coup l'atteigne sur une joue et envoie sa chaise rouler sur le côté.

Pas une fois, il n'avait vu l'homme qu'il appelait Norbert. Probablement un nom d'emprunt. Il ne connaissait de lui que les coups qu'il recevait. À leur force, il se plaisait à l'imaginer costaud et plutôt grand, à l'image des joueurs qui peuplaient son imagination.

Les coups continuèrent suivant un rythme irrégulier, laissant à Brochet le plaisir de l'anticipation et de la surprise. Pendant le travail, Norbert ne parlait jamais. Seuls les grognements et les petits cris de Brochet ponctuaient les impacts.

Une demi-heure plus tard, après que Brochet eut récupéré pendant près de vingt minutes, la femme détacha le bandeau et défit ses liens.

Brochet se leva et fit quelques pas pendant que la femme remettait la chaise au centre de la pièce.

— Le montant que vous m'avez indiqué sera viré dès ce matin, fit-il en tâtant avec précaution son visage tuméfié.

— Il y a des frais supplémentaires de vingt pour cent quand vous payez après le traitement.

— Je sais.

— Et un autre vingt pour cent parce que vous n'avez pas pris rendez-vous trois jours à l'avance.

— Je sais, je sais…

— Très bien, fit-elle en le prenant par le bras pour le reconduire à la porte. Et je vous conseille de nettoyer votre pantalon. C'est franchement dégueulasse.

Brochet baissa les yeux vers la tache luisante, sur le devant de son pantalon.

Norbert avait fait du bon travail. Dès le troisième coup, il avait senti la pleine force de son érection. Au septième, quand la chaise à laquelle il était attaché avait été projetée par terre une seconde fois, il n'avait plus été capable de se contenir : sa jouissance avait explosé dans une brève série d'éjaculations qui lui avaient presque fait perdre conscience.

Quand il était revenu à lui, sa figure était collée contre le plancher de ciment. Il songea alors à la tête que ferait Hope en l'apercevant.

Un sourire approximatif s'esquissa sur ses lèvres déformées.

### Londres / New York, 7 h 24

Skinner attendit au début de la cinquième sonnerie pour répondre. Il était important de ne jamais paraître impatient de parler à quelqu'un.

— Oui ?

— C'est quoi, vos niaiseries ?

— Monsieur Schmidt, je présume ?

— Qui êtes-vous ?

— Nous nous sommes brièvement rencontrés à Amsterdam, il y a quelques jours.

Le conseiller des Raptors, qui croyait avoir affaire à un simple pirate informatique, fit une pause avant de répondre.

— Qu'est-ce que vous voulez ?

— Vous rappeler l'entente dont nous avons parlé.

— Si c'est votre façon de faire des affaires, vous courez au-devant de sérieux problèmes.

— Je voulais attirer votre attention.

— Je ne suis pas sûr que vous ayez eu une bonne idée en le faisant.

— Nous ne sommes pas heureux de la manière dont vous semblez comprendre votre part du contrat.

— C'est quoi, votre problème ?

— Une bombe dans un bar appartenant à un ex-policier, en plein centre-ville, ça n'entre pas dans la compréhension que nous avons de l'entente.

— Vous avez des preuves ?

— Un de vos membres a essayé d'y installer un vendeur. Il s'est évidemment fait sortir. Au cours de la nuit, un cocktail molotov est lancé sur le bar. Le lien me paraît évident.

— Ça ne vous justifie pas d'avoir piraté notre système informatique.

— Considérez cela comme un service : vous savez maintenant que vous êtes vulnérable.

— Et pour réparer les dégâts ?

— Faites « ENTER » trois fois. Puis « CONTROL/SPACE » quatre fois.

— C'est tout ?

— Votre réseau est intact. Seul votre ordinateur personnel a été attaqué.

— C'était du *bluff* !

— Dans ce cas particulier, la menace m'a semblé suffisante.

— Je suppose que les autres mesures étaient également du bluff ?

— Malheureusement, non. Si nous laissions passer cet incident sans réagir et que ça venait à se savoir… Vous comprenez sûrement la nécessité où nous sommes de protéger notre réputation.

— Deux point cinq millions.

— Vous augmenterez d'autant le prix de la marchandise.

— Nous aussi, nous avons une réputation à protéger.

— Je vous assure que cette affaire demeurera strictement confidentielle. Pourquoi irions-nous faire du tort à une organisation avec laquelle nous avons d'aussi intéressantes relations d'affaires ?… Et avec qui nous espérons développer des relations plus importantes encore ?

Quelques minutes plus tard, après avoir raccroché, Hans « The Brain » Schmidt remit le lecteur de disques en marche. Mozart reprit ses droits dans la pièce.

À mots couverts, son interlocuteur lui avait révélé l'ampleur de l'organisation qu'il connaissait sous le nom de Consortium. Était-ce pour l'intimider ou parce que l'organisation entendait réellement faire des Raptors un partenaire privilégié?

Il devenait urgent de se renseigner davantage sur ce mystérieux Consortium. S'il était aussi implanté qu'il le paraissait dans le trafic d'armes, le commerce de la drogue et le blanchiment d'argent, la prudence la plus élémentaire exigeait de les avoir à l'œil.

Mais, pour l'instant, il fallait revoir la sécurité de l'ensemble du réseau informatique. Et il fallait s'occuper de Montréal.

Le chapitre québécois était de loin le plus indépendant. Au cours des dernières années, il avait multiplié les frasques. Par contre, il était une des meilleures réserves de soldats de l'organisation. Il faudrait doser avec soin la leçon de discipline qu'il entendait leur servir.

### CHLT, 7 H 13

> DES POLICIERS DE LA SÛRETÉ DU QUÉBEC ET DE LA POLICE MUNICIPALE DE SHERBROOKE ONT PERQUISITIONNÉ, TÔT CE MATIN, AU LOCAL DES RAPTORS, À ASCOT CORNER. SIX PERSONNES ONT ÉTÉ ARRÊTÉES ET PLUSIEURS ARMES ONT ÉTÉ SAISIES, DE MÊME QU'UN KILO ET DEMI DE HASCHICH.
> DES OPÉRATIONS SEMBLABLES ONT EU LIEU DANS PLUSIEURS AUTRES VILLES, NOTAMMENT À MONTRÉAL, QUÉBEC, DRUMMONDVILLE…

### MONTRÉAL, 7 H 20

Brochet jeta un regard au radio-réveil, étouffa un juron et saisit le téléphone d'un geste hésitant. Il avait mal partout et son cerveau résonnait comme s'il avait été le local de pratique d'un groupe rock métal.

— Oui?

— Il faut que je vous voie.

La voix habituellement mordante de Jessyca Hunter avait un ton plus cassant qu'à l'ordinaire.

— Pouvez-vous parler… un peu moins… fort?

— Vous allez devoir ramasser les pots cassés, poursuivit la femme sans changer de ton.

— Quels pots cassés ?

— Je parle de votre diversion. Avec ce qui s'est passé cette nuit, on pourrait croire que la guerre est déclarée entre les motards et la police.

— Qu'est-ce qui s'est passé cette nuit ?

— Écoutez les nouvelles. On en parle partout.

— Je ne suis pas au courant.

— Des descentes simultanées contre les motards à la grandeur de la province ! Toute notre stratégie risque d'être foutue en l'air ! Qu'est-ce qui vous a pris de faire attaquer un des seuls bars de danseuses contrôlés par les flics ?

— Par un ex-flic, corrigea Brochet.

— Vous jouez sur les mots.

— Ce n'était pas censé se passer comme ça.

— Ah non ? Ils devaient raser le bar au complet ?

— Il n'y avait que la fille de visée. Mais la prise de contact a eu lieu au bar. Après… Après, les choses ont dégénéré.

— Heureuse de vous l'entendre dire.

— Je vais téléphoner à Crazy Boy.

— Inutile. Les motards, c'est réglé. J'ai averti Ute et elle a contacté Daggerman.

— Daggerman…

— Nous, il faut ramasser les dégâts.

— Qu'est-ce que vous voulez dire ?

— Il faut s'occuper des médias.

— Je peux joindre des journalistes…

— Ce ne sera pas suffisant, l'interrompit la femme. Il faut leur donner quelque chose de nouveau à se mettre sous la dent. Nous allons mettre en marche la deuxième diversion.

— C'est beaucoup trop rapide. On n'a pas encore tiré tout ce qu'on pouvait de Weber et du jeune Semco.

— On n'a pas le choix de leur fournir d'autres indices et de multiplier les pistes. J'ai pensé qu'on pourrait leur balancer des choses sur le Vengeur, commencer à faire allusion à des histoires de sectes… Rassurez-vous, ce sera assez flou pour ne pas attirer trop rapidement l'attention sur Dracul.

— Vous êtes certaine de ce que vous faites ?

— C'est la façon la plus sûre d'étouffer l'affaire. Et ça n'empêche pas de continuer à exploiter la première diversion.

— Puisque vous prenez la responsabilité de tout !

— Après votre dernière performance, je crois que c'est plus sûr, répliqua sèchement Jessyca Hunter… Avec Provost, est-ce que les choses progressent ?

— Tout se déroule bien. Je ne prévois aucune difficulté à respecter l'échéancier.

— De mon côté, les filles seront prêtes. Il reste seulement quelques détails à régler en ce qui a trait aux indices et aux preuves. Rien de très long… Mais dites-moi, Brochet, qu'est-ce que vous avez à parler comme ça ?

— Je suis tombé. J'ai déboulé un escalier.

— Il a un nom, cet escalier ?

— Très drôle !

— Je veux absolument vous voir ce matin pour examiner tout ça en détail.

— Il faut que je m'occupe de Hope.

— Vous vous en occuperez cet après-midi. Je vous attends à neuf heures. Au Spider Club.

### CHLT, 7 H 32

> … UNE AUTRE INTERVENTION A PERMIS DE NEUTRALISER UNE AGENCE D'ESCORTES QUI OPÉRAIT À PARTIR D'UNE SUITE DE L'HÔTEL DELTA, À SHERBROOKE. DIRIGÉE PAR UN PROCHE DES RAPTORS, L'AGENCE RECRUTAIT DES FILLES DANS LES BARS CONTRÔLÉS PAR LES MOTARDS. AU LOCAL DE L'AGENCE, LES CLIENTS POUVAIENT CHOISIR PAR CATALOGUE LA FILLE QU'ILS DÉSIRAIENT ET CELLE-CI SE RENDAIT CHEZ EUX, ACCOMPAGNÉE D'UN CHAUFFEUR QUI S'OCCUPAIT DE LA TRANSACTION.
>
> INTERROGÉ SUR CES FAITS, LE PORTE-PAROLE DE L'HÔTEL A DIT TOUT IGNORER DES ACTIVITÉS DE L'AGENCE. LA SUITE AVAIT ÉTÉ LOUÉE POUR UNE PÉRIODE DE TROIS MOIS PAR UN HOMME QUI SE DISAIT LE REPRÉSENTANT D'UNE COMPAGNIE D'INFORMATIQUE DÉSIREUSE DE S'ÉTABLIR DANS LA RÉGION.

## NORTH-HATLEY, 8 H 17

Le regard de Paul Hurt se perdit dans la forêt, de l'autre côté du lac.

Il était maintenant habitué à son nouveau refuge. L'endroit était encore plus confortable que sa maison de Lévis. Même son atelier de coutellerie y avait été déménagé, ce qui n'avait pas été sans poser quelques problèmes logistiques : il fallait s'assurer qu'on ne puisse pas remonter jusqu'à lui en suivant la piste du matériel.

Son regard revint à la feuille de papier quadrillé. Segal y avait résumé les principales conclusions de l'étude que lui avait demandée F.

1. L'état du patient s'améliore de façon constante.
2. Le choc de l'agression contre Gabrielle paraît surmonté.
3. Le maintenir en contact avec l'opération Body Store s'est avéré une excellente décision. Je recommande qu'il poursuive cette tâche. Faire le suivi de l'ensemble des informations relatives à Body Store ne peut que l'aider à développer un sentiment de contrôle sur sa propre vie.
4. Le changement d'apparence ne semble pas l'avoir affecté. La cristallisation de ses différentes personnalités en unités fonctionnelles continue de progresser. Celle constituée de Steel, Sharp et Nitro se révèle remarquablement stable.

En conséquence,

je ne vois aucune objection à ce que Hurt soit impliqué plus directement dans l'action et qu'il assume la coordination d'une opération.

Depuis l'attentat qui avait laissé Gabrielle infirme, la directrice de l'Institut était devenue intraitable sur les questions de sécurité. Tous ceux qui avaient été impliqués de près dans l'opération Body Store avaient dû non seulement adopter une nouvelle identité, mais se soumettre à des opérations de chirurgie plastique pour modifier leur apparence.

Hurt, pour sa part, avait dû, en plus, se farcir de longues rencontres avec le docteur Segal. La directrice voulait s'assurer qu'une telle modification de son apparence n'allait pas foutre en l'air son fragile équilibre interne. Elle voulait également savoir de quelle manière il avait surmonté le traumatisme qu'il avait subi lorsque Gabrielle avait été presque assassinée dans ses bras.

La dernière chose dont elle avait besoin, c'était qu'une des multiples personnalités de Hurt se mette à créer des incidents. Il était hors de question qu'il puisse ainsi attirer l'attention sur lui et, par ricochet, sur l'Institut.

Jusqu'à maintenant, Hurt avait réussi tous les tests.

Verbalement, Segal avait ajouté à son rapport que c'était la première fois que le phénomène de cristallisation de plusieurs personnalités en équipes fonctionnelles stables était observé. Il était curieux de voir comment les choses se développeraient. À ses yeux, le phénomène représentait une forme de synthèse des deux types de thérapies habituellement utilisées : la fusion en une seule personnalité et la cohabitation équilibrée de l'ensemble.

Il y voyait une manière de réaliser une forme d'intégration, plus spécialisée et plus souple, qui conservait à la fois la richesse du foisonnement de personnages intérieurs qui habitaient le patient, certains avantages de la compartimentation des personnalités, de même que les bénéfices de la coordination.

Hurt rangea le rapport, se tourna vers l'ordinateur et ouvrit le dossier dans lequel étaient transférés les messages de l'Institut relatifs à Body Store. Le groupe constitué de Steel, Sharp et Nitro prit automatiquement le devant de la scène.

Tous les avant-midi, Hurt parcourait les informations accumulées depuis la veille et il faisait un suivi des opérations que l'Institut menait contre le groupe criminel.

Ce matin, il y avait une série de photos expédiées par Claudia. Elles avaient toutes été prises au cours de la surveillance exercée sur Khlebnikov.

La plupart des photos correspondaient à des individus déjà fichés dans les banques de données de l'Institut. Cela n'avait rien d'étonnant : Marbella était devenu un des principaux lieux de villégiature de la nouvelle élite mafieuse de Russie. Neuf photos n'étaient pas répertoriées. Toutes représentaient des femmes. Elles faisaient probablement partie de la troupe, toujours changeante, de petites amies que les nouveaux maîtres de la Russie clandestine traînaient avec eux.

Une des photos, cependant, attira son attention. Le regard de la femme paraissait ferme et volontaire, comme s'il avait percé le camouflage de la caméra pour fixer carrément l'objectif.

Aucune trace de ce visage n'apparaissait dans les banques de données de l'Institut. Hurt commanda une recherche dans les archives des journaux d'Espagne et du Portugal, ainsi que dans les journaux internationaux. Elle serait effectuée par le système central de recherche, dans un délai qui dépendrait de l'abondance des requêtes en cours et de leur ordre de priorité.

Après avoir acheminé sa demande, il descendit à la salle de méditation. Avant d'aller voir Gabrielle, il prenait toujours le temps de faire la paix en lui.

### CBOF, 9 H 02

> ... ONT EU RECOURS À UN BÉLIER MÉCANIQUE POUR ABATTRE LA PORTE BLINDÉE DU REPAIRE DES RAPTORS. L'OPÉRATION, QUI S'EST DÉROULÉE À L'AUBE, A PERMIS DE METTRE LA MAIN SUR PRÈS D'UN QUART DE MILLION DE DOLLARS DE PCP.
> LES POLICIERS ONT ÉGALEMENT SAISI D'IMPORTANTES SOMMES D'ARGENT AINSI QUE DES ARMES DONT LA POSSESSION EST PROHIBÉE. CINQ PERSONNES SONT PRÉSENTEMENT DÉTENUES EN RELATION AVEC CETTE AFFAIRE, DONT LE NUMÉRO DEUX DU CHAPITRE DE L'OUTAOUAIS DES RAPTORS.
> AU MÊME MOMENT, UNE DESCENTE AVAIT LIEU DANS UN ÉDIFICE À LOGEMENTS SITUÉ PRÈS DES PROMENADES DU PORTAGE : UN SALON DE MASSAGE APPARTENANT À UN PROCHE DES RAPTORS Y A ÉTÉ DÉCOUVERT ET...

### MONTRÉAL, 10 H 51

Benoît « Bone Head » Bigras avait hérité de son surnom après une altercation avec les Skulls. Un des Skulls lui avait frappé l'arrière du crâne avec une batte de base-ball.

Au moment de l'impact, Bigras s'était penché vers l'avant, de sorte que le mouvement de sa tête avait en bonne partie neutralisé la puissance du coup sans que ça paraisse trop. Après être tombé à genoux, il s'était immédiatement relevé, pour faire face à son adversaire déconcerté.

Quelques heures plus tard, en prenant une bière pour célébrer la victoire des Raptors, il avait expliqué à la blague qu'il avait un crâne renforcé avec une triple épaisseur d'os.

— Ça veut dire que t'as un plus petit cerveau? avait blagué Tweetie Bird, du haut de ses deux mètres.

— Ça veut dire que j'ai gardé ce qu'il faut pour m'occuper de l'essentiel, avait répliqué Bigras : les filles, le fric, la bière et les *guns*. Le reste, je laisse ça aux tapettes.

C'était une des plus longues phrases qu'il avait jamais dites. Il l'avait prononcée sans aucune émotivité, sur le même ton tranquille qu'il utilisait invariablement, les rares fois où il parlait.

À partir de ce jour, son surnom de Cool Head avait été remplacé par celui de Bone Head. Il était depuis quatre ans le chef du chapitre de Montréal. Et, depuis trois mois, il était logé gratuitement à la prison de Parthenais.

— J'ai quelque chose à te montrer, dit Théberge.

Bone Head le regarda sans sourciller. Le policier fit démarrer le magnétoscope.

C'EST UNE OFFENSIVE MAJEURE CONTRE LES MOTARDS CRIMINALISÉS QUI A ÉTÉ MENÉE HIER SUR TOUT LE TERRITOIRE DE LA COMMUNAUTÉ URBAINE PAR LES FORCES POLICIÈRES. PAS MOINS DE QUATRE BARS DE DANSEUSES CONNUS POUR ÊTRE CONTRÔLÉS PAR LES RAPTORS ONT ÉTÉ PERQUISITIONNÉS. CELA A CONDUIT À UNE QUINZAINE D'ARRESTATIONS POUR POSSESSION DE DROGUE. PLUSIEURS SYMPATHISANTS DU GROUPE DE MOTARDS FONT PARTIE DES PRÉVENUS.

— À Sherbrooke, Drummondville, Trois-Rivières et Hull, c'est la même chose, fit le policier, après avoir figé l'image.

Bone Head continuait de regarder sans dire un mot. Théberge remit l'appareil en marche.

> Des perquisitions ont également été menées dans deux salons de massage : les policiers y ont procédé à une dizaine d'arrestations, dont celle de six clients.
> Une opération similaire s'est déroulée à Québec, où deux bars et une agence d'escortes ont été visités par les policiers. Le local du chapitre québécois des Raptors a également été perquisitionné et deux membres en règle ont été arrêtés pour possession d'armes prohibées.

— Aucun établissement appartenant aux Skulls n'a été touché, reprit Théberge.

— Qu'est-ce que vous voulez ?

— Demain, tu seras transféré dans la partie de la prison contrôlée par les Skulls. J'espère pour tes ayants droit que ton contrat d'assurance-vie ne contient pas trop de clauses en petits caractères visant à exclure toutes sortes de circonstances déplaisantes et malencontreuses.

— Vous n'oserez pas… Vous allez repartir la guerre !

— Et alors ? Les éditorialistes vont déplorer la chose, les journaux vont se remplir de reportages sur le sujet, les épidermes délicats vont entonner leurs jérémiades coutumières, les indignateurs professionnels vont faire leur numéro… Mais, au fond, quand on regarde ça de façon réaliste, des motards, moins il en reste, mieux c'est : on a moins de problèmes à savoir avec qui il faut négocier, quand on a quelque chose à régler.

Bone Head continua de fixer Théberge dans les yeux.

— Combien de jours penses-tu survivre, dans le secteur des Skulls ? reprit le policier. Trois ? Quatre ? Avoue que ce serait dommage. Moins d'un mois avant de sortir… Quand ça va se savoir à l'intérieur du poste, je suis sûr que les paris vont être ouverts sur le nombre de jours… En plus, ça devrait permettre de coincer un ou deux Skulls pour un dix-quinze ans supplémentaire.

— Qu'est-ce que vous voulez ? répéta Bone Head.

Théberge prit un moment de réflexion avant de répondre.

— Le Palace, finit-il par dire. Ce n'était peut-être pas une bonne idée.

— Le Palace? Le bordel contrôlé par les flics?

— Je subodore dans ta réponse une pointe d'agressivité qui me semble un tantinet contre-productive.

Théberge sortit la cassette du magnétoscope.

— Ceci, dit-il en montrant la cassette, est un échantillon de ce qui s'en vient. Mais on peut aussi en rester là, revenir à nos opérations régulières. À toi de choisir.

— Je vous écoute.

— On parlait du Palace, un bar de danseuses dûment enregistré au nom de Dominique Weber et appartenant en fait à Conrad Dupré.

— Et alors?

— Tu ne regardes jamais les informations? Je croyais que vous aviez la télévision, à l'intérieur, pour meubler vos longues soirées de méditation.

Théberge introduisit une autre cassette dans le magnétoscope. On y voyait un présentateur expliquer, images à l'appui, l'attaque à la bombe contre le bar de Dupré.

— Vous êtes sûr que ça vient de nous? demanda Bone Head après avoir regardé l'extrait de télé.

— Je peux même te donner le nom du responsable : Tooth Pick.

— Vous avez fait tout ce cirque pour… ça?

— Si on laisse passer, tout le monde va croire que la saison de la chasse est ouverte.

Bone Head hocha imperceptiblement la tête. C'était un argument qu'il pouvait comprendre.

— Je te donne jusqu'à demain midi pour corriger la situation, reprit Théberge. Je veux que Dupré soit indemnisé pour les dommages à son établissement et que vous foutiez la paix à madame Weber. Je ne veux plus de problèmes. Sinon, tu déménages tes pénates dans le secteur des Skulls et on continue les perquisitions.

— Vous n'avez rien qui tiendrait en cour.

— Qui parle d'aller en cour?

Il regarda le motard avec un large sourire.

— Avec les perquisitions qui se poursuivent, reprit-il, mais uniquement chez vous, les Skulls vont comprendre qu'ils ont la voie libre. Au besoin, on les aidera à comprendre. Et puis, on peut multiplier les arrestations temporaires, histoire de leur faciliter la tâche, s'ils veulent s'attaquer à ceux qui restent… Comment est-ce qu'on pourrait nous reprocher de faire notre travail ?

— On a toujours laissé Dupré tranquille.

— Je suis prêt à croire que c'était une erreur.

— Je vais voir ce que je peux faire.

## Montréal, 15 h 26

Hope ne pouvait détacher son regard du visage tuméfié de Brochet.

— Qu'est-ce qui vous est arrivé ?

— J'ai voulu vous rendre service. J'ai essayé de convaincre votre investisseur de renoncer à son projet.

— Et il vous a…

— Pas personnellement. C'est quelqu'un de beaucoup trop bien élevé… Il m'a même versé un boni pour la correction que j'ai reçue. À titre de dédommagement.

— Un boni ?

— Un boni très généreux, je dois dire. Il a tenu à m'assurer qu'il n'avait rien contre moi personnellement, mais que vous aviez besoin que les choses soient très claires. Je suis censé servir d'exercice pédagogique… Le boni sert à couvrir ce supplément de travail.

— Il croit vraiment qu'il peut acheter n'importe qui !

— C'est à ça que sert l'argent, non ?

Sur ce, Brochet posa son porte-documents sur la table, l'ouvrit et en sortit un dossier.

— Tous les documents sont prêts. Vous verrez, c'est une offre généreuse. Et pas seulement d'un point de vue financier.

Hope le regardait sans parvenir à répondre.

— Vous conservez l'entière responsabilité des fonds sous gestion, des stratégies d'investissement et de la sélection du personnel, poursuivit Brochet. Nous créerons une section particulière pour gérer les fortunes privées, section qui sera sous ma responsabilité personnelle. Un minimum de quatre milliards me sera confié dans les prochains jours… Il va sans dire que vous allez toucher un pourcentage des profits réalisés dans cette section de la compagnie.

— Et eux, qu'est-ce qu'ils veulent ?

— Un investissement rentable dans une entreprise vouée à prospérer. L'assurance que leurs fonds seront bien gérés. Un maximum de discrétion… Ils ont des investissements analogues dans beaucoup d'entreprises de par le monde. Pourtant, vous n'entendrez jamais parler d'eux. Ils préfèrent le rôle de partenaires silencieux.

— L'argent que vous allez recevoir…

— Ne vous inquiétez pas, tout est légal. Les fonds appartiennent à des compagnies dûment enregistrées.

— Au Panama, je suppose !

— Dans certains cas, oui. Bien que ce ne soit pas la majorité. Loin de là.

— Ça ne vous dérange pas ?

— De nos jours, l'information financière sur les compagnies est un des principaux champs de l'espionnage industriel. C'est souvent pour se protéger de ses concurrents qu'il est nécessaire de prendre ce type de précaution.

— Et Doyon ? Qu'est-ce que je lui dis ? Je m'excuse, mais on ne fait pas d'omelettes sans casser d'œufs ? Merci pour le coup de main ?

Hope réalisa en la disant l'humour involontaire de sa dernière remarque.

Il rougit.

— Monsieur Doyon avait souscrit, il y a trois ans, une généreuse police d'assurance pour se prémunir contre l'éventualité de tels événements. Plus d'un million, m'a-t-on dit. Il pourra se payer les meilleurs traitements disponibles, se faire poser une main artificielle et – qui sait – dans une dizaine ou une vingtaine d'années, se faire poser une main véritable.

— Pour vous aussi, ce n'est qu'une question d'argent !

— C'est la seule dimension du problème sur laquelle nous avons prise. Par ailleurs, la compagnie pourrait aussi faire sa part en lui offrant de longues vacances généreusement rémunérées, histoire de lui permettre une convalescence agréable avec sa famille. Un voyage, peut-être... Ma philosophie, c'est de toujours voir ce que je peux tirer de positif des événements malheureux de l'existence. Peut-être pouvons-nous permettre à une famille de se retrouver, de resserrer ses liens...

— Et vous voulez que je signe ça ?

— Dans mon intérêt personnel autant que dans le vôtre et celui de la compagnie.

Hope le regarda un instant en silence.

Brochet avait de la difficulté à cacher sa satisfaction. L'aspect dévasté de son visage avait presque complètement éliminé les préventions de Hope à son endroit. Ils étaient maintenant deux victimes, l'une plus expérimentée que l'autre, et ils verraient ensemble de quelle façon tirer le meilleur parti des événements.

— Vous êtes certain que nous n'aurons plus affaire à eux ? demanda Hope.

— À part le quarante pour cent des profits annuels que nous devrons leur verser, non. C'est de cette manière qu'ils procèdent partout sur la planète.

— Et les comptes privés ?

— Toutes les entrées de fonds sont effectuées par transfert électronique, la plupart à des dates fixes. Ces transferts sont ma responsabilité. Vous n'aurez jamais de problèmes.

Hope examina les papiers.

— Je n'ai jamais vu de contrats aussi souples.

— Ils vous font confiance.

— Je veux bien, mais...

— Vous recevez soixante-quatre millions. En retour, ils obtiennent cinquante et un pour cent des actions et quarante pour cent des profits annuels. Et vous conservez le contrôle total de la compagnie. Que vous faut-il de plus ?

— Les comptes privés? Vos fonctions dans la compagnie?... Il n'y a rien de prévu dans le contrat.

— Des détails. Ils aiment mieux se fier à vous que de s'en remettre à un avocat. Avouez qu'on peut les comprendre, ajouta Brochet avec un sourire.

— Et s'il y a des problèmes, qui va perdre une main, la prochaine fois?

— S'il n'en tient qu'à moi, il n'y aura pas de prochaine fois.

— Que vous dites!

— Pour ce qui est de votre argent, il sera transféré à la banque de votre choix. Vous avez seulement à m'indiquer l'institution financière et le pays que vous désirez. Tout peut être réglé en quelques heures.

### LCN, 17 H 31

> ... DU NOUVEAU DANS CE QUE PLUSIEURS APPELLENT DÉSORMAIS L'AFFAIRE DU VAMPIRE. C'EST EN EFFET DANS CES TERMES QUE L'ON DÉSIGNERAIT MAINTENANT, JUSQUE DANS LES MILIEUX POLICIERS PROCHES DE L'ENQUÊTE, LE MEURTRE DE LA JEUNE MYLÈNE GUIMONT.
> DES INDICES POINTERAIENT VERS L'IMPLICATION D'UNE SECTE DANS LA MORT DE LA JEUNE DANSEUSE ET L'ON N'ÉCARTERAIT PAS LA POSSIBILITÉ QU'IL PUISSE Y AVOIR D'AUTRES VICTIMES.
> PAR AILLEURS, TVA A APPRIS L'EXISTENCE D'UN MESSAGE QUI AURAIT ÉTÉ TROUVÉ À CÔTÉ DU CORPS ET QUI INCRIMINERAIT LE VENGEUR...

### MONTRÉAL, 19 H 53

Blunt aurait aimé avoir un jeu de go pour examiner un problème en attendant que Strange arrive. Mais c'était une des choses qu'il avait dû abandonner. Par mesure de prudence, il ne touchait plus à un jeu de go en public. Si on cherchait à le retrouver, ce serait la première chose que l'on surveillerait.

Pour compenser, il utilisait divers sites sur Internet. En prenant un certain nombre de précautions, il pouvait ainsi affronter de façon anonyme des partenaires d'un peu partout dans le monde.

Quand il était dans un bar, par contre, il n'y avait aucun substitut possible au jeu de go portatif qu'il gardait presque toujours avec lui auparavant. Il s'efforçait alors de pratiquer ce que Bamboo Joe appelait le silence intérieur. Il s'agissait, par relaxation et discipline mentale, d'atteindre un état où le bavardage intérieur s'interrompait.

Le succès était toujours éphémère, mais Bamboo lui avait dit que ces instants de silence s'accumulaient en lui à son insu. Un jour, il atteindrait un certain seuil et il pourrait alors basculer à volonté dans cet état d'attention entière et silencieuse, où il voyait le monde sans interférences, sans le brouillage habituel de ses craintes et de ses espoirs, sans le filtre de ses intérêts et de son obsession d'être quelqu'un.

C'était le genre d'état qu'il atteignait parfois lorsque, après s'être absorbé un long moment dans l'examen d'une position de go, le coup à jouer lui apparaissait subitement comme une évidence. Une sorte d'intuition instantanée, sur laquelle il devait ensuite travailler pendant de longues minutes pour trouver les raisons implicites qui la justifiaient.

Pour atteindre cette forme d'attention détachée, d'ouverture complète à l'extérieur, Blunt utilisait deux techniques. L'une consistait à revoir mentalement, coup par coup, une partie de grand maître qu'il trouvait particulièrement belle. L'exercice avait le même effet qu'un mantra. Après un certain nombre de répétitions, son esprit se vidait de toute autre préoccupation et il demeurait suspendu dans une sorte de vide intérieur, étranger même au processus de répétition qui continuait de se dérouler de façon autonome dans son esprit.

Il demeurait alors les yeux ouverts, disponible au spectacle intérieur qui se déroulait en lui, mais sans y attacher d'importance et sans perdre de vue ce qui se passait à l'extérieur.

Il venait d'atteindre cet état lorsque Léopold Strange s'assit sur la banquette en face de lui.

Le policier avait l'attitude vaguement désinvolte, vaguement amusée que cultivent certains vieux détectives qu'aucune perversion ne peut plus surprendre, mais qui gardent quand même un minimum d'espoir dans l'humanité.

— Théberge te fait des misères ? demanda Blunt.

Strange lui jeta un drôle de regard.

— Théberge ne me fait jamais de misères, dit-il. Au pire, il fait semblant d'avoir une montée de lait et je fais semblant d'être impressionné.

Il fit ensuite un vague signe au serveur, qui se dirigea aussitôt derrière le comptoir pour revenir avec une Molson Export.

— Théberge a beau tonitruer, comme il dit, il ne ferait pas de mal à une mouche. C'est de loin le meilleur chef que j'ai eu. Non, s'il y a quelqu'un qui a des problèmes, ce serait plutôt lui.

— Théberge ?

— Le maire a débarqué dans son bureau, ce matin. Il a menacé de traiter de son cas à la prochaine séance du Conseil.

— Qu'est-ce qu'il a encore fait ? Saccagé un espace vert en effectuant une poursuite ? Agressé un spécimen du jardin botanique ?

— C'est à cause du Vengeur.

Strange prit une gorgée de bière.

— Depuis qu'il a défoncé la rue en face de la résidence du maire, poursuivit-il, notre végétal en chef est parti en guerre.

— Contre le Vengeur ?

— Il veut qu'on mette la moitié des flics de la ville pour le trouver.

— D'après ce que j'ai vu à la télé, ce serait plutôt contre les motards que vous seriez en guerre, ces temps-ci.

— Ça... !

Strange prit une autre gorgée, passa la main sur son estomac en esquissant une grimace.

— Sur le Vengeur, demanda Blunt, vous n'avez toujours rien ?

— Non… mais tant qu'à moi, c'est la dernière de mes priorités. Je le trouve même assez sympathique. Tu te rappelles son dernier exploit, avant celui du maire ?

— Le purin de porc ?

— Oui.

La cible du Vengeur avait été un des plus gros producteurs de porcs de la province.

En commission parlementaire, ce dernier s'était opposé à ce que le gouvernement impose le traitement par méthode sèche du lisier. Cette méthode, généralisée dans plusieurs pays, avait le mérite d'éliminer en grande partie les odeurs désagréables provoquées par le traitement humide.

Le producteur avait argumenté que l'odeur n'était pas si désagréable, que la création d'emplois avait un prix et que le changement de méthode nécessiterait des coûts beaucoup trop importants.

Une semaine plus tard, un camion rempli de lisier liquide s'était rendu à son chalet, dans les Laurentides, et avait vidé son contenu dans la piscine extérieure. La beauté de la chose était que la piscine extérieure communiquait avec la piscine intérieure.

Quelques heures plus tard, les médias avaient reçu une cassette audio donnant les détails de l'exploit. Elle se terminait par un extrait de la déposition du producteur en commission parlementaire.

MONSIEUR LE PRÉSIDENT, LES RUMEURS SUR LA FORCE DE CES ODEURS SONT LARGEMENT EXAGÉRÉES. J'EN VEUX POUR PREUVE QUE LES GENS VIVANT À PROXIMITÉ D'UNE PORCHERIE S'HABITUENT TRÈS VITE À L'ODEUR ET FINISSENT PAR NE PLUS LA REMARQUER.

Puis la voix du Vengeur enchaînait, après une pause de quelques secondes.

JE SUIS PERSUADÉ QUE SES VOISINS S'HABITUERONT SANS PROBLÈME À CETTE ODEUR ET QU'ILS N'ENGAGERONT AUCUNE POURSUITE POUR NUISANCE CONTRE LUI.

— Admets qu'il est difficile de ne pas le trouver sympathique, fit Strange.

— C'est quand même un peu excessif, non ?

— Toi, qu'est-ce que tu dirais si on en construisait une à côté de chez vous ?

— Une porcherie ? À côté de chez nous ?

— Pas nécessairement à côté. Juste à un demi-kilomètre. Avec le vent, l'humidité, l'odeur voyage très bien.

— Je ne savais pas qu'il y avait une escouade pour la protection de l'environnement à la CUM, se moqua Blunt.

— S'il y en avait une, ça ferait longtemps qu'on aurait changé de maire !

— Et pour les motards ? Vous faites quoi, maintenant ?

— Théberge a rencontré le chef des Raptors. Il l'a menacé de le transférer dans un secteur de la prison contrôlé par les Skulls... À mon avis, ça devrait se calmer.

Un long silence suivit. Strange continuait de boire plus rapidement que d'habitude et de regarder partout.

— Les résultats sont rentrés, finit-il par dire. J'ai passé des examens il y a deux semaines. Il va falloir qu'ils opèrent.

— Des examens ?

— La prostate.

— C'est avancé ?

— Pas trop.

— C'est un des cancers qui évoluent le plus lentement.

— Je sais. Il paraît que j'ai de bonnes chances. Soixante à soixante-dix pour cent. Mais...

— Ça fait combien de temps que tu le sais ?

— De façon certaine ? Deux jours... Ce qui me dérange, ce n'est pas tellement les risques que ça ne fonctionne pas, mais ceux de rester impuissant... si tout va bien !

Il prit une nouvelle gorgée.

— J'ai le choix, reprit-il : ou bien je sauve ma peau et je peux être impuissant pour le reste de ma vie, ou bien j'attends et je risque que ça devienne inopérable.

— Tu as jusqu'à quand pour décider?

— Il n'y a pas de date précise. Mais, avec chaque semaine qui passe, mes chances baissent.

Strange commanda une autre bière.

— Pour les motards, tu me tiens au courant? demanda Blunt.

— D'accord. Et toi, pas un mot à Kathy.

— Je ne dirai rien. Mais tu la connais…

— Je sais.

Kathy avait un véritable radar pour découvrir ce que les gens essayaient de lui cacher. Son côté psy, comme elle disait. Elle travaillait maintenant pour le service de renseignements du SPCUM, où elle s'occupait entre autres de l'évaluation du personnel.

Blunt commanda à son tour une autre bière.

— Toi, tu y as été, au Palace? demanda Strange.

— Non.

— Tu devrais. Il y a une fille, là… Je n'ai jamais rien vu de pareil.

Blunt jeta à Strange un regard surpris.

— Tu y vas souvent?

— J'y ai été l'autre jour avec Théberge. Quand on a ramassé les deux Raptors… La fille, elle a des yeux!

— Des yeux! Tu vas dans les bars de danseuses pour voir les yeux des filles! C'est encore mieux que ceux qui achètent *Playboy* pour les articles!

— Tu devrais voir! Elle a des yeux comme ceux d'un chat. La pupille est droite et verticale… Ça fait vraiment étrange, quand elle te regarde.

— C'est une danseuse?

— Je pense qu'elle a déjà dansé. Maintenant, c'est elle qui s'occupe du bar pour Dupré. C'est une sorte de gérante à tout faire. Théberge la connaît depuis pas mal de temps. Elle est notre contact avec les groupes qui travaillent pour aider les danseuses et les filles des agences d'escortes… Je te dis, tu devrais aller voir ça! Si tu veux, on ira prendre une bière là, un jour.

— Des pupilles verticales?

— Comme les chats.

— Tu es sûr que ce n'est pas un de tes fantasmes ?

— Tu veux gager une bière ?

— C'est peut-être des verres de contact ?

— C'est ce que je pensais, mais Théberge m'a affirmé que c'est vraiment ses yeux.

— J'espère pour elle que ce ne sont pas les yeux d'un autre !

— Tu verras bien.

## Montréal, 21 h 32

Bone Head fut tiré de sa cellule et amené dans une salle de visite sans explications. Sur place, le gardien lui tendit un cellulaire et se retira à l'autre bout de la salle.

— Tu perds la main, Bone ?

Le motard reconnut immédiatement la voix : Hans The Brain Schmidt, le principal conseiller de l'organisation.

— Qu'est-ce qu'il y a ?

— On dirait que tu n'arrives plus à contrôler ta gang.

— Je sors dans trois semaines.

— Ça ne peut pas attendre. Il faut que tu mettes de l'ordre dans tes affaires. Sinon, on va demander à quelqu'un d'autre de s'en occuper.

— C'est quoi, le problème ?

— Le problème, c'est qu'on s'est engagés à ne pas partir de guerre. Ça inclut de ne pas faire sauter de bombes. Surtout pas dans des clubs appartenant aux flics.

Bone Head étouffa un juron. Après les flics, New York lui tombait dessus. Dans quoi est-ce que Tooth Pick était allé fourrer ses grands pieds ?

— Ce n'était pas une bombe, protesta-t-il. Juste un cocktail molotov. Et il n'a même pas explosé à l'intérieur du bar. Tu ne vas pas faire un drame pour un pétard !

— Un pétard qui nous coûte deux millions et demi ! On va prélever une cotisation spéciale sur vos prochaines transactions : dix pour cent jusqu'à temps qu'on soit remboursé.

— *Fuck !*

— Pour l'instant, ça reste entre nous. Mais si ça se reproduit, il va falloir que j'explique au Grand Conseil que le chapitre de Montréal nous fait mal paraître…

— D'accord, d'accord !

— Qu'à cause de vous, la parole des Raptors n'a plus de valeur.

— Je m'en occupe, je te dis.

Après avoir raccroché, Bone Head réfléchit aux options qui s'offraient à lui. Une chose était certaine, il suivrait le conseil de Hans The Brain Schmidt. Il n'avait d'ailleurs pas tellement le choix. Dans l'organisation, ceux qui ignoraient les avis du conseiller n'avaient jamais une très longue espérance de vie… Le problème, c'était de contrôler Tooth Pick.

Après un moment, il se dirigea vers le garde.

— Il faut que je fasse un appel.

— Il te reste dix minutes.

— Un appel privé.

— Ce n'est pas inclus dans le prix.

— Combien ?

— Deux cents.

— OK.

— Je vais attendre à la porte. Il te reste neuf minutes.

Quand le garde fut sorti, Bone Head composa le numéro personnel de Steve No Shit Dupont, le chef des opérations militaires et de renseignement du groupe. C'était lui qui était chargé d'assurer la discipline en son absence.

Une façon économique d'utiliser l'argent consiste à faire miroiter l'espoir d'un gain important. C'est le principe de la loto. En général, plus les gens sont pauvres, plus ils sont susceptibles de répondre à un tel incitatif.

Il faut toutefois éviter de gonfler indûment le montant promis, même dans le cas où il n'est pas destiné à être réellement versé. S'il est trop important, il peut arriver que la personne : a) ait de la difficulté à s'imaginer possédant une telle somme ; b) ne croie pas possible de l'obtenir.

Fondamentalement, il s'agit là d'un problème d'imagination. Le montant auquel on fait rêver les gens doit être ajusté aux limitations de leur imagination, lesquelles dépendent de leur mode de vie.

Leonidas Fogg, *Pour une gestion rationnelle de la manipulation*, 2- Acheter la docilité.

## MERCREDI, 31 MARS 1999

## MONTRÉAL, 8 H 32

Le signal électronique entra dans l'ordinateur personnel du président de Hope Fund Management. Il provenait de la Banco Republicano, à Panama City. Le message se résumait à un nom, Didier Bertrand, à un numéro de téléphone ainsi qu'à trois séries de chiffres et de lettres.

Quelques instants avant, un autre signal avait traversé l'Atlantique en direction de la Suisse, également en provenance de la Banco Republicano, pour transférer soixante-quatre millions de dollars dans trois comptes d'une des principales institutions financières de Zurich.

Pour avoir accès à cet argent, il fallait utiliser les informations transmises dans l'ordinateur de Hope.

— Vous voilà maintenant plus riche de soixante-quatre millions, fit Brochet en se détournant de l'écran pour regarder Hope.

Les ecchymoses sur son visage commençaient à prendre une teinte bleutée.

— La première fois que vous allez téléphoner à monsieur Bertrand, reprit Brochet, il va enregistrer votre empreinte vocale. Une précaution supplémentaire. Par la suite, vous aurez accès directement aux comptes en utilisant les codes qu'il va vous fournir.

— C'est tout ? Avec ce qu'ils vous ont fait, à vous et à Doyon…

— Quoi ?

— Je m'attendais à plus de contrôle de leur part.

— Quand on les contrarie, ils peuvent être très désagréables, mais le reste du temps, ce sont des partenaires d'affaires probes et efficaces. Avec eux, il n'y a jamais de complications inutiles.

Dans les minutes qui suivirent, plusieurs messages analogues entrèrent dans l'ordinateur de Christopher Hope. Brochet se dépêchait de les décrypter avec le logiciel qu'il avait installé aux premières heures du jour et il les rangeait dans différents dossiers.

— Vous avez maintenant deux virgule un milliards de plus à gérer dans vos fonds réguliers, dit-il. Il s'agit de quatre clients situés dans la zone euro. Pour le moment, leurs fonds sont en bons du Trésor américains et en obligations allemandes. Il faut établir pour eux une stratégie d'investissement à long terme.

— Ils ont des contraintes ?

— Vous pouvez prévoir des entrées de quelques centaines de millions par année dans chacun des comptes. Pour ce qui est des sorties, elles devraient être assez rares et elles ne dépasseront jamais quinze pour cent des fonds. Le plus simple est probablement de conserver l'équivalent de ce montant en obligations US, comme liquidités, et d'investir le reste de la manière que vous jugerez appropriée.

— Quel type de gestion ?

— Mes clients ne s'attendent pas à ce que vous multipliiez les coups de dés pour profiter de la volatilité des marchés. Ils veulent une stratégie à long terme solide et une gestion disciplinée. Pour le reste, vous avez toute latitude.

— Et pour les frais de gestion ?

— Votre grille tarifaire actuelle leur paraît acceptable. Vous n'aurez qu'à prélever les frais directement dans les fonds. Le responsable de la garde des valeurs a reçu des instructions en ce sens.

— Les fonds sont gardés où ?

— Une fiducie au Panama. Le dossier que j'ai mis sur votre bureau contient une liste de courtiers répartis dans les principales régions financières de la planète. Ce sont des gens fiables, sur qui vous pouvez compter pour avoir des transactions à des prix honnêtes. Il serait préférable que les transactions touchant ces quatre comptes se fassent par leur intermédiaire.

— Pour éviter qu'elles soient enregistrées ici ?

— Disons que nos partenaires apprécient la discrétion. Une liste de numéros de fax et d'adresses électroniques est incluse dans le dossier.

Vingt minutes plus tard, une autre série de messages arrivait. Brochet s'affaira à les décrypter.

— Les quatre virgule trois milliards de la gestion privée, dit-il en se tournant vers Hope. Ce portefeuille peut être diversifié internationalement comme vous l'entendez, mais il doit demeurer liquide. Le plus simple est de l'investir en bonne partie en titres à court terme et de le gérer par superposition de produits dérivés.

— Quatre milliards ? En titres liquides ?

— Des ordres de transactions nous seront transmis de façon régulière. Vous trouverez une liste numérotée de protocoles de transactions dans le dossier des placements privés que j'ai téléchargé dans votre ordinateur. C'est une procédure qui devrait vous simplifier la vie. Le client vous dira simplement le montant total et un numéro. Vous saurez alors, en consultant la série d'instructions qui correspond à ce numéro, quelle partie du montant vous devez transférer dans telle, telle ou telle banque ainsi que la façon de le faire.

— Je croyais que c'était vous qui deviez vous occuper de cette partie de la gestion.

— Mon rôle est d'en assumer la responsabilité générale. Dans la vie quotidienne, c'est vous qui serez le gestionnaire. Jusqu'à ce que je trouve quelqu'un d'autre… Rassurez-vous, ce ne sera pas très long. J'ai déjà quelqu'un en vue.

— C'est une nouvelle directive de vos clients?

— Indirectement. Ils m'ont demandé de superviser la gestion de quelques-uns de nos compétiteurs. La chose va me demander du temps.

Hope resta sans voix.

— Vous verrez, reprit Brochet, ce sera amusant. Nous allons tous devenir une grande famille.

Il passa précautionneusement la main sur son visage.

— Ça fait mal? demanda Hope.

— Avec des Tylenol aux quatre heures, c'est très supportable.

— Ça… ça vous est déjà arrivé?

— Ce genre d'expérience? Non. Habituellement, mon client privilégie des solutions plus expéditives. Il doit beaucoup tenir à vous.

— Vous vous rendez compte de ce que vous dites?

— Cessez de vous en faire. Maintenant que tout est réglé, ils ne nous causeront aucun souci.

Hope lui jeta un regard incrédule.

— Vous êtes sérieux… finit-il par dire.

— Bien sûr que je suis sérieux! reprit Brochet sur un ton qu'il voulait plein d'entrain. Allez, je vous invite à prendre un verre pour fêter mon engagement!

## CHEYENNE MOUNTAIN, 6 H 58

Enfoui sous une montagne de granit à l'époque de la guerre froide, le centre de surveillance avait la réputation d'être la base la plus imprenable et la plus sécuritaire des États-Unis. Elle était née de l'accord de défense NORAD, qui visait à protéger l'espace aérien de l'Amérique du Nord contre les missiles et les bombardiers russes.

Avec les années, « la montagne », comme l'appelaient les initiés, s'était vu confier d'autres tâches. Il y avait d'abord eu la surveillance des tirs de missiles et du trafic aérien à la grandeur de la planète, puis celle des satellites.

Son mandat le plus récent était la direction de ce qu'on aurait pu appeler la guerre informatique. Il s'agissait essentiellement de protéger les réseaux informatiques américains et de se préparer à déclencher des opérations offensives contre des réseaux ennemis.

Dans le sillage de ce programme était née l'opération Midas. Elle consistait à suivre les mouvements d'argent liés à des groupes terroristes et d'identifier les institutions financières les plus susceptibles de collaborer avec eux.

Une liste rouge avait ainsi été constituée, sur laquelle on retrouvait une majorité d'institutions établies dans des paradis fiscaux. Toute somme importante provenant de ces institutions était suivie à la trace. La plupart du temps, rien n'en résultat. À trois reprises, cependant, des informations avaient permis de prévenir des attentats.

Le capitaine Murray Winnicot était le responsable de toutes les opérations de surveillance informatique et il avait placé l'opération Midas directement sous son contrôle. Il était aussi un des informateurs de niveau 1 de l'Institut. Une des rares personnes à savoir que l'Institut n'avait pas totalement disparu, comme la plupart le croyaient.

Quelques mois plus tôt, il avait reçu l'instruction de porter une attention particulière à tout mouvement de fonds suspect dont la destination serait le Québec.

Quand il eut décodé l'ensemble des messages acheminés à Hope Fund Management par la Banco Republicano, un sourire apparut sur ses lèvres.

— Bingo !

Il regroupa rapidement l'information disponible sur les transferts, incluant ce qu'il avait sur la Deutsche Credit Bank de Zurich et la Banco Republicano. Il joignit ensuite ce dossier à un autre qui serait expédié à neuf heures précises, par message ultra condensé, au directeur de la NSA.

Là s'arrêtait son rôle. Il ne savait pas si le directeur recevait les messages ou si son adresse servait simplement de relais avant qu'un système automatisé les réachemine à leur véritable destinataire.

À vrai dire, peu lui importait. Ce qui comptait pour lui, c'était de travailler pour une organisation qui ne s'embarrassait pas de contrôles bureaucratiques, de naïvetés idéalistes et de partisanerie politique, mais sans pour autant tomber dans la rhétorique simplificatrice de la droite réactionnaire.

À plusieurs reprises, en suivant l'actualité dans les médias, il avait pu constater l'efficacité de l'Institut : les informations qu'il leur transmettait faisaient réellement une différence. Bien sûr, cela ne ramènerait pas à la vie ses deux frères morts dans l'attentat de Lockerbie, mais il retirait de son action un certain sentiment de devoir accompli.

Quant à la possibilité d'être découvert, elle était peu probable. Les messages qu'il envoyait transitaient par l'ordinateur du responsable des approvisionnements, que Winnicot avait personnellement piraté. Ses envois étaient alors joints de façon clandestine aux informations quotidiennes que le centre acheminait à la NSA.

Entre les deux organisations, ce n'était pas l'amour fou, mais chacune trouvait son intérêt dans cette collaboration. Les systèmes de surveillance de Cheyenne Mountain étaient moins développés que le réseau global d'écoute électronique de la NSA, contrôlé depuis Fort Meade, mais ils étaient plus spécialisés.

## Montréal, 9 h 01

L'inspecteur-chef Théberge se leva de son siège avec précaution. Chacune de ses vertèbres semblait avoir entrepris de lui reprocher individuellement toutes les heures de repos dont il les avait privées.

Le policier avait demandé à sa secrétaire de filtrer les appels. Il n'était là pour aucun journaliste. Sur son bureau s'étalaient les quotidiens de la métropole. Tous faisaient allusion, d'une façon ou d'une autre, à «l'affaire du vampire», comme l'appelait *Le Devoir*, en mettant des guillemets pour se dissocier clairement de toute adhésion à cette croyance.

*The Gazette*, pour sa part, parlait du Vampire Vengeur. S'appuyant sur des sources confidentielles, le journaliste évoquait l'implication possible du Vengeur dans le meurtre de la jeune danseuse et s'interrogeait sur le fait que les policiers aient choisi de cacher le message qu'avait laissé le meurtrier.

Quant au *Journal de Montréal*, il reprenait l'hypothèse du tueur en série. Il évoquait la possibilité que l'approche de l'an 2000 puisse servir de prétexte à des esprits déséquilibrés pour mettre en scène leurs fantasmes.

Depuis que Théberge était arrivé, à huit heures trente, les coups de fil des journalistes s'étaient succédé. Ironiquement, les questions ne portaient pas d'abord sur l'opération contre les motards. C'était le meurtre de la jeune danseuse qui retenait leur attention : tous voulaient connaître le contenu du fameux message. Et tous voulaient savoir s'il s'agissait d'un véritable tueur en série. S'il fallait s'attendre à ce qu'il y ait de nouvelles victimes.

— La fuite ne venait pas de Crépeau, dit-il à haute voix en s'adressant à la jeune danseuse qui était décédée. Et ça ne peut pas venir de l'équipe technique. J'ai ramassé le bout de papier moi-même, je l'ai mis dans un sac de polythène et le sac n'a pas quitté le tiroir de mon bureau. Personne d'autre ne l'a vu.

Il ferma les yeux un instant, comme lorsqu'il se concentrait pour mieux saisir les inflexions de la voix d'un suspect au cours d'un témoignage.

— C'est vrai, il y a le meurtrier, finit-il par dire en rouvrant les yeux. Mais quel intérêt peut-il avoir à dévoiler l'existence d'une preuve ?… Peut-être que c'est par frustration. Parce qu'il a besoin de reconnaissance… Peut-être qu'il a hâte de voir son message à la une des médias… Évidemment, s'il connaît la procédure policière, il sait qu'il nous prive d'un élément pour identifier les simulateurs, les autodénonciations farfelues et toutes les débilités apparentées…

En parlant, Théberge faisait des gestes avec les mains, comme lorsqu'il s'adressait à un interlocuteur.

— Ça ne colle pas, poursuivit-il. Si c'était un débile en mal de gratification publicitaire, il aurait envoyé le texte directement aux médias… L'hypothèse du Vengeur non plus, je n'y crois pas beaucoup. Quant au tueur en série…

Théberge fut interrompu par l'arrivée de la réceptionniste, qui mit la tête dans l'embrasure de la porte.

— J'ai le maire en ligne, dit-elle. Est-ce que vous le prenez ?

— Autant en finir tout de suite, marmonna-t-il pour lui-même.

Il s'adressa ensuite à la réceptionniste.

— Dites-lui que je le rappelle dans quelques minutes.

## NORTH-HATLEY, 9 H 07

Le message envoyé par le major Murray Winnicot entra dans l'ordinateur de Paul Hurt quelques minutes à peine après avoir transité par celui de John Tate, le directeur de la NSA.

Le réacheminement s'était effectué de façon automatique, quelques microsecondes seulement après son arrivée. Un programme enfoui dans les couches les plus profondes du système d'exploitation avait lu le message, en avait extrait l'adresse électronique du destinataire, avait procédé au réacheminement, puis avait fait disparaître toute trace du message ainsi que de l'activité électronique qui aurait pu trahir son arrivée et sa réexpédition.

L'arrivée du message déclencha un signal d'avertissement sur le terminal de Hurt.

« Informateur de niveau 1 », songea-t-il en reconnaissant la tonalité particulière du signal avertisseur.

Après avoir pris connaissance du message, il en envoya une copie à Blunt. Il faudrait aussi qu'il téléphone à Chamane.

## Montréal, 9 h 11

— Je vois que vous vous êtes finalement rendu à mon avis, attaqua d'emblée le premier magistrat.

— Je ne suis pas certain de bien saisir les nuances de votre pensée, répliqua Théberge.

— Vous avez compris que c'était le Vengeur qui était le coupable.

— Qu'est-ce qui vous inspire cette puissante conclusion ?

— Ce n'est pas vous qui avez coulé l'information aux journalistes ?

Une pointe d'inquiétude perçait tout à coup dans la voix du maire.

— Je suis un policier, pas un politicien, répondit Théberge. Je veux bien vous concéder que les quatre premières lettres sont les mêmes…

— Théberge !

— … et que la distinction peut sonner à vos oreilles comme une hérésie…

— Épargnez-moi votre humour douteux…

— … mais, je vous le jure, il y a vraiment une différence.

— … et dites-moi plutôt d'où vient l'information.

— Aucune idée.

— Vous ne savez pas ?

— Non. Mais si j'avais à deviner, mon premier choix serait le meurtrier.

— Allons donc ! Pour quelle raison le meurtrier se dénoncerait-il ?

— C'est justement la question qui me titille les neurones. Pour quelle raison quelqu'un voudrait-il faire croire que le Vengeur est le meurtrier ?

— Théberge, vous êtes bouché ou quoi ?

— Pas du tout ! Je prends régulièrement des All-Bran. Vous devriez essayer.

— Théberge !

— Je suis tout ouïe !

— Vous avez lu les journaux ?

— Vous savez très bien que je suis un intoxiqué de leurs profondes supputations.

— Si les histoires de sectes, de tueurs en série et de vampires continuent, vous avez une idée de ce qui va arriver ?

— Les journaux vont vendre beaucoup de copies. Il y aura tout plein d'émissions spéciales à la télé.

— Ça va être la panique. Et je ne veux pas de panique. Je veux des ré-sul-tats ! Des ré-sul-tats ! Il faut de toute urgence rassurer la population.

— Vous songez à démissionner ?

— Théberge !

## MONTRÉAL, 9 H 17

Blunt pouvait voir l'ironie moqueuse augmenter dans les yeux de Kathy à mesure qu'il apportait le matériel dans la pièce.

— Ça va nous coûter combien de voyages en Italie, cette petite extravagance ? demanda-t-elle.

— Tu sais bien que l'argent n'est pas un problème, répliqua Blunt en disposant les gobans à distance égale les uns des autres, sur le plancher de la pièce vide.

Il entreprit ensuite de ranger les bols de merisier contenant les pierres de chaque côté des planches de jeu. Elles étaient toutes en ardoise et en nacre, comme le veut la tradition.

— Je suppose que tu as expliqué à tes mystérieux employeurs qu'il s'agissait d'un outil de travail ?

— Mais… c'est un outil de travail ! protesta Blunt.

De chaque côté de Kathy, Mic et Mac étaient au garde à vous, surveillant les opérations. Les deux chats devaient sentir intuitivement qu'il y avait là des milliers de jouets potentiels qu'ils pourraient s'amuser à répandre dans la maison.

Blunt décida qu'il valait mieux attendre pour ouvrir les bols et découvrir les pierres.

— Ça m'aide à réfléchir, reprit-il en se tournant vers Kathy.

Le ton de sa voix disait cependant son peu de conviction quant à ses chances de la convaincre.

— Ça aurait pu être pire, laissa finalement tomber Kathy. J'aurais pu tomber sur un homme qui collectionne les vieux moteurs d'auto… ou les calendriers de garage.

Son sourire s'élargit.

— Je t'ai dit que j'étais d'accord, reprit-elle sur un ton d'où avait disparu toute moquerie. Tu peux faire ce que tu veux avec la pièce…

Puis la moquerie réapparut dans ses yeux.

— Ça fera simplement un sujet de plus à tes nièces pour te taquiner !

« Les ravageuses… » songea Blunt. Il serait encore plusieurs mois sans les voir.

Il fut tiré de ses pensées par un thème musical qui se fit entendre discrètement dans toutes les pièces de la maison à l'exception des chambres.

— Parlant de tes employeurs ! fit Kathy.

Blunt se dirigea vers son bureau pour prendre le courrier prioritaire qui venait d'entrer dans son ordinateur.

En lisant le message de Hurt, il retrouva la tension particulière qu'il ressentait lorsqu'une partie de go prenait un tournant décisif. Le prochain engagement contre le Consortium aurait lieu au Québec. L'intuition qu'il avait eue, deux ans plus tôt, était en voie d'être confirmée.

Un coup de fil à Poitras lui suffit pour obtenir la liste des principaux gestionnaires québécois, l'ampleur des fonds qu'ils géraient, une description des services qu'ils offraient ainsi qu'un résumé de leurs performances au cours des cinq dernières années. Toutes ces informations étaient d'ordre public, lui expliqua Poitras. Elles étaient même largement utilisées par les sociétés de gestion dans leur marketing.

— C'est quel genre de boîte, Hope Fund Management ? demanda Blunt.

— Hope est un très bon gestionnaire d'actions internationales et d'obligations américaines, répondit Poitras. Il est presque toujours dans le premier quartile. Depuis trois ans, sa boîte a connu une croissance impressionnante… Pourquoi est-ce que tu t'intéresses à lui ?

— Pour l'instant, c'est une vérification de routine.

— J'espère qu'ils n'auront pas de nouveaux problèmes. Ils viennent juste de perdre leur vice-président pour plusieurs mois. Une histoire assez *weird*…

— Qu'est-ce qui est arrivé ?

— Il s'est coupé la main droite à la hauteur du poignet en travaillant dans son atelier. C'est arrivé en pleine nuit.

— Je n'étais pas au courant.

— Les journaux ont laissé entendre qu'il avait pris pas mal d'alcool. Pour l'image de la compagnie…

— J'imagine !

— Si ça t'intéresse, je peux t'envoyer un dossier avec ce qu'on trouve sur Hope Fund Management dans les revues spécialisées et les agences de cotation.

— D'accord.

— Une fois tous les trois ou quatre mois, je dîne avec Hope. On a fait notre cours de finances ensemble. Si tu as besoin d'informations sur un sujet particulier, je peux toujours l'inviter à dîner.

— Plus tard, peut-être.

— Entendu.

Après avoir raccroché, Blunt resta un moment plongé dans ses pensées. Il en fut tiré par Mic, qui poussait son bol vide sur le plancher de bois franc, en direction de son bureau.

— Oui, oui… d'accord.

Un miaulement désapprobateur lui répondit.

— Arrête ça, la SPCA va croire que je te torture.

Mic poussa un second miaulement, carrément déchirant cette fois.

— D'accord, j'arrive.

Il prit le plat et se dirigea vers la pièce de rangement, où les chats avaient leurs quartiers.

— Mais ensuite, vous me laissez travailler !

Dix minutes plus tard, Blunt avait retrouvé les principaux articles de journaux et les transcriptions de bulletins de nouvelles sur l'accident de Doyon.

Était-ce une coïncidence qu'un accident aussi improbable survienne au moment où plusieurs messages codés, provenant de banques liées au terrorisme, étaient expédiés à Hope Fund Management ?

Blunt était peu enclin à croire aux coïncidences. Il s'empressa d'envoyer l'information à Hurt.

Ensuite, il se dirigea vers la pièce où il avait installé les jeux de go. Il avait besoin de réfléchir. Un autre élément requérait d'être intégré à l'ensemble de la stratégie : l'inspecteur-chef Théberge.

Une chose était certaine, l'opération que le policier avait montée – pas montée, improvisée – ne manquait pas de courage. Ni d'imagination.

Quand Blunt avait pris connaissance de la demande que lui avait transmise Lefebvre, il n'avait pas immédiatement fait le lien avec l'attaque des Raptors contre le Palace. Il avait accepté parce qu'il faisait confiance à Lefebvre, qui était plutôt avare de demandes d'informations. Et par curiosité. Car il connaissait Théberge. Déjà, il avait apprécié son travail, lors de l'affaire Art/ho. Il avait hâte de voir comment le policier allait manœuvrer contre un ennemi mieux implanté sur le territoire du Québec.

Le résultat l'avait surpris, tant par l'ampleur des opérations que par la capacité de Théberge de rallier autant d'intervenants en aussi peu de temps. S'il était aussi fiable que le disait Lefebvre, le policier pourrait devenir, lui aussi, un contact privilégié de l'Institut.

## MONTRÉAL, 9 H 56

— Tu sais l'heure qu'il est ? demanda d'emblée Chamane.

— Neuf heures cinquante-six, répondit Hurt.

— Tu n'étais plus supposé m'appeler en pleine nuit !

— On s'est entendus pour dix heures.

— Il me reste encore quatre minutes.

— Tu veux que je te rappelle ? répliqua la voix coupante de Sharp.

— Non, ça va. Je suis réveillé maintenant.

— J'ai du travail.

— Du travail pour moi ?

— Une compagnie : Hope Fund Management. Je voudrais surveiller les messages qui entrent et qui sortent de leurs ordinateurs.

— Tu as Sneaky Bird.

— Je veux surveiller tout. En continu.

— Vraiment tout ?

— Je sais. Ça risque d'être un peu gros.

— Il faudrait que je fasse un filtre. Si tu me donnes une série de mots clés…

— Plus tard. Je veux d'abord examiner tout ce qui entre et tout ce qui sort de leurs ordinateurs pendant le prochain mois.

— C'est urgent ?

— J'en ai besoin pour hier.

— Tu peux me donner des informations sur les gens qui travaillent dans la boîte ?

— Probablement. Pourquoi ?

— La façon la plus simple de percer la sécurité d'un système, c'est de connaître les gens et de faire les poubelles. La plupart se créent des mots de passe à partir de leur date de naissance, de leur anniversaire de mariage ou du nom de leurs enfants. Et pour être sûrs de ne pas se tromper, ils les écrivent sur des bouts de papier avant de s'en servir !... Ou, encore, ils prennent le nom du dossier comme code d'accès pour chacun des dossiers !

— Je devrais pouvoir te trouver quelque chose.

— De mon côté, je vais faire quelques approches, pour voir comment leur système réagit.

— Vas-y doucement pour les approches. La priorité, c'est de les infiltrer sans qu'ils s'aperçoivent que quelqu'un s'intéresse à eux. Pour la rapidité, tu fais ce que tu peux, mais ça vient en deuxième.

— Reçu cinq sur cinq !

— Je te rappelle demain.

— Après dix heures !

— Tu es sûr de ne pas te faire repérer ?

— Tu me prends pour qui ? Avec quatre relais dans des universités américaines et trois rerouteurs en Suède, en Australie et au Japon, j'ai un minimum d'un quart d'heure d'autonomie. Probablement quatre fois plus.

— D'accord, d'accord...

Chamane interrompit la communication et lança le logiciel de lecture de musique. La voix de Marilyn Manson prit la pièce d'assaut.

> *But all the drugs in the world*
> *won't save her from herself*

Il en avait pour une heure au moins à faire le tour des sites de hacking qu'il visitait quotidiennement, histoire de garder le feeling de ce qui se tramait dans le milieu. Ensuite, il irait voir de quoi avait l'air le réseau de Hope Fund Management.

### NORTH-HATLEY, 10 H 15

— Que puis-je pour vous, monsieur Hurt ? demanda frère Guidon.

— On m'a dit que plusieurs de vos disciples...

— Disciples est un grand mot.

— Que plusieurs des Jones travaillent maintenant dans des établissements financiers.

— Pour plusieurs d'entre eux, cela fait effectivement partie de leur travail de dépaysement du moi.

— Est-ce qu'il y en aurait un qui travaillerait chez Hope Fund Management?

— Hope Fund Management. Je crois, oui. À l'entretien.

— Voici ce dont j'aurais besoin.

## Montréal, 13 h 27

Dominique prenait lentement une eau minérale derrière le bar. Ils avaient eu un bon dîner. Plus de deux cents entrées. Le cocktail molotov lancé contre la façade du bar, deux jours avant, n'avait pas fait fuir les hommes d'affaires, qui comptaient pour l'essentiel de la clientèle du midi.

La gérante regardait travailler la danseuse qu'elle avait engagée la veille. Même si elle affirmait avoir peu d'expérience, elle manœuvrait avec l'assurance d'une habituée. Elle se tenait assez près du client pour forcer un contact plus intime, mais assez loin pour qu'il ne se sente pas trop bousculé. Tout en parlant, elle s'appuyait tantôt sur une jambe, tantôt sur l'autre, de manière à s'approcher un peu plus, puis à se reculer.

Elle enleva une poussière sur le veston du client.

C'était un des avantages de l'éclairage ultraviolet. Sur plusieurs tissus, les mousses, les fils et les poussières de toutes sortes étaient magnifiées. Cela faisait un bon prétexte pour établir un contact physique.

Après avoir enlevé une deuxième poussière, la danseuse en profita pour rester plus près, pour imposer une certaine proximité sans que cela paraisse trop racoleur. Avec les timides, une grande partie du travail consistait à leur fournir un prétexte pour amorcer une conversation sans trop paraître les prendre d'assaut.

Encore deux ou trois minutes et elle va l'amener à une table de la section VIP au fond de la salle, songea Dominique.

D'après l'allure du type, elle allait récolter au moins deux ou trois danses. Ensuite, ça dépendrait de sa façon de travailler. Mais ce n'était pas un client difficile. En lui faisant la conversation pendant la pause, en bougeant un peu, en lui touchant les mains, en se penchant vers lui à la fin de chaque danse pour lui demander s'il voulait qu'elle fasse la suivante, elle pourrait facilement le garder pendant une autre demi-heure… C'était du moins ce que laissait présager sa façon de travailler.

Du coin de l'œil, Dominique vit un homme s'approcher du bar et s'asseoir devant elle. Elle ne le reconnut pas immédiatement. Tooth Pick portait un complet-veston et ses cheveux étaient attachés sur la nuque. Seules la dureté de son expression et la cicatrice sur sa joue gauche le distinguaient de la foule d'hommes d'affaires qui emplissait le bar, tous les midis, sous prétexte de profiter d'un dîner gratuit.

— Tiens, se contenta de dire le motard.

Il déposa une grande enveloppe jaune sur le comptoir. Un des policiers en civil qui était à l'autre bout du bar s'approcha.

Dominique le regardait sans comprendre.

*C'était Maureen! Maureen!… Accueillons maintenant Nadia! Une bonne main d'applaudissements pour l'athlétique Nadia!*

— Il y a trente mille, poursuivit Tooth Pick. En billets de cinquante et de cent. C'est pour les réparations et le trouble qu'on vous a causé. Vous n'aurez plus de problèmes avec les vendeurs.

— Je suis heureuse de l'apprendre.

— Vous avez des hosties de bonnes protections. Profitez-en. Et priez pour que ça dure !

Il s'éloigna du comptoir et se dirigea vers la sortie. Après quelques pas, il se retourna vers Dominique.

— Pour le moment, ma p'tite criss, t'es protégée, dit-il. Mais, un jour ou l'autre, les affaires vont revenir à la normale. Dis-toi que je sais où tu restes.

La voix de Leonard Cohen envahit le bar. *First we take Manhattan…*

Distraitement, Dominique remarqua que la jeune danseuse entraînait le timide vers la section VIP.

La réaction des motards ne la surprenait qu'à moitié. Dupré lui avait décrit en détail, au début de l'après-midi, toutes les opérations que les policiers avaient effectuées contre eux. Par contre, le montant de la compensation l'étonnait. Et puis, il y avait la dernière remarque de Tooth Pick…

Elle décida de téléphoner à Théberge.

### CKAC, 13 h 32

TUEURS EN SÉRIE, SECTES OU VAMPIRES : IL SEMBLE QUE CE SOIENT JUSQU'À MAINTENANT LES HYPOTHÈSES RETENUES PAR LES ENQUÊTEURS, NOUS A APPRIS CE MATIN UNE SOURCE GÉNÉRALEMENT BIEN INFORMÉE.

QUANT AU MYSTÉRIEUX MESSAGE QUI SERAIT ENTRE LES MAINS DES POLICIERS…

### MONTRÉAL, 13 h 34

Lorsque Dominique raccrocha, elle était plus rassurée.

Le montant avait également étonné le policier. Il y voyait un indice que les motards voulaient acheter la paix. Il n'y avait probablement plus rien à craindre de leur part.

Quant à la dernière remarque du messager, elle n'inquiétait pas trop Théberge. Il était peu probable que Tooth Pick ose défier ouvertement l'ordre du chef des Raptors pour s'en prendre à elle. Les menaces devaient être pour lui une façon de sauver la face. Mais il allait quand même contacter le chef des Raptors pour mettre les points sur les i.

Par mesure de sécurité, une équipe de l'escouade fantôme continuerait de la protéger. Il avait pris une entente à ce sujet avec Dupré. Une douzaine d'agents allaient se relayer pour assurer une couverture discrète.

*C'était la séduisante Nadia ! Elle nous revient dans quelques instants pour la deuxième partie de son spectacle. Na-di-a !*

Le regard de Dominique glissa vers le fond de la salle. Le client était enfoncé dans sa chaise et la jeune danseuse le surplombait. Debout sur le tabouret, les mains appuyées sur le mur derrière lui, elle avait les seins à une dizaine de centimètres de son visage. Son corps continuait à bouger lentement, comme au rythme d'une musique qu'elle aurait été seule à entendre.

Si elle était habile, elle essaierait de ne pas en faire trop. Elle le laisserait aller après trois ou quatre danses. Souvent, les nouvelles étaient pressées ; elles se hâtaient de vider le portefeuille de leurs clients – ce qui avait habituellement pour conséquence de les empêcher de revenir.

À moyen terme, mieux valait un client régulier, qui payait seulement deux ou trois danses, mais qui venait plusieurs fois par semaine.

C'était l'objectif de plusieurs filles de se monter un troupeau de réguliers. Ça assurait le roulant.

Pendant que Dominique continuait d'observer le travail de la jeune danseuse de façon distraite, son esprit plongea dans les souvenirs de son adolescence, à l'époque où elle avait rencontré Crazy Boy.

Un frisson la parcourut.

S'il y avait une personne qu'elle souhaitait ne jamais revoir, c'était bien lui. Dire qu'elle avait cru à l'époque qu'il lui apportait la liberté !

## Montréal, 15 h 09

— Oui ? demanda la voix sèche de Bone Head.

— Théberge.

— Qu'est-ce que tu veux ?

— Les bonnes dispositions de tes sbires ont jeté du baume sur l'angoisse de Dupré.

— C'est pour me dire ça que tu m'appelles ?

— Je voulais évoquer un nuage, une ombre, une ébauche de noirceur qui se profile dans un ciel autrement radieux.

— C'est à l'école de police qu'ils vous montrent à parler comme des tapettes ?

Théberge laissa passer la remarque.

— Dupré estime que la situation n'est pas encore tout à fait résolue, dit-il.

— Il veut plus de *cash* ?

— Son souci n'a rien de financier. C'est l'émissaire de vos bonnes œuvres qui l'inquiète. Ses propos ont jeté le trouble et la consternation. La gérante craint qu'il s'en prenne à elle. La qualité de son sommeil s'en ressent.

— Tu veux que je lui envoie des Valium ? Je peux lui faire un prix.

— Si tu me donnais l'adresse du trouble-fête susmentionné, je pourrais envisager des mesures prophylactiques.

— Tu rêves !

— Ton attitude me chagrine. Je subodore le différend.

— Écoute Théberge, arrête de parler comme les pages roses du dictionnaire ! C'est fatigant de traduire à mesure.

— Je serais désolé de devoir te faire faire du tourisme dans la section des Skulls.

— OK. Ton problème, je vais m'en occuper. Mais arrête de m'écœurer.

Le déclic apprit à Théberge que son interlocuteur avait raccroché.

Par expérience, le policier savait pouvoir faire confiance à Bone Head. Le dirigeant des Raptors ne chercherait pas à le doubler à moins que des enjeux majeurs ne soient en cause.

C'était à Tooth Pick qu'il ne faisait pas confiance.

## Londres, 20 h 30

Ute Breytenbach introduisit Petreanu dans le petit salon. L'atmosphère enrichie d'oxygène provoquait parfois une certaine euphorie chez les visiteurs au bout de quelques minutes – un phénomène analogue à ce qui se passe dans les casinos, aux petites heures du matin, lorsqu'on augmente le taux d'oxygène dans l'air pour stimuler la clientèle des gros joueurs.

— Je vais aller chercher Fogg, dit Ute Breytenbach. Vous pouvez vous asseoir.

Darius Petreanu connaissait Leonidas Fogg depuis un peu plus de vingt ans. Il l'avait rencontré à onze reprises, dont trois fois au cours des mois pendant lesquels Fogg avait décidé d'en faire un de ses protégés. Une deuxième rencontre en moins d'une semaine, c'était de l'inédit.

Habituellement, leurs rapports se résumaient à des coups de fils, des échanges de fax et, plus récemment, des messages par courrier électronique. Lorsqu'un sujet était particulièrement délicat, Ute venait le rencontrer. Ou madame Heldreth, la mystérieuse représentante de la Direction.

C'était elle qui lui avait présenté Jessyca Hunter, quelque temps avant qu'il accède au Comité des directeurs. Leur sort était lié, lui avait dit madame Heldreth. Ils réussiraient ou ils échoueraient ensemble.

Quelques minutes plus tard, la voix nette, presque dure, de Fogg tirait Petreanu de ses réflexions.

— Monsieur Petreanu ! Je suis heureux que vous ayez pu vous libérer.

Petreanu ne réussit pas à cacher sa surprise : pour la première fois, Fogg le rencontrait sans prendre la précaution de dissimuler son visage.

— C'était tout naturel, parvint-il à dire.

Ute poussa le fauteuil roulant derrière le petit bureau. Les meubles étaient disposés de telle façon que Fogg pouvait saisir les deux interlocuteurs d'un même regard sans avoir à tourner la tête.

— J'ai tenu à vous féliciter personnellement, reprit Fogg. Je suis très satisfait de la manière dont l'implantation du centre de gestion financière se déroule. Vous pouvez désormais vous considérer comme admis dans le cercle informel des véritables dirigeants du Consortium.

Le ton assuré, un rien tranchant, de Fogg contrastait avec l'apparence frêle de son corps.

— Nous n'aurons plus besoin de jouer à cache-cache, ajouta-t-il avec un mince sourire.

— Je suis honoré.

— Alors, quoi de nouveau ?

— La phase préparatoire est pratiquement terminée. Le contrat a été signé hier.

— Et les motards ?

— Réglé, intervint Ute Breytenbach. Une de mes filles travaille dans le bar qu'ils ont attaqué. Elle a vu un motard venir porter de l'argent pour couvrir les dégâts. Ça devrait clore l'affaire.

— J'avais cru comprendre que l'individu à la source du problème était une sorte de tête brûlée…

— Les Raptors vont s'occuper de lui.

— Bien. Et la prochaine phase ?

— Toujours le même échéancier. Du côté de Jessyca, la mise en place se déroule comme prévu. Les filles ont commencé à approcher leurs cibles.

— Brochet contrôle bien Hope, enchaîna Petreanu. Dans les prochaines semaines, il va se familiariser avec l'organisation et s'intégrer au milieu. Ça devrait lui permettre d'en apprendre davantage sur les prochaines cibles.

— Parfait !

Fogg eut un petit rire qui s'acheva dans une quinte de toux.

— Comment s'entendent vos deux sous-fifres ? finit-il par dire. Aussi bien que vous ?

— Jessyca m'a confirmé que tout baignait dans l'huile, répondit Ute. Elle est très satisfaite de la situation.

— De votre côté ? demanda Fogg en s'adressant à Petreanu.

— Aucun écho du moindre problème. À part l'épisode des motards, évidemment. Mais puisque c'est réglé…

— Vous vous êtes assuré que Brochet ne prenne pas d'autre initiative malheureuse ?

— Son initiative n'était pas mauvaise en soi. Théoriquement, le motard devait s'en prendre uniquement à la fille.

— Et la nouvelle diversion ?

— C'est amorcé.

— Est-ce que vous visez toujours le début de l'an 2000 pour avoir un réseau financier pleinement opérationnel ?

— On pourrait même être prêts avant, répondit Petreanu. Le délai va permettre une meilleure planification des opérations de couverture pour dissimuler les prises de contrôle.

— Tout est parfait, donc. Puisque vous êtes tous les deux satisfaits, on ne changera pas une combinaison gagnante.

Fogg ouvrit un tiroir du bureau et en sortit une petite boîte de bois rectangulaire, dont la partie supérieure était percée de trous minuscules.

— Vous donnerez ça de ma part à votre protégée, dit-il en s'adressant à Ute.

— Avec plaisir.

— Je vous déconseille de l'ouvrir.

— C'est bien ce que je pense ?

— Probablement. Et maintenant, j'aimerais m'entretenir quelques instants seul à seul avec monsieur Petreanu.

## MONTRÉAL, 15 H 41

— Monsieur Hope ! Je vous présente mon assistante personnelle, mademoiselle Jessyca Hunter.

Hope tendit la main à la femme que lui présentait Brochet. Grande, yeux et cheveux noirs, habillée d'un tailleur sobre, la poignée de main énergique, elle paraissait l'incarnation de la professionnelle froide et efficace.

Malgré tout, quelque chose de trouble, d'inquiétant presque, se dégageait d'elle, songea Hope. Était-ce dû à ses souliers de cuir noir aux talons aiguilles, qui contrastaient avec son image classique, presque austère ? Puis il se dit que c'était peut-être à cause de son association avec Brochet : l'opinion qu'il avait de son associé forcé avait dû déteindre sur la jeune femme.

Tout occupé à l'observer, Hope n'accorda aucune attention à l'employé d'entretien qui passa derrière elle, poussant un petit chariot jusqu'à l'ascenseur.

Il aurait été surpris de savoir que l'individu, quelques minutes plus tard, entrerait dans son bureau pour entreprendre une fouille systématique de sa poubelle et de ses tiroirs.

## LCN, 17 h 03

> … N'A TOUJOURS PAS ÉLUCIDÉ LES COÏNCIDENCES TROUBLANTES QUI ONT MARQUÉ CETTE AFFAIRE. RAPPELONS QUE LA VICTIME, MYLÈNE GUIMONT, TRAVAILLAIT COMME DANSEUSE NUE DANS UN ÉTABLISSEMENT DIRIGÉ PAR DOMINIQUE WEBER, ET QUE SON CORPS A ÉTÉ RETROUVÉ DANS LA VOITURE D'YVAN SEMCO, LE FILS DE MADAME WEBER.
> IL A CEPENDANT ÉTÉ ÉTABLI QUE MONSIEUR SEMCO ÉTAIT À SINGAPOUR AU MOMENT DES ÉVÉNEMENTS. QUANT À MADAME WEBER, UNE SOURCE POLICIÈRE NOUS A CONFIRMÉ QU'ELLE POSSÉDAIT UN ALIBI POUR L'HEURE PROBABLE OÙ LE CRIME A ÉTÉ COMMIS…

### LONDRES, 20 h 43

— Je sais que vous n'êtes pas très satisfait de la situation, dit Fogg, lorsque Ute fut sortie. Vous auriez voulu avoir le contrôle complet de cette opération.

— Si vous pensez que c'est mieux autrement…

— Croyez-moi, mademoiselle Hunter et ses filles sont vraiment les mieux préparées pour le genre de travail qu'elles ont à faire. Laissez les opérations de terrain aux spécialistes et concentrez-vous sur la partie financière. Après tout, c'est là l'essentiel de notre projet.

— D'accord.

— Je vous ai prié de rester parce que j'ai un petit service à vous demander.

Petreanu s'avança dans son fauteuil.

— Je vous écoute, dit-il.

— Il s'agit de nos intérêts dans le Club de Londres. Des prêts importants ont été consentis à certains pays, notamment dans le Sud-Est asiatique, et je suis un peu inquiet de leur application des politiques d'ajustement structurel. J'aimerais que vous vous penchiez sur cette question. Au besoin, que vous alliez sur place pour leur rappeler leurs engagements. Et les conséquences qui pourraient découler de leur négligence à s'en acquitter.

— Est-ce qu'il y a des informations particulières dont je devrais prendre connaissance ?

— Tout a déjà été transféré dans votre dossier par courrier électronique. Vous y trouverez des renseignements sur les comptes secrets des principaux dirigeants de chaque pays, incluant leurs codes d'accès. Cela devrait vous permettre de les ramener à la raison sans trop de difficultés.

— Ce sera un plaisir.

— Vous utiliserez votre couverture de la Banque mondiale ?

— Oui.

Fogg esquissa un sourire.

— À qui d'autre que vous pouvais-je confier cette affaire ? reprit-il. J'ai la chance d'avoir sous la main le créateur des politiques d'ajustement structurel.

— Officieux, protesta Petreanu en souriant à son tour. Le créateur officieux.

C'était une blague qu'ils partageaient depuis plus de vingt ans. Le véritable créateur était Fogg, mais il avait tout fait par l'intermédiaire de Petreanu.

Le plus difficile avait été de faire nommer Petreanu au FMI, à un poste suffisamment élevé pour qu'il puisse exercer une influence. Ce dernier avait alors œuvré en coulisses, multipliant les contacts et les suggestions, intriguant pour faire modifier la composition du comité, proposant des textes, réécrivant des propositions, offrant des pots-de-vin et soulevant à mots couverts des possibilités de chantage.

Au bout de quelques années, le projet que Fogg avait soumis à Petreanu était devenu, à quelques virgules près, la politique d'ajustement structurel.

Il s'agissait d'un programme de mesures à la fois monétaires et budgétaires, officiellement destiné à redresser l'économie des pays en difficulté à qui la Banque mondiale et le FMI consentaient des prêts, soit directement, soit par le biais des grands syndicats de prêteurs réunis dans le Club de Londres et dans le Club de Paris.

En réalité, l'objectif – et l'effet – réel de ces mesures était de transformer l'économie du pays bénéficiaire pour l'asservir au service de la dette : diminution de son autosuffisance, augmentation de sa vulnérabilité aux grands marchés extérieurs, renforcement de sa dépendance par rapport aux capitaux étrangers…

Petreanu se rappelait ce que lui avait dit Fogg, lorsqu'il lui avait présenté le projet initial.

— Avec ça, en dix ans, on peut transformer n'importe quel pays en Eldorado financier. Il suffit de suivre les étapes.

Fogg avait toujours laissé à Petreanu la parenté officieuse des PAS. Dans les cercles restreints de la Banque mondiale, du Fonds monétaire international et des grands syndicats de prêteurs, le nom de Petreanu était tenu en haute estime. À lui seul, disait-on, il avait su non seulement imaginer – ce qui était déjà remarquable –, mais aussi imposer un système pour transformer les pays sous-développés en la meilleure occasion d'affaires du vingtième siècle.

— Quels sont les pays qui vous inquiètent ?

— Le Vietnam, le Nigeria et la Thaïlande.

— J'aurais pensé à l'Indonésie.

— Mes contacts là-bas me disent qu'ils vont bientôt remettre de l'ordre dans le pays, s'occuper de la succession de Suharto et régler la situation au Timor oriental. Les milices et l'armée sont prêtes à intervenir.

— Ce sont les gens de Toy Factory qui vont être heureux !

— Ils ont effectivement investi dans cette solution.

— Et la Malaisie ?

— Eux, ils ne perdent rien pour attendre.

Avec le gel des capitaux étrangers qu'avait décrété le premier ministre Mahathir, le Consortium avait plus de deux milliards d'investissements qui ne pouvaient plus sortir du pays sans pénalité.

— Je vais prendre connaissance des dossiers dès mon retour chez moi.

— Je savais pouvoir compter sur vous. Normalement, vous auriez dû être directeur de Safe Heaven depuis longtemps.

En réalité, s'il n'en avait tenu qu'à Fogg, Petreanu n'aurait jamais obtenu cette nomination. Il détestait exposer un de ses agents particuliers en l'utilisant pour le Consortium. Mais la mort de Grey-Coupon et les frasques de Hideo Kami ne lui avaient guère laissé le choix.

Au moins, il lui restait Xaviera. Pour l'organisation générale du Consortium, elle était l'équivalent de ce qu'était Petreanu au niveau financier.

— J'apprécie votre patience, reprit Fogg. Mais je crois que vous commencez à comprendre que le véritable pouvoir ne réside pas toujours là où on pense.

— Vous dites ça à cause de l'opération au Québec?

— En partie. Mais surtout parce qu'il faut bien préparer la relève.

— La relève?

— En faisant attention, j'ai encore quelques bonnes années. Ensuite, ça va dépendre du projet Reset.

— Vous n'êtes quand même pas à l'article de la mort!

— Il faut se préparer à toutes les éventualités. Je veux que l'organisation me survive. Xaviera est sans conteste la personne la mieux préparée pour assumer la direction du Consortium. Mais il faut qu'elle puisse s'appuyer sur quelqu'un de fiable sur le plan financier. Quelqu'un capable de vision.

— Et… vous avez pensé à moi?

— Qui d'autre? Mais il vous reste un trait de caractère à corriger.

— Lequel? demanda Petreanu d'une voix incertaine.

— Pour s'élever à de telles fonctions, il faut savoir sacrifier celles qui ne servent qu'à flatter son orgueil.

— Comme diriger l'implantation du centre financier?

— Entre autres. Allez, je ne vous retiens plus.

## North-Hatley, 22 h 14

Hurt dactylographia son code d'identification et un message s'afficha à l'écran.

> Christopher Hope : code d'accès
> CH/HFM/241148/@#$%

Le travail conjugué des Jones et de Chamane n'avait pas tardé à porter fruit : le code inscrit à l'écran lui donnait accès à l'ordinateur personnel du président de Hope Fund Management.

## CONTRECŒUR, 23 H 16

Quand Tooth Pick revint à lui, il était attaché à un mur de pierre par des chaînes soudées à des anneaux de métal.

Il reconnut tout de suite l'endroit. Le mois précédent, c'était quelqu'un d'autre qui était attaché avec les chaînes et c'était lui qui le regardait se débattre.

Dans la salle, il y avait quatre membres en règle du club et trois filles. Il en reconnut deux. L'autre était une nouvelle. Probablement qu'elle appartenait à Big Thing : il en avait une nouvelle chaque semaine.

— Tooth Pick, tu as fait une folie de trop, finit par dire le motard.

Steve No Shit Dupont était un ami personnel de Tooth Pick. Il le regarda pendant plusieurs secondes sans rien dire, les bras croisés.

— C'était juste pour attirer leur attention, fit ce dernier. Le bar n'a même pas eu de dommages sérieux ! Vous n'allez quand même pas me passer à cause d'une fille !

— La fille, on aurait pu s'arranger. Mais on avait une entente : pas de guerre avec les autres bars. On reçoit une couple de millions pour laisser les autres tranquilles et s'occuper en paix de nos affaires.

— Le bar n'appartient pas à un autre groupe.

— C'est vrai. Il n'appartient pas à un autre groupe…

Après une pause, il reprit, sur un ton presque paternel.

— Tu me déçois, Tooth Pick. C'est moi qui avais parrainé ta candidature… Tu vas me manquer.

— OK, OK, j'ai compris le message. Tu peux me détacher.

— Je n'ai pas le choix. New York exige qu'on répare les pots cassés et tu fais partie des réparations. En plus de l'amende de deux millions et demi qu'il va falloir payer.

— *Fuck* New York ! Détache-moi… On va s'occuper de New York comme on l'a toujours fait, s'ils viennent mettre leur nez dans nos affaires.

— *Kill the fucking clown ! I don't have all night !*

Un géant, qui se tenait dans l'ombre depuis le début, venait de s'avancer. Tooth Pick le reconnut immédiatement et sentit un malaise au creux de l'estomac. Pee Wee ! Un des membres les plus influents du chapitre de New York.

— Tu vois, reprit No Shit sur le ton résigné qu'il aurait utilisé pour tenter une dernière fois de raisonner un enfant buté. C'est plus fort que toi. Avec ta grande gueule, il faut toujours que tu te mettes les pieds dans les plats.

— Écoute, je suis sûr qu'on peut s'arranger.

— Il est trop tard pour parler d'arrangements. Même funéraires. Tu vas vraiment me manquer, Tooth Pick. Mais la *business*… c'est la *business*.

Il fit un signe de tête à une des filles. Celle que Tooth Pick ne connaissait pas.

— Cindy va s'occuper de toi.

— Pas une fille, protesta Tooth Pick. S'il faut que tu me passes, OK. Mais pas ça !

— New York a demandé de faire un exemple.

Tooth Pick se mit à hurler de ne pas le tuer, à supplier No Shit, à s'excuser auprès de Pee Wee. Deux des motards s'avancèrent vers lui et le bâillonnèrent après lui avoir enfoncé un morceau de tissu dans la bouche.

La fille s'avança devant Tooth Pick et prit le temps de l'examiner. Elle se tourna ensuite vers No Shit.

— J'ai combien de temps ? demanda-t-elle.

— Tu as entendu Pee Wee ? On n'a pas toute la nuit.

— Je peux quand même m'amuser un peu, non ?

Elle enleva ses souliers, écarta d'un geste le couteau que lui tendait un des motards et, dans le même mouvement, décocha un coup de pied au creux de l'estomac de Tooth Pick.

Ce dernier sentit ses jambes se dérober sous lui et il se retrouva pendu aux chaînes par les bras.

— Je préfère mes propres armes, dit la fille.

Puis elle ajouta, en se tournant vers Tooth Pick.

— Donne-moi sept minutes. C'est le temps de ma routine abrégée.

Les Raptors assistèrent alors à une démonstration saisissante de karaté. Les mouvements s'enchaînaient avec grâce et les impacts se répartissaient sur l'ensemble du corps de Tooth Pick. Sept minutes plus tard, il était toujours vivant, malgré la multitude de coups reçus.

— Impressionnant mais pas très efficace, fit No Shit.

— J'ai retenu mes coups. Si vous voulez que je l'achève, rien de plus facile.

Elle pivota et lui décocha un coup de pied à la pointe du menton. La tête du motard fut projetée violemment en arrière et un craquement se fit entendre.

— J'aurais pu commencer par ça, dit-elle. Mais où aurait été le plaisir ?

No Shit ne put s'empêcher de manifester une certaine surprise. Quand la fille l'avait approché, trois semaines plus tôt, en lui disant qu'elle se cherchait un propriétaire trippant, il avait cru qu'elle était une des nombreuses groupies attirées par l'image des motards. Il lui avait accordé un essai de deux semaines.

À la fin du délai, il en avait fait sa *main lady*. Non seulement elle était extraordinaire au lit, mais elle était divertissante. Son humour cynique ne cessait de l'étonner.

— Tu ne m'avais pas dit que tu faisais du karaté. Quand est-ce que tu pratiques ?

— Quand tu es parti.

— Tu pourrais montrer ça aux autres filles ?

— Peut-être. Pourquoi ?

— Quand on va reprendre la guerre contre les Skulls, ça pourrait être une arme surprise.

— Oublie ça. Il faut des années de pratique.

— Au moins, ça va les garder en forme. Elles vont épaissir moins vite.

Il se tourna vers les deux motards qui avaient bâillonné Tooth Pick.

— Faites-moi disparaître ça, dit-il avec un geste vers le corps qui demeurait suspendu aux chaînes par les bras.

... si la personne à manipuler est en position d'infériorité ou si le manipulateur n'a aucunes représailles à craindre de sa part, l'intimidation et la menace directe ont l'avantage d'être plus rapides et plus économiques.

Dans un tel cas, il est souvent indiqué d'infliger à la personne ciblée une première perte avant de la menacer d'une perte plus grande. Cette manœuvre a le double avantage de la mettre dans une position financière plus précaire, ce qui la rend encore plus vulnérable au chantage subséquent, et de rendre la menace plus concrète, puisqu'elle est déjà en partie réalisée.

Leonidas Fogg, *Pour une gestion rationnelle de la manipulation*, 2- Acheter la docilité.

## JEUDI, 1ᴱᴿ AVRIL 1999

### BROSSARD, 0 H 48

Théberge se leva de sa chaise et commença à s'étirer. La sonnerie du téléphone interrompit son geste. Il fit un mouvement pour prendre l'appel et grimaça. Une fois de plus, les articulations, dans le bas de son dos, venaient de protester.

Pourvu que la sonnerie ne réveille pas sa femme, songea-t-il en essayant de soulever le combiné le plus rapidement possible.

— Oui ?

— Théberge ?

— Sombre néandertalien mal dégrossi ! répondit le policier en s'efforçant de contenir sa voix dans les limites d'un nombre raisonnable de décibels. Vous avez une idée de l'heure ?

— Tooth Pick ne vous causera plus de problèmes, répondit Bone Head.

— Je peux savoir où il est ?

— En voyage.

— Il revient quand ?

— Vous pouvez l'oublier. Ça m'étonnerait beaucoup qu'il revienne à Montréal.

— Je subodore l'euphémisme.

Le motard ignora la remarque.

— Nous avons tenu notre part du *deal*, fit-il. Vous êtes mieux de tenir la vôtre.

Le déclic lui apprit que son interlocuteur avait raccroché. Péniblement, le policier entreprit de se redresser.

Il y avait tout lieu de croire que les ennuis de Dominique avec le motard étaient terminés et que le Palace n'avait plus rien à craindre.

Il jeta un coup d'œil à sa montre. Minuit cinquante. Au moins la journée commençait sur une bonne note. Il prit une respiration et attaqua la première marche de l'escalier pour se rendre à sa chambre.

*Pourvu que la nuit me replace le dos*, songea-t-il.

## Montréal, 2 h 34

La danseuse portait le nom d'Akasha. Après son dernier spectacle de la soirée, elle sortit de la scène sous les applaudissements, laissant l'homme attaché sur sa chaise, les pantalons aux chevilles et la chemise ouverte.

Il se souviendrait longtemps de sa visite au Gothic. Ses amis, qui fêtaient bruyamment avec lui, l'avaient poussé vers la scène lorsque la danseuse avait demandé un volontaire. Elle l'avait alors attrapé par sa cravate et l'avait fait monter pour l'intégrer à son numéro.

De retour dans ses appartements, au quatrième étage, Jessyca Hunter enleva son costume, censé rap-

peler la reine égyptienne des romans d'Anne Rice, et
enfila un survêtement. Elle s'assit ensuite devant le
miroir pour se démaquiller, en commençant par les faux
cils et les canines allongées qu'elle portait pendant le
spectacle.

C'est alors qu'elle remarqua le message sur sa table
de travail. Deux mots.

RECLUSE BRUNE

Elle prit le combiné et composa un numéro à dix
chiffres. Quelques secondes plus tard, une voix de
femme lui répondait.

— Allô?

— J'ai eu ton message. Quoi de neuf?

— Je suis définitivement acceptée.

— Définitivement?

— J'ai fait un contrat.

— Et pour ta liberté de mouvement?

— No Shit est un gars correct dans l'ensemble. Tant
que je lui donne quarante pour cent du fric, il ne voit
pas d'objection à ce que je continue de travailler au
Spider Club au lieu d'aller dans un de leurs bars.

— Il doit penser que ça lui donne une entrée chez
nous.

— Il m'en a parlé. Je lui ai dit que je n'avais aucun
problème à lui raconter tout ce qu'il voulait savoir.

— Tu as fait un bon choix. Il est assez brillant pour
voir ton potentiel et comprendre qu'il n'a rien à gagner
à te brusquer. Ça va te laisser une bonne marge de
manœuvre.

— Je te raconte les détails demain au bar.

— Entendu. À demain.

Après avoir raccroché, Jessyca Hunter se fit couler
un bain. Elle avait bien mérité ce petit plaisir. Au cours
de la journée, les bonnes nouvelles s'étaient succédé.

Pendant l'après-midi, elle avait convaincu Dracul, le
leader du mouvement néo-vampires, d'accepter qu'elle

dirige avec lui les destinées du groupe. Publiquement, il demeurerait le seul chef, mais ils prendraient les décisions ensemble. Ce qui revenait à dire que ce serait elle qui les prendrait : il ne pourrait pas se priver du local qu'elle lui offrait et de l'argent qu'elle lui apportait.

Finalement, en fin de soirée, était venu le coup de téléphone : les Raptors avaient avalé l'appât. Sa fille était maintenant acceptée comme membre du groupe – dans la mesure où les femmes pouvaient l'être dans un club de motards, bien entendu.

Pour l'implantation du Centre financier, tout se déroulait comme prévu. Ce n'était plus qu'une question de temps avant que Hope Fund Management soit complètement sous leur contrôle. Quant à Brochet, il semblait être en bonne voie avec Provost. Ce serait bientôt à elle de passer à l'action. Sa cible principale, à la Caisse de dépôt et placement du Québec, serait Claude Lavigne. Elle avait confié son dossier à Lycose. Contre elle, il n'avait aucune chance : il serait comme une mouche dans une toile d'araignée.

## PALERME, 14 H 53

Giovanni Masaccio lut le troisième message avec irritation. Malgré toutes les ressources de son organisation, l'identité de l'expéditeur continuait de lui échapper. Celle des autres membres de la liste, par contre, lui était bien connue. Il en avait consulté deux. Discrètement. Tous deux avaient reçu les mêmes messages que lui.

Le contenu de ce troisième message était complètement délirant. Ce qui avait commencé dans l'inquiétude menaçait de se terminer dans la bouffonnerie la plus totale.

> Vous avez été choisis pour remettre de l'ordre sur la planète. Compte tenu de la position que vous occupez, le rôle que vous avez à jouer est capital. Autant pour votre avenir financier que pour le bien de l'espèce humaine.

Choisis par qui ? se demandait Masaccio. Et qu'est-ce que cette folie pouvait bien avoir à faire avec son avenir financier ?

### ST. PETER PORT, 15 H 37

Leonidas Fogg s'était rendu à son bureau sans l'aide de ses cannes. Xaviera Heldreth résista à l'impulsion de lui venir en aide : le vieil homme entendait profiter de chaque parcelle d'autonomie que lui conférait le nouveau traitement.

Fogg rangea quelques dossiers devant lui puis activa l'écran mural. Une courte liste hiérarchisée apparut.

- BODY STORE
- DIFFICULTÉS DE CROISSANCE
- PLAN DE REDRESSEMENT

— C'est donc à ça que vous passiez vos journées ! fit Xaviera en apercevant la liste.

— Il faut bien s'occuper.

— Pour Body Store, je pensais que tout était réglé.

— Rassurez-vous. Je suis toujours satisfait du travail effectué par votre protégée. Elle a bien récupéré la situation.

— Marie-Josée a fait un travail remarquable, approuva avec empressement Xaviera Heldreth.

— Je suis d'accord, je vous l'ai déjà dit.

— La restructuration a éliminé les possibilités de fuite. Nous avons récupéré à l'intérieur de Meat Shop toutes les opérations autres que le trafic d'organes et…

— … et nous avons perdu une vingtaine de réseaux, compléta un peu sèchement Fogg.

— Réseaux qui sont en voie d'être reconstruits en sous-traitance.

— Bien sûr, bien sûr ! Mais là n'est pas la question. Vous ne voyez donc pas ?

La dernière question de Fogg trahissait une irritation mal contenue.

Xaviera Heldreth le regarda sans répondre. Elle ne se souvenait pas que Fogg se soit jamais montré impatient avec elle. La maladie était-elle en train d'aigrir son caractère ? Qu'est-ce qui pouvait le toucher à ce point ?

— Ne pensez pas vous en tirer en mettant cela sur le compte de la maladie, reprit Fogg, comme s'il avait suivi le cours de ses pensées. Ou de la sénilité !

Sa voix avait retrouvé sa pointe habituelle d'ironie.

— À votre avis, reprit-il, quel est le principal problème de Meat Shop ?

— Les Russes ?

— La croissance. C'est le même problème partout d'ailleurs. Nous avons, ou nous sommes sur le point d'avoir, partout, des problèmes de croissance.

— Tous les secteurs sont en expansion !

— Mais pour combien de temps ? Nous sommes à l'étape la plus délicate de notre développement. Jusqu'à présent, nous avons pu croître et atteindre une masse critique. Pour cela, nous avons surtout traité avec des joueurs d'envergure moyenne et nous avons soigneusement évité de nous heurter aux plus gros – je pense à la Sun Yee On, au Yamaguchi-kumi japonais, à la Cosa Nostra… aux plus importants cartels colombiens et mexicains… Nous avons rusé. Nous leur avons donné des contrats. À l'occasion, nous nous sommes même pliés à des ententes peu avantageuses pour ne pas les provoquer. Notre but était de grossir, de roder nos structures de fonctionnement, de devenir une force significative. Ce que nous avons fait.

— Je ne vois pas le problème.

— Maintenant, nous avons une véritable envergure internationale. Nous sommes assez gros pour qu'ils nous remarquent. Qu'ils se demandent ce qu'il convient de faire de nous.

— Vous craignez qu'ils nous attaquent ?

— Les points de friction avec nos compétiteurs se multiplient. Prenez Meat Shop ! Marie-Josée a eu beau effectuer un travail remarquable, elle n'a pas eu le choix de conclure des ententes d'approvisionnement avec des groupes russes. Qu'elle ait réussi à choisir ceux avec lesquels elle voulait traiter et qu'elle ait conclu des alliances stratégiques avec eux, c'est tout à son honneur. Mais ils sont quand même des intermédiaires obligés. Ils contrôlent presque toute la prostitution sur le territoire européen. Leur chiffre d'affaires combiné dépasse cent millions de dollars par jour. Tant qu'ils nous considèrent comme un débouché payant pour leurs filles, ils ne nous feront pas de problèmes. Mais si nous continuons de croître, ils risquent de se montrer plus gourmands. Et vous savez comme moi que la subtilité et la patience n'ont jamais été leur fort.

— On vient juste de signer des ententes !

— Avec trois des parrains. Il y en a au moins sept cents. Plus probablement mille. Et ils ont plus de cent mille soldats !

— Je sais bien que la situation demeure délicate…

— Délicate ? Il y a probablement près de six mille groupes criminels dans les pays de l'ancienne URSS. Et nous, nous avons des ententes avec trois d'entre eux. Du jour au lendemain, n'importe lequel des autres groupes peut décider de débarquer et décréter que c'est avec lui qu'il faut désormais faire affaire… Ce n'est qu'une question de temps avant que les affrontements commencent. Au début, ce sera ponctuel, bien sûr. Puis il y en aura de plus en plus.

— Depuis janvier, il y en a eu deux, fit Xaviera Heldreth d'une voix tout à coup plus grave. Comme ce n'était rien d'important, je ne vous en ai pas parlé. Est-ce que vous pensez que c'est le début d'une escalade ?

— Possible. Quel genre d'affrontements ?

— Rien de sérieux. Trois de nos filles qu'ils ont essayé de recruter de force et une tentative de chantage à la protection. Tout était arrangé le lendemain.

— Meat Shop n'est pas notre seul problème. Candy Store peut difficilement croître sans se heurter aux cartels sud-américains, aux triades et à la filière turco-italienne. Pour le moment, le groupe fait ses armes en Europe et se spécialise surtout dans les nouvelles drogues. Il passe de temps en temps des contrats avec les Italiens ou les Colombiens, il fait des opérations conjointes avec les Kurdes pro-Turcs. Bien sûr, tant qu'ils n'en font pas plus, ça peut aller…

— Il y a des débouchés en Australie, en Nouvelle-Zélande…

— Vous croyez vraiment que les triades et les yakusas, qui considèrent tout le Sud-Est asiatique comme leur territoire, ne réagiront pas… C'est partout la même chose. Il sera de plus en plus difficile de nous développer sans nous heurter à nos plus gros compétiteurs.

— La situation n'est quand même pas aussi difficile dans toutes les filiales.

— Je le reconnais. Just Power est dans une meilleure situation. Aux États-Unis, les choses vont bien pour eux. En Europe aussi. Sauf en Italie, où la compétition des mafias est trop forte. En Asie, il ne faut même pas songer à lutter contre les triades et les yakusas dans ce domaine : le contrôle des hommes politiques fait partie de leurs opérations quotidiennes.

— Toy Factory aussi va bien.

— Oui… tant que les Russes et les Turcs ne sont pas trop gourmands.

— Et Paradise Unlimited ?

— N'allez pas me dire que vous êtes satisfaite de sa performance. Leur expérience pilote en Ouganda est totalement farfelue. Ça va finir par un désastre.

— Bien sûr. Mais la question est de savoir pour qui. Il y a quand même pas mal d'argent à faire…

— Quand on a la chance d'avoir une secte qui fonctionne et qui recueille des fonds, on ne la lance pas dans une aventure millénariste pour faire un coup d'argent rapide et tout perdre par la suite… Cela dit, je ne suis pas certain que Paradise Unlimited soit responsable de tous ses problèmes. Il y a une erreur de conception à la base de cette filiale. Dans le domaine de la manipulation religieuse, ils peuvent difficilement concurrencer les groupes fondamentalistes chrétiens, juifs, musulmans et hindouistes qui se partagent la planète. Il ne leur reste que les marges. Il faut qu'ils se réorientent, qu'ils se trouvent une autre niche, à l'abri de la compétition directe.

— Vous avez pensé à quelque chose?

— Pas encore. Pas pour les filiales. Pour l'instant, ce qui me préoccupe, c'est le redéploiement de tout le Consortium.

— De tout le Consortium?

— Mais il faut d'abord trouver un nouvel angle d'attaque contre l'Institut. C'est essentiel pour notre image.

— Notre image?

— Je vous expliquerai le moment venu. Entretemps, je vais penser au redéploiement.

— Vous envisagez de l'amorcer quand, ce redéploiement?

— Il est déjà commencé. Vous trouverez dans votre courrier électronique trois séries de messages que j'ai envoyés à différentes personnes. Vous me direz ce que vous en pensez.

— Vous avez déjà tout décidé! ne put s'empêcher de répondre Xaviera.

— Pas du tout. J'ai simplement commencé à mettre les choses en place pour tenir une petite réunion.

— Et le redéploiement?

— Pour l'instant, je pense que trois éléments devront en faire partie: l'élimination de l'Institut, la mise sur pied du centre financier à Montréal et le développement de GDS.

## NORTH-HATLEY, 11 H 26

Hurt se mit en mode Institut. C'était l'expression qu'il utilisait pour désigner l'état dans lequel il se trouvait lorsque le module formé de Steel, Sharp et Nitro prenait

le devant de la scène. L'analyse froide et détachée de
Steel et l'esprit critique de Sharp, alliés à l'énergie contenue de Nitro, lui permettaient de se concentrer chaque
jour pendant des heures, avec une sorte d'acharnement
tranquille, sur les informations relatives au Consortium.

Assis devant l'ordinateur, il téléchargea le résultat de
sa dernière demande de renseignements. Elle avait été
transmise la veille par satellite au centre de traitement
de données de l'Institut. Il n'avait aucune idée de l'endroit
où était situé ce centre. Il ne savait même pas s'il y en
avait un seul. Tout ce que Blunt s'était borné à lui dire,
c'était qu'une grande partie des opérations de collecte
et de traitement de l'information étaient automatisées.

Le numéro pour joindre le centre d'information
changeait tous les jours. À minuit moins une, chaque
soir, il recevait le numéro du lendemain. Il recevait
aussi un numéro de sécurité, à utiliser uniquement s'il
avait un problème de communication. Jusqu'à présent,
il ne s'en était jamais servi.

Lorsque le document fut téléchargé, il entreprit immédiatement de le parcourir.

Le sujet, Ute Breytenbach, était d'origine allemande.
On savait peu de choses sur son passé : originaire de
Bavière et détentrice d'un passeport allemand, elle travaillait depuis plusieurs années comme acheteuse dans
une maison de mode parisienne. Sa principale activité
semblait être de parcourir la planète, s'il fallait en croire
les traces de son passage dans de multiples aéroports du
monde.

Hurt entreprit de dresser la liste des destinations qui
revenaient le plus souvent.

| | | |
|---|---|---|
| Londres | Manille | Le Caire |
| Paris | Moscou | Bangkok |
| Washington | Milan | Mexico |
| Tokyo | Lagos | Tel-Aviv |
| New York | Hong Kong | Sydney |
| Buenos Aires | Pékin | Riyad |

Cela faisait beaucoup de déplacements pour une acheteuse dans une maison de haute couture. Et cela faisait un drôle de réseau de destinations. On aurait plutôt dit l'itinéraire d'un diplomate… ou d'un agent secret.

À sa connaissance, la femme n'était reliée à aucune agence de renseignements importante. Peut-être travaillait-elle pour une des innombrables mafias russes. Cela expliquerait sa présence auprès de Khlebnikov. Sa résidence officielle était à Paris, boulevard Haussmann, mais cela ne voulait rien dire. Ute Breytenbach pouvait être un pseudonyme. Si elle travaillait pour les Russes…

Hurt fit imprimer l'ensemble de l'information. Puis il traça une flèche au bout de son nom et il dessina un carré, à l'intérieur duquel il mit un point d'interrogation.

Sans avertissement, Buzz se manifesta. Il prononça distinctement les mots « Queen Bee » et il les écrivit à l'intérieur du carré, par-dessus le point d'interrogation. Puis il dessina un deuxième carré, dans lequel il écrivit Bréhal, et le relia par une flèche au premier.

À la lecture du nom de Bréhal, Hurt sentit une vague d'angoisse monter en lui. Pendant quelques secondes, il fut incapable de penser de façon cohérente.

Quand il revint à lui, Buzz était retourné à son murmure incompréhensible. Les efforts de Steel et de Sharp pour l'inciter à parler furent inutiles.

Hurt, de retour en mode Institut, relut les deux mots qu'avait inscrits Buzz : Queen Bee. Il se souvenait d'en avoir entendu parler. S'il fallait en croire les rumeurs, il s'agissait d'une mystérieuse agente de Body Store qui avait la réputation de semer les cadavres dans son sillage. Quant à Bréhal, cela ne pouvait signifier qu'une chose : Ute Breytenbach avait été reliée, d'une façon ou d'une autre, au chef de Body Store.

Depuis la mort d'Art/ho et l'élimination de Bréhal, c'était le premier indice qui permettait de relier quelqu'un directement au Consortium.

Hurt donna de nouvelles consignes à l'ordinateur central, lui demandant de pousser plus loin les recherches sur Ute Breytenbach. La tâche prioritaire était de découvrir les gens à qui elle était reliée, les endroits où elle avait séjourné, de même que les dates de ses déplacements. Il ajouta comme consigne supplémentaire de faire une recherche dans les banques de conversations pour tenter d'obtenir son empreinte vocale, de même que dans les banques de photos pour identifier les gens en sa compagnie.

Après avoir envoyé sa demande, il en expédia une copie à Blunt, puis il se leva et se dirigea vers l'atelier.

Pendant les prochaines heures, il travaillerait sur la dague de poing qu'il avait commencée la veille. Ce serait le meilleur remède pour rétablir en lui l'harmonie intérieure que le nom de Bréhal était venu troubler.

## Moscou, 20 h 16

Au début, Piotr Vassiliev avait cru à une blague d'un autre *vory v zakonye*. Pourquoi l'aurait-on choisi, lui, pour apparaître sur une telle liste ? Il avait beau savoir qu'il était considéré par plusieurs comme l'héritier de Yapontchik…

Et puis, que signifiait cette affaire abracadabrante de sauver la planète ? Il n'était même pas possible de sauver la Russie ! Alors, pour la planète…

## Québec, 15 h 32

Jessyca Hunter s'assit à une petite table au café Kriegoff une demi-heure avant le moment du rendez-vous. Elle commanda du thé et se plongea dans la lecture d'un ancien numéro de *Ténèbres*, un magazine consacré au fantastique. Ute l'avait trouvé sur les quais, à Paris, et elle le lui avait envoyé parce qu'il contenait des articles sur le vampirisme.

Par acquit de conscience, Jessyca Hunter lisait tout ce qu'elle trouvait sur le sujet. À la longue, cela devenait répétitif, bien sûr : le discours des amateurs de vampirisme ne variait pas beaucoup d'un texte à l'autre. Mais, parfois, elle trouvait une idée intéressante.

Du coin de l'œil, elle vit Pierre Dionne parcourir le café du regard et s'asseoir à quelques tables de la sienne. Elle fit semblant de continuer à lire pour l'observer à la dérobée.

Maigrichon, coiffé de façon approximative, un habit sur mesure sans cravate, des lèvres minces et pincées, des petites lunettes finement cerclées de métal, il ressemblait à un sous-ministre baby-boomer qui se serait élevé dans la hiérarchie à force d'anorexie et de contacts politiques. Cela n'avait rien d'étonnant : il était un sous-ministre baby-boomer et il s'était élevé dans la hiérarchie à force de repas oubliés et de contacts familiaux.

Après quelques minutes d'observation, Jessyca Hunter alla s'asseoir devant lui.

— Je suis votre bonne fée, dit-elle en guise de présentation.

— Je ne m'attendais pas à…

Il la détailla du regard, visiblement étonné.

— Voir une femme ? demanda Jessyca Hunter.

— Il y a un peu de ça.

— Je ne prendrai pas beaucoup de votre temps.

— Je vous en prie.

— D'ici peu, on va vous proposer un poste à la Caisse de dépôt et placement du Québec. Vice-président aux placements internationaux. Vous allez accepter.

— Je ne connais rien aux placements.

— Ce ne sera pas la première fois qu'ils nomment des dirigeants qui n'y connaissent pas grand-chose.

— Et ça n'a pas posé de problèmes ? s'étonna Dionne.

— Rien dont le public ait eu connaissance.

— Je ne suis pas sûr que ça m'intéresse.

— Vos réactions personnelles n'ont aucune importance dans la présente discussion. Je vous informe simplement de ce que vous allez faire.

— Est-ce que vous savez à qui vous parlez ?

— Je parle à un ex-chef scout qui a fait un règlement hors cour pour éviter des poursuites, il y a une vingtaine d'années. Je parle à un habitué du Ballon rouge, où il ne va draguer que déguisé et perruqué pour éviter qu'on le reconnaisse. Je parle à un petit arriviste qui a mis une grande partie de ses avoirs dans une fiducie au nom de sa femme, pour se soustraire à certaines dispositions fiscales… Je ne suis pas certaine que votre épouse serait prête à vous en rendre le contrôle, si vos escapades devenaient publiques. Et je ne suis pas certaine que vos appuis politiques apprécieraient le tapage médiatique que ces révélations ne manqueraient pas de susciter.

Le visage de Dionne perdit le peu de couleurs qu'il avait.

— Où est-ce que… vous avez appris cela ? demanda-t-il en baissant la voix.

— Mauvaise question. Ce qui importe, c'est de savoir ce que je vais faire de ce que je sais… Vous n'êtes pas le politicien le plus populaire, vous savez. Vous sacrifier pourrait être politiquement rentable, pour le premier ministre.

— Qu'est-ce que vous voulez ?

— Je vous l'ai déjà dit : je suis votre bonne fée. Je veux que vous acceptiez le poste qui vous sera offert.

— Pourquoi moi ?

— Vous êtes disponible. Votre expérience dans les relations internationales peut paraître un atout aux yeux du public.

— Comment pouvez-vous être certaine que je vais être nommé ?

— Les gens sont prévisibles… surtout quand on dispose d'un minimum de renseignements à leur sujet !

— Vous voulez dire que… vous faites chanter le ministre ?

— Lequel ? demanda la femme d'un air amusé.

Dans les dossiers auxquels elle avait eu accès, il y avait non seulement deux ministres et trois sous-ministres, mais plusieurs candidats susceptibles de le devenir, quand ce serait au tour de l'opposition de prendre le pouvoir.

— Vous voulez dire…

— Je préfère ne pas entrer dans ces détails.

— Et quand cette offre est-elle censée se produire ?

— Officieusement, vous pouvez considérer qu'elle vient de vous être faite. Officiellement, le poste devrait se libérer vers le début de juillet. Ensuite, ça dépendra du temps nécessaire pour expédier la paperasse.

— Le poste va se libérer, vous dites… Mais comment pouvez-vous le savoir ? Qu'est-ce qui va se passer ?

— Vous n'avez qu'à suivre les informations dans les médias. Vous verrez, c'est très instructif.

Elle se leva, laissa dix dollars sur la table et fit un sourire à Dionne.

— Je suis certaine que vous allez trouver la finance internationale passionnante.

## MASSAWIPPI, 19 H 23

F fit passer Hurt au salon, où Blunt les attendait. Deux plateaux d'amuse-gueule étaient disposés sur une table basse devant le canapé.

— Gunther a été incapable de résister, dit F. Quand il a su que vous veniez…

F avait rarement des invités. Son mari profitait de toutes les occasions pour faire des tests, comme il disait. Il voulait avoir des avis différents de ceux de sa femme ou des Jones, lesquels étaient invariablement élogieux sur la qualité de sa cuisine.

— On dirait que vous avez mis dans le mille, dit Blunt en s'adressant à Hurt. La probabilité que Ute Breytenbach soit reliée au Consortium est de quatre-vingt-dix-huit virgule soixante-seize pour cent.

— Avec un écart-type de combien ? demanda la voix railleuse du Clown.

— Quatorze, répliqua Blunt, pince-sans-rire. J'étais un peu pressé.

— Ce que vous ne savez pas, dit F, s'adressant elle aussi à Hurt, c'est que nous avons trouvé de nouveaux faits qui corroborent votre découverte, depuis votre message de ce matin.

— De nouveaux faits ? reprit Hurt d'une voix redevenue neutre, presque froide.

De toute évidence, il avait réintégré le mode Institut.

— Nous avons ressorti le dossier Bréhal. Nous nous sommes intéressés entre autres à son ancienne résidence, à La Goulafrière.

— Elle n'a pas été vendue par encan public après sa saisie ?

— Oui, quelques mois après la mort de Bréhal. Ce qui est intéressant, c'est qu'elle a ensuite été revendue à trois reprises. Les trois premiers propriétaires étaient des sociétés anonymes qui ont été depuis dissoutes.

— Et le quatrième ?

— Une autre société anonyme, bien sûr. Mais le montant de la vente a été acheminé à une banque située aux Bahamas.

— La First Investing ?

— Exactement.

— L'argent venait d'où ?

— D'une banque située à Guernesey.

— Une île sur laquelle les banques sont la principale industrie. Vous avez trouvé qui a envoyé l'argent ?

— Non. Mais nous avons découvert que Ute Breytenbach possède trois comptes à son nom dans cette banque de Guernesey.

Gunther arriva dans le salon avec une bouteille de Musigny blanc et quatre verres.

— On m'a dit que vous aviez matière à fêter, dit-il. Je n'ai aucune idée de quoi il s'agit, je ne tiens aucunement à le savoir, mais il serait *most uncivilized* de laisser passer l'événement sans le souligner.

— Je suis certaine que tu as d'autres motifs, fit F en souriant.

— Je tiens évidemment à ne pas rater le premier verre, répliqua Gunther. Ni vos commentaires sur ces petites choses.

De la main, il désigna les plateaux auxquels personne n'avait encore touché. Puis il versa quatre verres.

Une dizaine de minutes plus tard, Gunther se retirait dans la cuisine, se déclarant totalement satisfait du vin, mais sceptique sur les commentaires uniformément élogieux dont ses hors-d'œuvre avaient fait l'objet.

— Et alors? demanda F lorsqu'il fut parti.

— Retrouver Ute Breytenbach est la priorité, dit Hurt.

— Je suis d'accord, c'est «une» priorité, reprit Blunt. Mais il ne faut pas oublier le reste.

— Vous voulez parler de Money Trap?

— Entre autres.

— Est-ce qu'on a vraiment besoin de surveiller les institutions financières si on a une ligne directe? jeta la voix tranchante de Sharp.

— Il faut suivre toutes les pistes que l'on a, intervint F. Claudia a déjà reçu des instructions pour coordonner l'ensemble des recherches sur Ute Breytenbach, tant en France qu'à Guernesey. Quelques Jones vont se rendre sur place pour l'aider. Les listes de passagers des aéroports seront également surveillées.

— Et moi?

— Vous continuerez de coordonner Money Trap.

— Mais…

— Bien entendu, vous serez informé quotidiennement des progrès réalisés par Claudia. Et lorsque nous serons en mesure de passer à l'action, vous ne serez pas tenu à l'écart. Mais, pour le moment, vous êtes plus utile ici. Et moins vulnérable… Est-ce que je peux compter sur vous?

— D'accord. Mais si…

— Promis.

F se tourna vers Blunt.

— Il y a une chose dont nous n'avons pas encore parlé, dit-elle: Hope Fund Management. Vous avez du nouveau?

— Il n'y a pas eu d'autres virements de fonds. Selon Poitras, c'est une boîte qui a une excellente réputation.

— Du côté des gestionnaires, vous avez trouvé quelque chose?

— Il y a leur vice-président, qui s'est coupé une main en pleine nuit dans son garage. Un accident.

— Pardon ?

— Il a voulu faire du bricolage après avoir vidé une bouteille de scotch !

— Si c'est ça une compagnie qui a une bonne réputation !

— Celui qui m'intéresse le plus, c'est leur nouveau gestionnaire, Claude Brochet. Il vient tout juste d'arriver.

— Vous pensez qu'il peut y avoir un lien avec l'arrivée des fonds ?

— On ne perd rien à regarder.

## Tokyo, 8 h 11

Tatsuo Ishida aimait beaucoup les énigmes. Adepte du bouddhisme zen, il méditait au moins une heure par jour sur des koans. Cependant, il n'appréciait pas que les énigmes envahissent le domaine de ses affaires.

Il lut le quatrième message avec un mélange d'agacement et de curiosité.

> En vous unissant, vous pouvez contrôler, et donc civiliser, la face obscure de la planète. Pour cela, il faudra que vous vous parliez.
>
> Certains d'entre vous le font déjà à l'occasion d'alliances ponctuelles, pour certaines opérations. D'autres ont pris contact plus récemment les uns avec les autres, à la suite de ces messages. Je vous propose de généraliser cette coopération et de l'institutionnaliser.
>
> Pour vous démontrer ma bonne volonté, ainsi que les avantages éventuels d'une collaboration entre vous tous, je vous envoie à chacun le nom de trois informateurs policiers infiltrés à différents niveaux dans vos organisations.
>
> Des renseignements plus précis suivront sous peu.

Ishida lut les trois noms inscrits à la main qui faisaient suite au message. Celui d'un de ses plus fidèles lieutenants y figurait.

Ou bien l'information était vraie, et alors le mystérieux expéditeur lui avait rendu un service inestimable, ou bien c'était une opération de désinformation particulièrement perverse.

Il décida d'en parler à Wang Chung Ho.

# TRIMESTRE 2

## *LA DANSEUSE QUI TUE*

On peut remplacer l'argent par l'illusion de l'argent. Il s'agit alors soit de procurer cette illusion à la personne cible, en lui permettant de vivre pendant certaines périodes comme si elle en avait, soit de lui permettre de donner cette illusion aux autres.

La première façon de faire est la plus économique. Il suffit d'inviter plus ou moins régulièrement la personne ciblée à participer à des activités, à rencontrer des gens, à évoluer dans un milieu auquel, normalement, elle n'aurait pas les moyens d'accéder.

Cette méthode est souvent utilisée pour manipuler les journalistes ou d'autres catégories de gens dont il importe de préserver, particulièrement à leurs propres yeux, une illusion d'autonomie.

Leonidas Fogg, *Pour une gestion rationnelle de la manipulation*, 2- Acheter la docilité.

### VENDREDI, 25 JUIN 1999

## MONTRÉAL, 9 H 17

Dans son bureau, au huitième étage de la tour de la Banque nationale de Paris, Gilles Provost regardait l'agitation de la rue, au coin de McGill College et de Président-Kennedy. Dans quelques heures, tout cela serait derrière lui. Il aurait tourné la page.

Il relut le bordereau de transaction qu'il venait de rédiger. Les instructions étaient de prélever un montant de sept cent cinquante millions de dollars sur un compte en fiducie à la Société générale, compte appartenant à la Caisse de dépôt et placement du Québec, et de transférer le tout dans un compte au nom de la SODEA-CDPQ, à la Deutsche Credit Bank de Berne.

En dollars américains, cela équivalait à cinq cents millions. Le transfert serait d'ailleurs effectué en titres américains : trois cent cinquante millions en obligations fédérales à long terme et cent cinquante millions en bons du Trésor de trois mois.

Compte tenu de l'ampleur du portefeuille international que gérait la Caisse, la transaction n'attirerait pas trop l'attention. Ce n'était pas la première fois que les gens de la Société générale en effectuaient de cette importance pour la Caisse.

Provost descendit ensuite au *back office*. Après avoir fait le tour de la salle des yeux, il repéra le plus jeune employé et se dirigea vers lui.

— Il faut que ça parte tout de suite, dit-il en s'efforçant de mettre le plus d'autorité possible dans sa voix.

L'employé approcha son fauteuil du poste de travail, prit le bordereau et commença à lire les instructions pour les transcrire à l'écran.

— SODEA-CDPQ ? fit-il lorsqu'il lut la destination du transfert.

— Société de développement euro-asiatique. C'est une nouvelle filiale de Lavigne. Il veut gérer l'Europe et l'Asie à partir de la Suisse.

— Jamais entendu parler… On dirait que le compte n'est pas encore dans le système.

— Ça se peut qu'il ne soit pas encore enregistré. Il vient juste d'être créé… Tu sais comment est Lavigne. Il a eu une idée avec sa gang de l'immobilier, ils n'ont pas encore fini toute la paperasse, mais il veut que ça parte le premier juillet pour avoir des statistiques de semestre… Il m'a dit qu'il en a parlé à Tellier et qu'elle est d'accord. Tous les papiers vont être prêts lundi : il manque juste deux ou trois signatures. Ils ont arrangé ça avec Frigon.

— Si tout est arrangé entre les boss…

Le jeune employé continua de s'activer sur son ordinateur pendant quelques instants, puis il se recula.

— Voilà, dit-il… C'est parti !

## Paris, 15 h 32

Quelques secondes après son expédition, la demande de transfert entrait dans l'ordinateur de la Société générale, à Paris. Elle fut immédiatement acheminée à Edmond Chalifoux, le responsable de la garde de valeurs pour l'ensemble des comptes de la Caisse de dépôt.

Ce dernier vérifia le contenu du document puis il sortit une chemise cartonnée d'un tiroir. À l'intérieur, il y avait une lettre signée par Lavigne et Provost attestant que la SODEA-CDPQ était une filiale à part entière de la Caisse de dépôt et que, légalement, l'argent ne changeait pas de propriétaire. Une importante liasse de documents juridiques accompagnait la lettre.

Normalement, vu l'ampleur du montant à transférer, Chalifoux aurait appelé Provost, le gestionnaire qui avait signé la demande, pour s'assurer de la conformité de la transaction. Il aurait même pu appeler Lavigne, son supérieur. Mais, puisque Provost l'avait appelé un peu plus tôt pour le prévenir que la transaction serait effectuée comme convenu et qu'il avait un fax portant les deux signatures, il pouvait raisonnablement prétendre s'être acquitté de son devoir de fiduciaire.

Chalifoux envoya les fonds à Berne, tel qu'on le lui avait demandé. Là s'arrêtait son rôle. Techniquement, il n'avait rien fait d'illégal. Néanmoins, il venait de gagner en quelques minutes le quart de son salaire annuel. La femme qui l'avait contacté serait satisfaite.

Aussitôt arrivé à la Deutsche Credit Bank, l'argent serait redirigé électroniquement vers trois autres banques situées à Milan, Tokyo et Paris.

Ces trois banques avaient, sans le savoir, les mêmes instructions : dès qu'elles recevaient l'argent, elles devaient le transférer dans un compte de la First Investing Bank, aux Bahamas. Là, le montant serait converti en obligations au porteur.

Une somme de cinq cents millions serait alors confiée à des courriers. Ces derniers prendraient livraison des obligations en mains propres pour aller les déposer au Panama, dans des comptes appartenant à des compagnies à numéro. Les deux cent cinquante millions restants demeureraient aux Bahamas, mais ils seraient transférés, par courrier eux aussi, à la Free Trade & Commerce Bank, dans un compte bancaire appartenant à un dénommé Thomas Krajcek.

Ces transferts, effectués en obligations au porteur, permettraient de couper définitivement les pistes.

## Montréal, 9 h 33

Provost remonta à son bureau. En théorie, il lui restait maintenant trois jours pour disparaître. Personne ne devrait normalement s'inquiéter de la transaction avant les vérifications de début de journée, le lundi suivant. Mais il préférait ne courir aucun risque. Dans moins de quatre heures, il quittait le pays.

À la Caisse de dépôt, Provost avait le rang de gestionnaire principal. Dans les faits, son rôle se résumait à seconder Claude Lavigne, le vice-président aux marchés internationaux. Sa seule tâche était de surveiller la mise en place technique de la stratégie d'investissement et de s'assurer de l'exécution correcte des transactions. Toutes les décisions de placement lui avaient été retirées depuis l'arrivée de la nouvelle équipe de direction.

Provost regrettait de ne pouvoir être là pour assister à la chute de Lavigne. Après son départ, le vice-président aux marchés internationaux serait dans les emmerdements jusqu'au cou. Ce serait la fin de sa carrière. Et pendant qu'il se débattrait avec les policiers, Provost, lui, serait aux Bahamas, où l'attendaient deux cent cinquante millions de dollars.

De ce montant, il faudrait déduire une somme de soixante-trois millions pour couvrir différents frais : le bateau, les commissions qu'exigeraient les divers intervenants financiers, les pots-de-vin… Au bout du compte, il se retrouverait avec une fortune personnelle de cent quatre-vingt-sept millions de dollars. De quoi vivre confortablement pendant quelques années…

La seule personne qu'il regretterait, songea-t-il, ce serait son fils, même s'il n'était pas encore né. Claire était enceinte de sept mois. Mais il était hors de question de partir avec elle.

Pour l'instant, leur relation était au beau fixe. Mais comment savoir ce qui allait se passer dans dix ou quinze ans ? Peut-être serait-il fatigué d'elle, comme il l'était aujourd'hui de sa femme. Peut-être aurait-il une aventure. Ou bien ce serait elle qui en aurait assez de lui, qui prendrait un amant plus jeune… Et alors, la possibilité serait toujours là qu'elle le dénonce. Sans compter qu'un couple était plus facile à retrouver qu'une personne seule.

Il n'y avait qu'une façon de disparaître, c'était de disparaître complètement. Finie, la pension alimentaire ! Finis, les reproches de Lavigne, quand il sentait un peu le scotch le lundi, en entrant ! Finis les regards subtilement méprisants des autres gestionnaires !

Provost pensa avec satisfaction aux multiples interrogatoires auxquels seraient soumis ses collègues et ses proches. Sept cent cinquante millions de dollars n'étaient pas une somme anodine. On les tiendrait sous surveillance pendant des années. Au cas où l'un d'eux aurait été son complice. Ou simplement dans l'éventualité que le disparu reprenne contact avec eux.

Résistant à l'envie d'emporter quelques objets personnels, Provost regarda une dernière fois son bureau puis il se dirigea vers les ascenseurs.

Dans la rue, il héla un taxi pour se rendre à l'aéroport.

Il n'avait aucuns bagages. À Miami, dans la chambre réservée au nom de Thomas Krajcek, il y avait déjà tout ce dont il pourrait avoir besoin. Brochet y avait vu.

Pour se rassurer, il vérifia une fois encore le passeport qui se trouvait dans la poche intérieure de son veston. Pendant la durée du voyage, il porterait le nom de Paul Ménard. Puis, entre l'aéroport de Miami et l'hôtel, Paul

Ménard disparaîtrait, pour être remplacé par Thomas Krajcek : un rentier encore dans la force de l'âge, qui consacrait l'essentiel de son temps à faire de la voile à bord de son yacht privé, le *Liberty 52*.

Provost était nerveux mais pas vraiment inquiet. Sa seule véritable appréhension concernait la chirurgie esthétique qu'il devrait subir, le jour même de son arrivée à Miami.

### St. Peter Port, 16 h 05

Xaviera Heldreth ouvrit la porte de l'immense pièce de séjour. Leonidas Fogg dirigea son fauteuil roulant derrière le bureau, tout près de la baie vitrée.

Il commença par regarder le jardin à l'anglaise sur lequel donnait la fenêtre.

— Je n'ai jamais compris les Français, finit-il par dire. Leur besoin de tout quadriller est totalement… non rentable. Il faut un certain désordre pour que naissent les idées. À quoi peut-on bien penser en regardant Versailles ?… À une bureaucratie ?

Il ramena son regard vers Xaviera Heldreth.

— Comment allez-vous ?

— C'est à vous qu'il faut poser la question, il me semble.

— Moi, je ne me suis jamais senti aussi bien. C'est la carcasse qui ne suit pas toujours comme je voudrais. Mais le nouveau médicament fait des merveilles.

Pour prouver ce qu'il disait, il se leva et fit quelques pas vers la fenêtre, s'aidant à peine de sa canne. Il regarda de nouveau le jardin pendant quelques instants. Puis il se retourna.

— Et notre centre de Montréal ? dit-il. Comment va le financement ?

— L'argent est arrivé comme prévu. J'en ai eu la confirmation par Petreanu, il y a quinze minutes.

— Et pour la suite de l'opération ?

— À partir du moment où Provost descend de l'avion, Jessyca le prend en charge. Tout devrait être réglé en vingt-quatre heures.

— J'ai jeté un œil sur la façon dont elle entend en disposer. C'est assez créatif.

— Pour la nomination du successeur, par contre, ça risque d'être plus long.

— Du moment que c'est celui que nous avons choisi.

— Pour ça, elle ne prévoit aucun problème. On contrôle le bon sous-ministre et deux personnes dans l'entourage du PM. Le pigeonnier d'Art/ho nous a permis de gagner beaucoup de temps.

— Art/ho, répéta Fogg… Finalement, toute cette histoire va s'avérer un meilleur investissement que je pensais.

— Petreanu m'a fait parvenir un bilan provisoire. Une fois l'opération achevée, nous devrions avoir un profit de six cent quatre-vingts à six cent quatre-vingt-dix millions.

— Il a réussi à contenir la gourmandise de nos amis suisses, à ce que je vois.

— Et celle de nos amis des Bahamas.

Le regard de Fogg se tourna de nouveau vers le jardin. Il demeura plusieurs minutes silencieux. Sur le divan, Xaviera Heldreth attendait qu'il sorte de sa contemplation. Elle avait l'habitude de le voir se servir du jardin pour développer ses idées.

— J'aime décidément beaucoup votre mademoiselle Coupal, dit-il tout à coup, sans cesser de regarder le jardin. Pour une Française, elle a des idées intéressantes. Elle a compris de quelle manière l'organisation devait croître : en souplesse. En s'adaptant aux circonstances. Il ne sert à rien de lutter contre les événements. Il faut épouser leur ligne de force. S'en servir.

Il ramena son regard vers Xaviera Heldreth.

— C'est toute la différence entre l'ordre subtil qui règne dans un jardin anglais et le quadrillage stérile des jardins français.

— Si je ne vous connaissais pas, je vous prendrais pour un de ces hippies attardés qui prêchent le retour à la nature !

Fogg émit une petite toux qui pouvait passer pour un rire.

— Ça, répondit-il, c'est ce qui manque aux Français. Le sens de l'humour.

— Pourtant…

— Ils essaient de s'en tirer en faisant de l'esprit, ce qui est loin d'être la même chose… Du côté de l'Institut? Vous surveillez toujours Poitras?

— Oui. Ça n'a encore rien donné.

— Ils savent qu'il est brûlé. Ils ne prendront pas le risque de s'en servir.

— Il ne devait pas jouer un rôle bien important. Autrement, il aurait disparu avec eux.

— Peut-être…

— J'avais pensé le harceler un peu, pour voir si ça les ferait sortir, mais je me suis dit qu'il était préférable de ne pas faire de vagues. Inutile d'attirer l'attention sur nous là-bas.

— Vous avez bien fait. Mais il faut quand même trouver quelque chose pour les débusquer.

## AUTOROUTE 20, 13 H 19

À l'intérieur du taxi qui l'amenait à Dorval, Gilles Provost regardait sans cesse sa montre. Dans moins de deux heures, il allait s'embarquer en direction de Miami sous le nom de Paul Ménard. Pour tromper sa nervosité, il essayait d'imaginer une biographie à cette identité fictive.

Était-il marié? Probablement pas. Il voyageait beaucoup: il n'avait pas le temps de s'encombrer d'une épouse. Encore moins de la maison et des enfants qui allaient habituellement avec ce genre de situation.

Était-il riche? Assez pour voyager en première classe. Assez pour ne pas être dépaysé quand il débarquerait dans l'univers du multimillionnaire Thomas Krajcek.

Était-il religieux? Membre d'un parti politique? Certainement pas. Paul Ménard était un esprit libre, à l'abri des idéologies contagieuses et des troupeaux en tous genres.

Avait-il des ennuis de santé ? Sûrement rien de grave. Et il aurait désormais les moyens de tenir à distance ce type d'inconvénient. Les portes des meilleures cliniques lui seraient ouvertes. Les spécialistes les plus réputés seraient requis au moindre problème.

En réalité, le personnage de Paul Ménard était tout le contraire de Gilles Provost, un homme mal marié et mal divorcé, obsédé par ses ennuis d'argent, qui avait fréquenté depuis son adolescence le Parti libéral et que des ulcères variqueux obligeaient à porter des bas de soutien.

Les varices l'amenèrent, par association d'idées, à penser à l'opération de chirurgie plastique qu'il subirait à Miami. Quand Brochet lui avait dit que c'était une précaution indispensable, Provost s'était renseigné. Il n'avait pas tardé à découvrir toutes sortes d'histoires d'horreur. On pouvait même mourir d'une opération mineure au nez.

C'était arrivé à une femme qui voulait se faire enlever une petite bosse sur le nez. Il fallait également lui corriger le septum. Provost connaissait l'histoire par cœur à force de l'avoir relue. Après avoir introduit un petit marteau et un petit ciseau dans la narine, le chirurgien avait commencé son travail. Un geste maladroit, un coup un peu trop fort, et le ciseau avait traversé le sinus ethmoïdal pour ensuite perforer la dure-mère. L'intérieur de la boîte crânienne avait été en contact avec les sécrétions nasales. Il s'en était suivi un pneumocrâne. Le tout avait dégénéré en méningite purulente.

Il avait fallu plus de deux semaines de soins intensifs pour que la victime réussisse à échapper à la mort. Et encore, ses proches auraient préféré une mort nette, bien propre, à cette vie végétative qui était désormais la sienne et qui ressemblait plus à la mort en action qu'à quoi que ce soit d'autre.

Pour fuir ces pensées déprimantes, Provost se força à réviser mentalement les étapes qui avaient mené à l'obtention de ses fausses identités.

Il y avait d'abord eu le numéro de téléphone fourni par Brochet, qui lui avait permis de joindre un fonctionnaire travaillant à l'état civil. Pour seize mille dollars, Provost avait obtenu trois faux certificats de naissance, établis à trois noms différents et dûment inscrits dans le registre officiel de la province.

Le fonctionnaire avait ensuite contacté un ami pour que les trois noms soient ajoutés au registre de l'assurance-maladie. Un montant de six mille dollars, deux mille par nom, avait couvert les frais de ce service. Pour un montant total de vingt-deux mille dollars, les faux noms se voyaient attribuer toutes les informations désirées par l'acheteur : date et lieu de naissance, adresse, nom du père et de la mère…

En possession de ces documents, Provost n'avait eu aucune difficulté à obtenir des cartes d'assurance-maladie en prétextant avoir perdues les siennes.

Muni de papiers officiels, il avait alors ouvert des comptes dans trois banques, où il avait déposé quelques milliers de dollars. Il n'avait même pas eu à demander de cartes de crédit : les préposés à la clientèle s'étaient empressés de lui en offrir.

Une fois ses trois identités bien documentées, il avait demandé des passeports aux noms de Ménard, de Krajcek et de Bellemare. Ce dernier ne lui serait pas utile personnellement. Il l'avait remis à Brochet, qui s'en servirait pour orienter les policiers sur Lavigne.

En songeant à son supérieur, Provost ne put s'empêcher de sourire.

Ce serait plaisant de suivre les péripéties de sa chute dans les médias.

### Berne, 15 h 38

Dieter Buckhardt relut les instructions qu'on lui avait remises la semaine précédente, examina les deux signatures et vérifia de nouveau le montant qu'on lui demandait de transférer dans trois autres banques : sept cent cinquante millions. À prendre dans le compte de la Société de développement euro-asiatique CDPQ.

Pour s'assurer de sa diligence, on lui avait promis un million de francs suisses. Tout était en ordre, lui avait-on affirmé. Du moins en ce qui le concernait. Il serait complètement couvert.

— Pourquoi cette somme ? avait alors demandé l'employé de la Deutsche Credit Bank.

— Parce que l'organisation que je représente déteste l'imprévu et les délais inopinés, avait répondu la femme avec qui il avait négocié.

L'argent était une sorte de prime d'assurance que la compagnie consentait à payer pour se prémunir contre les mauvaises surprises. Un million de francs suisses, c'était peu pour avoir l'esprit en paix. Pour s'assurer que la transaction soit effectuée dans les délais et selon les modalités prévues.

Buckhardt avait compris qu'il y avait quelque chose de louche dans toute cette affaire. Mais, légalement, il était couvert. La femme lui avait remis tous les documents nécessaires pour établir clairement l'identité des propriétaires, celle des signataires autorisés ainsi que leur droit à disposer de l'argent au nom de SODEA-CDPQ.

Il se tourna vers son ordinateur et procéda au virement des fonds. Il rédigea ensuite un mémo qu'il envoya à Gilles Provost, à l'adresse électronique indiquée dans le dossier, pour confirmer les transactions dans le compte de la SODEA.

Il se mit ensuite à penser à la femme qui lui avait proposé cette affaire… Une femme étrange. Elle l'avait abordé deux mois plus tôt, au café où il déjeunait tous les midis. Elle semblait tout connaître de ses ennuis financiers. En échange d'un menu service, elle lui offrait de régler ses problèmes.

Au moment de l'entente, il avait exigé que le paiement soit effectué en francs suisses. En contrepartie, elle avait insisté pour lui remettre l'argent en mains propres. Il fallait qu'il se rende chez elle pour en prendre réception. En Normandie.

Le voyage comme tel n'enthousiasmait pas Buckhardt outre mesure, mais un million de francs suisses pouvait justifier quelques concessions. Surtout que la femme avait insisté pour le recevoir à souper dans son château.

### St. Peter Port, 16 h 26

Fogg trempa ses lèvres dans le verre de sherry, le reposa sur le bureau puis regarda Xaviera Heldreth avec un sourire amusé.

— J'ai eu une vision, dit-il.

— Vous, une vision ! Avec combien de zéros après les premiers chiffres ?

— Il faut restructurer le Consortium.

— Qui voulez-vous éliminer, cette fois ?

— Si c'était aussi simple !… Vous vous rappelez notre discussion sur le redéploiement ?

— Bien sûr…

— Le temps est venu. Et, pour nous redéployer, il faut savoir clairement quelles sont nos forces et nos faiblesses.

— Vous voulez supprimer les filiales les moins performantes ?

— De ce côté, le ménage est pas mal terminé… D'après vous, quelles sont nos principales forces ?

— Safe Heaven, notre bras financier. GDS, notre bras musclé, comme vous aimez à dire…

— Il y en a deux autres.

— Je ne vois pas d'autre filiale qui se démarque autant que ces deux-là… Meat Shop, peut-être, si on lui laisse le temps…

— Ne pensez pas uniquement à nos filiales.

— Je ne vois toujours pas.

— Vous oubliez notre capital légitime de deux cent trente milliards.

— Ça fait trois.

— Il y a aussi notre implantation dans l'économie légale, tant dans les multinationales que dans les institutions financières.

Xaviera Heldreth continua de fixer Fogg en silence, comme si elle attendait qu'il développe sa pensée.

— D'après vous, quelle est notre principale faiblesse ? demanda-t-il.

— Nous dépendons de trop d'intervenants extérieurs pour les affaires courantes.

— C'est vrai, mais pourquoi ?

— Parce que nous ne sommes pas encore assez gros ?

— Ça fait partie du problème. Nous en avons d'ailleurs discuté l'autre jour. Mais il y a quelque chose de plus fondamental.

— De plus fondamental ?

— Nous sommes d'abord et avant tout des commerçants. Nous croyons aux échanges mutuellement satisfaisants. Regardez les domaines où nous sommes le plus absents : vols, fraudes, enlèvements contre rançon, prêts usuraires, rackets de protection… Tout ce qu'on peut ramener à de l'extorsion.

— C'est vrai.

— Notre origine commerciale a biaisé notre orientation. Remarquez, c'est ce qui a fait notre force. Mais il faut maintenant nous préparer pour la prochaine étape.

— Qui est ?

— Il faut nous rendre indispensables…

— À qui ?

— Il faut approcher les principaux intervenants mondiaux et leur proposer une forme d'alliance qu'ils ne pourront pas refuser.

— C'est donc ça, la réunion que vous avez demandé à Petreanu et Ute de préparer !

— Je vous ai un peu tenue à l'écart de cette partie du projet parce que je voulais que vous puissiez jeter un regard neuf sur le dossier, le moment venu.

— Quelle forme d'alliance allez-vous leur proposer ?

— Le Consortium phase II… Bien entendu, j'ai en réserve une phase III dont ils ne seront pas informés.

— Vous croyez qu'ils vont accepter de traiter avec nous ?

— Cela dépend de l'avantage qu'ils y verront. Ce sont des gens rationnels. S'ils estiment plus rentable de s'entendre avec nous et s'ils sont persuadés que nous ne représentons pas une menace pour eux, ils vont négocier. C'est à nous de les convaincre... Tout dépend de deux choses.

— Je sais, la première et la deuxième...

De petites rides se formèrent discrètement autour des yeux de Fogg. Mais là s'arrêta l'amorce de sourire.

— La première chose est ce que nous pouvons leur apporter, enchaîna-t-il. La deuxième est l'inconvénient qu'il y aurait pour eux à nous attaquer. D'où l'importance des actions de l'Institut contre Body Store.

— Je ne suis pas certaine de vous suivre.

— Il en va de notre crédibilité. Le discrédit que leurs opérations ont jeté sur nous est beaucoup plus sérieux que le tort réel qu'elles nous ont causé. C'est pour cela qu'il faut s'occuper d'eux.

— On ne sait toujours pas où ils sont.

— Vous m'avez donné une idée, l'autre jour, quand nous avons discuté du Japon... Mais, pour l'instant, j'aimerais vous parler de ce que j'entrevois pour nos filiales.

Fogg trempa de nouveau ses lèvres dans le sherry. Xaviera Heldreth attendit patiemment qu'il ait fini de déguster et qu'il se soit éclairci la gorge de quelques toussotements.

— Paradise Unlimited est trop centré sur les sectes et les mouvements religieux, reprit-il. Je vous l'ai déjà dit. Il m'apparaît nécessaire de redéployer ses activités vers d'autres formes de contrôle de masses. Je pense en particulier à l'infiltration des syndicats et des partis politiques. Le domaine des médias m'apparaît aussi comme une cible prioritaire : il faut joindre à notre stratégie d'investissement massif dans cette industrie des efforts d'implantation dans les syndicats.

— Et pour les autres filiales ?

— Just Power va se concentrer davantage sur les organisations internationales. Traditionnellement, les mafias ont tendance à infiltrer leurs propres gouvernements nationaux et les administrations locales : ça nous laisse le champ libre pour tout le secteur des agences et des organismes internationaux... Je pense aussi à créer une nouvelle filiale centrée principalement sur le jeu, les paris et le prêt usuraire.

— Vous ne craignez pas de provoquer des affrontements avec les groupes asiatiques ?

— Je sais qu'il y a un danger. Nous allons nous concentrer sur les parties du monde où ils sont moins présents.

— Ça limite quand même les possibilités de développement.

— Le but est seulement de commencer à occuper le territoire et de développer une expertise. Pour ce qui est de GDS, l'objectif est de diminuer notre dépendance par rapport aux organisations les plus puissantes : triades, yakusas, Siciliens, familles de la mafia américaine... Par conséquent, on va recruter davantage dans les marchés secondaires : Serbes, Nigériens, Turcs, Russes... Sud-Africains, Coréens, Jamaïcains...

— Je ne suis pas certaine que ça va nous mettre en meilleure position. J'ai plutôt peur que ça nous rende plus dérangeants pour nos compétiteurs, comme vous les appelez.

— Vous avez raison. C'est pourquoi il faut avoir quelque chose à leur offrir en échange de leur collaboration. Quelque chose qu'ils n'auraient pas s'ils nous attaquaient... À votre avis, quel est le problème majeur de tout groupe criminel prospère ?

— L'argent !

— Exactement. Imaginez qu'on mette sur pied un réseau de blanchiment de grande capacité, accessible partout sur la planète, capable non seulement de laver leurs profits, mais de les gérer de façon rentable, une fois reconvertis en argent propre.

— C'est donc ça, le véritable objectif du centre financier !

— Vous comprenez pourquoi je ne voulais pas le construire trop près d'ici… Au début, ils vont se pratiquer en gérant nos propres fonds. Puis, à mesure que les nouveaux clients vont arriver, ils vont faire la transition vers la gestion externe.

— Vous ne craignez pas que vos clients, comme vous dites, veuillent mettre la main sur le centre financier ? Quand ils vont découvrir à quel point il est utile…

— Pour ça, il faudrait qu'ils connaissent ses ramifications. Et plus ils y auront déposé d'argent, plus ils seront vulnérables : un geste d'hostilité de leur part et l'ensemble de leurs fonds pourrait disparaître… Mais deux précautions valent mieux qu'une : nous allons renforcer GDS.

— Comment ?

— Le système de courtage pour les contrats possède déjà un certain pouvoir d'intimidation : si une organisation décidait de jouer du muscle, nous aurions la possibilité de lever une armée en quelques heures en faisant appel aux autres organisations. Et personne ne serait en mesure d'établir de recoupements pour savoir ce que nous préparons.

— Vous voulez disperser davantage les sources de recrutement ?

— Oui. Mais nous allons surtout ajouter une section strictement consacrée au renseignement. Et nous allons ouvrir un service d'attentats terroristes. Cela devrait augmenter sensiblement la force dissuasive de la filiale.

— Si vous la renforcez trop, c'est pour nous qu'elle va devenir dangereuse.

— D'où l'importance de la structure par système de courtage. Ça fait seulement un noyau de superviseurs à surveiller. Il suffira d'implanter des « dissuadeurs » aux personnes clés. Elles n'oseront pas risquer la crise cardiaque.

— Joli plan.

— Il ne reste plus qu'à le réaliser.

— Je vous vois venir. Qu'est-ce que vous voulez que je fasse ?

— Il nous faut trois choses.

Fogg pianota sur le clavier intégré à la surface vitrée de son bureau. Une brève liste apparut sur l'écran mural.

- Plan contre l'Institut
- Plan de réorganisation interne
- Études sur l'état de la compétition

— J'aimerais disposer d'une ébauche de ces trois documents avant notre rencontre avec les organisations, reprit Fogg.

— Elle est pour quand, cette rencontre ?

— Le 5 juillet.

— Et vous voulez les documents pour hier, je suppose ?

— Ce serait évidemment l'idéal. Mais comme nous vivons dans un monde imparfait…

### Montréal, 13 h 42

Blunt examinait distraitement la position des pièces sur le goban. Un problème plus difficile le tracassait : qu'allait-il offrir à Kathy pour son anniversaire ?

Après avoir consulté Strange, son principal ami au service de police de la CUM, il avait opté pour un séjour d'une semaine à Paspébiac. Une semaine de bains d'algues, d'alimentation contrôlée, de massages… Une semaine à ne rien faire d'autre que de se laisser dorloter.

« *On va manger, là ! On va au restaurant !* »

Jacquot Fatal, le perroquet de Kathy, avait une manière bien à lui de souligner l'approche du dîner. Il avait probablement entendu quelqu'un faire la remarque et, sans qu'on puisse savoir pourquoi, la phrase s'était incorporée à son répertoire, associée à l'heure des repas.

Blunt ramena son attention au problème de go, mais un son d'alerte en provenance de l'ordinateur se fit entendre. Un message de l'Institut.

Une fois assis à son bureau, Blunt mit les doigts sur les touches thermosensibles du clavier pendant le temps requis puis, une fois que l'appareil eut reconnu ses empreintes digitales, il entra le code d'accès.

À défaut de le faire, le logiciel de décryptage aurait affiché un texte choisi dans une banque de faux messages, aurait envoyé celui qui venait d'entrer à la banque centrale de l'Institut, puis en aurait effacé toute trace dans l'ordinateur de Blunt. Un avertissement aurait également été envoyé à l'expéditeur, pour le prévenir que cette adresse électronique n'était plus sûre.

Un tableau s'afficha à l'écran. Il lui était envoyé par Hurt. Pour toute référence, ce dernier avait écrit : « Sneaky Bird, premier résultat ! »

| CDPQ | —→ | Paris | —→ | Société générale | 750 M |
| Société générale | —→ | Berne | —→ | Deutsche Credit Bank | 750 M |
| D C Bank | —→ | Italie | —→ | Banco Nationale | 250 M |
| | —→ | France | —→ | Crédit lyonnais | 250 M |
| | —→ | Japon | —→ | Mitsubishi Bank | 250 M |
| Banco Nationale | —→ | Bahamas | —→ | First Investing Bank | 250 M |
| Crédit lyonnais | —→ | Bahamas | —→ | First Investing Bank | 250 M |
| Mitsubishi Bank | —→ | Bahamas | —→ | First Investing Bank | 250 M |

Sneaky Bird, le programme élaboré par Chamane, avait été conçu comme un outil spécialisé qui travaillait à partir des données du programme de surveillance de Cheyenne Mountain. Ce dernier surveillait les transactions financières d'un large ensemble de banques soupçonnées d'être compromises avec des groupes criminels ou souvent utilisées par eux.

Celui de Chamane, dans sa version actuelle, permettait de suivre l'activité de quelques institutions précises et de vérifier si elles effectuaient des transactions avec d'autres institutions que l'on savait reliées à des groupes criminels. Plus précisément, Sneaky Bird analysait les flux d'argent entrant et sortant, relevait leur provenance ou leur destination, et comparait les résultats avec la liste des institutions soupçonnées d'activités illégales.

Comme ces transactions s'effectuaient habituellement par un réseau d'intermédiaires, Chamane avait incorporé un *bot* de sa fabrication au dispositif du programme ; ce robot informatique, qu'il avait pris des mois à mettre au point, était spécialisé dans les filatures : aussitôt qu'une transaction était repérée, le robot suivait la filière pour trouver l'origine ou la destination finale du transfert.

Pour alléger le processus, Hurt n'avait ciblé que six institutions financières et il avait fixé un seuil de cent millions de dollars comme critère pour déterminer si une transaction méritait qu'on s'y intéresse.

Le système était loin d'être parfait. Plusieurs transactions pouvaient passer entre les mailles du logiciel de détection : il suffisait que les montants soient répartis en transactions suffisamment petites et dirigées vers une multiplicité d'intermédiaires avant de parvenir à leur destination finale.

Mais le but n'était pas de tout découvrir. Il était de repérer les institutions susceptibles d'être compromises dans des réseaux financiers clandestins. Une fois ces institutions identifiées, d'autres analyses permettraient de se faire une image plus complète des activités qui s'y déroulaient.

Pour sa première prise, ce n'était rien de moins que la Caisse de dépôt et placement du Québec que Sneaky Bird avait détectée.

Après avoir revu le schéma, Blunt décida d'envoyer immédiatement un message à F.

## NORTH-HATLEY, 13 H 54

Lorsque Chamane répondit au téléphone, une musique assourdissante couvrait sa voix.

— Il y a quelqu'un qui est en train de démolir ton appartement ? demanda Hurt, lorsque la musique eut baissé.

— C'est Rammstein, répondit simplement Chamane. Ça m'aide à me concentrer.

— J'ai trouvé quelque chose avec Sneaky Bird.

— Ici ? Au Québec ?

— Oui. Je veux que tu me réserves un peu de temps.

— OK. C'est quoi, le poisson que tu as pêché ?

— La Caisse de dépôt et placement.

— Pour vrai ?… Je n'ai pas encore essayé d'entrer dans leur système. Si tu veux…

L'excitation perçait dans sa voix.

— Doucement. Je t'envoie une copie de l'interception et je te vois tantôt. D'ici là, tu regardes si tu peux trouver quelque chose. Mais sans faire de vagues ! Compris ?

— Eh ! Tu oublies que tu parles au roi de la discrétion, *man* !

— Pour le moment, je préfère en savoir moins et m'assurer qu'ils ne soupçonnent aucune tentative de pénétration.

— Je sais. C'est comme pour HFM. Tu peux dormir sur tes deux oreilles.

— HFM ?

— Ta dernière commande : Hope Fund Management.

Avant le déclic mettant fin à la communication, Hurt eut le temps d'entendre la voix gutturale de Rammstein revenir à son niveau initial.

### Massawippi, 16 h 43

F mit la main sur le carré de plexiglas, prononça la phrase requise et approcha son œil du système d'identification. Dans les secondes qui suivirent, une des plaques de verre qui séparait le salon de la salle à manger s'opacifia, puis un carré lumineux se découpa au centre. Un visage y apparut.

— On a peut-être trouvé quelque chose à Montréal, fit d'emblée Blunt.

— Dans le milieu financier ?

— À partir de la Caisse de dépôt et placement du Québec, via Berne, puis Milan, Tokyo et Paris, pour aboutir aux Bahamas. La First Investing Bank.

— La Caisse de dépôt... Vous avez une idée de la personne qui est impliquée ?

— J'ai demandé à Chamane de regarder ça. Il a retrouvé un fax dans l'ordinateur du gardien de valeurs, à Paris. C'était signé par Gilles Provost et contresigné par Claude Lavigne, le vice-président aux placements internationaux.

— Vous avez ajouté la Caisse à la liste des mots sensibles ?

— Oui. Espérons qu'on aura plus de chances qu'avec Hope Fund Management !

Depuis qu'ils avaient mis cette institution financière sous surveillance, c'était le calme plat. Le seul fait intéressant avait été le transfert de fonds effectué depuis la Banco Nationale. Ensuite, plus rien. Seulement une gestion tranquille et efficace, qui procurerait probablement à la compagnie des rendements qui la placeraient dans le premier quartile des gestionnaires pour le trimestre en cours.

— En aval ? demanda F.

— Aux Bahamas ? Rien encore. Mais j'ai demandé à Chamane de faire le moins de vagues possible. Je ne veux pas les alerter et qu'ils décident de ne plus utiliser cette banque.

— Vous avez pensé à quelque chose, pour les Bahamas ?

— Tout à l'heure, je rencontre maître Guidon. Je vais lui demander s'il peut envoyer un des Jones là-bas.

— Pour ce qui est des transactions de la Caisse, vous êtes certain qu'il ne s'agit pas d'une coïncidence ?

— J'ai appelé Poitras. Chamane a vérifié avec un de ses amis qui travaille dans une autre boîte de gestion. Les deux disent que la première transaction est plausible, mais que l'envoi suivant, dans un même compte en passant par trois institutions, était suspect. Les deux gestionnaires ont demandé ce que la Caisse avait reçu en échange des sept cent cinquante millions. Pour l'instant, il n'y a rien eu.

Quelques minutes plus tard, F éteignait l'écran. La plaque de verre retrouva sa transparence.

Elle descendit dans la pièce qu'elle avait aménagée pour faire de la visualisation.

Avec la réunion des petits amis qui approchait à grands pas, elle devait être au mieux de sa forme. Non seulement le Japon avait-il suspendu, pour une période indéterminée, son projet de collaboration avec l'Institut, mais on venait de découvrir une taupe aux États-Unis : un membre de l'unité de protection rapprochée du Président.

L'officier avait eu pendant des années un contact régulier avec le Président. Il avait certainement été en position d'apprendre des choses sur l'Institut.

Par chance, le rapport synthèse sur l'ensemble des opérations contre Body Store était prêt. Cela lui permettrait de donner une image moins négative des performances de l'Institut.

## Miami, 17 h 22

À l'aéroport, Provost fut pris en charge par une envoyée de Brochet. La femme l'entraîna vers une limousine.

— On va à l'hôtel Alexander, dit-elle. Une chambre nous est réservée au nom de monsieur et madame Thomas Krajcek.

— Je ne savais pas que ça faisait partie de l'arrangement, fit Provost en la détaillant plus attentivement.

— Ne vous faites pas d'idées. Je suis avec vous uniquement jusqu'à ce que vous partiez pour les Bahamas. Par mesure de précaution.

— Précaution ?

— Si jamais on recherche un individu en fuite nommé Gilles Provost, on ne s'intéressera pas à un couple de nouveaux mariés barricadé dans sa chambre d'hôtel.

Un sourire ironique apparut sur ses lèvres.

— J'ai apporté de la lecture, dit-elle. Il y en a facilement pour deux.

Provost fut impressionné par la qualité de la suite que Brochet lui avait réservée. Le balcon donnait sur l'océan, la salle de séjour était vaste et la salle à manger pouvait accueillir sans difficulté huit personnes.

« La femme de ménage fait la chambre au moins deux fois par jour », lui avait assuré l'employé à la réception. « Plus souvent si nécessaire. Avec les nouveaux mariés… »

Provost avait ensuite été informé de la multitude de services qui étaient disponibles sur demande : cela allait du secrétaire personnel multilingue au tailleur londonien.

— Je me retire dans la deuxième chambre, dit la jeune femme. Si vous avez besoin de moi, vous n'avez qu'à frapper à la porte.

— Le rendez-vous à la clinique est à quelle heure ?

— Il est reporté. L'intervention aura lieu aux Bahamas. Le médecin a accepté de vous opérer là-bas.

— Et le bateau ?

— Nous partons à sept heures demain matin. Il faut s'assurer que les papiers, aux Bahamas, soient signés avant lundi.

— Et je vais être opéré quand ?

— Normalement, demain. Tout de suite après la signature des documents.

— Est-ce que je vais rester marqué longtemps ?

— Ça prend environ deux semaines pour que le visage soit désenflé.

— Et les hématomes ?

— Quand ils ne touchent pas aux os, ils peuvent assez bien contrôler les saignements. Il ne devrait pas y avoir d'hématomes importants.

— J'avoue que je suis un peu nerveux.

— Vous n'avez pas à vous en faire. C'est un des plus grands spécialistes de chirurgie plastique de la Floride.

Sa clientèle se recrute parmi les jeunes épouses et les veuves de milliardaires… Ce sont souvent les mêmes !

La réplique eut pour effet de faire sourire Provost et d'atténuer son inquiétude. On lui payait un des meilleurs chirurgiens et on lui offrait une suite dans un des meilleurs hôtels de Miami. S'ils dépensaient tout cet argent pour lui, cela voulait dire qu'ils lui faisaient confiance. Qu'ils avaient l'intention de respecter leurs engagements. De toute façon, ils avaient cinq cents millions de raisons de se fier à lui.

— Le bateau est prêt ? demanda-t-il.

— L'équipage est déjà à bord. Ses services ont été retenus pour deux semaines… Vous allez partir avec l'immatriculation de Miami. En cours de route, vous changerez pour le pavillon panaméen. Tous les documents sont prêts.

La femme se dirigea vers sa chambre.

— Il faut que je me repose, dit-elle. Vous devriez en faire autant.

### Montréal, 21 h 17

Dominique ferma les yeux pour se reposer la vue. Les chiffres continuaient de danser devant ses yeux. À chaque fin de trimestre, c'était la même chose : elle passait en revue les données financières de l'entreprise pour s'assurer de ne pas avoir de mauvaises surprises.

Deux années auparavant, elle avait convaincu Dupré, le propriétaire, d'entreprendre d'importantes rénovations. Les coûts avaient été un peu plus importants que prévu. Seule une gestion serrée lui permettait de ne pas recourir trop souvent à la marge de crédit.

Les rénovations avaient été amorties sur trois ans. Il lui restait encore un an de situation financière serrée. Ensuite, ils auraient quelques années de répit… avant les prochaines rénovations.

Dominique avait encore les yeux fermés lorsqu'on frappa à la porte de son bureau. Une danseuse passa la tête dans l'entrebâillement.

— Il y a une fille pour le réseau, dit-elle. Je l'ai installée dans le petit salon. Nancy est avec elle.

Le visage de Dominique prit un air à la fois volontaire et soucieux.

— J'arrive, dit-elle.

Quelques instants plus tard, elle entrait dans le salon. Un regard lui suffit pour évaluer l'état de la fille assise sur le divan. Les mains cramponnées à un verre de cognac, elle tremblait de tout son corps. Son visage portait la marque de plusieurs coups : une coupure au-dessus de l'œil droit, l'œil gauche enflé, la lèvre inférieure tuméfiée et fendue…

— J'ai téléphoné à Carolyne, dit la danseuse qui était venue la prévenir. Elle dit qu'elle s'en vient.

— Bien, répondit machinalement Dominique.

Elle alla s'asseoir à côté de la jeune femme qui continuait de trembler.

— Vous êtes en sécurité, dit-elle. On va prendre soin de vous.

— Il a dit qu'il allait me tuer… si je partais.

— Ici, il ne peut rien contre vous. Une femme médecin va vous examiner.

Pendant qu'elle lui parlait, Dominique observait la jeune femme. Elle n'était pas seulement terrorisée : son tremblement ressemblait à un symptôme de manque.

— Comment vous appelez-vous ? demanda-t-elle.

— Sandra.

Le nom était sorti spontanément. C'était probablement le nom qu'elle était habituée de donner. Son nom de danseuse. Il y avait deux chances sur trois que ce soit un faux.

— Si vous m'expliquiez ce qui s'est passé.

Une dizaine de minutes plus tard, elle avait appris l'histoire de la jeune femme. Une histoire classique. Le motard à qui elle appartenait avait décidé qu'elle n'était plus assez bonne pour danser. Il lui avait annoncé qu'il la transférait dans un salon de massage. Elle avait protesté. Il l'avait giflée en guise de réponse. Elle avait répliqué en le giflant à son tour. Ils étaient devant d'autres filles. Le motard lui avait administré une correction en règle.

— Est-ce que c'était la première fois ? demanda Dominique.

— Autant, oui… Il m'a déjà frappée un peu, mais c'était parce que j'avais fait une mauvaise soirée. Ou parce que j'avais parti une chicane avec une autre fille… Je sais que je n'aurais pas dû réagir, mais c'était plus fort que moi : quand il m'a giflée…

Elles furent interrompues par l'arrivée d'une grande femme blonde.

— Carolyne est médecin, dit Dominique. Je vous laisse.

## MASSAWIPPI, 22 H 51

À la demande de Blunt, F avait fait quelques vérifications auprès de ses informateurs personnels. Il s'agissait de personnes qui l'avaient connue plusieurs années auparavant, sous le nom d'Abigaïl Ogilvy, et avec qui elle avait des liens particuliers de confiance. Ces personnes n'étaient pas nombreuses et F prenait rarement l'initiative de les contacter.

Robert Langford était peut-être le plus précieux de ces informateurs. Il travaillait à l'Internal Revenue Service et il était le seul à avoir le numéro qui s'était affiché sur l'écran de l'ordinateur de F.

F activa le logiciel de communication.

— Bonjour, cher ami ! dit-elle en guise d'accueil.

— C'est toujours un plaisir d'entendre votre voix.

— Vous ne m'aurez pas à la flatterie !

— Jamais je n'oserais !

— Je désespérais un peu d'obtenir une réponse.

— J'étais en vacances à l'étranger.

— Affaires ou loisirs ?

— Santé.

— J'espère que ce n'est rien de grave.

— Ils m'ont décrété apte à revenir au travail.

F avait appris par d'autres sources que Langford avait un cancer. Ses vacances étaient en fait une cure de chimiothérapie. Mais, comme elle le connaissait, il travaillerait tant qu'il le pourrait. Agir autrement aurait été s'avouer vaincu devant la maladie.

— Ils ne peuvent pas se passer de vous, dit-elle.

— C'est ce qui semble… Pour ce qui est de votre individu…

— Brochet ?

— Oui, Brochet. J'ai effectué quelques recherches. Il a été mêlé à deux affaires de faillite frauduleuse, il y a sept ou huit ans – les deux fois comme victime, ce qui est assez particulier.

— Aucune condamnation ? Aucune poursuite ?

— Rien comme tel. Mais il a laissé beaucoup de traces sur son passage. Il a participé à des prises de contrôle hostiles, siégé au conseil d'administration d'une quantité industrielle de sociétés *off shore* et il a souvent servi de prête-nom à des gens qui ne veulent pas que leurs activités financières soient connues.

— Des inculpations ?

— Pas à ma connaissance. Mais nos services ont déjà été contactés à son sujet par des collègues britanniques et français.

— Vous m'intéressez.

— Trois autres affaires de faillite frauduleuse. Et devinez quoi ?

— Pas les trois fois à titre de victime ?

— Exactement.

— Aucune condamnation là-bas non plus ?

— Non. Pas de condamnation, ni même d'inculpation.

— Est-ce que vous savez combien il a perdu, au total, dans toutes ces faillites ?

— Je n'ai pas de chiffre exact, mais sûrement plusieurs centaines de millions. Un perdant professionnel, on dirait…

— Un perdant qui s'en tire plutôt bien.

— J'aurais aimé vous en dire davantage, mais c'est tout ce que j'ai.

— C'est déjà beaucoup. Je vous remercie.

— C'est toujours un plaisir.

— Si vous trouvez quoi que ce soit…

— Je sais : je laisse un message au même numéro pour que vous preniez contact.

De façon générale, les croyances sont des manifestations concrètes de cette passion protéiforme qu'est l'espoir. Elles reposent sur le désir d'atteindre une forme de vie meilleure, plus satisfaisante, dans ce monde ou dans un autre.

À la limite, elles ont toutes comme horizon, consciemment ou non, l'avènement d'une éternité de bonheur. Lorsqu'il est explicite, cet avènement est habituellement fixé dans un avenir lointain, sauf dans le cas des sectes apocalyptiques.

Leonidas Fogg, *Pour une gestion rationnelle de la manipulation*, 3- Embrigader les volontés.

## SAMEDI, 26 JUIN 1999

### PARIS, 9 H 34

Edmond Chalifoux attendait depuis quarante-sept minutes lorsque la limousine s'arrêta devant le café. La troisième porte s'ouvrit.

Chalifoux vida son espresso en une gorgée et se dirigea vers la voiture. Pour lui, une nouvelle vie commençait.

Aussitôt qu'il eut refermé la portière de la voiture, la femme avec qui il avait rendez-vous lui tendit une flûte de champagne.

— Il faut fêter ça, dit-elle.

— Vous êtes sûre que c'est bien prudent ? demanda-t-il en prenant la flûte.

— Qui peut nous voir ?

— Mais vous ? Vous ne buvez pas ?

— Pas tout de suite. J'ai un mal de tête qui ne lâche pas... Mais je sens que ça va aller beaucoup mieux, maintenant que vous êtes là, ajouta-t-elle avec un sourire.

Chalifoux prit une gorgée de champagne et jeta un regard au paysage qui défilait à travers les vitres teintées.

— J'ai une surprise pour vous, reprit la femme. Pour fêter nos retrouvailles.

— Qu'est-ce que c'est?

— Une substance qui fait disparaître toutes les inhibitions. Du Rohypnol.

— Est-ce que c'est une drogue? s'inquiéta Chalifoux.

— Dans la mesure où un médicament peut être une drogue. Mais il n'y a pas de danger. C'est un médecin qui me l'a recommandé. J'ai pris la liberté d'en mettre un peu dans votre champagne.

— Mais... Nous ne serons pas au château avant trois ou quatre heures!

La femme appuya sur un bouton. Une cloison coulissa, pour couper toute communication avec le chauffeur.

— Allez, reprit la femme. Videz votre flûte! Maintenant que nous avons la chance d'être seuls, il faut en profiter.

Le chauffeur avait jeté un regard à sa montre au moment où la cloison coulissait. Dans une dizaine de minutes, il serait sur le périphérique. Il en aurait alors pour une heure avant que la femme vienne le rejoindre à l'avant.

Ils n'auraient aucune difficulté à arriver à temps au château. L'invité n'y serait pas avant quinze heures.

## La Goulafrière, 15 h 08

En apercevant le château au bout de l'allée bordée de peupliers, Dieter Buckhardt se demandait encore jusqu'à quel point sa vie allait changer. Lorsqu'une grande femme blonde se matérialisa sur le balcon de l'entrée pour l'accueillir avec un verre de champagne, il sut qu'on l'introduisait dans un autre monde.

D'un léger mouvement de la tête, la femme signifia son congé au chauffeur de la limousine. Puis elle se tourna vers son invité.

— Monsieur Buckhardt, dit-elle en lui tendant la main. Je suis Ute Breytenbach. Je pense que je ne m'étais pas présentée lors de nos précédentes rencontres.

— Ute Breytenbach, répéta Buckhardt en saisissant la main qui lui était tendue.

— Je suis heureuse de vous retrouver.

— Moi de même, bredouilla Buckhardt. Moi de même…

Il continuait de tenir la main de la femme et de la fixer.

— Quelque chose ne va pas ? demanda-t-elle.

— Non non, répondit Buckhardt, revenant à lui.

Il lui lâcha la main et tenta maladroitement de formuler une explication.

— En vous voyant… j'ai cru un instant… j'ai eu l'impression… Je ne sais pas.

En apercevant cette grande femme blonde moulée dans une combinaison noire, il avait ressenti la même impression de déjà-vu que lors de leurs précédentes rencontres. Puis, quand elle lui avait dit son nom, le déclic s'était fait : Ute Lemper. La chanteuse dont les photos ornaient la chambre de son fils.

— Je vous rappelle quelqu'un que vous connaissez ?

— Pas que je connais, non. C'est mon fils… Je veux dire, une affiche dans la chambre de mon fils… Mais ça ne peut pas être vous.

— En êtes-vous certain ? demanda la femme avec un sourire moqueur.

— Vous voulez dire que… ?

— Je vous taquine. Vous avez fait bon voyage ?

— L'avion, la limousine… Je ne pouvais pas demander mieux.

— Bien, approuva la femme. Avec les projets que j'ai pour vous, c'est important que vous soyez dans de bonnes dispositions.

— Des projets ? Je croyais que je devais seulement prendre livraison du chèque.

— Soyez sans crainte. Le chèque est prêt.

— Je n'étais pas du tout inquiet, je vous assure !

— Pour ce qui est des projets… disons que j'ai développé un intérêt pour vous.

— Pour moi ? fit Buckhardt après avoir avalé sa gorgée de champagne.

— Un intérêt professionnel, bien sûr.

— Je n'ai jamais pensé à autre chose, se dépêcha de répondre Buckhardt.

— Mais aussi un intérêt… personnel. C'est pour cela que je tenais à vous recevoir à dîner.

Buckhardt dissimula son embarras en vidant le reste de sa flûte de champagne. Il se sentait la tête un peu lourde. Habituellement, il tolérait mieux l'alcool. Peut-être était-ce la fatigue du voyage. Prendre l'avion le stressait toujours plus qu'il ne voulait l'admettre.

— Je vois que votre verre est vide, dit la femme. Venez, nous n'allons pas passer la soirée sur le balcon.

— Je ne veux pas abuser de votre hospitalité.

— Vous avez bien le temps de visiter le château avant le dîner.

Mettant la main sur son épaule, elle l'entraîna à l'intérieur.

— C'est que… protesta mollement Buckhardt.

— On passe remplir les verres et je vous fais faire le tour du propriétaire.

À la table de la cuisine, le chauffeur qui l'avait amené de l'aéroport prenait un café en compagnie d'un autre homme qui avait lui aussi un uniforme de chauffeur. La femme s'adressa à eux en allemand.

— Il y a un couple d'homosexuels qui se promène dans les environs. Ça fait deux fois qu'ils viennent sonner pour demander des renseignements. Ils disent qu'ils sont perdus. J'aimerais que vous regardiez ça d'un peu plus près.

Les deux hommes acquiescèrent d'un hochement de tête. Celui qui avait amené Buckhardt prit une dernière gorgée, posa sa tasse sur la table et se leva pour rejoindre l'autre, qui se dirigeait vers la sortie.

Ute se tourna vers Buckhardt.

— Un petit problème domestique, dit-elle.

— Vous avez beaucoup de rôdeurs ?

— Plusieurs châteaux ont été cambriolés dans les environs. Je veux être certaine que ces deux-là ne sont pas en train de faire du repérage.

— Je comprends…

Une crispation parcourut brièvement les traits de la femme. Voyant le regard interrogateur de son invité, elle s'empressa de le rassurer.

— Le reste d'une migraine que j'ai traînée pendant plusieurs jours. Depuis ce matin, ça va mieux. Je suis certaine que votre présence va contribuer à la faire disparaître tout à fait.

Buckhardt se contenta de rougir un peu et détourna les yeux. Il avait du mal à soutenir le regard de la femme.

Celle-ci remplit à nouveau son verre, puis l'entraîna vers l'aile ouest du château.

— J'ai pour vous des surprises, dit-elle en lui mettant le bras gauche sur les épaules. Venez.

Lorsqu'il passa devant le miroir, à la gauche de l'escalier central, Buckhardt aperçut son image à côté de celle de la femme : elle le dépassait d'une bonne tête.

Inconsciemment, il releva les épaules et s'efforça de se redresser.

## MONTRÉAL, 9 H 41

Claude Lavigne regarda la femme s'avancer et prendre place devant lui à une table du café Van Houtte. Tous les regards masculins notèrent son passage.

Sophie Dompierre avait une silhouette de mannequin, une assurance de banquier et des yeux dont le répertoire d'expressions allait de la froideur du chirurgien nazi à la sensualité de la vedette porno. Bien des hommes auraient souhaité être à sa place, songea Lavigne en la voyant venir vers lui. Mais son humeur était résolument sombre : il n'avait pas eu le choix d'accepter le rendez-vous.

Tout avait commencé lorsqu'elle s'était invitée à sa table, un midi qu'il dînait seul au Caveau. Il n'y avait pas de table libre dans la section non-fumeurs et elle tenait à protéger ses poumons, avait-elle déclaré avec un sourire. Le dîner avait été agréable, même s'il avait trouvé la jeune femme un peu trop curieuse de sa vie personnelle.

Deux jours plus tard, le même scénario s'était reproduit, dans un autre restaurant. Cette fois, les tables libres étaient situées dans le fond de la salle, près du bruit des cuisines.

— Vous êtes en passe de devenir mon bon samaritain attitré, avait-elle dit.

Il avait alors cru à une coïncidence. Sauf que, le lendemain matin, elle était apparue au Van Houtte, où il allait habituellement se chercher un café avant de monter au bureau.

Elle lui avait alors avoué de but en blanc que leurs rencontres n'étaient pas fortuites. Il l'intéressait. Elle avait fait une recherche sur lui. Non seulement avait-elle trouvé le numéro de téléphone de sa secrétaire, à la Caisse de dépôt, mais elle connaissait son adresse personnelle ainsi que le nom de Danielle, la femme qu'il fréquentait depuis quelques mois.

— Tu serais beaucoup mieux avec moi, avait-elle dit. Tu devrais la laisser tomber. Elle n'a pas d'avenir.

Chaque jour, elle trouvait moyen de le relancer. S'il s'enfermait dans son bureau, elle lui téléphonait, lui envoyait des courriels. Le manège durait depuis plus d'un mois. Hier encore, il avait dû accepter de lui fixer un rendez-vous, car elle menaçait de faire un scandale à la réception de la Caisse, puis d'alerter les journalistes pour leur dire qu'il la harcelait.

Cédant au chantage, il avait consenti à une dernière explication. Il la rencontrerait à neuf heures trente le lendemain, au café Van Houtte dans McGill College. Mais il se demandait s'il n'avait pas commis une erreur.

Si la jeune femme n'avait été qu'une obsédée un peu hystérique, il aurait carrément porté plainte à la police.

Mais il y avait cette histoire de black-out : une soirée complète avait disparu de sa vie. Une soirée qu'elle prétendait avoir passée avec lui. Dans l'intimité.

— Tu n'es pas heureux de me voir ? fit la jeune femme avec un sourire.

— Tu sais très bien que je n'avais pas le choix.

— C'est bien, ça : tu commences à me tutoyer. Je sens que notre relation va déboucher sur quelque chose de positif.

— Tu rêves.

— Je ne te comprends pas. Qu'est-ce qu'elle a que je n'ai pas ?

— Tu veux vraiment le savoir ?

— D'accord, elle a quinze kilos de plus. Mais elle a dix centimètres de moins.

— Tu n'as vraiment… aucune forme de respect !

— C'est vrai. Mais elle, elle n'a pas d'argent. Pas de relations. Enfin, rien par rapport à tout ce que j'ai !

— À t'entendre parler, il faudrait que je voie ça comme un investissement !

— Ce n'est pas pour rien que les psychologues parlent d'investissements affectifs.

— Tu mélanges tout.

— Elle a une vie insignifiante et elle n'a même pas l'excuse d'être une artiste ratée.

— J'ai accepté de venir, mais si tu continues à parler de Danielle de cette manière…

— Ce n'est même pas ta femme ! Tu la connais depuis moins de six mois. Ça ne peut pas être très sérieux.

— Tu perds ton temps. Je ne changerai pas d'idée.

— Mais elle, elle peut changer. Je devrais peut-être aller la voir. Une explication entre femmes…

— Si jamais tu fais ça…

— Tu vas faire quoi ? Me frapper ?

— Il n'y a pas moyen de parler avec toi.

— Ce n'est pas indispensable de parler. Si tu veux venir à mon appartement…

— Je suis venu te dire que c'est la dernière fois qu'on se voit.

— Tu crois ça ? Vraiment ?

— Si tu continues, je vais porter plainte.

— Plainte pour quoi ? Plainte parce que tu m'as séduite et abandonnée ?

— Plainte pour harcèlement !

— Avec les preuves que j'ai.

— Je ne me souviens de rien.

— Tu penses que le juge va accepter ça comme excuse ?

— C'est toi qui m'as fait boire !

— Pauvre petit garçon ! Il a été forcé à boire par une méchante fille qui pèse vingt kilos de moins que lui et qui menaçait de le battre !

— Tu peux te moquer autant que tu veux…

— Je ne suis pas venue pour discuter. Je veux simplement te donner un avertissement : tu as jusqu'à lundi pour te débarrasser de ta pouffiasse et accepter le fait que tu es à moi.

— Tu rêves en couleur.

— Je serai au bar du Delta, rue Président-Kennedy. Lundi. À dix-neuf heures. Si tu n'y es pas, je débarque chez la pouffiasse et je lui explique les choses de la vie.

— Je t'interdis…

— J'oubliais ! Je suis ceinture noire en karaté : si je vois qu'elle ne comprend pas, je vais utiliser des arguments plus frappants. Jusqu'à ce qu'elle comprenne et qu'elle ne veuille plus rien savoir de toi.

— Tu délires !

— Es-tu prêt à courir le risque ?

Elle se leva et le regarda dans les yeux.

— J'admets que tes réticences contribuent à rendre la chasse plus intéressante, poursuivit-elle. Mais ma patience a des limites… Lundi. Dix-neuf heures. Au bar du Delta… Passe une bonne fin de semaine.

Quand elle fut partie, Lavigne porta la main à son estomac : encore cette impression de mauvaise digestion…

## LA GOULAFRIÈRE, 15 H 47

Buckhardt avait de la difficulté à se concentrer. Une douce euphorie l'avait envahi. Pour conserver son équilibre, il s'appuyait de plus en plus fréquemment sur le bras de son hôtesse.

— Je vais maintenant vous montrer l'endroit le plus surprenant du château, dit Ute Breytenbach.

Elle ouvrit une porte et entraîna Buckhardt dans une salle immense, toute en longueur.

Les deux murs latéraux étaient quadrillés de vitres rectangulaires qui laissaient apparaître l'intérieur de ruches d'abeilles. Quatre immenses tables posées sur des boîtes de verre occupaient l'essentiel de la pièce.

— Ceci est mon centre d'études personnelles, reprit Ute.

— Vous étudiez… les abeilles ?

— Entre autres.

— Ça ne manque pas… de piquant !

Buckhardt se mit à rire abondamment de son trait d'esprit.

— Je m'intéresse aux interactions entre les abeilles et les humains, reprit Ute. Ce que vous pouvez apercevoir, au fond, c'est la boîte noire où se passe l'essentiel de mes recherches.

Elle montrait un coffre de la grandeur d'une tombe, posé sur un chariot.

— C'est bizarre, fit Buckhardt. Tous les trous sur le dessus…

— Venez, je vais vous montrer.

Elle souleva le couvercle du coffre.

— Les petits blocs coussinés que vous voyez sont des points d'appui, expliqua-t-elle en lui montrant l'intérieur de la main. Leur forme et leur distribution sont calculées pour soutenir un corps de façon confortable en minimisant la surface de contact.

Buckhardt regarda l'intérieur du coffre pendant un long moment. Il avait de plus en plus de difficulté à penser clairement et à formuler ses idées.

— Vous seriez surpris de voir à quel point c'est confortable, dit Ute. Voulez-vous l'essayer ?

— Je ne… sais pas.

— Ça me ferait plaisir.

— D'accord. Si c'est…

— Mais il y a une contrainte.

— Une… con… trainte ?

— Pour le test, il ne faut pas que vous ayez trop de vêtements. Laissez-moi vous aider.

Buckhardt se laissa dévêtir tout en concentrant son attention sur la flûte de champagne qu'il continuait de tenir à la main.

— Voilà, dit-elle, lorsqu'il ne lui resta plus que son caleçon.

Ses autres vêtements gisaient par terre autour de lui.

— J'ai sauvé… le… champagne, dit Buckhardt en montrant fièrement son verre encore à moitié rempli.

Il le vida d'un trait.

Pour entrer dans la boîte et s'allonger correctement sur les points, il eut besoin de l'aide de la femme.

Quand il fut installé de façon confortable, elle se pencha légèrement, prit la petite dague dissimulée dans sa botte et, d'un geste rapide, elle coupa les deux côtés de son caleçon. Elle n'eut ensuite qu'à tirer d'un geste sec pour le lui enlever.

— Tant qu'à faire l'expérience, autant la faire complètement, dit-elle.

Elle referma ensuite le couvercle et bloqua la fermeture. Puis elle s'adressa à la tête de Buckhardt qui dépassait à un des bouts.

— Vous voyez, dit-elle, c'est confortable. Même si c'est étanche. Les joints se referment de façon hermétique autour du cou sans vous étouffer. Vous êtes toujours bien ?

— Euh… oui.

— Comme vous pouvez le sentir, la surface de contact avec le corps est minimale. Ça laisse un maximum de peau à l'air libre.

Elle se dirigea vers une partie du mur où il y avait un tableau de contrôle et tourna un bouton.

Un bourdonnement sourd se fit entendre.

— Pour les mettre en condition, expliqua-t-elle. Ce que vous entendez est un bourdonnement d'abeilles en colère. L'effet est contagieux. Lorsqu'elles entendent ce bourdonnement, elles atteignent rapidement un état élevé d'agressivité et elles attaquent tout ce qu'elles perçoivent comme étranger.

Ute saisit un embout qui semblait fixé au mur et tira. Un tuyau de caoutchouc apparut. Elle l'étira jusqu'à ce qu'elle puisse le fixer à un des trous sur le couvercle de la boîte où était enfermé Buckhardt.

Elle répéta l'opération à trois reprises, jusqu'à ce que tous les orifices soient reliés à un tuyau. Elle appuya ensuite sur un bouton du chariot et le coffre s'abaissa d'une quarantaine de centimètres.

Buckhardt la regardait, incapable de parler, hésitant entre l'euphorie dans laquelle il baignait et l'inquiétude qu'il commençait à ressentir.

— Avez-vous le crâne solide, monsieur Buckhardt ?

Debout à l'extrémité du coffre, elle regardait maintenant la tête de Buckhardt à la hauteur de ses genoux.

— Je vais vous transférer mon mal de tête, reprit Ute. Vous allez voir, on va beaucoup s'amuser.

Elle se pencha, lui prit la tête entre les mains et, les yeux fermés, elle se mit à la palper. On aurait dit qu'elle explorait un coffre secret pour trouver la séquence de manipulations qui permettrait de l'ouvrir.

— Vous n'êtes pas encore en état d'en profiter, dit-elle en abandonnant la tête. Je reviendrai un peu plus tard, quand l'effet de la drogue se sera suffisamment dissipé.

## MONTRÉAL, 9 H 54

Théberge entra dans le Tim Horton's, choisit un beigne à la crème sure, un café régulier et alla rejoindre Dominique Weber, qui l'attendait à une table devant un cappuccino.

— J'ai un nouveau cas, dit-elle d'emblée.

— Les Raptors ?

— Non, les Skulls.

— Elle est dans quel état ?

— Terrorisée, ça va de soi. Carolyne l'a examinée. Elle n'a aucune blessure grave.

— Est-ce qu'il faut qu'elle aille en désintox ?

— Oui. Mais elle n'a pas l'air trop accrochée.

— Elle travaillait à quel endroit ?

— Au Slow Move… Je vais avoir besoin d'un ou deux anges gardiens pour quelques jours.

— D'accord. Je vais t'envoyer deux membres de l'escouade fantôme.

La collaboration de Théberge avec la gérante du Palace remontait à près de treize ans. Dans les mois qui avaient suivi le « suicide » inexplicable de son ami, Dominique avait revu Théberge à plusieurs reprises. Ce qui aurait pu déboucher sur une aventure avait finalement pris la forme d'une collaboration professionnelle et, au cours des ans, d'une réelle amitié.

S'inspirant du travail des groupes qui venaient en aide aux travailleuses du sexe, Dominique avait eu l'idée de mettre sur pied son propre groupe pour aider les danseuses qui se trouvaient dans une situation aussi précaire qu'elle l'avait déjà été. De là était né le réseau DAN-SE : DANseuses – Sécurité et Entraide.

Le réseau permettait aux filles de discuter avec d'anciennes danseuses ou prostituées qui avaient refait leur vie, leur donnait accès à des soins de la santé, distribuait de l'information sur les services qui leur étaient accessibles, offrait des cures de désintoxication à celles qui en avaient besoin et, lorsque c'était nécessaire, il se chargeait de négocier leur liberté avec les motards. Dans les cas les plus sérieux, il pouvait relocaliser les filles sous une nouvelle identité et les garder cachées. Pendant des années, s'il le fallait.

Dominique s'occupait principalement de cette dernière partie du programme. Théberge, à cause de la relation particulière qu'il avait développée avec Dominique, assurait le lien avec les forces policières, lorsque cela s'avérait utile.

En échange de leur collaboration, les membres de l'escouade fantôme ne payaient aucuns frais d'entrée et la bière était au prix coûtant. Pour les filles, par contre, ils étaient comme n'importe quel client.

— La fille, elle est à quel endroit? demanda Théberge.

— Chez nous.

— Quoi? Toute seule?

— Une des filles est restée avec elle. Francine doit les avoir rejointes, à l'heure qu'il est.

— L'avocate?

— Oui.

— Ça veut dire que vous aller négocier?

— Ses parents sont prêts à payer...

Théberge se leva en maugréant pour aller chercher un deuxième beigne.

### Tokyo, 0 h 08

L'avion décolla avec huit minutes de retard.

Tatsuo Ishida consulta sa montre et réprima une moue d'agacement. Il verrait à remplacer l'équipage de l'appareil. Le respect des horaires faisait partie du respect des formes. Et sans le respect des formes, le monde était voué à la barbarie.

Le Lear Jet se poserait d'abord à Moscou. Ishida en profiterait pour régler quelques affaires. Deux jours plus tard, il poursuivrait jusqu'à Londres. D'autres affaires. Ensuite il irait à Paris. Pour la réunion.

L'homme qui était venu discuter avec lui de cette réunion, au Japon, avait été persuasif. Ishida en avait entendu parler à quelques reprises déjà. Darius Petreanu.

À la fin de leur première rencontre, quand Ishida s'était vu offrir de participer à la réunion de Paris, il s'était contenté de sourire: rien ne pourrait l'amener à s'exposer, sans armes et sans escorte, dans une salle dont il ne contrôlerait pas la sécurité. Surtout pas une salle où seraient réunies six des personnes les plus dangereuses de la planète.

Mais Petreanu était astucieux. Il lui avait d'abord fait miroiter un accroissement spectaculaire de l'influence du Yamaguchi-kumi. Or, Ishida était le parrain de l'organisation. Ses devoirs d'*oyabun* envers les dix-neuf mille *yakusas* l'avaient emporté. S'il avait la possibilité d'améliorer de façon substantielle la position du *boryokudan*, il devait explorer cette possibilité. Dût-il s'exposer à certains risques.

Ensuite, Petreanu lui avait expliqué le système de sécurité qu'il avait prévu pour la circonstance. Un système complètement fou. Mais qui pouvait fonctionner, si tous les participants acceptaient de s'y soumettre.

Une chose était certaine, si les gens que représentait Petreanu avaient autant d'imagination sur le plan financier, ça valait la peine d'écouter la proposition qu'ils voulaient leur présenter.

### Pont-l'Évêque, 17 h 55

Laurent Peraguey pensa d'abord qu'il s'agissait d'un ivrogne. Qui d'autre pouvait être étendu à plat ventre sur le bord de la route, les pieds dans le fossé, par un beau dimanche avant-midi ?

Il immobilisa néanmoins son véhicule et descendit voir.

En s'approchant, il comprit que l'homme avait des problèmes beaucoup plus sérieux qu'une simple cuite.

Une heure dix plus tard, la gendarmerie avait identifié le cadavre d'Edmond Chalifoux, domicilié à Paris. Les recherches dans les environs ne permirent cependant pas de découvrir la moindre trace de son passage à Pont-l'Évêque : il fut également impossible de retrouver sa voiture ou encore une chambre d'hôtel à son nom.

Perplexe, le capitaine de la gendarmerie décida d'envoyer un message à Paris pour les informer des événements et demander leur collaboration.

## Saint-Armand, 13 h 26

Dans un chalet situé près de la frontière du Vermont, les Heavenly Bikes étaient tous assis en demi-cercle sur le sol, en position de méditation. Maître Guidon les avait réunis pour faire le point, comme il le faisait une ou deux fois par mois.

Depuis son arrivée à Montréal, le groupe avait beaucoup changé. La plupart des motos avaient été vendues et les moines étaient presque tous recyclés dans différents métiers.

Une partie des « Jones » avait poursuivi leur travail d'aides à tout faire auprès de l'Institut. Deux d'entre eux continuaient d'assurer la protection de Poitras tout en s'initiant au monde de la finance. Deux autres avaient pour tâche d'assurer la protection de Gabrielle et de Hurt. Un autre encore accompagnait Claudia dans tous ses déplacements.

En parallèle avec leur travail, ils avaient tous une tâche identique : développer ce que maître Guidon appelait la « caméra intérieure ». Il s'agissait d'une sorte de faculté d'observation de soi, mais poussée à un degré qui aurait paru impensable à un être humain normal. Le moine devait pouvoir, à n'importe quel moment, redérouler dans sa tête le fil des événements qu'il avait vécus.

La première étape consistait à pouvoir reconstituer parfaitement des scènes de la journée. La plupart des moines en étaient encore à tenter d'atteindre ce niveau. Leur mémoire était généralement excellente, mais il restait beaucoup de trous dans leurs souvenirs, indices de moments de distraction, d'instants où l'attention à soi n'avait pas été aussi soutenue qu'elle aurait pu l'être.

Seuls quelques moines avaient maîtrisé cette étape et s'étaient attaqués à la suivante : reconstituer des scènes datant de plusieurs jours. Il fallait alors franchir la barrière du sommeil et retrouver le fil des événements des jours antérieurs avec la même précision.

— L'objectif ultime de votre exercice, dit maître Guidon, c'est de vous débarrasser du moi. Les exercices de dépaysement, dans lesquels vous essayez de vous fondre totalement dans un rôle qui est aux antipodes de votre personnalité d'origine, sont une excellente propédeutique. Mais le danger est que vous vous attachiez à ce nouveau moi, que vous changiez simplement de moi. C'est pour échapper à ce piège que la technique de la caméra intérieure a été élaborée. Au début, elle se présente comme un exercice de mémoire. Puis, de plus en plus, comme un exercice de conscience, pour établir une continuité entre la vie diurne et celle du rêve. Quelques-uns d'entre vous ont déjà commencé à se frotter à la deuxième étape. Mais c'est la troisième qui est le but ultime.

Il cessa momentanément de parler pour laisser à ses paroles le temps de produire leur effet. Pendant les rencontres, il faisait souvent des pauses de ce genre : parfois de quelques minutes, parfois de plus d'une heure. Puis il reprenait son discours là où il l'avait interrompu, comme s'il venait juste d'achever la phrase précédente.

— Quand vous maîtriserez bien la deuxième étape, reprit maître Guidon, vous pourrez remonter de plusieurs années le cours de votre existence, comme si vous mettiez une bande vidéo en marche arrière accélérée. Vous pourrez alors revivre n'importe quel moment de votre vie avec la même intensité que la première fois... Revivre ainsi des moments de sa vie est évidemment une perte de temps. C'est d'ailleurs le piège propre à cette étape, que de se complaire dans la répétition des scènes les plus gratifiantes de sa vie. Par contre...

Nouvelle pause de quatre minutes.

— ... l'exercice pour parvenir à la maîtrise de cette habileté est un travail sans prix. C'est lui qui vous ouvrira les portes de la troisième étape. Celle où vous allez tourner votre attention vers l'avenir... À force d'observer votre moi, qu'il s'agisse de celui d'origine ou d'un moi d'emprunt, vous allez en découvrir le côté mécanique... Ce que les gens appellent leur moi est une machine à comportements. Et, comme tout ce qui est mécanique, cette machine est prévisible. En tournant votre regard vers l'avenir, vous allez découvrir que vous vous voyez agir une fraction de seconde à l'avance. Comme si vous vous deviniez. Puis, progressivement, le temps de prévision augmentera. Vous aurez des pressentiments sur ce que vous allez faire. Votre caméra intérieure vous montrera des extraits d'événements qui ne sont pas encore arrivés.

Nouvelle pause.

— Ici, j'aurais besoin d'une question, reprit maître Guidon.

Il promena son regard sur les moines, qui demeurèrent tous muets.

Finalement, l'un d'eux se risqua.

— Comment fait-on pour prévoir ce que l'on fera, quand les événements dans lesquels nous sommes impliqués dépendent encore plus des autres que de soi ? Voulez-vous dire que toute vie extérieure est une illusion ? Qu'elle est seulement un rêve ?

— Votre première question est la bonne. Les deux autres ne sont que des hypothèses déguisées en questions. Des hypothèses qui supposent que le rêve est une illusion et que la vie dite éveillée est réelle. Nous en parlerons à une autre occasion. Revenons pour le moment à votre première question.

Une courte pause suivit. Moins d'une minute, celle-là.

— Une fois qu'on a réalisé le caractère mécanique de son propre moi, celui des autres devient évident. Je ne peux pas expliquer comment les choses se passent. Mais on commence à voir s'esquisser les gestes des gens avant qu'ils les fassent. À voir les paroles se former sur leurs lèvres avant qu'ils les disent. C'est comme si on percevait les intentions avant qu'elles se matérialisent dans des paroles ou des gestes. Avant même que les gens en prennent conscience.

— Est-ce qu'on entend les mots avant qu'ils les disent ? demanda un des moines.

— Pas comme tels. C'est une sorte de conviction interne, que vous ne pouvez rattacher à rien de précis. Du moins au début...

— Et ensuite ?

— Il est trop tôt pour en parler. Commencez par maîtriser convenablement la première étape. Ensuite, vous vous attaquerez à la deuxième... Je voulais seulement vous donner un aperçu de ce qui vient, parce que je ne crois pas à l'obéissance aveugle. Mais plus je vous en dis, plus le danger est grand de transformer ces choses en objets de spéculation. Or, le principal ennemi de la vie intérieure est la spéculation. Je ne dis pas la pensée ou la connaissance, je dis la spéculation, par opposition à la pensée qui s'appuie sur le travail sur soi. La vie intérieure, c'est d'abord du travail.

— Du travail sur le moi ?

— D'abord sur le moi. Puis sur ce qui se découvre au-delà du moi.

Nouvelle pause de vingt minutes.

— Au-delà de la mécanique du moi, reprit maître Guidon, ce qui devient progressivement accessible à la vision tournée vers l'avenir, c'est la mécanique globale. Mais toujours d'une façon analogue à l'intuition. Le plus difficile sera d'apprendre à faire confiance à ce qui, en vous, n'est pas la mécanique du moi, mais fait quand même partie de ce que vous êtes... Vous aurez sous peu de nouveaux environnements où poursuivre votre entraînement et explorer les mécanismes particuliers de votre ego.

Une longue période de silence suivit, après quoi maître Guidon demanda à l'un des moines de le suivre dans une petite pièce en retrait.

## Massawippi, 14 h 11

F vit un nouveau carré s'illuminer. Le responsable japonais venait d'entrer en ligne.

Sur le mur de plexiglas qui séparait le salon du bureau, cinq carrés s'étaient tour à tour transformés en écrans de télé. Les visages étaient ceux du groupe de coordination du projet Body Store. Chacun des membres, que ce soit à Londres, Tokyo, Paris, Bangkok ou Calcutta, pouvait apercevoir le visage des quatre autres. Il en était de même pour John Tate, au quartier général de la NSA, à Fort Meade. Mais ce dernier, tout comme F, demeurait pour les autres une simple voix.

— Nous allons d'abord revoir le bilan que je vous ai transmis, fit F. Des commentaires ?

Le Français fut le premier à répondre.

— À propos du démantèlement de la filière Bucarest-Paris-Francfort, il faut ajouter le nom d'Odile Letariquet sur la liste des personnes recherchées.

— D'accord.

— En Inde, il faudrait multiplier par deux ou trois l'ampleur des réseaux d'organes orientés sur l'utilisation interne, intervint le représentant de Calcutta.

— Vous parlez des réseaux qui opèrent dans les campagnes ? demanda F.

— Je parle des réseaux qui alimentent les cliniques où les étrangers peuvent venir recevoir des greffes, mais que fréquentent aussi les plus fortunés de notre élite locale.

— Où en êtes-vous, avec les filières qui amènent les clients sur place ? demanda l'Anglais.

— Ils n'ont pas de filières comme telles. Les rabatteurs recrutent des clients dans les pays étrangers et ils leur donnent l'adresse d'un contact à Delhi ou à Calcutta. Les clients s'occupent eux-mêmes de leur transport. Ça les rend plus difficiles à repérer.

Tate en profita pour intervenir.

— Nous avons le même problème avec le Mexique et l'Amérique latine. La seule solution que nous avons trouvée, c'est d'appliquer le protocole suggéré par l'Institut. Nous faisons un suivi des listes d'attente officielles. Aussitôt que quelqu'un quitte la liste autrement que par décès ou parce qu'il a obtenu une greffe, on vérifie s'il a fait un voyage à l'étranger. En recoupant les informations, on finit par découvrir les destinations qui méritent d'être surveillées. C'est comme ça qu'on a découvert les cliniques au Costa Rica, en Argentine et en Uruguay.

Des murmures approbatifs ponctuèrent la fin de son commentaire.

— Si je peux me permettre, fit le Britannique, j'aimerais savoir s'il y a du nouveau dans l'opération japonaise.

Le Japon était le seul pays important où les opérations contre Body Store n'avaient, en pratique, pas encore débuté.

— J'ai de bonnes nouvelles, répondit le Japonais. Des développements inattendus sont survenus hier. Les discussions avec le ministre de l'Intérieur et le Parti libéral démocrate ont progressé. Nous nous sommes entendus pour garder secrète l'identité des clients et pour négocier avec les autorités la liste des personnes qui seront éventuellement inculpées.

Un silence suivit.

Tout le monde comprenait que le Japon, aux prises avec une situation financière difficile et une reprise économique qui tardait à se matérialiser, négocierait âprement les personnalités publiques qu'il accepterait de sacrifier à l'enquête sur le trafic d'organes. Un nouveau scandale était la dernière chose dont ils avaient besoin.

— Vous vous attendez à pouvoir lancer l'opération à quelle date ? demanda le délégué britannique.

— Au milieu de l'automne. Peut-être un peu plus tard... Ce sont les discussions avec le MITI qui risquent d'être les plus longues.

Le ministère du Commerce extérieur et de l'Industrie demeurait un des organismes les plus puissants à l'intérieur du pays. C'était lui qui avait orchestré la conquête des marchés mondiaux par l'industrie japonaise, à l'époque glorieuse où le Japon tentait de mettre la main sur tous les joyaux de l'économie américaine. Depuis, l'étoile du MITI avait un peu pâli, résultat d'une décennie de stagnation économique et d'un marché boursier qui s'enlisait au niveau où la crise l'avait jeté, dix ans auparavant. Mais il aurait été naïf de croire pouvoir se dispenser de son aval pour conclure les négociations sur l'opération contre Body Store.

— Si j'ai bien compris, ça prend leur accord pour que le projet soit officiellement réactivé, dit F.

— Pas officiellement. Mais, dans les faits…

### SAINT-ARMAND, 14 H 19

— J'ai quelque chose à vous proposer, commença maître Guidon.

— Un nouvel entraînement ?

— Aimez-vous les romans d'espionnage ?

Le moine répondit par une mine dubitative.

— L'autre jour, dans une librairie de livres usagés, un fascicule a attiré mon attention. Comme je venais pour le prendre, je me le suis fait arracher des mains par un collectionneur. J'ai ensuite appris, par le commis de la librairie, qu'il s'agissait d'un banquier. Sur la couverture du fascicule, l'illustration du héros vous ressemblait. Hier, un ami m'a parlé d'un travail pour lequel il demandait mon aide. Un travail lié au monde financier… Je me suis dit que ça faisait trop de coïncidences. Au fait, comment se déroule votre apprentissage chez Poitras ?

— Il affirme être satisfait de mes services.

— Et vous ? Comment vont vos progrès à vous ?

— Je commence à franchir la barrière du sommeil.

— Arrivez-vous à entrer dans le sommeil de façon consciente ?

— Rester conscient pendant que je m'endors ? Non. Mais je retrouve ma conscience une bonne partie de la nuit, pendant mes rêves.

— Pendant vos rêves, êtes-vous capable de vous rappeler certains événements de la veille ?

— De temps à autre. Mais ma conscience est plus absorbée par le présent et l'avenir proche.

— Fixée sur le présent ou immergée dans le présent ?

— Fixée. Je réussis habituellement à rester non impliqué. Quand je me laisse immerger, je perds rapidement la conscience du rêve.

— C'est bien. Je crois que vous êtes prêt pour votre nouvel exercice. Ce qui veut dire qu'une nouvelle identité s'impose. Pour votre travail, votre nouveau nom sera Y-14.

— Y-14 ?

— C'est un jeu de mots qui m'est venu à l'esprit pendant que je regardais le fascicule d'espionnage dont je vous parlais tout à l'heure…

### Massawippi, 14 h 36

— D'autres commentaires ? demanda F.

Devant l'absence de réponse, elle poursuivit.

— Il y a deux sujets dont nous devons traiter de manière urgente, dit-elle. Le premier est la taupe que nous avons découverte dans l'entourage du président des États-Unis. Nous savons maintenant qui la contrôlait. Tate va vous dire où nous en sommes sur cette question.

— L'officier pensait agir à l'intérieur d'une opération autorisée, enchaîna Tate. Il se rapportait directement au directeur adjoint du Secret Service, le colonel George Andrews.

— Vous l'avez arrêté ? demanda le Britannique.

— Pas encore. Mais nous avons discuté. Il ne connaît pas l'identité de ceux pour qui il travaille. Ils lui ont versé cent mille dollars pour effacer ses dettes et ils ont promis de tenir secrète la relation qu'il entretient avec sa secrétaire depuis cinq ans.

— Et c'est pour ça qu'il a trahi ? fit le Français. Cent mille dollars ?

— Fréquenter l'élite de Washington est un sport dispendieux, répondit Tate. Andrews dépend financièrement de sa femme. S'il n'avait que son salaire, il ne pourrait pas maintenir son train de vie plus de deux ou trois semaines. Placé devant la menace que sa femme apprenne son aventure avec sa secrétaire, il a tout de suite admis les faits. Il nous a offert de travailler comme agent double.

— Vous avez accepté?

— Pour l'instant.

— Il doit bien se douter que ça ne peut pas durer.

— À court terme, c'est son meilleur choix.

— Vous ne craignez pas qu'il leur offre de devenir un triple?

— C'est ce qu'on espère. On a une équipe de protection qui le suit en permanence. En identifiant son contact, on devrait pouvoir remonter jusqu'à ses mystérieux commanditaires.

— Vous avez des indications qu'il s'agit du Consortium?

— C'est une possibilité, répondit F. Ses instructions étaient de recueillir tout ce qu'il pouvait sur l'Institut.

— Avez-vous une idée de ce qu'il a réussi à apprendre?

— Il est au courant de l'existence d'un groupe de travail contre Body Store. Il sait que c'est un projet expérimental et que l'Institut agit à titre de consultant pour un groupe de pays. Il sait aussi que les opérations sont effectuées par des équipes locales, qu'on se contente de coordonner leur travail et de leur fournir de l'information.

— Est-ce qu'il sait dans quel pays on a concentré notre action? demanda le représentant des Philippines.

— Il sait qu'on s'est intéressés à la France, au Royaume-Uni, aux États-Unis et à la Thaïlande, mais il ne sait rien sur les opérations à venir et il n'a jamais eu accès aux aspects opérationnels des projets.

— Moi, ce qui m'inquiète le plus, fit le Britannique, c'est ce qui se passe en Israël.

— Ça explique l'absence de leur représentant à cette réunion, répondit F. Ils ont réussi à compromettre notre ancien contact et à obtenir son remplacement par un rabbin ultra-orthodoxe. Il dissimule son opposition en exigeant qu'un rapport écrit soit fait de toutes nos rencontres. Il a aussi exigé l'exclusion du délégué arabe de notre groupe comme condition de la participation d'Israël. D'où cette réunion réduite, qui nous évite d'avoir à trancher la question.

— Ça pose un problème, fit le Britannique.

— Le problème est en voie de résolution, répondit F.

— Vous savez qui est derrière lui ?

— Le groupe religieux auquel il appartient a reçu plus d'un million de dollars au cours des dernières semaines. Nous avons pu retrouver l'origine des fonds. Il s'agit d'une fondation américaine pour le développement des religions.

— J'ai une équipe qui enquête sur cette fondation pour savoir d'où vient l'argent, dit Tate.

— Probablement d'une multinationale de l'armement, fit le Japonais.

— C'est ce qu'indiquent les premières analyses, confirma F. Le parti politique du nouveau représentant a plusieurs liens avec l'industrie militaire.

Un murmure d'assentiment parcourut les écrans.

L'action de l'industrie militaire pour soutenir les groupes susceptibles d'alimenter des conflits était bien connue. Leurs cibles favorites étaient les groupes nationalistes et les groupes religieux. Avec les partis ultra-nationalistes juifs, ils avaient les deux. Une véritable aubaine. D'où l'abondance des dons et des subventions. Cela expliquait que des groupes numériquement minuscules puissent avoir un tel poids sur la vie politique du pays et disposer de fonds en apparence illimités.

— Si on revenait au problème japonais, reprit alors Tate. Avez-vous trouvé une façon de surmonter les réticences du MITI ?

— Nous discutons actuellement d'une solution, répondit le Japonais, mais il faut se donner le temps. C'est pourquoi tout est reporté à l'automne. Je vous ai préparé un rapport écrit. Il vous sera transmis par la voie habituelle.

## La Goulafrière, 21 h 19

La limousine émergea lentement de l'entrée du château et prit la direction de la nationale. Le trajet jusqu'au bois de Boulogne prendrait plus de trois heures. Un voyage de nuit était toujours ennuyant, mais il n'était pas question que le chauffeur roule à une vitesse excessive. Son seul passager était dans le coffre arrière et il serait « éminemment contre-productif » que des policiers le découvrent à l'occasion d'une fouille de routine.

« Éminemment contre-productif » : c'étaient les termes qu'avait employés Ute Breytenbach. Le chauffeur n'avait pas eu besoin d'explications supplémentaires pour comprendre que ce serait d'abord pour lui que les choses deviendraient contre-productives, s'il devait survenir un imprévu malencontreux.

Convertir un individu est une solution envisageable…
à condition d'en avoir les moyens et le temps. Cela
exige l'action concertée d'au moins un programmeur
ainsi que d'un groupe de soutien qui prend en charge
la cible et qui l'entoure tout au long de sa conversion.
Ce processus, habituellement assez long, est analogue
à l'endoctrinement que font subir les sectes à leurs
membres. Il repose sur l'utilisation des mêmes
moyens, mais dans un contexte plus ouvert, où des
influences extérieures peuvent venir perturber l'effet
de la programmation. D'où la difficulté d'appliquer
cette stratégie.

Leonidas Fogg, *Pour une gestion rationnelle de la
manipulation*, 3- Embrigader les volontés.

### DIMANCHE, 27 JUIN 1999

### PARIS / MASSAWIPPI, 10 H 31

Claudia rangea son jeu de Tangram, ouvrit le portable
et procéda à la séquence d'identification. Le sigle de
l'Institut apparut finalement à l'écran et la voix de F se
fit entendre.

— Je vous écoute.

— La personne qui nous intéresse est présentement
à l'ancien château de Bréhal. Elle est arrivée un peu
après quatorze heures, hier. En hélicoptère. Depuis ce
matin, deux des Jones lui ont parlé. Le domaine est maintenant entouré d'une clôture grillagée en métal. Des
appareils de détection couvrent l'ensemble du périmètre.

— Elle est encore là?

— Je ne vois pas comment elle aurait pu quitter le château. L'hélicoptère n'a pas bougé et le chauffeur est parti seul, hier soir.

— Elle a reçu des visiteurs ?

— Un seul. Hier, au milieu de l'après-midi. Il est toujours là.

— Quelqu'un que l'on connaît ?

— Aucune identification dans les banques de données. Je vais joindre une photo au rapport.

— Il faut monter des dossiers sur tous ses contacts.

— C'est ce que j'avais compris. Est-ce que les recherches que j'ai demandées ont donné quelque chose ?

— Deux résidences. Une à Londres, l'autre à St. Peter Port.

— St. Peter Port ? répéta Claudia.

— Sur l'île de Guernesey. À chaque endroit, la maison est entretenue par un couple de domestiques thaïlandais qui baragouinent avec difficulté quelques rudiments d'anglais.

— Vous avez trouvé ça comment ?

— Par la liste des clients de la banque, à St. Peter Port. Une équipe spéciale des Jones a parcouru la région. Un garçon de café et des voisins ont reconnu la photo de Ute Breytenbach. Elle a adopté l'identité d'une vedette rock allemande qui utilise la propriété comme refuge pour protéger sa vie privée.

— Et à Londres ?

— Officiellement, la propriété appartient à une certaine Elvira Baumgartner. Elle lui aurait été offerte par un riche homme d'affaires.

— Vous avez établi un dispositif de surveillance ?

— Une équipe des Jones à chaque endroit.

— Vous manquez de main-d'œuvre à ce point ?

F choisit de répondre comme si elle n'avait pas perçu l'humour dans la voix de Claudia.

— Je trouve plus prudent d'utiliser des gens qui ne sont identifiés d'aucune façon à l'Institut, dit-elle.

— Maintenant, qu'est-ce que je fais ?

— Vous restez en Europe et vous prenez en charge la surveillance de madame Breytenbach. Mais vous évitez tout contact. La priorité n'est pas de savoir ce qu'elle fait ni ce qu'elle dit, mais de découvrir qui elle rencontre.

— Entendu.

— Et vous ne vous impliquez pas personnellement.

— Vous me connaissez !

— Justement.

— On dirait que vous ne me faites pas confiance.

— Vous transmettrez l'ensemble de vos renseignements directement à Hurt.

— Entendu.

## La Goulafrière, 12 h 34

Il y avait longtemps que Ute ne s'était pas sentie aussi en forme. Son mal de tête avait disparu. Tout en prenant son café, elle regardait les informations à la télé.

Le plus grand mystère continue de régner sur le corps découvert hier soir dans un bosquet du bois de Boulogne. Selon les premières constatations, il semblerait que l'homme ait succombé à des centaines de piqûres d'abeilles.

Les autorités policières n'ont aucun indice sur l'identité de l'individu. C'est également le noir le plus complet quant aux raisons qui ont pu amener la victime à se trouver complètement nue à cet endroit.

Dans toute cette affaire, le fait le plus étrange demeure l'absence totale de piqûres à la tête de l'individu ainsi que sur certaines parties bien délimitées de son corps.

Les autorités ont tenu à dénoncer comme fausses et irresponsables les rumeurs voulant que des essaims d'abeilles meurtrières hantent le bois de Boulogne et...

Il y avait bien peu de risques que les policiers puissent remonter à Dieter Buckhardt, songea Ute. « Avec ck et dt ! »

Un sourire apparut sur ses lèvres. Lors de leur première rencontre, Buckhardt l'avait longuement entretenue sur les querelles de légitimité qui opposaient les familles Buckhardt quant au droit d'écrire leur nom avec les quatre lettres. Certaines avaient droit au « t » final, mais pas au « d », d'autres avaient droit au « dt » mais pas au « ck »…

Ute fut tirée de ses pensées par un appel de Jessyca Hunter.

— Tout s'est bien passé ? demanda-t-elle.

— Aucun problème. Je suis rentrée à Montréal pendant la nuit.

— Avant de revoir avec vous les opérations à venir, je dois m'acquitter d'une tâche agréable. Monsieur Fogg m'a prié de vous remettre un cadeau de sa part. Le cadeau est chez moi. Vous pourrez en prendre possession au cours de votre prochaine visite au château.

— Un cadeau ?

— Cela fait suite à la discussion que nous avons eue avec lui, lorsqu'il vous a interrogée sur vos préférences. Vous lui aviez parlé de…

— Je m'en souviens très bien. Mais…

— Un instant, je regarde.

Ute souleva le couvercle du petit boîtier qui était posé devant elle sur la table. À l'intérieur de deux compartiments en verre percés de minuscules trous pour assurer l'aération, deux petites araignées guettaient, immobiles, l'occasion de s'enfuir.

— À mon avis, reprit-elle, ce sont les sœurs jumelles des petites bêtes que vous lui aviez décrites.

— Ça ne peut pas être ça ! Vous avez une idée de ce que ça coûte ?

— Je suppose que c'est assez cher.

— Cher ?… Elles sont sur la liste des espèces en voie d'extinction ! Il doit n'en rester que quelques milliers, dans une région reculée de la Basse-Californie.

— À propos d'espèces en voie d'extinction, comment va Brochet ?

— Il est toujours persuadé que je ne connais rien aux questions financières. Ça facilite les choses.

— Et les filles ?

— Elles ont toutes leurs cibles bien en main. Elles attendent les directives.

## Massawippi, 16 h 37

F prit place sur le divan, jeta un coup d'œil à Hurt, assis dans un fauteuil en face d'elle, puis elle se tourna vers Blunt. Depuis plusieurs minutes, il était penché, complètement immobile, sur un jeu de go portatif.

— Vous pensez qu'on peut lui faire confiance ? lui demanda-t-elle.

— Claudia ? À quatre-vingt-un virgule sept pour cent.

— Vous aussi, vous croyez qu'elle pourrait être tentée de s'impliquer de façon trop personnelle ?

— Probabilité de seize virgule quarante-trois pour cent.

— Le total ne fait pas cent pour cent.

— Je me suis laissé une marge d'erreur.

Tout au long de l'échange, Blunt n'avait pas relevé les yeux du goban. Il posa une pierre noire, demeura figé pendant quelques secondes, la main suspendue au-dessus du jeu, puis il se tourna vers F. Un sourire apparut sur ses lèvres.

— Cette fois-ci, je pense que nous avons une piste intéressante, dit-il.

— Avec madame Breytenbach ?

— Madame Breytenbach et l'argent. Les deux pistes sont liées.

— Bamboo Joe vous a parlé de la vision qu'il a eue concernant l'Institut ?

— Je suis en bonne partie d'accord avec lui.

— J'y ai réfléchi. J'en ai même parlé à Gunther.

Blunt ne put réprimer un haussement de sourcils. Hurt, pour sa part, laissa échapper une exclamation.

— Gunther ! Qu'est-ce que le cuisinier vient faire là-dedans ?

La voix sarcastique de Sharp venait de se manifester. F se tourna vers lui.

— Je sais, je sais, dit-elle. Mais, derrière le cuisinier, il y a l'historien de l'architecture. Et plus loin encore, il y a le passionné d'histoire tout court.

— Et qu'est-ce qu'il vous a dit, le passionné d'histoire ? continua Sharp sur le même ton ironique.

— Il m'a raconté un bout de discussion dont il a lu le compte rendu entre René Lévesque et Eric Kierans, l'ancien ministre libéral des Finances.

— Kierans et Lévesque ! Ce n'est plus de l'histoire, c'est de l'archéologie !

— Lévesque se plaignait des multinationales, il disait qu'elles ne respectaient rien, qu'elles n'avaient aucune morale. Après une longue tirade de Lévesque, Kierans l'a interrompu en lui disant, avec son accent anglais : « René, vous ne comprenez rien. Notre problème, ce n'est pas les multinationales, c'est les compagnies »… Lévesque l'a regardé sans comprendre, paraît-il. Alors, Kierans lui a expliqué : « Vous voyez, René, une compagnie, en France, ils appellent ça une "société anonyme à responsabilité limitée". C'est fait pour que l'on ne puisse pas mettre le doigt sur les responsables et que la responsabilité, de toute façon, soit limitée. Si vous ou moi, René, on fait une bêtise, on sera poursuivi. On peut nous mettre en prison. Mais une société anonyme… En créant des personnes morales, on a créé des êtres insaisissables. Il est là, notre problème. »

— Les compagnies ne sont pas intouchables, objecta Sharp.

— Vous croyez ? répondit F. Si une compagnie est mal prise, elle peut sacrifier un de ses dirigeants. Ou plusieurs. Mais la compagnie, elle, survivra.

— Elle peut disparaître.

— Il en surgira une autre pour faire la même chose que la précédente. Une autre compagnie avec la même raison d'être, les mêmes objectifs opérationnels, les mêmes exigences d'efficacité… Une compagnie, c'est une mécanique : ça roule tout seul. C'est pour ça qu'on parle de « personnes » morales : comme les personnes réelles, elles ont leurs propres projets, leur propre échelle de valeurs… leur autonomie. Sauf qu'elles n'ont pas les mêmes responsabilités. Et qu'elles sont virtuellement immortelles. Les grandes institutions et les multinationales ont seulement poussé cette logique à son terme.

— Les dirigeants savent qu'ils peuvent aller en prison et payer pour la compagnie, continua d'objecter Sharp.

— Bien sûr. Mais ils ont des moyens que les citoyens ordinaires n'ont pas pour se défendre.

— Ils ne sont quand même pas intouchables. Ça peut les amener à faire attention, à poser des limites aux activités de la compagnie.

— Les humains que les compagnies utilisent, y compris les dirigeants, ont de moins de moins de prise sur la logique qui régit leur développement. Quand il y a des problèmes, on sacrifie un certain nombre d'employés, ou même de dirigeants, jusqu'à ce que l'affaire se tasse et que la mécanique puisse reprendre son rythme de croisière. C'est une question de structure. Quand on élimine un élément, elles le remplacent.

— Et si on fait disparaître la compagnie ?

— Comme je vous disais, il y en aura d'autres qui exploiteront les mêmes besoins, avec la même logique, le même fonctionnement.

— Et c'est Gunther qui vous a dit tout ça ?

— Je vous ai donné la version condensée !

— Vous en concluez quoi ?

— Que les personnes morales, parce qu'elles ont une responsabilité limitée, sont celles qui peuvent le plus facilement être immorales, surtout quand elles sont anonymes.

— Je ne saisis pas le rapport avec l'Institut.

— Les institutions, c'est comme les compagnies. Ça relève de la même mécanique. Le danger est que l'Institut nous échappe, qu'il entre dans la logique des personnes morales et que plus personne ne puisse le contrôler. Pour éviter cela, il faut qu'il disparaisse… comme institution.

Blunt, qui s'était replongé dans l'observation du goban depuis plusieurs minutes, joua une nouvelle pièce.

— Je n'ai rien contre le fait de disparaître, dit-il. Mais ce serait quand même bien que le Consortium disparaisse avec nous.

— Pour ça, répondit F, j'ai pensé à quelque chose. Mais revenons à l'Institut.

— Je pensais que vous vouliez le faire disparaître, se moqua Sharp.

F ignora la remarque et s'adressa à Blunt

— J'observe votre jeu depuis tout à l'heure. La stratégie du go consiste essentiellement à éviter de construire des places fortes. Il faut que le mouvement vienne de partout sur le jeu en même temps. Je me trompe ?

— Non.

— Jusqu'à maintenant, nous avons pensé à reconstruire l'Institut dans la clandestinité, en quelque sorte. Je crois que c'est une erreur. La preuve : même si nous sommes moins visibles, il continue d'y avoir du coulage. Notre existence n'est plus aussi secrète qu'elle devrait l'être.

— Vous pensez que Tate a parlé ?

— Lui, ça m'étonnerait. Mais le Président... Ce qu'il faut, c'est permettre à des réseaux d'exister. Créer des outils pour qu'ils puissent naître, se développer puis se défaire au rythme des besoins.

— Si vous voulez faire disparaître l'Institut pour de bon, je suis certain qu'il y a beaucoup de gens qui seraient prêts à s'en charger, ironisa Sharp.

— Il ne s'agit pas de le faire disparaître une autre fois, il s'agit de le déterritorialiser.

— Un autre mot de Gunther ?

— Du jeune protégé de Blunt. C'est un terme qu'il a employé, l'autre jour, en parlant d'Internet. Il faut appliquer ce modèle aux organisations de lutte contre la criminalité.

— Elles ont déjà toutes accès à Internet.

— Je ne parle pas d'accès, je parle de devenir comme Internet. Elles sont encore loin de se percevoir comme un réseau. Même pour le partage de l'information. Alors, quand il s'agit de passer à l'action…

## Miami, 17 h 06

La femme qui avait pour nom de code Mygale surveillait les nouvelles à la télé tout en finissant le lunch qu'elle avait fait monter à sa chambre.

L'opération était un succès. Provost avait fait ce qu'on attendait de lui sans créer la moindre difficulté.

> … explosion d'un yacht au large des côtes, à dix heures vingt-cinq hier soir. Selon le porte-parole de la garde côtière, il s'agirait d'un autre épisode dans les guerres que se livrent les groupes de trafiquants pour le contrôle du marché de la drogue.
>
> Aucun corps n'a été retrouvé jusqu'à maintenant et les experts estiment peu probable que l'on puisse…

Après avoir jeté un bref coup d'œil à la télé, elle se leva, récupéra sa valise et descendit à la réception de l'hôtel, où elle demanda une limousine : elle allait à l'aéroport. Son travail était terminé.

Au cours de la nuit, une équipe technique viendrait éliminer toute trace de sa présence à l'hôtel. Aucun objet, aucune empreinte digitale, aucun cheveu ne permettrait de remonter jusqu'à une femme qui travaillait à Montréal dans un bar de danseuses.

Avec un peu de chance, elle serait au Spider Club avant la fin de la soirée.

## Massawippi, 17 h 29

— Vous n'y échapperez pas, fit Hurt. Il va falloir un centre de contrôle pour le réseau. Ne serait-ce que pour l'entretenir.

— Et aussi pour déterminer ceux qui y ont accès. Je suis bien d'accord.

— Qui va les choisir ?

— Vous, moi, quelques autres.

— Autant de pouvoir entre les mains de quelques personnes ! C'est le summum de l'arbitraire.

— Heureusement !

— Je ne comprends pas.

— À notre époque de rectitude politique galopante, comme dirait un de vos alters, on a fini par donner au mot « arbitraire » un sens qu'il n'avait aucunement à l'origine.

— Allez-vous me dire que vous êtes en faveur de l'arbitraire ?

— Vous voyez !… «Arbitraire» vient de libre-arbitre. C'est ce qu'une personne décide en se servant de sa libre capacité de juger : elle fait de l'arbitrage. En confondant arbitraire et abus du pouvoir d'être arbitraire, on a fini par construire une société qui interdit d'utiliser son jugement. Et tout ça sous prétexte de protection des droits. De nos jours, pour éviter l'arbitraire, tout doit être prévu, encadré, codifié dans les moindres détails. On fait de la mécanique sociale.

— Vous exagérez un peu, non ?

— À peine. C'est la logique de la qualité totale exigible par contrat et de la judiciarisation de tous les échanges humains. Quand on accepte cette logique-là, on est de plain-pied dans l'univers de la mécanique. Mais aussi de la contestation sans fin de la moindre décision, des pressions des *lobbies* de toutes sortes, de l'application tatillonne du moindre règlement comme réflexe de protection. Nous entrons dans l'engrenage des guerres entre organisations, de la paralysie générale et de la mécanique qui se reproduit elle-même indéfiniment.

— Comme *pep talk*, j'ai déjà vu mieux, ironisa Sharp.

— Ce que je viens de vous décrire, c'est l'univers auquel j'ai voulu soustraire l'Institut en renonçant au statut d'agence officielle. Je pensais que le problème tenait à son lien avec le gouvernement. Mais il est plus profond. C'est le fait même d'être une institution qui est en cause. Et ça, on ne peut pas l'éviter totalement.

Mais on peut le limiter ; on peut faire en sorte que les personnes aient plus d'espace pour se servir de leur tête. Pour faire des choix qui ne sont pas d'abord influencés par des réflexes de conformité institutionnelle ou d'avancement de carrière.

— Je ne vois toujours pas quelle forme ça peut prendre.

— Pour l'instant, j'ai retenu un certain nombre de principes organisationnels. Faciliter au maximum les échanges d'information. Délocaliser le plus possible les installations de l'Institut. Minimiser les liens institutionnels entre les organisations auxquelles appartiennent les intervenants… Leur donner le moyen de se concerter, d'agir avec un minimum de cohérence.

— Pour ça, il va falloir que quelqu'un donne des directives. Vous ne pouvez pas l'éviter.

— On peut se contenter de faire ressortir les orientations générales des groupes criminels qu'elles combattent. Se limiter aux cibles majeures… Il faut échapper au fantasme du contrôle total. Non pas la guerre, mais la guérilla. Non pas les bombes, mais l'utilisation du renseignement. Non pas l'attaque frontale, mais l'exploitation minutieuse de leurs rivalités et de leurs tensions internes.

— Autrement dit, il faut renoncer à l'objectif d'éliminer le Consortium ? déclara Sharp sur un ton où l'indignation le disputait à l'impatience.

— Exactement !… Ce qui ne veut pas dire que nous n'allons pas mettre en œuvre tous les moyens nécessaires pour le détruire. Mais il faut renoncer au fantasme d'une société sans crime organisé. Dans un monde où tout est de plus en plus organisé, le crime l'est aussi. Forcément.

— Ce n'est pas une raison pour ne pas essayer de le faire disparaître.

— Je ne veux pas dire qu'on ne réussira pas à avoir la peau du Consortium. Je pense au contraire qu'on peut réussir. Mais, si on réussit, il surgira un autre Consortium ailleurs. Sous une forme plus ou moins différente.

L'existence de ce genre d'organisation fait partie de la logique actuelle du développement économique.

— Autrement dit, c'est inévitable. C'est dans l'ordre des choses. Alors, autant s'asseoir et ne rien faire. Pourquoi s'opposer à ce qui est inévitable ?

— Penser éradiquer complètement le crime organisé est aussi irréaliste que de croire qu'on peut parvenir à une société sans péchés, sans infidèles, sans Juifs, sans policiers, sans Noirs, sans classes, sans capitalistes... ou sans politiciens. C'est aussi irréaliste et c'est aussi dangereux. Les stratégies d'épuration n'ont jamais mené très loin. Sauf sur la voie du désastre, bien sûr.

— La résignation non plus n'a jamais mené très loin ! répliqua Sharp en se levant pour aller regarder le lac par la baie vitrée... Vous devez vous méfier des théories qui mènent à ne rien faire, ajouta-t-il après un moment.

> Les moyens le plus fréquemment utilisés pour programmer une conversion sont : la rupture physique (ou psychologique) avec l'ancien milieu, les contacts privilégiés avec un nouveau groupe de soutien, la répétition d'une doctrine qui permet de donner un sens à son action, la valorisation de l'individu par son appartenance, le discrédit des personnes les plus significatives de l'ancien milieu, la démonisation progressive de ce qu'il faut abattre…
>
> Leonidas Fogg, *Pour une gestion rationnelle de la manipulation*, 3- Embrigader les volontés.

## LUNDI, 28 JUIN 1999

### MONTRÉAL, 8 H 16

Richard Lajoie passait en revue les transactions de la dernière journée, comme il le faisait tous les matins. Il fut étonné de voir un transfert de sept cent cinquante millions expédié de Paris à Berne, au compte d'une filiale qu'il ne connaissait pas : la SODEA-CDPQ. Le transfert avait été effectué à la demande de Provost, un des principaux gestionnaires d'actions étrangères de la Caisse de dépôt.

Après vérifications, Lajoie téléphona à la Société générale et demanda à parler au chargé de comptes qui s'occupait des actifs de la Caisse de dépôt. Après quelques secondes, on l'informa qu'Edmond Chalifoux n'était pas disponible. Il avait pris congé pour la semaine. Peut-être désirait-il parler à son supérieur ?

Lajoie accepta et patienta près d'une minute avant d'avoir la communication avec Loïc Plouzennec. Ce dernier lui confirma qu'on avait procédé à la transaction comme demandé : sept cent cinquante millions en obligations américaines et en bons du Trésor avaient été prélevés dans le compte de la Caisse de dépôt pour être transférés à la succursale de la Deutsche Credit Bank de Berne, dans un compte appartenant à la SODEA-CDPQ.

— Qui a signé, déjà ?

— Gilles Provost.

— Il y avait une contre-signature ?

— Claude Lavigne. Est-ce qu'il y aurait des problèmes avec cette transaction ?

— Aucun.

— Ces deux noms sont toujours sur la liste des personnes autorisées à effectuer des transactions, n'est-ce pas ?

Pour ne pas éveiller davantage l'inquiétude du représentant de la Société générale et pour tuer dans l'œuf tout début de rumeur, Lajoie s'empressa de rassurer son interlocuteur.

— Bien sûr que ces deux noms font partie de la liste, répondit-il. C'est une simple vérification de routine.

— Je comprends. On n'est jamais trop prudent.

— Jamais trop.

— Au plaisir.

— Au plaisir.

Intrigué par sa conversation, Lajoie téléphona ensuite à la Deutsche Credit Bank pour s'informer de ce qu'il était advenu des sept cent cinquante millions. Après tout, la Caisse venait peut-être de créer une nouvelle filiale qu'il ne connaissait pas.

À Berne, on lui confirma que l'argent avait bien été reçu, qu'il avait été déposé dans le compte de la Société de développement euro-asiatique-CDPQ et qu'il avait tout de suite été transféré, conformément aux instructions transmises une semaine plus tôt par cette société… Non, le responsable qui s'était occupé de la transaction, Dieter Buckhardt, n'était pas disponible pour le moment :

il était retenu chez lui pour raison de maladie. S'il y avait un problème, on pouvait le contacter.

Lajoie déclina l'offre. Avant de pousser plus loin son enquête, il allait poursuivre ses vérifications à l'interne. Il y avait certainement une explication : la Caisse ne pouvait pas avoir viré trois quarts de milliard dans le compte d'une société fantôme.

Après avoir raccroché, il consulta Portia, le système de suivi des portefeuilles de la Caisse. Aucune trace de cette compagnie. Il consulta ensuite plusieurs employés du *back office* : personne ne connaissait la SODEA-CDPQ.

Finalement, il tomba sur Clermont Bougie, un jeune qui était arrivé à la Caisse depuis moins d'un mois. Ce dernier se rappelait que Provost était descendu lui-même au *back office* pour lui donner le bordereau et qu'il avait tout surveillé jusqu'à ce que l'ordre de transaction soit parti.

— Et vous avez envoyé l'argent dans une filiale dont le système de gestion n'a aucune trace ?

— Il a dit que tout était arrangé entre Lavigne et la présidente. Qu'il manquait juste une ou deux signatures. Que ce serait fait ce matin.

Perplexe, Lajoie retourna à son bureau et donna un coup de fil à Provost. Pas de réponse.

Après avoir soupesé ses options, il décida de parler du problème à Frigon. En tant que vice-président à l'administration, ce dernier avait la haute main sur le *back office*. S'il y avait quelqu'un capable de démêler cet imbroglio, c'était lui.

Dix minutes plus tard, Lajoie sortait bredouille du bureau de Frigon. Lui non plus n'avait jamais entendu parler de la SODEA-CDPQ. Par contre, il était surpris que l'argent ait été transféré aussi rapidement. Normalement, les gardiens de valeur s'accordaient un certain délai pour régler les transactions, ce qui leur donnait le temps de vérifier que tout était légal, que l'argent se retrouverait bien dans un compte appartenant à la personne qui y avait droit.

Sur les conseils de Frigon, Lajoie se rendit voir Lavigne. « C'est possible que ce soit encore une des patentes à Claude », avait dit Frigon. « Il s'est peut-être arrangé avec les gars de l'immobilier pour créer une filiale en catastrophe avant le premier juillet. Pour avoir des statistiques de semestre complètes. Si c'est ça, les papiers vont nous arriver aujourd'hui ou demain. »

Lajoie monta au neuvième pour parler à Lavigne.

## MONTRÉAL, 9 H 47

Claude Lavigne regardait défiler les nouvelles sur Bloomberg sans parvenir à se concentrer sur leur contenu. Son esprit revenait sans cesse à Sophie Dompierre. En fin d'après-midi, il rencontrerait la jeune femme pour la dernière fois. Du moins espérait-il que ce serait pour la dernière fois.

Lorsqu'on frappa à la porte, il répondit d'une voix bourrue que c'était ouvert.

Lajoie ne put faire autrement que de remarquer l'air soucieux de Lavigne.

— Alors, qu'est-ce qui se passe ? demanda ce dernier.

— Il manque sept cent cinquante millions, répondit Lajoie de but en blanc.

— Quoi !

— Il y a eu un transfert. À la Deutsche Credit Bank. Dans le compte d'une filiale que je ne connais pas.

— Quelle filiale ?

— SODEA-CDPQ.

— Première fois que j'en entends parler.

— Vraiment ?

— Puisque je vous le dis… Quand est-ce que le transfert a eu lieu ?

— Vendredi.

— Qui a signé le bordereau de transfert ?

— Provost.

— Vous ne croyez pas que c'est à lui qu'il faudrait poser la question ?

— Il n'est pas à son bureau. Sa secrétaire ne l'a pas vu aujourd'hui.

— Sept cent cinquante millions ?

— Oui.

— Pour un montant aussi élevé, il y a sûrement un deuxième signataire.

— Il y en a un…

— Alors, qu'est-ce que vous attendez pour aller le voir ?

Lajoie le regarda un moment avant de répondre, comme s'il ne savait plus quoi dire.

— C'est que… c'est vous.

— Si j'avais signé une transaction de trois quarts de milliard, je m'en souviendrais, il me semble.

— À Paris, ils sont formels.

— Demandez-leur une copie de la transaction. Ils se sont probablement mêlés.

— Votre signature est sur le bordereau.

— Quoi ?

— Vous avez contresigné le bordereau que Provost a été porter lui-même au *back office*.

Un instant, Lavigne eut l'air perdu.

— Je n'ai aucun souvenir d'avoir signé quoi que ce soit pour un transfert de cette ampleur, finit-il par dire… Vous savez où l'argent est rendu ?

— À la Deutsche Credit Bank. Il a été déposé dans un compte de fiducie au nom de la SODEA-CDPQ. Une filiale de la Caisse.

— Au moins, on sait où est rendu l'argent.

— Ça reste à vérifier.

— Pour quelle raison ?

— À la Deutsche Credit Bank, ils ont procédé selon les instructions qu'ils avaient reçues.

— Quelles instructions ?

— Je n'ai pas osé aller plus loin avant de vous en parler.

— Vous avez bien fait. C'est sûrement un cafouillage de Provost ou des Européens. Occupez-vous de l'Europe, je vais m'occuper de Provost.

— Entendu.

— Je vous verrai plus tard.

Lajoie quitta le bureau du vice-président plus perplexe encore que lorsqu'il était entré. Non seulement n'avait-il rien éclairci, mais il n'avait jamais vu Lavigne se comporter de manière aussi étrange. Comme s'il ne saisissait pas l'ampleur du problème.

Lajoie décida de relancer sans attendre la Deutsche Credit Bank. Et, s'il n'obtenait pas de réponses satisfaisantes, il retournerait immédiatement voir Frigon. Comme ça, s'il y avait quoi que ce soit d'irrégulier, il serait couvert.

### Montréal, 14 h 09

— On a perdu sept cent cinquante millions, dit Frigon.

— Perdu ?

La présidente de la Caisse de dépôt accompagna sa question d'un haussement de sourcils.

— Provost est introuvable. Il ne répond pas sur son cellulaire.

— Provost… Quel rapport ?

— Et Lavigne dit qu'il n'est au courant de rien.

— Si vous m'expliquiez ça calmement…

Dix minutes plus tard, Frigon avait expliqué comment Lajoie avait découvert un trou de sept cent cinquante millions en examinant les transactions de la dernière journée ouvrable. Il avait ensuite raconté les démarches infructueuses qu'il avait faites pour retrouver l'argent.

— L'argent serait en Suisse ?

— Il n'y est plus. Quand j'ai réalisé qu'il n'y avait aucune trace de filiale au nom de SODEA-CDPQ, j'ai téléphoné à Berne. Ils avaient des instructions pour procéder aussitôt que l'argent arriverait. Il a été transféré au Crédit lyonnais de Marseille, à la Banco Nationale de Milan et à la Banque Mitsubishi de Tokyo. Trois tranches de deux cent cinquante millions.

— Sans contrepartie ?

— On n'a rien reçu.

— Avez-vous demandé de geler les actifs transférés ?

Légalement, Frigon n'avait aucune autorité pour demander de geler les actifs, encore moins dans une banque étrangère. Mais il y avait un accord tacite entre les grandes institutions financières : lorsqu'une fraude était soupçonnée, les formalités administratives se multipliaient subitement, des papiers étaient égarés, des ordinateurs tombaient en panne et des fonds se trouvaient immobilisés dans un compte jusqu'à ce que des poursuites judiciaires en bonne et due forme puissent être entreprises.

— J'ai réussi à parler à deux des responsables. Les fonds sont déjà partis ailleurs. Dans une banque, aux Bahamas.

— Merde !

Pour toute personne le moindrement informée de la gestion financière, Bahamas rimait avec paradis fiscal, blanchiment d'argent et magouilles financières. Par la vertu d'une législation accommodante sur le secret bancaire, des dizaines de milliards de dollars y disparaissaient annuellement, pour réapparaître ailleurs sur la planète, déguisés en fortunes légitimes.

— Quelle banque ? demanda la présidente de la Caisse.

— Ils exigent une demande officielle écrite avant de répondre à cette question.

— Pour quelle raison ?

— Parce que la SODEA-CDPQ existe bien. Mais que c'est une compagnie privée qui n'a aucun rapport avec la Caisse. Les deux actionnaires sont Lavigne et Provost.

— Merde !

La présidente se leva pour marcher derrière son bureau.

S'il fallait que l'information sorte dans les journaux, ce serait la catastrophe. Elle imaginait déjà les titres : « Fraude de sept cent cinquante millions. Le vol du siècle. La Caisse de dépôt mise à sac. Le bas de laine des Québécois lessivé ! »

Le directeur des relations publiques aurait beau expliquer qu'il s'agissait de moins de un pour cent des actifs, qu'il n'y aurait pas de conséquences majeures compte tenu des excellents rendements réalisés depuis cinq ans, cela ne changerait rien. Ce que le public retiendrait, ce serait le montant : sept cent cinquante millions.

— Vous avez joint Provost ? demanda-t-elle finalement.

— Non.

— Et Lavigne ?

— Il a dit à Lajoie qu'il n'est au courant de rien. Il pense que c'est un cafouillage de paperasse.

— De paperasse…

— Lajoie dit qu'il n'avait pas l'air dans son assiette. Qu'il n'avait pas l'impression qu'il prenait le problème au sérieux.

— Venez ! Nous allons tout de suite voir Lavigne.

— Il est parti.

— Lui aussi ?

— À son agenda, il a une rencontre avec un gestionnaire qu'il veut attirer à la Caisse.

— Je vais l'appeler sur son cellulaire.

— J'ai essayé. Ça ne répond pas.

— Merde… Écoutez, il est encore trop tôt pour paniquer. Je vais essayer de joindre Lavigne chez lui. De votre côté, poursuivez vos vérifications. C'est peut-être seulement une question de paperasse égarée ou qui tarde à rentrer. On se revoit au plus tard demain matin à la première heure. Si vous trouvez quoi que ce soit, vous me téléphonez immédiatement sur mon cellulaire.

— D'accord.

— Vous avez bien fait de venir m'en parler. Je compte sur vous pour demeurer discret.

Lucie Tellier était plus inquiète qu'elle voulait bien le laisser paraître. Ce qui l'inquiétait le plus, c'était cette histoire de filiale fantôme. Elle décida de donner un coup de fil à Moisan, le vice-président aux problèmes, comme elle l'appelait.

## Notre-Dame-de-Grâce, 17 h 14

Tout le mur était un immense faux miroir à travers lequel Brochet surveillait ce qui se passait dans le bar. Il avait de la difficulté à comprendre que des clients puissent donner autant d'argent à des filles uniquement pour les regarder.

— Ça leur coûterait moins cher au bordel, dit-il. Et là, au moins, ils auraient ce qu'ils veulent.

— Tu oublies le plaisir qu'ils ont à se faire traire, répondit Jessyca Hunter, avec un sourire ironique.

— Se faire traire ?

— Une bonne danseuse ramène vers le portefeuille leur besoin organique de se faire vider !

— C'est pourquoi ils seraient beaucoup mieux au bordel, répliqua Brochet. Ils auraient ce qu'ils veulent vraiment.

— Il ne faut jamais oublier qu'une grande partie des hommes qui viennent ici sont d'abord des voyeurs. Vous savez ce que c'est un voyeur ?

— Oui.

— Un voyeur, reprit la femme, comme si Brochet n'avait rien dit, c'est quelqu'un de passif. Il se croit en position de domination, mais son désir secret est de voir son regard capturé par un objet – même s'il se donne des airs de client sûr de lui et arrogant. Il aspire à être fasciné, soumis. Qu'il le sache ou non. Qu'il l'admette ou non. Et la soumission ultime, c'est de devenir l'objet de ce qui l'obsède. De tout y sacrifier.

Brochet regarda Jessyca Hunter d'un air dubitatif.

— Des passifs, reprit la femme. De façon inconsciente, ce qu'ils désirent, c'est être manipulés. Et la forme ultime de manipulation, c'est d'être consommés… jusqu'au dernier dollar.

Son sourire s'élargit.

— Autrefois, poursuivit-elle, c'étaient des princes et des hommes riches qui se ruinaient pour une chanteuse ou une actrice. Maintenant, avec les bars de danseuses, c'est accessible à tout le monde. On appelle ça la démocratie !… Tous les poissons ont le droit de se faire vider !

— Vider un client, ce n'est pas tuer la poule aux œufs d'or ?

— C'est là qu'on reconnaît les bonnes danseuses. Elles gardent le client à la limite. Elles s'arrêtent avant d'aller trop loin, pour ne pas le décourager de revenir. De la même façon qu'elles flirtent avec la limite du contact, pour qu'il pense chaque fois que, la fois suivante, ça y sera.

— De danse en danse.

— Et de jour en jour. Une danseuse, c'est un aspirateur à fric. Une sorte de pompe. Il ne faut pas qu'elle assèche la source, parce qu'elle ne pourra pas la réamorcer. Mais il ne faut pas non plus qu'elle arrête trop longtemps de siphonner. C'est une question de rythme.

— Vous ne me ferez jamais croire que les danseuses font ça de façon consciente !

— L'important, ce n'est pas qu'elles en soient conscientes, c'est qu'elles le fassent. Une bonne danseuse sent jusqu'où elle peut aller.

— De la façon dont vous en parlez, se payer une danseuse équivaut à un suicide !

— Un flirt avec la mort. Comme une mouche qui jouerait à frôler une toile d'araignée. Le client sait très bien que la fille est dangereuse. Il sait bien que, danse après danse, elle lui arrache son argent. D'ailleurs, quand on y pense le moindrement, le seul objectif d'une danseuse, c'est de faire payer le client. Autant qu'elle peut. Et l'objectif final, c'est qu'il soit complètement ruiné.

— C'est comme pour n'importe quel vendeur : le but est de faire acheter tout ce qu'il peut au client. Même s'il faut qu'il flambe ses économies et qu'il s'endette. Je ne vois pas pourquoi vous faites autant de théorie sur ça.

— La différence, dans le cas de la danseuse, c'est que le danger fait partie de sa séduction. Elle vend du désir. Et le désir, quand il est satisfait, ce n'est plus du désir. Pour durer, il est essentiel qu'il ne soit jamais comblé. Leur travail, c'est de maintenir le client à mi-chemin entre la crainte de se faire ruiner et l'espoir qu'il va se passer quelque chose avant que ça arrive.

— J'ai de la difficulté à croire que des adultes puissent tomber dans un piège aussi grossier.

— Qui parle d'adultes ? Ici, c'est Disneyland. Les hommes redeviennent des enfants. Il y a du bruit, de la musique, des jeux de lumières, pas de responsabilités et une foule de jouets qui leur sont habituellement interdits... Avec un peu d'alcool, leur contrôle a vite fait de disparaître... Pourquoi pensez-vous qu'il y a des tournées gratuites ?

— Pour amorcer la pompe, je suppose...

— Exactement. C'est un investissement. Comme quand les filles trébuchent ou qu'elles touchent par maladresse au client.

— Je vous écoute et je me dis... en transposant, on pourrait élaborer un guide pour les vendeurs de produits financiers.

— Probablement, oui... Pour en revenir à votre question de tout à l'heure, mes filles appliquent cette stratégie de façon consciente. La manipulation psychologique fait partie de leur entraînement. C'est pour cette raison qu'elles sont aussi efficaces. Elles savent trouver rapidement les faiblesses de leurs cibles et les exploiter... Bon, il faut que j'y aille.

Elle ramassa une chemise cartonnée rouge sur son bureau et se dirigea vers la porte. Sur la chemise, il y avait un nom écrit en gros caractères : Vladimir Dracul.

— Il faut que je l'aide à se préparer pour son entrevue, dit-elle avec un sourire.


Lorsque Jessyca Hunter fut partie, Brochet sortit un cellulaire de sa poche de veston et composa le numéro d'un journaliste du *National Post*.

— J'ai quelque chose pour vous, dit-il.

— *What !*

— Quelque chose pour planter la Caisse de dépôt et placement, poursuivit Brochet. Et je sais que vous parlez français. Si j'entends un autre mot d'anglais, je raccroche et je donne mon information au *Globe & Mail*.

— De quelle information s'agit-il ? demanda le journaliste dans un français impeccable.

— Ils ont perdu… perdu comme dans égaré… sept cent cinquante millions. J'ai pensé que ça pourrait vous intéresser. Comme gage de bonne foi, voici le numéro de téléphone confidentiel de la présidente de la Caisse.

Le journaliste lui fit répéter le numéro pour le prendre en note.

— Vous êtes certain de vos sources ? demanda-t-il ensuite.

— Selon mon informateur, deux hauts dirigeants seraient impliqués. Dans les corridors de la Caisse de dépôt, on parle déjà de détournement de fonds… À votre place, je creuserais tout ça. Je suis sûr que vous allez faire des découvertes intéressantes.

Quelques minutes plus tard, il joignait un journaliste de *La Presse* puis un recherchiste de TVA pour leur faire le même message.

Les appels ne tarderaient pas à se multiplier sur le cellulaire de la présidente de la Caisse de dépôt, songea Brochet. Et si Tellier se comportait comme il le prévoyait, en tentant de ne pas répondre aux questions et de gagner du temps, les journalistes n'en seraient que plus soupçonneux. Plus insistants.

Brochet ramena son regard vers la fenêtre panoramique. Des filles dansaient déjà à plusieurs tables. Ce serait une bonne soirée. Il aimait les regarder travailler. Voir de quelle manière elles s'y prenaient pour siphonner les clients, comme disait Jessyca. S'il le voulait, il pouvait écouter n'importe quelle conversation. Toutes les tables étaient équipées de micros intégrés. Il en était de même pour les espaces VIP, où les filles amenaient les clients pour les danses d'atmosphère.

Avec la nouvelle réglementation municipale, les loges et les danses contact n'étaient plus tolérées. Il avait donc fallu modifier le vocabulaire. Les danses d'atmosphère avaient alors fait leur apparition. Il avait aussi fallu adapter l'architecture : au lieu d'être isolées par des cloisons et des portes, les loges étaient maintenant des espaces creusés dans les murs ou enfoncés dans le plancher, sans fermeture architecturale complète, mais suffisamment isolés de la salle pour que les clients y sentent une sorte d'intimité avec la danseuse.

Dans les espaces VIP, en plus des micros, il y avait des caméras, présumément de sécurité. Brochet n'en revenait pas de la naïveté des clients : même en se sachant filmés, ils ne semblaient pas inquiets de l'usage qui pourrait être fait de ces enregistrements.

Brochet aurait volontiers continué à jouir du spectacle, mais une autre tâche requérait sa participation. Jessyca Hunter lui avait demandé son aide pour s'occuper de Claude Lavigne. Ce serait à lui de ferrer le poisson.

## MONTRÉAL, 19 H 21

Claude Lavigne trempa légèrement les lèvres dans son scotch et le reposa sur la table. Il attendait depuis plus de vingt minutes au bar de l'hôtel Delta et Sophie Dompierre n'était toujours pas arrivée.

L'ultimatum que la jeune femme lui avait servi lors de leur dernière rencontre n'était pas sa seule cause de souci. Il y avait aussi les photos. Des photos où on les voyait faire l'amour.

Lavigne n'avait aucun souvenir d'avoir fait l'amour avec elle. Mais, lors de la seule soirée qu'il avait passée en sa compagnie, il avait eu un trou de mémoire. À partir de vingt heures trente, il ne se souvenait de rien. Il ne savait même pas de quelle façon il était retourné chez lui.

Le lendemain, elle lui avait fait parvenir une première série de photos par messager. À son bureau.

En les recevant, il avait d'abord cru à une tentative de chantage. Il se demandait combien d'argent elle réclamerait. À sa surprise, ce qu'elle avait exigé, c'était qu'il continue de la voir. Autrement, elle en enverrait des copies à Danielle.

Pendant qu'il promenait un regard distrait sur les clients, Lavigne songea à cette stupide affaire de sept cent cinquante millions qui était arrivée sur son bureau au cours de l'avant-midi. Il avait oublié de s'informer pour savoir qui était responsable du cafouillage. En cherchant, on avait dû trouver les papiers égarés. Mais les gestionnaires n'étaient pas payés pour perdre leur temps à chercher des papiers égarés. Il faudrait resserrer les systèmes de contrôle pour s'assurer que tous les documents relatifs aux transactions soient immédiatement classés de manière adéquate.

C'était inquiétant, tout de même, cette histoire de filiale. Et puis, il y avait sa signature apposée sur le bordereau de transfert, s'il fallait en croire Lajoie. Il était pourtant certain de n'avoir jamais rien signé de tel. Était-ce un autre trou de mémoire ? Comme pour les photos ?

Lavigne se mit ensuite à penser à son fils, qui refusait de le voir depuis cinq ans. Ils s'étaient querellés à l'occasion du divorce. Le procès l'avait révolté. Il n'avait pas pardonné à son père de laisser son avocat attaquer ainsi sa mère.

Un peu plus tôt, il n'avait pas été là, lorsque l'avocat de sa mère avait fait la même chose. Mais il n'y avait pas eu moyen de le raisonner. Depuis le divorce, ils ne s'étaient pas reparlé.

Lavigne avait quand même essayé de suivre ce qui lui arrivait : il avait passé deux ans aux États-Unis. Un travail en informatique. Puis il était revenu à Montréal…

Dix-neuf heures trente. Sophie Dompierre n'était toujours pas arrivée… Décidément, il fallait que toute cette histoire s'arrête. Il lui proposerait de régler une fois pour toutes. Il était même prêt à payer. Combien, il ne le savait pas encore. Il verrait. Et si elle ne voulait rien entendre, il porterait plainte pour harcèlement. Autant en finir.

Il n'était pas question qu'elle continue à l'inonder de courriels, dans un langage assez ambigu pour ne rien dire mais pour tout laisser entendre. Ce n'était qu'une question de temps avant que des rumeurs se mettent à courir au bureau. De la même manière, il ne pouvait plus tolérer qu'elle laisse des messages sexuellement explicites sur son répondeur, à son appartement de Brossard.

Lavigne fut interrompu dans ses ruminations par un client qui renversa son verre de scotch. Il reçut une partie du liquide sur lui.

L'homme, qui portait son manteau sur le bras, avait balayé le verre en passant trop près de la table. Il se confondit en excuses.

— Je suis désolé. Je suis terriblement désolé.

Il sortit un mouchoir de sa poche pour éponger le veston de Lavigne.

— Je suis impardonnable, reprit-il. Je vais payer votre nettoyage… Vous permettez que je vous offre quelque chose, au moins ? Un autre scotch ?

Lavigne eut beau protester, l'homme insista pour en commander un. Le meilleur qu'ils avaient. Puis il s'assit à la table et écrivit un numéro de téléphone dans un calepin, déchira la page et la tendit à Lavigne.

— Le numéro de ma secrétaire à Rome, dit-il. Si ce n'est pas possible de le nettoyer, vous vous achetez un veston neuf et vous lui envoyez la facture… Tout est de ma faute. J'ai trébuché sur le tapis.

D'abord ennuyé, Lavigne finit par trouver sympathique l'exubérante bonne volonté de l'individu qui s'était présenté à lui sous le nom de Claudio Bruschetta. Gestionnaire d'origine italienne, il était en visite d'affaires à Montréal pour quelques jours. Les deux hommes trouvèrent immédiatement plusieurs points d'intérêt communs.

Dix minutes plus tard, la discussion allait bon train. Le gestionnaire italien fit dévier la conversation sur ses problèmes personnels : à son bureau du siège social, à Milan, il était victime de chantage par une secrétaire. Elle l'accusait de harcèlement alors que c'était elle qui le harcelait. Le voyage à Montréal lui avait accordé un répit, mais il repartait le lendemain pour l'Italie, où il allait retrouver ses problèmes.

Avant son départ, il voulait s'octroyer une dernière soirée d'évasion. Il avait entendu parler d'établissements

où des filles dansaient nues, il en avait même aperçu
quelques-uns rue Sainte-Catherine. Mais il n'osait pas y
aller seul. Il n'avait jamais mis les pieds dans ce genre
d'endroit.

Lavigne déclina l'invitation avec diplomatie. Il attendait quelqu'un. Une femme, oui. Mais pas ce que
l'autre croyait. Pas une aventure, non plus… Pour le
travail ? Pas vraiment. Plutôt des problèmes… Non, pas
une ancienne aventure. Des problèmes qui ressemblaient
à ceux que connaissait le gestionnaire italien. Il préférait
ne pas en parler.

Bruschetta se montra compréhensif. La discrétion
était un des derniers luxes qu'un homme pouvait encore
se payer.

Lorsque Lavigne se leva pour aller aux toilettes,
l'Italien commanda une autre tournée au serveur. Quand
les verres furent sur la table, il passa discrètement la
main au-dessus de celui de Lavigne et y versa le contenu d'une toute petite fiole. Le Rohypnol eut tôt fait de
disparaître dans l'alcool.

Quelques minutes plus tard, Lavigne se sentait déjà
d'une humeur joyeuse et détachée. Tout ce que lui
racontait le gestionnaire italien lui semblait aller de soi.
Il avait bien raison : aucune femme ne méritait qu'on s'en
fasse pour elle. C'est tout naturellement qu'il accepta
de l'accompagner au bar de danseuses.

## Toronto / Montréal, 20 h 52

L'appel atteignit Lucie Tellier alors qu'elle était en
route pour sa résidence de Saint-Sauveur.

— Marc Buford, du *National Post*.

— Du *Post* ? Vraiment ? Pouvez-vous m'expliquer
comment vous avez eu ce numéro ? Votre journal aurait-il
un service de renseignements ?

— On m'a dit que vous aviez perdu sept cent
cinquante millions au cours de la fin de semaine. Est-ce
que vous confirmez la nouvelle ?

Le ton de la présidente de la Caisse de dépôt perdit toute trace d'humour.

— Il n'y a rien à confirmer, dit-elle.

— Est-ce qu'il s'agit d'une erreur administrative ou d'une fraude ?

— Je ne sais pas à quel jeu vous jouez, mais je peux vous dire que votre expédition de pêche ne vous mènera nulle part.

— On m'a également dit que deux hauts dirigeants de la Caisse étaient impliqués. Lavigne et Provost.

— Ce n'est plus de la pêche, c'est de la science-fiction. Je suis désolée de vous décevoir, mais je ne vois pas l'intérêt de poursuivre cette conversation.

Après avoir raccroché, la présidente composa le numéro de Provost. Pas de réponse. Elle essaya ensuite celui de Lavigne. Sans plus de succès.

Dix minutes plus tard, alors qu'elle arrivait à sa résidence, le téléphone sonnait à nouveau.

— Oui ?

— Bonjour Lucie.

— Bonjour Roger.

Encore un journaliste ! Mais, au moins, c'était un de ceux avec qui elle avait de bonnes relations. Un ancien confrère d'université.

— C'est pour te dire qu'on n'aura pas le choix de sortir la nouvelle, fit l'ancien confrère. Mais on va essayer de présenter ça de la façon la moins dévastatrice possible.

— Tu parles de quoi, au juste ?

— Des sept cent cinquante millions.

— Où est-ce que tu as appris ça ?

— Tu veux dire que c'est vrai ?

— Je veux dire que j'aimerais savoir qui t'a raconté cette histoire.

— Un coup de fil anonyme à l'heure du souper. D'après l'informateur, deux hauts dirigeants de la Caisse seraient impliqués : Provost et Lavigne.

— Qu'est-ce que tu as l'intention de faire ?

— Mon informateur m'a dit qu'il avait également donné la nouvelle au *National Post* et à TVA pour être sûr qu'elle sorte. Le *Post* va dire dans son article qu'il a reçu l'information en même temps que nous. Si on ne la sort pas, on va avoir l'air de couvrir la Caisse.

— Écoute, fais ce que tu as à faire. Mais je ne peux encore rien confirmer ou démentir.

— Si tu veux, je te réserve de l'espace pour une réplique. Tu pourras faire valoir ton point de vue. Mais il faut que tu me donnes ça en exclusivité demain.

— D'accord.

— Si tu peux démentir d'ici là, appelle-moi. Ça me permettrait de planter le *Post*.

Après l'appel, Lucie Tellier resta plusieurs minutes assise dans son auto, à réfléchir aux deux conversations qu'elle avait eues.

Elle ne voyait pas comment il pouvait s'agir d'une fraude. Elle connaissait trop bien Lavigne. Il n'aurait jamais été complice de ce genre de manœuvre. Provost non plus, d'ailleurs, mais pas nécessairement pour les mêmes raisons. Lui, c'était plus par manque d'imagination et d'envergure que par vertu.

Pouvait-il s'agir d'une erreur administrative alors? D'une transaction mal effectuée qui avait entraîné un trou de trois quarts de milliard? Mais il y avait cette histoire de filiale...

Elle essaya de nouveau de joindre Provost et Lavigne. Toujours sans succès. C'était quand même bizarre. Habituellement, ni l'un ni l'autre ne se séparait de son cellulaire.

Un instant, elle songea à retourner au bureau pour tout vérifier elle-même. Mais, sans le personnel technique pour l'aider à retrouver les documents, c'était peine perdue. Autant attendre au lendemain et demander à Frigon de s'en occuper. Puis elle songea à une autre vérification qu'elle pouvait faire. Elle reprit le téléphone et composa le numéro d'un autre ami de collège, Rémi Gagnon, le directeur du service de police de la CUM.

Quelques minutes plus tard, en raccrochant, elle n'était pas plus avancée. Gagnon avait téléphoné au chef de l'escouade de la prévention des fraudes : les noms de Provost et de Lavigne n'étaient apparus dans aucune de leurs enquêtes.

— Tu ne parles de notre conversation avec personne, crut bon de préciser la présidente de la Caisse.

— Bien sûr que non.

— Je t'appelle demain. Si jamais il y a un problème…

— J'ai compris. Je vais faire en sorte que l'enquête ne soit pas confiée à une jeune tête brûlée qui rêve de micros et de caméras.

— J'apprécierais.

— Mais c'est tout ce que je peux te promettre.

— C'est déjà ça.

— Essaie de dormir.

— Je vais adopter la solution extrême.

— Laquelle ?

— Aberlour douze ans. Jusqu'à ce que l'étiquette de la bouteille devienne embrouillée.

## Montréal, 21 h 35

En entrant au Palace, Brochet demanda au portier de les conduire à une table au fond de la salle. Lavigne, euphorique, les suivait en regardant partout autour de lui. À deux reprises, il faillit se heurter à une des filles qui dansaient aux tables des clients.

Jessyca Hunter fermait la marche.

Brochet aurait préféré que l'opération se déroule dans un environnement plus contrôlé, mais l'opinion de Jessyca Hunter avait prévalu. Elle ne voulait pas attirer ce genre d'attention sur un des bars de l'organisation. Le Palace avait été choisi parce qu'il appartenait à la police et que ce serait le dernier endroit où les enquêteurs soupçonneraient un coup fourré. Autre avantage, cela attirerait l'attention sur Dominique Weber, ce qui alimenterait la diversion, le moment venu.

Moins d'une minute après qu'ils furent assis, le défilé des danseuses commençait. Tour à tour, elles venaient leur demander s'ils avaient besoin de quelque chose…

Pour la circonstance, Jessyca Hunter avait troqué son tailleur de femme d'affaires contre la tenue de Jessie Hunt. Jupe de cuir à mi-cuisse, blouse en partie transparente, perruque rousse, maquillage excessif…

« Il faut avoir l'air d'appartenir au milieu », avait-elle expliqué à Brochet. « Il n'y a rien que les danseuses détestent autant que les bourgeoises qui viennent les regarder comme elles iraient au zoo, pour savoir ce qui amuse tellement les hommes dans ces endroits. »

À deux des filles, elle dit en riant qu'elles pouvaient faire ce qu'elles voulaient avec Lavigne, mais qu'elle se réservait Brochet. Elle avait réussi à mettre la main dessus pour trois jours et elle n'entendait pas laisser filer un aussi bon client.

Une des filles lui répondit, en se penchant vers elle, de ne pas s'inquiéter, qu'elles se contenteraient de deux ou trois danses.

Jessyca Hunter fit semblant de les croire et leur répondit que ce serait Brochet qui paierait pour son ami.

Une demi-heure plus tard, Lavigne, de plus en plus euphorique, était toujours incapable de se rappeler comment il était arrivé à cet endroit. Toute son attention était accaparée par les deux filles qui continuaient de danser devant lui. Pendant qu'il les regardait, totalement absorbé par leurs mouvements, Jessyca Hunter échangea son verre de cognac contre le sien.

Elle lui tendit ensuite le verre pour qu'il boive en lui mettant dans la main trois pilules bleues.

— Il faut les prendre, si vous ne voulez pas être malade, dit-elle. Ça casse l'effet de l'alcool.

Docilement, Lavigne prit la première pilule avec une gorgée de cognac. Son cerveau essaya mollement d'identifier de quoi il s'agissait, mais la musique, le corps des danseuses et l'effet de l'alcool, conjugués à ce que

Brochet avait mis dans son verre, au bar du Delta, l'empêchaient de penser de façon cohérente.

Pendant qu'il penchait la tête en arrière pour faire passer la deuxième pilule avec une autre gorgée de cognac, Jessyca Hunter glissa une petite boîte dans sa poche de veston. Elle plia ensuite le papier mouchoir qu'elle avait utilisé pour tenir la boîte et le mit dans son sac à main. Du coin de l'œil, elle vit Lavigne avaler la troisième.

Une vingtaine de minutes plus tard, Brochet payait les deux danseuses, qui s'éloignèrent en faisant des gestes de la main à Lavigne. Presque aussitôt, une autre fille approcha de la table et prit Lavigne par la main.

— On va aller dans un endroit plus discret, dit-elle.

Elle se pencha vers lui pour l'aider à se lever.

— Vous verrez, ajouta-t-elle, ce sera l'expérience de votre vie.

Lavigne eut vaguement conscience de reconnaître sa voix, mais son esprit ne parvenait pas à se fixer sur cette idée.

Comme il hésitait à la suivre, Brochet et Jessyca Hunter l'encouragèrent.

— Ça ne peut pas faire de mal, fit Jessyca Hunter en riant. Vous allez voir, elle est à couper le souffle !

La section VIP était composée de tables séparées les unes des autres par des cloisons basses de chaque côté et isolées du reste de la salle par un muret surmonté d'un rideau de plantes. Le prétexte était de permettre aux hommes d'affaires de discuter en toute tranquillité. Il fallait bien sûr payer un supplément pour ces tables, un supplément qui équivalait grosso modo à la différence entre les danses ordinaires et les danses à dix.

Lavigne se retrouva assis dans une espèce de fauteuil sans accoudoirs au dossier incliné, à l'abri du mur de végétation, le dos à la salle. La fille le surplombait. Les mains appuyées sur le haut du dossier, les jambes de chaque côté du fauteuil, elle regardait le visage du client avec intensité, ne le lâchant des yeux que pour jeter de rapides coups d'œil en direction de la salle, par-dessus la végétation.

Son corps ondulait au rythme de la musique. De son pubis, elle frôlait le sexe en érection du client de façon rythmique, mais sans jamais insister. À chaque contact, Lavigne sentait frémir son sexe. Dans sa poitrine, son cœur battait de plus en plus fort.

Pendant les pauses entre deux chansons, la danseuse s'assoyait quelques secondes sur lui et faisait de lents mouvements de va-et-vient, le temps de le sentir réagir, puis elle se relevait.

Pendant près de trente minutes, elle s'employa à maintenir son excitation. Elle vit son visage devenir de plus en plus rouge, sa respiration se raccourcir.

Lorsque Lavigne essaya de dégager son bras droit, la danseuse resserra l'étreinte de ses jambes et se colla davantage contre lui, pour immobiliser ses bras le long de son corps.

— Je ne me sens… pas bien, articula péniblement Lavigne entre deux halètements.

— Un peu de patience, dit-elle. Ça va être notre chanson.

Quelques secondes plus tard, une version disco de *Killing me softly* prenait la salle d'assaut.

La danseuse mit ses mains autour du cou de l'homme et appuya avec les pouces sur les carotides. Juste assez pour rendre la circulation plus difficile. Mais sans la bloquer complètement.

Entre ses jambes, elle sentait les efforts faiblissant de Lavigne pour libérer ses bras.

— Encore un effort, dit-elle. Le meilleur est à venir.

Elle vit son regard s'affoler, la douleur s'intensifier sur son visage.

— Il te manque encore un peu de stimulation, dit-elle.

Elle se laissa descendre en position assise sur son pénis et amorça un mouvement de va-et-vient.

— De… l'air, fit Lavigne. J'é… touffe.

Sur ses traits, la grimace de douleur s'était accentuée.

La fille se releva, appuya son pubis sur l'estomac de l'homme et pressa de tout son poids, pour bloquer complètement sa respiration.

— … de l'air…

— Tu me reconnais? demanda-t-elle en gardant les pouces légèrement appuyés sur les carotides.

Lavigne se contenta de la regarder fixement. Les effets de l'alcool et de la drogue, la douleur dans sa poitrine, l'air qu'il n'arrivait plus à aspirer, tout cela créait dans son cerveau un état de confusion où les idées avaient peine à se découper nettement.

— Nous avions rendez-vous, dit-elle en approchant son visage du sien.

— So… phie…?

Pendant quelques secondes, elle resta immobile, le visage penché vers le sien, l'empêchant totalement de respirer. Puis elle enleva les pouces des carotides, se releva et se laissa brusquement tomber assise sur l'estomac de Lavigne.

Le choc se propagea dans le corps de l'homme et lui fit ouvrir la bouche: seul le bruit de l'air chassé des poumons en sortit.

Le regard fixé par-dessus la végétation, pour surveiller au cas où quelqu'un approcherait de leur table, elle saisit les bords du siège avec les mains et s'y cramponna pour augmenter la pression sur l'estomac de Lavigne.

Rapidement, les spasmes qui l'agitaient s'atténuèrent. Une dernière grimace se figea sur son visage. Puis, le regard vide, il cessa complètement de réagir.

La danseuse se laissa alors glisser sur son sexe et fit quelques mouvements de va-et-vient, pour achever de mouiller son pantalon avec l'éjaculation que la mort avait provoquée. Cela ajouterait une touche de réalisme à la mise en scène.

— Je t'avais dit que tu ne pourrais pas m'échapper, lui murmura-t-elle doucement à l'oreille.

Elle continua de danser pendant quelques minutes. Il fallait laisser à la mort le temps de parfaire son œuvre, de s'installer dans le cerveau du client de façon irréversible.

À quelques reprises, elle se colla contre lui pour tester ses réactions.

Il était vraiment mort. Jessyca serait satisfaite. Elle avait réussi à le faire mourir de façon naturelle, sans avoir à utiliser de techniques de combat rapproché. Ça laisserait moins de traces.

Lavigne n'avait jamais eu la moindre chance de s'en tirer, songea-t-elle. Dès le moment où il l'avait accompagnée à la table VIP, son sort était scellé. L'alcool, les pilules qu'il avait prises, ses problèmes cardiaques… Dans les dernières minutes, elle avait eu le sentiment de le vider de sa vie. Comme s'il s'était liquéfié intérieurement et qu'elle n'avait eu qu'à le presser pour qu'il se vide.

La théorie de Jessyca sur les étapes de la danse lui revint à l'esprit. La vie, l'argent, la danse, c'était vraiment la même chose. Il s'agissait d'attirer la proie vers le piège, de l'immobiliser, de la piquer pour liquéfier l'intérieur de son corps, puis d'extraire méthodiquement tout ce qu'elle avait à offrir.

Elle remit son slip, son soutien-gorge et se dirigea vers le bar d'un pas rapide. Sur ses traits, toute trace de sourire avait disparu.

## Montréal, 22 h 17

Le vieil homme à la voix sèche prit l'appel au début de la quatrième sonnerie. Depuis que l'Institut avait démantelé le réseau d'Art/ho et qu'il avait été obligé d'annuler certains numéros de téléphone, il était devenu encore plus prudent. Si jamais il répondait avant ou après la quatrième sonnerie, cela voulait dire que la communication n'était pas sûre.

— Oui ?

— J'appelle pour la livraison spéciale. Elle a été effectuée à l'adresse convenue.

— Vous n'avez pas eu de difficulté particulière ?

— Aucune. Tous les objets ont été placés comme convenu. Ce sera tout à fait convaincant.

— Bien. Je sais qu'il est tard, mais votre patron désire vous parler de toute urgence.

— Il est à Londres ?

— Oui.

— Je l'appelle tout de suite.

En raccrochant, Skinner se demandait ce que Daggerman pouvait bien lui vouloir à cette heure. Là-bas, il était plus de trois heures du matin.

## Montréal, 22 h 26

Dominique Weber vit Jennyfer, une des nouvelles danseuses, venir vers elle, l'air complètement bouleversée.

— Vite ! Il y a un client qui est malade ! Je pense… Je pense qu'il est mort.

— Où ?

— À une des tables VIP. J'étais en train de lui faire une danse et… et…

— Et quoi ?

— Il a mis la main à sa poitrine, il a fait une sorte de râle, puis il s'est écroulé. J'ai déplacé une cloison mobile pour éviter que d'autres clients l'aperçoivent.

Dominique se dirigea rapidement vers la table où était le client. Elle chercha son pouls sur la carotide : rien. L'homme affalé dans le fauteuil continuait de fixer le vide.

— Va chercher le portier, dit-elle, pendant qu'elle-même se dirigeait vers un des membres de l'escouade fantôme.

Deux minutes plus tard, le portier faisait le guet devant la cloison mobile pour écarter les éventuels curieux pendant que le policier essayait de ranimer la victime par un massage cardiaque.

Dominique en profita pour téléphoner à Dupré.

Quand elle eut terminé son appel, la fille qui avait dansé pour la victime l'aborda : elle ne se sentait pas bien, elle voulait retourner immédiatement chez elle.

Dominique acquiesça et lui offrit son aide. Si jamais elle avait besoin de parler, de prendre un congé de quelques jours…

— Ça devrait aller, répondit la jeune femme. J'ai juste besoin d'un peu de repos.

Quelques minutes plus tard, après avoir récupéré le peu de choses qu'il y avait dans son casier, elle rejoignait Jessyca Hunter et Brochet dans une Acura noire garée dans une rue transversale, à proximité du bar.

Elle confirma la mort du client.

Jessyca Hunter se tourna vers Brochet.

— Je vous l'avais dit, fit-elle, triomphante. Mes petites araignées sont mortellement efficaces.

— Et vous l'appelez comment, celle-ci ? demanda Brochet en désignant la danseuse d'un mouvement de la tête.

— Lycose.

— Lycose…

— C'est le nom d'une des principales familles d'araignées. On y trouve les chasseuses les plus mortelles.

— Vous avez vous aussi un nom d'araignée ?

— Moi ? Bien sûr. Mais seules mes victimes le connaissent.

Ce n'était pas tout à fait exact. Ute connaissait également son nom de code : Veuve noire. Ce n'était pas très original, mais c'était assez pertinent, compte tenu du nombre de femmes qu'elle avait aidées à devenir veuves.

## MONTRÉAL, 23 H 20

Dupré reçut l'appel de Dominique Weber alors qu'il jouait au poker sur la table de la cuisine, avec trois autres ex-policiers. Aussitôt qu'il eut compris qu'il y avait un mort, il lui dit de ne pas s'en faire : il s'occupait de tout.

Il commença par appeler le directeur du Service de police de la CUM. Malgré le peu de sympathie qu'il y avait entre les deux hommes, le directeur ne pouvait pas oublier que Dupré l'avait aidé à faire le ménage que réclamait le ministre.

Grâce à ses contacts, le propriétaire du Palace savait mieux que la plupart des hauts gradés ce qui se passait vraiment à l'intérieur du service de police. Il avait fourni un certain nombre de renseignements au nouveau directeur. Des informations qui lui avaient permis de régler certains dossiers embarrassants avant qu'ils fassent la une des médias.

En échange, le directeur avait consenti à ce que le traitement privilégié dont bénéficiait le Palace se poursuive.

— Oui ? répondit le directeur du SPCUM.

— C'est Dupré.

— Qu'est-ce que vous me voulez, en plein milieu de la nuit ?

— J'ai un problème.

— Je devine.

— C'est sérieux. J'ai un client qui est mort.

— Il s'est fait descendre ?

— Non. Il était avec une danseuse.

— Pas encore un curé !

— Non. Je ne pense pas.

— Dommage. Chaque fois qu'on en récupère un en douce, ça nous fait du capital auprès de l'archevêché.

— Il y avait deux membres de l'escouade fantôme sur place. Ils ont essayé de le réanimer, mais ça n'a rien donné.

— J'espère que vous n'avez pas trop saccagé la scène du crime.

— Ce n'est pas un crime : il a fait une crise cardiaque.

— Vous en êtes certain ?

— Ce n'est quand même pas de ma faute si mes danseuses sont trop bonnes. La fille lui a fait monter la pression, il avait le couvercle fragile : il a sauté… Un accident, ça arrive.

— Qu'est-ce que vous voulez ?

— Vous ne pourriez pas envoyer Théberge ? Comme il connaît la gérante…

— Tiens, tiens !

— Pas comme vous pensez. Une affaire de suicide, il y a une quinzaine d'années. Un ami de la gérante. Théberge s'est occupé de l'affaire. Depuis ce temps-là, ils travaillent ensemble pour aider les filles qui ont des problèmes avec la dope et les motards.

— Vous êtes sûr qu'il n'y a rien d'autre ?

— Pensez-vous que je laisserais ma gérante sortir avec un flic ?

— D'accord, je vous envoie Théberge.

— Autre chose : est-ce que ça ne pourrait pas attendre à la fermeture ? Pour le client, une heure ou deux de plus, ça ne peut pas faire beaucoup de différence.

— D'accord. Mais vous fermez à une heure, ce soir.

Programmer la conversion d'un individu peut être utile lorsqu'il s'agit de recruter quelqu'un ayant déjà accès à un milieu hautement surveillé, où ne sont admises que des personnes soigneusement sélectionnées. Le but habituel d'une telle manœuvre est d'amener le converti à poser un geste qu'il aurait refusé de poser dans son état antérieur. Plus le geste en question est éloigné du comportement habituel de l'individu, et plus il est en opposition avec ses convictions morales, plus la programmation doit être longue et astucieuse, plus l'ancien milieu d'appartenance du converti doit être préalablement démonisé.

Lorsqu'on utilise cette forme de manipulation, il est souhaitable de prévoir l'élimination de l'instrument une fois qu'il a joué son rôle. Le type d'intervention idéal est alors celui du commando-suicide… de préférence à l'insu de la personne manipulée !

Leonidas Fogg, *Pour une gestion rationnelle de la manipulation*, 3- Embrigader les volontés.

## MARDI, 29 JUIN 1999

### BROSSARD, 0 H 07

L'inspecteur-chef Théberge s'allongea avec un soupir sur le divan du salon.

Une journée pourrie. En prenant sa douche, le matin, il avait mis le pied sur le savon et s'était donné un tour de reins. Ensuite, au début de l'avant-midi, Lefebvre lui avait téléphoné pour prendre des nouvelles des clones et lui demander de les garder deux mois de plus que prévu. En après-midi, sa secrétaire n'était pas rentrée au travail : elle était coincée à la maison avec les enfants pour cause de grève à la garderie. Ensuite, à dix-neuf heures, constatant que son tour de reins refusait de lâcher, il avait dû annuler sa partie de quilles avec Crépeau.

Quelques minutes à peine après s'être endormi, heureux de laisser cette journée derrière lui, sa femme l'avait réveillé d'un coup de coude. Il ronflait. Plus que d'habitude. Même ses bouchons n'arrivaient pas à la protéger.

Après les protestations d'usage, il avait dû s'exiler sur le divan du salon pour le reste de la nuit. Heureusement, s'était-il dit, il ne pouvait plus rien arriver.

Il venait à peine de fermer les yeux lorsque le téléphone sonna.

— Vous avez besoin d'avoir une bonne raison, dit-il en guise d'accueil. Sinon, je vais vous pourchasser jusque dans vos rêves. Les Érinyes et moi, c'est copines-copain.

— Théberge ! C'est toujours un plaisir !

— Je ne peux pas en dire autant !

— Votre affection me touche.

— Il va falloir que je la fasse nettoyer.

— Trêve de plaisanterie. J'ai besoin de vous.

— Je ne peux pas en dire autant.

— Il y a eu un mort au Palace.

— Qui est mort ?

La voix de Théberge était subitement devenue inquiète.

— Un client.

— Les motards ?

— Votre imagination vous égare. C'est seulement un client qui a passé l'arme à gauche. Une crise cardiaque, semble-t-il. Pendant qu'une fille lui faisait une danse.

— Ils ont appelé l'hôpital ?

— Comme il était déjà mort, Dupré leur a demandé d'attendre.

— Et comment pouvaient-ils être certains qu'il était mort ?

— Un de vos « fantômes » a constaté le décès. Il lui a même fait un massage cardiaque, paraît-il. Mais ça n'a rien donné. À la demande de Dupré, je leur ai laissé jusqu'à une heure pour vider les lieux.

— Dupré est là-bas ?

— Pas que je sache.

— Je me disais, aussi.

— Il faudrait faire constater officiellement le décès par un médecin. Procéder aux vérifications d'usage. Évacuer le corps avec discrétion.

— Et c'est moi que vous appelez ?

— Dupré a suggéré votre nom. Comme vous avez déjà des relations sur place, j'ai pensé que ça faciliterait les choses.

— Pourquoi est-ce que j'ai l'impression que ça vous fait plaisir ?

— C'est votre paranoïa. En réalité, mon cœur saigne à l'idée de vous arracher à la chaleur de votre lit et à la présence confortable de madame Théberge. Mais mon sens du devoir m'interdit tout apitoiement. Vous êtes l'officier le plus approprié pour remplir cette difficile mission.

Théberge resta quelques secondes sans répondre. Si le directeur inversait les rôles et se mettait à faire de l'humour à ses dépens…

— D'accord, dit-il. J'arrive.

— Je suis certain que ce sera une expérience enrichissante.

## LONDRES, 3 H 22

Harold B. Daggerman s'était réveillé à deux heures trente et il avait été incapable de se rendormir. Résigné à ces insomnies qui lui dérobaient deux ou trois nuits par semaine, il avait alors ouvert le livre de Gibbon qu'il gardait en permanence sur sa table de chevet.

Lorsque la sonnerie du téléphone se fit entendre, il ferma son livre avec agacement et souleva le combiné.

— Oui ?

— Vous avez besoin de moi ? demanda Skinner.

— Il faudrait que vous alliez à Washington. Un problème réclame votre attention.

— Qui ?

— Votre ami du *Secret Service*. Il semble qu'il ait une attaque de logorrhée. Il lui faudrait des vacances. De longues vacances.

— Je suppose que c'est urgent ?

— Il faudrait que tout soit réglé demain.

— Je serai là-bas à la première heure.

— Je sais que vous détestez l'improvisation, mais je n'ai pas le choix.

— J'avais pris la liberté de prévoir un scénario d'intervention. Au cas... Madame Breytenbach m'avait demandé de l'avertir s'il se présentait quelque chose.

— Bien.

Daggerman raccrocha. Sa main hésita au-dessus du bouton de sa lampe de chevet, puis elle continua jusqu'au livre de Gibbon. Tant qu'à ne pas dormir, autant se faire plaisir.

*... Though the emperors no longer dreaded the ambitions of the præfects, they were attentive to counterbalance the power of this great office by the uncertainty and shortness of its duration.*

Une leçon à mettre en pratique dans Vacuum, songea Daggerman. Skinner commençait à faire preuve de beaucoup d'initiatives. Le développement de ses liens avec Ute Breytenbach devenait préoccupant. Il faudrait le surveiller de plus près.

## MONTRÉAL, 0 H 51

Théberge entra au Palace une dizaine de minutes avant la fermeture décrétée par le directeur.

Il connaissait bien Dupré. Ce dernier se félicitait encore de la suggestion de Théberge de donner une chance à Dominique. Il avait découvert en elle la personne de confiance idéale pour s'occuper de tous les aspects de la gestion du bar, depuis les chicanes entre les danseuses jusqu'à la comptabilité, en passant par les relations avec les fournisseurs et l'administration courante.

Tous les ans, à Noël, une bouteille de champagne venait agrémenter le réveillon des Théberge, en témoignage de la gratitude soutenue de Dupré.

*Des circonstances hors de notre volonté nous obligent à fermer plus tôt que d'habitude. Je vous invite à revenir demain, alors que la première consommation sera gratuite pour tous les clients.*

Du coin de l'œil, Théberge repéra un journaliste de TVA. L'homme l'avait reconnu. Pour la discrétion, c'était raté.

Il se dirigea vers le bar, où Dominique l'attendait.

— Vous avez quelque chose pour moi, à ce qu'il paraît, dit-il en s'assoyant.

— À une table VIP. Un client qui est mort d'une crise cardiaque. Du moins, c'est l'impression que ça donne… Avec le rideau de verdure et la cloison mobile, on a réussi à isoler la table du reste de la salle.

— Quelqu'un a touché au corps?

— J'ai pris son pouls. Un de vos hommes a essayé de lui faire un RCR.

— La danseuse qui était avec lui?

— Je ne pense pas qu'elle y ait touché.

— Elle s'appelle comment?

— Jennyfer. C'est une nouvelle. Ça m'étonnerait que vous l'ayez déjà rencontrée.

— Je peux la voir?

— Elle était en état de choc. Je l'ai renvoyée chez elle.

— Chez elle! On fabrique un petit cadavre puis on s'en retourne benoîtement chez soi!

— Vous digérez mal?

Théberge lui jeta un regard noir mais ne répondit rien.

— Je suis certaine que ça peut attendre à demain, reprit Dominique sur un ton posé.

— On est déjà demain !

Sur cette expression de mauvaise humeur, Théberge se leva.

— Vous pouvez me donner son adresse et son numéro de téléphone ? demanda-t-il.

— J'ai uniquement son numéro de téléphone. Dans mon agenda, au bureau. Mais laissez-moi l'appeler. Je vais lui dire de passer vous voir demain matin.

— D'accord. Vous pouvez me montrer son client ?

— La loge dans le coin, là-bas. Derrière le paravent.

Pendant qu'il se dirigeait vers l'endroit où était le cadavre, Théberge sentit le regard du journaliste qui le suivait.

Un examen rapide du corps lui confirma que, si l'homme n'était pas mort dans les instants qui avaient suivi son attaque cardiaque, maintenant, il n'y avait plus de doute sur son état.

Théberge mit des gants de latex et fouilla rapidement les poches de l'homme. Dans son veston, il trouva une petite boîte qu'il reconnut tout de suite. Du Viagra.

« Cent milligrammes », murmura-t-il en lisant l'inscription sur la boîte.

Il l'ouvrit et retira le carré de carton recouvert d'une pellicule métallisée. Il ne restait qu'une petite pilule bleue. Les trois autres alvéoles étaient vides.

Un instant, il caressa l'idée de subtiliser le comprimé, pour voir si son effet était tel qu'on le disait. Puis il mit la boîte dans un sac Ziploc et il poursuivit la fouille.

Dans la poche intérieure du veston de la victime, il découvrit deux autres contenants de pilules : Lopressor, Indur. Il ouvrit l'un d'eux. Les comprimés lui semblaient familiers, mais il demanderait quand même l'avis de son ami Pamphyle, le médecin légiste.

Les cartes qu'il trouva dans le portefeuille proclamaient que leur possesseur se nommait Claude Lavigne et qu'il était vice-président aux placements internationaux, à la Caisse de dépôt et placement du Québec.

— Un autre curé ? demanda une voix derrière lui.

Il se retourna et aperçut la tête du journaliste de TVA par-dessus l'épaule du portier qui tentait de le retenir.

— Non, répondit Théberge en se dirigeant vers lui.

— Qui est-ce ?

— Une victime de la dégradation exponentielle de la moralité occidentale. Mets ça au bulletin de nouvelles : les auditeurs vont apprendre de nouveaux mots.

— Très drôle.

— Qu'est-ce que tu fais ici ? Une enquête sur les bars de danseuses pour remonter les cotes d'écoute ?

Le journaliste ignora la question.

— Le cadavre, c'est qui ? demanda-t-il.

— Qui t'a dit qu'il était mort ?

Théberge continuait de se tenir devant lui pour l'empêcher de voir.

— S'il n'est pas mort, je change de métier pour devenir imprésario : je n'ai jamais vu un aussi bon acteur.

— Un type qui travaille dans le milieu financier. Claude Lavigne.

— J'ai déjà entendu ce nom-là, il me semble.

— Vice-président à la Caisse de dépôt.

— Merde !

— Tu m'en dois une.

— D'accord. Il est mort comment ? Pendant une danse ?

— Il paraît.

— Tu sais quelle danseuse était avec lui ?

— Tu ne vas quand même pas te mettre à faire du *Allô-Police* sur les ondes !

— Je te demande seulement le nom de la danseuse.

Théberge prit le temps de le regarder avant de répondre. Le journaliste devait être sur une enquête.

— Si tu me disais pourquoi son nom t'intéresse autant ?

— C'est personnel.

— Comme tu veux.

Le policier fit mine de s'éloigner. L'autre reprit rapidement, d'une voix plus basse.

— Ma sœur est danseuse. Elle fait ça pour écœurer les parents. C'est pour ça que je suis ici. J'essaie de garder le contact, de voir si je peux faire quelque chose pour elle.

— Elle s'appelle comment, ta sœur ?

— Lise. Mais son nom de danseuse, c'est Katia.

— Ce n'est pas elle.

Le journaliste parut respirer plus librement.

— Ce soir, je ne l'ai pas encore aperçue, reprit-il. Alors, quand je vous ai vu arriver…

— Si ça peut te rassurer, ici, c'est un des meilleurs endroits.

— Un endroit où les filles trouvent des clients morts à leur table ! Je n'ose pas imaginer ce que c'est ailleurs !

— Ailleurs, c'est contrôlé par les motards et les filles carburent à l'ecstasy parce que ça leur détruit le cerveau en leur gardant un beau *body*. Elles peuvent s'entraîner trois heures par jour, suivre des cours de danse pour rester souples et continuer de faire rentrer le *cash* le soir. Ils ont une expression pour les désigner : les *no name*. Et quand elles sont usées, elles se retrouvent dans les salons de massage et les bordels. Si tu veux faire un reportage, j'ai plein de détails pittoresques pour toi.

— Ça va, j'ai compris.

— Maintenant, tire-toi. J'ai du travail.

Théberge se retourna vers le corps affalé dans le fauteuil, approcha une chaise et s'assit en face de lui. Après quelques instants de silence, comme pour se recueillir, il commença lentement à lui parler.

— Moi, c'est Gonzague Théberge. Toi, tes papiers disent que c'est Claude… Je ne sais pas si on va être ensemble longtemps. Ça dépend de ce que tu es venu faire ici. De quoi tu es mort. Mais si c'est ce que je pense, on ne peut pas dire que tu as été brillant. Le

Viagra et le cognac… Enfin, on verra. Pour l'instant, ce serait bien que tu me donnes des idées. Parce qu'il va falloir ramasser. Quand ça va se savoir, ça va foutre un sacré bordel, tu sais. Ça va passer à la télé… dans les journaux…

## Paris, 6 h 18

Ute Breytenbach laissa le répondeur prendre l'appel.

Elle était réveillée depuis plusieurs minutes, mais elle voulait continuer à profiter de la langueur où la nuit l'avait plongée. Pendant quelques matins encore, au réveil, son corps serait aussi détendu que celui d'un bébé endormi. Puis la tension reviendrait. Suivie du mal de tête. Des insomnies… Jusqu'à ce qu'elle s'offre une nouvelle séance de soulagement.

> *Je confirme la signature du contrat avec le deuxième représentant de notre client. Tout se déroule comme prévu. Notre participation dans l'entreprise devrait maintenant se faire sans difficultés.*

Elle reconnut immédiatement la voix de Jessyca Hunter. En langage clair, le message voulait dire que Claude Lavigne avait été éliminé. Le Consortium était maintenant en position de faire nommer un candidat de son choix pour le remplacer au poste de vice-président aux placements internationaux à la Caisse de dépôt.

> *Pour ce qui est des autres projets, nos représentantes ont fait des progrès dans leur démarche pour développer des partenariats ciblés. Le problème qui se posait avec le vice-président qui nous était hostile est pour ainsi dire résolu. Un rapport plus détaillé suivra par courrier électronique.*

Ute Breytenbach s'efforça de ne pas bouger. Malgré l'effort de concentration que lui avait demandé l'écoute du message, elle essayait de maintenir l'état de bien-être dans lequel elle baignait au moment du réveil.

Une fois le remplaçant de Lavigne en place, se mit-elle à penser, il faudrait noyauter l'équipe des placements internationaux et y implanter du personnel fiable, sur lequel le Consortium pourrait exercer un contrôle total.

Elle referma les yeux, essayant de se concentrer sur la sensation de lourdeur dans son corps. Mais, quelques secondes plus tard, son esprit revenait au message téléphonique.

Les autres projets d'implantation dans les institutions financières semblaient se dérouler selon l'échéancier prévu. À moins d'un contretemps majeur, le Consortium contrôlerait sous peu une part importante du milieu financier québécois. Officiellement, son travail serait alors terminé. Tout serait prêt pour le transfert à Montréal de la coordination des opérations de blanchiment.

Sauf que Ute Breytenbach n'avait aucun désir de s'effacer devant Petreanu. Au pire, elle s'arrangerait pour qu'une équipe de filles reste sur place. Il fallait bien assurer le suivi: contrôler les cibles, en recruter de nouvelles... Mais ce serait temporaire. Aussitôt que Brochet ferait la moindre gaffe, elle tenterait de convaincre Fogg de lui laisser la direction globale des opérations, reléguant Petreanu et son protégé aux seuls aspects financiers.

Et si cela tardait trop, Jessyca pourrait certainement donner un coup de pouce à Brochet, l'aider à commettre une bêtise. Il y avait cette vieille histoire de sado-maso...

Elle prit une profonde respiration.

Son plan l'obligerait également à affronter Daggerman. Jusqu'à maintenant, il avait accepté de lui laisser le champ libre. Il avait toléré l'équipe de Jessyca sans trop protester à cause du caractère ponctuel du projet. L'idée de rendre l'équipe permanente ne l'emballerait sûrement pas.

Le plus simple serait de faire un compromis: elle accepterait que le Spider Squad relève d'une direction partagée entre elle et Daggerman. Ce serait suffisant pour lui permettre de sauver la face. Et puis, il insisterait sûrement pour confier des missions à ses filles, histoire de montrer qu'il demeurait le directeur de GDS : cela leur ferait d'excellentes occasions de s'entraîner.

## Montréal, 1 h 43

Les policiers avaient fini d'interroger les danseuses. Tout ce qu'ils avaient appris, c'était que Lavigne semblait déjà assez éméché quand il était arrivé et qu'il était accompagné d'un autre homme et d'une femme. Les deux étaient partis pendant qu'il était dans la loge VIP. La fille semblait être une prostituée de luxe, selon les danseuses qui lui avaient parlé.

Assis au bar, Théberge prenait un scotch en attendant que le médecin légiste ait fini de procéder aux constatations d'usage.

— Vous lui avez « parlé » ? demanda Dominique.

— Au type ? Oui. Il n'avait pas encore grand-chose à dire.

— C'est fou, maintenant, je trouve ça presque naturel que vous parliez aux morts.

— Ça ne peut pas leur faire de tort. Et puis, c'est agréable de parler à quelqu'un qui ne passe pas son temps à vous interrompre.

— Ils vous répondent vraiment ?

— Ils m'aident à comprendre, ils me donnent des idées… Mais vous, pas trop secouée ?

— Pour le moment, ça va. J'ai déjà vu pire.

— Oui, vous avez déjà vu pire, se contenta de répéter Théberge.

Ses souvenirs le ramenaient à l'époque du suicide de Semco. Après la mort de ce dernier, Dominique s'était retrouvée seule, sans argent, avec un enfant à élever.

— Votre danseuse qui voulait sortir du Slow Move ? demanda-t-il pour échapper à ses pensées.

— Elle a commencé sa désintox. Notre avocat a négocié le prix de sa libération avec celui des Skulls.

— Combien ?

— Quatorze mille. Quatre de dettes de drogue et dix pour perte de revenus. Les parents ont payé.

— Vous savez ce que j'en pense…

— Vous avez une autre solution ?

— Je sais…

Théberge avait des sentiments ambigus par rapport au travail qu'accomplissaient Dominique et ses amies du réseau DAN-SE.

D'une part, il savait bien tout ce qu'elles pouvaient apporter aux danseuses, aux prostituées et aux travailleuses de salons de massage qui essayaient de s'en sortir : elles assuraient aux filles un encadrement pendant la transition et elles les aidaient à se reprendre en main. Sans leur aide, la plupart de celles qui s'en étaient sorties n'auraient pas réussi à le faire.

Parmi les différents groupes qui effectuaient ce genre de travail, à Montréal, le DAN-SE était un des plus actifs. Et quand il fallait avoir recours à l'aide policière, c'était Dominique qui assurait le contact.

Théberge était le seul à qui elle faisait totalement confiance. Ce qu'elle craignait par-dessus tout, c'était qu'on utilise les filles pour coincer les motards, qu'on les expose à de nouveaux dangers. Avec ce qu'elles avaient subi, elles méritaient d'être laissées en paix.

Tout en comprenant son point de vue, Théberge voyait dans ce travail la reconnaissance de l'invulnérabilité des motards. Pour libérer les filles, il fallait passer par leurs exigences. Chaque dollar qui se retrouvait dans leurs poches était, pour le policier, une remise en cause de son travail. Presque une insulte personnelle.

L'arrivée de Pamphyle Bédard le tira de ses réflexions. Il avait terminé l'examen préliminaire du corps.

— Tu vas pouvoir inscrire son nom dans les annales, dit le médecin légiste.

— Quelle rubrique ?

— Premier décès dû au Viagra dans la province. Peut-être même au Canada.

— Tu es sûr ?

— Je vais faire l'autopsie, mais avec ce que tu as trouvé sur lui… Je ne sais pas combien de pilules il a prises, mais c'étaient des cent milligrammes. La dose la plus forte…

— Et dans le flacon, c'était quoi ?

— Un médicament pour le cœur. Il a couru après, si tu veux mon avis… Tu as un type qui a des problèmes cardiaques : il prend du Viagra, mêle ça à du cognac et passe une demi-heure à se faire stimuler la circulation par une danseuse. Ça et un suicide assisté, pour moi, c'est la même chose. Remarque, même sans la danseuse, je n'aurais pas donné cher de sa peau.

Au moins l'enquête ne serait pas trop longue, songea Théberge. Il ne lui restait qu'à évacuer discrètement le cadavre vers la morgue, où Pamphyle pourrait s'adonner aux dernières analyses.

Il se leva et retourna voir le corps affalé dans le fauteuil.

— On dirait bien qu'on n'en a plus pour très longtemps à se parler, dit-il. C'est dommage, tu aurais pu m'apprendre des trucs de placement. Moi, j'aurais pu te présenter les autres.

### Montréal, 1 h 49

Pendant qu'il composait le numéro de téléphone du directeur, Théberge savourait sa revanche. À son tour de le tirer du lit.

— J'espère que je ne vous réveille pas, dit-il.

— Théberge, si c'est là une nouvelle manifestation de votre humour…

— J'ai jugé préférable de vous prévenir de l'identité de la victime.

— Pas un autre curé ? Ça fait déjà deux cette année !

— Non, ce n'est pas un curé. À moins que la Caisse de dépôt en ait engagé un comme vice-président.

— La Caisse de dépôt ? De quel vice-président parlez-vous ?

— Il y en a beaucoup ?

— Dans ces boîtes-là, il y a plus de vice-présidents que de n'importe quoi d'autre.

— Je soupçonne que c'est la jalousie qui s'exprime par votre bouche.

— Théberge !

— Celui dont je parle est vice-président aux placements internationaux.

— Claude Lavigne ?

— Vous le connaissez ?

— Merde !

Le directeur fit part à Théberge de l'appel qu'il avait reçu de la présidente de la Caisse. Il y avait un trou possible de sept cent cinquante millions et Lavigne était un des deux gestionnaires introuvables.

— Sept cent cinquante millions, répéta lentement Théberge.

— Votre salaire pour les huit prochains millénaires.

— Qui s'occupe de l'affaire ?

— Pour l'instant, il n'y a pas d'affaire. Pas encore, du moins. Comme c'est vous qui avez trouvé la victime, vous allez vous rendre chez la présidente de la Caisse de dépôt, à Saint-Sauveur. Vous lui raconterez en détail ce qui s'est passé.

— Pourquoi vous ne demandez pas à quelqu'un des fraudes ?

— Avec un mort dans le décor ?

— Mort naturelle.

— En êtes-vous certain ? Tant que vous n'avez pas le rapport de l'autopsie…

Théberge hésita. Dans son métier, les coïncidences étaient souvent l'alibi commode qui servait à masquer l'ignorance… ou à justifier la décision d'enterrer un dossier.

Certains événements lui revinrent à la mémoire, qu'il voyait tout à coup sous un jour nouveau. Pourquoi le couple qui accompagnait Lavigne avait-il quitté les lieux sans se manifester ? Pourquoi un homme dans l'état de Lavigne était-il allé boire du cognac dans un bar de danseuses, avec du Viagra dans ses poches ?

— Théberge, vous êtes là ?

— Bien sûr. Jamais je n'oserais me soustraire à la stimulation vivifiante de votre conversation.

— Arrêtez votre cirque !

— Pamphyle va faire l'autopsie demain matin.

— Dites-lui que je veux le service complet. Il a intérêt à ne rien négliger.

— Entendu. Mais un doute m'assaille.

— Quoi encore ?

— Votre présidente, elle ne sera pas un tantinet contrariée par l'arrivée intempestive de la force constabulaire dans son havre champêtre ?

— Je vais l'appeler pour la prévenir. Je suis sûr qu'elle va apprécier d'être avertie à l'avance de ce qui se passe. Ça va lui donner le temps de se préparer pour faire face à la presse.

— Loin de moi l'idée de me soustraire aux impératifs de ma fonction, mais ne serait-il pas suffisant que vous l'appeliez ?

— Je veux que vous soyez là pour répondre à ses questions. Vous en profiterez pour essayer de lui tirer les vers du nez sur cette affaire de sept cent cinquante millions.

— À vos ordres, estimé *gubernator* des forces du bien.

— J'oubliais.

— Oui ?

— Vous saluerez madame Théberge de ma part. Dites-lui que je conserve un souvenir attendri de ses biscuits aux pépites de chocolat.

— Elle a cessé d'en faire.

— Dommage. C'était votre principal atout dans votre plan de carrière.

Théberge raccrocha et demanda à Dominique de lui servir un café-cognac.

— Vous n'avez pas peur de ne pas dormir ? lui demanda-t-elle.

— Non, je n'ai pas peur de ne pas dormir. Je suis même certain de ne pas dormir.

Une dizaine de minutes plus tard, toute décoction bue, il partait en direction de Saint-Sauveur. Avant son départ, il avait donné rendez-vous à Dominique pour neuf heures quinze à son bureau, avec la danseuse qui avait assisté à la mort de Lavigne.

## QUÉBEC, 2 H 08

— J'écoute.

Malgré cette affirmation sans nuances, la voix de l'inspecteur-chef Lefebvre n'était pas très convaincante.

— Les forces constabulaires de la capitale sont en état de vigilance atténuée, à ce que je vois, répondit Théberge.

— Et l'heure qu'il est, tu la vois, elle ?

— Sur l'horloge de mon auto, la petite aiguille s'approche du deux et la grande vient de dépasser le cinq. D'après mes calculs, cela veut dire…

— Dans les autos, il n'y a plus que des horloges numériques.

— Je voulais voir si tu étais réveillé.

— Tu arrives pour une visite-surprise ?

— Que nenni.

— Je me disais, aussi. Alors, c'est les clones.

— Pas du tout. Ils sont encore dans leur phase de familiarisation. Ils sillonnent la ville pour s'habituer à l'atmosphère des différents quartiers.

— C'est la manière que tu as trouvée de t'en débarrasser ?

— Pas du tout ! Mais, comme ils sont en stage, je veux maximiser leur formation.

— Théberge !

— Oui ?

— Est-ce que tu m'appelles uniquement pour me faire la conversation ?

— J'ai peut-être quelque chose pour toi.

— Une affaire d'organes ?

La voix de Lefebvre avait perdu toute trace d'impatience.

— Quand je dis pour toi, répondit Théberge, je parle en fait de tes mystérieux amis informateurs.

— Je t'écoute.

— Tu te rappelles, pendant notre voyage de pêche, tu m'as dit qu'ils surveillaient tout ce qu'il pouvait y avoir de suspect dans les milieux financiers. Pas nécessairement illégal, mais suspect.

— Oui.

— Je crois avoir des informations susceptibles de titiller leur curiosité. Une affaire de sept cent cinquante millions et une mort accidentelle plutôt étrange.

Après que Théberge eut expliqué de quoi il s'agissait, Lefebvre lui donna un numéro de téléphone. Il n'avait qu'à répéter ses informations à la personne qui répondrait. Si ses mystérieux amis, comme les appelait Lefebvre, étaient intéressés, ils prendraient contact avec lui.

## Saint-Sauveur, 2 h 56

Contrairement aux appréhensions de Théberge, la présidente de la Caisse se montra tout aussi coopérative qu'affable. Elle avait son sourire des grands jours et elle l'amena au salon, où elle répondit minutieusement à toutes les questions. Cependant, elle semblait plus préoccupée de protéger l'image de la Caisse que de récupérer les millions disparus.

Elle n'osait croire à une fraude, disait-elle. Probablement une question de paperasse mal remplie ou mal classée. Elle n'aurait peut-être pas dû déranger le directeur. Après tout, c'était moins de un pour cent des avoirs sous gestion. En période de turbulence des marchés, la valeur des actifs pouvait varier de quatre ou cinq fois cette somme en quelques jours.

— Le directeur m'a assuré que je pouvais vous faire entièrement confiance, dit la présidente en voyant l'air dubitatif de Théberge. Il va de soi que je compte sur votre discrétion.

Le policier, peu habitué à ce que l'on traite la perte de plusieurs centaines de millions avec autant de désinvolture, décida d'orienter la conversation sur la mort de Lavigne.

Celle-ci arrivait à un bien mauvais moment, concéda Lucie Tellier, mais il n'y avait probablement aucun lien. Après tout, il s'agissait d'une mort naturelle. Un peu étrange, il est vrai. Embarrassante, même, pour l'image de la Caisse. Mais naturelle. Une fâcheuse coïncidence.

Ce qui surprit le plus Théberge, dans le récit que lui fit la présidente de la Caisse de dépôt, ce furent les appels des journalistes. La présidente elle-même s'expliquait mal comment ils avaient pu être informés aussi rapidement du problème. Un informateur interne était la première hypothèse à laquelle elle avait songé. Mais elle ne voyait pas qui aurait pu avoir intérêt à couler l'information. D'ailleurs, il y avait très peu de gens au courant… Oui, bien sûr, cela incluait les deux personnes disparues… Non, Provost n'avait toujours pas donné signe de vie.

— Vous êtes certaine qu'ils ne se sont pas entendus pour monter un coup ? demanda Théberge.

— C'est difficile à imaginer. Provost était membre de l'équipe des dompteurs. Lavigne, lui, fait partie de la Caisse depuis le début. C'est un de ceux qui ont eu pour tâche de ramasser les dégâts, après les quatre ans de performance catastrophique sous la gouverne des dompteurs.

— Les dompteurs ?

— Excusez le folklore local. L'expression est empruntée à certains de nos déposants. Elle désigne les trois dirigeants que le gouvernement précédent avait nommés pour dompter la Caisse. Ils ont été remplacés presque tout de suite après les élections. Les gens ont pensé que c'était pour des raisons politiques, mais, sans leurs mauvais résultats, le nouveau gouvernement n'aurait pas eu de prise pour les faire démissionner.

— Quelque chose me dit que vous ne regrettez pas beaucoup l'ancienne équipe.

— Je ne suis pas la seule. Parlez-en aux déposants.

— Quelle raison le bon peuple aurait-il bien pu avoir de ne pas les aimer ?

— Quelques milliards de bonnes raisons.

— Milliards… ?

— C'est ce que la gestion active de la Caisse leur a fait perdre au cours des quatre années ! Le rendement était régulièrement en bas des indices de référence.

— Et personne n'a pensé à les remplacer ?

— Pourquoi ? Ils remplissaient bien leur rôle !

— Je ne suis pas sûr de bien comprendre la subtilité de votre raisonnement.

— Ne pas faire d'ombre aux amis de Toronto et d'Ottawa. S'arranger pour que la Caisse ne prenne pas trop de place. Mettre un frein aux initiatives dans le domaine du développement… C'était ça, leur mandat.

— Et la gestion de l'argent ?

— C'était accessoire.

— Accessoire… ?

— J'exagère probablement. Mais, à l'époque, un des débats qui agitait les milieux financiers et politiques, c'était de savoir si la Caisse n'était pas trop grosse, s'il ne fallait pas la scinder, la privatiser en partie. Il y avait toute une bande de gestionnaires qui salivaient à l'idée de mettre la main sur une partie des actifs de la Caisse et qui alimentaient la controverse… Évidemment, si vous me demandez de répéter ça en public, je nierai tout.

— Pourquoi est-ce que vous me le dites, alors ?

— Pour que vous ayez un portrait clair de la situation : ça vous évitera de perdre votre temps à vérifier des hypothèses improbables.

— Comme un complot de Lavigne et Provost ?

— Par exemple.

— Mais Provost, dans tout ça ? C'était quoi, son rôle ?

— Une des personnes de confiance des dompteurs.

— Si Provost était un mauvais gestionnaire, pourquoi l'avez-vous gardé ?

— Je voudrais d'abord préciser une chose. Le problème n'était pas avec les gestionnaires, qui sont dans l'ensemble très bien, ni même avec les dompteurs à la limite, mais avec ceux qui les avaient nommés et qui avaient restructuré la Caisse de manière qu'elle soit à peu près ingouvernable.

Lucie Tellier fit une pause pour prendre une gorgée de scotch. Théberge se contenta d'attendre.

— Cela dit, reprit-elle, pour ce qui est de Provost, c'est un gestionnaire techniquement solide. Tant que ce n'est pas lui qui décide des stratégies globales, il fait bien son travail. C'est la raison pour laquelle je l'ai fait encadrer par Lavigne.

— Et ils s'entendaient bien ?

— Provost n'a pas trouvé la chose très drôle. La première décision de Lavigne, le matin où il a pris possession de son poste, a été de faire disparaître tous les comités que Provost avait mis sur pied.

— Je suppose que c'est très grave, dans une organisation comme la vôtre, d'abolir des comités ? ironisa Théberge.

— Il faut comprendre que c'était la philosophie de base des dompteurs : comme ils ne connaissaient pas grand-chose au placement et qu'il n'y avait personne qui était en position de prendre des décisions, ils créaient des comités. À tous les niveaux de l'organisation. Puis d'autres comités pour étudier les recommandations des comités… Les gestionnaires passaient leur temps en réunions, à chercher des consensus, et plus personne n'avait le temps de gérer. Heureusement qu'il restait assez de bons gestionnaires pour sauver les meubles.

— Quel rapport avec Provost ?

— Il était le principal artisan de ces comités. C'est dans son secteur qu'il y en avait le plus.

— Comment a-t-il réagi ?

— Il est venu porter plainte à mon bureau. Je lui ai proposé un compromis.

— À savoir ?

— Une amélioration de ses bonis de performance.

— Et il a accepté ?

— Bien sûr.

— Mais il ne devait pas être très content…

— Pas très, non. C'est pour ça que l'idée d'une magouille montée par Provost et Lavigne…

— Les sept cent cinquante millions, vous pensez pouvoir les retrouver ?

— Je suis de nature optimiste. Par prudence, je vais toutefois attendre de parler à Provost avant de répondre à cette question.

— Vous ne savez pas où il est ?

— Personne ne l'a vu depuis vendredi midi.

Théberge fit une pause.

— Vendredi, reprit-il finalement… Ça lui est déjà arrivé de disparaître comme ça ?

— Jamais. J'avoue que je suis un peu surprise. Il a peut-être eu une urgence.

— Vous savez où il habite ?

— J'ai téléphoné chez lui. Chaque fois, je suis tombée sur le répondeur.

— Il a peut-être décroché.

— C'est possible. Mais ça n'explique pas qu'il ne soit pas venu travailler aujourd'hui.

La présidente se leva pour aller se servir un verre d'eau minérale. Elle en offrit un à Théberge qui refusa.

Elle prit une gorgée et se mit à arpenter lentement le salon.

— Demain matin, reprit-elle, je vais tout faire vérifier par le *back office*. Si c'est une erreur de paperasse, on devrait savoir assez vite à quoi s'en tenir.

— Le *back office* ?

— Il n'y a pas vraiment de terme français. Le système est divisé en trois parties. En gros, le *front office*, c'est le domaine des gestionnaires : c'est là que se négocient les transactions. Le *back office*, lui, s'occupe de l'administration proprement dite : ça regroupe la comptabilité, la trésorerie et le règlement des transactions. Entre les deux, il y a le *middle office*, qui contrôle l'acheminement des transactions, vérifie la coordination entre le *front* et le *back*.

— Et si ce n'est pas une erreur de paperasse ?

— Si ce n'est pas une erreur de paperasse…

Elle cessa de marcher et regarda longuement Théberge.

— Nous aviserons, dit-elle finalement.

Après le départ de Théberge, Lucie Tellier se servit un autre scotch.

La conversation avec le policier l'avait troublée. Malgré l'optimisme qu'elle avait tenté de manifester en relatant les événements, la mort de Lavigne, tout accidentelle qu'elle fût, donnait au transfert de fonds une signification nettement inquiétante. L'hypothèse de l'embrouille administrative risquait de ne pas faire long feu.

Il n'y avait décidément pas de justice, songea-t-elle. Les dompteurs avaient perdu milliard après milliard, à cause de leurs propres décisions, sans jamais être inquiétés, et elle, elle risquait d'être clouée au pilori pour une somme moindre, sans qu'elle soit responsable de rien.

Ce n'était plus la peine de se recoucher. Autant mettre à profit le reste de la nuit pour se préparer. La journée risquait d'être longue. Chaque fois que la Caisse levait le petit doigt, toute la presse financière était à l'affût. Avec la rumeur d'une perte de sept cent cinquante millions et un gestionnaire mort dans un bar de danseuses, ce serait l'hystérie.

## Montréal, 4 h 38

L'inspecteur-chef Théberge attendait depuis plus de trois minutes devant la porte d'un chic appartement sur le bord du canal Lachine. Il avait frappé à plusieurs reprises. Comme personne ne répondait, il tâta par réflexe la poignée. La porte s'ouvrit.

Dans le quatre pièces et demie de Provost, tout paraissait en ordre. Presque trop propre. Comme si on venait de faire le ménage. Tout était soigneusement rangé. Aucune trace de razzia dans les tiroirs des commodes ni dans les garde-robes. Dans la salle de bains, les produits de toilette étaient tous rangés dans l'armoire. À première vue, la possibilité d'une fuite semblait écartée.

Toutefois, en fouillant sous le matelas, Théberge découvrit plusieurs feuillets publicitaires sur Miami et les Bahamas. Il y trouva notamment un dépliant sur un complexe immobilier à Nassau et un autre sur une série de bateaux à vendre dans la région de Miami. Le nom d'un des bateaux était biffé : *Wind Surfer*. Par-dessus, quelqu'un avait écrit : *Liberty 52*.

Perplexe, se demandant pour quelle raison quelqu'un pouvait cacher des feuillets publicitaires sous son matelas, Théberge les remit en place. Il décida ensuite de passer chez lui prendre une douche et tenter de dormir un peu avant de se rendre au bureau. Il regrettait de ne pas avoir donné rendez-vous à Dominique et à la jeune danseuse à la fin de l'avant-midi.

Pendant qu'il retournait chez lui, Théberge composa le numéro que lui avait donné Lefebvre. Une voix enregistrée lui répondit, lui demandant de laisser un message.

— Inspecteur-chef Gonzague Théberge, Service de police de la Communauté urbaine de Montréal. Gustave Lefebvre m'a donné ce numéro... Alors voilà : sept cent cinquante millions volatilisés à la Caisse de dépôt et placement du Québec. Deux gestionnaires disparus. Un des deux retrouvé mort dans un bar de danseuses. Mort en apparence naturelle mais suspecte. Nom du macchabée : Claude Lavigne, vice-président à la Caisse de dépôt. Nom du disparu : Gilles Provost.

Théberge fit une pause. Puis il ajouta une dernière remarque.

— Un bateau à surveiller : *Liberty 52*. Ou *Wind Surfer*. Dans la région de Miami.

Avec ça, ils en avaient assez, songea-t-il. Il rangea son cellulaire et se mit à penser à son lit qui l'attendait.

Quelques secondes après avoir été enregistré, le message de Théberge était relayé au centre de contrôle des communications de l'Institut, établi dans un laboratoire militaire abandonné du Nevada. Ce centre, entièrement automatisé, était pour les communications courantes l'équivalent de celui de Cheyenne Mountain pour les opérations de surveillance. Quatre personnes étaient chargées de son entretien. Elles demeuraient depuis plusieurs années dans la région et leurs rares concitoyens croyaient que leur rôle était de protéger l'endroit contre les prédateurs. Une fois par année, une équipe de spécialistes faisait une inspection plus élaborée et procédait à la mise à jour du matériel.

Le message envoyé par Théberge contenait suffisamment de mots clés pour que la machine le réfère au centre de répartition de New York, où il fut examiné par un analyste. Quelques minutes plus tard, il était redirigé vers Horace Blunt, accompagné d'un indice de priorité élevée.

### Montréal, 5 h 34

Théberge acheta *La Presse* au dépanneur près de chez lui. Le titre faisait plus de la moitié de la une.

#### FRAUDE À LA CAISSE DE DÉPÔT
##### Deux gestionnaires en fuite

Un peu plus bas, à l'intérieur d'un carré blanc inséré dans le corps de l'article, on pouvait lire :

#### PLUS DE 700 MILLIONS DISPARUS

Une fois arrivé chez lui, il débrancha le téléphone et décrocha le combiné. Quand madame Théberge se lèverait à sept heures vingt, comme tous les jours, elle comprendrait tout de suite : il ne voulait pas être dérangé par le bureau.

## North-Hatley, 6 h 02

La pulsation de l'éclairage tira Hurt de sa méditation. Un message de l'Institut venait d'arriver.

Il descendit au bureau, mit la main sur la plaque de verre à côté de l'ordinateur et prononça son nom. Le message apparut après quelques secondes.

> Nouveau dossier.
>
> Possibilité de développement dans Money Trap. Soyez au lieu de rencontre habituel à 9 heures. Chamane vous y rejoindra.
>
> Blunt.

Plus un croyant est fanatisé, plus il est facile à mobiliser contre la cible choisie : à la limite, il suffira d'une affirmation d'une autorité reconnue pour emporter sa décision. D'où l'utilité de recruter de telles autorités et, lorsque le temps le permet, d'en devenir une soi-même.

[...]

Pour faire éliminer quelqu'un, il suffit parfois de faire apparaître cette personne comme un ennemi dangereux à un groupe de croyants fanatisés. Le groupe se charge alors spontanément de l'éliminer.

Leonidas Fogg, *Pour une gestion rationnelle de la manipulation*, 3- Embrigader les volontés.

## MARDI, 29 JUIN 1999 (SUITE)

### NORTH-HATLEY, 8 H 54

Fidèle à son habitude, Hurt avait choisi une table le long du mur, près d'une fenêtre. En attendant Chamane, il prenait un café et regardait les canards sur la rivière. Avec tous les nachos que leur lançaient les touristes, c'était surprenant qu'ils ne soient pas déjà tous morts du cancer.

Chamane s'assit devant lui et se commanda un café en montrant celui de Hurt d'un signe de la main. Il enleva ensuite son casque d'écoute et il éteignit le lecteur CD à sa hanche.

— Je te préviens, je suis au tarif de nuit, dit-il.

— D'accord. Jusqu'à dix heures.

— Blunt m'a dit que tu m'expliquerais ce qu'il y a à faire.

— Tu as apporté ton matériel ?

— Dans la fourgonnette.

— Tu n'as pas besoin d'être branché ?

— Avec un cellulaire et un modem, on est toujours branché. Sur quelle planète tu vis, *man* ?

— Il n'y a pas de danger qu'ils repèrent ton numéro ?

— Je change aux dix minutes. Je me suis fait une entrée dans le répertoire de numéros de *Microsucks*. J'utilise les numéros de leurs différentes succursales sur la planète, aux heures où leurs bureaux sont fermés.

Il avait l'air particulièrement fier de lui.

Comme beaucoup de ses confrères *hackers*, Chamane affichait un mépris ostensible pour la compagnie de Bill Gates, d'abord à cause de ses prétentions hégémoniques sur le Net, mais aussi à cause des multiples problèmes de sécurité de ses produits.

— J'ai du travail pour toi, expliqua Hurt. Une banque aux Bahamas.

— Mon père travaillait dans une sorte de banque, fit Chamane. Du moins, la dernière fois que je l'ai vu.

Hurt, qui connaissait un peu les difficultés de Chamane avec sa famille, laissa porter le silence.

— Alors, qu'est-ce qu'il faut faire dans cette banque ? reprit Chamane. Vider un compte ? Faire planter leur système et effacer leurs bases de données ?

— OK, le *nerd* ! Tu peux arrêter ton numéro de petit génie !

Malgré l'ironie de la réplique, la voix de Sharp n'avait pas le tranchant habituel. Presque tout le monde, à l'intérieur de Hurt, aimait bien Chamane. Ils appréciaient son intensité, sa folie, son humour un peu surréaliste ainsi que le combat qu'il menait avec son groupe clandestin pour épurer le Net.

Avec d'autres *hackers*, il avait entrepris d'éliminer les sites à tendances raciste ou pédophile et de neutraliser les pirates les plus destructeurs. Leur but était de nettoyer le Web pour enlever au gouvernement américain tout prétexte de prise de contrôle.

Pour une telle tâche, il fallait des *hackers* de haut vol. Aussi, le premier test d'entrée dans le groupe était d'infiltrer deux des trois sites les mieux protégés de la planète : ceux du MI5, du Pentagone et de la NSA. Et de les infiltrer sans se faire prendre et sans causer le moindre dommage.

— On peut rêver, non ? répondit Chamane.

— C'est un travail d'infiltration, reprit Hurt. Une somme de sept cent cinquante millions est partie de la Deutsche Credit Bank, à Berne, pour se retrouver, après une série de transactions, dans une banque des Bahamas.

— Blunt m'a envoyé le rapport de suivi par *e-mail*.

— Je veux que tu pénètres le système de cette banque, que tu entres dans ses archives, que tu trouves dans quel compte l'argent est rendu et que tu me dises qui fait des transactions sur ce compte… Je veux tout ce que tu peux trouver. Il y a aussi deux noms que tu dois surveiller : Gilles Provost et Claude Lavigne.

— Claude Lavigne ? répéta Chamane, surpris.

— Tu le connais ?

— Oui… non… Je veux dire, je connais quelqu'un qui a ce nom-là… Mais ce n'est sûrement pas lui.

## MONTRÉAL, 9 H 16

La jeune danseuse attendait Théberge dans son bureau. Elle portait des lunettes de corne et un tailleur classique de femme d'affaires. Ses talons hauts accentués, sa jupe nettement au-dessus du genou et sa jambe croisée de manière à révéler la cuisse trahissaient cependant un univers plus trouble que ce que suggérait son uniforme de jeune dirigeante d'entreprise.

— Je suis venue seule, dit-elle d'emblée lorsque Théberge entra. Dominique va venir un peu plus tard. Je me suis entendue avec elle.

Théberge commença par s'excuser de la replonger aussi rapidement dans l'expérience traumatisante de la veille.

— Ce n'est pas moi qui ai été la plus traumatisée, répondit-elle.

— Bien sûr.

De fait, elle n'avait pas l'air traumatisée du tout. Elle dégageait plutôt de l'assurance, avec une pointe d'amusement dans le regard.

— Je peux savoir votre nom ?

— Sophie Dompierre.

— Et vous dansez sous le nom de Jennyfer ?

— Oui.

— Si vous me racontiez ce qui s'est passé ?

— Il n'y a pas grand-chose à dire. Le client m'a demandé de danser pour lui. On s'est entendus pour deux danses. La première, j'y ai été mollo. La deuxième, je l'ai frôlé un peu plus. Il est devenu tout excité. Il a sorti son portefeuille, il a compté son argent et il m'a dit qu'il voulait que je danse pour tout ce qui restait.

— Ça faisait combien ?

— Cent soixante-dix. J'ai négocié pour une heure et demie.

— Et ensuite ?

— Après la deuxième danse, il a sorti une petite boîte et il a avalé trois pilules bleues avec une gorgée de cognac. Il était pas mal éméché. Il a renversé un peu de cognac sur ma jambe. Je l'ai laissé m'essuyer avec son mouchoir, puis j'ai recommencé à danser… À un moment donné, pendant que je dansais dos à lui, j'ai senti ses mains sur mes hanches. Je l'ai laissé faire un peu, pour ne pas le contrarier. Je savais que, si je m'y prenais correctement, je pouvais en faire un régulier. Il était venu deux ou trois fois les jours précédents. Juste le temps de prendre un cognac, de s'habituer à la place. Il ne m'avait pas fait danser, mais j'avais pris du temps pour parler avec lui. Il suffisait de ne pas précipiter les choses, de ne pas lui faire peur. Avec les timides, c'est la manière : il faut les encourager à se dégêner, mais sans les bousculer.

— Comment pouviez-vous savoir qu'il s'intéressait à vous ? Il vous l'avait dit ?

— La première fois, c'était sa façon de me regarder. Je savais que j'avais une chance. Les filles sont entraînées à lire les yeux des clients.

Tout en fixant le policier droit dans les yeux, elle décroisa les jambes, puis les croisa lentement de l'autre côté. Mal à l'aise, Théberge détourna le regard un moment. Il avait l'impression de se trouver dans un mauvais *remake* de *Fatal Attraction* ou de *Basic Instinct*.

Quand il ramena les yeux vers la jeune femme, toute trace d'amusement avait disparu de son regard pour laisser place à une assurance tranquille. Théberge se demanda s'il ne se faisait pas des idées.

— C'est pour ça que je ne me suis pas retournée tout de suite, reprit la femme. Tant que ses mains restaient sur mes hanches, il n'y avait pas vraiment de problème…

— Vous savez que c'est illégal ?

— Je pensais qu'on pouvait parler entre adultes et se dire les choses telles qu'elles sont, répliqua-t-elle sèchement. Si c'est moi qui fais l'objet d'une enquête…

— D'accord, d'accord… je vous écoute.

La jeune femme laissa passer un moment avant de poursuivre, comme pour montrer qu'il lui fallait retrouver ses idées après l'intervention déplacée de Théberge.

— Au bout d'un moment, reprit-elle, ses doigts se sont crispés et ses mains ont commencé à descendre. Je me suis retournée pour reprendre le contrôle de la situation. Je me demandais s'il n'était pas en train de jouir. Ça arrive parfois, avec certains clients… C'est là que j'ai vu qu'il avait un problème.

— Un problème ?

— Dans notre milieu, on est plus habitués à faire venir les clients qu'à les faire partir.

— Vous ne semblez pas particulièrement troublée par sa mort.

— C'est sûr que ça me fait quelque chose. Mais il faut s'habituer. S'il fallait que je me sente mal chaque fois qu'un client vient brûler sa paie... C'est son choix. Mon travail à moi, c'est de le faire dépenser. Son argent, si ce n'est pas moi qui l'empoche, ça va être une autre. Aussi bien moi, non?

— On ne parle pas seulement d'argent, ici.

— Je sais. Mais chacun doit mesurer les risques qu'il prend. Quand j'accepte de danser, je sais que je peux tomber sur un malade qui va me harceler, sur un motard qui va vouloir me recruter pour son bar, sur un sidatique qui va me mordre... Je sais que je vais être méprisée pour le reste de ma vie par toute une série de gens. Des gens qui ont souvent déjà été des clients. Ce sont des risques que j'accepte. Alors, si un client vient dans un bar, il doit accepter le risque que les danseuses essaient de lui faire dépenser ce qu'il a. Et s'il prend du cognac et qu'il demande à une fille de l'exciter quand il sait qu'il a le cœur fragile, c'est lui qui a couru après. Chacun doit accepter les risques qui viennent avec ses choix. Moi, j'ai assez des miens.

— Qui vous dit qu'il avait le cœur fragile?

— Si une érection suffit à le faire sauter, il ne faut pas qu'il soit très fort. Vous ne pensez pas?

— Hier, vous paraissiez plus affectée, m'a-t-on dit.

— C'est vrai. Mais aujourd'hui la crise est passée. Il faut évacuer à mesure les mauvaises expériences. Maintenant, je vais mieux. *Life goes on...* Je suis prête pour de nouveaux clients!

Tout au long de la discussion, son regard n'avait pas quitté celui de Théberge.

Ce dernier se demandait quoi penser de l'attitude de la jeune femme. Était-ce un masque qu'elle s'était fabriqué pour composer avec l'expérience qu'elle avait vécue? Avait-elle réellement réussi à tourner la page aussi rapidement qu'elle le prétendait?

Bizarrement, il croyait sentir chez elle le genre de froideur détachée qu'il avait pu observer chez certains tueurs à gages. Pour eux, tuer était un travail. Comme danser pour elle, sans doute. Mais il y avait une différence de taille : on ne pouvait quand même pas danser quelqu'un à mort !

— Est-ce qu'il y a autre chose que vous pouvez me dire sur ce client ? demanda-t-il.

— Il a répété à plusieurs reprises qu'il était à la veille de faire un gros coup d'argent, qu'il pensait partir en voyage. Il m'a même demandé de partir avec lui... C'est à ce moment-là que j'ai su que je l'avais sérieusement en main.

— Qu'est-ce qu'il vous a dit, sur ce coup d'argent ? demanda Théberge, dont l'intérêt s'était subitement accru.

— Peu de chose. Une grosse transaction qu'il venait de faire.

— Et le voyage ? Il a parlé d'un endroit particulier ?

— Les Bahamas. Mais je n'écoutais pas tellement ce qu'il disait. J'étais plus occupée à observer ses yeux, à suivre ses réactions. Avec les clients, le plus important se passe toujours dans les yeux.

Une dizaine de minutes plus tard, le policier reconduisait Sophie Dompierre à la porte de son bureau.

Au moment de sortir, la jeune femme se tourna vers lui.

— Pour un policier, dit-elle, vous n'êtes pas très difficile à lire.

— À lire ?

— Vos yeux.

— Qu'est-ce qu'ils ont, mes yeux ?

— Ils me disent que vous feriez un client intéressant.

— Intéressant ?

— Si vous voulez tenter l'expérience, je vous offre les deux premières danses gratuites.

— On verra, s'entendit répondre Théberge.

— À partir de demain, je serai au Spider Club.

— Vous quittez le Palace ?

— Compte tenu de ce qui s'est passé, je me suis dit qu'un changement d'air me ferait du bien.

— Vous laisserez votre adresse à ma secrétaire. Au cas où j'aurais besoin de vous joindre.

— Si vous insistez. Mais ce serait plus simple de venir me voir là-bas. Ça vous permettrait de joindre l'utile à l'agréable !

Au moment où elle allait partir, Théberge la rattrapa avec une question.

— Le client, vous lui avez donné votre numéro de téléphone ?

La jeune femme se retourna.

— Pourquoi me demandez-vous ça ?

— Répondez d'abord à ma question.

— Oui, je lui ai donné mon numéro… Vous n'allez quand même pas m'accuser de racolage !

— Je devrais ?

Subitement, l'assurance de la jeune femme semblait avoir été ébranlée.

— Je prévoyais accepter son offre de voyage, dit-elle.

— C'était le grand amour ?

— En tout cas, c'était une occasion de sortir du milieu.

Après que la femme fut partie, Théberge prit une enveloppe dans un tiroir. À l'intérieur, il y avait une feuille de calepin pliée en quatre. Il relut le numéro, ne sachant pas quoi penser de ce qu'il venait d'apprendre. Le peu de ce qu'il savait sur Lavigne ne concordait pas avec ce que venait de lui raconter la danseuse.

S'il avait pu voir le sourire sur le visage de la jeune femme au moment où elle sortait de l'édifice du service de police, il aurait tout de suite compris que sa perplexité était plus que justifiée.

### LCN, 10 H 03

> … PRÈS DE TROIS QUARTS DE MILLIARD DE DOLLARS AURAIENT DISPARU DE LA CAISSE DE DÉPÔT ET PLACEMENT. INTERROGÉE À CE SUJET, LA PRÉSIDENTE DE LA CAISSE S'EST REFUSÉE À TOUT COMMENTAIRE.
> PAR AILLEURS, UN GESTIONNAIRE IMPLIQUÉ DANS CETTE POSSIBLE FRAUDE SERAIT MORT AU COURS DE LA NUIT DANS UN BAR DE DANSEUSES DU CENTRE-VILLE. CLAUDE LAVIGNE, QUI OCCUPAIT LE POSTE DE VICE-PRÉSIDENT AUX PLACEMENTS INTERNATIONAUX À LA CAISSE DE DÉPÔT, SERAIT EN EFFET DÉCÉDÉ D'UN INFARCTUS AU BAR LE PALACE. UNE DANSEUSE SE PRODUI-SAIT À SA TABLE LORSQUE…

## MONTRÉAL, 10 H 11

Au moment où Dominique arrivait au bureau de Théberge, elle vit deux hommes la précéder.

— Au rapport, Votre Élucubration, fit le plus rondouillet des deux en franchissant la porte.

— Au rapport, enchaîna l'autre en se contorsionnant pour se gratter derrière l'épaule gauche.

— Qu'est-ce que vous faites ici, bandes d'abrutis patentés ? tonna Théberge. Votre stage de familiarisation se termine seulement la semaine prochaine.

— Paperasse, paperasse, répondit le rondouillet pendant que le maigrichon continuait furieusement de se gratter épaule.

Dominique suivait la conversation depuis la salle d'attente. Elle avait déjà entendu Théberge parler des clones, mais c'était la première fois qu'elle les voyait.

— Beau morceau qui vient de sortir, reprit le rondouillet. Ça fait partie du travail ?

— Le truc de familiarisation n'est pas vraiment utile, enchaîna le maigrichon, sans laisser à Théberge le temps de répondre à son collègue.

— Nous avions l'impression de gaspiller l'argent du contribuable, reprit ce dernier.

— On a décidé de venir vous aider.

— Vous avez certainement quelque chose pour nous.

— Sergent Rondeau ! gronda Théberge. Sergent Grondin !

— À vos ordres, chef !

— À vos ordres, Votre Élucubration !

— Vous allez immédiatement vous rendre dans la salle d'attente et vous allez vous asseoir. C'est un ordre.

— Mais…

— Trêve de récriminations superfétatoires ! Cul sur chaise et lisez des magazines si vous ne savez pas à quoi occuper vos neurones oisifs.

Puis il ajouta, sur un ton plus posé :

— J'ai demandé à madame Weber de venir me rencontrer. Pour une fois qu'une citoyenne nous offre sa bienveillante collaboration, vous ne voudriez pas que je lui fasse faire le pied de grue à ma porte ? N'est-ce pas ?

— Je comprends, mais…

— Alors, nous sommes d'accord. Allez méditer dans la salle d'attente. Après avoir rencontré madame Weber, j'aurai quelque chose pour vous. Vous allez bientôt amorcer votre combat contre les forces du chaos intempestif !

Lorsque Dominique referma la porte derrière elle, un sourire amusé éclairait son visage.

— Les clones ? demanda-t-elle.

— Eux-mêmes. Dans toute leur splendeur.

— Ça va égayer votre vie.

— À partir de demain, mon existence devrait redevenir plus sereine. J'ai trouvé un subterfuge pour les neutraliser. Machiavel et moi, c'est copain-copain… Vous, comment ça va ?

— Moi, ça va bien. Pour le bar, ça va peut-être ralentir pendant quelques jours. On verra.

— On dirait que vous allez perdre une danseuse.

— Je viens de l'apprendre.

— Je n'ai pas tellement reconnu la jeune fille traumatisée que vous m'aviez décrite.

— Moi non plus. Elle m'attendait à l'entrée de l'édifice. Elle m'a juste annoncé qu'elle ne revenait plus, qu'elle voulait recommencer à neuf ailleurs. Puis elle est partie.

— Le client qui est décédé, vous l'aviez déjà vu au bar ?

— À ma connaissance, c'était la première fois qu'il venait.

— Votre danseuse affirme l'avoir rencontré à plusieurs reprises.

— C'est possible. Mais je ne l'ai jamais vu.

— Elle lui avait donné son numéro de téléphone. Le type lui avait proposé de partir en voyage avec lui.

— Quoi !

— Elle pensait qu'il était sa chance pour sortir du milieu.

— Je comprends mieux pourquoi elle ne veut plus revenir au bar.

— Le Spider Club, c'est quel genre d'endroit ?

— Ça vient d'ouvrir. C'est une sorte de boîte concept sur le thème des araignées. Ça fait un peu *high tech*. Ils ont un site Web et les clients peuvent réserver du temps avec leur danseuse préférée.

— Vous avez appris ça où ?

— Les filles en parlent. Il paraît qu'ils font une sélection très serrée, avec des tests psychologiques.

— Des tests psychologiques ?

— Oui. Mais ils donnent un salaire de base. Pas grand-chose, remarquez...

— Un salaire ?

Théberge n'avait jamais entendu parler de bars qui donnaient un salaire aux danseuses. Habituellement, lorsqu'un endroit était intéressant, c'étaient les filles qui payaient pour travailler. Dans le centre-ville, le tarif tournait autour de vingt dollars par jour. Le Palace était une exception : toutes les danseuses y travaillaient gratuitement.

— Les Raptors et les Skulls laissent faire ça ?

— D'après mes informations, il n'y a aucun lien avec les motards.

— Peut-être qu'ils attendent que le bar se fasse une clientèle avant de se manifester.

— À moins que ce soient les Italiens.

— Ça m'étonnerait. Ils contrôlent encore un certain nombre de bars dans le Nord, mais ils sont moins forts qu'ils étaient dans l'Ouest. Aux dernières nouvelles, c'étaient surtout les mafias de l'Europe de l'Est qui étaient en train de prendre de l'expansion dans ce coin-là de la ville... Je vais vérifier avec l'unité du crime organisé.

— Pour le client mort ?

— Je suis désolé. Ça va être dans tous les médias.

— On va avoir une belle publicité !

— Il était vice-président à la Caisse de dépôt. Possible qu'il ait été mêlé à une affaire de fraude.

— J'ai entendu quelque chose, ce matin, à la radio. Ils parlaient de plusieurs centaines de millions.

— Vous allez sûrement voir les journalistes rappliquer dans les jours qui viennent…

— Du moment qu'ils paient leur entrée et qu'ils laissent leurs caméras à la porte.

### North-Hatley, 11 h 25

Chamane se glissa sur la banquette avant. Il enleva ses écouteurs, éteignit le lecteur de MP3 à sa ceinture.

Hurt, qui était assis dans le siège du passager, releva les yeux de la pile de feuilles qu'il était en train de parcourir.

— Qu'est-ce que tu écoutais ? demanda Hurt.

— Une chanson de Bowie. *I'm deranged.*

— Grosse nouvelle, ironisa Sharp.

Imperméable à l'ironie, Chamane continua de pianoter sur le portable devant lui.

— Tu ne vas pas aimer ça, dit-il. Aux Bahamas, il n'y a plus aucune trace des sept cent cinquante millions. Le compte dans lequel l'argent a été déposé, à la First Investing, est fermé. Aucune indication de transaction.

— Et l'argent ?

— Disparu.

— Peut-être qu'ils ont isolé une partie de leur système ?

— Ça m'étonnerait. Leur affaire est assez mal foutue, je l'aurais trouvé. J'ai plutôt l'impression que quelqu'un a pris l'argent et a effacé les traces… Avec le bateau, par contre, j'ai eu plus de chances.

— Il est rendu où ?

— Au fond de l'océan. C'était dans le *Miami Herald* de samedi. Ils ont retrouvé des restes qui flottaient. Le nom était lisible sur un des débris : *Liberty 52*. Un autre bateau qui était dans les parages a entendu l'explosion et a vu la boule de feu.

— As-tu trouvé quelque chose de particulier sur le bateau ?

— Enregistré au Panama. Le nom du propriétaire est Thomas Krajcek.

— Ils ont retrouvé le corps ?

— Non. Il paraît que l'endroit est infesté de requins.

Hurt prit quelques minutes pour réfléchir. Il ferma les yeux pendant que Sharp et Steel discutaient intérieurement de ce qu'ils venaient d'apprendre.

Habitué aux conversations intérieures de Hurt, le jeune *hacker* retourna à son ordinateur.

— Pour la banque, tu ne peux rien faire de plus ? demanda Hurt après un certain temps.

— Je peux installer un *bot* sur leur serveur. Leur système est tellement mal configuré que je peux passer par la 25.

— La 25 ?

— La porte 25. Celle du courrier électronique. Leur *firewall* est plein de trous. Même la version standard de *Back Orifice* serait suffisante !

La terminologie volontairement provocatrice des *hackers* faisait toujours sourire Hurt. *Back Orifice* était le nom d'un logiciel avec lequel on pouvait installer un accès camouflé dans un ordinateur. Il suffisait que l'ordinateur ciblé soit branché à un modem pour que l'utilisateur de *Back Orifice* puisse y entrer incognito. Par la porte d'en arrière, pour ainsi dire. L'auteur pouvait alors prendre le contrôle de l'ordinateur.

Les *patchs* qui permettaient de se protéger de *Back Orifice* avaient des noms tout aussi évocateurs : *Pampers, Playtex, Diaper…*

— Alors, imagine… reprit Chamane. Avec ma version turbo…

— Turbo ?

— Il fallait bien que je lui donne un nom. En plus ça fait BOT. C'est *cool*… Fais-moi confiance : avec *Back Orifice Turbo*, ils ne s'apercevront de rien avant un siècle ou deux.

— Et tu as fait quoi, une fois à l'intérieur ?

— J'ai installé un *bot*. Un vrai, celui-là.

— Ton *bot*, il fait quoi ? s'impatienta Sharp.

— C'est l'équivalent informatique d'un robot. Un petit programme qui se promène sur le Net et qui ramasse de l'information sur les pages Web qu'il rencontre. Comme un agent de recherche, si tu veux, mais en plus spécialisé.

— Je sais ce qu'est un *bot*, grinça Sharp. Ce que je veux savoir, c'est ce qu'il va ramasser.

— Il va filtrer les mouvements de capitaux, retenir ceux de plus de dix millions et enregistrer automatiquement leur provenance ou leur destination. S'il y a des endroits qui reviennent plus souvent, je vais essayer de les « craquer » à leur tour. En remontant la piste, on devrait finir par aboutir dans les comptes des vrais clients.

— En attendant, tu ne peux rien me dire de plus ?

— Pas grand-chose. Si tu veux, je t'installe une version « voyeur » de *Back Orifice Turbo* sur ton ordinateur. Tu pourras aller voir en direct ce qui s'affiche sur l'écran des ordinateurs que j'ai craqués.

— Sans qu'ils le sachent ?

— Évidemment.

— Et si j'ai encore besoin de toi ?

— J'ai prévu le coup. J'ai un matelas en arrière… Au fait, j'ai avancé sur ton modèle. Veux-tu que je te montre où j'en suis rendu ?

— Si ce n'est pas trop long.

Chamane sortit des feuilles pliées en quatre de sa poche arrière de jeans.

— J'ai refait le schéma, dit-il en lui montrant la première feuille.

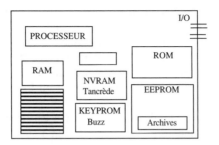

— Tu vois, reprit Chamane, j'ai sorti Tancrède et Buzz de la mémoire paginée.

— Pourquoi ?

— Ils fonctionnent différemment des autres. Tancrède, c'est comme une NVRAM. C'est une sorte de mémoire qui prend tout ce qui entre dans le processeur et qui met une copie quelque part, au cas où il surviendrait un accident. Comme ça, si le système plante, l'essentiel est sauvé.

— C'est lui qui se souvient de tout ?

— Pas nécessairement de tout. Il rétablit les informations essentielles en cas de panne. Pour ça, il conserve le nécessaire et il inscrit le reste à mesure dans les archives. Je leur ai fait une place dans la EEPROM… Ça expliquerait qu'il y ait des trous. Tancrède peut avoir de la difficulté à récupérer ce qu'il a archivé.

— Et Buzz ?

— Lui, c'est une KEYPROM. Une mémoire ROM avec une clé. Si on n'a pas la clé pour y accéder, il ne se passe rien. C'est normalement l'endroit où on mémorise les informations les plus sensibles.

— Comment tu expliques que Buzz marmonne tout le temps de façon incompréhensible ?

— C'est justement ça qui m'a donné l'idée. Si la clé n'est pas bonne, la KEYPROM donne du *garbage* au lieu d'afficher un message du style « accès interdit » ou de ne rien fournir.

— *Du garbage ?*

— Une réponse qui n'a pas de sens. C'est pour rendre la tâche plus difficile à ceux qui voudraient forcer le code : ils n'ont pas le moyen de savoir s'ils ont une bonne réponse cryptée ou si c'est seulement du *garbage*.

— Comment tu expliques que Buzz se soit déjà réveillé pour donner l'organigramme du Consortium ? Et pour donner son nom ?

— Tu as dû tomber sur la bonne clé sans le savoir.

— Ça voudrait dire qu'il ne sait rien d'autre ?

— Pas nécessairement. Peut-être que tu as une KEYPROM compartimentée avec une clé pour chaque secteur. Peut-être qu'il y a une clé pour l'ensemble… Comme pour les boîtes postales.

— Comment je fais pour trouver la clé ?

— À mon avis, c'est une question de code. Sauf que le code, ce n'est peut-être pas des mots.

— Tu as une idée de ce que ça pourrait être ?

— Non. Il faudrait que tu essaies de te rappeler ce que tu as fait ou ce que tu as dit les deux fois où il a parlé… Mais j'ai effectué un autre changement.

Il lui montra une deuxième feuille.

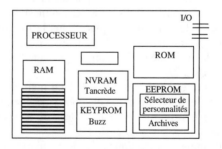

— J'ai mis le sélecteur de personnalités en EEPROM. C'est plus logique… D'après ce que tu m'as dit, ça pourrait correspondre à Maestro.

— Il y a un problème dans ton modèle.

— Lequel ?

— La conscience. Où est la conscience ?

— J'ai lu des trucs en psycho qui disent que la conscience n'est nulle part. Ou, plutôt, qu'elle est une fonction, pas une partie localisée du cerveau. Cela dit, un modèle peut très bien illustrer quand même la fonction. Pense à une RAM spécialisée. Les différentes personnalités peuvent y être inscrites ou en être effacées. Plusieurs ou une seule à la fois. Une sorte d'espace intérieur où elles peuvent interagir, mais sans se manifester à l'extérieur… Le seul accès à cet espace intérieur, ce serait le témoignage des différentes personnalités, quand elles se manifestent à l'extérieur. Quand elles en parlent… Dans les faits, il n'y a probablement pas d'espace comme ça. Au mieux, c'est un ensemble d'états chimiques et électriques impliquant différentes parties du cerveau. Mais le schéma peut te donner une idée de ce qui se passe.

— Moi qui pensais que Segal était compliqué !

### *CKAC, 12 H 33*

… PAR LA NOUVELLE QUE NOUS A ASSÉNÉE TVA CE MATIN. UNE SOMME FARAMINEUSE SE SERAIT VOLATILISÉE DES COFFRES DE LA CAISSE DE DÉPÔT. QUELQUES TOUCHES ENFONCÉES SUR UN CLAVIER D'ORDINATEUR PAR UN GESTIONNAIRE APPAREMMENT CORROMPU ET SEPT CENT CINQUANTE MILLIONS DE DOLLARS ONT DISPARU SUR L'AUTOROUTE ÉLEC-TRONIQUE, VERS UN DE CES PARADIS OÙ LES MILLIARDAIRES DE TOUT ACABIT FUIENT LEURS RESPONSABILITÉS FISCALES.

FACE À CES MANIPULATIONS ÉLECTRONICO-FINANCIÈRES, COMMENT RÉAGISSEZ-VOUS ? FAITES-VOUS ENCORE CONFIANCE AUX GESTIONNAIRES QUI, DANS LES BANQUES OU LES FONDS MUTUELS, GÈRENT VOTRE ARGENT ? QUELLE GARANTIE AVONS-NOUS QU'ILS NE VONT PAS PARTIR AVEC LA CAISSE ? CELA DIT SANS MAUVAIS JEU DE MOTS !

NOUS PRENONS UN PREMIER APPEL. MADAME CÔTÉ, DE SAINTE-FOY. BONJOUR, MADAME CÔTÉ.

— BONJOUR, MONSIEUR PROULX. JE VEUX D'ABORD VOUS FÉLICITER POUR VOTRE PROGRAMME.

— MERCI MADAME. J'APPRÉCIE LE COMPLIMENT. QU'AVEZ-VOUS À NOUS DIRE SUR LE SUJET QUI NOUS OCCUPE ?

— MOI, JE PENSE QUE LES BANQUES FONT TROP D'ARGENT.

— OUI, MAIS ENCORE ?

— C'EST ÇA : LES BANQUES FONT TROP D'ARGENT. IL FAUDRAIT ALLER EN CHERCHER POUR LES PAUVRES.

— Ce sont là des intentions qui vous honorent, mais si on revenait à la question…

— Oui.

— Faites-vous confiance à ces hauts gestionnaires — pardonnez-moi le néologisme — qui font censément fructifier les économies que monsieur et madame Tout-le-monde leur confient? Croyez-vous que le bas de laine de la population soit en sécurité entre leurs mains?

— Je suis certaine que c'est à cause des banques.

— Je vois. La voracité des banques est chez vous une forte conviction. Je vous remercie, madame. Nous allons à la pause avant de prendre un autre appel.

## Montréal, 14 h 42

Les clones entrèrent dans le bureau de Théberge sans frapper.

— Il n'y avait personne, fit d'emblée Rondeau. Nous avons dû forcer la porte.

— Mais nous avons trouvé quelque chose, ajouta Grondin.

Il déposa sur le bureau une liasse de dépliants et de brochures touristiques.

Théberge y jeta un coup d'œil. Parmi les dépliants, il reconnut celui qu'il avait trouvé sous le lit de Lavigne, avec le nom du bateau encadré. La plupart des autres illustraient les attraits touristiques des Bahamas.

— On a aussi une surprise, reprit Grondin.

Il sortit de sa poche un billet d'avion et un passeport établi au nom de Bellemare, mais portant la photo de Lavigne.

— Le billet est pour Miami, précisa Rondeau. Il devait partir cet après-midi. Première classe.

— On a aussi trouvé une adresse encerclée sur une page d'annuaire, reprit Grondin, qui avait commencé à se gratter l'intérieur d'une cuisse. Un cabinet de chirurgie plastique.

Il sortit la feuille de sa poche.

— Encore Miami, ajouta-t-il en tendant la feuille à Théberge.

— C'est tout ? demanda Théberge. Votre flair n'a débusqué aucun compte en banque secret, aucune trace de l'argent disparu ?

— Rien, Votre Élucubration.

Théberge lui jeta un regard noir.

— Je le sais, quand vous le faites exprès, dit-il.

— Exprès de quoi, Votre Élucubration ?

— Ce n'est pas de sa faute, se dépêcha d'intervenir Grondin. C'est sa maladie.

— Je sais que l'animal a des neurones qui lui jouent des tours, répondit Théberge. Mais je sais aussi qu'il en profite ! ajouta-t-il en se tournant vers Rondeau.

— Profiter de quoi, ma petite ordure ? renchérit benoîtement l'interpellé.

— De votre supposé imbroglio cérébral à effet acoustico-scatologique !

— Je sens qu'on va apprendre du vocabulaire, fit Rondeau en se tournant vers l'autre clone.

— Toute connaissance peut s'avérer utile, répondit ce dernier.

— Éventuellement.

— Retournez dans votre bureau ! explosa Théberge. Tentez de vous renseigner sur ce chirurgien. Et je veux un rapport écrit sur votre perquisition. Tout de suite… Après, j'aurai un projet spécial à vous confier. Ça risque évidemment d'accaparer tous vos soirs et toutes vos fins de semaine. Mais je suis prêt à ce sacrifice.

Une fois seul, Théberge passa en revue la récolte des clones. Malgré ce que pouvait en dire la présidente de la Caisse de dépôt, il était de plus en plus difficile de ne pas voir une collusion entre les deux gestionnaires disparus.

Le policier décida d'en discuter avec le principal intéressé. Pour changer d'atmosphère et marquer la transition, il alla s'asseoir sur le divan.

— Tu sais, Claude, dit-il à haute voix, jusqu'à maintenant, j'avais plutôt une bonne impression de toi. Mais tu as vraiment l'air compromis jusqu'au cou… Il y a quelque chose, pourtant, que je ne comprends pas : pourquoi es-tu resté à Montréal ? Moi, si j'avais mis la main sur sept cent cinquante millions, il me semble que je me serais poussé. Que je ne serais pas resté à traîner dans les bars de danseuses… Il y a une autre chose, aussi. La vitesse avec laquelle les journalistes ont été informés… Il y a sûrement quelqu'un, quelque part, qui était pressé que les choses se sachent. Tu n'as pas une idée de qui ça peut être ?… Tu sais, j'ai un mauvais pressentiment. J'ai peur que tu finisses à l'hôtel.

L'hôtel était le coin de son esprit où Théberge reléguait les victimes dont il n'avait pas réussi à élucider les circonstances de la mort. Sans les oublier complètement, il leur portait une attention moins fréquente. Mais il ne parvenait pas à s'en détacher aussi complètement que lorsqu'il résolvait une affaire.

### North-Hatley, 18 h 02

Chamane travaillait dans le bureau qu'il avait aménagé à l'arrière de sa fourgonnette. Un lien satellite le reliait à son réseau, chez lui.

> … trouvé mort dans un bar de danseuses. Selon ce qu'a appris notre reporter, la victime, qui avait de sérieux problèmes cardiaques, aurait pris du Viagra avant de suivre une danseuse à une table de la section VIP.
> Par ailleurs, le SPCUM enquête actuellement sur la disparition d'une somme de sept cent cinquante millions, disparition à laquelle la victime, Claude Lavigne, pourrait être reliée.
> Un deuxième homme, Gilles Provost, est également recherché en relation avec cette affaire. On est sans nouvelles de lui depuis vendredi. Les deux hommes travaillaient à la Caisse de dépôt et placement du Québec. Claude Lavigne occupait le poste de vice-président aux placements internationaux…

— Merde, c'est lui !

Chamane agrandit l'image télé jusqu'à ce qu'elle occupe tout l'écran de son ordinateur.

... GESTIONNAIRE DANS LE MÊME DÉPARTEMENT. LES AUTORITÉS DE LA CAISSE ONT DÉCLINÉ NOTRE OFFRE DE COMMENTER CES INFORMATIONS. PAR AILLEURS, INTERROGÉ EN FIN D'APRÈS-MIDI, L'INSPECTEUR-CHEF GONZAGUE THÉBERGE, DU SPCUM, A REFUSÉ DE FAIRE UN LIEN ENTRE CES ÉVÉNEMENTS ET LA MORT DE CLAUDE LAVIGNE. À SA CONNAISSANCE, A-T-IL AFFIRMÉ, AUCUNE PLAINTE POUR DÉTOURNEMENT DE FONDS N'AVAIT ÉTÉ DÉPOSÉE PAR LA CAISSE.
POUR PLUS DE DÉTAILS, SOYEZ À L'ÉCOUTE DE NOTRE BULLETIN D'INFORMATIONS, CE SOIR, À VINGT-DEUX HEURES.

Chamane réduisit la dimension de l'image télé à une dizaine de centimètres carrés, dans le coin supérieur gauche de l'écran, et remit le son sur le lecteur de DVD.

Plus tôt dans l'après-midi, sa mère avait téléphoné pour lui apprendre que son père était mort dans un bar de danseuses. Il avait refusé de la croire. À deux reprises déjà, elle lui avait annoncé sa mort. La première fois, c'était dans un accident d'avion alors qu'il s'enfuyait avec sa secrétaire. La fois suivante, c'était dans un naufrage, au cours d'une croisière avec une de ses maîtresses.

C'était sûrement une de ses inventions habituelles de milieu d'après-midi, avait-il pensé. Quand la bouteille de gin était plus qu'à moitié vide. Depuis la séparation de ses parents, cinq ans plus tôt, il n'y avait pas de mois où sa mère ne l'avait pas relancé avec une histoire abracadabrante pour discréditer son père.

Mais, cette fois, cela semblait bien vrai. Cela voulait dire qu'il ne pourrait pas le revoir. Qu'il ne pourrait pas lui expliquer pourquoi il avait mis cette distance entre eux.

Pour combattre les picotements dans ses yeux et la boule dans sa gorge, Chamane monta le volume de la musique dans son casque d'écoute. Le techno-métal de Prodigy déferla dans les écouteurs.

Quatre ans plus tôt, à la suite de ses mésaventures dans les ordinateurs du Pentagone et de son recrutement par l'Institut, il avait songé à reprendre contact. Le comportement récent de sa mère l'avait amené à voir son père sous un jour plus favorable. Mais il avait craint sa bienveillance insistante. Il était capable de lui trouver un emploi « normal » dans la compagnie d'un de ses amis ! Or, Chamane voulait faire ses preuves par ses propres moyens, même si cela voulait dire qu'il risquait de se casser la gueule.

Par après, il avait souvent songé à aller le voir. Mais il avait bien le temps. Chaque fois, il se disait qu'il attendrait d'avoir vraiment réussi. Pour lui montrer ce qu'il avait réalisé. Pour qu'il soit fier de lui.

Et maintenant, il était mort. Dans un bar de danseuses !… Il n'arrivait pas à imaginer son père dans un tel endroit. Lui si rigide ! Si pointilleux sur la morale !

Comme chaque fois que les choses allaient mal dans sa vie, Chamane se réfugiait dans le travail technique. Rapidement, les lignes de code et les schémas de programmation accaparèrent totalement son attention. Il était dans un monde où tout était net, clair, bien défini. Les problèmes se réglaient par du travail, de la patience et, à l'occasion, par un éclair de génie. C'était une entreprise de longue haleine. Mais quand il l'aurait menée à terme, il aurait créé le premier véritable logiciel complet de *hacking* / contre-*hacking*.

## Radio-Canada, 22 h 03

— … Mais trêve de plaisanterie ! Mesdames et messieurs, pour cette émission spéciale, nous avons deux invités très particuliers. Et quand je dis particuliers… Le premier, on pourrait le décrire comme un *entertainer* de club privé, un guru néo-punk, un avatar médiatique de Dracula, un messie gothique…

L'animateur fit une pause et parcourut la salle des yeux.

— Mesdames et messieurs, reprit-il, j'ai maintenant le plaisir de recevoir un authentique vampire. Oui, oui, vous avez bien entendu… Vous comprendrez que, pour la circonstance, l'éclairage a dû être modifié.

La lumière du studio s'éteignit et, dans un éclairage ultraviolet, un homme enveloppé dans une cape noire, rouge à l'intérieur, se dirigea vers le fauteuil des invités.

— Vladimir Dracul est avec nous, mesdames et messieurs! Vladimir Dracul!

Une fois qu'il eut pris place, la lumière ultraviolet s'intensifia.

L'animateur avait de la difficulté à garder son sérieux. Quand les applaudissements et les cris du public se furent atténués, il se tourna vers son invité.

— Monsieur Dracul… Je peux vous appeler monsieur Dracul?

— Pien sour.

— Monsieur Dracul, je vais vous poser la question à laquelle tous nos spectateurs pensent… Êtes-vous réellement un vampire?

— Pien sour qué y'é souis ounn' fampire. Zinon, fous né m'auriez pas infité.

La foule applaudit. L'animateur laissa passer la vague.

— Expliquez-moi. À quoi reconnaît-on les vampires? Au fait qu'ils ne sortent pas le jour? qu'ils dorment dans des cercueils? qu'ils se nourrissent de sang?… Prenons vos dents, par exemple. Êtes-vous né avec?

— Pien sour qué non. Fous safez, on né naît pas fampire: on lé défient. Nous afons touz en chakun dé nous cé qu'il faut pour lé défénir. C'est ounn' questionn' dé défeloppement.

— Vous, comment vous êtes-vous développé?

— J'ai rencontré des aînés qui m'ont indiqué la voie, répondit Dracul d'une voix subitement normale.

— Oups… Je sens que vous venez de changer de personnalité, là.

— Vous avez raison. Lorsque je suis dans ma personnalité de vampire, je retrouve malgré moi l'accent de mes ancêtres.

— D'après ce que vous dites, il y aurait d'autres vampires?

— Bien sûr!

Avec le changement d'accent et le ton subitement protocolaire de son invité, l'animateur avait de plus en plus de difficulté à garder son sérieux.

— Combien peut-il y en avoir, par exemple, dans la région de Montréal ?

— Des centaines.

— Des centaines… Et vous vous réunissez ?

— Comme tous les groupes ostracisés, nous éprouvons le besoin de nous retrouver entre semblables.

L'animateur était maintenant à plat ventre sur son bureau, essayant de maîtriser son fou rire.

Dracul s'avança vers lui.

— Fous né fous zentez pas pien ? Pouis-je fous aider ?

— Non, non. Ça va aller. Mais dites-moi, pour le sang, comment est-ce que vous vous débrouillez ?

— Les réponses à toutes ces questions techniques se trouvent avec force détails dans les livres de ma collègue, Anne Rice.

— Vous parlez de *Interview avec un vampire* ?

— De celui-là et des autres.

— Voulez-vous dire qu'elle est un véritable vampire ?

— C'est certain. Les choses qu'elle révèle… il y a seulement un vampire qui pouvait savoir cela. C'est une ruse remarquable : avec ses livres, elle se cache en se montrant en plein jour… Elle fé comme Leztat avec zon groupe dé mousiciens Heffy Métal Pounk.

— Et comme vous ? reprit l'animateur avec un large sourire qu'il conserva en se tournant vers la caméra.

— Et comme moi, bien sûr… La preuve que ça fonctionne, c'est que vous êtes totalement incapable de croire que cela puisse être vrai.

Il se tourna vers la salle avant de conclure.

— N'est-ze pas ?

Une salve d'applaudissements lui répondit.

— Bon, bon… Disons que vous êtes un vrai vampire. Est-ce que c'est dangereux pour moi d'être assis près de vous ?

— Pour fous répondre, il faut qué ché fous esplique cé qui fait dou fampire ounn' forme soupérieure dé fie.

Une vague de protestations amusée parcourut l'assistance.

— Attendez, attendez, fit Dracul en se tournant vers le public.

Puis il revint à l'animateur.

— Chez un vampire, dit-il…

— Comme vous ?

— Comme moi… Chez un vampire, donc, toutes les pulsions sont unifiées. La soif, la faim, le désir sexuel – tout ce qui fait l'instinct de vie – se fond avec l'instinct de mort. Pour un vampire, boire, manger, désirer, se reproduire… et faire mourir, c'est une seule et même activité.

— Vous êtes sérieux, là ?

— Mortellement.

La salle croula de nouveau de rire.

— Cette unification, reprit Dracul, est le secret de notre supériorité. Et de notre longévité.

— Vous avez quel âge ?

— Il y a des siècles que je ne compte plus.

— Vous êtes plutôt bien conservé !

— J'ai ça dans le sang, comme on dit.

Nouvelle vague de rires dans la salle.

— Mais si on revenait à ma question : vous ne m'avez toujours pas dit pourquoi je ne cours aucun danger à être aussi près de vous.

— C'est pourtant simple.

— Si vous le dites !

— Vous, est-ce qu'il suffit qu'une belle femme soit près de vous pour que vous lui sautiez dessus ?

— Non, en général je réussis assez bien à me contrôler, répondit l'animateur à travers les réactions de la foule.

— Pour nous, vampires, c'est la même chose… Par exemple, en ce moment, grâce à mon ouïe particulièrement développée, je puis entendre votre sang couler dans vos veines. Ché pouis prezque zentir zon odeur… Ounn' toute pétite perforation et ché pourrais lé koûter.

La voix du vampire s'était faite plus intime, son débit s'était ralenti.

C'est d'un ton plus rapide, presque joyeux, qu'il conclut.

— Mais c'est comme vous quand vous voyez une jolie femme. Je me contrôle… Enfin, hapitouellement ché mé contrôle. Z'est comme fous, non ?

La tension, dans la salle, se liquida dans une salve d'applaudissements. L'animateur laissa la foule se libérer avant de poser la question suivante.

— Dans les images populaires, dans les films, on voit souvent les vampires avec une femme évanouie dans les bras. Je pensais que les vampires étaient hétérosexuels. Mais, d'après ce que vous me dites… je pourrais vous tenter !

L'animateur se tourna vers la foule pour recueillir les applaudissements, un sourire figé sur le visage.

Obéissant comme à un signal, le public se déchaîna.

## Washington, 22 h 14

Le colonel George Andrews entra au Biloxi, un bar chic de Washington, et se rendit directement à une table au fond de la salle. Un homme l'y attendait en sirotant un Bloody Mary. C'était la troisième fois qu'il le rencontrait. À chaque occasion, c'était dans un quartier différent de la ville et il avait une apparence différente.

— Il faut que je disparaisse, dit d'emblée Andrews.

— Et pourquoi donc ?

— Ils ont découvert que je vous ai transmis des renseignements sur le Président.

— Et alors ?

— Mais…

— Qu'est-ce que vous pouvez leur dire ? Vous ne connaissez pas mon nom, vous ne savez pas pour qui vous travaillez. Vous ne savez même pas de quoi j'ai vraiment l'air !

— Et s'ils me demandent de vous tendre un piège ?

L'argument sembla porter. L'homme fit tourner lentement son verre : il semblait totalement accaparé par les déplacements de l'olive dans le fond de son martini.

— Pour quelle raison pensez-vous qu'ils vous ont découvert ? demanda-t-il finalement.

— Ils ont épluché mes comptes en banque depuis cinq ans.

— Je vois.

— Ils m'ont offert de collaborer avec eux. En échange, il n'y aurait pas de poursuites.

— Quand les revoyez-vous ?

— Demain.

— À quelle heure ?

— Quatre heures p.m.

— Alors, voici ce que vous allez faire… Demain en début d'avant-midi, vous allez prendre la navette pour New York. Là-bas, vous rencontrerez quelqu'un qui va vous aider à régler vos problèmes. Vous aurez le temps de revenir pour votre rendez-vous.

— À New York ?

— Mon amie déteste se déplacer. Mais comme elle peut vous être très utile, je vous suggère de lui passer ce caprice.

— Et je vais où, à New York ?

— Une limousine vous attendra à l'aéroport.

Quand Andrews fut parti, l'homme sortit son cellulaire et composa un numéro international.

— Oui ?

— Ute ?

— C'est moi.

— New York, demain matin. Il va arriver par la navette de Washington.

— Pour le rendez-vous ?

— Je le fais prendre en limousine. Vous voulez que je le fasse livrer à quel endroit ?

— Donnez-moi les coordonnées. Je vais le prendre en charge directement à l'aéroport avec la limousine.

— Comme vous voulez.

Pour le travail, les limousines étaient plus pratiques, songea Ute.

## RADIO-CANADA, 22 H 23

— Je vous ai dit tout à l'heure que les vampires sont une espèce plus unifiée que les humains ordinaires. C'est ce qui leur permet d'être plus démocratiques. Du point de vue du sang, il n'y a pas de différence entre les races, les sexes, les grandeurs, les critères de beauté, les statuts sociaux…

— Autrement dit, vous bouffez n'importe quoi ?

— À nos yeux, tous les hommes sont égaux.

— De la bouffe !

— Les vampires peu évolués, au début de leur apprentissage, gardent souvent des préférences, sexuelles ou autres, qui viennent de leur vie antérieure. Normalement, cela disparaît à mesure qu'ils se développent.

— Est-ce que vous considérez l'humanité comme une forme de vie inférieure ?

— Pas inférieure, non. Simplement plus jeune. Moins épanouie.

— Disons que vous partez, ce soir, après l'émission, et que vous rencontrez une personne que vous trouvez… consommable. On peut dire consommable ?

— Pourquoi pas !

— Alors, vous la trouvez consommable. Vous l'amenez dans un endroit retiré et… vous lui faites une prise de sang.

— D'accord, disons que je lui fais une prise de sang.

— Est-ce qu'elle va nécessairement mourir ?

— Tout dépend de la prise de sang. Si nous étions plusieurs et que nous ne faisions pas attention, il se pourrait qu'il ne lui en reste pas assez…

L'animateur fit une pause pour que les réactions s'éteignent dans la salle. Son visage devint plus sérieux.

C'est d'un ton posé, plus lent, qu'il formula la question suivante.

— Puisque vous évoquez vous-même la possibilité d'un accident, vous comprendrez que je n'ai pas le choix de vous poser la prochaine question. Est-ce ce genre d'accident qui est survenu, dans le cas de Mylène Guimont, la jeune femme qui a été retrouvée morte il y a quelques mois?

— Je suis content que vous la posiez, cette question, car elle me donne l'occasion de répondre publiquement à toutes sortes de rumeurs qui courent sur mon groupe et sur moi. Je tiens à vous assurer, à vous et à tout le public, que nous n'avons rien à voir dans cette affaire.

Une vague d'applaudissements salua la déclaration.

— J'ai une autre question embarrassante, reprit l'animateur, mais cette fois avec un sourire.

— Je vous écoute.

— Qu'est-ce que vous faites si l'être sur lequel vous faites un prélèvement, comme vous dites, a le sida?

— Que voulez-vous que l'on fasse?

— Avec les risques de tomber sur un porteur du VIH, il doit y avoir une méchante gang de vampires séropositifs!

— Vous raisonnez comme une espèce encore au seuil de son développement. Pour nous, le sida ne pose aucun problème. Notre système immunitaire est des dizaines de fois supérieur au vôtre.

— Le sida n'a aucun effet sur vous?

— Aucun.

— Vous voulez dire que, si les sidatiques devenaient des vampires, ils pourraient guérir?

— Pas seulement du sida, mais d'une foule de désagréments propres à la condition humaine.

— Comme quoi?

— Les embêtements de l'heure de pointe, par exemple.

— C'est sûr, quand on sort uniquement la nuit…

— La morale…

— Pour ça, croyez-moi, pas besoin d'être vampire. Il y a plein de politiciens qui s'en tirent très bien.

Une vague d'applaudissements ponctua la remarque.

— Pour en revenir au sida, reprit l'animateur, je ne suis pas certain que Santé Canada serait d'accord avec le traitement que vous proposez.

— Nous ne voulons rien imposer à personne. Nous réclamons seulement le droit de vivre.

— Et de siphonner quelques chopines de sang par-ci par-là.

— Toutes les espèces vivent aux dépens des espèces… moins développées.

Une huée de protestations répondit à la déclaration.

— Nos bézoins zont modestes, argumenta Dracul. La figor dé notre organizme nous permet dé nous kontenter dé peu. Ounn' itinérant par-zi, ounn' fonctionnaire par-là… qui féra la différenze ?… Au fond, nous fézons ounn' œufre houmanitaire !

Une réaction mitigée de la foule accueillit la remarque.

— D'après ce que vous m'avez dit avant l'émission, fit l'animateur, vous seriez présentement en période de recrutement.

— Pour un temps limité. Vous comprendrez que nous ne pouvons assurer la formation et le suivi que d'un petit nombre de participants à la fois.

— Et si des candidats désirent vous contacter ?

— Il y a un numéro de téléphone. Mais je tiens à prévenir les gens qu'il y a une procédure de sélection. Nous tenons à éviter les déceptions. Autant de notre part que de celle des postulants.

— Dracul, mesdames et messieurs ! Dracul !

Les applaudissements explosèrent.

— Après la pause, pour faire suite à notre entrevue avec un vampire, nous revenons avec les confidences d'un bossu sublime ! Garou ! Celui qui, après avoir emprunté un surnom, s'est fait tout un nom dans *Notre-Dame de Paris*… À tout de suite, mesdames et messieurs.

Traditionnellement, ce sont les croyances religieuses et les idéologies de type raciste qui ont produit les plus vastes mobilisations. Plus récemment, les idéologies comme le socialisme ou le communisme ont eu leurs heures de gloire.

Mais il faut aller au-delà des étiquettes pour bien comprendre ce phénomène. À la base de tous les engagements, il y a deux motivations : la révolte contre l'injustice et la peur de perdre ce qu'on a.

Leonidas Fogg, *Pour une gestion rationnelle de la manipulation*, 3- Embrigader les volontés.

## MERCREDI, 30 JUIN 1999

### MONTRÉAL, 9 H 47

Bien calé dans son fauteuil, les pieds sur le bureau, l'inspecteur-chef Théberge relisait la réponse que venaient de lui expédier les mystérieux informateurs de Lefebvre.

On le remerciait de l'information et on lui promettait d'y donner suite. En gage de bonne foi, on lui transmettait un article du *Miami Herald*. Il était question du naufrage d'un yacht au large des Keys : le *Liberty 52*. Le navire avait été enregistré sous pavillon panaméen, au nom de Thomas Krajcek.

Le message se terminait par la promesse de le recontacter sous peu. Il se pouvait que l'affaire ait des ramifications inattendues et qu'une collaboration leur soit mutuellement bénéfique.

— Dans quoi est-ce que tu m'as embarqué ? marmonna-t-il à haute voix en s'adressant au fantôme de

Lavigne. Comment veux-tu que je récupère l'argent ?
Avec toi qui es mort et Provost qui disparaît en mer…
Pour l'instant, la Caisse n'a pas encore porté plainte. La
présidente dit qu'ils font des vérifications. Mais elle
donne une conférence de presse tout à l'heure. Même si
elle essaie de gagner du temps, elle ne pourra pas tenir
plus d'un jour ou deux. Si tu as une idée à me suggérer,
il faudrait que tu te dépêches…

Théberge jeta un coup d'œil à sa montre.

Dix heures ! Encore une heure avant la conférence
de presse de Tellier.

— D'après toi, reprit-il en continuant de s'adresser
au mort, est-ce que ça se pourrait que Provost ne soit
pas disparu en mer ? Que la destruction du yacht soit
une mise en scène ?… Et s'il est encore en vie, pour
quelle raison es-tu mort, toi ? Au fond, peut-être que tu
n'es pas mort par accident… Mais ça n'a pas de sens.
On ne peut quand même pas déclencher une crise cardiaque sur commande…

Théberge fut interrompu par l'arrivée des clones, qui
lui jetèrent un regard étonné.

— Avec qui parliez-vous ? demanda Grondin.

— Vous voyez quelqu'un ? répondit Théberge en
faisant un geste de la main qui englobait la pièce.

— Non…

— Alors, venez-en au fait. Pourquoi cette irruption
intempestive dans le havre de quiétude où je sollicite
mes neurones au service du bien public ?

— On a fini de lire le dossier, répondit Grondin.

— Bien. Alors, vous savez ce que vous avez à faire.

— On va travailler seuls ?

— Pour l'instant, vous formez une équipe spéciale
qui relève directement de moi. Le Vengeur est votre
dossier prioritaire. Des questions ?

— Est-ce que ça veut dire qu'on a carte blanche ?
demanda Grondin.

— En ce qui concerne le Vengeur. Et à l'intérieur des
limites prescrites par la loi… ou par le bon sens le plus
élémentaire, crut-il nécessaire d'ajouter.

— Ça inclut la permission d'aller interroger le premier compost de la ville ? demanda Rondeau.

— Pardon ?

— Il veut parler du maire, expliqua Grondin.

— Vous voulez voir le maire ? Mais bien sûr ! Je ne saurais trop vous le conseiller. En tant que victime, il est un témoin capital pour votre enquête. Vous pouvez même y aller à plusieurs reprises, si vous le jugez nécessaire. La seule limite que je pose à vos initiatives, c'est de déposer sur mon bureau, chaque matin, un rapport de vos activités de la veille.

— Voulez-vous dire qu'on va devoir les écrire pendant la soirée ? demanda Grondin, qui commençait à se gratter le dessus de la main gauche.

— Je vous rappelle que vous êtes ici en stage de formation, pas dans un Club Med pour flics des régions éloignées. Je me suis personnellement engagé à ce que votre séjour soit productif, enrichissant et formateur. Il n'est pas question que les précieuses heures de la journée soient accaparées par des activités de nature bureaucratique. Vous exécuterez vos exercices de prose policière après les heures de travail.

— Et si on doit travailler le soir ?

— Il est évident que vous allez aussi travailler le soir. Vous devez absolument vous familiariser avec la faune nocturne de notre belle ex-métropole, si vous voulez que votre formation soit complète.

— Mais quand est-ce qu'on va faire nos rapports ?

— Je suis certain que vous allez trouver du temps. Je vous fais confiance… Allez, bonne chasse ! Et tâchez de contenir vos débordements médiatiques !

Une fois les clones partis, Théberge laissa s'épanouir le sourire qu'il retenait depuis le début de la discussion. Il avait atteint son objectif pour la rencontre : il avait lancé les clones dans les pattes du maire et il les avait mis en situation de découvrir la première leçon du cours Flic 101 qu'il donnait aux recrues de son service :

aucun être humain ne peut à la fois satisfaire aux demandes de la bureaucratie et s'occuper sérieusement des enquêtes. Pour survivre, il faut apprendre à faire la part des choses, quitte à ruser avec le système.

La mission du policier est de maintenir la loi et l'ordre. Or, il n'y a que dans les papiers des universitaires et les discours des politiciens que les deux sont synonymes. Dans la réalité, parfois il faut appliquer la loi et parfois il faut maintenir l'ordre. Et parfois, il faut choisir entre les deux. Particulièrement lorsque la loi prend la forme d'exigences administratives élaborées par des bureaucrates mis sur une tablette et à qui il faut bien donner un semblant d'emploi.

Au cours des mois, les clones apprendraient à faire le tri dans les demandes que générait une administration aussi complexe que celle du SPCUM. Jusqu'à maintenant, ils avaient été choyés : leur statut ainsi que l'allergie de Lefebvre à la bureaucratie les avaient relativement tenus à l'abri des tracasseries administratives. Il était temps qu'ils aient un cours d'autodéfense intensif contre les enculeurs de mouches patentés et les autres nuisances titrifiées qui proliféraient dans les services publics.

Le regard de Théberge s'attarda au *Journal de Montréal* ouvert sur son bureau. À lui seul, le titre de la page de droite touchait deux des trois piliers du journalisme populaire : le sexe et le sang. « La danseuse qui tue ».

Le journaliste avait fait une entrevue téléphonique avec Jennyfer Smith, la danseuse qui avait donné à Lavigne ses derniers plaisirs. La jeune femme révélait, sur le mode de la confidence, que le client lui avait offert de partir en voyage avec lui. Cela s'était passé la veille de sa mort. Il disait avoir réalisé un gros coup d'argent.

Aux questions du journaliste, qui lui demandait jusqu'où avaient été leurs contacts dans la section VIP, elle avait répondu qu'elle était demeurée dans les limites prescrites par la loi. Lorsque le journaliste avait insisté pour avoir plus de précisions, elle lui avait proposé humoristiquement de venir constater par lui-même quelles étaient ces limites. Il pourrait raconter son expérience personnelle.

L'article se terminait par une série de questions-réponses rapides.

Pensait-elle avoir une responsabilité dans sa mort ? Pas vraiment. Elle avait simplement fait son travail en s'efforçant de lui en donner pour son argent.

N'avait-elle pas vu qu'il était malade ? Non. Il était un peu rouge et il avait le souffle court, mais c'était normal. À quoi servirait une danseuse qui ne ferait pas d'effet aux clients ?

L'avait-elle vu mourir ? Pas comme tel. Elle lui tournait le dos depuis un moment lorsqu'il était mort.

Continuerait-elle à danser ? Oui, mais pas au même endroit. Pour quelle raison ? Pour chasser les mauvais souvenirs. Elle danserait désormais dans un autre établissement.

Le journaliste terminait son article en mettant les lecteurs au défi d'aller voir la jeune femme et d'essayer la danse qui tue.

Théberge referma le journal avec un geste d'impatience.

— Eh bien ! dit-il en s'adressant à haute voix au gestionnaire décédé. On ne peut pas dire que tu as choisi la personne la plus compatissante sur terre pour passer tes derniers moments !

## LCN, 11 H 20

ALORS VOILÀ. C'ÉTAIT LA PRÉSIDENTE DE LA CAISSE DE DÉPÔT ET PLACEMENT DU QUÉBEC, MADAME LUCIE TELLIER, QUI FAISAIT UN POINT DE PRESSE SUR CETTE FRAUDE POSSIBLE DE SEPT CENT CINQUANTE MILLIONS DE DOLLARS. SELON MADAME TELLIER, DES IRRÉGULARITÉS ADMINISTRATIVES AURAIENT ÉTÉ COMMISES DANS LA MANIPULATION DES PAPIERS LIÉS À CERTAINES TRANSACTIONS ET LA CAISSE AURAIT EFFECTIVEMENT PERDU LA TRACE DE SEPT CENT CINQUANTE MILLIONS DE DOLLARS. IL SERAIT CEPENDANT TROP TÔT POUR PARLER DE FRAUDE, TOUTE L'AFFAIRE POUVANT SE RÉSUMER À UN FORMULAIRE MAL REMPLI OU MAL CLASSÉ.

Pour ce qui est des gestionnaires dont les noms ont circulé relativement à cette disparition, madame Tellier s'est contentée de déplorer la mort de Claude Lavigne. Elle l'a présenté comme un collaborateur de longue date qui a contribué pendant des années au maintien des hauts standards de la Caisse.

Quant à Gilles Provost, elle a admis ne pas avoir réussi à le joindre, mais elle s'est dite confiante de voir cette situation éclaircie dans les prochains jours.

C'était Bernard Laplante, pour TVA, dans les locaux de la Caisse de dépôt et placement du Québec, à Montréal.

## Montréal, 12 h 07

Douze minutes après être sorti des bureaux de Hope Fund Management, Yvan Semco entra au Palace et se dirigea vers le bout du bar, où Dominique occupait son poste d'observation habituel.

La grande salle était déjà pleine.

— Ils arrivent de plus en plus tôt, dit-il.

— Ça donne plus de temps aux filles pour se faire de l'argent.

— On ne peut pas dire que tu es romantique, se moqua Yvan.

— Il n'y a rien de romantique dans le commerce. Surtout pas celui-là.

— Tu as vu le journal, ce matin ?

— Oui. Ça fait trois clients qui demandent à voir la danseuse qui tue.

— C'est laquelle ?

— Pas toi aussi !

— Simple curiosité. C'est laquelle ?

— Tu n'as pas lu l'article jusqu'à la fin ?

— Pourquoi ?

— Elle ne travaille plus ici. Elle est rendue au Spider Club.

La barmaid apporta une bière à Semco sans qu'il la commande.

— Pour le chouchou de la patronne, dit-elle avec un sourire moqueur.

— T'avise pas d'y toucher, répliqua Dominique.

La barmaid s'éloigna en riant pendant qu'une sonnerie se faisait entendre à travers le vacarme de la musique.

Semco fouilla dans sa poche de manteau et sortit un cellulaire. Après un ou deux essais infructueux pour arrêter la sonnerie, il le remit dans sa poche, fouilla dans l'autre et sortit un deuxième appareil.

— Oui ?… D'accord. Deux cents à 10 3/4.

Il remit le cellulaire dans sa poche.

Dominique ne fit aucune remarque. Comme tous ceux qui le connaissaient, elle était habituée à le voir sortir un cellulaire de sa poche à toute heure du jour ou de la nuit pour répondre à un autre *trader*.

— Le mort, dit Semco. Je connais son fils.

— Tu ne m'en as jamais parlé !

— On s'est connus à l'université. C'est un crack en informatique. On va ensemble à la bière une fois ou deux par mois. Mais il ne sort pas beaucoup. Il est toujours enfermé avec ses ordinateurs.

— Je suppose qu'il a rencontré sa petite amie sur Internet.

— Je ne pense pas qu'il ait de petite amie, comme tu dis. Quand je le vois, il est presque toujours seul. Ou en compagnie d'un autre *hacker*…

— Avec ce qui lui arrive, c'est peut-être ça que ça lui prendrait, une petite amie.

— Peut-être, mais les chances qu'il s'en fasse une…

— J'aurais peut-être quelqu'un pour lui.

— Une danseuse ? Tu n'y penses pas !… Son père meurt ici, avec une fille à sa table, et tu veux lui lancer une danseuse dans les bras !

— Je sais… Mais c'est une fille que je veux sortir d'ici.

— Elle n'est pas faite pour le travail ?

— Côté métier, pas de problème. Mais c'est du gaspillage. Elle aurait besoin d'un coup de pouce pour retourner à l'université à plein temps.

Les bars de danseuses étaient remplis de filles qui commençaient par danser pour arrondir leurs fins de mois pendant leurs études, puis qui prenaient une ou deux sessions de vacances pour ramasser de l'argent, et qui, à trente ans, parlaient encore de leur retour à l'université… dans quelques années.

— Elle étudiait en quoi ?

— Génie informatique. Elle devrait bien s'entendre avec ton petit crack, non ?

— Pourquoi est-ce qu'elle a abandonné ? Ça ne l'intéressait plus ?

— Au contraire. Et ses notes étaient bonnes. Mais elle en avait assez de manquer d'argent. Il y avait aussi son projet… Avec des amis, elle est en train de monter un spectacle moitié danse, moitié opéra rock. L'argent qu'elle fait ici lui permet de vivre et de financer en partie le projet.

— Si elle arrête de danser…

— Elle en a suffisamment de côté pour se permettre de vivre pendant un bout de temps. Et si jamais elle est mal prise, je trouverai quelque chose.

Semco parcourut la salle du regard.

— C'est laquelle ? demanda-t-il.

— Elle commence à seize heures.

— En plus, mon copain n'a jamais mis les pieds dans un bar de danseuses.

— Il est libre ce soir ?

— On est supposés souper ensemble. Il est dans le bout de Sherbrooke pour un contrat et il revient en fin d'après-midi. Je ne sais pas dans quel état il va être.

— Offre-lui de lui montrer l'endroit. Je sais que ça fait un peu macabre, mais il est mieux de voir la réalité que de s'imaginer toutes sortes de choses.

— Je vais lui en parler.

— Je vais passer le mot pour que les filles vous laissent tranquilles. Geneviève ira vous voir pour le service. Je vais la mettre comme serveuse… Comme ça, elle sera plus habillée !

— D'accord, mais je ne promets rien.

— Tu l'inviteras à s'asseoir si tu penses que ça va.

— OK…

Yvan prit une gorgée de bière.

— Toi, ça va ? demanda-t-il ensuite.

— Avec les motards ? Ça s'est calmé, on dirait.

— Et ta recherche ?

— Ça avance.

— Tu penses terminer quand ?

— Pas avant deux ans.

— Tu devrais prendre des contacts pour mettre ça en film.

— Un documentaire ? Peut-être… J'ai encore le temps d'y penser.

— C'est l'avantage d'avoir un sujet qui sera toujours d'actualité.

— J'ai trouvé mon titre : *Les pompes à fric.*

— C'est bon.

— J'ai eu l'idée en parlant avec une des filles. Jennyfer, justement. Celle dont le client est mort. Elle a employé l'expression en parlant d'une autre danseuse. Elle disait qu'elle ne savait pas comment se comporter avec les clients. Je lui ai demandé pourquoi. Elle m'a débité toute une théorie… Je l'écoutais et j'avais l'impression qu'elle avait passé une dizaine d'années dans un bar. Mais c'est impossible. Pas à son âge.

— Les pompes à fric…

— Ça décrit autant les bars eux-mêmes que les danseuses…

— Et les réseaux de dope qu'on y retrouve la plupart du temps.

— Ça aussi…

— Bon, il faut que j'y aille.

— Tu ne dînes pas ?

— Pas le temps.

## MONTRÉAL, 12 H 25

La présidente de la Caisse de dépôt marchait de long en large derrière son bureau en jetant un regard occasionnel en direction de la télé.

— Pour nous aider à faire la lumière sur cette question, j'ai avec moi monsieur Comtois, gestionnaire principal chez Provincial Trust. Monsieur Comtois, bonjour.

— Bonjour.

— Monsieur Comtois, j'aimerais d'abord qu'on éclaircisse une question technique. Est-il possible que deux individus puissent transférer des sommes aussi faramineuses de manière aussi rapide et sans que personne s'en aperçoive ? On parle ici de sept cent cinquante millions, si j'ai bien compris.

— Aussi rapidement, ça ne pose aucun problème. De nos jours, la plupart des transactions se font par transfert électronique. Sans que personne s'en aperçoive, par contre…

— C'est ça, ne rien affirmer, mais laisser entendre qu'il peut y avoir des problèmes.

Lucie Tellier n'avait jamais aimé le gestionnaire du Provincial Trust. Sa prétention et sa condescendance lui avaient toujours semblé la marque d'un esprit borné.

— Dites-moi, il y a combien de personnes, dans une institution financière, qui sont autorisées à faire de telles transactions ? Est-ce que c'est réservé aux plus hauts dirigeants ?

— Normalement, oui. Chez nous, toutes les transactions de cette importance doivent être autorisées par le président.

— Chez eux, sept cent cinquante millions, c'est la moitié de ce qu'ils gèrent ! À la Caisse, ce n'est même pas un pour cent !… S'il continue, je vais me remettre à fumer !

— Si vous nous expliquiez comment ça fonctionne ?

— Je ne sais pas comment ça se passe à la Caisse. Mais chez nous, on ne laisserait jamais des sommes aussi substantielles être déplacées au gré de l'humeur d'un simple gestionnaire… si bon soit-il.

— Je vois.

— Toute transaction de cet ordre devrait être approuvée par le président et le vice-président responsable de la catégorie d'actifs concernée. Quand une institution ne contrôle pas ses gestionnaires…

— Chez vous, vous interdisez presque toute gestion active ! Juste un peu de niaisage autour des indices,

pour donner l'impression aux clients que vous agissez,
mais rien qui puisse avoir de vraies conséquences ! Ce
qui ne vous empêche pas de facturer à vos clients des
frais de gestion active !

> — Je suppose que vous avez des moyens techniques pour prévenir ce genre de choses ?
> — Tous les matins et tous les soirs, les transactions des gestionnaires sont vérifiées par un contrôleur dont c'est la seule tâche. Il s'assure que chaque transaction a été effectuée correctement et que toutes les règles ont été respectées. Je n'ai pas de raison de croire qu'il n'existe pas quelque chose de semblable à la Caisse de dépôt. Du moins, je l'espère !
> — Une question revient souvent : celle de la grosseur de la Caisse.
> — En effet !
> — Habituellement elle surgit lorsque les rendements laissent à désirer. Il me semble que c'est une question que l'on pourrait aussi poser du point de vue du contrôle.
> — Bien sûr.
> — Je vous la pose donc : la Caisse de dépôt est-elle devenue trop grosse pour que ses dirigeants puissent la contrôler de façon efficace ? Faudrait-il la fractionner ? Confier une partie de ses actifs à des gestionnaires privés ?

— Bien sûr !... En commençant par le Provincial
Trust, peut-être ? Comme ça, ça paraîtrait moins qu'ils
ne sont plus capables de recruter de clients !

> — C'est certain qu'il pourrait s'instaurer une saine compétition. À la limite, la Caisse pourrait devenir un simple gestionnaire de gestionnaires. Elle répartirait l'ensemble de ses fonds entre les gestionnaires les plus performants du Québec.
> — Vous seriez donc en faveur d'une privatisation de la Caisse ?
> — Pas exactement. Je pense que la Caisse pourrait conserver, de concert avec ses déposants, la responsabilité d'établir les politiques de placement. De déterminer le rendement espéré souhaitable en fonction du niveau de risque qui peut être encouru par chacun.
> — Autrement dit, elle continuerait à gérer les clients et elle confierait la gestion des fonds en sous-traitance à des gestionnaires professionnels ?

— Sous-entendu, ceux de la Caisse ne sont pas professionnels. Je le retiens, lui !

— C'est un peu ça.

— À votre avis, est-ce que ça améliorerait le rendement ?

— Je ne voudrais pas porter de jugement sur la qualité des gestionnaires de la Caisse, mais il est clair que sa politique salariale, qui est dépendante des jeux politiques et des préjugés populaires contre les salaires des hauts dirigeants, ne lui permet pas de retenir ses meilleurs éléments. Dans le milieu, c'est un peu pour ça qu'on appelle la Caisse : « l'école ». Elle embauche des jeunes, les forme, puis les meilleurs vont ensuite poursuivre leur carrière dans le privé.

— Autrement dit, on garde les moins bons ! C'est quand même curieux qu'on arrive à les battre année après année !

— C'est un jugement sévère, non ?

— Je ne dis pas qu'il faut jeter la pierre aux employés de la Caisse. Leurs rendements de 98 ont été excellents et ceux de 99 s'annoncent très acceptables. Surtout si on tient compte du handicap que constitue leur taille et de leur mandat politique de contribuer au développement du Québec. Leur performance a été franchement surprenante.

— C'est ça… Si tout a bien été, c'est par miracle. Normalement, ç'aurait dû être la catastrophe.

— Si on revenait à cette transaction qui a fait disparaître sept cent cinquante millions de la Caisse de dépôt. Aurait-elle pu se produire chez un autre gestionnaire ?

— Chez nous, je ne vois pas comment.

— Et chez les autres gestionnaires que vous connaissez ?

— Ça me semble peu probable.

— En terminant, monsieur Comtois, croyez-vous qu'une enquête publique sur la gestion de la Caisse, comme l'a demandée le chef de l'opposition, serait utile ?

— Je serais tenté de répondre que tous les moyens qui pourraient permettre de savoir ce qui s'est réellement passé… et de prévenir la répétition d'une telle impropriété de gestion – je répugne à employer le mot de fraude – devraient être sérieusement considérés. Quant à savoir si une enquête publique serait le moyen le plus approprié, d'autres que moi en décideront.

— Impropriété de gestion ! Il n'arrête pas de nous condamner en disant qu'il ne se prononce pas !

— MONSIEUR COMTOIS, JE VOUS REMERCIE DE VOTRE OPINION ÉCLAIRÉE. NOUS ALLONS MAINTENANT PASSER, SI VOUS LE VOULEZ BIEN, AUX APPELS DU PUBLIC.

La présidente de la Caisse de dépôt ferma la télé et sortit de son bureau en claquant la porte. Elle avait rendez-vous avec le conseiller du premier ministre pour discuter de « la situation à la Caisse ».

## MONTRÉAL, 13 H 33

Guy-Paul Morne avait réservé une table dans un coin retiré du Latini. Lucie Tellier arriva avec une demi-heure de retard. C'était le maximum qu'elle pouvait se permettre pour manifester son irritation d'avoir été « convoquée » par le conseiller spécial du premier ministre.

Après les salutations d'usage et les consignes au serveur pour les apéritifs, Morne annonça sans préambule le sujet de la rencontre.

— Au cabinet, on s'inquiète.

— Au point d'envoyer le croque-mort ?

Dans les cercles du pouvoir, Morne était connu sous ce surnom. À lui seul, disait-on, il avait enterré plus de problèmes que tous les ministres réunis. Et pour les enterrer, c'était souvent des carrières qu'il avait effacées, des individus qu'il avait fait disparaître de la scène politique.

— Auriez-vous préféré une équipe spéciale du vérificateur général ?

— Je vous en prie, évitons les grossièretés.

— Disons que c'était une mauvaise blague.

— Qu'est-ce que vous voulez ?

— D'abord la vérité. Les sept cent cinquante millions ont-ils vraiment disparu ?

— Probablement.

— Il y a des chances de les récupérer ?

— Si vous êtes croyant, vous pouvez toujours prier.

— Ça se présente si mal que ça ?

— Lavigne est mort. Provost a disparu… Ce sont les seuls qui savent ce qui s'est passé.

— Les journalistes semblent assez bien informés…

— Je me demande s'ils n'en savent pas plus que moi ! Je venais à peine d'apprendre la nouvelle qu'ils me téléphonaient pour me demander de confirmer l'existence de la fraude !

— Ils ont employé l'expression « fraude » ?

— Ils avaient déjà les noms de Provost et de Lavigne ainsi que le montant de la somme disparue.

L'arrivée du serveur provoqua une pause dans la conversation. Il déposa un verre de scotch devant la présidente de la Caisse et une eau minérale devant Morne.

— J'ai pris la liberté de commander pour vous, fit ce dernier.

— Vous n'espérez tout de même pas m'acheter avec si peu, ironisa la présidente.

Morne ignora la remarque.

— Le problème, reprit-il, ce ne sont pas les sept cent cinquante millions. Après tout, ce n'est que de l'argent.

— C'est quoi, le problème ?

— Ce matin, le chef de l'opposition a annoncé au PM qu'il songeait à demander votre tête.

— Songeait ?

— Ça veut dire qu'il aimerait négocier.

— Qu'est-ce qu'il veut ?

— Il a quelqu'un à placer.

— Qui ?

— Léandre Duquette.

— Duquette ? Vous êtes sérieux ? Vous le voyez assister aux réunions des gestionnaires ?

Longtemps député de l'opposition, défait aux élections précédentes, Duquette s'était fait une spécialité d'interroger le ministre des Finances sur la Caisse de dépôt pendant la période des questions. Ses attaques, d'autant plus fougueuses que mal documentées, avaient contraint le service de relations publiques de la Caisse à produire d'innombrables documents et mises au point pour rectifier les affirmations à l'emporte-pièce du belliqueux député.

— Je suis conscient que ça peut poser des problèmes, dit Morne, mais on a trouvé une solution.

— Je ne sais pas pourquoi, mais je ne me sens pas rassurée.

— Il suffit de trouver quelqu'un pour l'encadrer.

— Il n'y a personne à la Caisse qui va vouloir travailler avec lui. Et encore moins sous ses ordres ! Il ne connaît rien aux placements !

— Vous exagérez.

— Duquette ? Il est incapable de parler cinq minutes sans sortir une énormité.

— La solution, ce serait d'isoler son service à l'intérieur de la Caisse et de lui permettre de choisir ses adjoints. Il aurait la position et ce seraient eux qui feraient le travail.

— Vous voulez vraiment chambarder toute l'organisation de la Caisse pour placer une personne ? Vous n'allez pas me refaire le coup des dompteurs !

— Pas toute la Caisse ! fit Morne sur le ton d'un adulte qui tente de raisonner un enfant. Il s'agit seulement de créer un secteur avec un statut spécial. Une sorte de projet pilote.

— Qu'est-ce qui me garantit que ses adjoints vont être capables de faire le travail ?

— C'est un autre problème pour lequel on a une solution.

— Si vous en aviez autant pour les vrais problèmes !

— Je vous sens négative.

— Laissez-moi deviner. Ses adjoints vont se choisir des adjoints pour faire le travail à leur place ?

— Vous ne m'aidez pas beaucoup.

— La dernière fois que le gouvernement a fait ce genre de magouille, ça a donné quatre années de mauvaises performances.

— Entre une mauvaise performance et une fraude avoisinant le milliard, je suis certain que l'opinion publique aurait vite fait de trancher.

— C'est plusieurs milliards qu'ils ont fait perdre aux déposants! Plusieurs milliards! Par pur amateurisme!

— Comme je vous disais, ce n'est pas d'abord une question d'argent. Aux yeux de l'électeur, un imbécile qui lui fait perdre honnêtement des milliards vaudra toujours mieux qu'un escroc de génie qui lui en fait gagner le double, mais qui lui en vole une petite partie.

Le conseiller spécial du premier ministre conclut sa remarque en s'absorbant dans la contemplation du fond de son verre.

Lucie Tellier l'imita pendant quelques secondes. Puis elle prit une gorgée.

## Notre-Dame-de-Grâce, 13 h 41

Jessyca Hunter regardait le bar à travers le mur vitré de son bureau. Depuis le début de la semaine, le taux de rétention était excellent: plus de la moitié des clients prolongeaient leur heure de dîner jusqu'au milieu de l'après-midi. La section de luxe était presque remplie en permanence. Les repas gratuits étaient un investissement rentable.

Elle décrocha le combiné et appela Ute.

— J'écoute.

— Ici Jessyca.

— Quelle nouvelle?

— L'opération de financement est presque terminée. Les médias font le travail qu'on attendait d'eux. La thèse des deux pommes pourries commence à sortir. Ça va mettre de la pression sur le gouvernement.

— Il ne faudrait pas que ça aille trop loin.

— Avec l'annonce de la mort du principal coupable et la disparition de l'autre, les choses devraient se tasser.

— Et notre candidat? Des nouvelles?

— Sa nomination devrait être réglée d'ici quelques semaines.

— Avec Hope Fund Management, vous en êtes rendus où ?

— La nouvelle équipe de direction est en place. La restructuration est amorcée. La phase de consolidation et d'expansion commence demain.

— Comment vont les rapports avec Brochet ?

— Il déteste toujours autant l'idée d'avoir une fille pour l'encadrer, mais il sait qu'il n'a pas le choix.

— L'important, c'est de l'avoir à l'œil. Pas de le provoquer.

— Quand je suis avec lui, je continue de faire celle qui ne comprend rien à ses histoires de finance. Ça l'aide à se sentir en contrôle.

— Vous êtes toujours satisfaite de son travail ?

— Impeccable.

— Alors, je vous laisse. S'il se passe quoi que ce soit, vous m'appelez.

## Montréal, 13 h 46

— Je vous offre une façon de sauver votre peau, reprit Morne. Vous dites que le secteur où des irrégularités ont été constatées a temporairement été mis entre les mains de quelqu'un d'étranger à l'institution. Qu'on a choisi une personne qui n'est pas associée à la Caisse ni au pouvoir. Une personne qui a toujours eu une attitude critique face à la Caisse… Ce que je vous propose, c'est de nommer Duquette et de lui donner un délai de deux ans pour restructurer le service et pour produire un rapport.

— Lui, faire un rapport ? Depuis quand a-t-il appris à écrire ?

— Il suffit qu'il le signe. Pour le contenu, on s'assoira ensemble et on s'entendra sur ce qu'il convient d'écrire.

— Il est prêt à accepter ça !

— Il est prêt à beaucoup de choses pour avoir le poste : le salaire représente trois fois sa rente de député. Sans compter que s'occuper des marchés internationaux, ça veut dire des voyages… Il y a le prestige, aussi.

— Ce que je saisis mal, c'est votre intérêt à vous.

— Moi, je n'en ai aucun.

— Je parle du premier ministre. Du gouvernement.

— Je ne suis pas dans le secret des dieux, mais j'ai cru comprendre que ça faciliterait le vote de plusieurs projets de loi pour lesquels le gouvernement a besoin de la collaboration de l'opposition… Et puis, aux yeux de l'opinion publique, ça démontrerait qu'il n'hésite pas à agir de façon énergique pour régler un problème. Tout le monde serait heureux.

— Sauf moi.

— On vous trouvera bien quelque chose, vous aussi, le temps venu.

— Je ne vois pas comment je vais pouvoir passer ça au Conseil.

— Faites ce que vous faites depuis toujours.

— À savoir ?

— Occupez-les avec des projets de développement économique, laissez-les se prendre pour des décideurs sur deux ou trois investissements qui leur donnent de la visibilité. Pendant qu'ils s'amusent, ils seront trop heureux de vous laisser vous occuper de la cuisine administrative et des vraies affaires de la Caisse.

— Ça peut marcher pour trois ou quatre membres du Conseil. Mais les autres ?

— Vous leur évitez une enquête publique.

— Je ne comprends pas.

— Une commission spéciale pourrait se pencher sur leur responsabilité dans cette affaire.

— Ils vont voir ça comme du chantage.

— De la négociation. En échange de leur immunité, ils entérinent une modification à la loi de la Caisse pour donner des pouvoirs spéciaux au nouveau vice-président.

— Ce que vous proposez, ça s'appelle une mise en tutelle.

— Limitée au secteur des placements internationaux.

— Il y en a plusieurs, parmi les employés, qui n'aimeront pas ça.

— Le mot tutelle n'apparaîtra nulle part. Duquette sera un vice-président comme les autres, avec un mandat supplémentaire d'analyse et de restructuration du service... C'est quand même préférable à une enquête publique du vérificateur général.

— Je croyais qu'on devait éviter les grossièretés.

— On pourrait présenter la nomination de Duquette et son mandat comme une décision conjointe du Conseil de la Caisse et du gouvernement. Avec, en prime, l'appui de l'opposition officielle! Vis-à-vis du Conseil, ça pourrait vous aider, il me semble.

— Vous ne voulez pas inviter la SPCA, tant qu'à faire?

— Je ne vous sens pas d'humeur constructive.

— Il reste un problème.

— J'aurais oublié quelque chose?

— L'argent. Si la tentation de fraude est trop forte, c'est peut-être parce que l'incitatif salarial ne suffit pas.

— Avec des vice-présidents qui gagnent plus que le premier ministre, je vois mal comment défendre dans la population l'idée que c'est la pauvreté qui les a poussés au crime.

— On pourrait dire qu'on modifie l'échelle salariale pour s'assurer d'avoir accès aux meilleurs candidats, quitte à diminuer le salaire de base et à augmenter les bonis liés à la performance. Ça éviterait de mettre des chiffres trop précis.

— Avec les coupures qui ont eu lieu partout depuis dix ans et la situation dans la santé, vous ne ferez pas pleurer grand monde sur votre sort. Imaginez que vous êtes à *Maisonneuve à l'écoute*, que les gens appellent et que vous devez expliquer qu'un salaire plafonné à cent quatre-vingt mille dollars, sans compter les bonis liés à la performance, c'est insuffisant pour retenir des candidats sérieux.

— Ça n'empêche pas que le privé peut offrir trois ou quatre fois ce montant à nos meilleurs gestionnaires. Sans parler des bonis de signature et des options sur les actions de la compagnie. Il faut être réaliste!

— Je sais. Mais on ne parle pas de la réalité, ici. On parle de médias et d'opinion publique. Pour l'instant, votre demande me semble peu raisonnable. Mais on pourrait envisager que ça fasse partie du rapport du nouveau vice-président.

— Dans deux ans !

— Disons un rapport préliminaire dans six mois. Le temps de laisser retomber la poussière.

Une heure et demie plus tard, Lucie Tellier dit à Morne qu'elle acceptait de réfléchir sérieusement à la solution qu'il lui proposait. En elle-même, elle se disait que ce serait un moindre mal. Elle aurait l'appui du gouvernement et de l'opposition officielle pour faire face à la tempête médiatique qui ne manquerait pas de se déchaîner, quand elle confirmerait la perte des sept cent cinquante millions.

Dans le taxi qui la ramenait à la Caisse, la présidente songeait à l'enchaînement des événements : la fraude, la mort d'une des deux personnes impliquées, la disparition de l'autre, la réaction immédiate des journaux, les interventions de l'opposition officielle, le conseiller du premier ministre qui arrivait avec une solution toute prête en poche, le nom qui était déjà choisi pour la nomination… Tout cela sentait décidément mauvais. Avant de décider quoi que ce soit, elle allait passer un coup de fil à son vieux copain, Ulysse Poitras. Ils avaient l'habitude de se voir, une fois par deux ou trois mois, autour d'un verre ou d'un souper. Une tradition qui remontait à leurs débuts dans le métier.

Elle avait hâte de voir ce que Poitras penserait des événements.

## Montréal, 21 h 18

À la surprise d'Yvan, Chamane n'avait manifesté aucune réticence à visiter l'endroit où son père était décédé. Il semblait même désireux de le faire. La seule chose qui le retenait, c'était la gêne, le fait de se retrouver dans un bar de danseuses.

Après qu'Yvan l'eut assuré qu'ils n'y resteraient pas longtemps, il se laissa finalement convaincre.

— De toute façon, tu peux toujours sortir quand tu veux, dit Semco.

— Ça ne risque pas d'avoir l'air fou si je sors trop vite ?

— C'est toi le client, tu fais ce que tu veux.

Le portier les accueillit avec le sourire, salua Yvan en l'appelant monsieur Yvan et le conduisit à une table près du bar.

*Après la pause, nous reprendrons avec la jolie Nancy.*

— C'est le meilleur poste d'observation, dit Yvan. D'ici, tu vois ce qui se passe au bar, tu as une bonne vue sur la scène et tu peux apercevoir les tables VIP, dans le fond.

— C'est là que les filles font des danses à dix ?

— Légalement, elles n'ont plus le droit de faire de danses contact. Mais ce sont des tables qui sont davantage privées.

— Et c'est là que… ?

— Oui.

Ils étaient à peine assis qu'une serveuse arrivait.

— Pour les deux messieurs, ce sera ? Oh, allô Yvan ! Je ne t'avais pas reconnu.

— Vous le connaissez ? demanda Chamane, étonné.

— Ici, tout le monde le connaît ! répondit la fille. Moi, c'est Geneviève. Tu peux me tutoyer.

— On va prendre deux Black, dit Yvan. Et c'est «pas touche», ajouta-t-il avec un signe de la tête pour désigner Chamane.

— Il n'a rien à craindre, je ne danse pas ce soir. Mais c'est dommage : c'est un beau garçon.

Elle partit chercher les deux bières.

— Qu'est-ce que ça veut dire «pas touche» ? demanda Chamane en se tournant vers Yvan.

— Ça veut dire de ne pas t'entreprendre pour que tu la fasses danser.

— Elles font ça ? Aborder les clients, je veux dire.

— Mets-toi à leur place !… La plupart des clients essaient d'en voir le plus possible en payant le moins possible. Ils regardent le show sur la scène, les danses que les filles font pour d'autres clients, à d'autres tables… De leur côté, les filles prennent l'initiative et approchent les clients qui attendent trop longtemps… Il y a plus de vingt filles dans la boîte : si elles attendent qu'un client les remarque, c'est peut-être une autre fille qui va aller le chercher.

Yvan fut interrompu par l'arrivée d'une femme nettement plus âgée que les danseuses. Elle lui mit la main sur l'épaule.

— Alors, comment ça va, mon grand ?

— Bien. Je te présente Michel. Tout le monde l'appelle Chamane.

La femme se tourna vers lui. Chamane ne pouvait détacher son regard du sien.

— J'en avais entendu parler, finit-il par dire. Mais c'est la première fois que j'en vois.

— Que vous voyez quoi ? demanda la femme avec l'amorce d'un sourire.

— Des verres de contact décoratifs.

— Tu viens de te faire avoir, dit Yvan.

— Il n'y a rien de décoratif, reprit la femme, qui souriait maintenant franchement. Tout est naturel.

— Pur produit naturel, enchaîna Yvan. Aucun mauvais gras, aucun additif de silicone, aucun réempaquetage chirurgical… Pure nature.

La femme lui coupa la parole.

— Ne l'écoutez pas, il dit n'importe quoi.

Puis, voyant l'air embarrassé du jeune homme, elle se dépêcha de changer de sujet.

— Yvan m'a informée pour votre père, fit-elle d'une voix où il n'y avait plus aucune trace d'humour. Je vous offre mes sympathies.

— Je vous remercie.

— Vous pouvez rester le temps que vous voulez. J'ai demandé aux filles de ne pas vous importuner. Un peu plus tard, si vous le voulez, je vous amènerai voir l'endroit.

Elle se tourna vers Yvan.

— Pour le bar, dit-elle, c'est aux frais de la maison. Geneviève va s'occuper de vous. Moi, il faut que j'y aille. Je reviendrai vous voir plus tard.

Quand elle fut partie, Chamane demanda à Yvan si c'était la gérante.

— Moitié gérante, moitié propriétaire.

— La propriétaire ? Elle a l'air d'une danseuse.

— C'est comme ça qu'elle a commencé. Il y a une vingtaine d'années.

— À quel âge elle a commencé ? Je lui donnais à peine trente ans !

— Elle en a trente-neuf… depuis un an ou deux.

— Tu viens souvent ici ?

— Pourquoi ?

— Tout le monde a l'air de te connaître.

— Le midi, la bouffe est gratuite. Avec les deux dollars au portier et la bière à cinq, si tu ne fais pas danser de fille, ça te revient moins cher qu'au resto.

— C'est toujours aussi plein ?

— Ça dépend des heures. Pour le dîner, c'est rempli de vestons-cravates. Des hommes d'affaires, parfois des courtiers qui amènent des clients… quoiqu'eux, c'est surtout le soir.

La voix de l'annonceur s'éleva au-dessus la musique.

*Et maintenant, Nancy nous revient pour la deuxième partie de son spectacle. Nancy !…*

Une danseuse monta sur la scène, une couverture à la main.

— Est-ce qu'il y a continuellement des filles sur la scène ? demanda Chamane.

— Ça dépend des endroits. Dans les clubs comme ici, où il y a de vingt à trente danseuses, oui. Dans les endroits plus éloignés, où il y en a moins, c'est différent… Il y a aussi des bars qui servent de façade. Il n'y a à peu près jamais de danseuses ni de clients, mais tu devrais voir les chiffres dans les états financiers… Ça sert à couvrir d'autres activités.

— Blanchir de l'argent, tu veux dire ?

— Oui. Si tu veux, je peux t'en montrer.

— On dirait que tu as passé ta vie dans ce milieu-là.

— Toi, tu n'avais vraiment jamais mis les pieds dans un bar de danseuses ?

— J'en ai vu dans des films. Sur le Net, il y a des MUDs qui ont des bars de danseuses.

— Mais un vrai ?

— Non.

## Montréal, 21 h 41

Ulysse Poitras se versa un scotch et mit le répondeur en marche pour prendre ses messages. Pendant la semaine, il allait rarement coucher à sa maison de Saint-Sauveur. Son pied-à-terre au centre-ville lui évitait deux à trois heures de transport par jour.

Le premier message était un appel de son adjointe exécutive pour un rendez-vous à dix heures trente, le lendemain matin, avec un client.

Le deuxième provenait d'un courtier qui lui offrait pour la vingtième fois des billets pour le spectacle du Cirque du Soleil, à Las Vegas. Il avait entendu dire que Poitras en cherchait et il pouvait lui en offrir trois ou quatre, billets d'avion et chambres d'hôtel compris. Le problème était que, même si Poitras avait besoin de ces billets – il avait stupidement oublié de les acheter avant qu'ils soient tous vendus –, il tenait à les payer. Il ne voulait pas être en dette avec un courtier. Surtout pas celui-là. Or, le courtier tiendrait mordicus à les lui offrir.

En écoutant le troisième message, son visage prit un air concentré.

*Salut Ulysse. Lucie à l'appareil. Il faut que je te parle. J'aimerais avoir ton avis sur une ou deux choses.*

Poitras regarda sa montre. Si Lucie Tellier l'appelait, ça ne pouvait être que pour cette histoire de millions disparus qui était dans tous les médias.

Il décida de la rappeler immédiatement.

— Oui.

— Lucie ? Ulysse.

— Tu arrives du bureau ?

— De Québec. Une réunion avec un comité de retraite.

— Je suppose que tu es au courant de ce qui se passe.

— J'ai entendu les rumeurs.

— Je pensais qu'on aurait pu prendre un verre ensemble ce soir. Mais, étant donné l'heure qu'il est… Es-tu libre pour déjeuner demain matin ?

— J'ai quelque chose à dix heures trente.

— On peut se voir à la Brioche dorée. Huit heures ?

— Rue McGill College ?

— Juste à côté du Van Houtte. Près de Place Ville-Marie.

— D'accord. Huit heures.

Poitras n'insista pas pour avoir plus de précisions au téléphone. Étant donné qu'elle était présidente de la Caisse de dépôt, il n'aurait pas été étonné que son téléphone soit surveillé.

Pour se changer les idées, il descendit au petit bureau aménagé au deuxième étage et fit le tour de différents sites d'information financière.

### MONTRÉAL, 21 H 44

Yvan et Chamane furent interrompus par la serveuse qui apportait leurs bières.

Chamane avait de la difficulté à détacher ses yeux de son T-shirt coupé en bas des seins.

— Dominique m'a demandé de vous tenir compagnie pendant la soirée, dit-elle en s'assoyant.

Elle se tourna vers Chamane et mit la main sur la sienne.

— Elle m'a dit pour votre père. Ça doit vous faire drôle de venir… ici.

Dominique lui avait conseillé d'aborder carrément le sujet pour casser la glace.

— Un peu, oui.

— Mais je comprends. Moi aussi, j'aurais voulu voir où c'est arrivé.

Chamane n'arrivait pas à regarder la jeune femme dans les yeux, comme si le contact le mettait mal à l'aise. Il rêvait pourtant d'une fille comme elle depuis des années. Elle n'avait rien à envier à celles des affiches sur les murs de sa chambre. Et maintenant qu'il en avait une en chair et en os devant lui, il ne savait pas quoi lui dire.

— Vous dansez ici ? demanda-t-il pour se donner contenance.

— Ce soir, je m'occupe de vous.

— Je veux dire… ça fait longtemps que vous dansez ?

— Ici ? Quelques mois.

— Geneviève est à l'université, intervint Semco. En informatique.

— En informatique ?

Les traits de Chamane s'étaient subitement animés.

— En quelle année ? demanda-t-il.

— Deuxième… Mais, cette session, j'ai abandonné tous mes cours après trois semaines. Sauf un. La danse me prenait trop de temps.

— C'est vrai que ça doit être fatigant. Tous les soirs jusqu'à trois heures du matin…

— Pas cette danse-là ! répondit la jeune femme en riant. Ici, je viens seulement deux ou trois fois par semaine.

Chamane la regardait sans comprendre.

— Je monte un spectacle avec des amis, reprit-elle. Un mélange d'opéra-rock, de danse, de rap et de clips vidéo, dans un décor style *Blade Runner*.

— Ça s'appelle comment ?

— *Kid Kill*.

— Quelle… sorte de spectacle c'est ?

— Chacune des chansons porte sur une façon différente de massacrer les enfants.

— J'aimerais voir ça… je veux dire… le spectacle…

— Pour le moment, on est encore en train de construire les chansons. Il y en a deux de prêtes. Trois ou quatre autres de commencées… On a des idées de mise en scène pour la danse, mais…

Un silence embarrassé suivit.

— Tu sais que Chamane aussi est en informatique ? intervint Yvan.

— À l'université ? demanda Geneviève en avançant sa chaise vers lui, l'air intéressé.

— Je fais des contrats à la pige, j'installe des sites Internet pour des compagnies, je monte des réseaux… ça passe le temps.

— Sois pas modeste ! le taquina Yvan.

Il se tourna vers la jeune danseuse.

— Si tu as un problème, dit-il, il peut le régler. Il peut faire n'importe quoi avec un ordinateur. Il fait même du *hacking*.

— Yvan exagère toujours ! protesta Chamane.

— C'est quoi, ton nom de *hacker* ? demanda la jeune femme.

— Sneak Preview, s'entendit répondre Chamane.

Il s'en voulut aussitôt. Qu'est-ce qui lui prenait de déballer ainsi son identité secrète à une fille qu'il ne connaissait même pas ? Par chance, elle était seulement une étudiante de deuxième année. Le nom ne voudrait probablement rien dire pour elle.

— Quoi ! « Le » Sneak Preview ?

— Tu le connais ? demanda Yvan, surpris par la réaction de la jeune femme.

— Tu me fais marcher, dit-elle en continuant de s'adresser à Chamane. Sneak Preview fait partie des grands vizirs sur le Net. Certains prétendent qu'il aurait fondé les U-Bots.

Cette fois, Yvan était carrément dépassé. Il les regardait à tour de rôle sans rien dire.

— Tu connais les U-Bots ? demanda Chamane.

— Pas personnellement. Je sais qu'ils existent et qu'ils se promènent sur le Net. Qu'ils traquent les pirates noirs. Selon les rumeurs, ce seraient eux qui auraient éliminé le groupe des *Crashers*, l'année dernière...

— On a couru après pendant cinq mois. On les a coincés parce qu'un membre du groupe avait utilisé son numéro d'étudiant pour entrer dans l'ordinateur de l'université d'où il partait. À partir de là, on est remonté à son serveur et on a examiné tous les messages qu'il recevait. On a choisi les adresses qui revenaient le plus souvent et on s'est infiltrés dans leurs ordinateurs...

Le visage de Chamane était transformé. Toute trace de gêne avait disparu.

— On a attendu d'avoir identifié tout le réseau, poursuivit-il. Ensuite on a monté un dossier avec les preuves de ce qu'ils avaient fait et on a crashé tous leurs ordinateurs en même temps. Le lendemain, on leur a envoyé un message pour leur dire que, si on entendait de nouveau parler d'eux, s'il y avait une nouvelle vague de *crash*, leurs dossiers seraient transmis au FBI.

— C'est pour ça qu'ils n'ont jamais été arrêtés ! fit la jeune femme. Du jour au lendemain, tout s'est arrêté. Sans explication... Mais tu me fais marcher ! Tu es vraiment Sneak Preview ?

Chamane songea qu'il était encore temps de s'en tirer en avouant avoir tout imaginé. Mais il ne voulait pas qu'elle cesse de le regarder comme elle le faisait depuis qu'elle avait entendu le nom de Sneak Preview. Il y aurait sûrement moyen de s'arranger.

Une quinzaine de minutes plus tard, l'arrivée de Dominique interrompit la discussion.

— Ça va ? demanda-t-elle à Yvan.

— Passionnant ! répondit Semco. Ils causent d'ordinateurs depuis qu'elle est arrivée.

— Tu ne te sentirais pas un peu exclu, par hasard ? se moqua Dominique. Veux-tu que j'envoie une autre fille pour te tenir la main ?

— Je prendrais plutôt une autre bière.

## Massawippi, 22 h 17

F afficha à l'écran le message que venait de lui faire parvenir Claudia.

> Sujet : FC-44
> Identification : Dieter Buckhardt.
> Résidence : Berne.
> Emploi : à la Deutsche Credit Bank.
> Retrouvé mort dans la nuit de samedi à dimanche, au bois de Boulogne. Cause possible de la mort : des centaines de piqûres d'abeilles. Traces évidentes de compression au crâne.
> Buckhardt est le visiteur qui est arrivé à La Goulafrière samedi après-midi. Aucune indication sur la manière dont il a quitté le château. Hypothèse : tué au château et transporté au bois de Boulogne en voiture.

> Sujet : FC-44
> Identification : Edmond Chalifoux.
> Résidence : Paris.
> Emploi : Société générale.
> Retrouvé mort samedi, en fin d'après-midi, à Pont-l'Évêque, sur le bord d'un fossé, en bordure de la route nationale.
> FC-44 classique.

Après avoir pris connaissance du message, F resta songeuse un moment. Une idée avait fugitivement traversé son esprit sans qu'elle arrive à en prendre clairement conscience. Quelque chose qui avait rapport avec Buckhardt. Après avoir cherché en vain à retrouver son idée, elle renonça et ramena son attention à l'écran, où elle fit apparaître le rapport préliminaire que lui avait fait parvenir Hurt sur la fraude de la Caisse.

## Montréal, 22 h 50

Geneviève était partie au ravitaillement derrière le bar. Yvan s'approcha de Chamane.

— Il me semblait que tu n'avais pas le tour avec les filles, dit-il à voix basse sur un ton légèrement moqueur.

— On parle seulement d'informatique, protesta l'autre.

— À mon avis, tes chances sont bonnes.

— Tu délires ! Qu'est-ce que tu veux qu'elle fasse avec un gars comme moi ? Une fille comme ça, elle peut avoir tous les gars qu'elle veut.

— Pour un soir, peut-être. Mais pour du long terme…

— Tu dis ça parce que c'est une danseuse ?

— Qu'est-ce que tu en penses ?

— Elle a juste à arrêter de danser. C'est plein d'actrices qui ont tourné dans des films porno avant de devenir connues.

— Imagine ce que ça donnerait dans le journal. Un chef de police, un ministre, un directeur d'école qui marie une ancienne danseuse !… Remarque, moi, je ne vois pas le problème. Mais les gens…

— En Italie, ils ont une actrice porno qui a été élue député.

— En Italie, ils ont eu le temps de s'habituer. Les papes avaient déjà des maîtresses officielles il y a six cents ans… Ici, il n'y a même pas quarante ans, les flics avaient l'ordre d'arrêter les danseuses si « ça bougeait » !

Leur conversation fut interrompue par l'arrivée de Geneviève et de la propriétaire.

— Aux frais de la maison, dit Geneviève en déposant le plateau sur lequel il y avait trois bières et une eau minérale.

— Je peux poser une question ? demanda Chamane.

Les quatre bières qu'il avait prises, de même que la longue conversation avec la jeune femme, semblaient lui avoir donné de l'assurance. Il avait moins de difficulté à la regarder dans les yeux quand il lui parlait.

— Ça dépend de la question.

— Les tableaux où sont affichés les prix. Le prix des danses, je comprends. Les tables VIP, ça va aussi… Mais le temps ?

Il montra un des tableaux où étaient affichés les tarifs.

| 30 MINUTES | 65 $ |
|------------|------|
| 1 HEURE | 120 $ |

— C'est le tarif horaire, répondit Geneviève.

— Pour faire quoi ?

— Ça dépend du client : parler, lui tenir compagnie… danser de temps en temps…

— Ils paient les filles pour parler ?… Est-ce que c'est des conversations érotiques ?

Ce fut la femme aux yeux de chat qui lui répondit.

— Ce qu'on vend, dans un endroit comme ici, c'est du rêve. Du rêve érotique, souvent, mais d'abord du rêve. La musique, la lumière ultraviolette, les éclairages stroboscopiques, les paillettes… les filles déshabillées partout, la bière… tout ça sert à créer une atmosphère de rêve où les hommes peuvent venir se reposer de la réalité, laisser tomber leur image de grands garçons bien élevés…

— C'est comme vivre à l'intérieur d'une BD, intervint Geneviève. Ou dans un monde virtuel.

— C'est quand même différent d'un *Playboy*, protesta Chamane. Je suppose que si les gars viennent ici, c'est pour voir de la… vraie peau. Et quand ils vont aux tables VIP, je suppose que c'est parce qu'ils espèrent pouvoir toucher à de vraies femmes, ajouta-t-il en devenant tout rouge.

— Il y a des clients, intervint Dominique, qui laissent deux ou trois cents dollars par soir et qui reviennent chaque semaine. Si c'était juste pour la peau, comme tu le suggères…

— Vous voulez dire qu'il y a des clients qui vont payer ce prix-là juste pour parler à une fille et la voir se déshabiller ?

— Ils font partie de notre clientèle de base. Souvent, ils adoptent une danseuse et c'est elle qu'ils demandent chaque fois qu'ils viennent. Ils n'ont pas besoin de recommencer leur histoire à zéro…

— Dominique fait sa thèse sur les bars de danseuses, intervint Yvan. Elle a toute une classification des clients, des danseuses, des types de bars…

— Une thèse ?

— En socio.

— Je rêve ! Une danseuse inscrite en informatique, la propriétaire en socio… Je dois être à la cafétéria de l'UQAM !

— Pour la cafétéria de l'UQAM, ce sont les bars rue Sainte-Catherine, fit Geneviève. À l'autre bout de Sainte-Catherine, je veux dire. De l'autre côté de Saint-Laurent.

Voyant l'air stupéfait de Chamane, les trois autres éclatèrent de rire.

— C'est une blague, reprit Geneviève. Il n'y a pas seulement des étudiants, là-bas… Il y a aussi des profs !

La conversation roula pendant plusieurs minutes sur la thèse de Dominique.

Pendant qu'elle répondait à une question d'Yvan, Geneviève se tourna vers Chamane.

— Après, quand tu auras fini, dit-elle avec un léger mouvement de la tête pour désigner les tables VIP, on peut aller manger quelque part.

Pris par surprise, Chamane hésitait à répondre.

— Si tu veux, finit-il par dire.

— Mais peut-être que tu as besoin d'être seul…

— Non, non.

— Avec la mort de ton père…

— Ça va. C'est juste que… je me demandais si je n'avais pas pris trop de bière.

— Si tu aimes mieux aller te coucher…

— Non. Ça va me faire du bien de manger quelque chose.

Une heure plus tard, quand ils sortirent, Dominique mit la main sur l'épaule d'Yvan et lui demanda si elle le reverrait bientôt.

— Je vais passer te voir à la maison dans un jour ou deux.

— J'aime autant te prévenir, la laveuse est brisée.

— Tant que le réfrigérateur fonctionne !

— C'est ça, dis que tu viens uniquement pour manger !

Une fois sur le trottoir, Chamane demanda à Yvan, en aparté, quel type de relation il avait avec la propriétaire du club.

— Privée, répondit celui-ci sur un ton pince-sans-rire. Une relation privée.

— Tu ne sors quand même pas avec elle !

— Tu penses que je sors avec elle ?

Yvan avait de la difficulté à se retenir de rire, heureux de la confusion dans laquelle il avait jeté Chamane.

— Où est-ce qu'on va ? demanda Geneviève en arrivant à son tour sur le trottoir. Je meurs de faim.

— Je vous laisse y aller seuls, répondit Yvan. Moi, je rentre.

Il se tourna vers Chamane.

— La prochaine fois, dit-il, ce sera à mon tour de te poser la question !

— Qu'est-ce qu'il voulait dire ? demanda Geneviève quand Yvan fut parti de son côté.

— Rien... Il essayait seulement de faire le drôle. C'est son habitude quand il pense que j'ai le moral à la baisse.

— Allez ! Pour remonter le moral, il n'y a rien comme une orgie de junk-food.

Elle le prit par le bras et l'entraîna dans la rue Sainte-Catherine, à la recherche du plus proche restaurant de fast-food.

— N'importe quoi pourvu que ce ne soit pas un Valentine ou un McDo, précisa-t-elle.

… dans quelque lieu qu'on se trouve, la révolte contre l'injustice permet habituellement de manipuler de larges foules : il suffit de trouver une étiquette capable de porter le ressentiment des gens. Ce peut être l'islam, le socialisme, le racisme, la lutte nationale… du moment que l'idéologie permet de cibler un individu ou un groupe comme responsable de l'injustice, elle est suffisante. Le reste est une question de travail, de mobilisation.

Leonidas Fogg, *Pour une gestion rationnelle de la manipulation*, 3- Embrigader les volontés.

## JEUDI, 1ᴱᴿ JUILLET 1999

### MASSAWIPPI / WASHINGTON, 7 H 43

F prit l'appel directement dans sa chambre. Sur l'afficheur, les cristaux liquides dessinaient quatre lettres : TATE.

John Tate, directeur de la National Security Agency, appelait rarement. Il n'aimait pas devoir faire confiance à une ligne de communication qu'il ne contrôlait pas. Mais F avait été intraitable : pas question qu'un lien avec l'Institut, électronique ou autre, soit contrôlé par un tiers.

— Tate ! Vous êtes matinal, tout à coup.

— Ne tournez pas le fer dans la plaie.

— Je sens que quelqu'un, quelque part, a fait une grosse bêtise.

— Andrews.

— Vous l'avez perdu !

— Pas perdu : retrouvé. À New York. Rupture de la colonne cervicale. Son corps était à côté d'une bouche de métro.

— Je pensais que vous lui aviez assigné une couverture ?

— Il avait deux anges gardiens, mais il leur a faussé compagnie. Moins d'une heure après avoir disparu, il était dans la navette de New York. Seul.

— Des indices ?

— Les os du crâne avaient des traces de compression, des craquelures.

— Un FC-44 ?

— Oui.

Encore ce mystérieux assassin, songea F. D'abord deux morts en France puis, à peine quelques jours plus tard, un à New York.

La fraude de la Caisse de dépôt pouvait-elle être reliée à l'élimination d'un espion implanté dans l'entourage du président des États-Unis ? S'agissait-il de deux opérations du Consortium ?

— Il y en a eu deux autres, ces derniers jours, dit-elle. Paris et Pont-l'Évêque.

— Je sais. Les Français m'ont informé, mais je croyais que l'homme qu'ils ont trouvé au bois de Boulogne était mort à cause de piqûres d'abeilles.

— Il est mort des piqûres. Mais son crâne avait d'abord été soumis à une forte pression. Il avait même un début de fracture.

— Les abeilles auraient servi de camouflage ?

— Il y a déjà eu des rumeurs sur une femme liée à Body Store qui se faisait appeler Queen Bee.

— J'en ai entendu parler.

« Ute Breytenbach », songea F tout à coup. C'était chez elle, à La Goulafrière, que Buckhardt avait été aperçu vivant pour la dernière fois. Par ailleurs, Buzz avait écrit le nom de Queen Bee sur un schéma dessiné par Hurt. Se pouvait-il qu'elle soit à la fois FC-44 et Queen Bee ? qu'elle travaille pour le Consortium ?

— Je vais demander qu'on fasse des vérifications, dit-elle. De votre côté, est-ce que vous avez le témoignage d'Andrews sur enregistrement?

— Son avocat était censé l'avoir.

— «Censé» l'avoir?

— Il dit qu'il n'a rien. C'est à peine s'il accepte de nous parler.

— Il n'a peut-être rien...

— Il est surtout mort de peur. On a intercepté un appel de menaces à son domicile.

— Sans le témoignage...

— Je sais.

— Ça me semble assez clair que Body Store l'a fait disparaître.

— D'après les rumeurs que j'ai entendues...

— Quelles rumeurs?

— On raconte que ce serait plutôt l'Institut qui l'aurait fait éliminer.

— Quel intérêt l'Institut pourrait-il bien avoir à sa disparition?

— L'empêcher de parler. Pour qu'il ne révèle pas qu'il espionnait le Président pour son compte.

— Vous tenez ça d'où?

— CIA et FBI. Des sources indépendantes. Plus un journaliste du *New York Times*.

— Le *New York Times*?

— Tom Lloyd a appelé pour avoir mon opinion. Il voulait savoir si le Président se servait de l'Institut pour faire faire son sale travail.

— Qu'est-ce que vous avez répondu?

— Que vous n'existiez plus.

— Et...?

— Il s'est mis à rire. Il m'a dit de vous féliciter pour votre trouvaille.

— Quelle trouvaille?

— Procéder avec toute une agence comme on procède d'habitude avec un agent: la faire disparaître officiellement pour qu'elle continue de travailler dans l'ombre et que les élus puissent se laver les mains.

— Merde !

— Vos projets d'incognito ont du plomb dans l'aile, on dirait.

### NORTH-HATLEY, 7 H 47

Hurt ouvrit le répertoire de destinataires puis relut une dernière fois le message qu'il venait de rédiger.

> Pour donner suite aux premières informations que nous vous avons transmises, nous aimerions porter à votre connaissance les points suivants :
>
> - Après avoir quitté la Société générale, les fonds ont été expédiés à la succursale de la Deutsche Credit Bank située à Berne.
> - De là, l'argent a été expédié, par tranches de deux cent cinquante millions, à la Banco Nationale de Milan, au Crédit lyonnais de Marseille et à la Mitsubishi Bank de Tokyo.
> - Les trois banques ont ensuite acheminé les fonds aux Bahamas, dans un même compte, à la First Investing Bank.
> - Les fonds ne sont plus dans ce compte. Nous ne savons pas, pour l'instant, ce qu'ils sont devenus.
>
> J'espère que ces précisions vous seront utiles.
>
> Si vous avez d'autres renseignements dont vous désirez nous faire part, vous pouvez les acheminer à l'adresse électronique suivante :
>
> buzz.ph@inst.cz

Après avoir choisi le nom de Théberge, il cliqua sur le bouton Send. F lui avait demandé de prendre contact avec lui et de voir jusqu'où pourrait aller leur collaboration.

S'il fallait en croire Lefebvre, l'inspecteur-chef Théberge était un excellent policier, qui saurait en plus comprendre les exigences de sécurité inhérentes à ce type de collaboration. Hurt espérait que Lefebvre avait raison : dans la lutte qui s'annonçait sur le territoire québécois, un collaborateur bien placé dans le Service de police de la CUM serait un atout précieux.

## Massawippi / Washington, 7 h 51

— Leur stratégie est brillante ! dit F. Ils prennent l'initiative de l'attaque, puis ils vont dans les médias en inversant les rôles.

— Il faut qu'on trouve une réponse pour les journalistes.

— Si on se servait des trois réseaux clandestins d'achat d'organes ? Ceux qu'on vient de démanteler sur la Côte-Ouest ?

L'opération avait été effectuée par le FBI, avec le support technique de la NSA, laquelle relayait l'information fournie par l'Institut.

— Qu'est-ce que vous voulez faire, au juste ? demanda Tate.

Sa voix trahissait une certaine appréhension.

— On pourrait expliquer que les attaques contre l'Institut sont une riposte de Body Store, répondit F.

— Je n'aurai jamais l'autorisation de rendre ça public.

— Pour quelle raison ?

— Si on annonce la fermeture de trois réseaux, tous sur la Côte-Ouest, qu'est-ce que les gens vont se dire, selon vous ?

— Ils vont se demander combien il en reste à la grandeur du pays. Ils vont penser à leurs enfants qui reviennent à pied de l'école…

— Les histoires d'yeux enlevés à la cuiller, dans les pays du tiers-monde, vont refaire surface.

— Qu'est-ce que vous proposez ?

— Pour l'instant, ils ne parlent que de l'Institut.

— Et tant qu'ils ne parlent pas de la NSA, il n'y a pas de problème, je suppose ?

— Mettez-vous à ma place.

## Montréal, 10 h 14

Théberge s'étira précautionneusement par crainte de réveiller son mal de dos et se leva pour marcher dans son bureau.

Dans quelques minutes, il allait rencontrer la présidente de la Caisse de dépôt pour faire le point avec elle. Il repassa rapidement les données de l'affaire dans sa tête, puis il se rassit et rédigea un aide-mémoire pour la rencontre.

- Virement de fonds réalisé par Provost et signé par Lavigne.
- Provost disparaît le même jour.
- Lavigne nie avoir signé le virement et a l'air préoccupé.
- Lavigne meurt d'une crise cardiaque dans un bar de danseuses. Il était cardiaque et il avait pris beaucoup de cognac ainsi qu'une triple dose de Viagra.
- Un billet d'avion et un passeport portant sa photo établi à un nom autre que le sien sont retrouvés chez lui. Le billet était pour le soir même de sa mort.
- Des documents publicitaires retrouvés chez Lavigne et chez Provost montrent leur complicité.
- Chez Provost, on retrouve une référence à un yacht appelé Liberty 52. Le Liberty 52 explose en mer. Provost est présumé mort dans l'accident, sous le nom de Thomas Krajcek. On n'a cependant jamais retrouvé son corps.
- Les sept cent cinquante millions sont expédiés, par l'intermédiaire de plusieurs banques aux Bahamas, à la First Investing Bank, où on perd leur trace.

En relisant la liste qu'il avait dressée sur son bloc-notes, Théberge trouvait difficile de ne pas y voir la trace d'une opération préparée avec soin. La complicité des deux hommes était évidente. Par contre, deux morts en quelques jours, cela faisait beaucoup. Se pouvait-il que l'un ait fait supprimer l'autre pour ensuite être victime d'un accident ?

À première vue, l'explosion du bateau était la plus facile à arranger, ce qui faisait de Lavigne le suspect numéro un. C'était aussi cohérent avec le fait qu'il était le supérieur hiérarchique de l'autre. Par contre...

*NEW YORK TIMES*

## MEURTRE DANS LES SERVICES SECRETS
### RESPONSABLE DE LA SÉCURITÉ DU PRÉSIDENT ASSASSINÉ

LE COLONEL GEORGE ANDREWS, QUI ÉTAIT RESPONSABLE DE LA SÉCURITÉ PERSONNELLE DU PRÉSIDENT, A ÉTÉ RETROUVÉ MORT LA NUIT DERNIÈRE, PRÈS D'UNE STATION DE MÉTRO DE NEW YORK. LA MORT A ÉTÉ CAUSÉE PAR UNE RUPTURE DE LA COLONNE CERVICALE.

DES SOURCES LIÉES AU MONDE DU RENSEIGNEMENT ONT AFFIRMÉ QUE LE COLONEL ANDREWS FAISAIT L'OBJET D'UNE ENQUÊTE AU MOMENT DE SON DÉCÈS. SA MORT SERAIT RELIÉE À UNE GUERRE SECRÈTE QUE SE LIVRERAIENT DIFFÉRENTES AGENCES DE RENSEIGNEMENTS. AINSI, AU COURS DES DERNIERS MOIS, L'INTERNATIONAL INFORMATION INSTITUTE AURAIT FAIT PRESSION SUR ANDREWS POUR QU'IL LEUR FOURNISSE DE L'INFORMATION SUR LES MESURES DE SÉCURITÉ ENTOURANT LE PRÉSIDENT.

LE PORTE-PAROLE DE LA MAISON-BLANCHE A REFUSÉ DE COMMENTER CES INFORMATIONS ET A EXPRIMÉ LES CONDOLÉANCES DU PRÉSIDENT À LA FAMILLE DE LA VICTIME.

## MONTRÉAL, 10 H 27

— Quelque chose ne colle pas, dit Théberge à haute voix.

Malgré ses doutes, il persistait à considérer Lavigne comme une victime et, en conséquence, il continuait à lui parler.

— Quelqu'un capable de mener à terme un plan sophistiqué ne va pas ensuite faire une virée dans un bar de danseuses ; il disparaît ! Il se met en sécurité !… Et si jamais il va dans un bar de danseuses, il ne prend pas une triple dose de Viagra avant d'avaler cognac après cognac ! Pas en sachant qu'il a de sérieux problèmes cardiaques !…

Théberge fut interrompu dans sa discussion intérieure avec Lavigne par l'arrivée de la présidente de la Caisse de dépôt, qui le regarda d'un drôle d'air. Après les salutations d'usage, Lucie Tellier entra rapidement dans le vif du sujet.

— Est-ce que vous avez retrouvé l'argent chez Lavigne ? demanda-t-elle.

— Non. De votre côté, des nouvelles de Provost ?

— Toujours rien.

— Les trois banques où les fonds ont été expédiés, ce sont bien la Banco Nationale, le Crédit lyonnais et la Mitsubishi Bank?

— Oui.

— Demandez-leur si l'argent, par le plus pur des hasards, n'aurait pas pris la direction de la First Investing Bank, aux Bahamas.

— L'argent des trois banques?

— Les trois. Dans un même compte à la First Investing Bank.

La présidente de la Caisse regardait tout à coup Théberge avec un respect renouvelé. Comment un flic du Service de police de la CUM pouvait-il avoir obtenu de tels renseignements? Et, surtout, comment pouvait-il les avoir obtenus aussi rapidement?

Lorsqu'elle avait contacté les trois banques, ses interlocuteurs lui avaient tous répondu que le sujet était délicat, qu'ils devaient faire des vérifications auprès des autorités juridiques de leur pays avant de dévoiler les transactions d'un client. Même à titre confidentiel.

En désespoir de cause, Lucie Tellier s'était adressée à un dirigeant du SCRS qu'elle avait connu à l'époque où il était sous-ministre de la justice. L'homme lui avait répondu qu'il lui faudrait des semaines avant d'obtenir une information aussi délicate.

— Je ne veux pas vous faire de fausse joie, reprit Théberge. Les sept cent cinquante millions ne sont plus dans cette banque. Pour le moment, il n'est pas possible de savoir ce qu'ils sont devenus.

— Ils ont de nouveau disparu?

— L'information que je viens de vous donner est confidentielle.

— Bien entendu.

— Je veux dire: confidentielle pour tout le monde. Y compris les autres intervenants policiers. Vous pouvez l'utiliser, mais vous ne dites pas qu'elle vient de moi.

— Qu'est-ce que je peux dire?

— Que vous l'avez obtenue d'un de vos contacts officieux dans une banque européenne. C'est ce qui me semble le plus simple.

— D'accord.

— Pour ce qui est de Provost, il a probablement disparu en mer, dans le naufrage du yacht qu'il venait d'acheter : le *Liberty 52*. Au large des côtes de la Floride.

— *Liberty 52* ?

— Le nom vous dit quelque chose ?

— Ça faisait des semaines qu'il utilisait cette expression. Il disait que Liberté 55, c'était trop tard. Qu'il avait décidé que, pour lui, ce serait Liberté 52.

Théberge enregistra l'information. Une autre série d'éléments se mettait en place.

— J'aurais une question… disons… embarrassante.

— Il ne peut pas y avoir grand-chose de plus embarrassant qu'un trou de sept cent cinquante millions, répliqua la présidente.

— Jusqu'à maintenant, nous avons un complot impliquant deux personnes. Si vous aviez à trouver un troisième complice, vous le chercheriez où ?

— Un autre complice ?

La réaction de surprise de la présidente de la Caisse ne semblait pas feinte. Et ce n'était pas la réaction de défense de quelqu'un qui avait peur d'être subitement découvert. De toute façon, Théberge ne croyait pas à la culpabilité de Lucie Tellier. Même si ça ne l'empêcherait pas de faire quelques vérifications.

— Un autre complice à la Caisse ? reprit-elle.

— À la Caisse… ou à l'extérieur.

— Qu'est-ce qui vous laisse croire que… ?

— Sept cent cinquante millions disparaissent et les deux seules personnes qui savent où se trouve l'argent meurent en l'espace de quelques jours. Ça ne vous paraît pas suspect ?

— Ça ne peut pas être à la Caisse.

— Moi, je veux bien vous croire. Mais les journalistes risquent d'être plus difficiles à convaincre.

— C'est justement pourquoi je veux que la lumière soit faite le plus rapidement possible sur cette histoire. Avant longtemps, c'est la Commission des valeurs mobilières et le Vérificateur général que je vais avoir sur le dos.

— Si je dois regarder à l'extérieur, je commence où ?

— Par les institutions financières où l'argent est passé. Si Provost est coupable, il a fallu qu'il transmette des instructions. Peut-être qu'il avait des arrangements avec certains intermédiaires qui ont effectué les transactions. Ça s'est déjà vu.

— Je vais prendre contact avec l'escouade des fraudes. Normalement, ce sont eux qui s'occupent de ce genre d'enquête.

— Puisque vous abordez le sujet…

— Oui ?

— J'ai été surprise que le directeur vous ait choisi pour… cette affaire.

— C'est à titre officieux que le directeur m'a demandé de vous rencontrer. Il voulait que l'affaire demeure confidentielle et il a utilisé la mort de Lavigne comme prétexte. Ça va vous permettre de gagner un peu de temps.

— Combien ?

— Quelques jours. Aussitôt qu'il sera établi que Lavigne est mort de façon accidentelle, l'affaire devrait normalement être transférée à l'escouade des fraudes… À propos de Lavigne, il se préparait lui aussi à partir en voyage. Nous avons trouvé un billet d'avion chez lui ainsi qu'un faux passeport établi à un nom d'emprunt et portant sa photo.

— Je ne peux pas y croire.

— J'ai également quelques difficultés avec l'hypothèse de sa culpabilité. Mais les indices pointent avec énergie dans cette direction.

Une demi-heure plus tard, Théberge et la présidente de la Caisse se séparaient avec la promesse de se communiquer sans délai toute nouvelle information.

Théberge exerça mentalement les restrictions d'usage lorsque de telles promesses étaient échangées. Quant à la présidente de la Caisse, elle résolut de transmettre au policier tout ce qu'elle apprendrait… dans la mesure où l'information n'entacherait pas trop sérieusement l'image de la Caisse.

## Paris, 21 h 19

Darius Petreanu sonna à la porte de l'hôtel privé qu'occupait Ute Breytenbach, dans le premier arrondissement. Un domestique le conduisit dans un petit salon où l'attendait la maîtresse des lieux.

— Bon voyage ? demanda-t-elle.

— Excellent.

— Si j'en juge d'après votre humeur, vous m'apportez de bonnes nouvelles.

— Rien de plus que ce que je vous ai déjà transmis. À la Caisse de dépôt, la prise de contrôle du secteur étranger va bon train. Hope Fund Management achève de se restructurer. Le programme de recrutement des clients est enclenché.

— Les autres compagnies ciblées ?

— La prise de contrôle est commencée.

— Toujours satisfait du travail de Jessyca ?

— Côté efficacité, on ne peut rien lui reprocher.

— Mais… ?

— Disons qu'elle rend Brochet nerveux. Sa façon de s'occuper des cibles, la manière dont elle en dispose, le type de couverture qu'elle a adopté pour son équipe…

— Vous ne pouvez pas lui reprocher un manque de créativité !

— Tout ce folklore est-il vraiment nécessaire ?

— Je trouve que c'est une merveilleuse façon de brouiller les pistes. Sans compter qu'en prenant le contrôle des gens en poste, elle nous évite d'avoir à les remplacer par des gens à nous. Ça règle en grande partie le problème de recrutement.

— Je veux bien. Mais son idée de donner des noms d'araignées à ses filles. Je trouve ça… d'un goût douteux.

— Moi, je trouve que ça résume très bien notre approche avec les cibles.

— Votre fameuse méthode de l'araignée ?

— Exactement.

— Si on prend cette « imagerie » au pied de la lettre, ça implique que toutes les cibles sont destinées à disparaître.

— C'est inévitable. Mais il arrive que certaines proies soient dévorées plus lentement. Ou même qu'elles soient gardées en réserve pour consommation ultérieure.

— Votre comparaison n'est pas très ragoûtante.

— Elle a cependant l'avantage de souligner la qualité essentielle de la méthode employée par Jessyca.

— Laquelle ?

— Plus besoin d'acheter les gens. Au contraire, on peut même les faire payer pendant tout le temps qu'on les utilise. Difficile de trouver une méthode plus rentable !

— Pour ce qui est de la rentabilité, je vous dirais que les opérations auxquelles nous participons par l'intermédiaire du Club de Londres sont particulièrement efficaces. Et elles ne comportent aucune de ces... mises en scène.

— Je suis d'accord. Je dis simplement que les prises de contrôle par asservissement du personnel clé – surtout de la manière dont mademoiselle Hunter les pratique – offrent des avantages supérieurs.

— J'admets les avantages de votre méthode. C'est l'imagerie qui entoure sa présentation que je trouve... excessive.

— Si on regardait ce que vous m'apportez.

Petreanu sortit des documents de sa mallette et les tendit à Ute.

— Vous avez d'abord une analyse de la situation financière de chacune des prochaines cibles attribuées aux filles de madame Hunter. Le deuxième document dresse la liste révisée des personnes dont il est nécessaire de disposer pour réaliser notre plan : soit parce que leur profil psychologique se prête mal à une prise de contrôle, soit parce qu'ils doivent disparaître pour que nous puissions introduire du personnel à nous.

— Je transmettrai tout ça à Jessyca ce soir même.

— Je vous ai également joint une copie du document de planification sur le fonctionnement intégré de Hope Fund Management et des autres institutions montréalaises.

— Incluant la Caisse de dépôt?

— Oui. Incluant le secteur des placements internationaux de la Caisse de dépôt.

Vingt minutes plus tard, ils avaient fait le tour de la question. Ute était impressionnée par le travail de Petreanu. Tant qu'il demeurait dans les limites du monde financier, il était d'une redoutable efficacité.

— Et pour le truc de l'an 2000? demanda-t-elle en refermant le document.

— Vous pouvez dire à monsieur Fogg que ça avance. En Amérique, l'essentiel est fait. En Europe, ça va bien. En Asie, par contre, il reste encore pas mal de travail. Nous venons d'acquérir neuf nouvelles compagnies. Au total, on devrait avoir couvert les deux millions de clients avant l'échéance.

Même si Ute Breytenbach appartenait au cercle restreint des gens informés de l'existence du projet Y2-KEY, Petreanu n'avait jamais voulu lui donner de détails sur sa nature exacte. La seule chose qu'elle savait, c'était que l'opération avait une ampleur planétaire et que ceux qui se croiraient tirés d'affaire, une fois les premières minutes de l'an 2000 écoulées, en seraient quittes pour une surprise dévastatrice.

Il n'y aurait pas de problèmes avec le bogue: ça, les entreprises de prévention contrôlées par le Consortium en faisaient leur affaire. Mais l'après-bogue, lui, serait plus mouvementé que prévu.

— Vous avez suivi le début de notre campagne d'information contre l'Institut dans les médias? demanda Ute.

— Un peu sur Internet.

— Ça va être plus intéressant à l'automne, quand ça va prendre de l'ampleur.

## MONTRÉAL, 17 H 28

Geneviève s'assit au comptoir et commanda une eau minérale. Dominique vint s'asseoir à côté d'elle.

— Alors ? Le souper en tête à tête de cette nuit ?

La jeune fille rougit légèrement.

— Des hot dogs chez Harvey's, dit-elle.

— C'est tout ? Des hot dogs chez Harvey's ?

— On a pris un Coke, aussi.

— Grosse sortie !

*Ne manquez pas, ce soir, directement d'Ontario, miss Teletubbies nue 1998 ! Premier spectacle à vingt et une heures. La troublante Oh Laa-Laa !*

— C'est quoi, cette histoire de miss Teletubbies ? demanda Geneviève. Ça existe pour vrai ?

— *Who cares ?*

— Elle fait quoi ?

— Le truc de l'habillement exotique. Elle n'est pas si mal.

— La prochaine, ça va être quoi ? Miss camionneur nue du Nouveau-Brunswick ?

— Ce serait une idée. Mais tu n'as pas répondu à ma question.

— Quelle question ?

— Après les hot dogs et le Coke ?

— Coke Diète.

— D'accord, Coke Diète.

— On a été chez lui, reprit la jeune femme après une pause.

— Et… ?

— Tu devrais voir le matériel qu'il a ! C'est pas croyable !

La jeune femme avait soudain un éclat plus vif dans les yeux.

— Souper chez Harvey's et promenade sur Internet. Grosse sortie !

— Tu ne peux pas comprendre. Quelqu'un comme ça, je pensais que ça existait juste dans les films. Il a craqué le site du Pentagone devant mes yeux !

— « Craqué » comme dans… « piraté » ?

— Pas « piraté » pour faire des dégâts. Juste pour tester leur système de sécurité. Ça fait plusieurs messages qu'il leur laisse pour améliorer leur protection. Ensuite, il est entré dans le réseau interne d'une banque…

— Une banque !

— À la succursale où je fais affaire. Il a ajouté un sou dans mon compte pour me montrer à quel point c'était facile à faire !

— On dirait qu'il t'a fait toute une impression.

— Tu devrais le voir quand il est à l'ordinateur ! Il s'allume.

— Comme l'ordinateur ?

La jeune danseuse lui lança un regard noir.

— Tu soupes ici ? demanda Dominique pour faire diversion.

— Tant qu'à être rendue. À propos, j'ai revu Jennyfer.

— Elle t'a dit pourquoi elle était partie ?

— Oui. Mais je trouve ses raisons bizarres.

— Comment ça ?

— Elle dit qu'elle a été traumatisée, qu'elle ne veut plus remettre les pieds à l'endroit où c'est arrivé.

— Je peux la comprendre.

— Moi, je ne l'ai pas trouvée tellement traumatisée. Au Spider Club, elle s'est fait une spécialité : la danse qui tue. Elle refait pour les clients la danse qu'elle a faite au type avant qu'il meure. Elle laisse entendre que c'est sa danse qui l'a fait sauter. Et elle charge vingt dollars par danse. Ça fait la file, il paraît.

— La danse qui tue…

— Dans la vitrine du bar, ils ont mis une affiche d'elle, le visage masqué, avec comme titre : *La Danseuse qui tue.*

— Cet après-midi, j'ai eu deux clients qui ont demandé à voir la danseuse qui tue. Ils devaient penser qu'elle travaillait encore ici… Mais je suis d'accord avec toi : c'est curieux qu'elle se dise traumatisée et qu'elle embarque dans ce genre de cirque. Tu l'as vue où ?

— Dans la nouvelle bijouterie, rue Sainte-Catherine. Gems & Gold quelque chose… Elle m'a invitée à aller la voir au Spider Club.

— Pour te recruter ?

— Je ne pense pas. Elle n'a pas insisté.

— C'est vrai que tu as d'autres intérêts, maintenant. Et je ne parle pas de ton spectacle.

— Il ne faudrait pas partir de rumeurs trop vite.

— Ne me dis pas qu'il ne t'intéresse pas ! Si tu t'entendais quand tu parles de lui.

— Ce n'est pas ça. Mais il est tellement…

— Timide ?

— Non, pas exactement. C'est quelque chose d'autre… De toute façon, on verra bien !

## MONTRÉAL, 19 H 35

Dans son bureau de l'édifice d'Hydro-Québec, Marc-André Gilbert fumait cigarette sur cigarette. Normalement, le téléphone aurait dû sonner depuis plus de trente minutes.

Pour se protéger contre les incursions-surprises de la police du tabac, il avait verrouillé la porte de son bureau : la société d'État ne rigolait pas avec la nouvelle loi.

Devant lui, les photos étaient étalées. La lettre qui les accompagnait, par contre, n'avait pas été dépliée. Il la connaissait par cœur.

Sur toutes les photos, on pouvait reconnaître la même femme. Jeune, à peine vingt-trois ans, mais les traits ravagés. Quelques-unes des photos la montraient en train de se faire une injection. Son regard halluciné trahissait une longue fréquentation de l'héroïne. Elle était presque toujours photographiée en compagnie d'hommes dont on ne voyait pas le visage : seulement leur corps. Nu. Comme le sien.

Lorsque la sonnerie se fit entendre, il hésita avant de répondre.

— Oui ?

— Monsieur Gilbert ?

La voix féminine le surprit et il mit plusieurs secondes avant de répondre.

— Je vous écoute.

— Vous avez bien reçu les photos que je vous ai envoyées ?

— Combien voulez-vous ?

— Ce n'est pas une question d'argent.

— Je trouve vos petits jeux répugnants.

— Les petits jeux, nous les laissons à votre fille.

— Qu'est-ce que vous voulez ?

— Pour l'instant, un rendez-vous. Uniquement un rendez-vous.

— J'ai le choix ?

— Bien sûr. Mais les choix entraînent toujours des conséquences.

— À quel endroit voulez-vous qu'on se voie ?

— Vous le saurez dans l'heure qui précédera la rencontre. Soyez à votre bureau, demain soir, à la même heure.

— Sinon ?

— Les photos se retrouveront dans les revues appropriées. Par la suite, différents journalistes seront informés qu'il s'agit de votre fille. Les lettres qu'elle vous a écrites deviendront disponibles.

— Quelles lettres ? Je n'ai jamais reçu de lettres !

— Vous direz ça aux journalistes ! Vous leur expliquerez que ce n'est pas vous qui l'avez précipitée dans le désespoir en l'abandonnant… Je vous souhaite une bonne nuit, monsieur Gilbert.

## NOTRE-DAME-DE-GRÂCE, 23 H 08

*Vampira, mesdames et messieurs. La Reine noire de la jungle urbaine. La policière-vampire. Elle peut vous faire mourir de plaisir.*

La danseuse se fraya un chemin entre les tables pour aller chercher un client et l'amener avec elle sur la scène. Son costume était inspiré à la fois de celui de Vampirella et de l'uniforme policier.

Elle amena l'homme au centre de la scène et le fit asseoir sur une chaise droite. Le client riait et s'efforçait de paraître à l'aise.

En après-midi, il avait eu droit à la promenade dans une remorque, complètement recouvert d'œufs, de ketchup, de bière et de tout ce qui était tombé sous la main des membres de la gang. Les danseuses, c'était le dessert pour finir la journée.

À la fin de la première pièce musicale, l'homme avait perdu sa chemise, ses souliers et ses bas. Quant à la danseuse, elle avait enlevé certaines parties de son costume attachées avec du velcro.

À l'amorce de la deuxième chanson, elle s'immobilisa derrière la chaise, se pencha vers le client et murmura dans son cou.

— Mets tes bras derrière la chaise.

Comme il hésitait, elle insista.

— C'est pour la mise en scène, dit-elle sur un ton rassurant. On va leur en mettre plein la vue.

— C'est quoi, le programme ? demanda le client, heureux de cette complicité.

Il tendit ses bras derrière la chaise.

Avant qu'il ait eu le temps de s'en apercevoir, ses poignets étaient immobilisés par des menottes.

— Si tu te laisses faire, ce sera encore plus intéressant pour toi, dit-elle en revenant devant lui.

À la fin de la deuxième danse, le client n'avait plus que son caleçon. Quant à la danseuse, il lui restait un bikini noir et ses bottes. Elle s'absenta quelques secondes derrière la scène. Quand elle revint, elle avait des canines de vampire.

Les lumières de la scène s'éteignirent. Même l'éclairage ultraviolet dans lequel baignait la salle s'atténua. Puis un spot s'alluma sous la chaise du client, au centre de la scène.

La voix de l'annonceur se fit entendre.

*Et maintenant, le clou du spectacle ! La mise à mort !*

La danseuse commença par s'asseoir sur les cuisses du client, face à lui. Il avait le nez entre ses seins.

— Je vais avoir besoin de ta collaboration, dit-elle à voix basse.

Elle porta la main à la petite bouteille métallique qui attachait les deux bonnets de son soutien-gorge, dévissa le bouchon et lui demanda d'aspirer le liquide qui était dans la bouteille.

— Pourquoi ? Qu'est-ce que vous allez faire ?

— C'est un détail de mise en scène, répondit-elle en s'avançant jusqu'à se coller complètement contre lui. Et ça va te détendre.

Quelques secondes plus tard, après qu'il se fut exécuté, elle approcha son visage de la gorge du client.

— Tu vas sentir un léger pincement, murmura-t-elle. Presque rien.

— Qu'est-ce que tu fais ?

La voix de l'homme était déjà plus décontractée.

— Il faut un peu de sang, murmura-t-elle.

— Vous allez me couper ?

Une réelle inquiétude perçait tout à coup dans la voix du client. La danseuse saisit discrètement une aiguille fixée à son soutien-gorge.

— Laisse-toi faire, dit-elle, et profite de la situation.

— Aie ! Tu m'as piqué.

— À peine.

— Aie !

— C'est fini.

Elle laissa tomber l'aiguille sur le plancher. Les deux piqûres dans la jugulaire donnèrent naissance à deux traînées rouges sur la gorge de l'homme.

La danseuse se pressa alors contre lui et elle amplifia les mouvements de son bassin, pour qu'ils se découpent davantage sous l'effet de la lumière stroboscopique. Puis elle posa un doigt sur chacune des deux blessures.

Trente secondes à deux minutes : c'était le temps nécessaire pour que la coagulation et les différents mécanismes de réparation biologique arrêtent l'hémorragie.

Après une quarantaine de secondes, elle recula la tête, puis elle plongea la bouche ouverte sur la gorge du client, comme si elle l'attaquait.

Elle répéta le geste à deux reprises. Entre chaque attaque, elle recommençait les mouvements de son bassin et elle maintenait une légère pression sur les deux perforations.

Sous elle, le corps du client se relâchait de plus en plus. Sa tête tombait sur le côté.

Quand la danseuse se releva, la lumière stroboscopique s'arrêta. Elle croqua alors la capsule qu'elle venait de mettre dans sa bouche puis elle se tourna vers la foule. Partant de ses canines, qui empiétaient sur sa lèvre inférieure, deux traînées de sang descendaient sur son menton.

Elle fit un signe en direction des coulisses. Quatre danseuses vêtues de noir arrivèrent en poussant un cercueil sur un chariot à roulettes. Elles détachèrent les menottes de l'homme affalé sur la chaise, le soulevèrent et le couchèrent dans le cercueil.

La danseuse-vampire referma elle-même le couvercle et s'assit dessus, se figeant dans une pose étudiée. Les danseuses poussèrent alors le chariot vers l'arrière-scène pendant que la voix de l'annonceur se faisait entendre.

*Vampira, mesdames et messieurs! Vampira! Elle nous reviendra plus tard en soirée pour son deuxième numéro. En attendant, nous retrouvons la charmante Daisy. Une bonne main d'applaudissements pour Daisy!*

## WESTMOUNT, 23 H 21

Le policier qui avait découvert le cadavre amena les clones au fond du petit parc, jusqu'au banc où était affalée la victime. L'homme, vêtu d'un complet-veston brun, avait un teint blanchâtre qui tranchait sur la couleur sombre de ses vêtements.

À côté de lui, un carré de carton était appuyé contre le dossier du banc. Un message y était écrit à l'encre rouge sur fond noir. L'encre avait un peu coulé avant de sécher.

*Mort aux vampires des banques*
*et aux autres succubes de la finance !!!*

*Jos Public, vengeur du peuple*

— Vous lui avez touché ? demanda Grondin en se grattant énergiquement derrière le genou gauche.

— Sur le côté de la gorge pour prendre le pouls.

— C'est tout ?

— Oui.

— Vous ne l'avez pas déplacé ?

— Non.

— Les deux témoins ?

— Ils sont dans l'auto.

— Si on regardait d'abord la viande d'un peu plus près, fit Rondeau.

Le policier en uniforme lui jeta un regard réprobateur et s'écarta pendant que Rondeau enfilait une paire de gants de plastique.

— On dirait qu'il s'est fait saigner comme un porc, reprit Rondeau, après s'être approché pour examiner la gorge.

Il toucha le cou d'un index précautionneux, tirant légèrement la peau pour voir comment réagiraient les deux taches noires qui l'avaient immédiatement frappé.

— Vous pensez que c'est le Vengeur ? demanda le policier en uniforme, par-dessus son épaule.

— Ridicule ! répondit Rondeau, péremptoire. Le Vengeur n'est pas un vampire.

— Je ne comprends pas.

— Le Vengeur est intervenu à plusieurs reprises pendant le jour. Tout le monde sait que les vampires sortent uniquement la nuit.

Le policier regarda longuement Rondeau.

— Vous avez appelé l'équipe technique ? reprit ce dernier.

— J'ai contacté le médecin légiste.

— Votre machin légiste, il a un nom ?

— Le machin… Ah ! Pamphyle Bédard. C'est un ami de l'inspecteur-chef Théberge.

Rondeau fouilla dans la poche intérieure du veston de la victime. Il en sortit un portefeuille et se mit à feuilleter le porte-cartes.

— Denis Maltais… Eh, l'uniforme ! Ça vous dit quelque chose, Denis Maltais ?

Le policier, indisposé d'être interpellé de la sorte, marmonna que non.

Même s'il avait été prévenu de l'étrange comportement verbal de son collègue de Québec, il avait de la difficulté à ne pas laisser paraître sa mauvaise humeur.

— Carte American Express Platine ! Il ne se faisait pas chier, le macchabée… KPC Capital.

— Une société de gestion financière, fit l'uniforme.

— Vous connaissez ce genre de monde ? Avec un simple salaire de policier ?

— Leur nom est inscrit sur la façade d'un édifice, au centre-ville.

— Et les témoins ? Vous avez dit que vous aviez des témoins, il me semble.

— Ils sont dans la voiture de patrouille.

— Qu'est-ce que vous attendez pour nous les présenter ?

— Mais… le cadavre ?

— Je ne pense pas qu'il aille très loin.

## Notre-Dame-de-Grâce, 23 h 24

À travers le mur de verre de son bureau, Jessyca Hunter observait les clients, cinq mètres plus bas. Elle vit la victime de la policière-vampire revenir à sa table par l'arrière-scène. Il chancelait encore un peu et il s'appuyait sur les bras des deux danseuses qui l'escortaient, acceptant de quelques mouvements de tête les applaudissements qui marquaient son passage.

Les traces de sang, sur sa gorge, n'avaient pas complètement disparu. Dans une vingtaine de minutes, l'effet de la drogue achèverait de se dissiper et il retrouverait tous ses esprits.

Jessyca Hunter ramassa une pile de dossiers, jeta un dernier regard sur ce qui se passait dans le bar et elle se rendit dans la salle de réunion attenante à son bureau.

Les membres du Spider Squad étaient déjà réunies autour de la table, y compris Lycose, alias Vampira, qui avait enfilé un survêtement de jogging.

— Belle performance, dit Jessyca Hunter.

— Merci.

Puis, s'adressant aux autres :

— Mesdemoiselles…

Elle fit circuler les dossiers.

— Pour la Caisse de dépôt, poursuivit Jessyca, c'est à peu près terminé pour nous. L'initiative est désormais entre les mains de Brochet. Bien entendu, cela n'exclut pas des interventions ponctuelles de notre part. Enfin, nous verrons…

Elle ouvrit le dossier devant elle.

— Pour l'instant, il nous reste à assurer le suivi des deux groupes de gestionnaires que Lycose et Araignée-loup ont pris en charge.

Au début, les filles avaient trouvé ces noms de code un peu grand-guignolesques. Mais elles s'étaient vite aperçues que ce qu'elles prenaient pour une lubie avait pour effet de renforcer l'esprit de corps entre elles. Cela leur donnait l'impression de faire partie d'un groupe à part, situé à la fois en dehors et au-dessus du reste de l'humanité.

Leur identité d'araignée leur servait également de refuge pour contrer les mouvements de sympathie qu'elles auraient pu éprouver à l'endroit de leurs victimes. Il leur suffisait de devenir Mygale, Recluse brune ou n'importe quel autre membre du Spider Squad pour voir les clients se transformer en de simples proies et leurs protestations devenir des réactions à utiliser.

Jessyca Hunter tourna une autre feuille dans son dossier.

— Jarvis Taylor Dowling, dit-elle. Où en est-on avec leur président?

— Nos fins de semaine à Vegas et Atlantic City ont coûté cher, répondit Tarentule. Son compte en banque nage dans l'encre rouge. Plus d'un million… Je le vois tout à l'heure au casino. Il veut essayer de se refaire. Ça va être le coup de grâce.

— Qu'arrive-t-il avec leur gestionnaire récalcitrant?

— Le gestionnaire international? Je pense avoir trouvé une solution. C'est un habitué de l'agence Girls Plus. Une série de photos et ce sera réglé. Il occupe de hautes fonctions dans l'Opus Dei et c'est un ami du Cardinal.

Sa réponse provoqua une série de rires.

— Je ne suis pas certaine que ce soit suffisant, reprit Jessyca Hunter. L'Église a une certaine tolérance pour les incartades de ses dirigeants, surtout lorsqu'ils sont haut placés.

— Tant que ça demeure privé, oui. Mais de voir traîner l'Opus Dei dans la boue… Je doute qu'ils apprécient.

— Je préférerais quand même une intervention plus énergique.

— Entendu. Je m'en occupe.

— Et les autres cibles à l'intérieur de la compagnie?

— Demain, avec Brochet, je rencontre le responsable du *back office*, un de ses adjoints et le vice-président aux affaires corporatives. Ils sont convoqués ici. Une fois ceux-là bien en main, le reste va aller tout seul. Il ne devrait pas y avoir de problèmes. Sauf avec le vice-président aux finances. Il ne répond pas très bien à notre approche.

— Est-ce qu'il faut prévoir quelque chose de plus radical?

— Je me suis laissé un jour ou deux pour décider.

— Je me fie à votre jugement.

Elle inscrivit une note dans son dossier.

— KPC Capital? dit-elle. Comment ça se passe?

— Le président a annoncé publiquement son divorce aujourd'hui, répondit la femme qui avait pour nom de code Araignée-loup.

Elle était chargée de la coordination de toutes les activités visant KPC Capital, incluant les relations avec les médias.

— À notre prochaine rencontre, je lui annonce qu'il va engager un nouveau gestionnaire d'actions internationales, poursuivit la femme. Avec le titre de vice-président.

— Et comme stratégie d'appoint ? Au cas où ses sentiments pour vous faibliraient ?

— Pour le moment, je le contrôle de façon satisfaisante. Mais je prévois le compromettre rapidement dans deux ou trois opérations frauduleuses… Il m'a également offert de mettre une partie de ses biens à mon nom. Pour épargner de l'impôt.

— Évidemment, vous avez refusé.

— Bien sûr. Mais s'il insiste assez… Je me suis dit que ça pourrait servir.

— Et leur gestionnaire principal ? Si vous voulez qu'il y ait de la place pour notre candidat…

— C'est en marche. À l'heure qu'il est, ça devrait même être réglé.

— Bien… Leur contrôleur ?

— Il n'en a plus pour très longtemps. Aussitôt que les accusations de harcèlement envers une mineure vont être publiques, la compagnie va être en position de le congédier. Surtout avec ce qu'ils vont découvrir dans son ordinateur.

— Et les autres ?

— Ils ne devraient poser aucun problème.

— D'accord. Nous allons maintenant passer en revue les opérations d'approche pour le recrutement des clients. Où en est-on avec ceux d'UltimaGest ?

— Avec le mien, répondit Mygale, il n'y aura pas de problème. J'ai fait parvenir les photos de sa fille au salon de massage. Pour la sortir de là, il va faire ce qu'on lui dit.

— Et quand il l'aura récupérée ?

— Il n'y a rien à craindre de sa part. Il a trop peur qu'on publie les photos.

— Il faudrait trouver un moyen de le « fidéliser » davantage.

— Quand il aura couvert deux ou trois transferts de fonds, il ne pourra plus reculer. Déjà, à l'idée de voir la photo de sa fille dans les journaux, il panique. S'il fallait que ce soit la sienne…

## Westmount, 23 h 26

Sur la banquette arrière de la voiture de patrouille, Isaac et Dorothy Rauschenberg tentaient du mieux qu'ils pouvaient de se remettre de leurs émotions. La femme parlait sans arrêt.

Ils traversaient ce parc depuis plus de dix-sept ans, disait-elle. Tous les jeudis soir, au retour du bridge chez les Samuelson. Jamais personne n'avait interrompu leur promenade. Pas un itinérant pour leur demander de l'argent. Pas de jeunes échevelés en patins à roulettes. Pas de drogués ou de prostituées. Aucun de ces mésadaptés comme il y en avait des centaines dans l'Est de la ville.

Et voilà qu'ils se retrouvaient coincés sur la banquette arrière d'une voiture de patrouille ! Un siège où avaient dû séjourner toute une série de malfaiteurs avant eux. En arrivant à la maison, il faudrait qu'ils se désinfectent. Ce vagabond aux vêtements trop chics aurait décidément pu aller mourir ailleurs.

Le monologue de Dorothy Rauschenberg fut interrompu par l'arrivée des clones. Rondeau crut lire un certain soulagement sur le visage de l'homme qui paraissait être son mari.

— Alors, les débris, qu'est-ce que vous avez vu ?

— *I beg your pardon, young man ?* fit la voix pointue de Dorothy Rauschenberg.

— Je veux savoir ce que vous avez vu. Vous êtes sourde ou quoi ?

La femme se tourna vers son mari.

— *I won't speak one minute longer with this man! Tell him, Isaac !*

Grondin s'interposa.

— On désire seulement connaître les circonstances au cours desquelles vous avez découvert le cadavre, dit-il.

Dorothy Rauschenberg se tourna vers lui.

Même s'il s'obstinait à parler français, ce jeune homme lui semblait plus… civilisé. Bien sûr, il se grattait fougueusement le dessus de la main gauche, comme s'il était en proie à une sorte de tic nerveux, mais que pouvait-on attendre d'autre d'individus qui s'acharnaient à refuser la langue de la civilisation.

— *You really don't speak English, don't you ?*

Grondin se tourna vers Rondeau.

— À ton avis, elle le fait exprès ou elle ne parle pas français ?

— Il y a une façon rapide de le savoir, murmura Rondeau sans remuer les lèvres.

Il se tourna vers le policier en uniforme.

— Vous les embarquez tous les deux pour entrave à la justice. Une nuit en cellule va leur adoucir le caractère.

— Mais…

— Exécution !

— *What !… You can't do that !* explosa la voix haut perchée et nasillarde de Dorothy Rauschenberg.

— Qu'est-ce qu'elle dit ? demanda naïvement Rondeau au policier en uniforme.

— *We will sue you !… We will… We will…*

Les menaces de la vieille femme s'étouffèrent dans une quinte de toux, sous l'œil médusé de son mari, qui regardait alternativement sa femme et Rondeau.

— Elle dit que vous n'avez pas le droit, expliqua l'uniforme.

— Pas le droit de quoi ?

— *To put us in jail !* explosa de nouveau la voix haut perchée.

— De les mettre en prison, traduisit l'uniforme.

— *No fucking right !*

— Et comment sait-elle que je vous ai dit de les mettre en tôle, l'hystérique, si elle ne comprend pas le français ?

Le reste de la déposition de Dorothy Rauschenberg se déroula dans un français plus que respectable, même si la vieille dame s'acharnait à buter sur les mots et à introduire de longs silences à l'intérieur de ses phrases.

Quant à son mari, qui parlait couramment yiddish, hongrois, russe et polonais, il s'expliqua dans un anglais très *british*, que l'uniforme traduisit à mesure pour le bénéfice des clones.

Au total, les policiers n'apprirent rien de neuf, sinon l'heure exacte à laquelle le corps avait été découvert. La partie de bridge se terminait toujours à vingt-trois heures quinze chez les Samuelson et le trajet jusqu'au banc prenait huit minutes.

De retour au poste de police, les clones donnèrent des ordres pour qu'on prenne les dépositions des deux témoins avant de les reconduire chez eux. Ils demandèrent ensuite à l'officier de garde de leur fournir le nom de deux bons journalistes. D'après leur expérience, déclara Rondeau, la meilleure façon de débloquer une affaire où il y avait aussi peu d'indices, c'était de faire travailler à leur place les pisse-copie. Et puis, les journalistes les avaient toujours bien traités.

Les mises en garde du policier en uniforme furent promptement écartées. L'inspecteur-chef Théberge ne leur tiendrait sûrement pas rigueur d'avoir fait preuve d'ouverture à l'endroit de la presse, argumenta Grondin. Au contraire. Leur initiative avait toutes les chances de contribuer à réduire les tensions avec les journalistes.

Une des grandes forces de l'idéologie religieuse est de pouvoir assortir ses prescriptions de promesses de vie éternelle. Et comme cette vie éternelle implique le passage dans un autre monde, la promesse ne peut jamais être prise en défaut.

Les cultes millénaristes et apocalyptiques ont poussé cette logique à l'extrême, assortissant la réalisation de la promesse d'une condition essentielle : la réalisation de la fin du monde.

Cette approche ouvre de larges perspectives de manipulation, car un tel groupe hésitera peu devant le choix des moyens (attentats nucléaires, contamination bactériologique), pourvu qu'on lui affirme (et qu'il croie) que, de toute façon, le monde sera détruit. Que c'est seulement à la suite de cette destruction qu'un monde meilleur, plus réel, existera : un monde dans lequel ne se retrouveront que les élus.

On reconnaît ici la parenté profonde des idéologies apocalyptiques et messianiques avec l'idéologie raciste, le concept d'élu prenant le relais du concept de race comme critère de discrimination, tout en lui donnant une plus grande souplesse d'adaptation.

Leonidas Fogg, *Pour une gestion rationnelle de la manipulation*, 3- Embrigader les volontés.

### VENDREDI, 2 JUILLET 1999

### MONTRÉAL, 8 H 39

L'inspecteur-chef Théberge jeta un coup d'œil aux clones, puis laissa son regard glisser en direction de la fenêtre. Depuis plusieurs minutes, aucun des trois policiers ne parlait.

… EST MORT CETTE NUIT, DANS DES CIRCONSTANCES TROUBLANTES. DENIS MALTAIS TRAVAILLAIT CHEZ KPC CAPITAL, UNE SOCIÉTÉ DE GESTION FINANCIÈRE SITUÉE RUE MCGILL COLLEGE.

SELON LES INFORMATIONS DONT NOUS DISPOSONS, MONSIEUR MALTAIS AVAIT DEUX TROUS SUR LE CÔTÉ GAUCHE DE LA GORGE ET IL SERAIT MORT APRÈS AVOIR ÉTÉ VIDÉ DE SON SANG.

LES POLICIERS ONT DÉCRIT LES BLESSURES À LA GORGE COMME ÉTANT SEMBLABLES À CELLES TROUVÉES SUR MYLÈNE GUIMONT, UNE JEUNE DANSEUSE DONT ON AVAIT DÉCOUVERT LE CORPS IL Y A QUELQUES MOIS, DANS DES CIRCONSTANCES SIMILAIRES.

UN MESSAGE AURAIT ÉTÉ TROUVÉ PRÈS DE LA VICTIME, AFFIRMANT QU'IL S'AGIT D'UNE VENGEANCE CONTRE LES BANQUIERS ET AUTRES VAMPIRES DE LA FINANCE QUI SAIGNENT LE PEUPLE. LE MESSAGE PORTERAIT LA SIGNATURE DE JOS PUBLIC, LE MYSTÉRIEUX VENGEUR DU PEUPLE.

INTERROGÉ À SAVOIR S'IL FALLAIT PRÊTER FOI À CETTE DÉCLARATION, LES INSPECTEURS GRONDIN ET RONDEAU ONT AFFIRMÉ DOUTER FORTEMENT QUE L'INDIVIDU EN QUESTION SOIT RELIÉ AU CRIME.

VOICI MAINTENANT UN EXTRAIT DE L'ENTREVUE QU'A ACCORDÉE L'INSPECTEUR RONDEAU À NOTRE JOURNALISTE, BERNARD LAPLANTE.

À l'aide de la télécommande, l'inspecteur Théberge haussa le volume sonore de la télévision. Il se leva ensuite pour s'étirer pendant que l'émission se poursuivait.

— JE SERAIS TRÈS SURPRIS QUE CE SOIT LA PETITE MERDE QUI ÉCŒURE LE MAIRE ET LES AUTRES EMMERDEURS COMME LES RACOLEURS D'ASSURANCE, LES PRODUCTEURS DE FUMIER…

— VOUS VOULEZ PARLER DES PRODUCTEURS DE PORC ?

— C'EST ÇA, JE PARLE DES FUMIERS QUI PRODUISENT DU PORC… JE DISAIS DONC QUE CETTE PETITE MERDE A PEU DE CHANCES D'ÊTRE L'AUTEUR DU CRIME. CE N'EST PAS DANS SON PROFIL.

— POURTANT, L'IDÉE DE LES PUNIR PAR LÀ OÙ ILS ONT PÉCHÉ…

— VOUS ÊTES BOUCHÉ OU QUOI ?

— MAIS…

— C'EST UNE MÉTAPHORE. COMME LES VAMPIRES. ET LES MÉTAPHORES, ON NE LES PREND PAS AU PIED DE LA LETTRE.

— SI VOUS EXPLIQUIEZ, POUR LE BÉNÉFICE DE NOS AUDITEURS…

— LE MAIRE LAISSE LES RUES DE LA VILLE PLEINES DE TROUS, LE VENGEUR FAIT DES TROUS DANS SA RUE. LES POLLUEURS DE PORCS RÉPANDENT DU FUMIER, IL INONDE DE FUMIER LA PISCINE D'UN POLLUEUR DE PORCS… VOUS SAISISSEZ ? IL NE FAIT PAS DANS LA MÉTAPHORE,

> Le Vengeur. C'est un disciple du talion. Œil pour œil, tas de fumier pour tas de fumier. S'il avait voulu s'en prendre aux banquiers, à mon avis, il les aurait volés.

Théberge jeta un coup d'œil à Grondin et à Rondeau, confortablement installés dans les deux fauteuils en face de son bureau. Il ouvrit ensuite le tiroir, à sa droite, sortit une petite boîte de Zantac et avala un comprimé sans se donner la peine de se lever pour prendre un verre d'eau.

> — À votre avis, s'agit-il du même meurtrier que celui de la jeune femme dont on a retrouvé le corps il y a quelque temps ?
> — Ce serait surprenant.
> — Le rapprochement me semble pourtant évident.
> — Trop évident. Il s'agit probablement d'un *copy cat*. Un meurtre de journaliste.
> — Un meurtre de journaliste… Je ne comprends pas.
> — C'est pourtant simple. Quand les journalistes découvrent un meurtre juteux, ils l'étalent à pleines pages. À force de le voir partout, ça donne des idées aux petits tordus qui se pensent brillants : tant qu'à faire un meurtre, pourquoi pas emprunter la méthode d'un autre pour lui faire passer le crime sur le dos ? Et si c'est un tueur en série, c'est encore plus tentant. Un de plus, un de moins…
> — Vous croyez qu'il pourrait s'agir d'un tueur en série ?
> — Non. Mais je pense que c'est une idée que les journalistes ont mise dans la tête d'un petit débile qui essaie de faire passer le crime pour celui d'un tueur en série.

Le présentateur semblait avoir de la difficulté à garder son sérieux. C'est de façon plus lente, presque laborieuse qu'il conclut, en s'adressant à la caméra.

> — C'était l'inspecteur Rondeau, de la célèbre équipe des clones. Bien qu'appartenant au Service de police de Québec, les inspecteurs Grondin et Rondeau ont été prêtés pour une période indéterminée, avons-nous appris, à l'escouade des homicides du Service de police de la CUM.
> Rappelons que les inspecteurs Rondeau et Grondin, malgré leur style très particulier, ont contribué pour une large part à l'élimination du réseau de trafic d'organes et de jeunes esclaves qui était contrôlé par l'artiste fou Louis Art/ho.
> C'était Bernard Laplante, pour TVA, à Notre-Dame-de-Grâce.

Théberge coupa le son et ramena son regard vers les clones.

— Belle performance, dit-il à l'endroit de Rondeau.

— Merci, mon capitaine.

— Je ne suis pas « votre » ! explosa Théberge. Et je ne suis pas « capitaine » !... Et je n'ai pas besoin d'inénarrables abrutis pour inonder les ondes d'élucubrations superfétatoires et nuisibles pour ma digestion. Vous vous prenez pour qui ? Les Grévisse de la pataphysique ? Les De Niro de la performance ubuesque ? Les Faustroll de la force constabulaire ?

— Je crois comprendre que vous êtes contrarié, fit Grondin.

— Je ne suis pas contrarié, hurla Théberge : je lutte contre le désir de vous inscrire à un programme de suicide assisté. Un programme où je serais prêt à travailler comme assisteur bénévole !

— Si on reprenait ça calmement, insista Grondin, dont la main droite grattait avec fébrilité la main gauche.

— Je serai calme quand mon estomac aura cessé de faire joujou avec un lance-flammes.

— Regardez l'état dans lequel vous vous mettez !

— Regardez l'état dans lequel « vous » me mettez !

— Nous n'avons rien fait d'autre qu'assurer le droit du public à l'information.

— Qu'est-ce qui vous permet de croire qu'il ne s'agit pas du Vengeur ?

— Ça me semble évident, mon capitaine !

— Évident ?

— Évident.

— Bon, d'accord. Admettons que vous ayez raison. Mais pourquoi le dire à un journaliste ? D'ailleurs, comment ont-ils fait pour être au courant aussi vite ?

— On les a appelés.

— Vous les avez appelés...

— Nous sommes nouveaux, expliqua Grondin. Il est important que nous établissions de bons contacts avec la presse locale.

— Vous allez passer pour les deux plus grands naïfs du corps policier.

— Ça peut faire une excellente couverture, intervint Rondeau. Si jamais on veut refiler quelque chose aux petites ordures, elles ne se méfieront pas.

Théberge dévisagea les deux clones, secoua imperceptiblement la tête, puis leva les yeux au ciel, comme s'il y cherchait une improbable explication.

## Paris, 13 h 48

Ute Breytenbach sortait de la douche lorsque le téléphone sonna. Elle fut surprise d'entendre la voix de Jessyca Hunter.

— Vous êtes bien matinale. Habituellement, j'ai votre rapport en fin de soirée.

— Nous avons un contretemps.

— Rien de grave, j'espère.

— Robert Hammann. Le président de Jarvis Taylor Dowling.

— Qu'est-ce qui est arrivé?

— Nous étions au casino avec un groupe de joueurs. Une salle privée au quatrième. Six personnes. Trois millions de limite pour les pertes.

— Des joueurs que vous avez engagés?

— Tous des professionnels. Après une série de mains désastreuses, Hammann est sorti prendre l'air dans le stationnement. Quand j'ai vu qu'il tardait à revenir, je suis partie à sa recherche. La porte de son auto était ouverte. Il était affalé sur le volant.

— Il est mort?

— Une balle dans la bouche. Il était trop tard pour tenter quoi que ce soit.

— Comment ont-ils réagi, au casino?

— Deux gardes sont arrivés tout de suite après moi. Ils avaient enregistré l'incident sur les caméras de surveillance.

— Ils en ont dans le stationnement?

— Tout le terrain autour du casino est surveillé.

— Qu'est-ce qu'ils ont fait ?

— Ils m'ont amenée au bunker de la sécurité, à l'intérieur de la section des employés. Tout a été réglé en trois quarts d'heure. Pour eux, c'est une affaire habituelle de suicide. Leur seule préoccupation est de ne pas faire de vagues.

— Normalement, les casinos ont des accords avec les médias. On n'entend presque jamais parler des suicides qui s'y produisent.

— Notre contact m'a confirmé qu'ils avaient ce type d'entente.

— Qu'est-il arrivé des autres joueurs ?

— Ils les ont interrogés pendant quelques minutes, puis ils les ont laissés aller en leur demandant d'être discrets.

— Vous en avez parlé à Brochet ?

— Pour lui, ça complique un peu les choses, mais il va se débrouiller. D'ici quelques jours, on devrait avoir le reste de l'équipe bien en main.

— Et pour votre autre client chez KPC Capital ?

— Il ne créera plus de problèmes. Tout s'est déroulé comme prévu. Ils l'ont même déjà retrouvé.

## Montréal, 8 h 53

— Et le Vengeur ? fit Théberge. Qu'est-ce que vous faites du Vengeur ?

— Il va penser que la police est de son côté, répondit Grondin.

Théberge se contenta de le regarder sans répondre. Cette fois, il semblait à court de mots.

— De cette manière, poursuivit Rondeau, il ne va jamais se douter que c'est après lui qu'on en a.

— Vous ne vous imaginez quand même pas qu'il va vous appeler pour vous dire merci !

— Pour nous remercier, peut-être pas. Mais je suis sûr qu'il tient beaucoup à son image de justicier propre. Il va sûrement se manifester d'une façon ou d'une autre. Surtout si ce n'est pas lui.

— Vous croyez ?

La colère de Théberge était tombée. Derrière la façade folklorique que les clones présentaient aux médias, il pouvait reconnaître une attitude étrangement familière : un mélange de ruse, d'esprit pratique, d'ingéniosité et de mépris pour les élucubrations des fonctionnaires supposées guider leur action.

— Et le vampire ? demanda-t-il.

— Probablement un *copy cat*, répondit Grondin en se penchant pour se gratter une cheville.

— De quel type ? Compétition ou couverture ?

Il y avait deux formes très différentes de *copy cat*. La première était le fait de véritables émules qui désiraient à la fois s'identifier avec le meurtrier original et entrer en compétition avec lui. La deuxième regroupait des meurtres commis par des individus opportunistes qui imitaient le *modus operandi* d'un crime largement médiatisé pour couvrir leurs traces.

— Couverture, répondit Grondin.

— Vous avez une idée de qui il s'agit ?

— Non. Mais nous avons tous les deux une mauvaise impression.

Un silence suivit. Les clones demeuraient assis dans leur fauteuil à observer Théberge faire des étirements.

— Mon dos, finit-il par dire. Quand je ne m'étire pas régulièrement, il bloque.

— Vous avez consulté un ostéopathe ? demanda Grondin.

— Non ! Et je n'ai l'intention de consulter aucune forme de charlatan !

— Vous devriez.

— Consulter un charlatan ?

— Un ostéopathe.

— Et pourquoi donc ?

— Votre posture est nettement délétère, répondit Grondin, comme s'il s'agissait d'une véritable question.

— Vous êtes sûr d'être en position de me donner des conseils de santé ? ironisa Théberge.

— Je suis devenu par nécessité une sorte d'expert en santé, répondit très sérieusement Grondin. Et, avec tout le respect que je dois à la hiérarchie, je pense que vous en avez besoin.

— Vous devriez écouter l'échalote, renchérit Rondeau.

Théberge dévisagea Rondeau, réprima les quatre premières répliques qui lui vinrent à l'esprit, puis il ramena son regard vers Grondin.

— Finalement, vous en pensez quoi, vous, du cadavre? demanda-t-il.

— Il est mort par manque de sang.

— Oui. J'avais déjà déduit ça de votre rapport, répondit lentement Théberge.

Il prit une longue respiration et resta silencieux un moment.

— Vous me compliquez la vie, finit-il par dire. J'ai tendance à croire que vous avez raison. Mais je ne peux rien faire sans un minimum de preuves… Et puis, si le Vengeur n'est pas impliqué, vous avez moins de raisons de poursuivre cette affaire.

Il observa un moment les deux clones pour savourer l'effet de cette apparente rebuffade.

— Il y a aussi le fait que vous avez brutalisé un couple d'anglophones, reprit-il.

— Les deux débris refusaient de collaborer, protesta Rondeau. On les a seulement amenés au poste pour les inviter à plus de coopération.

— Menottes au poing!

— Pour éviter qu'ils se blessent en tapant dans les fenêtres de la voiture de patrouille.

— Et c'est par hasard que vous êtes tombés sur deux amis personnels de Bill Johnson!

— Vous n'auriez quand même pas voulu qu'on fasse du favoritisme à notre première véritable enquête dans l'escouade des homicides! répondit Grondin. La réputation du service nous tient à cœur!

Théberge se dirigea vers le classeur, au fond de la pièce, et sortit un dossier qu'il déposa sur son bureau, devant les clones.

— Un autre mort, dit-il. Cette nuit. Un autre gestionnaire.

— Vous les collectionnez ? demanda Rondeau, pince-sans-rire.

— Ce que je voudrais savoir, c'est s'il y a quelqu'un d'autre qui est en train de les collectionner.

— Il y avait un rapport entre les deux ?

— Je ne sais pas. Ils travaillaient pour deux firmes différentes.

— Vous voulez qu'on s'en occupe ?

— Votre priorité demeure le Vengeur. Mais j'aimerais effectivement avoir votre avis sur cette affaire.

— Entendu, mon capitaine.

Quand les clones furent sortis, Théberge se mit à réfléchir aux deux cas. Un meurtre déguisé en crime rituel et un suicide au milieu d'une partie de cartes… S'il ajoutait à cela ce qui s'était passé à la Caisse de dépôt et placement, ça faisait trois morts et un disparu. Peut-être était-il temps de brasser la traditionnelle cage ?

Il souleva le combiné, choisit un des numéros inscrits en mémoire et appuya sur le bouton de composition.

Une voix légèrement éraillée à la prononciation méticuleuse lui répondit.

— Allô ! Je vous écoute.

— J'ai quelque chose pour vous.


À peine Théberge avait-il raccroché que la sonnerie du téléphone se faisait entendre.

Dominique.

Elle avait besoin d'aide pour une danseuse.

Théberge lui dit qu'il passerait en milieu d'après-midi.

## Hong Kong, 19 h 56

Wang Chung Ho s'assit dans le siège de l'avion et rappela à son corps de se détendre.

Depuis quinze ans, il dirigeait la plus influente des grandes triades : la Sun Yee On. Forte de ses quarante mille membres, elle avait étendu son influence dans des régions aussi éloignées que l'Europe, l'Australie, le Sud-Est asiatique et les États-Unis.

L'intégration de Hong Kong à la Chine continentale posait cependant un problème. Ce problème avait pour nom la triade du Grand Cercle. C'était dans l'espoir de régler ce problème que Wang Chung Ho entreprenait son voyage.

Le Grand Cercle était la seule des six grandes triades établie en Chine continentale. La 14 K, la Sun Yee On et la Fédération Wo avaient pour base Hong Kong. Quant au Bamboo Uni et à la Bande des quatre mers, Taiwan était leur territoire d'origine.

Les anciens gardes rouges qui avaient fondé le Grand Cercle, eux, étaient habitués à régner sans partage sur le continent. Ils voyaient d'un mauvais œil les projets d'implantation des autres triades sur leur territoire. Particulièrement ceux de la Sun Yee On. Leur objectif était de demeurer le seul groupe reconnu par les autorités de Pékin sur l'ensemble du territoire chinois.

S'il s'était agi d'une simple bataille territoriale entre deux triades, Wang Chung Ho n'aurait pas été aussi préoccupé. Mais, dans ce combat particulier, le Grand Cercle avait une arme difficile à contrer : à cause de leur origine, les ex-gardes rouges du Grand Cercle étaient en mesure de mener une campagne d'influence particulièrement efficace auprès du gouvernement et de l'appareil du parti.

Tant que la situation politique de la Chine était demeurée stable, les dirigeants du Grand Cercle avaient pu tenir un double discours. D'un côté, ils proclamaient vouloir absorber les autres triades au moment de la réintégration de Hong Kong et de Taiwan ; de l'autre, par réalisme, ils faisaient affaire avec elles. Mais voilà que le protectorat britannique rentrait dans le giron de la Chine et que les triades de Hong Kong flirtaient avec le pouvoir politique de Pékin dans l'intention de prendre pied sur le continent.

D'où la recrudescence de l'animosité du Grand Cercle et de ses pressions pour faire interdire la Sun Yee On.

Jusqu'à ce jour, le gouvernement était demeuré relativement neutre, ce qui était, au fond, une manière de privilégier les groupes de Hong Kong. Car il ne pouvait pas se permettre de les indisposer. D'abord à cause de leurs investissements massifs dans la région de Pékin et de Shenzhen. Mais surtout à cause de Taiwan.

Il aurait suffi d'un mot d'ordre des triades pour que toute l'économie de Hong Kong soit perturbée, que la ville soit plongée dans le chaos et que c'en soit fait de la vitrine de libéralisation que la Chine s'efforçait de présenter à l'Occident. Et cela, le pouvoir de Pékin ne pouvait pas se le permettre. Surtout pas avec la réintégration de Macao qui aurait lieu dans six mois. Il était indispensable de maintenir une image de discipline, de relative ouverture et de prospérité, si on voulait convaincre les Occidentaux que la récupération de Taiwan pouvait se faire dans l'ordre, sans aucune des conséquences catastrophiques qu'annonçaient les opposants à la réunification.

Wang Chung Ho fut arraché à ses pensées par la poussée du décollage. Il espérait beaucoup de la réunion à laquelle il allait assister, dans les prochains jours, à Paris.

Si les choses tournaient comme il l'espérait, les autorités politiques de la Chine n'auraient bientôt plus le choix : pour tout ce qui touchait à l'économie clandestine dans la région de l'Asie, il serait la personne incontournable. Pékin serait obligé d'utiliser ses services, car une partie importante de sa politique étrangère et de ses activités économiques était tributaire des réseaux de l'économie clandestine.

À vrai dire, un seul élément jetait une ombre sur le voyage qu'amorçait Wang Chung Ho : l'appareil qu'il serait obligé de porter au cours de la réunion. Aussi avait-il décidé de devancer son arrivée, ce qui lui donnerait le temps de prendre un certain nombre de précautions.

## Notre-Dame-de-Grâce, 12 h 14

Alain Fecteau mit deux dollars dans la main du portier et se laissa guider à travers les toiles d'araignées géantes qui découpaient le Spider Club en une série d'aires distinctes.

La plupart des tables étaient placées dans de petits espaces rectangulaires enfoncés dans le sol. Une fois assis, les clients avaient les épaules à la hauteur du plancher.

L'éclairage ultraviolet illuminait les toiles blanches et donnait aux clients l'impression de se déplacer à l'intérieur d'un labyrinthe.

Le portier laissa Fecteau à une table où il eut la surprise de reconnaître Lemire et Panneton, les deux responsables du *back office* de Jarvis Taylor Dowling. Il prit place à côté d'eux, s'efforçant de ne pas paraître mal à l'aise, et il remplit de champagne la flûte vide posée devant lui.

— Il semble que nous ayons davantage de points en commun que nous le pensions, dit-il en levant son verre. Santé !

Les deux autres répondirent à son geste en soulevant légèrement la flûte placée devant eux.

— Santé.

— Santé.

Quelques instants plus tard, une serveuse s'assoyait sur le bord du plancher, les jambes à l'intérieur du cubicule.

— Je ne suis que la messagère, dit-elle. Tout à l'heure, un homme va venir vous voir. En attendant, vous pouvez aller dans les trois nids du fond. Il y a quelqu'un qui va s'occuper de vous. Mais avant…

Elle ouvrit le petit sac qu'elle portait sur la hanche, en tira trois enveloppes et les distribua en vérifiant les noms qui y étaient inscrits.

Aucun des trois n'ouvrit son enveloppe. Ils se contentèrent de remercier d'un signe de tête et de la faire disparaître dans la poche intérieure de leur veston. Puis ils se levèrent pour suivre la serveuse.

Elle les guida vers les nids qui étaient construits à même le mur, au fond de la salle. Un rideau composé de multiples toiles d'araignées superposées se referma derrière chacun d'eux. Le plancher en pente descendait jusqu'à un siège. Les danseuses arrivèrent dans chacun des nids en écartant un rideau opaque au fond de la pièce.

## Montréal, 12 h 27

Théberge pestait intérieurement contre le directeur qui le retenait au téléphone. Il n'avait pas encore eu le temps de dîner et son estomac commençait à protester. Chaque fois qu'il sautait un repas, il en avait pour deux jours avant de rétablir le degré d'acidité approprié aux activités physiologiques qui s'y déroulaient.

— Je le sais, vous avez reçu un appel de Bill Johnson ! dit-il.

— Il menace d'organiser une manifestation devant l'hôtel de ville pour protester contre la brutalité policière à l'endroit des anglophones.

— Pour une fois qu'on ne fait pas de discrimination, il devrait être heureux ! C'est la seule minorité qui n'avait pas encore été touchée par la brutalité policière.

— Vous pouvez garder ce genre d'humour pour vos réunions syndicales. Pour l'instant, Johnson veut des excuses de la part des deux policiers impliqués.

— Des excuses ?

— Ce sont des gens âgés. Ce sont des anglophones. Et ce sont des membres d'Alliance Québec.

— Est-ce qu'il s'agit de circonstances aggravantes ou de handicaps ?

— Inspecteur Théberge, je n'aime pas beaucoup votre persiflage !

— Et moi, je n'aime pas beaucoup que des interventions de nature politique tentent d'infléchir le cours d'une enquête policière.

— Je ne veux en rien intervenir dans votre travail. Je veux seulement des excuses pour les deux personnes âgées que vos services ont brutalisées.

— Je ne suis pas certain que ce soit une bonne idée.

— Je ne vous demande pas votre avis. Je veux pouvoir assurer la communauté anglophone que les deux personnes brutalisées par nos services recevront des excuses. Est-ce clair ?

— Puisque vous insistez.

— À propos, c'est qui, ces deux clowns ?

— Les clones.

— Vos deux nouveaux protégés ?

— Je vous promets qu'ils feront des excuses, promit Théberge pour abréger le discours qu'il sentait venir.

— Publiques ?

— Publiques.

Théberge raccrocha et ouvrit le rapport des clones sur le meurtre de Maltais.

Au bout de quelques minutes, son estomac le rappela à la réalité. Il referma le rapport et sortit dîner. Ensuite, il passerait voir Dominique.

Plus tard, quand il aurait le temps, il irait à la morgue faire un brin de causette avec Maltais. Peut-être le nouveau cadavre lui apprendrait-il quelque chose. En tout cas, ça ferait de la compagnie à Mylène. Elle commençait à s'ennuyer à l'hôtel. Avec ce qui lui était arrivé, Maltais pourrait la comprendre.

## Notre-Dame-de-Grâce, 12 h 38

Dans son bureau, Jessyca Hunter surveillait les écrans de télé qui transmettaient en direct ce qui se passait dans les nids.

— C'est enregistré ? demanda Brochet derrière elle.

— Bien sûr.

— Vous pouvez enregistrer pendant combien de temps ?

— Pas de limite. C'est expédié immédiatement par micro-ondes au centre de compilation des données, où l'équipe de triage sélectionne les bouts les plus intéressants et les enregistre sur des disques de 18 Gigs. Ils les remplacent à mesure qu'ils sont pleins.

— Vous n'enregistrez quand même pas tout !

— Bien sûr que non. Seulement les clients qui ont été repérés comme intéressants.

Les deux observèrent les écrans en silence pendant quelques instants. Sur chacun, les angles de prise de vue se succédaient, pour montrer les différents aspects de l'interaction entre la danseuse et le client.

— Il y a combien de caméras, en tout ? demanda Brochet.

— Quatre. Une au plafond. Deux derrière la danseuse, en biais, pour prendre le client de chaque côté. Une autre est dans le coin, à la gauche du client… Regarde dans le nid numéro 2. La danseuse travaille pour qu'il se tourne vers la gauche. La caméra quatre va pouvoir prendre son ventre de face tout en conservant une partie du visage du client.

— Les filles savent qu'il y a des caméras ?

— Pas toutes les filles. Celle-là, oui. Elle fait partie du Spider Squad… Allez ! Il est temps que tu ailles rencontrer tes nouveaux amis ! Après la prochaine danse, les filles vont les ramener à leur table.

### LCN, 12 H 44

> … DES RUMEURS VOULANT QUE GILLES PROVOST, UN DES DEUX FINAN-
> CIERS IMPLIQUÉS DANS LE SCANDALE DE LA CAISSE DE DÉPÔT, AIT DISPARU
> EN MER À BORD DE SON YACHT, AU LARGE DES CÔTES DE LA FLORIDE…

### Montréal, 12 H 46

Lorsque Brochet descendit à leur table, les trois employés de Jarvis Taylor Dowling le reconnurent immédiatement. Son arrivée chez Hope Fund Management avait été remarquée dans la communauté financière.

— Je sais que ma présence ici a de quoi vous surprendre, dit-il. Sachez que nous avons désormais le même employeur.

— Vous voulez dire que nous allons travailler pour Hope Fund Management ? demanda le vice-président aux affaires corporatives.

— Je veux dire que nous allons continuer à travailler pour nos employeurs respectifs, mais qu'il va nous arriver de coordonner nos efforts à l'occasion de certains projets.

— Quel genre de projets ?

— Essentiellement des transferts de fonds. Les premières opérations vont commencer dans quelques mois, lorsque les derniers changements de personnel auront eu lieu.

— Des changements importants ? demanda le gestionnaire d'actions américaines.

— Rien qui vous touche. Les instructions pour les transactions vous parviendront sous forme codée par courrier électronique. Une fois par semaine, l'un de vous passera ici pour prendre possession du nouveau code.

Il tendit une disquette à Fecteau, le secrétaire exécutif.

— Et si nous voulons vous contacter ? demanda ce dernier. On vous appelle à votre bureau ?

— Sous aucun prétexte. Vous venez ici et vous demandez à parler à Nathalia. Ce ne sera probablement jamais la même fille que vous rencontrerez, mais ça n'a pas d'importance. Le nom est simplement un mot de passe.

Puis, comme il s'éloignait, il se retourna pour un dernier commentaire.

— Profitez-en, dit-il avec un geste du bras qui englobait le bar. Maintenant, vous en avez les moyens !

La voix de l'annonceur enterra la fin de sa phrase suivante.

*Ne manquez pas notre spectacle de fin de soirée, la mystérieuse Lycose. Miss Tokyo nue 1997 et Miss janvier 1998 dans l'édition japonaise de* Penthouse ! *Elle a tout pour piquer votre curiosité et vous faire succomber à son charme !... Lycose ! Et maintenant, sur la scène centrale...*

### CKAC, 12 H 47

QUE SE PASSE-T-IL AVEC NOS GESTIONNAIRES ? L'UN SE PAIE UNE CRISE CARDIAQUE DANS UN BAR DE DANSEUSES NUES. TEL AUTRE SE FAIT VIDER DE SON SANG PAR CE QUE D'AUCUNS PRÉTENDENT ÊTRE UN VAMPIRE. UN TROISIÈME SE SUICIDE DANS LE TERRAIN DE STATIONNEMENT DU CASINO DE

MONTRÉAL. UN AUTRE ENCORE EST PRÉSUMÉ DISPARU EN MER APRÈS AVOIR ÉTÉ IMPLIQUÉ DANS LE SCANDALE DE LA CAISSE DE DÉPÔT. JE LE RÉPÈTE : QUE SE PASSE-T-IL AVEC NOS GESTIONNAIRES ? LE PROCHAIN SERA-T-IL ENLEVÉ PAR DES EXTRATERRESTRES ?

IL EST DE NOTORIÉTÉ PUBLIQUE QUE L'ARGENT CORROMPT ET QUE CEUX QUI SONT EXPOSÉS QUOTIDIENNEMENT À LA VALSE DES MILLIONS SONT CEUX QUI SONT LE PLUS SUSCEPTIBLES DE VENDRE LEUR ÂME POUR UNE POIGNÉE DE CES MILLIONS.

SI CE N'ÉTAIT QU'UNE HISTOIRE DE CORRUPTION, ON COMPRENDRAIT. CE NE SERAIT PAS MOINS DÉPLORABLE, MAIS ON AURAIT LA CONSOLATION DE SE DIRE QUE CELA FAIT PARTIE DE L'ORDRE DES CHOSES, QUE TOUS LES TROUPEAUX ONT LEURS MOUTONS NOIRS ET QUE CELUI DES GESTIONNAIRES NE FAIT PAS EXCEPTION À LA RÈGLE.

MAIS IL Y A EU MORT D'HOMME. ET NOUS SOMMES LOIN DU BANAL ASSASSINAT COMMANDÉ À UN QUELCONQUE PROFESSIONNEL POUR ÉLIMINER UN QUIDAM INDÉSIRABLE. QUAND LES GESTIONNAIRES SE METTENT À MOURIR DANS LES CASINOS, DANS LES BARS DE DANSEUSES OU SOUS LA DENT DES VAMPIRES, ON PEUT À BON DROIT SOUPÇONNER QUE QUELQUE CHOSE DE BEAUCOUP PLUS SINISTRE SE TRAME.

BIEN SÛR, NOS INEFFABLES REPRÉSENTANTS DES POUVOIRS PUBLICS…

La deuxième motivation, la peur de perdre ce qu'on a, exige d'avoir recours à des idéologies plus élitistes qu'égalitaires. Le racisme, la xénophobie, le conservatisme, les religions de type catholique et, de façon générale, l'ensemble des fondamentalismes (chrétien, musulman, hindouiste) se prêtent bien à cet exercice. Lorsqu'elles sont de type utopiste ou apocalyptique, ces idéologies ont de surcroît l'avantage de permettre la valorisation de celui qui y adhère par le simple fait de son appartenance au groupe privilégié – celui qui a été choisi pour provoquer l'avènement d'un monde meilleur.

C'est ce qu'on appelle le syndrome de Noé. Il met en jeu à la fois la promesse de survie et le sentiment de l'élection. De plus, il octroie à ses adhérents le sentiment d'une formidable puissance : celle de provoquer la fin du monde et de faire advenir un monde meilleur.

Leonidas Fogg, *Pour une gestion rationnelle de la manipulation*, 3- Embrigader les volontés.

## VENDREDI, 2 JUILLET 1999 (SUITE)

### MEXICO, 10 H 48

Miguel Acuna Ocampo s'était hissé en moins de cinq ans à la tête du cartel de Juarez. C'était lui que les représentants des cartels de Tijuana, Sonora et Matamoros avaient choisi comme délégué. Il représenterait également les Colombiens, dont l'essentiel de la drogue était maintenant mis en marché par Ocampo et ses pairs, à partir du Mexique.

La perspective de développer de nouveaux marchés sans avoir à passer par les Russes ou les Siciliens l'avait tout de suite intéressé. À ce sujet, le représentant du Consortium avait su être particulièrement convaincant. Mais la réunion elle-même l'inquiétait un peu : sans être intimidé, il était quand même nerveux à l'idée de rencontrer simultanément les chefs des plus grandes organisations criminelles de la planète.

Arriver sur place quelques jours à l'avance allait lui permettre d'établir des contacts et de prendre un certain nombre de mesures pour assurer sa protection.

Dans l'univers mouvementé de Miguel Acuna Ocampo, il n'existait rien de tel qu'un excès de précautions.

### *CKAC, 12 H 50*

... NOUS ADMINISTRENT LEUR VERSION LÉNIFIANTE ET SOPORIFIQUE DES ÉVÉNEMENTS.

LOIN DE MOI L'IDÉE DE PRÉTENDRE QU'IL EXISTE DE VÉRITABLES VAMPIRES. JE SAIS TROP BIEN QUE LES SECTES EN TOUS GENRES SE PASSENT ALLÉGREMENT DE LA CAUTION DU RÉEL POUR EXPLOITER LES FANTASMES LES PLUS PRIMAIRES ET ASSERVIR LES GENS À LEUR REPRÉSENTATION DISTORDUE DE LA RÉALITÉ.

SACHEZ QU'IL EXISTE À MONTRÉAL UN VÉRITABLE CLUB DE VAMPIRES. LEUR GURU, YVAN DRACUL, ÉTAIT RÉCEMMENT REÇU À L'UNE DES ÉMISSIONS DE VARIÉTÉS LES PLUS POPULAIRES DES ONDES, POUR NOUS EXPLIQUER L'INNOCUITÉ DE LEURS PRATIQUES ET LES TERRIBLES PRÉJUGÉS DONT ILS SERAIENT VICTIMES. ET CELA, À PEINE QUELQUES HEURES AVANT QUE L'ON RETROUVE LE CORPS EXSANGUE DE DENIS MALTAIS.

MONSIEUR MALTAIS ÉTAIT-IL EN TRAIN D'ÊTRE ASSASSINÉ PAR LES COMPARSES DE DRACUL PENDANT QUE CE DERNIER SE PAVANAIT SUR LES ONDES DE LA TÉLÉ NATIONALE ? PENDANT QUE LE BON PEUPLE S'ESBAUDISSAIT DES PITRERIES DE CET AMUSEUR PUBLIC DÉGUISÉ EN ÉPIGONE CARNAVALESQUE DE VLAD TEPESH ?

SE POURRAIT-IL QUE TOUT CELA NE SOIT QU'UNE SINISTRE MISE EN SCÈNE POUR NOUS FAIRE OUBLIER LE DÉNOMINATEUR COMMUN DE CES MORTS, À SAVOIR QU'IL S'AGISSAIT DE GESTIONNAIRES DE PORTEFEUILLES ?

JE VOUS RÉPÈTE LA QUESTION D'AUJOURD'HUI : CROYEZ-VOUS AUX EXPLICATIONS QUE NOUS DÉBITENT LES MÉDIAS SUR LES NOMBREUSES MORTS VIOLENTES DE GESTIONNAIRES SURVENUES RÉCEMMENT ? CROYEZ-VOUS QU'IL S'AGIT D'EXPLICATIONS FACTICES POUR AMUSER LE BON PEUPLE ?

VOUS POUVEZ NOUS APPELER AU NUMÉRO HABITUEL À...

## MONTRÉAL, 15 H 06

Théberge entra au Palace et se dirigea vers le bar. Il avait à peine eu le temps de s'asseoir que Dominique le rejoignait.

— Comment ça va ? demanda-t-elle.

En guise de réponse, il mit une copie d'*Allô Police* sur le comptoir et l'ouvrit à la page cinq.

---

**JOUIR À MORT          LA DANSEUSE QUI TUE**

LE RÊVE DE BIEN DES HOMMES EST DEVENU RÉALITÉ LUNDI SOIR, AU PALACE, UN BAR DU CENTRE-VILLE. UN CLIENT AVALE TROIS COMPRIMÉS DE VIAGRA AVANT D'ALLER DANS UN COIN RETIRÉ DU BAR AVEC UNE DES SEXY DANSEUSES DE L'ÉTABLISSEMENT. UNE HEURE PLUS TARD, LE CLIENT DÉCÈDE, VICTIME D'UNE CRISE CARDIAQUE, PENDANT QUE LA DANSEUSE SE TRÉMOUSSE DEVANT LUI.

INTERROGÉE PAR NOTRE JOURNALISTE, LA DANSEUSE A DÉCLARÉ AVOIR ÉTÉ BOULEVERSÉE PAR L'ÉVÉNEMENT MÊME SI, D'UNE CERTAINE FAÇON, IL S'AGISSAIT D'UNE FORME DE COMPLIMENT POUR LA QUALITÉ DE SON TRAVAIL.

---

L'article était accompagné d'une photo. Le visage de la danseuse, saisi en contre-plongée, se découpait entre les deux seins qui occupaient l'avant-plan. À côté d'elle, une affiche défiait les clients.

### OSEZ VOUS SOUMETTRE
### À LA DANSE DE LA MORT
**20 $ LA DANSE  /  3 POUR 50 $**

— Vous étiez au courant ? demanda Théberge.

— J'en avais entendu parler par les filles.

— Vous avez vu ce qu'elle raconte, à la fin de l'article ?

Dominique se pencha vers le journal pour lire le passage que Théberge lui montrait du doigt.

---

— LE CLIENT, VOUS LE CONNAISSIEZ ?

— OUI, IL ÉTAIT VENU PLUSIEURS FOIS. IL M'AVAIT PROPOSÉ DE M'AMENER EN CROISIÈRE.

— VRAIMENT ?

— JE SAIS QU'IL NE FAUT PAS CROIRE TOUT CE QUE LES CLIENTS RACONTENT. MAIS LUI, IL AVAIT L'AIR SINCÈRE. EN TOUT CAS, DEPUIS QU'IL EST MORT, IL M'A PORTÉ CHANCE.

— Que voulez-vous dire ?
— Je n'ai jamais été aussi en demande.
— Vous faites référence à la danse de la mort ?
— Les clients veulent tous l'essayer, pour voir ce que ça va leur faire.
— Et… ? Les résultats ?
— Il n'y a pas eu d'autres morts. Mais je peux vous dire qu'ils ne sont pas déçus.
— J'ai entendu dire que certains prennent du Viagra juste avant que vous commenciez…
— Plusieurs, oui. Ils veulent se mettre dans la même situation.

— Vous voulez savoir ce que j'en pense ? demanda Dominique.
— Oui.
— Personnellement, je trouve que c'est de mauvais goût. Mais tant qu'il va y avoir des clients prêts à payer pour ça, il va y avoir des filles prêtes à ramasser leur fric.
— Ce n'est pas ce qui m'intéresse.
— Qu'est-ce qui vous intéresse ?
— D'après la danseuse, le client était un régulier.
— Je ne sais pas où elle a pris ça. Depuis notre dernière rencontre, j'ai vérifié. Aucune des filles ne l'avait jamais vu. Le portier non plus.
— Je veux bien vous croire, mais pour quelle raison dirait-elle ça ?
— C'est du bon matériel de marketing : le client qui la trouve irrésistible, qui revient la voir jusqu'à en mourir.
— Peut-être…
Théberge n'était pas convaincu. Son intuition lui disait qu'il y avait là quelque chose de louche.
— Le plus simple serait de le lui demander, fit Dominique.
— C'est probablement ce que je vais faire… Si on passait au sujet pour lequel vous m'avez appelé ?
Dominique fit un signe à la barmaid, qui s'éloigna.
— J'ai un nouveau cas, dit-elle à Théberge.
— Quel âge ?
— Vingt ans. Elle danse depuis trois ans au Sex Saloon.
— Je connais.

— Elle a des dettes de drogue.

— Combien ?

— Près de six mille dollars. US.

— US ?

— C'est le nouveau truc pour piéger les filles. Ils leur disent seulement quand elles ne sont plus capables de payer que leur dette est en argent américain. Ça augmente leur dette de cinquante pour cent d'un seul coup.

— Évidemment, votre fille, elle ne veut pas témoigner.

— Elle ne veut pas témoigner, confirma Dominique. Elle veut disparaître.

— Vous avez besoin de quoi ?

— Une équipe pour la protéger pendant quelques jours, le temps qu'on négocie le prix de sa libération avec l'avocat des Raptors.

— Tant que vous négociez, il ne devrait pas y avoir trop de problèmes. Pourquoi une équipe tout de suite ?

— Elle est terrorisée. Ils ont voulu la transférer dans un bordel en Alberta. Elle s'est enfuie avec le portefeuille du Raptor à qui elle appartenait.

— Ça va faciliter les négociations !

— Ils exigent une réparation symbolique de dix mille dollars comme préalable à la négociation.

— Je vais vous trouver une équipe.

— Si vous pouviez l'amener au 306.

— D'accord.

Le 306 était un petit appartement que Dominique gardait dans une chic tour d'habitation de Westmount. L'endroit faisait partie de ses investissements en prévision de ses vieux jours. Il était payé depuis plusieurs années et elle avait les moyens de le garder vide pour héberger des filles en transition, lorsque la situation se présentait.

— Pour celle qui était au Slow Move, demanda Théberge, qu'est-ce qui se passe ?

— Les parents ont ajouté quatre mille et les Skulls ont accepté. Elle n'aura pas besoin de se cacher.

Théberge ne fit aucun commentaire. Une fois de plus, les motards gagnaient.

Dominique s'empressa de changer de sujet.

— Pour la danseuse qui est rendue au Spider Club, vous avez l'intention de faire quelque chose ? demanda-t-elle.

— Je ne peux quand même pas l'arrêter parce qu'elle a été témoin d'un accident cardiovasculaire !

— Plus j'y pense, plus je trouve ça louche, cette histoire-là.

— Intuition féminine ?

— Intuition éduquée d'une femme qui a passé presque toute sa vie adulte dans un bar de danseuses.

— Je suis d'accord avec vous. Il y a quelque chose d'étrange dans le comportement de votre danseuse. Mais la mort est accidentelle. Pamphyle me l'a confirmé tout à l'heure… Je vais peut-être aller quand même l'interroger.

— Au Spider Club ?

— C'est une bonne occasion d'aller voir ce qui se trame dans ce mystérieux temple de l'érotisme mercantile et du fantasme arachnide !

## Montréal, 18 h 53

Chamane arrêta sa voiture en double file devant l'édifice de Hope Fund Management, dans McGill College. Yvan Semco se dépêcha d'entrer dans la vieille Chevrolet Caprice et de refermer la porte derrière lui.

La voiture démarra dans un grondement feutré. À l'intérieur, la voix de Dolores O'Riordan mettait à rude épreuve les haut-parleurs de la radio.

> *With their tanks and their bombs*
> *And their bombs and their guns.*
> *In your head, in your*
> *head…*

Yvan baissa le volume, comme chaque fois qu'il entrait dans la voiture de Chamane

— C'est *Zombie* ! protesta ce dernier.

— Ça date de 1993.

— 1994, rectifia Chamane.

Ce dernier savait qu'Yvan n'avait rien contre les Cranberries. Mais il trouvait toujours la musique trop forte.

— Et alors ? reprit Yvan après un moment. Comment vont les amours ?

— Les amours, je ne sais pas. Mais on est censés se voir tout à l'heure.

— Qu'est-ce que vous avez fait, l'autre soir ?

— Rien de spécial. On s'est promenés sur le Net. Je lui ai montré quelques trucs de *hacker*.

— Elle a couché chez vous ?

— Si on veut…

— Comment ça, si on veut ?

Leur conversation fut interrompue par une sonnerie de téléphone. Yvan sortit un cellulaire de sa poche gauche de veston.

— Semco.

— *J'en ai vendu le tiers, comme tu me l'avais demandé.*

— Le marché est à combien ?

— *14,50 / 15,20.*

— Tu peux en laisser aller un autre dix mille à 14,75. Si ça monte en haut de 15, tu laisses partir le reste. Et si ça redescend, tu ne fais rien. À moins que ça tombe en bas de 13,25. Là, tu rachètes.

— *Combien ?*

— Dix mille par vingt-cinq cents de baisse.

Yvan remit l'appareil dans sa poche de veston.

— Ça n'arrête jamais ? demanda Chamane.

— C'est ce qui rend le métier intéressant !

Semco tourna la tête vers l'arrière.

La banquette était couverte d'appareils électroniques. Il crut reconnaître deux moniteurs et ce qui lui sembla être un micro-ordinateur débarrassé de son enveloppe. Le reste rentrait dans la catégorie générale de la quincaillerie. L'appartement de Chamane en était rempli.

— C'est quoi, la quincaillerie ? demanda-t-il.

— Des trucs dont je n'ai plus besoin, dit-il. Je les ai mis dans l'auto pour les laisser à un ami, quand je vais passer par chez lui.

Yvan s'attarda ensuite au nouveau GPS que Chamane avait installé sur le tableau de bord.

— Ce n'est pas plus simple avec une carte ? demanda-t-il.

— Oui, mais c'est moins intéressant. Celui-là, tu peux le programmer pour qu'il conserve les trajets les plus utilisés en mémoire.

— Je commence à me demander s'il y a une seule chose normale dans ton foutu char.

— Le conducteur !

Chamane avait acheté une ancienne voiture de patrouille banalisée ayant appartenu à la GRC. Pour la sécurité, disait-il. Toute l'automobile était « améliorée » : plaques d'acier dans les portes, joint universel de l'arbre à came trois fois plus gros que la normale, châssis renforcé… À cela s'ajoutaient plusieurs modifications moins apparentes touchant la force du moteur, deux paliers supplémentaires d'accélération rapide, ainsi qu'une série de gadgets électroniques qui avaient été enlevés de l'automobile avant la vente aux enchères et que Chamane s'était efforcé de remplacer.

Un jour, il avait dit en blague à Yvan qu'il y avait des kilomètres de fils électriques à l'intérieur de l'automobile, quand il l'avait achetée.

— Tu travailles sur quoi, ces temps-ci ? demanda Yvan.

— Toujours mon programme.

— Et pour le fric ?

— Tu ne devineras jamais. Mais il faut que tu me promettes de ne rien dire.

— Microsoft !

— Es-tu fou ?

— IBM.

— Je suis prêt à me vendre, mais il y a des limites…

— Tu travailles pour la CIA !

— Tu promets ?

— OK, je promets.

— Je travaille pour les flics.

— Les flics !

— Une sorte de flics.

— Tu espionnes tes amis *hackers* pour le compte des flics !

— Pas du tout. Je surveille des transferts d'argent par ordinateur.

— Tu fais du *hacking* pour eux ?

— On pourrait appeler ça comme ça, répondit précautionneusement Chamane.

— Comment est-ce que tu t'es retrouvé mêlé à ça ?

— Un truc que j'ai fait à la CIA.

— J'avais raison ! Tu as travaillé pour la CIA !

— Pas du tout, j'ai craqué leur site. Pendant une heure et demie, tous ceux qui entraient sur le réseau étaient accueillis par le symbole Peace and Love et un extrait de *All you need is love*. Mais je me suis fait prendre. Normalement, j'aurais dû aller en prison, mais il y a quelqu'un qui est intervenu : si j'acceptais de faire des jobs pour eux de temps en temps, j'évitais la tôle. En plus de me payer, ils me fournissent tout l'équipement dont j'ai besoin.

— Ce que tu fais pour eux, c'est relié à du blanchiment d'argent ?

— Ils ne m'ont rien dit, mais presque tout ce que je surveille aboutit dans des paradis fiscaux.

— Est-ce qu'il y a beaucoup de gestionnaires de Montréal sur ta liste ?

— Tu peux dormir tranquille, ton nom n'est pas là.

— Peut-être qu'il y a des gens que je connais…

— Je ne peux pas te répondre, fit Chamane, subitement mal à l'aise. Je t'en ai déjà trop dit.

Il venait de se rappeler le travail qu'il avait effectué pour Hurt, au printemps. On n'avait jamais rien trouvé sur Hope Fund Management, mais la boîte continuait de faire l'objet d'une surveillance par l'Institut.

— À ta place, répondit Yvan, je ferais attention dans quoi je m'embarque.

— Ils sont *cool*… Écoute ! Il faut que tu entendes ça !

— Qu'est-ce que c'est ?

— Un MP3 que je viens de trouver sur le Net.

Il sortit un CD d'un étui et l'introduisit dans le lecteur.

— Je viens juste de le graver, expliqua-t-il. Plus de cent MP3. C'est la première pièce.

— C'est quoi la merveille ?

— Le deuxième microsillon des Dead Kennedys, répondit Chamane, comme si l'annonce devait générer un enthousiasme exubérant chez tout auditeur potentiel.

## Montréal, 21 h 46

Marc-André Gilbert suivit le portier.

La scène centrale avait la forme d'une immense roue d'engrenage. Des chaises avaient été insérées dans les espaces vides entre les dents. Ces dernières servaient de tables individuelles pour les clients.

Gilbert eut à peine le temps de s'asseoir qu'une danseuse lui apportait une bière.

— Aux frais de la maison, dit-elle.

Quelques instants plus tard, les lumières s'éteignaient. Un cercle de lumière se découpa au centre de la scène.

*Une bonne main d'applaudissements, messieurs, pour la sexy Sharon… Allez, on l'applaudit !…*

La danseuse surgit dans le cercle, puis traversa la scène et alla directement vers Gilbert, entraînant la lumière avec elle. Elle s'agenouilla devant lui, jambes écartées, fit mine d'enlever son soutien-gorge et se releva. Elle répéta le même manège de chaque côté de la scène avec d'autres clients, comme pour ne négliger aucune partie du public.

Elle revint ensuite vers Gilbert, croisa les jambes autour du poteau à côté de lui et se laissa descendre jusqu'au sol. Sa jambe gauche, allongée, reposait sur la table.

Elle remonta un peu la jambe, pour que son pied soit juste devant le visage de Gilbert, et elle lui demanda d'enlever son soulier.

Il s'exécuta.

La danseuse se releva, enleva son deuxième soulier et le déposa à côté du premier sur le bord de la scène.

Elle s'agenouilla ensuite directement devant Gilbert et lui demanda de s'approcher pour défaire l'attache de son soutien-gorge.

Au moment où il s'avançait, elle se pencha vers lui.

— Je viens vous voir tout de suite après mon numéro, murmura-t-elle. C'est avec moi que vous avez rendez-vous.

## BROSSARD, 22 H 17

À l'aide de la télécommande, l'inspecteur Théberge baissa le volume sonore de la télévision. Il se leva ensuite pour aller répondre au téléphone.

— Résidence Théberge-Gaboury, j'écoute !

— Il y a quelque chose qui cloche, dit aussitôt Grondin.

— Quelque chose qui cloche, reprit Théberge en s'efforçant de garder un ton calme. Dans quoi y a-t-il quelque chose qui cloche ?

— C'est la fille.

— Ah, bien entendu… Quelle fille ?

— Celle qui était avec lui dans la salle, au quatrième.

— Évidemment, s'il y avait une fille avec lui au quatrième.

Théberge prit une grande respiration pour se calmer. Une deuxième. Puis il explosa.

— Sombre batracien obscurantiste ! D'abord, vous perturbez la sérénité de mon logis à des heures indues et barbares ! Ensuite, vous m'assénez un assortiment de répliques sibyllines à faire crever de jalousie un politicien !… De quoi parlez-vous au juste ?

— Du suicide au casino. Il y a des détails qui sont suspects. Ils cadrent mal avec le reste des événements. Par exemple, la fille qui était avec Hammann. Normalement, les gros joueurs n'amènent pas de filles avec eux dans leurs parties de cartes.

— C'était peut-être une fille qu'il venait de rencontrer.

— Raison de plus. Selon les joueurs, la limite était à trois millions. Les joueurs n'amènent pas de filles dans des parties aussi sérieuses. Pas à Montréal, en tout cas. À Las Vegas ou Atlantic City, c'est différent. Mais ici…

— Et les joueurs ?

— Tous des professionnels. Mais aucun n'a ce type d'argent.

— Votre conclusion ?

— Hammann s'est fait piéger. Quand il est sorti pour aller prendre l'air, il avait déjà perdu plus de deux millions.

— Vous avez des preuves ?

— Non. Vous ne nous avez pas demandé des preuves, vous nous avez demandé ce qu'on en pensait.

— C'est vrai, admit Théberge en allongeant de nouveau sa respiration.

— Vous voulez qu'on suive l'affaire à temps perdu ?

— Évidemment. Toute activité qui peut favoriser votre formation est la bienvenue. Mais votre priorité demeure le Vengeur.

— Entendu, mon capitaine. Mais il y a une dernière chose.

— Quoi encore ?

— J'aimerais connaître la clause, dans notre convention de travail, qui touche les mouvements d'humeur des supérieurs.

— Pour quelle raison ? demanda froidement Théberge.

— Pour savoir si c'est couvert par les dispositions de l'assurance-maladie. Quand vous avez fait un éclat, tout à l'heure…

— Je n'ai pas fait d'éclat ! Je me suis simplement exprimé.

— Quand vous vous êtes exprimé, comme vous dites, j'ai eu une attaque d'eczéma.

— Et alors ? Je ne suis pas responsable des effervescences érythémateuses de votre épiderme, que je sache !

— Il est possible que je ne puisse pas me rendre au travail demain matin.

— Tiens donc !

— Votre agressivité verbale a provoqué une réaction allergique. Il faut que j'évite tout stress supplémentaire, le temps que l'éruption se résorbe complètement.

— Et moi, je veux vous voir demain matin, à la première heure, au bureau. Sinon, je vous prédis un accroissement de stress mammouthéen !

Après avoir raccroché, Théberge descendit au bureau qu'il avait aménagé dans son sous-sol. Il y trouva le rapport d'autopsie de Lavigne que Pamphyle lui avait envoyé par télécopieur. Le rapport ne lui apprenait pas grand-chose de plus que ce que le médecin légiste lui avait dit au téléphone. Le patient était mort d'un infarctus du myocarde. Des traces importantes de Viagra demeuraient dans son sang, de même que des traces d'alcool. En plus de fortes quantités de boisson, la victime avait probablement aussi consommé des substances chimiques, mais il ne pouvait pas les identifier.

## MONTRÉAL, 22 H 34

La danseuse s'assit en face de Gilbert. Elle avait remis son bikini.

— Désolée de vous avoir fait attendre, dit-elle. Mais, avec ce qu'il y a autour de vous, je suis certaine que l'expérience n'a pas été trop pénible.

— Où est Catherine ? s'empressa de demander Gilbert.

— En sécurité. Il y a quelqu'un qui s'en occupe.

— Où ?

— Dans le salon de massage où elle travaille. Le motard à qui elle appartient s'assure qu'aucun des clients ne la brutalise… et qu'elle ne manque de rien.

— Vous pouvez la faire sortir ?

— Bien sûr. En fait, je peux satisfaire tous vos besoins.

La jambe de la femme frôla celle de Gilbert. Ce dernier écarta brusquement la sienne et recula sur sa chaise.

— Si vous reculez une fois encore, cette conversation est terminée, fit la danseuse d'une voix tranchante. Vous expliquerez à votre femme pourquoi les photos de sa fille se retrouvent dans le journal… à côté des vôtres. Je suis sûre que ça ferait un montage intéressant.

Il était important de déstabiliser le client. Son costume de danseuse, le frôlement contre sa jambe, l'alternance du ton froid et de la menace avec la séduction… tout cela avait pour but de le désorienter. De l'amener à se soumettre à une première exigence. Une exigence pas si désagréable, quand on y songeait. Ensuite, le reste suivrait facilement.

— Qu'est-ce que vous voulez ? demanda Gilbert.

— D'abord que vous vous rapprochiez.

Après une hésitation, il s'avança un peu sur sa chaise. La danseuse colla de nouveau sa jambe à l'intérieur de la sienne et entreprit de le caresser lentement.

— Vous ne trouvez pas que c'est mieux comme ça ? dit-elle en plongeant son regard dans le sien, comme si elle guettait sa réaction.

— Si vous me disiez ce que vous demandez pour libérer Catherine, se contenta-t-il de répondre.

Il avait parlé d'une voix qu'il s'efforçait de garder calme.

— D'abord, établir un climat de confiance propice à la négociation. J'ai besoin de sentir les réactions des gens avec qui je fais affaire.

— Qu'est-ce que vous voulez ?

— Ce que je veux ? Que vous deveniez riche.

— Riche ?

— Plus riche qu'avec les petits trafics que vous faites à l'Hydro.

— Je n'ai jamais rien fait d'illégal ! protesta Gilbert.

— J'en suis certaine. Je parle de vos petits trafics légaux. Mais ça n'a aucune importance. Pour vous expliquer quelle collaboration j'attends de vous, j'ai demandé à un ami de se joindre à nous.

Elle fit un signe en direction d'une table voisine. Un homme au complet impeccable se leva et vint vers eux.

— Claude Brochet, dit-il en tendant sa main à Gilbert. Je suis le nouveau vice-président aux affaires corporatives chez Hope Fund Management. Je m'occupe également d'un certain nombre d'investissements privés.

— J'ai entendu quelqu'un mentionner votre nom, se contenta de répondre Gilbert sur un ton froid.

La proposition de Brochet était simple. Gilbert faisait partie du comité de placement de la caisse de retraite des employés de l'Hydro. Il en était même le membre le plus influent. On voulait qu'il utilise cette influence pour réorienter une partie des placements de la caisse de retraite vers d'autres gestionnaires.

— Vous voulez qu'on vous confie cinq cents millions, résuma Gilbert.

— Sur un fonds de plus de huit milliards, ce n'est pas si important.

— Le rendement, chez UltimaGest, a toujours été supérieur au marché. Et à presque toute la compétition, d'ailleurs.

— Ils viennent d'avoir trois semestres assez ordinaires.

— Ça peut arriver.

— Il serait prudent de diversifier davantage vos gestionnaires.

— Si je fais en sorte qu'on vous donne cinq cents millions à gérer, je retrouve ma fille ?

— Je ne suis d'aucune façon au courant des ententes que vous pouvez avoir avec mademoiselle, fit Brochet. Je suis ici uniquement pour éclaircir les points techniques de la proposition qui vous est faite.

— Vous pouvez disposer, fit alors la danseuse, comme si elle voulait affirmer sa position d'autorité.

Brochet se leva, salua Gilbert.

— Ce fut un plaisir, dit-il.

Il se tourna vers la danseuse, la salua d'une légère inclinaison du buste et se dirigea vers la sortie.

— Si j'accepte de faire ce que vous voulez, redemanda Gilbert, ma fille va sortir de là ?

— Bien sûr. Nous prendrons même sa désintoxication en charge, si cela vous arrange. Mais je dois être franche avec vous : ce que mes clients cherchent, c'est une association à long terme.

— Que voulez-vous dire ?

— N'espérez pas faire le virement de cinq cents millions et que tout soit fini. Plus tard, vous recevrez d'autres suggestions.

— D'autres suggestions ?

— Pour améliorer la rentabilité de vos placements.

— Et vous me garantissez que ma fille sortira du salon de massage ?

— Dans les minutes qui suivront votre acceptation.

— Je suis d'accord.

— Il ne nous reste donc qu'une petite formalité à remplir, une formalité au demeurant tout à fait agréable.

— Laquelle ?

— Vous voyez la danseuse, là-bas ?

Elle montrait une jeune fille qui dansait pour un client et qui avait l'air d'une jeune étudiante, avec ses petites lunettes cerclées d'argent.

— Oui.

— C'est Beverly. Vous allez la suivre dans un de nos habitacles semi-privés.

— Je n'ai vraiment pas la tête à ce genre de chose.

— Je sais. Elle pourrait être votre fille.

— Vous êtes répugnante.

— Elle a probablement faussé ses papiers pour pouvoir travailler, poursuivit la danseuse, ignorant la remarque.

— Aller dans cet habitacle est la dernière chose dont j'ai envie ! continua de protester Gilbert.

— C'est pourtant nécessaire. Nous faisons confiance à nos associés, mais nous tenons à avoir des garanties. Dans l'habitacle, une caméra va filmer votre… interaction. C'est notre garantie.

— Vous ne pouvez pas me demander ça !

— Tant que nos relations demeureront mutuellement satisfaisantes, je peux vous assurer que la bande-vidéo sera conservée en toute sécurité dans mon coffre-fort.

— Je ne peux pas.

— Vous n'avez pas le choix. Mais je veux bien me montrer compréhensive. Nous sommes prêts à attendre que vous ayez fini de débattre la question avec votre conscience.

— Et ma fille?

— Vous pouvez me faire confiance, elle est en sécurité dans le salon de message où elle travaille. Ce n'est pas pour quelques semaines de plus…

— Vous êtes… vous êtes monstrueuse!

— Certainement pas autant que vous, qui mettez la vie de votre fille en balance avec vos principes!

Quelques instants plus tard, l'homme prenait le chemin de l'habitacle que lui avait indiqué la danseuse. La fille qui ressemblait à une jeune étudiante le suivit. À la voir, on ne pouvait pas deviner qu'elle avait vingt-deux ans. Elle ressemblait plutôt à une adolescente qui aurait essayé de se vieillir.

Gilbert serait d'autant plus vulnérable qu'il serait convaincu d'avoir été filmé avec une mineure, songea Jessyca Hunter. Une fois cette étape passée, il serait complètement enfermé dans le piège qu'elle avait tissé au cours des dernières semaines. Il n'aurait plus le choix: il faudrait qu'il exécute les ordres de Brochet. Et chacun de ces ordres l'enfoncerait davantage. Le prochain serait d'ailleurs tout simple à exécuter: il devrait fournir un dossier sur chacun des autres membres du comité de placement qu'il présidait.

Dans l'utilisation des idéologies, il faut se garder de confondre les propagandistes et leurs armées de fidèles.

Au niveau des dirigeants, ces utopies ont pour principale assise la volonté de pouvoir. Leur grand rêve est de changer le monde. De laisser leur marque. C'est cette volonté de pouvoir qui explique qu'ils sont déterminés à changer le monde, que ce dernier y consente ou non.

Pour la foule des adeptes, ce sont davantage les facteurs d'appartenance qui jouent, associés au sentiment d'être partie prenante à une œuvre grandiose. Une œuvre qui exige de consentir à tous les sacrifices. D'accepter tous les risques. Par exemple, le risque d'être ridiculisé. Ou celui d'être arrêté, et condamné… Le risque de faire des victimes innocentes.

Leonidas Fogg, *Pour une gestion rationnelle de la manipulation*, 3- Embrigader les volontés.

## SAMEDI, 3 JUILLET 1999

### BRUXELLES, 10 H 16

Victor Zonta vit s'avancer vers lui un homme dans la cinquantaine vêtu avec l'élégance retenue des grands banquiers. Une élégance discrète qui avait valeur de mise en garde : « Voyez ! Je pourrais avoir un style plus recherché, mais je préfère demeurer un banquier. Prenez-en acte. »

L'homme tendit une main que Zonta s'empressa de saisir.

— Victor Zonta, dit-il en guise de présentation.

— Darius Petreanu, répondit son interlocuteur, d'une voix feutrée qui devait être de mise dans les salles de conférences de Berne et de Zurich.

Ses manières onctueuses, qui évoquaient une longue familiarité avec l'argent, ses mains manucurées ainsi que le rayé discret de son costume ne trompèrent pas Zonta. L'homme ne devait pas être pris à la légère. Ses yeux noirs évoquaient plus les emportements de Torquemada que les entrechats mondains des dîners officiels. La passion perçait dans ses yeux et ce n'était pas tant celle de l'argent que celle du pouvoir. Une passion renforcée par l'habitude d'avoir raison et par la conviction de savoir mieux que quiconque l'ordre qu'il convenait d'imposer aux choses faisant partie de son univers. Or, l'univers de Petreanu, c'était la planète.

Le financier s'assit devant Zonta. Il avait lui-même fixé le rendez-vous dans ce petit café, près de la Grand-Place, et il n'avait pas informé son interlocuteur des motifs de leur rencontre. Il ne croyait pas aux longues explications, aux précautions oratoires et à l'annonce graduelle de ses intentions. Il croyait à l'action et à l'utilité de paraître imprévisible.

— Avez-vous lu votre horoscope, ce matin? demanda-t-il.

— Mon horoscope? demanda Zonta, déconcerté.

— On y prédit que vous allez entreprendre sous peu un voyage. Alors, je me suis dit que je pouvais donner un coup de pouce au destin.

Il sortit une enveloppe de sa poche intérieure de veston.

— Un billet d'avion pour Montréal, reprit-il. Vous partez ce soir.

— Et mon travail?

— Le responsable de votre secteur est très satisfait de votre travail. C'est précisément pour que vous appliquiez vos remarquables compétences dans un nouvel environnement que je vous envoie là-bas.

— Au pays des neiges éternelles?

— Ce n'est quand même pas le Groenland.

— Ça dépend de la période de l'année.

Petreanu eut un geste ennuyé de la main, comme pour chasser un moustique.

— Vous allez diriger la firme Jarvis Taylor Dowling. Officiellement, il y aura un président intérimaire : son prédécesseur vient tout juste de décéder. Dans les faits, vous aurez tous les pouvoirs. Votre première tâche est de vous familiariser avec la boîte, de la mettre à votre main et de vous insérer dans le milieu. Vous vous rapporterez à Brochet.

Une ombre de contrariété passa sur le visage de Zonta.

Petreanu fit comme si de rien n'était, mais l'information fut soigneusement classée dans son cerveau : si jamais il avait besoin d'une surveillance supplémentaire sur Brochet, Zonta ferait un bon informateur.

— C'est lui qui dirige la stratégie globale, poursuivit Petreanu. Votre tâche consistera à mettre les ressources de la firme à son service tout en préservant l'image corporative actuelle, qui nous donne une excellente couverture.

— Bien.

— Un dossier sur cette firme vous sera transmis dans les heures qui viennent par courrier électronique. Pour les opérations de soutien – difficultés avec certains membres du personnel ou clients – une équipe spéciale de Vacuum est sur place. En cas d'urgence, vous allez au Spider Club et vous demandez à voir Nathalia.

— Le Spider Club ?

— Un bar de danseuses, comme ils disent là-bas.

— Et Nathalia ? Une danseuse ?

— Une danseuse qui a de multiples talents, répondit Petreanu avec un sourire. Je suis persuadé qu'elle saura s'occuper de vos problèmes. Quels qu'ils soient.

— Et mon travail actuel à la banque ?

— Votre adjoint acceptera avec enthousiasme de prendre la relève… Voilà, je pense que c'est tout. Comme vous avez sûrement beaucoup à faire avant votre départ, je ne veux pas vous retenir plus longtemps.

Les deux hommes se levèrent.

Au moment où ils arrivaient près de la sortie, Petreanu se retourna vers Zonta.

— Vous pouvez considérer ce petit travail comme un service que vous nous rendez, dit-il. Une préparation à de plus hautes responsabilités.

— Je vous remercie de votre confiance.

Petreanu sourit. Zonta avait de l'ambition, songea-t-il. Travailler sous les ordres de Brochet, alors qu'il avait un niveau égal au sien, était un coup dur. Aussi bien l'amener à croire qu'il s'agissait d'une situation temporaire. Un pas en arrière, en quelque sorte, pour mieux sauter.

Après avoir pris congé de Zonta, Petreanu se dirigea vers la petite rue où l'attendait une limousine. En marchant, il fit un appel à Londres sur son portable.

Il pouvait maintenant aller à son rendez-vous avec sa maîtresse du samedi. Il passerait le reste de la journée avec elle. Son avion pour Genève partait seulement à vingt-trois heures.

L'existence de Petreanu s'était simplifiée depuis qu'il avait confié la gestion de sa vie amoureuse à sa secrétaire. Elle avait organisé un système où chacune de ses maîtresses était de garde une journée par semaine : cette journée-là, les femmes devaient être disponibles sans préavis. Les autres jours, elles avaient droit à un préavis de vingt-quatre heures. Sauf pendant les vacances : chacune avait alors droit à un mois de congé.

C'était également sa secrétaire qui négociait les primes de séparation et qui s'occupait des arrangements pour l'installation des nouvelles.

Petreanu n'avait jamais regretté cette décision : qui mieux qu'une lesbienne peut comprendre les femmes, connaître leurs besoins et savoir comment traiter avec elles pendant les moments délicats de la rupture ?

## MONTRÉAL, 9 H 11

Blunt raccrocha l'appareil et se dirigea vers la cuisine pour se préparer un café. Kathy était partie faire des achats en prévision des vacances. « Une journée de shoppinge », avait-elle déclaré en caricaturant l'incapacité des Français à prononcer les mots anglais qu'ils s'acharnaient à emprunter.

La cafetière à pression semblait avoir pris Blunt en grippe. Il lui jeta un regard méfiant. Chaque fois que Kathy se faisait un café, tout fonctionnait parfaitement. Par contre, si lui s'en faisait un, une fois sur deux l'eau se mettait à fuir, diluant son café ou, pire, aspergeant les alentours de café sous pression. Il devait alors tout nettoyer avant de recommencer.

Blunt avait eu beau observer Kathy et reproduire exactement sa façon de procéder, l'appareil semblait deviner quand c'était lui.

Mic et Mac, les deux siamois, reposaient sur le lit de la chambre avec le sentiment du devoir accompli : ils avaient réveillé tout le monde à six heures trente, avaient renversé leur bol d'eau pour manifester leur insatisfaction quant à la fraîcheur du liquide, avaient ravagé la position sur le goban du salon, avaient caché un des souliers de Kathy, tout cela sans oublier de faire leurs exercices de vocalisation et de jeter par terre quelques livres de la bibliothèque.

Même en dormant, ils poursuivaient leur travail, s'efforçant d'imprégner minutieusement de poil la couverture du lit. Avec eux, la saison de mue semblait durer douze mois.

Quand l'espresso eut fini de couler, Blunt remercia silencieusement tous les dieux dont le nom lui vint à l'esprit et s'empressa d'éteindre la cafetière. Autant ne courir aucun risque.

Puis il s'assit à la table de la cuisine et dressa une courte liste de noms sur une feuille.

- Paul Hurt
- Michel Lavigne
- Gonzague Théberge
- Ulysse Poitras

Il inscrivit ensuite le nom de Lefebvre à côté de celui de Théberge. Puis il ajouta un nouveau nom après celui de Poitras : Semco.

Quelques minutes plus tard, l'organigramme réaménagé de son équipe avait trouvé une forme définitive.

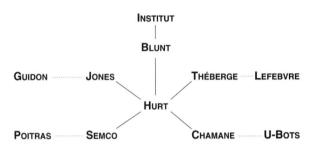

Les noms reliés par des lignes pleines représentaient le noyau de l'équipe. Les lignes pointillées désignaient les ressources d'appoint.

Sur papier, c'était une bonne équipe. Mais il avait encore des vérifications à faire. Même s'il faisait confiance au jugement de Chamane pour le jeune Semco, il tenait à le rencontrer. Quant à Poitras, il préférait ne pas l'impliquer trop directement dans les opérations, car il était plus exposé que les autres. Les adversaires le connaissaient et ils pouvaient bien l'avoir mis sous surveillance dans l'espoir qu'il les mène à quelqu'un de l'Institut.

Restait Théberge. Avec lui, c'était moins une question de vérifier ses antécédents que de savoir s'il accepterait la proposition que Blunt allait lui faire. Ses rapports avec l'Institut étaient beaucoup plus récents. Le lien de confiance n'avait pas encore eu le temps de s'établir.

Blunt regarda sa montre. Encore une heure avant le rendez-vous.

## MONTRÉAL, 10 H 22

Yvan tourna à droite dans Hôtel-de-Ville. Il laisserait son auto dans le premier espace de stationnement qu'il trouverait et il continuerait à pied. Une heure plus tôt, il avait reçu un appel de Chamane lui disant qu'il le réquisitionnait pour le dîner. Il avait quelqu'un à lui présenter.

À l'intérieur de l'appartement, Yvan vit que la quincaillerie avait gagné du terrain. Initialement contenue dans deux des cinq pièces, elle envahissait peu à peu le salon et la salle à manger.

Dans la salle de travail, tout était rangé, sinon de façon élégante et aérée, du moins dans un ordre qui permettait à Chamane de se retrouver rapidement. Les piles d'appareils étaient bien alignées, les plus petits par-dessus les plus gros, et les fils étaient relégués derrière les appareils.

Dans l'atelier, par contre, c'était le capharnaüm: les étagères débordaient, les trois tables étaient recouvertes d'appareils éventrés et le plancher était jonché de pièces détachées, de manuels d'instructions, de bouts de fils coupés et de livres techniques… Depuis un mois, des appareils ouverts et des livres avaient commencé à apparaître le long des murs de la salle à manger. D'autres appareils avaient surgi derrière le divan du salon, qui avait été décollé du mur pour leur faire de la place.

Chamane ne faisait pas que travailler en informatique. Il avait une passion pour les ordinateurs et les composantes électroniques. Il achetait fréquemment des appareils usagés pour étudier leur architecture, récupérer des pièces devenues rares, les intégrer à d'autres appareils… La conséquence de cette passion était une érosion lente mais continue de son espace personnel par la quincaillerie.

Quand il émergea de la chambre, il paraissait ne pas avoir dormi depuis plusieurs jours.

— Tu avais encore oublié de barrer ta porte, fit Yvan. Un jour, tu vas te faire vider ton appartement.

— Quelle heure est-il?

— Ça fait une heure que tu m'as téléphoné. Tu t'étais recouché?

— Non.

— Dure nuit ?

— Le rendez-vous est Aux trois mutantes.

— Tu es rentré à quelle heure ?

— Je ne sais pas. Trois ou quatre heures.

— Aux trois mutantes ?

— Oui…

— Ce n'est pas un de tes amis *hackers* qui veut des conseils de placement, toujours ?

— Non, ce n'est pas un de mes amis qui veut des conseils…

— As-tu vu Geneviève hier soir ?

— C'est probablement la personne à qui je fais le plus confiance.

— Qui, Geneviève ?

— Elle aussi. Mais je parlais de celui qu'on va voir.

— Autant qu'à moi ?

— Je l'ai revue hier soir, oui. Viens.

Au moment où Semco se tournait vers la porte, il vit Geneviève sortir à son tour de la chambre.

— La réponse est oui à toutes tes questions, fit-elle avec un sourire amusé.

Yvan prit un air embarrassé.

— Je ne voulais pas…

— Bon, je vous laisse à vos confidences de gars. Il faut que j'y aille, moi aussi. J'ai une répétition.

Elle passa devant Yvan, donna un baiser rapide à Chamane et sortit en disant qu'elle reviendrait vers dix-sept heures. Pendant la journée, elle allait s'occuper de ce dont elle lui avait parlé.


Quelques minutes plus tard, Chamane et Yvan roulaient dans l'automobile de ce dernier.

— Elle arrête définitivement de danser, fit Chamane.

— Ça veut dire qu'elle est réellement intéressée.

— Moi, je ne lui ai rien demandé. Je ne sais pas ce qu'elle me trouve.

— Est-ce que c'est vraiment nécessaire de comprendre ?

— Je la regardais se réveiller, ce matin, et j'essayais d'imaginer comment je pourrais créer une image d'elle qui serait aussi belle. Juste pour la subtilité du jeu des muscles sous la peau, ça prendrait un processeur d'au moins cinq cents mégahertz… Dans les yeux, on dirait une définition totale. Même avec un FTT, je pense que je n'y arriverais pas.

— Un quoi ?

— FTT. *Fast Fourrier Transformer*. Ça sert à analyser des phénomènes en apparence chaotiques et à en extraire l'essentiel pour qu'on puisse les reproduire. On en trouve dans certains appareils de synthèse vocale.

L'enthousiasme dans la voix de Chamane était évident.

— Tu ne vas quand même pas t'amuser à la reproduire sur ordinateur !

— T'es con.

— Et toi, tu es en train de tomber amoureux.

— Tu penses ?

— Ça m'est déjà arrivé, oui, de penser.

— Sauf quand tu téléphones.

— Quand je suis au téléphone, je ne pense pas : je travaille.

Chamane faisait allusion au métier d'Yvan : en tant que négociateur chez Hope Fund Management, il passait une grande partie de ses journées au bout du fil, à marchander avec les négociateurs d'autres institutions financières.

— Le type qu'on va rencontrer, c'est qui ? demanda Yvan.

— Celui dont je t'ai parlé, l'autre jour.

— Tu le connais depuis longtemps ?

— Quelques années.

— Tu es sûr que tu peux lui faire confiance ?

— Si ce n'était pas de lui, je serais en tôle.

— Qu'est-ce que tu as fait ?

— Je te l'ai déjà raconté. J'ai pénétré le site de la CIA, je me suis donné un *god privilege* et j'ai modifié la page d'accueil.

— Tu as causé beaucoup de dégâts ?

— Pour qui tu me prends ?... Pendant quinze secondes, l'écran affichait un message pacifiste, puis tout redevenait normal. Mais j'avais bloqué les procédures de *reset* et changé le code d'accès du *sysop*. Ça leur a pris quatre heures pour tout rétablir.

— Comment est-ce qu'ils t'ont retrouvé ?

— J'avais *hacké* le compte d'un de mes professeurs à l'université, comme base de départ. Ils sont remontés jusqu'à lui et ils ont passé en revue la liste de ses étudiants.

— Ton type, il travaille pour la CIA ?

— Non, c'est une autre sorte d'agence.

— Des Américains ?

— Probablement. Ce que je sais, c'est qu'ils s'occupent en priorité des débiles majeurs : réseaux de trafic d'organes, terrorisme biologique, contrebande d'armes nucléaires...

— Un chausson avec ça ?

— C'est pas des blagues.

— Comment peux-tu savoir que ce qu'il te raconte est vrai ?

— Une bonne partie du travail que je fais pour eux, c'est de vérifier si leurs actions ont des résultats.

— Et moi, qu'est-ce que je viens faire dans cette histoire ?

— Tu connais le monde de la finance. Je vais avoir besoin de toi pour me démêler.

— Tu travailles sur quoi ?

— Ce que je sais du projet, c'est qu'ils enquêtent sur un groupe criminel qui blanchit des milliards. Moi, je suis chargé du pistage informatique.

— Des milliards ? Et ils viennent à Montréal pour travailler là-dessus !

— Ils pensent que le groupe cherche à s'implanter au Québec.

— Ridicule !

— Pourquoi ?

— S'ils ont réellement des milliards à blanchir, ce n'est pas ici qu'ils vont s'établir : c'est aux Bahamas ou dans un autre paradis fiscal.

— Écoute, je ne suis pas un expert en finance. La seule chose que je peux te dire, c'est qu'il se passe de drôles de choses. L'autre jour, je suis remonté jusqu'à une banque : aux Bahamas justement. Je suis entré dans leur système. Une journée, il arrive sept cent cinquante millions dans un de leurs comptes. Le lendemain, tout l'argent a disparu sans laisser de traces.

— Qu'est-ce que tu veux dire, disparu ?

— Le lendemain, le compte était à zéro. Il n'y avait aucune trace de transaction, aucun transfert, rien. Il n'y avait juste plus d'argent.

— C'est impossible. Comment ils ont pu faire ?

— Je t'en ai déjà dit plus que j'aurais dû. Pour le reste, il va falloir que tu attendes de rencontrer le type.

— Il est comment ?

— Comment comment ?

— Sympathique ? Constipé ? Drôle ? Baveux ?

— Le meilleur mot serait… attentif. Quand il te regarde, tu as l'impression que rien ne lui échappe. Mais, en même temps, il n'est pas vraiment froid. Retenu, je dirais. Une sorte de passion et de gentillesse retenue.

— J'ai hâte de voir ça. S'il est comme tu…

Une sonnerie de téléphone interrompit Yvan. Il sortit le cellulaire de sa poche droite et répondit.

— Semco !… Le marché est comment ?… Tu en vends le quart… Tu attends à 108,5 pour vendre un autre quart… OK.

Après avoir raccroché, Yvan demeura silencieux un moment, comme s'il était perdu dans ses pensées.

— De ton côté, comment ça se passe ? demanda-t-il finalement.

— Ça va.

— Ça faisait combien de temps que tu ne l'avais pas vu ?

— Mon père ? Plusieurs années… Le plus étrange, c'est que je n'arrive pas à l'imaginer dans un bar de danseuses.

— Les parents, c'est jamais évident de les voir comme ils sont.

## Westmount, 10 h 41

Geneviève hésita avant de sonner à la vieille maison de style anglais. Elle avait beau savoir que la patronne n'était pas exactement pauvre, elle ne s'attendait pas à ce qu'elle habite dans une des plus anciennes et des plus grosses résidences de Murray Hill.

— Je pensais m'être trompée d'adresse, dit-elle quand Dominique lui ouvrit.

— Il ne faut pas se laisser impressionner. La maison m'a coûté deux fois moins cher que ce que j'ai mis en rénovations au cours des années. La plomberie et l'électricité étaient finies, l'air passait à travers les murs…

— Oui, mais la terrasse, les fenêtres…

— Il ne peut pas y avoir que des désavantages. Viens.

Elle l'amena dans la cuisine. Un pot de café les y attendait, avec des croissants et des chocolatines.

— Le samedi, je déjeune toujours plus tard, dit-elle en faisant signe à la jeune femme de prendre place à la table. Tu veux un café ?

— Oui.

Geneviève regardait les portes françaises qui donnaient sur le jardin. Dominique remplit les deux tasses.

— Alors ? reprit-elle en s'assoyant à son tour. Quoi de nouveau ?

— J'ai décidé de suivre ton conseil et d'arrêter définitivement de danser.

— Qu'est-ce que tu vas faire ?

— J'aimerais travailler à l'occasion comme *shooter girl*, un ou deux soirs par semaine. Financièrement, je pourrais m'en tirer sans ça, le temps de finir mes études. Mais il y a le spectacle. J'aimerais mieux avoir un coussin.

— Tu as revu l'ami d'Yvan.

— J'arrive de chez lui.

— Et… ?

— Je n'ai jamais vu un gars comme ça. Il a l'air de sortir d'un de ses jeux d'ordinateur.

— Qu'est-ce que tu veux dire ?

— On dirait… On dirait qu'il n'a pas appris comment se comporter avec les gens. Par exemple, parler avec quelqu'un, pour lui, c'est expliquer quelque chose. S'il n'a rien à expliquer, il n'a rien à dire. Remarque, il a presque toujours quelque chose à expliquer… Tu devrais voir la quantité de choses bizarres auxquelles il s'intéresse.

— Mais toi, tu le trouves comment ?

— Ça fait drôle de rencontrer quelqu'un dont tu as entendu parler pendant des années. Sur le Net, c'est une sorte de héros… Personne ne sait qui il est. Je n'en reviens pas qu'il me l'ait dit. Avec un ordinateur, il peut faire n'importe quoi. Je te le dis, je n'en reviens pas.

— Et tu es certaine que c'est lui ?

— Tu devrais voir son équipement. Il a deux groupes de soixante-quatre RAID !

— C'est quoi, ça ? De l'insecticide ?

— Un réseau de disques durs pour stocker de l'information. De la manière dont ça fonctionne, même si tu enlèves un disque, toute l'information est sauvegardée : elle se redistribue autrement sur les autres disques du réseau… tu devrais voir ! Ça prend la place de deux réfrigérateurs ! Normalement, il n'y a que les grosses compagnies qui ont ça !

— Eh bien… À la santé de tes amours informatiques ! fit Dominique en soulevant sa tasse de café.

## MONTRÉAL, 11 H 08

Aux trois mutantes. Le café avait hérité son nom de la propriétaire et des serveuses, dont l'humour et l'extravagance avaient marqué le style de l'établissement.

Plusieurs clients gardaient un souvenir impérissable des scènes délirantes auxquelles ils avaient assisté, lorsque les trois mutantes, comme on les appelait, mangeaient ensemble, à leur table près du bar, une fois passée l'heure du dîner.

Chamane guida Yvan à une table, dans un coin en retrait. Un homme y était déjà installé, devant un café.

Il leur fit signe de s'asseoir d'un geste de la main puis il ferma les yeux et demeura totalement immobile. Chamane et Yvan prirent chacun une chaise.

Une quinzaine de secondes plus tard, l'homme ouvrait les yeux.

— Voilà, dit-il, l'air satisfait. Maintenant, je suis totalement à vous. J'aurais été distrait par mon problème si je n'avais pas pris le temps de le régler.

En réalité, il voulait donner à l'équipe des Jones le temps de vérifier que Chamane et son copain n'avaient pas été suivis. Dans le cas contraire, il aurait pu s'éclipser par la porte de derrière en quelques secondes.

— C'est l'ami dont je t'ai parlé, dit Chamane en s'adressant à Blunt.

Ce dernier se tourna vers Yvan.

— Chamane m'a beaucoup parlé de vous, dit-il.

— Yvan Semco, répondit l'autre en lui tendant la main.

— C'est un plaisir, dit Blunt en prenant la main tendue. Si j'en crois Chamane, vous êtes aussi fort dans votre domaine qu'il peut l'être dans le sien.

— Chamane exagère souvent. Mais je n'ai pas bien compris votre nom.

— Pour vous, disons que je suis… l'ami de Chamane. Ça vous va ?

— Pour l'instant.

— D'après Chamane, votre collaboration est essentielle pour le travail que nous avons entrepris.

— Un travail plutôt mystérieux, on dirait.

— Dans notre domaine, la prudence est une nécessité vitale.

— Je parlerais plutôt de paranoïa.

— Si votre père avait été un peu plus prudent – ou paranoïaque, comme vous dites – il ne serait peut-être pas mort.

— Mon père… Qu'est-ce que mon père vient faire là-dedans ? Et d'abord, qui êtes-vous pour… ?

Yvan avait élevé la voix. Blunt s'empressa de lui couper la parole, sur un ton à la fois ferme et posé.

— Je sais comment votre père est réellement mort. Je sais qui était avec lui quand il est mort. Et je sais que cet homme, au cours de sa carrière, a été impliqué dans beaucoup de morts mystérieuses. Chaque fois, celui qui est mort a endossé la responsabilité d'une fraude importante. Chaque fois, l'homme en question était parmi les victimes de la fraude. Mais toujours, il refaisait surface quelques mois plus tard, ailleurs sur la planète, en excellente santé financière… Êtes-vous intéressé à connaître la suite ?

Yvan parut secoué.

— Qu'est-ce que vous savez sur mon père ? demanda-t-il d'une voix qu'il s'efforçait de garder calme.

— Je ne sais pas avec certitude ce qui s'est passé. Je peux cependant vous dire ce que je crois le plus probable.

Blunt fit une pause et ferma les yeux pendant quelques secondes avant de poursuivre.

— Votre père n'était pas responsable de la fraude qui lui a été imputée, dit-il. Je crois cependant qu'il y a de bonnes chances qu'il se soit suicidé. Et je crois que la personne responsable de la fraude l'a poussé au suicide… Mais, comme je vous dis, je n'ai pas encore de preuves.

— Qu'est-ce qui vous fait « croire » tout cela ?

— Il ne s'agit pas de « croyances ». Il serait plus juste de parler d'hypothèses. L'hypothèse de la culpabilité de l'homme en question est la seule qui permette d'expliquer les cinq affaires auxquelles il a été associé… Cinq à notre connaissance. Il n'est pas exclu qu'il y en ait eu d'autres.

— Une hypothèse ?

— Une hypothèse, oui. Mais largement documentée.

— Pour quelle raison me parlez-vous de ça ? Chamane m'avait dit que c'était à un groupe international de criminels que vous vous intéressiez. Voulez-vous dire que… ?

— Exactement.

— Mon père aurait été victime de ce groupe ?

— Le seul lien que nous avons pu établir pour le moment, c'est avec l'homme dont je vous ai parlé. Mais comme il est relié au groupe en question…

— Cet homme, c'est qui ?

— Avant de vous le dire, j'ai besoin d'un engagement de votre part.

— Un engagement à quoi ?

— Je veux que vous écoutiez la proposition que j'ai à vous faire.

— Seulement écouter ?

— Oui.

— Et vous allez me dire qui a poussé mon père au suicide ?

— Si vous promettez de ne rien répéter à personne et de ne rien faire qui puisse compromettre notre action.

— C'est tout ?

Blunt acquiesça d'un signe de tête.

— Et si je change d'idée après vous avoir écouté ? poursuivit Yvan. Si je décide d'aller le trouver ?

— Chamane m'a assuré que vous étiez fidèle à votre parole. Je fais confiance à Chamane.

— Et votre prudence ? Votre paranoïa ?

— Je suis en faveur de la paranoïa contrôlée. Et puis, j'ai quatre-vingt-huit virgule trente et un pour cent de chances que vous acceptiez.

— Quatre-vingt-huit virgule trente et un ? Vous avez pêché ça où ?

Chamane crut bon d'intervenir.

— Il met toujours des probabilités sur tout, dit-il. Son cerveau est câblé mathématiques. C'est lui dont je t'ai parlé : tu sais, le joueur de go.

Yvan se tourna vers Blunt.

— Si je n'accepte pas vos conditions, vous ne me direz pas qui a poussé mon père au suicide ?

— C'est ça ; pour éviter que vous fassiez de l'interférence. Plus tard, par contre, quand l'affaire sera réglée…

— Et si j'accepte ?

— Je vous exposerai mes déductions.

— Vous n'avez pas peur que je fasse d'interférence ?

— Chamane m'a dit que vous étiez très professionnel. Et…

— … vous faites confiance à Chamane. Je sais.

Yvan regarda alternativement les deux hommes.

— Il est sérieux ? finit-il par demander à son ami *hacker*.

— S'il dit qu'il est sérieux, il est sérieux. De toute façon, je ne me souviens pas de l'avoir vu autrement que sérieux.

Yvan hocha la tête à plusieurs reprises, comme s'il n'arrivait pas à assimiler ce qu'on lui disait. Il se tourna finalement vers Blunt.

— D'accord, dit-il. C'est quoi, votre truc ?

## WESTMOUNT, 11 H 11

— À part le fait qu'il est un génie avec les ordinateurs, tu le trouves comment ? demanda Dominique.

Geneviève hésita avant de répondre.

— Attachant, je dirais. Quand je suis avec lui, je n'ai pas envie de partir au bout d'une heure, comme avec les autres. Il ne laisse rien paraître, mais je suis sûre que la mort de son père l'a beaucoup affecté.

— On dirait que tu t'es trouvé quelqu'un à sauver.

— Peut-être. En tout cas, il m'a redonné le goût de continuer mes études.

— Et le spectacle ?

— Je peux faire les deux.

— En plus du travail un soir ou deux par semaine ? Tu ne vas pas t'ennuyer.

— Qu'est-ce que tu en penses ?

— De quoi ?

— Tu sais de quoi je parle.

— Ton nouvel ami ?

— Oui.

— Il est pas mal mieux que celui qui voulait te mettre sur le trottoir après la première nuit !

— Lui !

— Tu te rappelles quand tu es venue au bar, la première fois ?

— Oui. Pourquoi ?

— Penses-tu que je ne le savais pas, que tu n'avais pas dix-huit ans ?

— Pourquoi tu n'as rien dit ?

— Parce que tu tenais tellement à danser. Si je t'avais refusée, tu te serais probablement retrouvée dans un bar des Raptors. Ou des Skulls. Tu avais tout ce qu'il fallait pour être recrutée.

— S'il y avait eu une descente, vous auriez pu perdre votre permis !

— Le risque n'était pas très grand. Avant que la police fasse une descente au Palace sans prévenir !

La sonnerie du téléphone interrompit leur conversation.

## Montréal, 11 h 14

— Je vais vous donner les grandes lignes du projet, dit Blunt. Pas tout, mais assez pour que vous compreniez pourquoi Chamane a besoin de vous. Le reste viendra plus tard.

— C'est un travail de combien de temps ? demanda Yvan.

— Il n'y a pas de temps limite.

— J'ai déjà un travail.

— Vous n'aurez pas à le quitter. Au contraire, il est même crucial que vous mainteniez votre implication dans les milieux financiers.

— Si je travaille, ça ne me laisse pas beaucoup de temps.

— Il vous reste les soirs, les fins de semaine…

— Ça va me faire une belle vie !

— L'objectif en vaut la peine, non ?

— Et ça va me permettre de disculper mon père ?

— Je ne peux rien promettre d'aussi précis. Je vous dis seulement que l'objectif que nous poursuivons est la destruction d'un groupe criminel auquel le responsable de la mort de votre père est lié. Si vous acceptez, cela exigera beaucoup de discipline de votre part. Il se peut que vous ayez à travailler avec lui.

— Moi, travailler avec… ?

— Nous ne faisons pas dans la vengeance. Nous essayons de neutraliser les groupes criminels qui représentent le plus haut potentiel de risque pour la planète. Si on peut accommoder votre besoin de vengeance pendant l'opération, tant mieux. Mais ça ne doit jamais être l'objectif principal.

— C'est facile à dire pour vous !

— Vous croyez ?… Il y a une personne avec qui vous allez être appelé à travailler. Le groupe que nous poursuivons a massacré ses enfants pour revendre leurs organes. Ils ont aussi fait mourir sa femme. Quelques années plus tard, ils ont failli tuer sa nouvelle amie… Si lui est capable de se contrôler, j'imagine que vous devriez y parvenir, vous aussi.

Chamane profita du silence qu'avait provoqué la déclaration de Blunt pour lui poser une question.

— Est-ce que c'est… ?

— Oui.

— Merde ! Je ne savais même pas qu'il avait eu des enfants.

— Quelqu'un serait assez aimable pour m'expliquer de quoi on parle ? intervint Yvan.

— Chamane répondra à toutes vos questions tout à l'heure, répondit Blunt. Pour le moment, il faut que je vous explique ce qu'on attend de vous.

Vingt minutes plus tard, Blunt avait brossé le portrait de l'organisation criminelle à laquelle s'attaquait l'Institut, de même que les raisons qui l'avait amené à surveiller les mouvements de capitaux reliés à certaines banques.

— Vous êtes sûrs qu'ils veulent s'installer au Québec ? demanda Yvan.

— À quatre-vingt-seize virgule sept pour cent. Et je compte sur vous pour m'expliquer comment ils vont s'y prendre. Avec Chamane, vous allez vous intéresser à leurs activités et dégager le plan qu'ils suivent. Il faudrait qu'on puisse prévoir leurs mouvements, de manière à pouvoir les retourner contre eux.

— Vous ne m'avez rien dit à propos de l'homme qui est responsable de la mort de mon père.

— Vous le connaissez déjà.

— Quoi !

— Claude Brochet.

— Celui qui est vice-président chez Hope Fund Management ?

— Oui.

— Merde !

— Vous comprenez pourquoi je vous disais qu'il vous faudrait de la discipline.

— Brochet !

— Qui d'autre ? Il avait accès à tout, il pouvait falsifier tous les documents.

— Dominique avait raison, murmura Yvan pour lui-même.

— Il ne sera probablement pas possible de prouver qu'il est responsable de la mort de votre père, reprit Blunt. Mais on peut détruire ce qu'il a construit et le faire condamner pour d'autres fraudes plus récentes. Êtes-vous prêt à travailler avec nous ?

Yvan regarda Chamane puis ramena les yeux vers Blunt.

— Je travaillerais avec lui ? demanda-t-il en désignant Chamane.

— Oui. Plus une ou deux autres personnes.

— Vous ?

— Pas moi. Le type dont je vous parlais tout à l'heure.

— Celui dont les enfants…

— Oui. Et si vous avez besoin de vérifier des choses sur le plan financier, vous pouvez appeler Ulysse Poitras.

— Le Ulysse Poitras ? Celui d'UltimaGest ?

— Vous le connaissez ?

— Professionnellement. S'il travaille pour vous, vous n'avez pas besoin de moi. Il connaît infiniment mieux le marché.

— Mais il ne travaille pas dans la même boîte que Brochet. Et puis, on ne peut pas prendre le risque de travailler directement avec lui.

— Tandis que moi…

— Vous êtes moins connu, donc moins susceptible d'attirer l'attention. De plus, vous êtes un ami de Chamane : quoi de plus normal que de vous rencontrer de façon régulière ?

— D'accord, j'accepte.

La réponse était venue, aussi soudaine et tranchée que celles qu'il faisait quand il acceptait ou refusait l'offre d'un autre négociateur.

— Voilà une bonne chose de réglée, fit Blunt. Pour la suite des opérations, vous serez contacté par votre ami.

Il fit un geste en direction de Chamane.

— Quand ? demanda Yvan.

— Bientôt. Pour l'instant, il va commencer par vous mettre au courant des recherches qu'il a effectuées, histoire de vous familiariser avec le dossier.

— C'est tout ?

— Pour le moment, oui. Si vous voulez m'excuser, j'ai un autre rendez-vous.

Il se leva.

— Et si je rencontre Brochet ? demanda Yvan.

— Vous ne faites rien, répondit lentement Blunt. Absolument rien.

### RDI, 13 H 02

> La mort, en l'espace de quelques jours, de trois gestionnaires importants a jeté la consternation dans la communauté financière. Interrogé à ce sujet, le porte-parole du Service de police de la CUM a refusé de confirmer l'existence d'un lien entre ces deux décès et les événements survenus à la Caisse de dépôt.

> Pour le moment, la mort de Robert Hammann, le président de Jarvis Taylor Dowling, est considérée comme un suicide. Quant au cadavre de Denis Maltais, qui a été retrouvé exsangue dans un parc de Westmount, le porte-parole de la police s'est contenté d'affirmer que l'enquête se poursuivait et il a refusé de dire si le message du Vengeur était authentique.
>
> En réponse à une question d'un journaliste, le représentant de la police a écarté comme loufoque l'hypothèse que la victime ait été tuée par un vampire. Par ailleurs…

## MILAN, 17 H 43

Giovanni Masaccio s'enorgueillissait de descendre du célèbre peintre de la Renaissance. Aucun document historique ne venait soutenir cette prétention, mais personne ne s'était jamais risqué à lui demander des preuves. On ne posait pas ce genre de question au parrain de la Cosa Nostra.

Avant de se rendre à Milan et de prendre l'avion vers Paris, il avait effectué un arrêt à Naples, pour rencontrer Octavio Paci, le chef de la Nuova Famiglia. Avec l'appui des clans siciliens, la Famiglia était prête à reprendre la lutte pour unifier la Camorra. En échange de cet appui, elle acceptait que Masaccio parle en son nom, à la réunion de Paris, et elle acceptait que l'unification de toutes les mafias italiennes se fasse sous l'égide de la Cosa Nostra.

Masaccio doutait des chances de réussite de la Famiglia : juste dans Naples, il y avait plus de trente clans rivaux, en guerre larvée permanente. Les Napolitains étaient trop individualistes pour accepter la discipline d'une véritable organisation. Mais l'appui de Paci était l'atout dont il avait besoin dans ses discussions avec la Ndrangheta calabraise.

Les Calabrais avaient également accepté que Masaccio parle en leur nom. Ils avaient aussi accepté le principe d'une unification des mafias italiennes, dans la mesure où cette unification les aiderait à étendre leur territoire et faciliterait leurs relations avec les groupes criminels des autres régions du monde.

Masaccio se méfiait cependant des Calabrais. Ces derniers avaient conservé une culture du hold-up et de l'arnaque à la petite semaine. On ne pouvait pas faire des affaires de façon prolongée et sûre avec des gens comme ça. À moyen terme, il faudrait les neutraliser. Et, pour cela, les têtes brûlées de la Camorra feraient de bons soldats.

## Montréal, 14 h 46

Théberge examinait l'article qu'avait publié *La Presse* sur les clones. La simple lecture du titre avait déclenché la sensation familière de brûlure au creux de son estomac.

Une photo des deux policiers accompagnait l'article.

> ### Être Anglais, une infirmité comme une autre
> La communauté anglophone est en émoi ce matin. Deux résidents âgés de Notre-Dame-de-Grâce ont été arrêtés jeudi soir pour entrave à la justice parce qu'ils avaient refusé de parler français.
>
> L'événement est survenu après que le couple eut découvert un cadavre vidé de son sang. Au moment de faire leur déposition, ils ont insisté pour donner leur témoignage en anglais, langue dans laquelle ils sont le plus à l'aise. Cette insistance leur a valu de passer quelques heures au poste de police, les agents ayant pris leur geste pour un refus de collaborer.
>
> Invité par notre reporter à commenter son geste, l'inspecteur Rondeau a déclaré que les deux « têtes carrées » comprenaient très bien le français et que rien ne pouvait expliquer leur refus de répondre à ses questions. « Ils utilisaient leur handicap pour refuser de collaborer, les deux débris. »
>
> L'inspecteur Rondeau a ensuite ajouté qu'il ne comprenait pas que des « amochés » puissent prendre prétexte de leur handicap pour refuser d'accomplir leur devoir de citoyen en collaborant avec les forces de l'ordre.
>
> Prié de s'expliquer sur la nature du handicap auquel il faisait référence, le policier a précisé qu'il visait surtout leur origine linguistique, mais que cela pouvait s'appliquer également à leur degré de détérioration. « Dans n'importe quel pays, a-t-il dit, ne pas parler la langue de la majorité est un handicap. Ce n'est pas une raison pour faire chier les autres. »

Théberge reposa le journal sur la table. C'était la troisième fois qu'il relisait l'article. Il attendait un coup de fil du directeur d'une minute à l'autre. La réaction n'allait pas tarder.

Heureusement, pendant l'entrevue, Rondeau s'était lui-même décrit comme un handicapé. Il avait alors affirmé comprendre que l'on puisse trouver ses déclarations drôles lorsque certains mots ou certaines expressions lui échappaient.

L'entrevue se terminait sur une citation de Rondeau, qui réclamait le droit pour tous les amochés – victimes de handicap, précisait le journal entre parenthèses – d'être traités de façon non discriminatoire et de pouvoir être ridiculisés (critiqués) comme n'importe qui, quelle que soit la nature de leur détérioration (handicap), qu'elle soit liée à l'âge, au sexe, à la religion, à l'état de santé, à la profession, à l'origine ethnique ou à la langue utilisée.

« À toutes les conférences de presse que je donne, concluait-il, vous, les charognards, vous vous tordez de rire. Je ne porte pas plainte pour autant à tous les tribunaux de la planète. »

Théberge ouvrit le tiroir de son bureau et prit un comprimé de Zantac. Quand il aurait fini de ramasser les frasques des clones, il faudrait qu'il passe voir Dominique. Elle venait de l'appeler. Une nouvelle danseuse qu'elle voulait extraire d'un bar appartenant aux Skulls.

Chaque fois que Dominique entreprenait de libérer une fille, il digérait moins bien. Par prudence, il avait insisté pour que l'escouade fantôme assure une surveillance minimale au bar et chez elle. De façon permanente.

Ces policiers et ex-policiers, que Théberge avait réunis de façon informelle au cours des ans, avaient pour la plupart connu de près certaines victimes des réseaux de prostitution, d'agences d'escortes ou de bars de danseuses. Leur première règle était de ne pas interférer. C'était Dominique qui s'occupait de faire le lien entre les filles qui voulaient s'en sortir et les groupes de femmes qui pouvaient les aider. C'était elle qui s'occupait des relations avec le groupe d'avocates qui négociaient avec les motards. Et c'était elle qui disait aux policiers de quel service elle avait besoin.

Pour les motards, l'implication des policiers en civil avait surtout un caractère dissuasif. Il s'agissait de les renseigner sur le sérieux de la partie adverse, ce qui permettait d'accélérer les négociations.

Pour les filles qui tentaient de se libérer, par contre, cette présence pouvait faire la différence entre la réussite de leur affranchissement et la tentation de retourner à leur «propriétaire». À cause de l'intimidation dont elles faisaient l'objet, plusieurs se disaient qu'elles auraient un mauvais moment à passer quand on les battrait, mais qu'ensuite elles seraient tranquilles. Et que la drogue continuerait d'être fournie.

Cette fois, cependant, Théberge avait un mauvais pressentiment. Quelque chose dans le ton de Dominique, au téléphone, l'avait inquiété. Peut-être lui cachait-elle des choses ? Peut-être avait-elle perçu inconsciemment un risque plus grand qu'à l'habitude ?

### *LCN, 19 H 58*

... DU VENGEUR POPULAIRE EST PARVENUE À NOS BUREAUX EN DÉBUT DE SOIRÉE. DANS UNE MISSIVE ENVOYÉE PAR COURRIER ÉLECTRONIQUE, IL AFFIRME N'AVOIR RIEN À VOIR AVEC LE MEURTRE DU GESTIONNAIRE RETROUVÉ EXSANGUE DANS UN PARC DE WESTMOUNT.

ON SAIT QUE LE CORPS DE DENIS MALTAIS A ÉTÉ DÉCOUVERT HIER...

> La devise qui résume le mieux l'argument fonda-
> mental de toutes les idéologies messianiques serait :
> « Qu'importe le présent, l'avenir sera tellement extra-
> ordinaire ! » Ou encore, en termes plus concrets :
> « Qu'importent les individus sacrifiés, c'est pour
> réaliser le paradis sur terre ! »
>
> Leonidas Fogg, *Pour une gestion rationnelle de la
> manipulation*, 3- Embrigader les volontés.

**DIMANCHE, 4 JUILLET 1999**

## MONTRÉAL, 7 H 34

Yvan Semco se leva et se dirigea vers le comptoir de la cuisine.

— Je me fais un autre café, dit-il. Tu en veux un ?

— Je ne devrais pas.

Dominique Weber approcha le journal pour mieux examiner l'encart publicitaire qu'Yvan lui avait montré. On y voyait deux motards tendrement enlacés qui se regardaient amoureusement dans les yeux. L'un portait les couleurs des Raptors, l'autre celui des Skulls.

Intégré au bas de la photo, on pouvait lire un slogan.

**CONSTRUISONS UN MONDE PLUS GAI**
*Aimons-nous les uns les autres*

— Ça m'étonne que le journal ait passé ça, fit Domi-nique.

— C'est une publicité. Elle a été payée par les deux groupes de motards.

— Comment tu sais ça ?

— Ils en parlaient à la radio, tout à l'heure.

— Je ne peux pas croire que les Skulls et les Raptors aient payé pour ça.

— D'après ce qu'ils disent, l'argent aurait été viré à partir de deux comptes qui leur appartiennent.

Yvan mit la cafetière à pression en marche.

— Tu disais qu'ils ont posé des affiches ? fit Dominique en haussant la voix pour couvrir le bruit de l'appareil.

— Il paraît qu'il y en a des centaines au centre-ville. Plusieurs différentes. Sur celle que j'ai vue, les deux motards sont en train de s'embrasser. Sur le texte, au bas de la photo, c'était écrit : « *Be Wild. Be gay. Fuck the system and be whatever you want.* »

— Je me demande qui a eu le culot de faire ça.

— Il paraît que c'est le fameux vengeur. Jos Public. Ils ont reçu un appel ce matin à CKAC.

Yvan arrêta la cafetière et enleva la cuiller de l'appareil pour la nettoyer.

— Il faut que je te parle de mon père, dit-il sans se retourner.

Dominique lui jeta un regard surpris. Depuis qu'il vivait avec elle, il n'avait presque jamais voulu en parler.

— Je t'écoute, dit-elle.

— Toi, est-ce que tu crois qu'il s'est vraiment suicidé ?

— Tu me demandes ça pourquoi ?

Yvan continuait de lui tourner le dos, affairé à la préparation du deuxième café.

— J'ai rencontré quelqu'un qui m'a parlé de lui, dit-il.

— Qui ?

Les crachotements de la cafetière interrompirent la conversation pendant quelques secondes. Il déplaça la cuiller pour laisser couler le café.

— Un ami de Chamane, répondit Yvan. Un de ses clients. Il veut que je travaille pour lui.

— Dans le domaine de la gestion financière ?

— Quelque chose du genre.

— Je pensais que tu étais content de travailler chez Hope Fund Management ?

— Ce serait seulement les soirs et les fins de semaine.

Il arrêta la cafetière et revint s'asseoir à la table avec sa tasse.

— C'est une sorte de travail d'enquête, reprit-il. Pour aider Chamane.

— Et il t'a parlé de ton père ?

— Il dit qu'il a probablement été poussé à se suicider. Qu'il connaît la personne qui est responsable de sa mort.

Dominique posa sa tasse et regarda Yvan dans les yeux.

— Il t'a dit qui c'est ?

— Brochet.

— Claude Brochet ?

— Oui.

— Et comment est-ce qu'il peut savoir ça ?

Elle n'avait jamais aimé le financier. Avec Théberge, elle avait déjà évoqué la possibilité qu'il soit impliqué dans la fraude imputée au père d'Yvan. Elle avait même déclaré au policier que c'était Brochet qui était responsable de la mort de Stephen. Mais elle parlait au sens figuré…

— Il travaille pour une sorte d'agence de renseignements. Ils surveillent un groupe dont Brochet fait partie. Une histoire de blanchiment d'argent.

— Une agence de renseignements !

— Oui… C'est pour aider Chamane à suivre la trace de transferts d'argent qu'ils ont besoin de mon aide… Tu penses que c'est possible que mon père ait été poussé à se suicider ?

— Je n'ai jamais vraiment compris. Théberge non plus, d'ailleurs.

— Pour quelle raison ?

— D'après lui, ton père n'avait pas du tout le comportement de quelqu'un qui va se suicider. On venait de décider de se marier. Il n'arrêtait pas de me dire que tout allait de mieux en mieux.

— D'après l'enquête…

— Je sais. Mais je suis certaine qu'il ne connaissait pas la situation de la compagnie. Tu vois, ton père avait un handicap important pour un homme d'affaires : il mentait très mal. Il n'aurait pas pu cacher ça à autant de monde pendant des mois. Sans compter qu'il n'aurait pas été capable de dormir. Nerveux comme il était...

— Tu n'as jamais cru à son suicide ?

— Je n'ai jamais compris. Mais j'ai fini par me faire à l'idée, je suppose. Avec toutes les preuves, tous les indices... Il y a une chose, par contre, qui n'a jamais été expliquée. C'est la lettre qu'il a reçue d'un médecin quelques jours après sa mort. On lui disait que ses craintes étaient injustifiées. D'après la nouvelle série de tests, il n'avait aucun cancer. Or, ça, il ne m'en avait jamais parlé... C'est un détail qui chicotait Théberge, aussi... Ça fait drôle de ressortir tout ça.

— Tu en penses quoi, que je travaille pour eux ?

— Est-ce que ça t'intéresse ?

— Professionnellement, ça peut être intéressant de voir comment opèrent les blanchisseurs.

— Et personnellement ?

— Je me doute bien qu'ils ont sorti l'histoire de Brochet pour me manipuler. Mais peut-être que c'est vrai.

— Brochet ferait donc partie d'un groupe de blanchisseurs d'argent ?

— Selon l'ami de Chamane, il serait un personnage important dans un groupe qui cherche à s'implanter à Montréal.

— Si tu penses qu'il n'y a pas de danger...

— Il y a une chose que je ne t'ai pas dite.

— Je t'écoute, répondit prudemment Dominique.

— Brochet travaille maintenant chez Hope Fund Management.

— Quoi !

— C'est le nouveau vice-président aux affaires corporatives.

— Et tu ne m'as rien dit !

— Je ne voulais pas que tu recommences à te tra-
casser avec cette histoire-là.

## MONTRÉAL, 9 H 53

L'inspecteur Théberge s'étirait précautionneusement.
Il avait eu une nouvelle attaque sur L2-L5. C'était l'endroit où son mal de dos avait élu domicile. Un début
d'arthrose et une légère scoliose. C'est du moins ce
qu'avait déclaré son chiropraticien.

Les clones, à qui il avait donné rendez-vous, n'étaient
pas encore arrivés. Il releva les jambes et appuya les
talons sur le bureau. C'était sa position préférée pour
relaxer et réfléchir. Juste au moment où il fermait les
yeux, le téléphone sonna.

L'appareil était à l'autre bout de son bureau. Il fut
obligé de remettre les pieds par terre pour saisir le combiné.

— Théberge !

— Votre épouse m'a dit que je vous trouverais au
bureau.

Le maire ! Il voulait sans doute se plaindre du comportement des clones.

— Que me vaut l'honneur ?

— Je veux vous féliciter.

— Me féliciter ?

— Pour le choix de vos deux nouveaux collaborateurs. Ils sont très rafraîchissants.

— Les clones ?… Rafraîchissants ?

— Je reconnais qu'ils manquent de doigté, mais je
trouve très rassurant pour la population de savoir que des
policiers peuvent dire aussi clairement ce qu'ils pensent.
Comment ne pas leur faire confiance ?

— Au cas où vous ne le sauriez pas, Rondeau souffre
d'une maladie.

— Bien sûr, bien sûr ! C'est une excellente stratégie.

— Je doute que la communauté anglophone soit de
votre avis.

— Bof… ce n'est pas bien grave. Aux prochaines élections, ils vont avoir eu le temps de s'habituer au style décontracté de vos deux recrues. Vous devriez leur demander de donner des cours à l'ensemble du corps policier. Ils pourraient les aider à avoir une attitude plus détendue, plus relax… Ce serait excellent pour l'écologie de vos rapports humains avec la population.

— Si je reçois des plaintes, qu'est-ce que je fais ?

— Il y a une procédure de prévue, il me semble. Mais j'aimerais que vous fassiez preuve de compréhension avec eux. Il faut leur assurer un climat de travail où ils puissent exprimer pleinement leur potentiel.

— Leur potentiel… bien sûr.

— J'ai toujours su que vous aviez du flair. À propos, qu'est-ce qui se passe avec cette histoire de vampire ?

— On y travaille.

— Pour ma part, je trouve tout ça d'un goût douteux. Il faudrait voir à ce que ça cesse au plus tôt.

— Je suis bien de votre avis, répondit Théberge sur un ton ironique.

— Croyez-vous qu'il y ait un lien entre cette histoire de vampire et le Vengeur ?

— Notre enquête débute à peine. Il est difficile de dire si…

— Personnellement, je suis certain qu'il s'agit de la même personne. Les deux noms qui commencent par un V et ils ont le même manque de respect pour des citoyens éminents… Ce qui, en un certain sens, est rassurant.

— Rassurant ?

— La très grande majorité de la population peut dormir sur ses deux oreilles, puisque le vampire ne s'en prend qu'aux financiers. Et ceux-là, ils ont les moyens de se payer des gardes du corps. Ça va éviter la panique. Moi, en tout cas, ça me rassure qu'il ait décidé de s'en prendre uniquement à ceux qui gèrent des millions.

— Je ne suis pas sûr de partager votre…

— Il faut que je vous laisse. Continuez votre bon travail.

Médusé, Théberge raccrocha.

À deux jours d'intervalle, le maire l'engueulait puis le félicitait pour exactement la même raison. Pire encore, dans son argumentation, le premier magistrat avait repris presque textuellement l'article du *Journal de Montréal* qui traînait sur son bureau.

Au creux de l'estomac, le policier sentit l'acidité reprendre doucement son travail d'érosion.

Il jeta de nouveau un regard sur le titre.

### Après le Robin des banques, Le Vampire Vengeur

Théberge ne partageait pas l'optimisme du maire. Si jamais la population réagissait comme lui, ce seraient tous ceux qui travaillaient dans les institutions financières qui allaient paniquer.

De toute façon, le journal avait beau développer le thème du vengeur des petits épargnants, le policier ne parvenait pas à y croire. Les délits précédents du Vengeur se caractérisaient par une certaine forme d'humour. Un humour un peu excessif, peut-être, mais rien d'aussi morbide que ces assassinats.

La question des gestionnaires laissait également Théberge perplexe. Fallait-il voir un lien entre la fraude à la Caisse de dépôt, la disparition de Provost, la victime du vampire et le suicide au casino ? Et s'il y avait un lien, se pouvait-il que la mort de Lavigne, dans le bar de danseuses, ne soit pas accidentelle ?... La danseuse avait beau poursuivre sa carrière avec le numéro de la danse qui tue, il y avait tout de même des limites à ce que pouvait accomplir une stimulation érotique. Par contre, si l'homme était cardiaque et qu'il avait avalé...

— Merde ! fit Théberge, subitement frappé par une idée.

Il fouilla dans son agenda, à la recherche du numéro de son ami Pamphyle.

## Montréal, 11 h 28

Blunt raccrocha le combiné et demeura immobile, comme s'il était perdu dans ses pensées.

Poitras ne s'était pas trop fait tirer l'oreille. Il aurait préféré être au cœur de l'action, particulièrement s'il s'agissait de traquer les responsables de l'attaque contre Gabrielle, mais il comprenait les préoccupations de sécurité que Blunt avait exprimées. Il acceptait de superviser au besoin le jeune gestionnaire que Blunt avait recruté pour aider Chamane. Les deux jeunes serviraient de lien pour minimiser les contacts directs entre lui et Blunt. Les deux Jones que Poitras avait intégrés à son équipe de gestion pourraient également servir de courriers.

Blunt composa un autre numéro.

— Théberge ! répondit une voix contrariée.

— Ah !… Je suis heureux de pouvoir vous joindre un dimanche matin. Je voulais vous laisser un message.

— Vous êtes qui ou quoi exactement ?

— Celui à qui vous avez envoyé un rapport sur des événements impliquant des gestionnaires.

— Oui…

La voix s'était radoucie.

— J'aurais peut-être quelque chose pour vous, reprit Blunt.

— Des renseignements ?

— Un peu plus que des renseignements, en fait. J'ai une proposition pour vous. J'aimerais qu'on se rencontre pour en discuter.

— Vous voulez qu'on se voie quand ?

— Je ne veux pas amputer davantage votre dimanche. Demain, ça vous irait ?

— Une rencontre de combien de temps ?

— Une heure suffira. Si vous êtes d'accord, je vous téléphone demain matin pour vous donner les coordonnées précises de la rencontre.

— On peut en décider tout de suite.

— Je préfère que ce genre de détail ne soit fixé qu'au dernier moment. Ça réduit considérablement les risques de fuite.

— D'accord.


Après avoir raccroché, Blunt se dirigea vers la cuisine où Kathy l'attendait pour aller bruncher.

— Alors, mon amour, tu as décidé où on va? demanda-t-elle.

— Café Laurier?

— On va toujours au Café Laurier! Si on t'écoutait, on aurait un abonnement au Café Laurier!

— Tu as une suggestion?

— Je n'ai pas de suggestion. On s'est entendus: cette semaine, c'est à ton tour de trouver un endroit.

Blunt regarda Kathy. Elle était presque furieuse. Il lui avait promis de s'occuper de façon plus active de la logistique de leur couple, comme elle appelait la chose, et elle entendait qu'il respecte sa part de contrat.

— La variété, reprit Kathy. Le plaisir de découvrir de nouveaux endroits, de se promener dans de nouveaux coins de la ville...

— Oui, oui.

— Je ne veux pas de « oui, oui », je veux que tu t'en occupes... Je n'ai pas envie qu'on devienne un vieux couple encroûté dans ses habitudes.

— Tu penses que c'est réellement un danger? Je te vois mal...

— Justement. Il faut être deux pour faire un couple. Couple... deux! Répète après moi: couple... deux...

— Oui, oui. Couple... deux...

— C'est bon.

Un éclair de malice brillait maintenant dans son œil. Elle s'approcha pour l'embrasser.

— Je sais que tu fais des efforts, dit-elle.

— Des efforts?

— Pour te rappeler de temps en temps que le monde n'est pas seulement un jeu de go.

— Tu penses que je vais y arriver ? demanda Blunt sur un ton faussement naïf.

— Non. Je ne m'attends pas à ce que tu changes. Juste à ce que tu essaies un peu de le faire. De temps en temps.

Blunt examina le macaron qu'elle portait au revers de son veston et sourit.

First, we kill all the lawyers

— C'est le nouveau slogan, au poste de police ? demanda-t-il.

— Celui de l'an dernier. Mais il paraît qu'il en reste encore quelques-uns.

— Des macarons ou des avocats ?

— Des deux.

## Montréal, 13 h 09

Geneviève passa plusieurs minutes derrière Chamane à le regarder travailler. Il alternait entre deux claviers, faisant pivoter sa chaise d'un côté à l'autre de sa table de travail.

Sur le moniteur du centre, il faisait défiler d'interminables lignes de code, s'arrêtant quelques secondes à une ligne ou à une autre pour vérifier une série particulière d'instructions. Sur le moniteur à sa gauche, il naviguait sur le Net. Plusieurs pages Web étaient ouvertes, les unes par-dessus les autres. La page en avant-plan affichait un court message.

CAPITAL INTERNATIONAL BANKING CORPORATION
BAHAMA BRANCH
Welcome

Sur le côté gauche de l'écran plat de vingt et un pouces s'alignaient trois petites icônes : TLC, CNN, LCN. Parfois, RDI remplaçait LCN. Comme Chamane le lui avait déjà expliqué, l'ordre des fenêtres avait son importance : d'abord l'histoire de l'humanité, ensuite les nouvelles de la planète, puis les nouvelles locales.

Elle lui mit les mains sur les épaules.

— Déjà levée ? demanda-t-il sans cesser de pianoter.

— Tu travailles depuis quelle heure ?

— Sept heures trente.

— Je pensais que c'était l'heure à laquelle on s'était endormis.

— Vers six heures, oui.

— Tu ne t'es pas couché !

— J'ai dormi un cycle. Environ une heure et demie. Puis j'ai eu une idée pour mon programme. Ensuite, tant qu'à être debout…

— Tu as déjeuné ?

— Je t'attendais.

— Je ne sais pas comment tu fais. Tu n'as pas eu faim ?

— Vers huit heures, un peu. Mais je venais juste de trouver le bug que je cherchais. Le temps de le régler, j'ai oublié que j'avais faim.

— Je sors avec un extraterrestre !

Elle se pencha par-dessus son épaule, l'embrassa sur la joue, puis examina l'écran.

— Ça, c'est quoi ?

— Le travail pour lequel Yvan me donne un coup de main. Des magouilles de banquiers. Il faut que je trouve d'où l'argent arrive et où il s'en va.

— Du blanchiment d'argent ! Est-ce que tu travailles pour la police ?

— Pas exactement. C'est une sorte d'agence qui s'occupe de groupes criminels internationaux. Ils me demandent de faire un peu de recherche sur le Net pour eux, de temps en temps.

— Tu fais du *hacking* pour eux ! Je pensais que tous les *hackers* étaient contre la surveillance du Net par la police.

— La surveillance généralisée, oui. Mais quand il s'agit de réseaux de pédophiles, de groupes terroristes ou de trucs du genre, je n'ai aucun problème à les aider. Les U-Bots font la même chose.

— Je pensais que vous vous occupiez uniquement de ceux qui font du sabotage informatique.

— C'est notre principale cible. Mais quand on tombe sur un groupe raciste ou un site de porno infantile…

— Remarque, je suis d'accord. Mais tu ne trouves pas ça contradictoire avec tes principes?

— Dans un monde idéal, peut-être. Mais on vit dans un monde flou. *Fuzzy world, fuzzy logic*… Les U-Bots ne peuvent pas se permettre d'avoir une logique de stade quatre.

— Stade quatre?

— Les stades de Kohlberg. C'est supposé mesurer le niveau de développement moral.

— Où t'as pêché ça?

— Quelque part dans un groupe de discussion. Il y a un type qui expliquait ça.

— Et le stade quatre?

— Il paraît qu'il y a sept stades. Au premier, c'est l'égoïsme bête. Au dernier, c'est l'altruisme complet. Le quatre, c'est le stade de « la loi c'est la loi ». Il y a des règles pour contrôler l'égoïsme personnel, mais elles sont appliquées de façon bête. Avant quatre, il n'y a pas de règle universelle qui s'applique à tout le monde: ça dépend toujours si les autres sont nos amis, des parents ou de simples étrangers. Après le stade quatre, on a le droit de se servir de sa tête pour tenir compte des cas particuliers.

— Ça revient au même, non?

— Non. Avant le stade quatre, tu y vas selon tes intérêts et tes émotions. Après quatre, tu adaptes en fonction de l'intérêt des autres. En tout cas, c'est ce que j'ai compris.

— Tu travailles souvent pour eux?

— Assez. Mais uniquement si les contrats qu'ils me proposent font mon affaire.

— Si les autres *hackers* savaient ça, que Sneak Preview collabore avec la police!

— C'est pas vraiment la police. C'est un groupe spécial qui s'occupe seulement des pires groupes de criminels. Ceux qui travaillent à l'échelle internationale et dont les polices nationales ne peuvent pas ou ne veulent pas s'occuper.

— Des mercenaires ?

— Des samouraïs sans maître. Des rônins. Comme les U-Bots, au fond !

Tout au long de la discussion, Chamane n'avait pas cessé de pianoter sur le clavier de l'ordinateur, s'arrêtant parfois quelques secondes pour approcher le visage de l'écran et vérifier un détail.

— Voilà ! dit-il tout à coup en se retirant du clavier.

— Terminé ?

— Pour l'instant.

Il fit pivoter la chaise vers elle. De la main, elle referma la chemise de Chamane qu'elle avait mise sur ses épaules, comme pour cacher ses seins.

— Je suis désolé, dit-il en détournant les yeux.

Son visage était brusquement devenu rouge. Geneviève s'approcha et s'assit sur ses genoux.

— Tu n'as pas à être désolé, dit-elle. C'est juste que…

Elle laissa sa phrase en suspens.

Chamane la considérait d'un œil critique.

— Au bar, comment tu faisais ? finit-il par demander.

— Ce n'est pas la même chose. Au bar, ce n'était pas vraiment moi. C'était Sophie-Anne. Elle, elle pouvait faire n'importe quoi. Enfin, pas vraiment n'importe quoi, mais elle n'était pas gênée. Elle était juste un corps. Et quand elle sortait du bar, elle disparaissait.

— Toi, tu étais où, quand Sophie-Anne était là ?

— Quelque part en arrière d'elle. Je la regardais comme si c'était une autre. Une sorte de petite sœur.

— Quand je t'ai parlé, la première fois, Yvan t'a appelée Geneviève.

— Pour Dominique, pour Yvan, pour les filles, j'étais Geneviève. Mais sur la scène, ou pour les clients, j'étais Sophie-Anne.

— Tu ne trouvais pas ça compliqué ?

— Pas plus que les acteurs qui jouent des rôles.

— C'est vrai.

Il la prit par les épaules pour l'attirer contre lui.

— Comme ça, dit-il, je vis avec Doctor Body et M$^{rs}$ Love !

— Ça, je te le pique pour notre spectacle !

Un ping sonore interrompit leur conversation. Il venait du moniteur de gauche.

Chamane se tourna vers le clavier et appuya sur une seule touche.

— Ça fait basculer le clavier au troisième ordinateur, dit-il.

Il sélectionna ensuite le sigle RCZ qui clignotait à l'écran et double-cliqua.

Une bande dessinée de quatre cases apparut.

— J'ai pris un abonnement, ajouta Chamane. *Robinson Cruise Zoé*. Les mésaventures d'un *hacker* qui essaie sans succès de sortir avec une vendeuse qui travaille dans un magasin d'ordinateurs. Il y a une nouvelle bande chaque jour.

— Je meurs de faim.

— Juste un instant. Il faut que j'envoie un message à Flood.

— Flood ?

— C'est un des U-Bots. Je vais avoir besoin de son aide pour le travail d'Yvan.

### La Presse

Y A-T-IL QUELQUE CHOSE DE POURRI AU ROYAUME DE LA CAISSE ? POUR L'INSTANT, ON VOUDRAIT NOUS LAISSER CROIRE QUE LES DÉGÂTS SONT LIMITÉS. DEUX ÉLÉMENTS CORROMPUS, LAVIGNE ET PROVOST, AURAIENT CONCOCTÉ UN PLAN POUR DÉTOURNER SEPT CENT CINQUANTE MILLIONS. MOINS DE UN POUR CENT DES ACTIFS, S'EST-ON EMPRESSÉ DE NOUS DIRE ! IMAGINEZ CE QU'ON POURRAIT FAIRE DANS LES HÔPITAUX AVEC UNE TELLE SOMME ! MAIS PASSONS...

SI DEUX GESTIONNAIRES ONT PU, À L'INSU DE LEURS SUPÉRIEURS, METTRE LA MAIN SUR UNE TELLE SOMME, C'EST QU'IL Y A QUELQUE CHOSE

DE FONDAMENTALEMENT DÉFICIENT DANS L'ORGANISATION. ET S'IL Y A DÉFICIENCE, QUELLE GARANTIE AVONS-NOUS QU'IL N'Y AURA PAS D'AUTRES DÉTOURNEMENTS ?

SANS SOUSCRIRE AU PROVERBE JAPONAIS SELON LEQUEL UN POISSON POURRIT TOUJOURS EN COMMENÇANT PAR LA TÊTE, FORCE EST DE CONSTATER QUE DU SANG NEUF À LA DIRECTION DE CETTE INSTITUTION AURAIT UN EFFET RASSURANT SUR LA POPULATION.

## MONTRÉAL, 18 H 31

Dennis Haggett, le président de KPC Capital, essayait inconsciemment de se redresser sur son siège. Avoir la tête à la hauteur du plancher le rendait mal à l'aise.

La table qu'il occupait était située dans une fosse plutôt étroite, à proximité de la grande scène. Le portier était venu le conduire, lui disant que quelqu'un le rejoindrait bientôt.

À peine avait-il eu le temps de s'asseoir qu'une serveuse lui apportait une bière. Une Heineken, sa marque préférée.

Le costume de la serveuse, en tissu métallisé analogue à une fine cote de mailles, tenait en place grâce à une série de joints imitant des pièces mécaniques : boulons, écrous, roues d'engrenage…

— Avec les compliments de la maison, monsieur Haggett.

— Vous me connaissez ?

— La personne que vous attendez viendra vous rejoindre dans quelques minutes.

Puis elle s'éloigna.

*… And now it's SM time. Sexy Machine time !… Accueillons Sexy Machine !… Je vous rappelle qu'après son spectacle, Sexy Machine met les clients au défi de monter sur scène pour une séance de torture érotique…*

— Alors, ça vous intéresse ?

Haggett tourna la tête vers la femme qui venait d'entrer dans la fosse, du côté opposé à la scène. Cynthia.

Depuis qu'il l'avait rencontrée, au Spider Club, il ne pouvait pas la voir ou même simplement penser à elle sans l'imaginer dans son costume de danseuse, une sorte de maillot en tissu arachnéen avec deux petites araignées fixées sur le bout des seins et une autre, plus grande, sur le cache-sexe.

Il l'avait connue sous son nom de danseuse : Cassandra. Ce n'était qu'à leur troisième rencontre qu'elle lui avait donné son véritable nom : Cynthia Lambert.

— Toutes tes dettes ont été rachetées, dit-elle en s'approchant pour se faire entendre malgré la musique assourdissante.

— Par qui ?

— Tu préfères ne pas le savoir. La seule chose qui compte, c'est qu'il consent à un rééchelonnement. Sans intérêt.

— Sans intérêt ?

— Je t'avais dit que ça pouvait s'arranger.

— Je ne comprends pas.

— En retour, tu devras lui rendre un petit service.

— Quel service ?

La voix de Haggett était devenue méfiante.

— Rien d'illégal, rassure-toi. Demain, KPC Capital va embaucher un nouveau premier vice-président.

— Quoi !

— Il arrive cette nuit. Un vol privé en provenance de Londres. Il pourra vous rencontrer demain matin. James O'Brien.

— On n'a pas besoin d'un vice-président de plus.

— En tant que président, tu désires te concentrer sur le développement de la compagnie. C'est pourquoi tu as besoin de quelqu'un d'expérience, sur qui tu peux te décharger de la gestion financière proprement dite.

— Ça ressemble à une mise au rancart.

— Un simple allégement de tâche. Après toutes ces années, tu as besoin de prendre du recul, d'avoir un peu de temps à toi pour profiter de la vie, jouir de tes enfants… C'est simple. James s'occupe de la compagnie et moi, je m'occupe de toi.

— Et si je refuse ?

— Tu refuserais d'avoir plus de temps à passer avec moi ?

— C'est juste une hypothèse. Si je refusais ?

— Le remboursement de tes dettes deviendrait immédiatement exigible.

— De l'argent, ça se trouve.

— Peut-être. Mais pense à tes clients. Comment ils réagiraient s'ils savaient que tu es un joueur compulsif ?... Tu perdrais tous tes appuis chez les actionnaires. Et puis, il y a les photos.

— Quelles photos ?

— Celles-ci, dit-elle en extrayant une enveloppe de son sac à main. J'ai l'impression que l'avocat de ta femme saurait comment les utiliser.

Il ouvrit l'enveloppe avec appréhension. À l'intérieur se trouvaient une série de photos illustrant ses ébats avec Cynthia Lambert.

Il comprit pourquoi, lorsqu'elle l'avait amené chez elle, elle avait tenu à conserver le masque qu'elle portait sur la scène.

— C'est du chantage, dit-il.

— Je préfère voir ça comme le début d'une alliance fructueuse. Tant que tu restes avec moi, tous tes besoins seront satisfaits.

Elle s'éloigna un peu de lui, puis se rapprocha pour lui dire à l'oreille.

— On aura bientôt une autre petite cérémonie.

— Et je vais conserver tous les privilèges de président ?

— C'est même essentiel.

Il commençait déjà à trouver des raisons pour rendre la situation acceptable à ses yeux, songea la femme. Ce serait plus facile que prévu.

— Pour ce qui est de nous, reprit-elle, il n'y a rien de changé. On continuera de se voir comme avant. Pour faciliter les choses, je peux devenir une sorte de secrétaire exécutive. Ça expliquerait que je sois souvent avec toi.

— Qu'est-ce que je vais faire de mademoiselle Genest ? Elle est avec moi depuis dix-huit ans.

— On trouvera bien quelque chose, dit la femme sur un ton rassurant.

Elle lui sourit.

Plus elle le regardait se débattre pour trouver une manière de s'accommoder de la situation, mieux elle comprenait l'obsession de Jessyca pour les araignées. Il s'agissait d'attirer les clients à l'intérieur du piège et de les envelopper progressivement, jusqu'à ce qu'ils ne puissent plus bouger. Le but n'était pas de les tuer, mais de les garder en vie. À disposition. Pour s'en nourrir au moment opportun. Jusqu'à ce qu'il ne reste d'eux qu'une coquille vide. Ils devenaient des sortes de garde-manger en sursis.

### Montréal, 21 h 35

L'inspecteur-chef Théberge se dirigea vers le comptoir du bar et s'installa à côté de Dominique, qui prenait une eau minérale. Elle fit un geste en direction de la barmaid, qui répondit d'un signe de tête et s'éloigna.

— Alors, quoi de neuf ? demanda Dominique.

— Cette affaire de vampires bouffe tout mon temps.

La barmaid revint vers eux. Un verre se matérialisa devant Théberge.

— Ma réserve personnelle, fit Dominique.

— Celle du bar est coupée avec de l'eau ?

— Non. Mais ce n'est pas du The Beag.

Théberge prit son temps pour goûter au scotch.

— Mes papilles vous seront reconnaissantes à jamais ! Le souvenir de cette expérience gustative illuminera mes vieux jours !

— Vous dites la même chose chaque fois que je vous fais goûter une nouvelle sorte.

— C'est parce que vous avez un goût, chère dame – et j'emploie ici l'expression sans le moindre double sens – vous avez un goût, disais-je, qui ne se dément jamais.

— Pour le client qui est mort, vous allez continuer de creuser ?

La voix de Théberge redevint plus mesurée, son ton perdit toute trace d'amusement.

— Officiellement, c'est une mort naturelle.

— Mais…

— Avec ce qui se passe dans le milieu des gestionnaires, disons que je garde une attitude ouverte. Je l'ai installé à l'hôtel… Vous ? Comment ça va ?

— Les Skulls s'excitent un peu, mais ça devrait se calmer.

— À cause de la fille que vous avez envoyée en désintox ?

— Oui. Ils demandent trente mille. En dollars US.

Les sourcils de Théberge remontèrent sensiblement.

— Des dommages exemplaires, poursuivit Dominique. Pour décourager les filles de trahir leur employeur.

— Vous avez reçu d'autres menaces ?

— Non.

— Je vais avertir l'escouade fantôme de se mettre en mode « surveillance serrée ».

— C'est probablement juste un test.

— Je n'ai pas envie de voir votre photo à la une d'*Allô Police*… « Mort mystérieuse de la mère Teresa des danseuses ! »

— Vous n'exagérez pas un peu ?

— L'exagération est une figure de style dont le but est de frapper les esprits récalcitrants pour les forcer à voir la vérité d'une idée.

— J'ai l'impression que vous confondez vérité et journalisme à sensation !

— Le journalisme à sensation est une quête de la vérité devenue folle. Il suffit de faire abstraction de la folie pour saisir la vérité qu'il recèle.

— Vous êtes certain qu'il reste quelque chose, quand on enlève la folie ?

— Pour l'œil exercé du limier perspicace, les délires les plus extravagants recèlent des trésors d'informations.

— Et qu'est-ce que le limier perspicace a extrait, jusqu'à maintenant, du délire des médias ?

— Il y a trop de gestionnaires à qui il arrive toutes sortes de choses extravagantes. Je suis certain qu'au-delà de l'extravagance, quelque chose de très logique se déroule. Quelque chose dont la logique m'échappe pour le moment.

— À propos de ces histoires de gestionnaires… Il y a quelque chose dont je veux vous parler.

— Je suis tout ouïe, noble dame !

— Quand Stephen est mort, vous aviez des doutes sur le fait qu'il se soit suicidé. Est-ce que vous les avez encore ?

Théberge lui jeta un regard, puis ramena les yeux sur son verre et prit une gorgée.

— Je présume qu'il ne s'agit pas d'une question académique.

— Yvan a été approché par un des employeurs de Chamane, son ami qui fait de l'informatique. Ils lui ont offert de travailler avec eux. Un projet pour surveiller des transferts de fonds illégaux.

— L'employeur, c'est qui ?

— Une sorte d'agence.

— Le SCRS ?

— C'est quoi, ça ?

— L'équivalent canadien de la CIA. En beaucoup plus petit et beaucoup moins outillé !

— Il ne m'a pas donné de nom. Ça semblait une affaire très secrète. Ils surveillent un groupe qui ferait du blanchiment d'argent et qui voudrait s'implanter à Montréal.

En disant la dernière phrase, Dominique réalisa l'implication de ce qu'elle venait de dire.

— Vos affaires de gestionnaires… reprit-elle.

— Peut-être…

Théberge s'interrompit. Se pouvait-il que ce soient les mêmes qui l'aient contacté, les mystérieux amis de Lefebvre ?

— Quand ils ont approché Yvan, reprit Dominique, ils lui ont dit que son père avait été poussé au suicide par quelqu'un. Qu'il n'était probablement pas responsable de la fraude qui lui avait été imputée. Et qu'ils connaissaient le nom du responsable.

— Ils lui ont dit de qui il s'agissait ?

— Claude Brochet.

— Merde !

— Qu'est-ce que vous en pensez ?

— De Brochet ? Les couleuvres et les scorpions ne sont certainement pas très loin dans son arbre généalogique. C'est un triste sire à qui il m'aurait fait plaisir de botter le postérieur jusqu'à la plus proche cellule. Mais je ne vois pas comment il aurait pu... Est-ce qu'Yvan a accepté de travailler pour eux ?

— Pour l'instant, ça se résume à donner un coup de main à Chamane, pour l'aider à comprendre les documents financiers qu'il trouve.

Quinze minutes plus tard, Théberge sortait du bar pour retourner chez lui. En passant, il jeta un coup d'œil intéressé à la danseuse qui terminait la deuxième partie de son spectacle au son de *Heart of Glass*, de Blondie.

Une nostalgique, songea-t-il.

À l'époque, madame Théberge avait à peu près les mêmes formes que la danseuse. Mais la cellulite, la graisse et la gravité avaient fait leur œuvre. Une œuvre moins ravageuse que chez lui, mais tout de même...

En regardant la danseuse, il ne put s'empêcher de ressentir une certaine tristesse pour sa femme. Non pas à cause de ses propres sentiments, car il l'aimait autant qu'au début, sinon davantage, mais à cause d'elle, de ce qu'il percevait parfois dans ses yeux, quand elle se regardait dans un miroir.

Le besoin d'aimer et d'être aimé, avec ou sans composante sexuelle, demeure la passion la plus facilement utilisable chez la plupart des gens.

Peu de gens peuvent renoncer avec équanimité à un objet d'amour. Peu de gens sont à même de résister à une entreprise soutenue et compétente de séduction, pour peu que l'on ait déterminé de façon adéquate le type d'objet susceptible de susciter chez eux un émoi amoureux.

En matière amoureuse, l'autre est toujours une prothèse qui permet de se sentir plus complet, de se sentir exister davantage, plus intensément. Plus cette prothèse est adéquate, plus elle comble les manques, réels ou imaginés, de la cible, plus cette dernière sera prête à n'importe quoi pour la garder. Plus elle sera manipulable.

Leonidas Fogg, *Pour une gestion rationnelle de la manipulation*, 4- Asservir par les passions.

## LUNDI, 5 JUILLET 1999

### PASADENA / MONTRÉAL, 4 H 17

— *You know what fucking time it is ?* fit une voix rauque et graveleuse.

— À moins que la Californie ne soit partie à la dérive dans le Pacifique pendant la nuit, répondit Brochet, il doit être… quatre heures dix-sept. Je me trompe ?

— Vous avez intérêt à avoir une criss de bonne raison de me déranger en pleine nuit.

— Je voulais être sûr de ne pas vous manquer.

— Si vous continuez, c'est moi qui ne vous manquerai pas.

— Je tiens à vous parler du travail que votre petit camarade était censé effectuer pour mon compte.

— Vous parlez de Tooth Pick ?

— Admettez qu'il n'a pas eu un succès renversant. Il était supposé s'occuper uniquement de madame Weber : pas partir une guerre avec les policiers.

— Si c'est un remboursement que vous voulez, j'aime autant vous prévenir…

— Pas du tout ! l'interrompit Brochet. Pas du tout.

— Qu'est-ce que vous voulez ?

— Que vous preniez personnellement l'affaire en main. Évidemment, je suis prêt à payer ce qu'il faut.

— Vous voulez la faire disparaître ?

— Pas exactement.

— Vous voulez quoi, « exactement » ?

— J'aimerais qu'elle puisse vous revoir. Que vous amorciez une nouvelle relation avec elle.

— Vous voulez que je m'occupe d'elle… comment ?

— Comme il vous plaira. Je veux seulement qu'elle soit obsédée par vous. Qu'elle ne puisse plus penser à rien d'autre. Que la simple mention de votre nom la mette dans tous ses états.

— Vous savez qu'il y a une entente…

— Je ne vous demande surtout pas de toucher au bar. Il n'y a que madame Weber qui m'intéresse. C'est une affaire privée.

— Vous avez une idée de ce que ça va vous coûter ?

— *Money is no object.*

Un silence de plusieurs secondes suivit avant que la voix rocailleuse reprenne.

— C'est quoi, votre intérêt dans tout ça ?

— Disons que je n'aime pas particulièrement madame Weber.

— Je suis sûr qu'il y a autre chose.

— Il y a toujours autre chose.

— Si vous voulez jouer au plus fin, je raccroche tout de suite.

— D'accord, d'accord… Ce que je vous ai dit est vrai : je n'aime pas beaucoup madame Weber. Mais, comme vous dites, il y a autre chose. Madame Weber est assez intime avec l'inspecteur-chef Théberge, du Service de police de la CUM. Si elle s'affolait, devenait paranoïaque, se mettait à craindre pour sa vie… ce serait une excellente façon d'atteindre le policier sans l'attaquer directement.

— Si j'accepte le contrat, j'ai carte blanche ?

— Bien entendu.

— Je ne veux pas de coup de fil après deux jours pour dire qu'on arrête tout.

— Quant à moi, plus vous en ferez, mieux ce sera.

— Et si jamais il arrive un accident ?

— Les accidents sont des choses qui arrivent. Il suffit qu'ils n'arrivent pas trop tôt.

— Vous voulez que je commence quand ?

— Au début de l'automne.

— Vous m'offrez combien ?

— Trois fois le tarif payé à Tooth Pick.

— Quatre fois.

— Si vous voulez.

— Payable immédiatement. En entier.

— Bien sûr.

— Vous n'avez pas peur que j'encaisse l'argent et que je ne fasse rien.

— Non. Vous avez un intérêt personnel en jeu. Vos comptes avec madame Weber ne sont pas encore réglés… Et puis, comme vous dites, il y a les ententes avec les Raptors. Celles que nous avons négociées directement avec Hans The Brain Schmidt, à New York. Je suis certain que vous ne voudriez pas l'indisposer.

— Vous pouvez faire le virement.

— Dans quelques jours, je vous donnerai un nouveau numéro où me joindre.


Après avoir raccroché, Brochet n'eut aucun effort conscient à faire pour sourire. À l'automne, lorsque la mécanique du centre financier se mettrait en branle,

Théberge en aurait plein les bras avec ce qu'il avait préparé pour Dominique et pour le jeune Semco... Il y aurait aussi Dracul. Et si jamais ce n'était pas suffisant, il resterait madame Théberge... quelques dignitaires... L'attention du public et des autorités était si facile à détourner !

Son regard glissa vers le journal ouvert sur son bureau. Le titre le fit sourire.

### Du sang neuf à la Caisse

Il songea à Lucie Tellier, la présidente de la Caisse de dépôt. Finalement, elle ne serait pas plus difficile à manipuler que Théberge. Il suffisait de connaître les points de vulnérabilité des gens et de s'en servir pour créer des diversions. Ils perdaient alors leurs moyens et on pouvait en faire ce qu'on voulait.

## LCN, 9 H 12

> Hélène Savary, la jeune fille de quinze ans qui avait été portée disparue la veille de son anniversaire, au début du mois d'avril, a été retrouvée tôt ce matin, dans un état de grande confusion. Manifestement sous l'effet de la drogue, la jeune fille a été incapable de dire où elle était demeurée pendant tout ce temps.
> Un des aspects les plus troublants de cette histoire est la transformation qu'a subie la jeune fille pendant sa disparition. Selon ce que TVA a appris, son visage, ses mains ainsi que diverses parties de son corps seraient maintenant couverts de tatouages. Elle porterait également des scarifications ainsi que des implants métalliques.
> C'est un policier qui l'a découverte tôt ce matin, en état de prostration, assise devant l'entrée du poste de police numéro quatre. Interrogé à ce sujet...

## Au-dessus de la Russie, 16 H 23

Piotr Vassiliev examinait la petite valise que le technicien avait posée à côté de lui. Elle contenait une bombe. Un fil partant du détonateur la reliait à deux senseurs qui seraient fixés sur sa poitrine.

— Vous êtes certain qu'elle ne peut pas exploser ? demanda Vassiliev.

— Certain. Elle n'est pas encore amorcée.

— Et pour l'amorcer ?

— Vous utilisez le code secret que vous avez choisi tout à l'heure. Mais vous ne pouvez le faire que quinze minutes avant le début de la réunion.

— Et pour la désamorcer ?

— Le même code. Cette fois, vous devez attendre une heure après la fin de la réunion.

— Et si je l'arrache ?

— Ça explose.

— Ce qui m'inquiète, c'est que ça puisse se déclencher tout seul.

— Tant que votre cœur continue de battre, l'impulsion cardiaque désamorce le détonateur pour une nouvelle période de dix secondes. La seule façon de la faire exploser est de vous tuer.

— Et si je meurs ?

— Toutes les personnes dans la pièce vont mourir avec vous.

— Pourquoi dix secondes ? Pourquoi pas cinq ? Ou vingt ?

— C'est très long, dix secondes sans battement cardiaque. Quand les gens ont un stimulateur parce qu'ils font de l'arythmie, la limite est de trois secondes avant que l'appareil envoie un signal au cœur… Dix secondes est un délai suffisant pour se protéger contre une arythmie accidentelle d'un des participants.

— Qui me dit que je peux vous faire confiance ?

— Je serai à deux mètres derrière vous pendant toute la réunion. Si vous sautez, je saute moi aussi.

— Ce sera la même chose pour les autres ?

— Pour chacun des autres.

— Ça veut dire qu'il y aura sept témoins à cette réunion.

— Les sept installateurs. Ils se tiendront tous derrière leur client.

— Ça fait beaucoup d'oreilles.

— Nous aurons tous un casque spécial sur la tête : nous ne verrons rien et de la musique sera diffusée à l'intérieur du casque pour couper tout son extérieur… Sans précautions de ce genre, je n'aurais jamais accepté de participer à la rencontre : je n'ai surtout pas envie d'apprendre des choses qui pourraient me compliquer la vie.

— Le Consortium a beaucoup de gens comme vous ?

— Ça fait partie des services offerts par Super Security System.

— C'est astucieux.

— Une application de la théorie de la dissuasion qui avait cours à l'époque de l'escalade nucléaire. Si un seul des membres de la réunion est attaqué, ce sont tous les membres qui vont mourir.

— On arrive à Paris à quelle heure ?

— Une heure quinze, environ.

— J'ai quand même hâte d'être débarrassé de ça.

Vassiliev avait fait sa carrière en prenant toutes sortes de risques. Celui-là était certainement le plus incongru. Mais l'enjeu en valait la peine. Il était à la tête d'une organisation criminelle russe opérant à l'échelle mondiale. Sans être aussi connu que le groupe Yaponchik, qui avait fait la une des médias américains à cause de ses opérations dans la région de New York, le réseau de Vassiliev était remarquablement structuré. Établi en Hongrie, il déployait ses activités en direction de l'Europe de l'Est et de l'Ouest.

C'était à cause de l'efficacité avec laquelle il avait structuré son organisation qu'on l'avait approché, lui avait-on dit. S'il acceptait de s'intégrer à un regroupement international de mafias, le Consortium l'aiderait à prendre le contrôle de l'ensemble du crime organisé russe.

Au cours de la première rencontre, Vassiliev s'était amusé à provoquer la représentante du Consortium. Il ne parlerait avec elle que si elle acceptait de lui rendre un service, lui avait-il dit : elle devait tuer quelqu'un pour lui.

Sans sourciller, elle lui avait demandé qui.

— La personne qui se tient à votre droite, avait-il répondu par boutade, en lui tendant un pistolet.

Le pistolet était chargé à blanc. Le garde du corps que Vassiliev avait désigné comme victime était coutumier de ce genre de blague et il se retenait pour ne pas rire. Sauf que la femme avait ignoré le pistolet. Sans avertissement, elle avait saisi l'homme à bras-le-corps, l'avait fait pivoter, puis elle l'avait laissé retomber la tête la première sur le béton. Elle lui avait ensuite mis une botte sur la nuque et, sans cesser de regarder Vassiliev dans les yeux, elle l'avait achevé en lui brisant la colonne cervicale.

— J'adore rendre service, lui avait-elle alors dit en souriant.

Vassiliev était resté figé pendant quelques secondes, puis il avait éclaté de rire. La femme méritait le respect. Elle n'était pas une de ces poupées sans cervelle comme celles qu'il traînait avec lui dans tous ses déplacements.

À la deuxième rencontre, le Russe avait accepté la proposition du Consortium, mais non sans avoir demandé à la femme de s'occuper d'un autre de ses hommes qu'il soupçonnait de le trahir. Il avait apprécié le premier spectacle et il entendait répéter l'expérience.

Après s'être exécutée, la femme lui avait dit qu'elle aurait plaisir à régler des problèmes du genre à chacune de leurs rencontres. Sur le coup, Vassiliev avait accueilli la remarque avec un sourire. Puis il s'était mis à douter que ce fût une blague.

## Notre-Dame-de-Grâce, 12 h 11

Jessyca Hunter était sortie sur le trottoir pour profiter du soleil. Adossée au mur de briques qui séparait le bureau de change du Spider Club, elle composa un numéro sur son cellulaire.

Quelques secondes plus tard, une voix de femme lui répondait.

— Oui ?

— Ici Jessyca. J'ai un travail pour toi.

— Tu m'envoies un dossier?

— Rien d'aussi élaboré. Je veux simplement que tu passes une information aux Raptors.

— Je leur dis quoi?

— Tu sais de source sûre que ce sont les flics qui ont placardé les affiches en ville. Pour les ridiculiser.

— J'aurais appris ça comment?

— Des filles qui dansent au club. Elles ont des flics comme clients.

— D'accord.

Après avoir raccroché, Jessyca Hunter jeta un coup d'œil à l'affiche sur le mur. On y voyait deux motards s'embrasser. Dans un encadré, au bas de la photo, on pouvait lire: *Real Men Love Real Men.*

Un sourire apparut de nouveau sur ses lèvres. Elle remit le cellulaire dans la poche de son veston et se dirigea vers le stationnement où était garée sa Lexus. Elle ne voulait pas laisser Brochet seul trop longtemps.

## MONTRÉAL, 12 H 11

Au serveur de L'Actuel qui l'accueillit, la femme dit qu'elle était attendue. Monsieur Savary, précisa-t-elle. Il était sûrement déjà arrivé.

— Si vous voulez bien me suivre, se contenta de répondre le serveur en prenant son manteau.

Il la conduisit à une table où un homme d'une quarantaine d'années achevait un verre de scotch.

— J'ai lu votre chronique d'hier, dit-elle au journaliste après que le serveur se fut retiré. Un peu mou à mon goût, mais acceptable.

— Pour quelle raison est-ce que vous l'avez remise à la police? demanda immédiatement Savary en ignorant la remarque.

— Pour sa sécurité. Dans l'état où elle était, il était indispensable que quelqu'un s'occupe d'elle.

— Qui êtes-vous?

— Vous le savez bien. Je suis Sharon Cassidy. Une amie de votre fille. Une bonne amie.

— Vous êtes… vous êtes…

— Très heureuse de votre invitation : voilà ce que je suis. C'est un excellent restaurant et j'apprécie l'attention. Vous avez fait preuve de jugement. Plus vous allez prendre soin de moi, mieux votre fille se portera.

— Vous l'avez complètement défigurée !

— Elle est encore en vie. On ne peut pas en dire autant de toutes les jeunes filles en fugue qui deviennent *junkies*.

— Elle n'était pas en fugue ! C'est vous qui l'avez kidnappée !

— En êtes-vous certain ?

— Vous ne la connaissez pas comme je la connais.

— Et vous, vous ne la connaissez pas de la manière dont moi je la connais. Vous n'avez aucune idée de ce qu'elle a pu faire. Voulez-vous courir le risque que son dossier soit envoyé lui aussi à la police ?

— Vous l'aviez droguée !

— Après quelques jours, je peux vous assurer qu'elle était entièrement consentante.

L'arrivée du serveur interrompit la conversation. La femme commanda un verre de vin en guise d'apéritif. Elle insista pour que Savary en prenne un.

— Vous avez deux autres filles, dit-elle lorsque le serveur fut parti.

Savary resta figé, incapable de répondre.

— Je dis ça uniquement pour vous encourager à être attentif lorsque je vais vous faire des suggestions pour vos articles, reprit la femme. Ça vous évitera des complications… Et maintenant, assez parlé boulot. Il faut fêter comme il convient le début officiel de notre association.

Elle ouvrit le menu.

— Qu'est-ce que vous me recommandez ? demanda-t-elle. On dit que les huîtres sont excellentes ici.

## Montréal, 14 h 38

La porte s'ouvrit brusquement et le directeur se planta devant le bureau de Théberge.

— C'est quoi, cette nouvelle farce ? dit-il en lançant le *Journal de Montréal* sur le bureau.

— De quoi voulez-vous parler ? répondit tranquillement Théberge. Le maire aurait-il fait une nouvelle déclaration publique ?

— Je veux parler du Vengeur.

Il lui montra du doigt l'affiche reproduite à la une du journal. Puis il tourna les premières pages. On voyait diverses façades de bars sur lesquelles des inscriptions avaient été peintes en rouge.

### Propriété des Raptors
### Propriété des Skulls
### L'argent dépensé ici enrichit les Raptors
### Ici, les Skulls sont propriétaires de 23 filles

— C'est assez sympathique, je trouve, fit Théberge.

— Sympathique… Qu'est-ce qui va arriver, à votre avis, si les motards lui mettent la main dessus ?

— Le maire va être content et il va nous foutre la paix.

— Il est hors de question que vous laissiez cela se produire.

— Vous ne voulez pas que le maire vous foute la paix ?

— Je parle du Vengeur. Je ne tiens pas à ce qu'il se fasse assassiner par les motards.

— Ah… Il me semblait aussi. Je me suis toujours douté que vous aviez un faible pour lui.

— Je n'ai pas de faible pour lui !

— Peut-être que vous devriez…

Le directeur regarda Théberge d'un air soupçonneux.

— Et pour quelle raison devrais-je avoir un faible pour lui ? finit-il par demander.

— Avez-vous pensé que ça pourrait être quelqu'un de la maison ?

— Vous êtes sérieux ?

— Vous avez vu la page Web qu'il a publiée sur Hotmail ?

— Non…

— Il a mis sur Internet le nom de tous les bars qui appartiennent aux Raptors et aux Skulls, avec le nom et la photo des *pushers* qui travaillent pour eux dans chacun des établissements. Il encourage les clients à aller dans d'autres bars.

— Vous êtes sérieux ?

— Il a également donné la liste de tous les membres des deux groupes, avec leur photo, leur adresse, leur numéro de téléphone et le numéro de plaque de leur véhicule.

— Comment avez-vous appris ça ?

— Un courrier électronique anonyme qui contenait l'adresse de la page Web.

— Le Vengeur a communiqué avec vous !

— Je ne sais pas si c'est lui, mais les informations sur le site confirment toutes celles qu'on a. En plus de nous en fournir des nouvelles.

— Comme quoi ?

— L'identité de policiers, d'avocats, de gardiens de prison et de juges qui sont à la solde des motards.

— Vous ne voulez pas dire que c'est dans les journaux ?

Le directeur avait l'air catastrophé.

— Je n'ai encore rien vu. Mais ça ne devrait pas tarder.

— Des policiers, il en nomme combien ?

— Deux… Les deux qui font présentement l'objet d'une enquête des services internes.

— Merde ! Et vous pensez que c'est quelqu'un de la maison ?

— En tout cas, il a de bons contacts.

— Il faut immédiatement préparer une réponse pour les médias.

— Je suis sûr que le service des relations publiques va vous concocter de brillantes explications.

— Vous croyez ça, vous, que c'est le Vengeur ?

— Sans ranger les motards dans la même catégorie que le maire et les éleveurs de porcs, force est de constater certains rapprochements poétiques entre les victimes de sa vindicte !

— Vous oubliez un peu rapidement les victimes qui ont été saignées à blanc. Je me demande comment vous les intégrez dans votre brillante explication.

— Sur ça, j'ai ma petite idée.

— Qui est ?

— Je préfère procéder à quelques vérifications avant de vous en parler.

— Espérons que les victimes ne continueront pas de se multiplier pendant que vous vérifiez votre petite idée.

## QUÉBEC, 17 H 10

Le bunker.

C'est ainsi que les journaux appelaient la partie de l'édifice qui abritait les bureaux du premier ministre. Lorsque Lucie Tellier y entra, elle dut se soumettre à l'examen d'un détecteur de métal et son identité fut contrôlée à deux reprises.

Un garde la conduisit ensuite au bureau de Guy-Paul Morne, le conseiller principal du premier ministre.

— Qu'est-ce qui se passe ? demanda la présidente de la Caisse en entrant. Ils sont devenus paranos tout à coup ?

— L'incident d'hier.

— Quel incident ?

— La grenade dans le garage d'un fédéraliste. Sur la porte, il y avait le sigle du FLQ.

— Vous ne prenez quand même pas ça au sérieux ! C'est sûrement un illuminé… Ou un voisin qui règle ses comptes.

— On ne prend jamais trop de précautions.

— Même en 70, il y avait plus d'agents de la GRC que n'importe quoi d'autre dans le FLQ.

— Tout ce que je peux vous dire, c'est qu'ils ont de bonnes raisons d'être prudents. On a eu des informations confirmées par plusieurs sources étrangères.

Morne fit une pause pour savourer l'air stupéfait de son interlocutrice.

— Ne m'en demandez pas plus, reprit-il. Je vous en ai déjà trop dit.

Il lui offrit un scotch, que la présidente accepta, puis ils attaquèrent le premier point à l'ordre du jour de la rencontre.

— Comment se débrouille le vice-président aux placements internationaux ?

— Je suppose qu'il va bien. Depuis qu'il a entrepris de réorganiser son secteur, on ne le voit plus.

— Il vous a communiqué son plan de restructuration pour l'ensemble de la Caisse ?

— Oui… par courrier interne.

— Il doit être passablement occupé.

— Ce qu'il propose revient à diviser la Caisse en plusieurs groupes autonomes.

— C'est une bonne chose, non ? La Caisse est beaucoup trop grosse pour être efficace.

— *Bullshit !* Aux États-Unis, ils ont des institutions dix fois plus grosses qui sont très efficaces.

— Nous ne sommes pas aux États-Unis.

— Depuis que j'ai pris la direction, la Caisse se classe parmi les meilleurs gestionnaires canadiens.

— Et votre premier geste a été d'abolir « le réseau de comités en tous genres qui paralysait la Caisse pendant le règne des dompteurs ». Je vous cite bien ?

— Disons que c'est une traduction assez fidèle.

— Ce que propose le vice-président aux placements internationaux ne fait que pousser à sa conclusion logique le mouvement que vous avez amorcé… Ça va simplifier votre travail. Chaque groupe de gestion devient autonome, entièrement redevable des rendements qu'il obtient, et vous, vous jouez le rôle de gestionnaire de gestionnaires. Vous assurez le maintien des infrastructures nécessaires à leur travail, vous coordonnez les flux financiers… Moins de structures de discussion et plus de décisions au niveau des gestionnaires, c'est tout à fait votre philosophie de gestion, non ? Déjà, on ne compte plus les filiales que vous avez créées…

— Ce n'est pas la même chose ! Vous réduisez le rôle de la direction à une fonction purement technique. Il n'y aura plus d'orientations globales.

— Au contraire. Mais ce ne seront que des orientations. Votées par le Conseil d'administration. Elles seront ensuite acheminées aux gestionnaires principaux des grands secteurs, qui verront à les appliquer de la manière appropriée.

— Comment rendront-ils compte de leur application ?

— Au Conseil d'administration, au moment de la production du rapport annuel.

— Les clients vont vouloir les rencontrer.

— Les clients, c'est à vous de les gérer.

— Ils vont vouloir rencontrer les gestionnaires, leur demander des comptes…

— Le but de cette restructuration est de protéger les gestionnaires contre l'ingérence des déposants.

— C'est quand même leur argent. Ça m'étonnerait qu'ils ne protestent pas ! Je vous prédis de joyeuses…

La présidente de la Caisse fut interrompue par la sonnerie du téléphone.

## WASHINGTON, 16 H 14

En prenant l'avion pour Paris, Vittorio Masseria regrettait presque d'avoir été désigné par la Commission pour représenter les trente-quatre familles de la mafia américaine. Comme à l'habitude, celle de Miami avait répondu qu'elle leur savait gré d'avoir été informée de la décision – une façon polie de signifier qu'elle ne reconnaissait pas l'autorité de la Commission, que Masseria n'avait pas le mandat formel de parler en son nom, mais qu'elle tenait néanmoins à demeurer informée des décisions des autres familles.

Le choix de Masseria comme délégué n'était pas accidentel. C'était lui que le mystérieux Consortium avait choisi d'approcher en lui disant que ce serait bien qu'il puisse parler au nom de l'ensemble des familles.

Le lendemain, Masseria avait consulté les parrains des quatre autres familles new-yorkaises. Ils en étaient rapidement arrivés à un consensus : l'affaire méritait d'être portée à l'attention de la Commission, l'instance suprême de la mafia américaine.

À la réunion de la Commission, le projet du Consortium avait soulevé beaucoup de questions. Certaines craintes, aussi. Mais les trente-quatre parrains avaient finalement penché en faveur d'une participation à la rencontre proposée. Ce type d'alliance internationale était peut-être une solution pour contrer l'érosion lente mais continue des parts de marché de leur organisation.

Globalement, le projet du Consortium visait à : 1- civiliser les rapports entre les groupes majeurs ; 2- faciliter les échanges de services entre ces groupes ; 3- décider qui faisait partie des joueurs importants ; 4- contrôler les joueurs mineurs ; 5- former un organisme de coordination et lui donner les moyens de faire respecter ses décisions.

En clair, il s'agissait de se répartir la planète et de se protéger contre les groupes qui montaient en les intégrant dans un dispositif général d'échanges et de contrôle.

À la Commission, on avait apprécié la franchise de Masseria, qui avait immédiatement fait part aux autres parrains des démarches du Consortium. On comprenait également que ce soit lui que le Consortium ait choisi d'approcher : son organisation était de loin la plus solide et la plus disciplinée. Bien sûr, rien de tel n'avait été dit, mais la chose avait pesé dans la décision.

Personnellement, Masseria aurait préféré que le Consortium se contente de la présence d'un de ses représentants, mais les autres parrains avaient insisté pour qu'il participe en personne à la réunion. Les dirigeants des autres organisations seraient là. Sa présence était plus qu'une question de respect des formes. C'était une question de confiance. De crédibilité. Il devait, au même titre que les autres, assumer personnellement le risque de la réunion.

Masseria avait fini par se rendre à ces arguments. Il représenterait l'organisation américaine. Il accepterait de se faire greffer une bombe pour la durée de la réunion. Mais cela ne l'empêcherait pas de prendre ses précautions. Dans toute négociation, Masseria s'arrangeait toujours pour avoir une carte secrète.

### MONTRÉAL, 17 H 19

L'inspecteur-chef Théberge entra dans le café Van Houtte, au coin de Maisonneuve et Stanley, en se promettant de ne pas prendre de café.

Arrivé au comptoir, il hésita, promena son regard sur les desserts, puis commanda un espresso allongé. Au cours de la soirée, son estomac protesterait sans doute, mais il avait résisté aux pâtisseries. C'était un compromis acceptable.

Quelques minutes plus tard, un homme assez grand, au teint brun et au regard perçant s'assoyait devant lui. Il semblait porter avec aisance une fin de trentaine.

— Je vous remercie d'être venu, dit-il d'emblée.

— J'avoue que votre invitation a titillé ma curiosité, répondit Théberge.

— Vos découvertes ont également intrigué l'organisation que je représente.

— Vous êtes… ?

— Le représentant de cette organisation.

— Vraiment ? Vous me voyez sidéré par cette révélation !

L'homme ignora la remarque et poursuivit sur le même ton posé.

— Vos derniers rapports sur des événements impliquant des gestionnaires contenaient des renseignements précieux, dit-il. Nous avons pensé à une forme d'association.

Blunt avait fouillé toutes les sources d'information disponibles avant de rencontrer le policier. Il en avait déduit qu'une approche directe était la meilleure stratégie.

— La chose implique qu'on puisse s'accorder mutuellement un minimum de confiance.

— L'inspecteur Lefebvre m'a assuré qu'il n'y avait aucune inquiétude à y avoir à votre sujet. Il a ajouté que vous étiez presque aussi paranoïaque que nous le sommes, quoique de façon plus joviale.

— Et comment puis-je savoir, moi, que la confiance peut être réciproque ?

— Au cours des années, l'inspecteur Lefebvre n'a jamais eu à se plaindre de nous. Et puis, faire confiance n'empêche pas de garder les yeux ouverts.

— Quel type d'échange de services avez-vous en tête ?

— Nous nous intéressons à un groupe de criminels internationaux que nous soupçonnons de vouloir s'implanter au Québec, particulièrement dans les milieux financiers. Notre objectif est global : nous voulons contrer l'action de ce groupe et, si possible, le détruire. Votre objectif à vous est de résoudre les nombreux délits que le groupe ne manquera pas de commettre – et qu'il a d'ailleurs commencé à commettre.

— Je suppose que la résolution des affaires locales devra se plier à l'échéancier de votre opération globale ?

— Ce serait nécessaire, oui.

— Ça peut aller jusqu'à laisser filer des criminels ?

— Possiblement. Mais pas très loin. Ni pour très longtemps.

Théberge essayait de prendre la mesure de son interlocuteur. Une chose était certaine, l'homme n'essayait pas de lui raconter d'histoires. Il avait tout de suite admis qu'il pourrait lui demander de ne pas intervenir contre un suspect, si la poursuite de l'enquête globale était en jeu.

— Vous avez parlé de renseignements attestant que Stephen Semco ne se serait pas suicidé. Vous avez des preuves ?

Un instant, le visage de son interlocuteur se figea. Puis un mince sourire se dessina sur ses lèvres.

— On ne peut pas dire que vous perdez votre temps, fit-il.

— Alors ?

— Je veux bien vous répondre. Mais je veux savoir d'où vous tenez cette information.

— Je n'ai pas l'habitude de dévoiler mes sources.

— Juste un oui et un non. À une seule question.

— Vous d'abord.

— Bien… Claude Brochet a été impliqué, à notre connaissance, dans cinq opérations financières qui se sont soldées par des faillites ou des fraudes importantes. Dans chacun des cas, des sommes considérables se sont volatilisées.

— Il n'a jamais été condamné ?

— Ni même poursuivi. Dans chacun des cas, il faisait partie des victimes. Au cours des ans, il a perdu de véritables fortunes. Mais il ne semble jamais à court d'argent.

— Les fraudes, je peux comprendre. Mais le suicide ?

— Dans chacune des fraudes ou des faillites, les responsables ont disparu. Trois se sont fait assassiner. Deux se sont enfuis, présumément sous de fausses identités. Deux ont été victimes d'accidents. Et quatre se sont suicidés.

— Brochet n'a jamais été pris ?

— La plupart des opérations ont eu lieu dans des régions ou des pays différents. Ce n'est que récemment que nous avons pu faire ces recoupements.

— Qu'est-ce qui vous a mis sur la piste ?

— Entre autres, le fait qu'il soit revenu au Québec. Il travaille présentement chez Hope Fund Management. À titre de vice-président aux affaires corporatives.

— Vous croyez qu'il pourrait être lié aux meurtres récents ?

— Nous pourrions le vérifier ensemble.

Théberge recula sur sa chaise et prit lentement une gorgée de café.

— De quelle manière envisagez-vous cette hypothétique collaboration ? demanda-t-il après avoir déposé sa tasse.

— Nous prenons en charge la partie recherche, vous vous occupez des opérations sur votre territoire.

— Autrement dit, vous donnez les ordres et nous les exécutons.

— Si vous êtes d'accord. Notre principale force réside dans le traitement de l'information. Par contre, nous avons peu d'agents de terrain et nous tenons à ne pas attirer l'attention sur notre existence.

— J'aurai droit à toutes les informations ?

— À toutes celles pertinentes aux opérations.

— Et c'est vous qui jugerez de cette pertinence, bien sûr ?

— Il est difficile de faire autrement.

— Je risque d'être coupé d'informations importantes.

— Ce risque est moindre que si j'avais maintenu nos contacts au seul niveau d'Internet… Ce que je vous propose, c'est de faire partie de notre équipe.

— À titre d'inspecteur-chef de l'escouade des homicides, il m'est difficile de…

— À titre de chef de l'escouade fantôme, par contre…

Théberge haussa les sourcils sans répondre.

— Vous feriez partie d'une équipe où se retrouveraient certaines de vos connaissances, reprit Blunt.

— Par exemple ?

— Yvan Semco.

— Ensuite ?

— C'est lui, n'est-ce pas, qui vous a dit que nous nous intéressions à Brochet ? Vous l'avez rencontré par l'intermédiaire de Dominique.

— Vous les avez espionnés ! protesta agressivement Théberge.

— Pas vraiment, répondit calmement Blunt. Une fois que le nom de Dominique Weber est apparu, nous avons fait les recoupements.

— À cause de la mort de Lavigne ?

— Oui.

Il laissa Théberge digérer l'information.

— Dans le groupe, reprit Blunt, il y aura aussi Chamane, l'ami de Semco. Vous. Et quelqu'un qui me représentera.

— Qui ?

— L'idéal serait que vous le rencontriez dès ce soir. À un endroit qui vous conviendra. Je vous fais confiance pour trouver un lieu discret. Vous verrez, c'est quelqu'un d'assez particulier.

— Ça ne fait pas beaucoup de monde pour s'attaquer à une organisation internationale.

— À court terme, il s'agit uniquement de recueillir des renseignements. Les opérations proprement dites viendront plus tard. D'autres personnes pourront alors nous aider, mais les contacts avec elles seront minimisés. Pour des raisons de sécurité que vous comprendrez, j'en suis sûr…

Théberge avait terminé son café. Il souleva la tasse pour observer les quelques gouttes qui demeuraient dans le fond.

— Vous avez une idée de ce qui se prépare ? demanda-t-il.

— Je le crains, oui.

## Québec, 17 h 24

— Je ne souhaite plus entendre parler de cette question, fit Morne. Débrouillez-vous.

Il raccrocha le combiné et se tourna vers Lucie Tellier.

— Nous disions donc ?

— On parlait des comptes rendus aux clients.

— Oui, bien sûr. Ce que je veux dire, c'est que, dans les fonds mutuels, les clients se contentent du rapport trimestriel. Je ne vois pas pourquoi il en irait autrement avec les déposants de la Caisse.

— Dans les fonds mutuels, les clients peuvent retirer leur argent.

— Vous ne suggérez quand même pas qu'ils puissent partir avec leurs fonds !

— Bien sûr que non.

— Avez-vous une idée du pouvoir qu'ils auraient, s'ils pouvaient contrôler cet argent ?

— Je le sais bien. Mais comme c'est leur argent…

— Cet argent n'est pas à eux, coupa Morne. C'est une simple réserve prévue pour garantir le versement de leurs rentes.

— Une réserve qui vient de leurs propres cotisations. Dans la loi sur les RCR…

— Je vous rappelle que les régimes du secteur public ne sont pas assujettis à la loi sur les régimes complémentaires de retraite. Non mais, vous imaginez ça ! Il y a combien, actuellement, à la Caisse pour le secteur public ?

— Autour de vingt-six milliards.

— Imaginez qu'ils décident d'utiliser ça pour faire pression sur le gouvernement ! En vendant leurs sept ou huit milliards d'obligations du Québec, ils pourraient faire chuter leur valeur et faire grimper le taux d'emprunt du gouvernement ! Vous vous rendez compte ?

— Ça reste leur argent.

— Il est hors de question qu'on mette le doigt dans cet engrenage. Votre rôle, c'est de les garder à leur place.

— Ils se plaignent déjà du droit de veto qu'on a sur leur politique de placement.

— Depuis quand est-ce que les plaintes vous dérangent ?

— Même à l'interne, il commence à y avoir des gens sensibles à leur point de vue.

— Ce que vous avez, c'est un problème de communication. Alors, engagez une meilleure équipe pour gérer vos relations avec les déposants. Peu importent les coûts… De toute façon, au bout du compte, c'est à eux que vous allez refiler la facture, non ?

— Ils ont commencé à se réunir entre eux.

— Entre déposants ?

— Oui.

— Entendu. Je vais faire le nécessaire. Dans le pire des cas, ça va se limiter au niveau des présidences d'organismes. Comme ça, ce sera plus facile à contrôler.

— Je veux bien faire comme vous dites, mais ce ne sera pas facile à passer au Conseil.

— Si vous avez des problèmes au Conseil, vous me dites avec qui. Il n'est pas question que cette restructuration ne passe pas.

— Vous allez les rencontrer ?

— Je vais m'arranger pour qu'ils sachent comment voter… Mais je reviens au vice-président aux placements internationaux. Est-ce que j'ai votre assurance qu'il bénéficiera d'une complète autonomie ?

— Oui.

— Nous pouvons donc aborder notre autre sujet. Les rendements de la Caisse.

— Vous ne pouvez pas vous plaindre. Ils sont excellents.

— Excellents, je vous l'accorde. Et c'est ce qui crée un problème.

— Je ne comprends pas.

— Dans les régimes de retraite publics, une grande partie de la contribution employeur n'est pas capitalisée. C'est une simple reconnaissance de dette. Chaque année, cette dette augmente d'un taux identique à celui obtenu sur le fonds des employés.

— Celui que nous gérons.

— Celui que vous gérez, oui. Alors, plus vous obtenez des rendements importants, plus cette dette augmente.

— Vous ne voulez quand même pas que nous fassions de mauvais rendements !

— Bien sûr que non. Mais une gestion un peu moins active, un peu plus prudente… Après tout, c'est une

caisse de retraite que vous gérez. Pas un fonds spé-
culatif !

— Vous voulez que j'aille dire à mes gestionnaires
de diminuer leurs rendements ?

— Non. Mais si vous insistez davantage sur la gestion
du risque, si les bonis des gestionnaires étaient attribués
en fonction de la diminution de la volatilité plutôt que de
la valeur ajoutée…

— Il y aurait automatiquement une baisse globale du
rendement.

— Voilà !

— Les clients vont protester.

— Ça, vous savez ce que j'en pense.

— Il y a aussi l'image de la Caisse. À l'Assemblée
nationale, dans les médias…

— Il s'agirait de bien présenter les choses. Votre
mandat n'est pas de courir après les risques pour tenter
d'être les meilleurs, c'est de faire une gestion prudente.
Qui pourrait vous reprocher d'être prudent avec l'argent
du peuple ?

— Les clients veulent déjà qu'on gère de façon plus
active, qu'on accepte une plus grande volatilité pour
augmenter les perspectives de valeur ajoutée.

— Que je sache, ce ne sont pas eux les gestionnaires.
C'est encore vous, il me semble.

— Je suppose, oui. Encore que, pour les placements
internationaux…

— Trouvez le moyen pour que vos gestionnaires
supportent personnellement le risque de leurs décisions.
Vous verrez qu'ils deviendront plus prudents.

— Et si ça ne suffit pas ?

— Je suis certain que vous trouverez une façon de les
circonvenir. Et, s'il le faut, nous réglerons le problème
à la prochaine négociation du secteur public.

— Bonne chance !

— Je comprends votre scepticisme. Mais vous verrez…
On n'aura qu'à leur concéder quelques améliorations à
court terme des bénéfices. Entre ça et le contrôle à long

terme de l'argent du régime, leur choix sera rapide. Leurs négociateurs vont sauter sur le bonbon qui va leur permettre de bien paraître aux yeux des membres et les membres vont sauter sur le bonbon.

Morne jeta un coup d'œil à sa montre.

— Il faut que je vous abandonne, dit-il. Un autre rendez-vous. Parfois, j'ai l'impression que c'est ma seule activité, avoir des rendez-vous.

— Et le dernier sujet ?

— C'est vrai. Les amendements à la loi de la Caisse que vous avez demandés…

Lucie Tellier exerçait des pressions depuis plus de deux ans pour que le gouvernement élimine, dans la loi constitutive de la Caisse, toute une série de dispositions anachroniques qui limitaient le type de placements autorisés. Inspirées à l'origine par une volonté de prudence, elles n'avaient plus aucune pertinence dans les marchés actuels et contribuaient uniquement à restreindre sans raison le répertoire d'outils à la disposition des gestionnaires. Dans certains cas, elles nuisaient carrément à une saine gestion du risque.

— J'en ai parlé au sous-ministre, dit finalement Morne. Il ne rejette pas l'idée d'une certaine modernisation. Avec une recommandation du ministre des Finances, je ne prévois pas d'objections particulières au conseil des ministres… On pourrait tout regrouper dans un seul projet de loi : la restructuration de la Caisse et les changements aux clauses sur les placements autorisés.

— Et les clients ? Ils vont avoir l'impression d'avoir été une fois de plus court-circuités.

— Nous sommes encore dans un État où le Parlement a le pouvoir de voter les lois qu'il veut, que je sache. S'ils ne sont pas satisfaits, ils se manifesteront par leur vote dans deux ou trois ans.

— Et s'ils créent des problèmes ?

— Nous nous occuperons de ces problèmes en temps et lieu.

Après le départ de la présidente de la Caisse, Morne demeura songeur un bon moment. Il s'expliquait mal l'insistance dont le ministre et le sous-ministre avaient fait preuve, chacun de leur côté, pour que le vice-président aux placements internationaux ait une totale liberté dans son secteur. On aurait dit que cet objectif avait plus d'importance à leurs yeux que la restructuration elle-même.

Ce mystère s'éclaircirait sans doute un jour. En attendant, il continuerait de suivre l'affaire à distance. Car il n'était qu'un exécutant. L'exécutant numéro un du régime, peut-être, mais un exécutant… Ce qui ne l'empêcherait pas d'ajouter le nom de ce mystérieux vice-président à sa liste des personnes dont il suivrait de près la carrière.

### Massawippi / Londres, 18 h 35

— Je suis heureuse d'avoir de vos nouvelles, dit F.

Dans le carré de lumière qui était apparu sur le mur de plexiglas, le visage de Claudia esquissa un sourire.

— Les choses commencent à se préciser, dit-elle.

— Dites-moi tout.

— Madame Breytenbach mène une vie plutôt active. Elle se déplace souvent par hélicoptère. Plusieurs de ses communications sont brouillées. Elle reçoit des visiteurs à toute heure du jour et de la nuit. Quand elle se déplace en voiture, c'est toujours dans une limousine blindée et équipée pour brouiller les tentatives d'écoute électronique.

— Vous avez identifié les gens avec qui elle est en contact ?

— Il s'agit surtout de gens qui sont dans le milieu de la mode. Elle occupe un poste d'administratrice et d'acheteuse dans une boîte en vue de Paris.

— Ses communications ?

— La plupart de celles qui sont faites à partir du château sont brouillées. Les principales destinations sont Tokyo, Washington, Bangkok, Londres… et Montréal.

— Montréal ?

— Deux appels qu'elle a reçus. On a remonté la piste à partir du lien satellite, pour aboutir à des cellulaires qui se promenaient quelque part à Montréal.

— Vous avez les numéros?

— Oui, mais rien de plus. Ils ont été achetés par une compagnie fantôme enregistrée aux Bahamas… Au Japon, par contre, nous avons été plus chanceux. Il y a eu une communication en clair avec un haut dirigeant du MITI. Un dénommé Kami. La conversation s'est faite en termes légèrement voilés, mais je suis certaine qu'il s'agit d'une opération reliée à Body Store.

— Vous faites le suivi?

— J'ai transmis l'information à notre équipe locale.

— Rien de neuf de ce côté?

— Les négociations continuent. Les autorités japonaises tiennent mordicus à ce que personne ayant un statut social important ne soit inquiété. Et ils incluent dans cette catégorie, sans le dire ouvertement, les dirigeants des yakusas. Si on les écoutait, on arrêterait un ou deux intermédiaires, une dizaine de personnes auraient des accidents ou se suicideraient, et les médias n'entendraient jamais parler de rien.

— Pour le cadavre du bois de Boulogne, vous avez une confirmation?

— Il s'agit bien du Dieter Buckhardt qui travaille à la Deutsche Credit Bank de Berne. Et c'est effectivement lui qui a fait le transfert des sept cent cinquante millions.

— Un autre mort qui tombe à point.

— Le laboratoire a confirmé qu'il s'agissait d'un FC-44.

— Autrement dit, l'hypothèse du lien entre madame Breytenbach, le mystérieux tueur et les événements de Montréal se confirme… Il va falloir accorder à madame Breytenbach une attention accrue.

— Ce ne sera pas facile. Avec son habitude de se déplacer en hélicoptère… L'idéal, ce serait de la suivre par satellite.

— Je peux encore obtenir du temps pour des opérations ponctuelles, mais la suivre de façon permanente, vous pouvez oublier ça.

— Je sais. C'est pourquoi j'ai installé une surveillance aux principaux endroits où elle a été aperçue. Quand on la perd, on finit par la retrouver à un de ces endroits. Mais ça fait des trous dans la surveillance.

— Elle est notre principale piste pour débusquer les membres du Consortium. Ne faites rien pour éveiller ses soupçons. Votre objectif n'est pas de la coincer, mais d'identifier ses contacts.

— C'est bien ce que j'avais compris. Et pour le Japon? Qu'est-ce que je fais?

— Vous continuez de monter le dossier et de négocier à votre niveau. Sans rien brusquer. Je vais voir de mon côté si je ne peux pas faire débloquer un peu les choses. Avec ce qu'on vient d'apprendre sur Kami...

### LCN, 20 H 31

> ... CE NOUVEAU SCANDALE. LE DIRECTEUR DU SERVICE DE POLICE DE LA CUM A REFUSÉ DE CONFIRMER OU D'INFIRMER LES RÉVÉLATIONS DU VENGEUR. IL A TOUTEFOIS PRÉCISÉ QUE, DANS LE CAS OÙ CERTAINES DES INFORMATIONS SERAIENT EXACTES, CELA NE POURRAIT QUE NUIRE AUX ENQUÊTES EN COURS.
> QUALIFIANT D'IRRESPONSABLE...

### MONTRÉAL, 21 H 46

L'inspecteur-chef Théberge prenait une bière au bar du Palace. Dominique était partie régler une dispute entre deux danseuses dans les loges. Une histoire de vêtements volés.

Son esprit revint à la conversation téléphonique qu'il venait d'avoir avec Bone Head, le chef des Raptors. Le motard avait tenu à l'avertir personnellement : s'il était prouvé que c'étaient les flics qui leur avaient fait le coup des affiches et du site Internet, il y aurait des représailles. Et Théberge serait le premier sur leur liste.

Ce dernier avait dû argumenter pendant plus de dix minutes pour convaincre le motard qu'il n'était pour rien dans cette histoire. Bone Head jurait avoir un informateur qui lui assurait le contraire.

Finalement, Théberge avait trouvé un argument qui avait ébranlé le chef des motards : pour quelle raison les policiers auraient-ils gaspillé leurs informations dans les médias, au lieu d'arrêter les *pushers* et de s'en servir pour remonter à ceux qui les contrôlaient ?

Sans être totalement convaincu, Bone Head avait accepté de surseoir aux représailles. Mais il demeurait clair, pour lui, que l'auteur du coup avait eu accès, d'une façon ou d'une autre, aux dossiers de la police. Il avait terminé en engueulant Théberge pour ne pas avoir été capable de surveiller ce qui se passait dans sa «business».

*Djamila ! Djamila, mesdames et messieurs !*

Théberge jeta un regard en direction de la scène, puis de la porte. L'homme qu'il attendait n'était toujours pas arrivé.

Il repassa dans sa tête l'ensemble des affaires dont il allait lui parler. Il y avait d'abord Mylène. Puis la bande des gestionnaires : Provost et Lavigne, Hammann, Maltais… Il lui parlerait de Brochet, aussi. De ce qui s'était passé avec le père d'Yvan.

— Tu en veux une autre ? lui demanda Dominique, qui venait de se rematérialiser derrière le comptoir.

— Sans alcool.

— C'est grave à ce point-là ?

— J'attends quelqu'un.

— Tu lui as donné rendez-vous ici ?

— J'aimerais que tu me donnes ton opinion sur lui.

— Qui est-ce ?

— Quelqu'un avec qui je vais probablement travailler.

Théberge songea un instant à lui dire qu'il avait été approché par le même groupe qui avait recruté Chamane et Yvan. Mais les deux jeunes l'ignoraient encore. Autant ne rien précipiter. De toute façon, le jugement de Dominique serait moins biaisé si elle ignorait tout de l'individu.

Quatre minutes plus tard, un homme entrait dans le bar, faisait rapidement le tour de la place des yeux et se dirigeait droit vers Théberge.

— Je suis Steel, dit-il en lui tendant la main.

— Gonzague Théberge, répondit le policier en acceptant la main tendue.

— L'homme que vous avez rencontré vous a expliqué qui je suis, je pense.

— Oui. Et je me suis demandé à qui j'aurais réellement affaire.

— Pour l'ensemble de nos rencontres, ce sera moi. Je suis Steel. Pour le moment, je suis le plus approprié.

— Comme vous voulez. Je peux vous offrir un verre ?

— Pourquoi pas ?… Le lieu de notre rendez-vous m'a un peu surpris. Il y a une raison ?

— Je me suis dit que ce serait plus discret qu'à mon bureau.

— Pour ça…

Théberge se tourna vers le comptoir.

— Dominique, dit-il. Une bière pour monsieur Steel.

Steel regarda à son tour la femme et il ne put empêcher ses yeux de se fixer sur elle pendant un bref instant.

Sur son visage à lui, Dominique n'avait pu lire aucune réaction particulière lorsqu'il avait aperçu ses yeux. Elle avait rarement vu un tel contrôle. Habituellement, les gens ne pouvaient empêcher leur expression de trahir leur surprise. La plupart l'interrogeaient sur ses yeux. Étaient-ce des lentilles cornéennes ? Est-ce qu'elle voyait aussi bien que n'importe qui ?

Lui n'avait eu presque aucune réaction. À peine un flottement dans le regard, l'espace d'une seconde, quand ses yeux s'étaient arrêtés sur son visage.

Steel se retourna vers Théberge.

— Vous avez beaucoup de choses à m'apprendre, m'a-t-on dit. Si vous commenciez par me parler de ce monsieur Brochet et de ses rapports avec la fascinante madame Weber…

## NOTRE-DAME-DE-GRÂCE, 22 H 37

Au cours de la soirée, Jessyca avait rencontré individuellement chacune des filles du Spider Squad pour faire le point sur les opérations. La dernière avait pour nom de code Tarentule. Depuis une dizaine de minutes, Jessyca passait en revue avec elle les contacts que la jeune femme cultivait dans les médias.

— Pour Savary, c'est réglé ?

— Je pense, oui. Un moment, j'ai eu peur qu'il craque et qu'il aille tout raconter à la police. Mais maintenant, il n'y a plus de danger. Il a trop peur de ce qui pourrait arriver à ses autres filles.

— Ça vous en fait combien ?

— Des chroniqueurs financiers, deux seulement. Mais nous avons trois autres journalistes dans les médias électroniques.

— Pensez-vous être capable de réaliser vos objectifs de recrutement dans les délais prévus ?

— Ça devrait aller. J'ai effectué quelques approches auprès des prochaines cibles et je n'entrevois pas de difficultés particulières.

— Il vous reste l'été pour achever votre consolidation. À l'automne, le centre financier va terminer sa structuration et il faut que nous soyons prêtes à agir dès qu'un problème se présente.

— Je serai prête et mes journalistes le seront.

— Au cours de l'été, si vous pouviez mousser un peu l'image de Dracul, le faire passer de nouveau à quelques émissions…

— Ça ne devrait pas être trop difficile à arranger. C'est une période creuse. Ils se cherchent tous des nouvelles.

— C'est bien. Je ne vous retiens pas.

Quand la jeune femme fut sortie, Jessyca Hunter se mit à penser à l'automne. Ce serait une période intéressante. Le Centre financier achèverait sa consolidation, l'attaque contre l'Institut atteindrait son point culminant et les actions de diversion à Montréal se déclencheraient.

Compte tenu de son travail avec le Spider Squad, de son rôle auprès de Brochet et de ses rapports avec Ute Breytenbach, elle serait aux premières loges pour assister à l'ensemble du spectacle.

Séduire, nous l'avons dit, est une entreprise. Cela exige des moyens, de l'énergie et du temps. Aussi, lorsque l'utilité de la cible visée est ponctuelle, ou que le résultat doit être obtenu de manière rapide, il est contreproductif d'avoir recours à une stratégie qui nécessite un tel investissement.

Il est alors plus efficace de tirer profit d'un amour existant et d'utiliser la menace de faire disparaître l'objet d'amour. Placés devant le choix de préserver cet objet ou de renoncer à quelque chose d'autre (un principe, un bien, une information…), la plupart des gens choisiront de protéger ce qu'ils aiment.

Leonidas Fogg, *Pour une gestion rationnelle de la manipulation*, 4- Asservir par les passions.

## MARDI, 6 JUILLET 1999

### PARIS, 13 H 16

Quelques heures plus tôt, Alaatin Civan s'était changé dans une chambre d'hôtel, en banlieue de Paris. Il avait quitté ses vêtements de paysan kurde pour revêtir un costume trois pièces de la meilleure coupe.

L'assistant que lui avait adjoint le Consortium regarda sa montre et lui indiqua qu'il était temps d'entrer son code personnel pour activer le mécanisme. Il restait un peu moins de quinze minutes avant la réunion.

Civan s'exécuta. Il savait qu'au même instant, dans différentes chambres du Crillon, six autres hommes faisaient comme lui. Chacun d'eux dirigeait une organisation largement supérieure à la sienne.

En termes de soldats et de chiffre d'affaires, la mafia turco-kurde était loin de pouvoir se comparer aux triades chinoises, à la mafia américaine ou aux cartels sud-américains de narcotrafiquants. Mais elle avait un atout unique : elle contrôlait un territoire qui servait de plaque tournante à toute une série de trafics intercontinentaux.

Le plus connu de ces trafics concernait l'héroïne du Triangle d'or, qui passait entre les mains des Kurdes avant d'être acheminée vers l'Europe centrale et l'Angleterre ou d'être confiée aux Siciliens, qui l'écoulaient en Europe de l'Ouest.

En plus de l'héroïne, les passeurs kurdes partici-paient à une multitude de trafics : contrebande d'armes en provenance de la Russie et dirigées vers les États arabes et africains ; matériel électronique à destination des pays de l'Est ; voitures européennes volées et expé-diées au Moyen-Orient ; hachisch pakistanais et afghan en route vers Marseille et Rotterdam ; œuvres d'art russes destinées aux collectionneurs américains…

De cette situation découlait un autre avantage : Civan était le seul interlocuteur, dans l'univers du crime orga-nisé, à avoir des relations étendues dans l'ensemble du monde musulman. Ses contacts allaient des républiques d'Asie centrale à l'Algérie, en passant par le Soudan et les émirats du Golfe.

Cette position stratégique avait sûrement pesé dans la décision de l'inviter à la réunion, s'était dit Civan.

### Paris, 13 h 31

Ils étaient assis autour de l'immense table ronde, à bonne distance les uns des autres. Chacun avait posé à côté de lui sa petite valise. Chaque bombe était suffisante pour pulvériser non seulement la salle de conférences, mais une grande partie de l'hôtel.

Tatsuo Ishida, Giovanni Masaccio, Wang Chung Ho, Miguel Acuna Ocampo, Vittorio Masseria, Alaatin Civan et Piotr Vassiliev. Ils représentaient respectivement les yakusas japonais, la Cosa Nostra italienne, les triades chinoises, les cartels sud-américains de la drogue, la commission américaine de la mafia, la *maffya* turco-kurde et les groupes criminels russes.

Derrière eux, les sept hommes du Consortium étaient assis sur des chaises droites. Un casque de moto leur couvrait la tête. La visière était opacifiée. À l'intérieur du casque, les écouteurs diffusaient déjà *Tannhäuser*.

— Messieurs, bienvenue.

L'image holographique d'une tête flottait au-dessus du centre de la table. La voix semblait en provenir.

— J'ai pris la liberté de ne pas être présent de manière physique à cette rencontre, poursuivit la voix, parce que je ne suis qu'un instrument. Par ailleurs, il est avantageux que je demeure hors d'atteinte, donc à l'abri des pressions que l'un ou l'autre groupe pourrait vouloir faire sur moi. Cela garantira ma neutralité.

— Je ne fais jamais affaire avec des gens que je ne connais pas, répliqua Ocampo avec une certaine brusquerie.

— L'important n'est pas que vous fassiez affaire avec moi, mais entre vous. Comme…

La voix s'interrompit, le temps de quelques toussotements qui ressemblaient à un rire égrené.

— Comme l'illustre la situation particulière dans laquelle vous vous trouvez, reprit la voix, vous êtes condamnés à vous entendre.

— Vous êtes quand même impliqué dans cette réunion, vous aussi !

— Le Consortium n'est pas un partenaire, mais un facilitateur. Nous sommes des consultants. Vous avez toute liberté de refuser nos services. Remarquez, vous n'aurez pas le choix d'en venir au plan que je propose. Ce sera simplement plus long sans notre aide. Et ça coûtera plus cher.

— Qu'est-ce que vous avez de si exceptionnel à nous proposer ?

— J'y viens. Mais d'abord, deux précisions. Plusieurs d'entre vous ont pris la liberté d'amener avec eux, au mépris de nos ententes, des équipes d'intervention.

Des regards méfiants s'échangèrent discrètement autour de la table.

— J'ai décidé de mettre cette indélicatesse au compte d'une prudence excessive, reprit la voix. Je ne mentionnerai donc pas le nom des organisations impliquées. Sachez seulement que des mesures ont été prises pour qu'elles n'interfèrent d'aucune façon avec cette réunion.

— Nous avons le droit de savoir de qui il s'agit ! intervint Civan, le représentant de la *maffya* turco-kurde.

— Que vous ayez une saine méfiance envers chacun des autres est souhaitable. Mais que vous choisissiez de vous méfier de l'un plus que de l'autre serait contre-productif.

La voix fit une nouvelle pause pour toussoter. Tout le monde attendit patiemment qu'elle reprenne.

— Deuxième chose. Je comprends et je respecte votre volonté de traiter des affaires de cette importance non seulement de vive voix mais face à face. Aussi, madame Xaviera Heldreth va-t-elle me représenter pour l'ensemble des discussions. C'est elle qui dirige ce projet depuis le début. De plus, s'il m'arrivait quoi que ce soit, c'est elle qui prendrait ma succession à la direction du Consortium. Aussi bien que vous appreniez immédiatement à lui faire confiance.

La tête, qui flottait à un mètre au-dessus de la table, s'évapora. Une porte s'ouvrit au fond de la salle et une femme vint prendre place dans le seul fauteuil libre. Elle posa à côté de son fauteuil une petite mallette semblable à celles qu'avaient apportées les sept hommes.

— Je suis Xaviera Heldreth, dit-elle simplement. Comme vous le voyez, je me suis munie d'un dispositif de sécurité identique aux vôtres. J'ai pensé que cela simplifierait nos rapports.

Elle prit le temps de parcourir l'assistance du regard avant de poursuivre.

— Vous êtes des gens d'ordre. D'organisation. Sur la planète, le désordre monte partout. C'est mauvais pour les affaires. Même pour les vôtres. Le secret le mieux gardé de vos organisations réside dans le fait qu'elles sont parasitaires. Vous avez besoin de la société légale pour vous en nourrir. En conséquence, la difficulté majeure que vous avez est celle que rencontre tout parasite : comment tirer le plus possible de votre hôte sans le détruire ? La réponse est simple : vous devez rationaliser son exploitation. C'est ce que le Consortium se propose de vous aider à faire.

— On peut savoir comment vous entendez procéder ? demanda le Mexicain sur un ton clairement ironique.

— Vous avez trois problèmes, répondit Xaviera Heldreth. Premièrement, vous avez des montagnes de billets de banque à blanchir. Deuxièmement, au lieu de consacrer votre énergie à l'exploitation de votre territoire, vous gaspillez une énergie importante à lutter entre vous. Et, troisièmement, vous aimeriez prendre de l'expansion… Je me trompe ?

De discrets hochements de tête lui répondirent.

## St. Peter Port, 12 h 34

— … *vous gaspillez une énergie importante à lutter entre vous. Et, troisièmement, vous aimeriez prendre de l'expansion… Je me trompe ?*

Fogg vit les hochements de tête et les clignements d'yeux confirmer l'affirmation de Xaviera. Lorsqu'elle reprit, sa voix avait encore plus d'assurance.

— *Le Consortium peut vous aider à régler ces problèmes. Pour l'argent, nous pourrons sous peu vous offrir un service intégré, accessible dans toutes les régions de la planète.*

— *Un service intégré ?*

Encore le Mexicain. Il semblait s'être donné le rôle d'objecteur. Peut-être que le fait d'avoir à traiter avec une femme heurtait ses sentiments machos. Peut-être avait-il simplement besoin de s'affirmer…

— *Un service qui va des premiers dépôts jusqu'à la gestion des placements licites, en passant par la mécanique de blanchiment comme telle et le réinvestissement dans des actifs légitimes.*

— *Admettons que vous réussissiez à traiter autant d'argent. Je vois difficilement de quelle façon vous pouvez éliminer les guerres de territoire et régler les problèmes d'expansion.*

Cette fois, l'objection était venue du Sicilien. Le ton tranquille et l'air souriant du chef de la Cosa Nostra ne signifiaient rien. Sauf, peut-être, qu'il était plus dangereux que le Mexicain.

— *Très simplement. En s'entendant sur un découpage mondial des zones d'influence. Autrefois, Lucky Luciano a fait entrer le crime organisé dans l'ère industrielle. Il a été le premier à comprendre que ce que vous aviez à gérer, c'étaient des entreprises. Il faut maintenant faire entrer ces entreprises dans l'ère de la mondialisation.*

— *Je doute que les groupes qui ne sont pas invités à cette réunion soient très coopératifs. Surtout si ça veut dire que nous allons les avaler.*

La remarque suscita l'apparition de sourires plus ou moins retenus sur les visages.

La référence à Luciano avait été habile, songea Fogg. Il avait maintenant hâte de voir comment Xaviera répondrait à la nouvelle attaque. Ils avaient longuement discuté de ce sujet lors des répétitions pour la réunion.

— *Je reconnais que leur consolidation à l'intérieur d'organisations plus importantes peut poser certains problèmes de logistique.*

— *Vous êtes certaine d'être en mesure de les contrôler ?*

— *Autant que possible, nous allons les affronter un par un. D'autre part, le recrutement des équipes de Vacuum – je vous rappelle qu'il s'agit du groupe, à l'intérieur de notre filiale GDS, qui est dédié aux interventions directes – le recrutement des équipes de Vacuum, donc, se fera en bonne partie parmi ces groupes secondaires. Cela nous permettra à la fois d'identifier leurs éléments les plus dangereux et de les utiliser à notre avantage. Au besoin, nous pourrons même les jouer les uns contre les autres... Par ailleurs, leur « consolidation », comme je disais, ne signifie pas nécessairement leur disparition. On peut très bien envisager de leur laisser toute une gamme d'activités en sous-traitance.*

— *Cela fera autant de moins pour nous.*

Cette fois, l'objection venait du Russe. Fogg vit Xaviera se tourner vers lui, mais avec un léger retard, comme si elle avait hésité à tenir compte de la question.

— *Permettez-moi de faire une distinction. Vos activités, comme vous dites, sont globalement de deux types. Il y a d'abord ce qui a trait à différents commerces : que l'on parle de trafic d'armes, d'œuvres d'art ou d'organes, de drogues, de prostitution, il s'agit d'offrir aux gens des choses pour lesquelles ils sont prêts à payer, mais que les lois et les gouvernements leur interdisent de se procurer. C'est la partie commerciale de vos entreprises, c'est celle qui est de loin la plus rentable. Et puis il y a la partie extorsion : vols à main armée, enlèvements contre rançon, chantages...*

— *Où classez-vous le racket de protection ?*

— *Je veux bien admettre qu'il existe des zones grises. Je pense au prêt usuraire, au détournement de contrats publics, au racket d'assemblées générales d'industries, tel qu'on le pratique au Japon, ou encore au contrôle qu'exerce la mafia américaine sur des secteurs industriels comme celui du béton... Mais, dans tous ces cas, vous rendez un service : vous accordez une protection réelle à ceux qui vous paient.*

— *Vous oubliez une chose importante. Ces commerces, comme vous les appelez, reposent tous sur l'utilisation d'une certaine force.*

— *Je vous assure que je ne l'oublie pas. Au contraire, j'y viens. Mais je veux d'abord conclure sur la distinction que j'ai faite. Ce que le Consortium vous propose, c'est de vous concentrer sur les activités les plus payantes, je parle des trafics, et de laisser les activités de délinquance aux groupes mineurs.*

— *On ne peut quand même pas faire confiance à ces groupes pour régler toutes les affaires délicates qui peuvent se présenter.*

Cette fois, c'était le responsable de la Cosa Nostra qui avait repris la parole. Le ton presque badin n'enlevait rien à la fermeté de l'objection.

— *Bien sûr que non. C'est pourquoi le Consortium vous propose un autre service à l'intérieur de GDS. Une sorte de système de courtage pour les interventions musclées qui sortent des opérations courantes. Certaines de vos organisations ont déjà collaboré à des opérations du genre en fournissant de la main-d'œuvre. Je fais référence, à titre d'exemple, au nettoyage que nous avons effectué à Bangkok, il y a quelques années.*

## PARIS, 13 H 37

— ... au nettoyage que nous avons effectué à Bangkok, il y a quelques années.

— Bangkok ? fait le Mexicain.

— Un petit problème domestique, répondit Xaviera Heldreth. Nous avions un peu de nettoyage à faire et les échéances étaient assez courtes. Alors, nous avons eu recours à des spécialistes de quelques-unes de vos organisations... C'est d'ailleurs un bon exemple de l'avantage de ce genre de système. Le commandité est totalement dissocié du commanditaire d'une opération. L'exécutant du contrat, à cause du système de courtage, ignore tout de son commanditaire. Il ne peut donc pas le trahir. Autre avantage : en faisant appel à l'ensemble de vos ressources, GDS pourrait monter des opérations rapides et d'envergure, si jamais un groupe mineur avait des velléités de rébellion.

— Et le pouvoir ? demanda le Mexicain.

— Oui… ?

— Comment va-t-on se protéger contre le pouvoir que vous donnez au Consortium ?

— Le Consortium n'aura aucun pouvoir qui puisse vous menacer. Il n'aura même pas de territoire !

— Bien sûr, ironisa le Mexicain. Il va se contenter de contrôler les organisations qui contrôlent la planète. Et d'avoir leur argent entre les mains !

— Notre projet ne vise pas à contrôler vos organisations, mais à vous offrir un service de coordination. En contrôlant les sources de financement du Consortium, c'est vous qui allez le contrôler. Ce sera comme une sorte de bourse ou un système de courtage. Un organisme indépendant de chacun parce qu'il appartient à tous. Quand vous aurez besoin de quelque chose ou d'un service, le système trouvera quelqu'un qui est prêt à vous l'offrir à un juste prix. Ou l'inverse.

— Tout ça est très beau, mais votre système d'intervention, ça veut dire des hommes armés, du matériel. Qui nous dit que ça ne se retournera pas contre nous ?

— Le principe à la base de Vacuum, c'est de mettre à votre disposition une banque de professionnels à qui vous pouvez faire appel lorsque vous avez des opérations délicates dont vous tenez à vous dissocier. Cela n'a rien à voir avec le fait de maintenir une armée régulière sur un pied de guerre. Le noyau permanent sera constitué tout au plus de quelques centaines d'individus. Ce n'est rien, si on compare cela à ce que vous pouvez déployer dans n'importe laquelle de vos organisations. Mais c'est suffisant pour monter des opérations précises à votre demande.

— Et si nous sommes plusieurs à avoir besoin de vos services simultanément ?

— Nous maintiendrons une banque d'occasionnels pour absorber les besoins excédentaires pendant les périodes de pointe. Comme je vous le disais, notre spécialité, c'est l'organisation.

— Si je peux me permettre, fit alors le représentant de la mafia américaine, il me semble que vous n'avez pas encore parlé de l'essentiel.

— Le partage du territoire ?

L'Américain se contenta d'acquiescer d'une légère inclinaison de la tête.

— J'ai préparé un projet, reprit Xaviera Heldreth.

Elle sortit une minuscule télécommande de sa poche de veston et appuya sur deux touches.

Un gigantesque hologramme apparut au-dessus de la table et se mit lentement à pivoter. Il représentait une carte mondiale où les territoires des groupes avaient chacun une couleur différente.

— Vous en recevrez une copie par courrier électronique. Bien sûr, je ne m'attends pas à une réponse immédiate de votre part… Vous remarquerez que toutes vos organisations ont sur cette carte un territoire plus grand que celui qu'elles contrôlent actuellement.

— Votre générosité est admirable, reprit l'Américain avec un sourire engageant, mais un détail me tracasse. Ces zones d'expansion sont actuellement contrôlées par d'autres groupes. Mineurs, j'en conviens. Mais, comme notre ami sicilien l'a dit tout à l'heure, je doute qu'ils soient très coopératifs.

— Pour traiter avec eux, le Consortium vous suggère une stratégie en trois volets. Tout d'abord, vous leur offrez une relation de vassal à suzerain. En échange de redevances raisonnables et de la reconnaissance de votre autorité, vous leur donnez accès à certains biens qui seront sous le monopole de notre regroupement : armes, drogue, influences politiques… Au besoin, le Consortium pourra organiser en sous-main des attaques contre eux : cela vous permettra de jouer au défenseur et d'exiger la reconnaissance de votre autorité en échange de votre protection.

— Et les deux autres points de votre plan ?

— Deuxième volet : contenir leur territoire à la périphérie des zones que vous occupez, mais leur garantir un espace suffisant pour maintenir leur niveau de prospérité. Troisième volet : les utiliser comme base de recrutement, comme le font les principaux groupes de motards avec leurs clubs écoles. Ce faisant, vous les priverez de leurs meilleurs éléments tout en vous renforçant.

Un échange assez long s'ensuivit sur la stratégie d'assimilation des groupes mineurs.

Profitant d'une pause dans la conversation, le représentant des Triades, qui n'avait pas encore parlé, s'adressa à Xaviera Heldreth.

— Qu'est-ce que vous attendez de nous ? demanda-t-il.

— Aujourd'hui ? Votre accord pour poursuivre la démarche. Dans l'affirmative, vous recevrez dès demain par transmission électronique un logiciel d'encryptage. Au cours des jours suivants, je vous ferai parvenir un projet détaillé de répartition des territoires ainsi qu'une proposition de structure de fonctionnement pour notre regroupement. J'y joindrai une présentation rapide des services que le Consortium peut déjà vous offrir, en attendant que notre association soit officiellement sur pied. Le logiciel nous permettra aussi de confiner une grande partie de nos futurs échanges au monde virtuel. Je suis certaine que vous ne vous ennuierez pas du présent dispositif de sécurité.

— J'aurais une question, fit le Sicilien.

— Je vous écoute.

— D'après ce que j'ai compris lors de nos contacts préliminaires, vous avez mis sur pied une organisation assez développée en vous appuyant sur des groupes moins importants que les nôtres. Pourquoi ne pas simplement continuer avec eux ? Puisque le Consortium a une envergure qui lui permet déjà de se comparer à certaines de nos organisations…

— Nous y avons pensé.

— Pourquoi avez-vous choisi de ne pas le faire ?

— Nous avons réalisé que nous sommes dans la même situation que vous. Ou bien nous nous engageons dans le jeu des alliances sélectives et nous nous efforçons de grossir en en éliminant d'autres pour assurer notre survie, ou bien nous optons pour une stratégie d'alliance globale. Cette dernière solution est notre premier choix : elle nous permet de ne pas voir une part croissante de nos fonds aller au financement de luttes contre les autres intervenants.

— Et si nous n'acceptons pas votre offre ?

— Nous nous rabattrons sur le plan B.

— Un plan secret ?

— Pas du tout. En plus des groupes mineurs dont vous avez parlé, nous avons l'appui de plusieurs multinationales. Elles comptent parmi les plus importantes de leurs secteurs respectifs. À leur demande, le Consortium a élaboré un plan pour coordonner l'ensemble de leurs services de renseignements et de sécurité. Elles s'attendent à ce que nous leur proposions d'en prendre charge, ce qui leur donnerait l'avantage de pouvoir se dissocier des opérations qu'elles commanditent... Pour nous, il y a là un marché prometteur : pensez seulement à l'espionnage industriel, à l'enlèvement de savants, au sabotage de la recherche des concurrents, aux prises de contrôle forcées des jeunes compagnies montantes...

### St. Peter Port, 12 h 53

*... aux prises de contrôle forcées des jeunes compagnies montantes... Dans une telle perspective, en continuant par ailleurs de nous appuyer sur vos petits et moyens compétiteurs, nous aurions la possibilité de poursuivre allégrement notre croissance. Il y aurait bien sûr quelques accrochages entre nous. Nous aurions à subir des désagréments. Vous aussi, cela va de soi. Mais nous finirions par atteindre un équilibre... jusqu'à ce que notre croissance provoque une nouvelle crise. Avec le capital que nous avons accumulé et le soutien*

*des plus grandes multinationales, il n'y a pas de doute que nous réussirions à faire notre chemin...*

— *Je voudrais être certain de comprendre...*

Le Sicilien venait de reprendre la parole. Fogg l'avait identifié comme un des plus dangereux. Mais aussi, pour la même raison, un des éléments clés de son plan. Il s'approcha de l'écran comme pour mieux déchiffrer son expression.

— *Si vous avez déjà la possibilité de vous entendre avec les multinationales,* poursuivit l'homme de la Cosa Nostra, *pourquoi avez-vous choisi de nous proposer votre projet ?*

— *Pour deux raisons. Une alliance avec vos organisations nous permet d'éviter tous ces soubresauts inutiles et contreproductifs auxquels j'ai fait allusion. Moins d'investissements purement défensifs, moins de pertes, plus de rentabilité.*

— *Et votre deuxième raison ?*

— *Elle repose sur l'analyse de la situation que j'ai esquissée tout à l'heure. Si les multinationales sont en voie de contrôler la partie légitime de l'économie, vous, de votre côté, vous contrôlez la partie souterraine... Tout comme eux, pour fonctionner, vous avez besoin d'un monde ordonné. Raisonnablement ordonné, je dirais. Car il faut qu'il reste une marge de désordre et d'illégalité. Et, pour gérer ces îlots nécessaires de délinquance, vous êtes les mieux placés. Le problème, c'est que votre développement accuse un peu de retard.*

Fogg vit plusieurs expressions se renfrogner de façon plus ou moins perceptible. Seuls le Sicilien et les deux Orientaux n'avaient rien laissé paraître.

Après une légère pause, pour appuyer sa dernière remarque, Xaviera Heldreth poursuivit.

— *Par rapport à celui des multinationales, je veux dire. Votre intégration mondiale ne se réalise pas à la vitesse souhaitable. Pour nous, il y a donc là une occasion d'affaire : nous pouvons favoriser cette intégration. Mais*

*c'est également une occasion pour vous. Et pour les*
*multinationales.*

— *Qui nous assure que le Consortium n'est pas une*
*sorte de cheval de Troie que les multinationales comptent*
*utiliser pour prendre le contrôle de nos organisations ?*

Cette fois, c'était le Kurde qui était intervenu. Les
sous-entendus n'étaient pas son fort, semblait-il.

— *Elles ont exactement la même inquiétude que vous.*

— *Je ne comprends pas.*

— *L'intégration que vous propose le Consortium les*
*inquiète. Elles ont peur que cela crée une super organi-*
*sation contre laquelle elles seront sans défense.*

Xaviera fit alors une longue pause. En voyant le
sourire s'élargir sur le visage du Sicilien, Fogg comprit
que ce serait lui qui poserait la question qu'exigeait le
silence de son adjointe. Leur stratégie de réunion continuait de bien fonctionner.

— *Que leur avez-vous répondu ?*

— *Qu'il fallait parier sur votre intelligence. Que*
*vous étiez comme eux des êtres d'organisation. Que*
*vous ne vous lanceriez pas dans des aventures con-*
*traires à vos intérêts. Et qu'il est dans votre intérêt de*
*collaborer avec elles.*

— *Elles vous ont cru ?*

— *J'ai ajouté que vous découvririez rapidement que*
*votre survie dépendait de votre collaboration. Comme*
*elles-mêmes étaient en train de s'en apercevoir.*

— *Selon vous, nous avons « besoin » des multina-*
*tionales ?*

— *Autant qu'elles ont besoin de vous.*

— *J'aimerais que vous m'expliquiez ça.*

— *C'est pourtant simple. Nous avons créé un monde*
*où toutes les institutions qui géraient les individus sont*
*en train de disparaître : la famille éclate, la religion*
*disparaît, l'école se réduit à de l'acquisition de contenus*
*utilisables, les gens ne croient plus à la justice, les*
*hommes politiques sont méprisés et la police passe pour*

*corrompue. Autrement dit, les individus n'ont plus*
*aucun sentiment d'appartenance...*

## Paris, 13 h 58

— ... et la police passe pour corrompue. Autrement
dit, les individus n'ont plus aucun sentiment d'appartenance par où on peut avoir prise sur eux pour leur incul-
quer des valeurs. Quand je parle de valeurs, je parle de
censures internes et de mécanismes de contrôle. La conséquence de tout cela, c'est qu'on ne peut plus introduire
d'ordre dans le comportement des individus à partir de
ce qu'il y a en eux.

— Est-ce que vous n'oubliez pas un peu rapidement le
fondamentalisme musulman et la montée des intégrismes
un peu partout sur la planète ? demanda le Sicilien.

— Je tiens à préciser que je parle d'abord du monde
occidental, où s'effectue l'essentiel de la consommation.
Par ailleurs, l'intégrisme, tout comme les phénomènes
de sectes, vise à domestiquer l'individu en tuant le con-
sommateur en lui. Notre but n'est pas de tuer le consom-
mateur, mais de le contrôler.

— Et les médias ?

— Ils jouent un rôle majeur, bien entendu. Ils exa-
cerbent le besoin d'être un individu et d'acheter tout ce
qui permet d'en être un. Les médias créent la motivation
à la consommation. Mais ils ne peuvent pas réguler la
frustration. C'est ici que vous intervenez.

— Nous faisons... quoi ?

— Vous leur procurez l'occasion de transgresser l'ordre
établi et de s'octroyer des plaisirs illicites, mais en vous
assurant que cette transgression se fasse de façon ordonnée.

— Ordonnée ?

— À l'intérieur d'un échange économique encadré.
Vous veillez à ce qu'il n'y ait pas de débordements excessifs. Vous maintenez la pression sur l'exigence d'argent, donc sur la motivation au travail. Et vous justifiez,
par votre simple existence, la nécessité d'organismes de

contrôle judiciaires et policiers… Ceux-là, la pire chose qui pourrait leur arriver, ce serait que vous disparaissiez. Comment pourraient-ils justifier leur existence ?

Une vague de sourires suivit la dernière remarque.

— J'aimerais croire qu'ils sont de votre avis, fit le Sicilien.

— Vous êtes, par rapport au monde de l'économie légale, comme la fin de semaine par rapport à la semaine. Il faut que les travailleurs puissent se défouler pendant la fin de semaine, pour qu'ils acceptent d'être frustrés pendant le reste de la semaine. Il faut qu'ils se ruinent pendant leurs loisirs, pour qu'ils acceptent de travailler le reste du temps. Votre industrie, s'il fallait lui donner un nom, serait celle du loisir interdit. Et comme toutes les industries, il est temps qu'elle franchisse le pas de la mondialisation.

Le représentant des Triades profita d'une pause dans l'explication de Xaviera Heldreth pour intervenir.

— Dans ce que vous dites, je ne vois pas très bien la différence entre nos organisations et les multinationales.

Xaviera prit le temps de l'observer quelques secondes.

— Vous venez de toucher le point central de mon argumentation, dit-elle. Structurellement, il n'y a aucune différence. Pratiquement, toutefois, certains impératifs moraux et légaux handicapent un peu l'efficacité des multinationales. Par exemple, des comportements jugés répréhensibles peuvent nuire à leur image publique et, par voie de conséquence, à leur rentabilité. De la même manière, le non-respect de certaines lois peut leur valoir des poursuites en justice, situation dont vous vous accommodez généralement mieux qu'elles. Leur logique est cependant identique à la vôtre : la maximisation du profit par unité de capital investi… Cependant, je veux bien reconnaître que, plus les multinationales se développent, moins ces contraintes jouent : pour les problèmes légaux, elles recrutent des armées d'avocats et, pour les parties plus délicates de leurs opérations, elles font appel à la sous-traitance… Ce qui pourrait aussi être une occasion d'affaires pour vous, ajouta-t-elle avec un sourire.

— Admettons que nous soyons des multinationales comme les autres, reprit le représentant des Triades. De quelle façon envisagez-vous nos rapports avec elles ?

— Vous n'êtes pas exactement comme les autres, à cause de la nature des produits que vous commercialisez. Cela dit, il est clair qu'une intégration de vos organisations et des multinationales est souhaitable à moyen ou à long terme. Bien sûr, il est encore trop tôt pour la réaliser, mais il est sage de commencer à y songer. L'évolution planétaire nous entraîne inévitablement dans cette direction.

— De quelle manière voyez-vous notre statut, dans cette éventuelle association ?

— Pour répondre à la partie non formulée de votre question, je n'imagine pas que vous puissiez être une multinationale parmi d'autres. Vos sept organisations sont destinées à devenir l'envers, la partie obscure, pourrait-on dire, de ce que seront les sept ou huit multinationales qui contrôleront l'économie de la planète.

— Vous présentez les choses comme si nous étions condamnés à nous entendre avec elles.

— C'est ce que je crois. Pour une raison très simple, d'ailleurs. Comme je l'ai mentionné il y a quelques minutes, nous produisons de plus en plus d'individus incapables de contrôle interne à partir de valeurs et d'appartenances valorisantes. Les comportements irrationnels sont de plus en plus explosifs. L'insécurité croît. Or, si les individus tiennent à leur irrationalité, qu'ils se représentent sous forme de droits, ils ne veulent surtout pas être victimes de celle des autres. Traditionnellement, l'État, par ses institutions…

## ST. PETER PORT, 12 H 51

— … *surtout pas être victimes de celle des autres. Traditionnellement, l'État, par ses institutions, était le gardien de l'ordre et du bien commun. Mais l'État se révèle de plus en plus incapable de les protéger. Le pouvoir, à commencer par le pouvoir financier, se déplace du côté des multinationales. La situation mondiale évolue vers deux issues : ou bien une anarchie généralisée menant à une apocalypse progressive ; ou bien l'émergence d'une forme d'État international, dont on commence à voir des embryons.*

À la mention d'État international, plusieurs des regards s'étaient durcis. Fogg sourit. C'était quand même étonnant que des gens aussi importants puissent être aussi prévisibles. Ils l'étaient même plus que la majorité des gens, d'une certaine manière, car la vision claire de leurs intérêts les aidait à tenir en échec l'irrationalité de leurs réactions subjectives.

Sur l'écran, Xaviera Heldreth avait fait une légère pause. Sans doute pour vérifier, elle aussi, l'effet de ses paroles. Elle reprit.

— *Pour vos affaires autant que pour celles des multinationales, ces deux issues sont indésirables : vous avez besoin d'ordre, mais pas de gendarmes. Il ne reste donc qu'une solution : vous unir pour gérer l'apocalypse. L'expression est de notre président, que vous avez entendu tout à l'heure. Tous ensemble, nous allons devenir les gestionnaires de l'apocalypse... Quand je vous disais précédemment que nous sommes des spécialistes de l'organisation, ce que je voulais dire, c'est que nous avons le savoir-faire pour prendre en main l'ordre du monde. Avec votre aide, bien entendu.*

— *Vous envisagez la chose sur un horizon de combien d'années ?* demanda le Sicilien.

— *Vingt ou vingt-cinq ans.*

— *Il est clair que nous n'en sommes pas encore là.*

— *En effet. Pour l'instant, il faut d'abord que vous réalisiez votre propre intégration. Et que vous le fassiez de manière que chacun y trouve des avantages. C'est une condition indispensable de stabilité.*

— *Et nos rapports avec les multinationales, entretemps ?*

— *Le Consortium mettra à votre disposition un lieu de négociation où vous pourrez aplanir vos éventuels différends et amorcer des collaborations ciblées.*

— *Pouvez-vous nous donner des indications sur les multinationales susceptibles de faire partie de votre... association ?*

— *Le but est de couvrir en priorité les secteurs de pointe – télécommunication, informatique, recherche pharmaceutique – ainsi que l'agroalimentaire, l'armement et le secteur financier. Nous accorderons également une haute considération aux médias et à l'industrie de la sécurité. Les matières stratégiques ont aussi une importance indéniable. En fait, il faudrait en arriver à une entreprise dominante par secteur.*

— *Quelle garantie pouvez-vous nous donner de votre bonne foi ?*

Le représentant des Américains était celui dont le langage corporel avait trahi le plus d'agacement au cours de la réunion. Fogg ne fut pas surpris que ce soit lui qui pose la question de la confiance.

— *Si cela peut être un indice de la façon dont nous entendons faire des affaires, je vous promets que chacune des équipes d'intervention...*

## PARIS, 13 H 54

— ... je vous promets que chacune des équipes d'intervention que nous avons interceptées vous sera rendue demain et qu'aucun de leurs membres n'aura subi le moindre préjudice.

— Vous les avez... ?

— Chacune des équipes a été neutralisée et conduite dans un endroit sûr. Bien entendu, nous avons veillé à ce que personne ne soit blessé. Nous vous indiquerons ce soir, par courrier électronique, à quel endroit et comment les récupérer.

— Il y a un point dont vous n'avez pas encore parlé, reprit l'Américain.

Un silence embarrassé suivit.

— Lequel ? demanda finalement Xaviera Heldreth.

— L'Institut.

— Je le gardais pour la conclusion.

— Il est quand même étonnant qu'un petit groupe d'espions en fuite, privé de tout soutien officiel, soit capable de vous tenir en échec et de vous causer autant de problèmes. Avec les moyens que vous prétendez avoir…

— Je veux d'abord préciser que le seul secteur du Consortium à avoir souffert des attaques de l'Institut est notre ancienne filiale, Body Store. Filiale que nous avons fermée.

— À voir l'efficacité avec laquelle ils ont pulvérisé vos réseaux les uns après les autres, ironisa l'Américain, je me demande si ce n'est pas avec eux que nous devrions nous associer.

Une vague de rires discrets ponctua la remarque.

— Je puis vous assurer que l'Institut cessera bientôt d'être un problème, répliqua doucement Xaviera Heldreth. Mais je comprends votre prudence… Si vous le désirez, nous mettrons l'élimination de l'Institut comme préalable à la conclusion officielle de notre entente.

— Je me sentirais plus rassuré. Sur votre efficacité, j'entends.

## Paris, 15 h 50

Dans différentes chambres d'hôtel réparties sur l'ensemble du territoire parisien, six des délégués désamorçaient simultanément la bombe à laquelle ils étaient reliés et se préparaient à rentrer chez eux.

Au même moment, Xaviera Heldreth et Tatsuo Ishida prenaient une flûte de champagne dans la suite Bernstein du Crillon. Ils avaient pu désamorcer leurs bombes dans les minutes qui avaient suivi la fin de la réunion. Parce qu'elles avaient un dispositif spécial qui permettait de les neutraliser plus rapidement, avait expliqué Xaviera au représentant des yakusas. Ce traitement de faveur s'expliquait par le fait qu'il était un allié stratégique du Consortium dans sa lutte contre l'Institut.

Leur discussion avait duré près d'une heure trente. Ils avaient passé en revue tous les détails du plan : quelles informations laisser filtrer, quels membres des réseaux sacrifier, dans quel ordre lever les obstacles bureaucratiques, quels politiciens laisser tomber… En échange de sa collaboration, le Japonais s'était vu promettre qu'il aurait la prééminence sur tout le secteur asiatique.

— À l'élimination définitive de l'Institut ! fit Xaviera Heldreth en levant sa flûte de champagne.

— À l'éradication de l'Institut, reprit Tatsuo Ishida.

*Ainsi s'achève*
*le premier des deux volumes de*
L'Argent du monde